Valérie Perrin

三个人
可以走多远

〔法〕瓦莱莉·佩兰 著

朱艳亮 译

Trois

人民文学出版社
PEOPLE'S LITERATURE PUBLISHING HOUSE

著作权合同登记号　图字 01-2023-1688

Valérie Perrin
Trois
ⓒ Editions Albin Michel‑Paris 2021
All rights reserved.

图书在版编目(CIP)数据

三个人可以走多远/(法)瓦莱莉·佩兰著；朱艳亮译.
—北京：人民文学出版社，2023(2024.2 重印)
(瓦莱莉·佩兰作品系列)
ISBN 978-7-02-018037-0

Ⅰ.①三⋯　Ⅱ.①瓦⋯ ②朱⋯　Ⅲ.①长篇小说-法国
-现代　Ⅳ.①I565.45

中国国家版本馆 CIP 数据核字(2023)第 104002 号

责任编辑　朱卫净　何炜宏
封面设计　李苗苗

出版发行　人民文学出版社
社　　址　北京市朝内大街 166 号
邮　　编　100705

印　　刷　上海盛通时代印刷有限公司
经　　销　全国新华书店等

字　　数　300 千字
开　　本　889 毫米×1194 毫米　1/32
印　　张　15.875
插　　页　2
版　　次　2023 年 7 月北京第 1 版
印　　次　2024 年 2 月第 2 次印刷

书　　号　978-7-02-018037-0
定　　价　79.00 元

如有印装质量问题，请与本社图书销售中心调换。电话：010‑65233595

献给尼古拉·西尔基斯和雅尼克·佩兰

纪念帕丝卡尔·罗米兹维利

1

2017 年 12 月 4 日

今天早上，尼娜看着我，但没有看到我。在她的身影消失在狗舍之前，她的目光像雨滴落在我的雨衣上。

雨下得很大。

我隐约看到油布雨披下她苍白的脸和乌黑的头发。她穿着超大的橡胶靴，手里拿着一根长软管。看到她，我的腹部犹如被至少五十万伏的高压电击中。

我放下了三十公斤的狗粮。我每个月都这样做，但从未走进过收养所。我能听到狗在吠，但看不到它们。除了某个遛狗人员从我身边经过时。

这些袋子在入口处挨个排成一排。一个员工，而且总是他，那个胡子拉碴的大个子，帮我把我的慰问品搬到"抛弃动物可耻"和"走前请关门"的牌子下。

每年，在圣诞节和暑假前，但从不在同一天，我会把现金塞进收养所的信箱。以匿名的方式，信封上用黑色的毡笔写着"尼娜·博"。我不想让她知道这笔钱来自我。我这样做不是为了动物，而是为她。我知道这些钱都会被用于兽粮购买和兽医护理，但我希望这些钱能不留痕迹地通过她来使用。只是为了让她知道，在收养所外面，不是所有的人都会把小猫扔进垃圾桶。

三十一年前，她也是看着我，但没有看见我，就像今天早上那样。她正从男厕所出来，当时她才十岁。女生厕所很拥挤，尼娜那时候已经不喜欢等待。

她的目光从我身上滑过，然后融化在艾蒂安的怀里。

我们在"进步"——这是洛朗丝·维拉尔的父母开的酒吧，兼卖烟草。那是一个星期天的下午。酒吧歇业，卷帘门被放下。他们将场地留给女儿的生日派对。我记得倒扣在桌上的椅子，它们被摞在一起，椅脚朝天。在弹球机和吧台之间有一个临时腾出的舞池。拆开的礼物散落在上面，旁边是薯片和笑脸巧克力饼干，黄色吸管插在盛满橘汁和柠檬水的纸杯里。

五年级的全班同学都在那里。我一个人也不认识。我当时刚到拉科梅尔，这是法国中部的一个工人阶级小城，人口约一万两千人。

尼娜·博。艾蒂安·博利厄。阿德里安·博宾。

我看着沿柜台嵌入的镜子中他们三人反射的影子。

他们有老式的、祖传的名字。我们中的大多数人都被称为奥雷利安、纳戴格或米卡埃尔。

尼娜、艾蒂安和阿德里安刚刚进入一个不可分割的童年。那一天和其他所有的日子里，他们都没有看到我。

整个下午，尼娜和艾蒂安一直在随着阿哈乐队的《接受我》跳舞。最大单曲。一次长达二十分钟。班上的孩子们反复地播放这首歌，好像他们没有其他曲目。

尼娜和艾蒂安像大人物一样跳舞。仿佛他们一生都在这样做。这是我看他们时的想法。

在频闪灯下，他们看起来就像两只海鸟，在风大的晚上，翅膀在夜里张开。唯有遥远的灯塔照亮他们的羽翼与优美。

阿德里安坐在地板上，背靠着墙，离他们不远。当辛迪·劳帕[①]开始唱《真色彩》时，他跳起来邀请尼娜跳慢舞。

艾蒂安从我身边擦身而过。我永远不会忘记那股香根草和糖果的味道。

*

我一个人住在拉科梅尔的高地上，其实也不算高，那是一个起伏的乡村丘陵。我离开后又回来了，因为我对这里了如指掌——邻居们，出太阳的日子，两条主要街道和我每周购物的超市的货架摆放。十来年了，这里每平方米的房价一直很低，仅仅只是为了不把土地白送出

[①] 辛迪·劳帕（Cyndi Lauper, 1953— ），美国女歌手、词曲作者、演员。

去。于是我用三法郎六苏买了一幢房屋，并将其修复。四个房间和一座花园，花园里有一棵椴树，夏天可以遮阳，冬天可以用树叶泡茶。

在这里，人们纷纷离开。除了尼娜。

艾蒂安和阿德里安走了，他们回来过圣诞节，然后又离开。

我在家里工作，时而为出版社校改或翻译手稿。为了与当地生活保持社会联系，我在八月和十二月为地方小报做自由撰稿人。夏天，我负责报道讣告、婚庆和勃洛特纸牌比赛。冬天也差不多，只是多了报道为孩子们准备的表演和圣诞市场。

翻译和校对是我过往生活中的遗迹。

有些记忆、现在和我们曾经的人生，这些会改变气味。改变生活的同时，人们也改变了气味。

童年的气味是焦油、车胎和棉花糖、教室里的消毒剂、寒冷日子里房屋中生火的壁炉、市政游泳池里的氯气、从体育馆回家路上成双成对地滴在运动服上的汗水、嘴里的粉红色泡泡糖、在手指上拉出丝线的胶水、嵌在牙齿之间的焦糖、一棵种在心里的圣诞冷杉树。

青春期的味道是第一支烟、腋下的麝香除味剂、泡在一碗热巧克力中的黄油吐司、加可乐的威士忌和变成舞厅的地下室、饥渴的肉体、除痘水、发胶、鸡蛋做的洗发水、口红、牛仔裤上洗衣粉的香味。

之后的生活，是第一个恋人离开时遗忘的那条围巾。

然后是夏天。夏天属于所有的记忆。它是永恒的。它的气味才是最持久的，它黏在衣服上，而我们一生都在寻找它。甜腻的水果，海边的风，甜甜圈，黑咖啡，"琥珀阳光"牌防晒霜，祖母们的卡隆牌散粉。夏天属于所有的年龄。它没有童年或青春期。夏天是一个天使。

我是个笨手笨脚的高个子女人，身材还算匀称。挂着刘海，头发中长，深棕色。乱发间有几根我用棕色睫毛膏遮住的白发。

我叫维吉妮。和他们是同龄人。

今天，在这三个人中，只有阿德里安还和我说话。

尼娜鄙视我。

至于艾蒂安，是我不再想理他了。

可是，我从童年起就对他们很着迷。我只对这三个人有过感情。

还有对露易丝。

2

1987 年 7 月 5 日

开始的时候，是在吃完三明治和蘸满番茄酱的薯条后有些肚子疼。尼娜坐在卖薯条的铺子前一把印着和路雪广告的遮阳伞下。那里有几张五颜六色的铁桌子，一个可以俯瞰市政游泳池三个水池的露台。尼娜舔着指尖上的盐粒，一边听着麦当娜的《美丽的岛屿》，一边漫不经心地看着一个金发男人从五米高的跳台跳下。她把手指浸入空盘的底部，在塑料的凹槽中捕捉残渣。艾蒂安在椅子上来回摇晃，吸吮着草莓果汁汽水；阿德里安在啃一只熟过头的桃子，果汁在他的手、嘴和大腿上淌得到处都是。

尼娜经常打量艾蒂安和阿德里安。她从不偷偷摸摸地看。她把目光放在他们身体的某个部位，眼珠一动不动。这让艾蒂安很不舒服，他经常对她说："别这样看我。"阿德里安似乎并不在意，尼娜就是这样，不懂得刹车。

她再次感到腹部如有针刺，一种热乎乎的液体随后在她的大腿之间流动。尼娜明白了。不应该啊。太早了。不愿意啊。离十一岁的生日还有两个星期……她以为这是在中学时才会有的。在初二到高一之间。离初一开学还有两个月呢……真丢人，如果其他女孩知道我来月经了，她们会认为我是留级的。

她站起来，用一条粗糙的毛巾裹住自己，毛巾虽然很小，但足以包住她的臀部。她非常瘦。"一根铁丝"，艾蒂安常用这句话来激怒她。她一言不发地把随身听还给他，然后走向女生更衣室。通常，她会去男生更衣室，在那里的小单间里换衣服可以更快。

艾蒂安和阿德里安留在露台上。尼娜一言不发，像颗子弹般离开。这三个人从来不会不说出自己的去向就独自离开。

"她怎么了？"艾蒂安问道，嘴角叼着吸管。

阿德里安注意到，糖浆把他的舌头变成了粉红色。

"不知道，"他喃喃道，"也许是她的哮喘病。"

那天，尼娜没有回到露台。她的游泳衣上有一块棕色的污渍。她迅速换好衣服，把一团卫生纸塞进内裤。好像大腿间起了个肿块。她在小合作社停下来，用买薯片的零钱买了卫生巾。一包十片。最便宜的那种。

当她回到家时，她的狗宝拉用一种奇怪的表情看着她，摇着尾巴。它仰起鼻子，转过身，去找正在花园里忙碌的皮埃尔·博，她的外公。他没有看到她进来。她把自己锁在了楼上的房间里。

天气非常热。尼娜希望与艾蒂安和阿德里安一起待在坑里。那是最深的水池：四米。上面有三块跳水板：一米、三米和五米。坑里的水深得不会升温。每天的保留项目是从跳台跳下后再触到冰冷的坑底。

晚上，艾蒂安给尼娜打电话。与此同时，阿德里安也试图联系她，但是电话占线。

"今天下午你什么都没说就走了？"

她犹豫着要不要回答。想编个谎言。可是何必呢。

"我来月经了。"

对艾蒂安来说，月经只发生在那些有乳房、汗毛的女孩和生过孩子或已婚的妇女身上。尼娜是不会的。艾蒂安还在收集帕尼尼专辑的贴纸[①]，还在甜丝丝地吸吮大拇指。

尼娜也像他一样。他见过芭比娃娃在她的卧室里一个个挨着排成队。

经过长时间疑惑的沉默之后，他问道：

"你告诉过你外公了吗？"

"没有……丢人。"

"你打算怎么办？"

"你想让我怎么办？"

"也许在你这个年龄这是不正常的。"

"听说这取决于妈妈的情况。如果我妈妈也是这个年纪来的，那就是正常的。但我不知道。"

---

① 帕尼尼（Panini）是一家意大利出版社，以出版收藏贴纸专辑而闻名。

"疼吗?"

"是的。像抽筋。喝了恶心的洋葱汤后的那种抽筋。"

"我很高兴我不是女孩。"

"你要服兵役的。"

"也许……但我仍然很高兴。你要去看医生吗?"

"我不知道。"

"你想让我们和你一起去吗?"

"也许吧,但你们只能在诊所外面等着我。"

*

十个月前,五年级开学第一天,三人在巴斯德小学的操场上相遇。

这是个混乱的年龄。孩子们在这年龄变得非常不同。有高有矮。有的发育了,有的还没有。有些人看起来像十四岁,有些人像八岁。

五年级的两个班在操场上集合。在大约六十名学生面前,布莱顿夫人和皮先生在一起点名。

这天早上,我们经历了机遇与命运,学会了区分。

每个孩子都在默默祈祷——即使是那些从未上过慕道课的孩子——上帝保佑被布莱顿夫人点到姓名。那位男老师的名声非常不好。好多被他折磨过的孩子都这样告诉他们的学弟学妹。他是一个真正的混蛋,他会毫不犹豫地扇耳光,抓住衣领把你从地上拎起来;生气的时候会把椅子砸到墙上。而且每年他都会选择一个替罪羊,死盯不放。他总是选成绩差的孩子。"所以你最好乖乖学习,否则就死定了。"

布莱顿夫人班的,右排。皮先生的,左排。他们按字母顺序点名。

你可以猜到右排偷偷发出舒了一口气的叹气声。脑袋里的某个地方在感谢上苍,肩膀放松了。而对于那些加入左排的人来说,却像是被判了死刑。

这天上午,巴斯德小学笼罩在沉重的寂静中。只有两位老师的声音在操场上回荡。他们轮流点名,从 A 打头的姓氏开始。

埃里克·亚当,右排。

桑德琳·安塔德,左排。

弗拉维奥·安图内斯,右排。

朱莉·奥巴涅,左排。

然后是 B。

尼娜·博,左排。

纳戴格·博克莱尔,右排。

艾蒂安·博利厄,左排。

奥特雷恩·比塞,右排。

阿德里安·博宾,左排。

1986年9月3日,尼娜·博、艾蒂安·博利厄、阿德里安·博宾就这样相遇了。当两个男孩似乎被吓呆了的时候,尼娜拉起他们的手,把他们带到皮先生面前排队。艾蒂安很听话。被一个女孩牵着手是丢人的,但他并没有意识到,这是个双重判决:他刚刚失去了他的朋友奥特雷恩·比塞;被分配在皮的班级。在巴斯德小学,从一年级到四年级,所有的学生都把进入初中前的这最后一年看作一种考验。"你在皮的班上,天啊,那里是地狱。"

他们三人并肩等待点名结束。

艾蒂安比其他两人高得多。他五官端正,满头金发,皮肤白皙,是版画中描绘的完美儿童,像游泳池一样的蓝色眼睛让看到他的人眼前一亮。

阿德里安的头发是深棕色,乱糟糟的很不服帖,非常瘦,奶油色的皮肤,非常害羞,似乎躲在自己身后。

尼娜有着小鹿般的优雅。黑色的眉毛和长睫毛环绕着乌黑的眼睛。过完两个月的暑假,她的皮肤成了小麦色。

皮先生在他的眼镜后面观察着他未来的学生,似乎很满意,微笑着请他们跟随他进入教室,然后他站在了黑板前。

始终是这种可怕的安静。每一步、每一个手势都被凝固了。

每个人可以随便选择自己的课桌。相互认识的人都选择坐在一起。艾蒂安挪了一下髋部,站到尼娜身边。阿德里安顺从了,站在了她身后。他看着她,忘记了老师这回事。他迷失在她的两条辫子里,她的头发顶部是深棕色,末端被阳光晒成了金色,她的两根橡皮头筋,中间的发缝,红色灯芯绒连衣裙上的珠光纽扣,脖子上的茸毛。从背后看到的美。她感觉到他的目光,偷偷地转过身来,给了他一个调皮的微笑。一个让他放心的笑容。他有了一个朋友。一个女伴。他可以回家告诉他的母亲："我交了一个女朋友。"他希望尼娜像他一样在食堂吃饭。

"你们可以坐下来了。"

皮先生做了自我介绍，在黑板上写下了自己的名字。紧张的气氛放松了，他看起来相当和善，差不多带着微笑，平静地解释着各类事项。也许他已经改变了，不是说成年人随着时间的推移脾气会变好吗？

上午的时间很快就过去了。新课本在当天傍晚就发下来了，而不是次日。

"我讨厌拖延……"皮先生一边说，一边翻着他的皮质公文包。

教室里出现了困惑的寂静。

"我看出来你们不知道这个词的含义。"皮先生站起来，用黑板擦擦掉自己的名字，在黑板上写下"拖延（PROCRASTINATION）：来自第一组动词变位 PROCRASTINER"。这句话他强调了三遍。

"就是说，把今天能做的事情推迟到明天。"

然后他要求每个学生依次站起来，说出他或她的名字和姓氏，并定义他或她的优缺点。

没有人敢出声。

"哎呀呀，都开始打瞌睡了！你们得打起精神！好吧，那我就随便点人了。"

他指着阿德里安的邻桌。一个苍白的金发女孩。她站了起来。

"我叫卡罗琳·德塞涅，我的强项是阅读，弱点是我有头晕症。"

卡罗琳脸色微红，坐了下来。

"下一位是——你的同桌！"皮说。

阿德里安站起来。额头发红，手心出汗。他害怕在别人面前讲话。

"我叫阿德里安·博宾。我的强项也是阅读……我的弱项……我怕蛇。"

尼娜举起了手。老师用点头对她表示鼓励。

"我叫尼娜·博。我的强项是画画……我的弱点是哮喘。"

艾蒂安接着站起来了。

"你没有举手！"皮大声呵斥。

一片安静。

"好吧,这是第一天,一般情况下第一天我懒得动脚,暑假已经把它累坏了。你坐下吧。如果你想发言,就举手。下一个!"

艾蒂安立即坐下来,背上冒出了冷汗。他的手在颤抖。

到了中午,铃声响彻了每间教室。没有人敢动。皮先生要求尚未自我介绍的学生完成练习。艾蒂安几次举手发言,但教师不理会他,直到他让所有的同学都去吃午饭。

他们一离开教室,艾蒂安和阿德里安就在门口等着尼娜。仿佛再次集合。当她加入他们时,艾蒂安显得颇为恼火。

"每个人都自我介绍了,只有我没有。"他诉苦。

"你叫什么名字来着?"尼娜问道。

"艾蒂安·博利厄。我的强项是运动,我的弱点……我不知道……我对什么都很在行。"

"你没有缺点吗?"尼娜问道。

"我想我没有。"

"你从来没有害怕过什么吗?"

"没有。"

"即使一个人在晚上的森林里?"

"我想我不会害怕。我不知道。试了才知道。"

他们肩并肩地快步走着。迟到了二十分钟去食堂。

尼娜在中间,阿德里安在她右边,艾蒂安在她左边。

学生:阿德里安·博宾,拉科梅尔市约翰-肯尼迪街25号,邮编71200,1976年4月20日出生于法国巴黎。

父亲:西尔万·博宾,巴黎市罗马街7号,邮编75017,银行家,1941年8月6日出生于法国巴黎。

母亲:约瑟菲娜·西蒙尼,拉科梅尔市约翰-肯尼迪街25号,邮编71200,儿科护理助理,1952年9月7日出生于法国克莱蒙费朗。

紧急情况联系人:约瑟菲娜·西蒙尼,电话85679003。

学生:艾蒂安·约翰·约瑟夫·博利厄,拉科梅尔市阿格兰木街7号,邮编71200,1976年10月22日出生于法国帕赖-勒莫尼亚勒。

哥哥：保罗-埃米尔，十九岁。妹妹：露易丝，九岁。

父亲：马克·博利厄，拉科梅尔市阿格兰木街7号，邮编71200，欧坦市政府行政公务员，1941年11月13日出生于法国巴黎。

母亲：玛丽-劳尔·博利厄，婚前姓帕蒂，拉科梅尔市阿格兰木街7号，邮编71200，马孔市法院司法公务员，1958年3月1日出生于法国拉康梅勒。

紧急情况联系人：贝纳黛特·朗科尔（管家），电话85305211。

学生：尼娜·博，拉科梅尔市盖瑞斯街3号，邮编71200，1976年8月2日出生于法国哥伦布市。

父亲：未知。

母亲：玛丽安·博，圣丹尼斯市奥伯特街3号，邮编93200，职业不详，1958年7月3日出生于法国拉科梅尔。

法定监护人：皮埃尔·博（外祖父），拉科梅尔市盖瑞斯街3号，邮编71200，邮局员工，鳏夫，1938年3月16日出生于法国。

紧急情况联系人：皮埃尔·博，电话85298768。

3

2017 年 12 月 5 日

我一直在脑海中重复这条新闻，但并不完全相信。像我这样孤僻的人……在我向报社提出申请那天，心里在想什么？挑战？心血来潮？我对流言蜚语或退休离职以及滚球比赛之类并无兴趣。可现在我被置于前线。真是自讨苦吃。

这无疑是一个不幸的巧合。

森林湖。在拉科梅尔南部通往欧坦的路上，有一个古老的采砂场。与索恩河相通的地下水层灌满了一百公顷的土地。小时候，我们经常在那里洗澡。明知道这很危险，但我们喜欢与危险调情，不过不敢离岸边太远，因为水下的滑坡会造成致命的旋涡。我们中很少有人敢到水中央。有时候男孩们会吹牛。而且关于这个湖有很多传说。据说到了晚上，你可以看到淹死在那里的人的鬼魂，他们穿着裹尸布在水面上游动。我在那里只看到露营者和废弃的啤酒罐。我们中的许多人不会赤脚下水。我呢，实在热得受不了的时候，会穿着球鞋下水。被玻璃或废旧金属片伤害的情况并不少见。我更喜欢在市政游泳池里游泳。但是夏天的晚上，我们经常在湖边聚会，在篝火旁听音乐，喝酒。

我已经多年没有去过那里了。

这是五十年来第一次抽空部分湖水以翻修堤岸。当地正在进行一项可行性研究，打算在此建造一个带儿童泳池和滑梯的沙滩。这个区域将由救生员监督。人们也想以此控制野蛮露营和鲁莽的泳者。

上周在清空湖西时发现了一辆汽车。要到达湖岸边，必须走一段蜿蜒而狭窄的道路。一般来说，开车来的人会把车停在离主要通道约三百米处，那是介于两块田地之间的临时停车场。

失事车辆的车牌刚刚被确认：这是一辆 1994 年 8 月 17 日在拉科梅尔被盗的雷诺小精灵。到目前为止，没有什么不寻常的地方：小偷或小偷们大概想摆脱它。但令警方感兴趣的是，这个日期与克洛蒂尔德·马莱的失踪时间相吻合。

1994年8月17日。当我听到报社负责人说到这个日期时，全身的血液都凝固了。我问他能不能从总部派人过来，一个更有经验的记者，但大家都在休假，我在值班，而且在事发当地。"正在进行调查，您需要尽快赶到湖边。我们希望在今晚之前得到一张汽车的照片和文字……"

我在抽屉里寻找我的记者证。通常情况下我不需要它。写一篇关于滚球小姐竞选的报道，人们从不要求我出示记者证。

我不喜欢克洛蒂尔德·马莱。我可能是嫉妒她缠在艾蒂安腰间的锥形长腿。我的脑海中浮现出这个画面。她坐在一堵矮墙上，他站着，与她亲热。她穿着短裤，小腿紧箍住他的背。她光着脚，脚指甲是红色的，涂得相当完美。她的金色露趾凉鞋躺在人行道上。女人味中的精髓。我想推她，取代她的位置。我想成为她。当然，我没有出现在他们面前。我屏住呼吸走自己的路。

克洛蒂尔德·马莱在她刚满十八岁的那个夏天突然失踪了。当她失踪时，我们整个小城都陷入了困境。为什么不留下任何解释、任何信件就离开？可我没有感到太惊讶，这是一个傲慢而神秘的女孩，她没有朋友，经常独来独往。

我想给动物收养所的尼娜打电话，告诉她湖中沉车的情况。但我永远不会这样做。只是一种突然的冲动，我立即克制住了。

至于艾蒂安，我不敢想象他听到这件事后会有什么感受。

4

1986—1987学年是教师安托万·皮唯一一次在学年中间更换替罪羊。

从1955年到2001年，在每个学年开始的时候，他都试图挑出一个学生成为他的惩罚对象。这是他喜欢的一个小游戏。每年夏天去奥洛讷沙滩市度假做着填字游戏时，他就已经做好了心理准备。

他会是金发、棕色还是红发？大个子的留级生，还是瘦弱的胆小鬼？一个他从一开始就没有好感的学生。只要这个孩子一坐到教室的长条课凳上，只要他一说出"到"这个词，他的声音就像叉子划过盘子底部一样冒犯了他。

他只选男孩，对作为弱势性别的女生不感兴趣；并参考他看过的学生个人档案——他可能会花上好几个小时来破译。

他是多么喜欢破译他的学生们的名字、姓氏和家庭情况啊！他是多么喜欢这些信息啊！就像人们在黑暗中从外面窥视一座窗户亮着灯的房子里面发生的事情。

父亲和母亲的职业。他绝不会选择父母是高管或公务员的学生。这就是在1986年开学第一天拯救了艾蒂安·博利厄的原因。如果皮没有在他的档案中看到他的父母是高级公务员，就会整年修理他。不经允许就站起来说话，放肆！

而且，他永远不会碰一个叫阿卜杜勒·卡德尔的学生，因为他喜欢在精心挑选的几个朋友面前叫出穆斯林学生的名字。那几个朋友都来自外校，是他在奥洛讷沙滩市的咖啡馆露台上遇到的同行。

安托万·皮在拉科梅尔没有朋友，由于他的职业，他与人们保持着一定的差别与距离。

一旦通过研究父母的职业状况和国籍进行了初选，三天时间足以让他根据几个不变的标准选择他不喜欢的学生：看起来笨头笨脑，表情鲁莽，理解力迟钝，某个习惯性小动作，一件皱巴巴的衬衫，肚子周围有点肥肉，鞋子不干净，表达不自信。他也可以把气撒在那些看起来对自己太有把握、自命不凡、面带微笑、眼珠灵活、喜欢开玩笑的学生身上。对这些学生，他喜欢让他们闭嘴。

他寻找着班级中最不易察觉的缺点，然后生吞活剥。

他一直教五年级，这是学生上初中前的最后一年。在他看来，初中是"国民教育中的大垃圾"。他觉得被自己塑造的宝石最终都会掉进阴沟里。"在小提琴里撒尿"，正如他在晚上吞下菜汤时对妻子说的那样。

1986年9月，他把目光投向了在一年级时曾留级的马丁·德兰诺伊。这个孩子有诵读障碍的问题，正在接受发音治疗。皮感受到一种恶意的快感，但不是让他在全班同学面前大声朗诵课文：这太简单了，不够狠而且很危险，目的在于永远不会引起家长、所有家长的怀疑；因为他的学生们会一边吃着饺子一边讲述学校发生的事。皮更乐意把马丁·德兰诺伊叫到黑板前做难解的数学题，一站就是一个上午。

他享受着勉强掩饰在虚假的笑容后面的一种快感，观察着一个学生浑身发抖，脸色苍白，太阳穴和额头上细密的汗滴在闪烁，强忍着泪水，直到木头讲台上砸出一个小水洼，一滴透明的血，被憋了太久的悲伤，然后脸上泪流成河，像积水溃坝。而他，皮，温柔地说："回到你的座位上，孩子，课间休息你留下来，我来给你解释。"

他很少大喊大叫，平时极其温和。然后，在没有任何警示的情况下，因为一个学生在喋喋不休，因为老婆在前一天晚上和他吵了一架，因为早上开车时被人抢了道，他会窜向一个孩子，揪住衣领把他从地上拎起来。成绩不好，跑题，傻笑，上课讲话，注意力不集中，打呵欠……在这些情况下，教室的墙壁在摇晃，他的声音一直传到操场上那些大栗子树的树顶。

没有一个家长抱怨，因为从来没有一个学生能像在皮先生的班上那样把平均成绩提高得这么多。他的名字被人们文雅地念出来，人们带着微笑和满足感低声说："他在皮先生的班上。"

到了年底，人们送给他很多礼物，他眼眶湿润地接过来，不停地说："我只是做了自己应该做的。"

他的课讲得极其精确和清楚。他可以花几个小时来解释一个问题，直到每个小脑袋瓜都清清楚楚。即使这意味着重复再重复。即使这意味着反复抄写课文直到倒背如流。即使这意味着给出的作业清单有两条手臂那么长，占据了学生们的每一个晚上和每一个星期天。

他是一位了不起的教师，所以他允许自己找一只替罪羊来减轻压力。鉴于他的突出能力，连校长艾维尔先生也只能对他的非正统行为视而不见。

1986—1987这个学年于是从学生马丁·德兰诺伊开始了，直到三月的那一天，班级照片在课间休息前被发了下来。每个孩子都收到了一个信封，里面有照片的价格，以及印成年历、书签和贺卡的单人照。

那天上午，阿德里安·博宾和马丁·德兰诺伊被留在教室里做有关复数人称性数配合的练习。皮去教师休息室喝了杯咖啡。他在上午十一点左右回到了教室，离下一节课上课还有几分钟。

他轻轻地推开了门。他喜欢不声不响地走到学生身后，吓唬他。他看着马丁·德兰诺伊，鼻子凑近作业本，脑袋偏向一边，一边写作业一边用舌头舔着嘴唇。皮正打算就他握钢笔的姿势发难，目光却突然被阿德里安·博宾吸引了。那个听话的小毛头，成绩很好，是那种人们不会去难为他的孩子——这天上午，他却在磨磨蹭蹭。

目光落下时，皮像被一把冰冷的剑刺穿了，锋利的大脑用了四分之一秒的时间来判断。他沉默的愤怒、他的变态，在瞬间转移了对象，仿佛有一道电弧从坐在教室左边的学生德兰诺伊传到了最右边的学生博宾。

阿德里安抬起头，只看到皮目光中的一片漆黑。在皮的眼镜后面，是一场朝他迸发的疯狂的风暴，咄咄逼人，不共戴天，能置人于死地。阿德里安一下子就明白了。他垂下眼帘，继续写作业，但为时已晚。

5

2017 年 12 月 6 日

　　我听到教堂的钟声在远处响起。当午后响起时,钟声意味着在举行葬礼。毫无疑问,去世的是位老人。如果是一个年轻人,正在报社值班的我就会知道。这里只剩下老人了。原有的巴斯德和丹东这两所学校只剩下了一所,可是还能存在多久呢?当一个工厂辞掉工人的时候,人们也失去了他们的孩子。在过去的二十年里,这里发生了太多的裁员和提前退休。生产汽车配件的麦哲伦工厂,工人从 1980 年的三千名减少到 2017 年的三百四十名。最致命的一击发生在 2003 年,达玛姆运输公司被出售,几年后又被迁走。

　　雨水落在我的椴树上。

　　我正在修改一份稿子,同时等待了解更多关于在湖底发现的那辆车的消息。它被拉到了欧坦。警察不让我靠近它。我拍了几张汽车出水的照片。今天上午,报纸上只发了豆腐干大小的消息。但是,如果在里面发现一具或多具尸体,那就是头版新闻了。我感觉刑警对记者的态度可谓如履薄冰。据一名线人说,车内好像发现了残骸。我不禁想到了克洛蒂尔德·马莱。

　　就在刚才,我从五年级的班级合影照片里把她辨认出来了。1987 年 3 月,她只有十一岁。我不记得克洛蒂尔德曾在我们班上。看到她儿时的模样,我感到很震惊。在很长一段时间里,她的照片被贴在商店里。但由于在她失踪当晚,有证人正式指认曾在火车站看到过她,所以大家都认为她没有留下地址就离开了。

　　在这张照片里,还看到穿着灰色大衣的皮大人,以及并排的三个 B。博利厄,博,博宾。我在第二排,左起第四个,无影无踪,透明得没有人看得见。

　　在"皮学年",尼娜、艾蒂安和阿德里安,在上课铃声响起前十分钟在巴斯德学校门口相会。除了他们自己，没有其他同学。他们几乎黏在一起，就像来自同一窝的小狗。然而，他们看起来一点也不像，不论外表还是性格。

十一岁是大多数女孩与男孩开始泾渭分明的年龄。

尼娜经常很累，因为她睡得很晚。有人说，她帮外公按街道和地区对第二天要分发的邮件进行分类。这不是真的，分拣工作是上午在邮局进行的。她肯定一直画到深夜。她的手指总是被木炭棒弄成灰色。无论她怎样用刷子和肥皂擦洗，铅粉都会染黑她的指甲。

我喜欢她的黑眼圈。也想拥有。这让她变得老相，看起来很严肃。我好想偷走她那疲劳的痕迹。我好想从她那里偷走一切。她的小鼻子，她的身材，她的神态，她的笑容。

小时候，尼娜看起来像奥黛丽·赫本。后来也是如此。但是很忧伤。奥黛丽的眼睛里也总是带着一丝忧郁的光芒，可是尼娜的眼睛更黑暗。仿佛她还是个孩子的时候就已经经历了一切。没有人知道她的父亲是谁，但人们推测他来自北非或意大利南部，因为据说她的母亲是红发碧眼，而尼娜的眼睛很黑，黑得看不到瞳孔。

三个B走路去上学。艾蒂安和阿德里安将滑板留给晚上、周三下午和假日使用。

尼娜和她的外公住在一个工人阶级的住宅区，所有的砖墙房子都一模一样，一幢紧贴一幢地布满了十几条街道，后面都带一个菜园子。每个园子都能养活一整个家庭，如果遇上好季节，还能养活几个邻居。

阿德里安和他的母亲约瑟菲娜住在一间三居室的公寓里，在一栋二十世纪六十年代建筑的四层楼住宅的顶层。

艾蒂安、他的父母和他的妹妹露易丝住在一栋美丽的别墅里，四周被百年大树环绕。长子保罗-埃米尔已经去第戎上大学了。

尼娜由一位老人抚养长大。

艾蒂安是一个老人的儿子。

阿德里安的父亲不在，母亲是一个满脑子六十年代精神的女人。她一边抽烟，一边听着穆雷·海德[①]的《乔，告诉我不是真的》，一边擦拭着餐厅的窗户。

---

① 穆雷·海德（Murray Head, 1946— ），英国歌手、演员。

三个人的家与学校的距离相同，差不多两百米左右。

他们被同一个理想联结在一起：长大后就离开。离开这座小城，生活在一个充满红灯、喧哗与骚动、自动扶梯和商店橱窗的城市里。那里到处都是光，夜晚也不例外；陌生人和无法交谈的外国人走在人行道上，人来人往。

他们在一起度过所有的空闲时间，连课间休息和去食堂也不分开。他们为同样的事情哈哈大笑。拿起电话簿随意翻开，拨出一个号码，用伪装的声音进行预约。关上门和百叶窗，一起看《马格努姆》和《法姆》，狼吞虎咽地吃着糖果。玩"珠玑妙算"和"战舰"游戏。躺在尼娜的床上，一起阅读《丁丁历险记》或《奇闻年鉴》。"看完了……"阿德里安和艾蒂安异口同声地说道。当两个小男孩这样说后，尼娜就翻开下一页。

他们喜欢互相吓唬和讲故事，在超市的过道上放臭弹，连续几个小时地用卡式收录机录音，扮演电台主持人，然后一边听一边傻笑。艾蒂安是领头的，尼娜是中心，阿德里安紧随其后，从不抱怨。

在他们的日常生活中，尼娜的哮喘发作打着节奏。三个人的活动取决于她任性的支气管炎。尽管使用了"舒喘宁"，有时发作仍可能持续数小时。在最严重的时候，尼娜选择一个人和粗重的呼吸待在一起。

阿德里安和艾蒂安分头回家。阿德里安在家看书或回忆他们彼此说过的话。艾蒂安去玩滑板，或者和他的妹妹露易丝一起看电视二台儿童节目上的结局。

尼娜是他们之间的纽带。没有她，阿德里安和艾蒂安就不会碰面。他们要么是三个人，要么什么都不是。

这两个男孩喜欢尼娜，因为她从不评价任何人，而在拉科梅尔，人们喜欢彼此议论。人们继承了流言蜚语，它被代代相传。尼娜带着母亲的名声，她只是个"一无是处的小杂种"。阿德里安，因为他很害羞，除了尼娜，没有人对他感兴趣，尼娜发现他很聪明、很神秘。他的母亲约瑟菲娜·西蒙尼刚开始在公立托儿所上班，是个长裙曳地的新潮人类。没有父亲。这对母子被视作嬉皮士。至于艾蒂安，他被许多学生蔑视为"资本家的儿子"。在拉科梅尔，物以类聚，人以群分。毛巾与毛巾在一起，抹布与抹布在一起。工人们受到尊重，工头们则不那么受尊重。人们不喜欢管理人员的儿子，他们的轻松和财富几乎令人怀疑来路不正。

三个人总是一起去看电影。总是坐在第一排。在电影院，阿德里安不再像在教室里那样被安置在后排，而是坐在尼娜旁边。她在中间，他在她右边，艾蒂安在她左边。

他们看《甘泉玛侬》那天，当乌戈林把玛侬的丝带缝在他的皮肤上时，尼娜抓住了他们两个人的手，直到乌戈林上吊自杀后，还一直紧紧握着。

《甘泉玛侬》成了阿德里安和艾蒂安最喜欢的电影，不管他们嘴上说什么。当他们被问"你最喜欢的电影是什么"时，他们回答："《绝地归来》。"但他们在撒谎。

6

2017年12月7日

星期四，是我去超市购物的日子。我总希望能碰到尼娜，但这从未发生过。买好生活必需品后，我就去菜市场。我再次希望能见到她，注视着经过的每辆车，没有她。就像她在躲藏中生活。

买完水果和蔬菜后，我去名叫"教堂"的小餐馆那个开着暖气灯的露台上喝咖啡。我看着推着手推车和拎着篮子的人走过。夫妇，单身妇女，鳏夫。

我很喜欢这个女服务员。她没有认出我。她叫桑德琳·马丁。我们初二的时候是同班。和三个人在同一个班。之后，她去做了学徒。她有一个怪癖，总是朝地上吐痰。那时候她很漂亮。现在仍然漂亮。但从脸上的皱纹和嘴角可以看出她的烟瘾和打短工的生活。冬天，毛衣遮住了她的前臂上那条褪色的蓝色美人鱼文身。一条从未在宫殿的露台上闲逛过的美人鱼。

有时我想对她说："是我，维吉妮。"但为了什么？要说什么？你有孩子吗？——没有。你呢？——嗯，两个。——他们多大了？——十五岁和十八岁。——你在这里干了很久了吗？——你怎么会在这里？这里已经完蛋了。

我宁愿桑德琳没有认出我。我们彼此微笑。她把当天的报纸递给我。我留下三毛钱小费。我想留下五毛钱，但这对一杯一块二的咖啡来说太多了。她会注意到我。

"再见。"

有时候彼此未认出对方也是好事。让人平静。

在回家的路上，我绕道经过我以前的初中。它已经对外关闭了很长时间。太多的石棉和过堂风。它已被破坏了几次。有些强行占屋者向它投掷石块，并试图放火烧它。一些窗户被纸板挡住了。周围长满了高大的野草。

　　人们在城外新建了一所叫乔治-佩雷克的中学，集中了附近好几个镇子的学生。

　　经过这里时，常常让我想起一艘被船长遗弃在混凝土般海面上的绿色破旧轮船，今天早上，我猛地踩下了刹车。

　　我通常只是不经意地走过它，就像我以前经常走过埃菲尔铁塔一样。

　　我刹住车，把车停在路边。传言成了现实。挖掘机已经开始工作：老鸽舍中学正在被夷为平地。我在那里站了十分钟，看着过去被粉碎。蓝色的金属板被拆除，隔墙以光速被肢解着，仿佛这里只是一个布景，而不是一个教了几十年书的真实场所。

　　再过几天，就什么都没有了。

　　我记得当时坐在自习室里，在休息时间，我从三楼往下看同学们在操场上散步。我看着他们，常常想：一百年后，他们都会死掉。

　　我从未想过，我从前学校的墙壁会比同学先倒下。

　　麦哲伦工厂的不景气和达玛姆运输公司的搬迁打击了整个地区。只剩下两条主要街道试图保持着某种尊严。这个现代世界最后的英雄，那些被电视新闻称为"小店主"的，正在动员起来，以保持只剩下针头大小的城中心的心脏跳动。

　　这里，杂草横生。所有在我还是孩子的时候人来人往的地方，如今就只有开裂的墙壁、紧闭的百叶窗、苍白而又生锈的标牌、混凝土上长满青苔的人行道。

　　在阿德里安和艾蒂安玩滑板的地方，剩下的只是一片无人区。

7

从 1987 年 3 月 9 日星期一开始,也就是从皮开始厌恶他的那一天起,阿德里安就像个囚犯那样数着那些将他与自由隔开的日子。除去周六下午、周日、周三和公共假期,要等到暑假,就必须坚持六十一天半。

六十一天半,走进教室时,肚子和鞋子里装满了铅。六十一天半,每天晚上用黑色毡笔画掉过去的一天,用力压住笔尖来解脱自己。他在消防队赠送的年历上画掉过去的日子,年历上可以看到消防员在处理交通事故、洪水或火灾:这恰恰也是被老师折磨的阿德里安所处的精神状态。

他在每个课间休息和晚上放学后都被留下。皮不断地借口课文没有背出,作文写得不好必须重写,让他重画平行四边形,复习前缀、后缀、数量级,写一百遍:"我不在课堂上做梦。"

自 1987 年 3 月 9 日起,阿德里安不再做梦,不再观察尼娜的脖子、她的头发、她头上的皮筋、她的连衣裙、她的肩膀、她的后背。

皮始终在他的身边嗅着他。

只要阿德里安放松警惕,皮就会把他叫到黑板前,在全班面前更厉害地羞辱他。但无济于事。

害羞的人既不软弱也不怯懦。刽子手不一定占上风。阿德里安从未哭过。他直视着皮的眼睛,试图回答他的问题,无论这些问题多么恶毒和难以理解,而学生马丁·德兰诺伊,这一年的第一个受罚者,则轻松地呼吸起来。他仍然对这一奇迹感到惊奇:雷霆已经转移到另一个营地。

晚上,在阿德里安被留校后,尼娜和艾蒂安像两个痛苦的灵魂,坐在人行道上等待着他。他们陪他回家。阿德里安浑身疼痛,他的肌肉因挛缩而疼痛。

尼娜一直在问他:

"但他为什么要挑剔你呢？"

对此，阿德里安总是回答：

"有一天我会告诉你。"

"但你会告诉我什么？"

而阿德里安已把自己关在沉默中。

艾蒂安问他想不想让他去刺破皮的轮胎，或者在他的信箱里放狗屎。"我知道他住在哪里……"但阿德里安拒绝了。皮会怀疑一些事情，如果他开始为难他们，情况会更糟。

阿德里安在睡梦中哭泣。当他醒来时，他的枕套是湿的。

他们不再在尼娜的房间里一起读同一本书，电视机也一直关着。仿佛他们最喜欢的连续剧中的英雄已经死去。

"他搞砸了我们的周三……"

"他搞砸了我们的生活！以前多好啊。"

"有一天，我在城里看到他，他好丑，所以他穿了一件外套，那是为了掩盖他的大屁股。"

他们三个人都不断重复："夏天快点到吧！"

他们很少去电影院了，他们在课间休息时一起散步，头上顶着同一顶铅帽。但当他们去电影院时，他们按习惯坐着：尼娜在中间，艾蒂安在她左边，阿德里安在她右边。

他们就是这样一起发现了让-卢普·于贝尔的《大道》。那一天，阿德里安明白了，一个人可以通过进入艺术作品来逃避日常生活，无论它有多么沉重。

*

1987 年 5 月 4 日，皮发现他的包里少了一些要批改的作业本。他不假思索地扑向阿德里安，在其他惊恐的孩子面前揍了他一顿，指责他在留校期间偷了作业本。尼娜和艾蒂安一起站起来想干预，但阿德里安的一个眼神，只要他的一个眼神，就足以让他们立即坐下来。

阿德里安的身体无法承受这种新的攻势，他病倒了。从来没有人打过他。他的父亲从未碰过他，尽管父亲近乎冷漠的态度在他的肉体上留下了无形但不可磨灭的痕迹。他的母亲很温和，她绝不会对她的儿子动手。

在回家的路上,阿德里安让艾蒂安和尼娜发誓绝对不会告诉任何人。他的两个朋友举手发誓。

儿子回到家时,约瑟菲娜发现他脸色非常苍白。心事重重,若有所思。她试图让他说话,但没有成功。晚饭后,她打电话给尼娜,问她在学校是否发生了什么特别的事情,但尼娜说没有,没有什么特别的事情,一切如常。

在夜里,阿德里安突然全身发抖,然后发起了高烧。他被诊断出由支气管炎转成了麻烦的肺炎。他住了几天院。三个星期没有去上学。尼娜和艾蒂安拿着他的课本和讲义,每天晚上放学后都会去他家。

现在开始,约瑟菲娜只在她的小阳台上抽烟,她热了他们的点心,他们围着福美卡贴面的桌子一起吃。

约瑟菲娜的头发留着一些金发的痕迹,有些地方发黄发白。小小的脸庞可能让人联想到啮齿动物。然而,她的五官精细而光滑。她的目光中含着温柔和疑问。

在结束了和阿德里安父亲的情人关系后,她没有重建自己的生活。一个自相矛盾的男人,娶了另一个他既无所谓也不愿意离开的女人。他曾提醒说:"永远不离婚。"当他得知约瑟菲娜怀孕时,他没有反应。没有愤怒,没有苦涩,没有喜悦。他没有说"不再回来"就离开的那天,约瑟菲娜正在烤一个苹果派。当他把一件东西递给她时,她的手正放在黄油和面粉里。她感到莫名其妙,直到看到支票上的数额。她在签名上留下了一个油渍。

西尔万·博宾再次回来只是为了承认他是孩子的父亲。约瑟菲娜没有勇气告诉他这没有必要。她不再爱他了。虽然她曾经渴望、等待、期待过他。但那是在失望、脏话和懦弱的姿态之前。她任他靠近摇篮,他在摇篮前保持着一定的距离。

有时他还会重新出现。像公共工程的检查员或警察。他在进门之前会按铃。他打量一眼公寓、油漆、水管、阿德里安的学习成绩,在客厅的桌子上留下又一张支票,然后离开。毫无疑问,他感到对得起自己的良心。

当阿德里安住院时,约瑟菲娜给他打了电话。这是十一年来的第一次。西尔万·博宾出国了,所以她给他住的酒店留了言。他回了电话。线路很不好。在电话中，约瑟菲娜让他放心，情况比想象的好，阿德里安已经好多了，一条讨厌的支气管出了问题。

现在约瑟菲娜正看着他们三个人把小嘴浸在热气腾腾的碗里。她喜欢阿德里安的新朋友，特别是尼娜。约瑟菲娜希望自己有一个这样的女儿。一个长着棕色眼睛的布娃娃。两颗星星挂在一张可爱的脸上。"而且它们还一直在闪闪发光。"她想。

做完作业后，尼娜在离开前会拥抱阿德里安；艾蒂安则搂着阿德里安的脖子并且总是像念经一样说："夏天快点到吧。"

痊愈后重新上学，阿德里安继续画掉将他与解脱隔离的日子。他计算过，如果算上升天节星期四的大周末、圣灵降临节的星期一、星期三、星期六下午和星期日，就只剩下三十一天半了。

阿德里安曾在某处读到，"体内有魔鬼"意味着做一些超人的事情。在他看来，整整三十一天半，每天起床，喝杯热牛奶，穿好衣服，走这条路，进入巴斯德小学内，穿过操场，爬上六级台阶，把外套挂在衣架上，坐在自己的座位上，闻着灰色外套里邪恶的古龙水味，与眼镜后面的眼神对视，这几乎就是超人的行为。

被他同样视为超人的是没有父亲来保护他，来握住他的手，对他说："我会保护你的，儿子，不要怕。"

他回到学校的那天，即使有尼娜和艾蒂安在场，也没有让他疯狂的心跳平静下来。他想拉屎。他的胃在蜷缩。喉咙肿了起来。

那天早上，阿德里安认为尼娜的哮喘已经感染了他，所以呼吸困难。

皮的脸上马上显出了笑容，声音里带着蜜糖。不再几个小时地站在黑板前，不再被留下来，不论放学的时候还是课间休息。

皮被吓着了。这是第一次有被自己惩罚的孩子生病了。通常，他一般能感觉到，并在事情变糟之前使其平静下来。

几个星期过去了。阿德里安的作业得到了很好的分数，老师在右上方用红墨水鼓励他："非常优秀，非常好的作业，认真的学生。"

六月的一个傍晚，阿德里安主动留在教室里，而皮则在他的桌子前工作。学生们必须用一个十二伏的风扇发电，在风扇的每个叶片上黏上一块磁铁，然后用两块多米诺骨牌将其连接到变压器上。阿德里安对此非常着迷，他做了一块木板，把它精心地涂成白色，并把三个彩色灯泡连接在上面。到了下午六点他还没有完成时，急于离开的皮就要求他回家完成。

阿德里安整个周末都在研究它，用一个开关改变电流的强度，这让尼娜感到惊讶。

"你超级聪明。"

"这不是聪明，是物理。"

"都是一样的。"

星期一早上，当阿德里安、尼娜和艾蒂安到达他们的教室前，校长艾维尔先生在门口等待所有学生，神情严肃。艾维尔先生叫他们排好队进入教室，并要求每个人坐在自己的老位置上，拿出语文书，静读最后一课。

皮没有来。在他的整个教师生涯中，他从未缺席过。

学生们互相交换着疑问的眼神，没有说一句话。终于他们中有人敢举手了。

"皮先生在哪里？"

"在我的办公室。"校长回答说。

教室里充满了明显的失望。大家本来想可以回家，骑自行车，玩棋盘游戏，看电视，即使周一没有儿童电视节目。

不，皮没有被绑架，没有生病也没有死，今天仍要上课。

就在这时，艾维尔用眼睛寻找阿德里安，然后说：

"阿德里安·博宾，请你跟我来好吗？"

一听自己被叫到名字，他就感到胃里一阵翻腾。他站起来，像一个被定罪的无辜者，不知道自己被指控了什么，不安地瞥了一眼尼娜和艾蒂安，低着头走在艾维尔身后。

看着地板上的瓷砖。排列不整齐。试图数它们，以便不去想任何事情。一、二、三、四。一种不好的预感。皮为什么不在？校长为什么要传唤他，而且只是他一个人？

是的，一种不好的预感。

艾维尔和阿德里安走进了校长办公室。这是一间改造过的旧阅读室，有一张秘书桌、装着学校文件的柜子、一部电话和一台打字机。皮在这里，两腿交叉地坐着。他没有穿他的灰色外套。他上着天蓝色衬衫下穿涤纶长裤。这是阿德里安第一次看到他的老师穿着城里人的衣服。

皮没有抬头，没有看阿德里安，即使阿德里安向他打招呼时也是如此。他只是对校长笑了笑，好像阿德里安不存在。

"好吧，让我们切入正题，皮先生告诉我，你偷了东西。"

阿德里安一下子没有明白。他寻找皮的目光，那目光仍然定格在坐在他对面的校长身上。

"你知道在操作练习中使用的材料必须留在学校里……这是在学校的内部规章制度中写的。"

阿德里安一个字都说不出来。他被指控犯有盗窃罪，皮抓住了他，他赢得了这场比赛。阿德里安感到他的泪水在涌动。但是不，皮不会拥有他的眼泪。他立即像喝苦味汤一样吞下了这些东西。他用指甲紧抠前臂的皮肤。一个细节帮助了他。起初，它是无法察觉的。然后，这不再是一个细节，而成了显而易见。渐渐地，随着阿德里安的呼吸和心跳开始平静下来，他感觉到了。起初略微刺鼻，然后越来越持久，形成越来越大的圆圈，直到它在房间里再也无法不被注意到：一种盗汗的气味。皮的臭味。谎言的味道从他身上散发出来。

艾维尔将他从思绪中惊醒。

"这就是你为自己的辩解吗，博宾？"

沉默等于默认。什么都不说就是同意。他同意了接受处罚，直到学年结束。每天抄写，并交到校长手中。

他在全班同学面前被指控盗窃，他被孤立了，课桌被放在教室最后头，靠着冰冷的暖气片。

他的学校记录上没有任何警告或报告，因为阿德里安·博宾是个好学生，而且他那天早上就把他的木板作业带回来了。何况只是三个小灯泡、几根电线和一些毫不值钱的材料。惩罚是为了维护原则，做出样子。

当约瑟菲娜·西蒙尼听到所发生的事情时，她打算立即去见艾维尔和皮，并想去教育局告他们诬告。

阿德里安拒绝了。

"皮是对的，我偷了这些东西。"

"你认为我很傻吗？你为什么要为他辩护？"

"再过十九天就放假了。"

"我要给你爸爸打电话!"

"我没有爸爸!他根本不在乎我的死活!如果你给他打电话,我就会离家出走!我发誓我会出走!而且你绝不会再见到我了!"

约瑟菲娜屈服了。她没有给任何人打电话。西尔万·博宾和教育局都没有。

约瑟菲娜相信她儿子的话:阿德里安有能力消失。她一直都知道,感觉到这一点。这就像一个阴险的威胁。她的儿子身上有些可怕的东西。绝对与童年问题无关。阿德里安从来都是心事重重的。他很温和但很严肃。完全用不着要求他做作业、刷牙、摆饭桌、帮助整理房间,他自己就能做到。他经常笑,这种晶莹剔透的笑声让约瑟菲娜很珍惜,他知道如何把自己交给快乐,特别是当尼娜和艾蒂安在这里的时候,当他们看喜剧或电视上的节目时。但他总是会突然情绪低落,像一个穿着三十五码鞋的成年人。

从那天起,阿德里安对人总心怀戒备,怀疑他们的反常行为。

他再也不相信任何人了。

这个学年带给他两个朋友,带走了他的童真。

8

2017 年 12 月 8 日

我可能得了咽喉炎。我在脖子上围了一条围巾。长久的沉默与独居，让我的喉咙变得很脆弱。

今天不是捐狗粮的日子。然而，我却把三十公斤的狗粮放在收养所的大门口。

像往常一样，我听到狗在吠，但没有看到它们。

像往常一样，那个高个子、胡子拉碴的家伙来收狗粮，一边嘟哝着：

"为它们感谢您。"

"尼娜在吗？"我问。

大个子停顿了一下，就像按下暂停键。通常情况下，除了问候和再见，我什么都不说。我立即改变主意，不给他时间回答我，向自己的车走去。他用眼睛跟着我。我做了一个含糊的告别手势。我不知道我是怎么了。

毫无疑问，这是一种混合的情绪。

被拆毁的老鸽舍中学，找到的班级照片，经常在梦中出现的记忆，那个昨晚出现在我梦中的记忆，我看到自己回到了那里——尼娜的家里。那个葬礼当天的夜晚。恐惧，惊愕，缓慢的动作，艾蒂安，他的苍白，他的黑眼圈，他的呼吸，还有崩溃的尼娜。

但更让我纠结的是，人们在森林湖的汽车里发现了一具尸体。消息已被证实。警方将开始调查死者的身份。我不知道为什么，但目前我无权在报纸上公布这些东西。

而我非常想告诉尼娜。

＊

尼娜坐在她的办公桌前，咬着笔帽。

糟糕的一天。收了两条流浪狗。是猎犬。无法确定身份。浑身长满了寄生虫。两个月来没有人来领养动物。一名志愿者不干了。幸运的是，在这些糟糕的事情中，还有一丝希望：有人对老鲍勃感兴趣。它在这里待了四年。十六个黯淡的季节。那个人刚刚打电话来，说下午三点钟来看狗。这人在收养所的网站上发现了它的照片。他喜欢鲍勃。尼娜拍的狗档案照片几乎和约会网站一样有效。

她对自己笑了笑。她也应该尝试一下，在"结交男友"网上注个册，去看看。可是在兼售跑马彩票的小咖啡馆与一个陌生人面对面，这想法让她感到不舒服。此外，在拉科梅尔没有陌生人。她认识所有与她同龄的人。牙齿被烟草熏黄的已婚胖子、酒鬼或是干瘪的老运动员。她把自己逗笑了。这感觉很好。它就像心里一亮。当你只剩下微笑，就必须微笑，微笑着继续下去。

克里斯托弗进入办公室，给自己倒了一杯温咖啡，并拿一块黄油饼干往杯里蘸了蘸。

"每个月都送来狗粮的人，今天早上她又来了。她问我你在不在。通常情况下，她从不说什么。你知道她是谁吗？"

尼娜从她的表格中抬起头来，目光显得有些局促，仿佛正在忍受所看到的。

"是的，我很清楚。"

"啊？"克里斯托夫深感意外。

"那是个幽灵。"

尼娜穿上外套，向猫舍旁边的医务室走去。是时候给奥兰打针了，它可能得了鼻伤风。在其他猫被传染之前必须赶快治愈。

9

1987年7月

"阿德里安,你认为我来月经是因为我妈妈是个妓女吗?"

"嗯,不,特蕾莎修女十岁就来月经了……和你一样。"

"特蕾莎修女?"

"是的。"

"你确定吗?"

"是的,我在《科学与生活》上看到的。"

艾蒂安和阿德里安簇拥着尼娜走向诊所。自从前一天在游泳池尼娜什么也没说就像子弹一样离开后,他们还没见过面。

男孩们踩着滑板,尼娜步行。他们随着她脚步的节奏滑行。

从游泳池开始,她一直在流血。她与勒科克医生约了看病,这次没有伪装声音。一场以她的真名尼娜·博预约的真会诊。诊所的人都认识她,因为她有哮喘病,要定期监测。这是她第一次单独去看医生。正常情况下,外公会陪她一起来。叛逆的感觉让她有些发窘。

"你有没有告诉你外公?"艾蒂安问。

"没有。"尼娜有些恼火。

"你能去游泳池吗?"

"嗯,不……"

"它要持续多长时间?"艾蒂安开始担心。

"我不知道……大约六天……不过,去吧,你们自己去游泳池好了。"

"我们不会丢下你一个人的!"阿德里安愤愤不平地说。

艾蒂安毫不掩饰自己的喜悦:

"我们去租录像带!园丁和朗科尔太太都休假了!家里将只有

我们！"

"你妹妹怎么办？我们不会打扰她吗？"尼娜不安地问。

"她从不在家。"

当他们三人到达诊所门口时，尼娜要求男孩们在稍远的地方等她。

"你不希望我们在候诊室陪你吗？"

"不，我更喜欢一个人去。"

隔壁是一个园艺商店的停车场。两个男孩去那里在卡车停车线上玩花样滑板。

他们腾起，跳跃。艾蒂安比阿德里安更擅长，更大胆，速度也更快。他似乎悬浮在他的滑板上。俩人在一起看起来像是老师和学生，阿德里安想。一个专业人员和一个初学者。艾蒂安对自己的身体有完美的控制。他有一种与生俱来的敏捷和灵活，他又长高了，比阿德里安高两个头。在轮子上，在水中，在陆地，艾蒂安都能控制好动作的平衡和姿态的美感。你一定得看看他以自由泳穿越游泳池的大池。

这是一个阿德里安深信不疑的宿命：人并非生而平等。

阿德里安的膝盖和胳膊上都有结痂，手腕因为试图模仿艾蒂安的技巧而疼痛，他打算休息一下，在系一只鞋的鞋带时，他感觉到一道目光，就像刀刃插在他的背上。他惊讶于贯穿全身的眩晕，转过身来，瞬间瘫软。就像有人在他肚子上踢了一脚。呼吸被切断了。

"他"就在那里。离他大约三百米。他观察阿德里安有多久了？他一直在跟踪他吗？四分之一秒后，他转过身来，全速关上车门，走进了园艺商店。

就像一种冲动，有人在推他，就像一股未知的暴力，也或许在他的背后一直躲藏着令他无法忍受的羞涩，所有的伪装在刹那间落下。所有皮没能让他哭出来的东西，以一种完全不同步的方式彻底释放了。

阿德里安冲了出去，把滑板丢在一堵矮墙上，没有听到艾蒂安在问他要去哪里。他跑过停车场，推开商店厚重的门，门反弹打在他的脸上：他动作极乱，身体不听使唤，两腿充满了电流。

第一条通道，空无一人。另一个也同样。

阿德里安像疯狗追踪野兽一样寻找着皮。

他与一个工作人员擦肩而过，后者对他微笑：

"你好，我的孩子。"

阿德里安什么都听不见。他的心跳声震动着耳膜，一条落网的鱼。

教室里的味道又出现了——纸张、胶水、氨水、粉笔和汗水的混合物。

第三条过道。他在那里，掂量着袋子，平静地为他的花园选择种子，脸上挂着每天早上离家之前摆好的微笑。

阿德里安非常了解这种微笑。它仍在每晚的梦中把他惊醒。

皮还没有看清跳起来的阿德里安，脸上就挨了一拳。这不过是一个紧握的小拳头，是一个个头矮小的十一岁男孩的拳头。但这只手集中了那么多的愤怒、压力和悲伤，这一击有如近距离发射的子弹一样有力。

眼镜片破裂，划伤了他。他的鼻子上有血。他的视线变得模糊不清。然后阴囊上被踢了一脚，前所未有的暴力。一阵眩晕，皮向前倾倒，蜷成一团，而阿德里安则像个疯子一样一边打他一边尖叫。一名员工抓住他，把他拉回来，他拼命挣扎。

然后是另一声尖叫，惊恐绝望，那是尼娜。

"阿德里安！"

尼娜的脸因恐惧而抽搐，泪水在她的眼睛里打转。艾蒂安在她旁边，无法相信眼前的一幕，他的嘴大张着，好像一个白痴。

一股热量在他的身体里升起。四肢有千万只蚂蚁在爬行。他的双腿一软。然后一切消失了。眼前一片漆黑。

阿德里安在一间储藏室里恢复了知觉，四周是植物和湿土的气味。两名警察和三名园艺商店的员工看着他，他隐约听到："皮先生不会起诉……母亲会支付眼镜费用……伤的只是表面……担心这孩子……医生马上就来了……可这孩子怎么了？"

尼娜的哮喘病发作了，她的呼吸很粗重，有时很刺耳，就像喉咙里有一只破哨子。

艾蒂安一直观察着阿德里安，滑板夹在他的胳膊下。仿佛他认不出自己的朋友。一个躺在装泥土的袋子边上的陌生人。阿德里安在打破皮的眼镜时伤到了手。

约瑟菲娜惊慌失措地赶来。

"皮在哪里？"阿德里安自问，然后再次陷入昏迷。

*

一连几天，由于不能再去游泳池，他们一直在循环听 U2 乐队的专辑《约书亚树》，并将音量开到最大。他们在艾蒂安家的大客厅里，放下百叶窗，边跳边唱。既然在黑暗中，他们就为所欲为。舞姿是不协调的。他们把自己抛入黑暗中，像幼儿园的孩子一样大声地笑着。

"无论是否有你……"

这些欢乐的午后让他们忘记了阿德里安的疯狂。日子一天天过去，他们没有再谈及此事。阿德里安去看了一位试图理解他举止的医生，但他一言不发。自六岁起，他就不再相信医学了。

阿德里安殴打皮的那一天，勒科克医生让尼娜放心。在她这个年龄段来月经是正常的事情。没什么可担心的。也许比一般女孩早一两年，但没有什么大不了的。

"你认识我妈妈吗？"她问她的医生。

"是啊，当然了。"他回答说，把听诊器绕到身后。

"她十岁就来月经了？"

医生在滑动的抽屉里翻找着，拿出一份档案，名字是玛丽安·博，生于 1958 年 7 月 3 日。他试图读懂里面的记录。

"对不起，尼娜，我不知道……我看不懂自己写了什么。"

医生给他开了一张血液检查单，并告诉她孕酮和激素水平，但她已经不在听他的了。她盯着桌子上她母亲的医疗档案。用红笔写的日期，是就诊的日期。就像她存在的证据。玛丽安来到这个房间，躺在那里，勒科克医生给她量了血压，称了体重，听了她的心脏。

在家里，没有玛丽安的照片。皮埃尔·博已经抹掉了他女儿的所有痕迹。

除了尼娜，她什么都没有留下。

勒科克拒绝了尼娜递给他的用于支付诊费的支票。她从皮埃尔那里偷来的，是支票薄的最后一页，但愿他发现得越晚越好。和外公谈论她的月经是不可想象的。

在她离开医生的办公室之前,医生问她是否有男朋友,她红着脸回答没有。

"如果发生这种情况,你要回来找我,我可以给你开避孕药。"

他对她的妈妈也说过同样的话吗?

她迷迷糊糊地从诊所出来,想象着玛丽安的咽喉炎和发烧,她从自行车上摔下来,她的瘀伤和她的肚子痛。

她在园艺商店的停车场里寻找男孩们,急着要告诉他们一切,仿佛她刚刚长途旅行后回来。

在商店里,她看到艾蒂安的后背,他仿佛呆住了,皮躺在地上,阿德里安像个疯子一样揍他。他用脚踢皮,脸被怒火扭曲,红得像花园里的醋栗,头发被汗水黏住。

尼娜非常害怕。差不多是惊骇。他们要把阿德里安从她身边带走,把他们分开。就像那些让她哭泣的电影,不良少年被关在噩梦般的寄宿学校里。阿德里安要抛弃她了,就像她妈妈在她出生后不久所做的那样。

她大喊着他的名字。

阿德里安突然停了下来。他惊讶地退后一步,看着躺在地上的老师,然后失去了知觉。尼娜的支气管开始发狂。一场罕见的严重哮喘。人们跑过来。皮站了起来,没有看任何人。

"无论是否有你……"

他们三个人都在大声地号叫。尽管屋里一片黑暗,他们闭着眼睛跳舞。一连几天,客厅的木地板成了他们的舞池。他们一直在吃垃圾食品,看录影带,当他们喜欢一部电影时,就会连续几次把它塞进录像机,像被催了眠。尼娜总是坐在艾蒂安和阿德里安之间。有时艾蒂安会偷偷地吮吸他的大拇指。

他们还说好了一起做音乐,创建一个乐队。艾蒂安已经放弃了钢琴,更喜欢他安装在地下室一角的电子琴和麦克风。尼娜和阿德里安将撰写歌词,艾蒂安负责谱曲。他们开始写出一些复杂、细腻、英语化的句子,但是没有多大感觉。他们想成为原创者,但还不知道最美丽的歌曲往往非常简单。

＊

7月20日，艾蒂安像往年一样去圣拉斐尔度假。这是他们认识以后第一次分开。除了阿德里安因为被他们后来称为"皮之病"在欧坦医院住院的那几天。

艾蒂安离开后，尼娜和阿德里安就像丢了魂，整天在加氯的泳池里扑腾。在两次潜水之间，他们在游泳池周围发黄的草坪上铺上浴巾，就在安全栏后面——在那里，人们被允许吃东西和抽烟；少男少女在十来岁的孩子们怀疑的目光下互相亲热着。尼娜和阿德里安总是待在同一棵树下，用手在空中画出想象中的图画，让对方猜。他们两人共用一个随身听，轮流使用。当他们把海绵泡沫耳机戴在耳朵上时，就会更换磁带。阿德里安听着尼亚加拉[①]的歌，尼娜听米莲·法莫[②]的歌。

"你有没有吻过别人？"尼娜问阿德里安。

"用嘴吗？"

"是的。"

"用舌头吗？"

"是的。"

"你疯了，我才十一岁……你呢？"

"和你一样。"

"而且好像很恶心。"

一天下午，眼睛被潜水和阳光刺激得发红，阿德里安陪尼娜回家。迎接他们的是她的猫和她的母狗宝拉。皮埃尔·博正在打盹。在投递结束、去邮局归还未投递的信件之前，他总是先打个盹。

尼娜要阿德里安跟她走进走廊尽头的一个没有窗户的房间。

"别担心，我外公正在睡觉……我给你看点儿东西，但你必须以我的生命发誓，你不会告诉任何人。对艾蒂安也不例外。"

阿德里安发誓。

[①] 尼亚加拉（Niagara）是活跃于20世纪80年代的法国摇滚乐队。
[②] 米莲·法莫（Mylène Farmer，1961— ），出生于加拿大魁北克省的法语女歌手、词曲作者和电影演员。

在这个房间里，一个旧工作台上躺着三个皮袋子。尼娜打开了其中一个，并把它翻过来。房间里很热，没有空气，只有隐约的蜡与灰尘的味道。袋子里的东西溢出来了：几十封信和可以看到大海的明信片。这些风景，尼娜可以看上几个小时。背面总是同样的话："今天天气很好，一切顺利，我们拥抱你。"在有海的地方，尼娜想象着一切都很好，天气总是很好。

"我趁着他睡觉的时候偷了一些。我有时……会读它们。"

"为什么？"

"嗯，想看。"

"你外公知道你这样做吗？"

"你疯了！他从未注意到。我马上就把它们放回原位。你想试试吗？"

阿德里安害怕理解得太透彻。

"试什么？"

尼娜拿起一叠信封，整理了一下。她挑出手写的信封——那些看起来像账单或行政信件的信封，她不感兴趣。她把信封像扇子一样捏在手里，递到阿德里安面前。

"闭上眼睛，随便选一封。"

阿德里安这样做了。他抽出一个信封，好像是在玩扑克牌魔术。他感觉到尼娜迅速地从他手中拿走了信封。当他再次睁开眼睛时，她已经在门后了。

"咱们去我的房间吧！"

在她的床头柜上，她按下一个小电热壶的开关。几秒钟后，她把信封放在热水散发的蒸汽上来回移动，用极快的速度打开。她把信递给阿德里安。

"来吧，大声读出来。"

阿德里安觉得他处于世界上最大的骗局的中心。他已经看到自己被关进了少教所。在那里，未成年人被关起来，被比皮更坏的人殴打。一个不良少年，不仅把他以前的老师打得鼻青脸肿，而且还看偷来的邮件。他感到自己的呼吸和心跳都加快了。他把纸紧紧地夹在手指间，这样尼娜就不会注意到他像风中的树叶一样颤抖。

他发现了一种精细的、神经质的、用紫色墨水书写的字体。在开始阅读之前,他深吸了一口气,以便他的声音不会出卖他的恐惧。

我亲爱的孩子们:
来自阿尔卑斯山的一个小小的问候,这里的天气非常好。
晚上很凉爽。如果运气不好老天下雨,我们就会打哆嗦。但这在七月是很罕见的。
我在这里过得很好。医生想让我在疗养院再住几个星期。我希望能在开学前回到你们身边。我希望你们听爸爸的话。
我的小雷奥,你的拼写作业做得好吗?我可爱的西比娅,你喜欢夏令营吗?辅导员们对你好吗?
我非常想念你们,我的天使们。
告诉爸爸,我全心全意地爱他,就像爱你们一样,我的病很快就会治好的。

妈妈

阿德里安把信还给了紧紧盯着他的嘴唇的尼娜。
"我的妈妈,她从不给我写信……"她说。
"你知道她住在哪里吗?"
"不知道。"
"你从没见过她吗?"
"见到过的。她回来了好几次。可能是为了向外公要钱。最后一次是在1981年,我当时五岁。"
"你还记得她吗?"
"有一点。她身上有广藿香的味道。"
"她叫什么名字?"
"玛丽安。"
"她做什么工作?"
"我不知道……"
"为什么你说她是个妓女?"
尼娜耸了耸肩。
"那你知道你爸爸是谁吗?"
"不知道。"

"你外公知道吗?"

"我想他也不知道……你呢?你父亲是什么样的人?"尼娜问。

"他在巴黎,结婚了。"

"那你能见到他吗?"

"有时候……他有叶绿素的臭味……总是嚼着他恶心的口香糖。我讨厌这种味道。有时他接我去饭店吃饭……太难受了。我没有话对他讲,他也没有。我等到吃甜点的时候,问他一些我在见他之前准备好的问题。这样,就不会有太多的冷场。"

"你觉得他有其他的孩子吗?"

"我不知道。"

"也许你有一个姐姐,或者哥哥。"

"也许吧。"

"他从来没有告诉过你?"

"从来没有。"

在楼梯的底部,响起了皮埃尔·博低沉的声音:

"尼娜!你在搞什么名堂?"

孩子们被吓了一跳。尼娜把信封藏到枕头下面。

阿德里安下楼去问候他朋友的外公,胳膊下夹着滑板。这个男人严肃地对他说:

"我需要和你谈谈。"

阿德里安突然感到非常不自在。他以为,皮埃尔·博在他对皮粗暴动手后要给他讲道理。阿德里安带着被判有罪的表情一直跟着他来到厨房,也许他甚至会提出不能再和他的外孙女一起玩,这将是不可想象的、不可接受的、不可能的。

尼娜是阿德里安的光。她就像一个姐妹,或者相反,因为他们彼此选择了对方。尼娜是阿德里安的证据。即使她使用男孩的浴室,还阅读偷来的邮件。

皮埃尔·博在阿德里安身后关上了门,盯着他看了几秒钟。尼娜长得不像她的外公。这位老人有一双蓝灰色的眼睛。有点像他母亲经常大叫着从洗衣机里拿出来的衣服的颜色:"真见鬼!又褪色了!"他的皮肤被晒得像贴在阿德里安房间里的史蒂夫·麦奎因海报上穿的皮夹克。骑自行车投递使他的皮肤变成茶褐色。他皱起了额头,用严肃的表情看着她。阿德里安感到口干。有点像他站在黑板前的讲台上，皮和他的班级。

"我想为尼娜的生日准备一个礼物，但我想听听你的意见……一个画架和一些颜料，你觉得她会喜欢吗？"

阿德里安觉得很难开口。这些话出乎他的意料，他需要一些时间来领会。

"是的。"

"你确定吗？"

"是的，我想是的。"

"你认为还是你确定？因为她只用黑色，我想应该让她学习用颜料和刷子画画。"

10

2017 年 12 月 10 日

> 我们的掌心
> 无法留住泡沫
> 我们知道生命被消耗
> 不留下痕迹
> 蜡烛在燃烧
> 你还能选择道路
> 你自己的路
> 你是否相信一切只是
> 指间的盐粒
> 轻如羽毛时
> 你可以引导你的脚步
> 没有悲伤没有苦涩
> 走吧,走吧,既然一切都将消失。

昨天,约翰尼·哈里戴[1]的葬礼。

艾玛纽埃尔修女[2]、玛丽·特兰蒂尼昂[3]、纳尔逊·曼德拉、卡布、沃林斯基[4]。

尼娜、阿德里安和艾蒂安在这些年的沉默中都做了些什么?

---

[1] 约翰尼·哈里戴(Johnny Hallyday,1943—2017),法国摇滚歌手。
[2] 艾玛纽埃尔修女(Sœur Emmanuelle,1908—2008),出生于比利时的法国慈善家,1991年因其对埃及孩子和穷苦人的慈善扶助而被赠予埃及国籍。
[3] 玛丽·特兰蒂尼昂(Marie Trintignant,1962—2003),法国女演员。
[4] 卡布(Cabu)、沃林斯基(Wolinski),法国记者、漫画家,在2015年巴黎《查理周刊》恐怖袭击中遇难。

他们三人没有唱司徒迈[①]的歌，没有为罗杰·费德勒[②]鼓掌，没有看《天使爱美丽》，也没有一起哀悼迈克尔·杰克逊、王子、阿兰·巴颂、大卫·鲍伊。

"你看到新闻了吗？我刚刚听说。"所有这些分手后不再彼此讲述的事情。

有人在学校操场上杀孩子，一个音乐厅被破坏了。骇人的事件。这些事应该会让我们拨通一个号码，相互问候，尽释前嫌。

尼娜、阿德里安和艾蒂安最后一次交谈是在很久以前了。

而我，我想告诉他们，明天，本地所有记者都会接到马孔市检察官有关湖底汽车案件新闻发布会的通知。

我很想，但是做不到。这是一首弗朗索瓦丝·哈迪[③]的老歌。

> 我很想，但是做不到……
> 如果你认为有天会爱我
> 不要等一天，不要等一周……

我该去睡觉了，但我听着音乐，思绪不断。有时我站起来唱歌，想象自己站在体育馆的舞台上，例如温布利体育馆。

彻底疯癫。

外面，夜已黑了很久。

我一个人在家里。否则还能怎样呢？我自作自受。

---

① 司徒迈（Stromae，1985— ），比利时歌手、词曲作者。
② 罗杰·费德勒（Roger Federer，1981— ），瑞士网球运动员。
③ 弗朗索瓦丝·哈迪（Françoise Hardy，1944— ），法国女歌手、词曲作者。

11

1987 年 9 月

初一开学的第一天,他们一起来到了老鸽舍中学。

学生的分班名单被钉在一块木板上。他们一边走近一边手指交叉地祈祷:但愿我们能在一起。

宣判结果:尼娜·博和阿德里安·博宾在初一 A 班,艾蒂安·博利厄在初一 C 班。

看到自己的名字被孤立在陌生人中间,艾蒂安有种被排斥的感觉。他想哭,强忍着伤心。

阿德里安惊呆了。他不相信他们被分开了。同时,他又不禁想,这意味着他将独自拥有尼娜。而且是一整年。

尼娜立即用新衣服的袖子擦掉了愤怒和失望的泪水。如果有人看到她在学校里哭得像个小孩子,那就太丢人了。她在心里命令自己的支气管不准出声。今天不能哮喘,我的身体,我禁止你,我禁止你,我禁止你。

她穿着套头衫、毛糙的牛仔裤和很白的运动鞋,背后的书包几乎是空的。

艾蒂安脱下他的毛衣。太热了。他将一绺头发捋向脑后。低着头。他的侧面很完美。尼娜总是不厌其烦地在画他。虽然他刚开始走出童年进入青春期,但他的脸和身体之间存在着一种对立。高大、肌肉发达的运动员身材,以及一张五官精致如女孩的脸庞。同样的对立还在于他身上穿着的正统衣服和他挂在牛仔背包上的朋克摇滚乐队"黑色贝鲁里尔"(Bérurier Noir) 的徽章。

阿德里安保持沉默。他观察着中学生。数量远多过小学操场上的学生。而且他们都很高,有些初三的学生身高起码有一米八。阿德里安在这个巨大的地方感到很渺小。他穿着牛仔裤、白色运动鞋和一件生父在巴黎为他买到的黑色皮夹克,感觉自己被伪装了。阿德里安剪下了一张"赶时髦"(Depeche Mode)乐队歌手的照片,并通过邮局寄给了他,附上一张字条:"我想在开学时穿上同样的夹克,谢谢。"

他观察到学校的楼房有很多窗户。每一幢上都有诗人的名字:普雷维尔、波德莱尔、魏尔伦、雨果。他注意到没有女诗人。是不是因为女人是未曾被她们自己书写的诗歌?

他转过身来,看着尼娜。是的,女孩是无声的诗。

所有其他学生都进了自己的班级。

他们站着,盯着告示牌,发呆。仿佛有人会来告诉他们这是个错误,他们最终又团聚了。

"那好,我走了。"艾蒂安以一种无所谓的姿态说,"我们在食堂门口会合……你们要等我,嗯?"

一旦转过身,他狠狠地咬着自己的内腮。狗屎的名单。不能当着别人的面哭。他找到了他的班级编号,雨果楼,12号房间,他迟到了,嘴里有血。

班主任是一个又高又瘦的丑女人。站着时有点歪,是脊柱侧弯。戴着近视眼镜。这将是他的英语老师。一个不开玩笑、立即给他们做规矩的人。

"我嘛,有长期合同,在退休之前,我会一直在这里当老师。如果你想认真学习,那很好,不然的话,你可以坐到教室的后面,这不是我的问题。"

新学年的第一个练习:找到一个好女生。一个孤独的女孩。你可以从她的脸上一眼看出她很好学,从她的衬衫领子看出她的性格。艾蒂安发现了她,在她身边坐下来。他以前见过她。他认为他们是一年级时的同学。她对他笑了笑。所有的女孩都会对他微笑。是的,她叫埃德维热·托马森,优等生。他可以在考试时抄她的卷子。他必须在每门课的教室里重复同样的操作。争取上所有课时都坐在埃德维热旁边。

艾蒂安总能让他母亲相信他在学习。但他在撒谎。他是一个作弊的亚森·罗宾[①]。去年,依靠尼娜很容易。前一年,是奥雷利安·比塞。

---

① 亚森·罗宾(Arsène Lupin),法国作家莫里斯·勒布朗笔下的侠盗。

在幼儿园时，他就开始复制邻桌的画。这倒并非因为他自己做不到，他缺乏的是勇气。勇气，他用在了滑板和电子琴上。

他放弃了网球。借口学校的课程安排得太繁重。"已经有了音乐……"

艾蒂安记不清多少次听到他父亲说："学学你哥哥的样子。"竞争，第一名，拿金牌，疯狂地工作，对马克·博利厄来说，成了一种执着。

妹妹露易丝和哥哥保罗-埃米尔走的是相同的道路。他在兄弟姐妹中排行老二，有些碌碌无为，懒散，成绩只求过得去。

"脊柱侧弯"名叫科梅罗，她把自己的名字拼了好几遍。艾蒂安想象着尼娜和阿德里安在做什么。他们的班主任长得什么样。不可能像他的班主任那样难看。两人该是坐同一张课桌吧。反正肯定是在一起。除非他们到得晚，没有空桌子了。他希望如此，掐着自己的手心。上帝啊，如果你存在，请不要让尼娜和阿德里安坐在一起。这样分开我们才合理，当我们再次见面时，我们将是平等的。

时间在流逝。午餐前，他们三人已经在走廊上擦肩而过好几次。艾蒂安感觉就像一个孩子，在去夏令营前最后看一眼他的父母。一个迷失的孩子，没有方向，不愿与人交谈。不想和别人在一起。

中午他们在自助食堂见面了。每个人都在取盘处等着对方，然后他们互相跟随，依次填满自己的盘子。比较彼此的课程表。

随后的日子亦相互呼应。

下午五点以后，生活恢复正常。他们要么去尼娜家，要么去阿德里安家。他们一边听着"赶时髦"乐队的《别再放弃我》，一边喝着热巧克力。然后他们坐在桌前做作业。或假装做作业。这是他们找到的避免放学后被分开的办法。如果他们认真地写作业，就会被人们认真对待。如果他们取得好成绩，他们就可以待在一起直到中考，然后设法进入同一所高中，到了高中，无论发生什么，他们都会在同一份名单上。

艾蒂安等着阿德里安或尼娜写完作业后再抄写。他只改掉几个字。

他在旁边看漫画或是《摇滚与民谣》杂志。无论是在阿德里安家还是在尼娜家，艾蒂安都让自己坐在面对房门的位置，从不会背对着门。这样一来，如果约瑟菲娜或邮递员进来了，他可以翻开一本笔记或一本书。

尼娜和阿德里安并不责怪他，仿佛是对没能和他一起上课的不公平表示某种补偿。他们心甘情愿地让艾蒂安抄作业，仿佛这很正常。尼娜只是要求他读懂，"因为谁也不会知道。"

"不知道什么？"艾蒂安问道。

"谁也不会知道，"尼娜总是回答，"我可能死于哮喘，那时候你会发现你什么都不懂。"

有时，他们全年级会一起坐校车去参观一些城堡或修道院。艾蒂安第一个到，在最后一排保留三个座位。由于他比其他人高，没有人反对。这些旅行很少超过一个小时，但没有人可以夺走属于他的这段时间。

毫无疑问，艾蒂安非常讨厌和他们分开的这一年。

*

1988 年 6 月 9 日

再过几星期，初一学年就结束了。

在艾蒂安庆祝十二岁生日时，他们在他的唱机上发现了印度支那（Indochine）乐队的专辑——《3》。

大约三十个少年围着被玛丽-劳尔·博利厄用床单保护起来的美丽的白色真皮沙发。初一和初二混在一起，他们还不敢跳舞。女孩与女孩，男孩与男孩。这有点像把油倒入水中，油滴会彼此结成一团。

艾蒂安向几个班级同时分发了邀请函，因为他无意中听到父亲对母亲埋怨他总与阿德里安和尼娜黏在一起。"他们的关系有一些不良之处。"

"不良"是什么意思？艾蒂安查阅了《拉鲁斯词典》，不明白其中的定义。而且读完全部解释，他觉得很无聊。绝对没有什么比词典更让他感到厌烦的。所以他叫了一群朋友过来，这样可以让他的父亲就所谓的"不良"闭嘴。

他的妹妹露易丝坐在一个角落里。两人长得很像。同样白皙的皮肤，同样的蓝眼睛、鼻子、嘴巴。她刚满十一岁。艾蒂安曾经认为，马克不爱他，因为不是他的生父。他的母亲一定是在生长子和小女儿之间出过轨。但就露易丝的长相来说，这又是不可能的。他的母亲总不可能和另一个男人睡过两次。

> 但每周有三个晚上
> 我们肌肤相亲，
> 我和她在一起……

纳唐·罗贝尔在他的大衣下带了一瓶威士忌，倒满了每一只塑料杯。他们中的大多数人是第一次发现酒精的味道。

娜黛热·索莱尔，一个来自初一B班的女孩，尼娜挺喜欢她的，因为她脸上始终带着微笑。她问尼娜：

"你在和阿德里安还是艾蒂安约会？"

"约什么会？"

"你和他们亲热吗？你们互相亲热吗？三个人一起是什么感觉？"

尼娜被这个问题震惊了。

"哦，不……我们不这样做。"

娜黛热似乎不相信尼娜，也对她的回答无所谓。她去跳舞了。其他几个人也模仿着她，一边唱着："多么丢人……"

尼娜拒绝喝纳唐的威士忌，却为自己倒了点酒，然后加满了可乐。第一口的感觉很不舒服，黏在她的喉咙里。

她在家收拾饭桌时已经尝过一次剩在杯底的葡萄酒，很难喝。毫无疑问，酒精的味道很恶心。

她看着艾蒂安跳舞。他摇摆得很好看，而且是最英俊的男孩。所有的女孩都看着他。直视或偷看。艾蒂安似乎心不在焉。他今年看起来并不开心。这肯定是因为他们被分开了。

为什么他们会如此相爱？当他们长大后，她会嫁给他们中的一个吗？绝对不可能。他们挨在一起剔牙；他们不关厕所的门；根本不在乎早上一醒来就碰面，相互挤对方的青春痘，一边彼此斗嘴："你好臭，快去刷牙""我讨厌你的衣服""剃掉你的胡须，你像个长胡子的女人"。他们的语言和反应像是老夫老妻，如果三人中有谁对外人多看了一眼，他们会嫉妒，但与男女之情无关。

尼娜很清楚地意识到她是艾蒂安和阿德里安之间的纽带，但不是他们的情人。对他们两个人来说都不是。艾蒂安视她为姐妹,阿德里安视她为榜样,几乎完美的榜样。

娜黛热的话和酒精使她头晕目眩。"你和他们亲热吗?你们互相亲热吗?三个人一起是什么感觉?"她回想起艾蒂安用手指和舌头给他们做的示范,以便有一天他们知道如何吻一个让他们兴奋的人。因为他已经和索莱娜·福尔克做过了,她是初二 D 班的女生,已经复读了一年。阿德里安看着他,问道:"你认为必须顺时针转动舌头吗?"

尼娜从很小的时候就开始思考爱情问题。最近几个月来开始思考肉体之爱。爱就像她不断秘密打开的信件。她想起了最近打开的令她一读再读的信。她认识收件人,知道信封上的名字。她是艾蒂安班上的一个女生的妈妈。尼娜每天都会在学校停车场看到坐在车里的这个女人,一边听着广播一边等她的女儿。当她摇下车窗时,尼娜听到了音乐声,看到她仰望天空时吐出的几缕烟雾。

"我想如同去年一样为你脱衣服。像去年一样剥光你,感受你火热的性器在我手中,给你高潮。但当我遇到你时,你改道离开。为什么?回答我。对我说点儿什么吧。给我一个暗示。随便一个暗示。"

"给你高潮。"尼娜不停地在想这句话。她自己的妈妈应该高潮了。她妈妈大概只做高潮这一件事。这,比女儿更重要。

尼娜在床上独自发现了快乐。她寻找着潮热。如同瘙痒。她在床单上摩擦她的性器,然后,夜复一夜,她的头在旋转,身体在拱起。一种振奋的感觉席卷了她。比游泳池里的水更爽。

和阿德里安和艾蒂安在一起时,她还没有谈及肉体的爱。只谈过舌吻。她感觉到,有一天他们将不能一直在一起玩。很快他们就会想亲吻高年级的女孩,抚摸她们那个她自己爱抚的地方。她知道这最终会发生。而且他们会离她而去。

就目前而言,艾蒂安和阿德里安还很小。比她小,尽管他们是同龄人。女孩就是这样,她们生下来就比较成熟。

当艾蒂安和阿德里安下巴非常光洁、脑子里只想着音乐和滑板时,尼娜已经感觉到自己的乳房在胀大。

她的乳房在发痛。目前,它们还不明显,而且她穿的是大毛衣。她不想让男孩们注意到她在改变。她的气味,她的阴毛,她的欲望,她的思想，就像她皮肤下在发生一场革命。她不喜欢这样。她想回到童年，回到曾经的那个小女孩。回到每晚临睡前热牛奶的甜味中。长大、改变、必须适应，这是多么残酷的事情。幸运的是，她有绘画。通过画画在纸上再现她所爱的人的特征，使她能够摆脱对未知的恐惧。画画的时候，她什么都不去想，就像一个救命的游乐场。她的脑袋在飞，她有好几条生命。她完成的每一幅画都是一条生命。某人的脸。一个风景。一个侧影。一个微笑。她已经开始画油画。刷子很难用。用碳笔，她能与纸接触，它是肉体的。用颜料画，她不得不保持距离，精确度因此不够高。而且她不喜欢颜色。她不知道如何与红色和蓝色合作。

所有人都随着印度支那的《第三性》跳舞。尼娜找到了艾蒂安。

充满酒精的呼吸，开始跟跄的身体，仍然一无所知的身体，笨拙的孩子的身体，一起合唱着：

> 而我们手拉着手
> 而我们手拉着手
> 男子气的女孩
> 女子气的男孩……

12

2017 年 12 月 10 日

有人推开了门，尼娜没有在意，低着头看账本。她以为是克里斯托夫或某个志愿者进来喝咖啡。每天早上，尼娜都会为大家煮一壶咖啡。

"您好，我昨天给您打过电话，我是来看狗的……鲍勃。"

单身男子在这儿很罕见。通常是女人或有孩子的家庭来进行第一次探访，收养前的例行程序。

尼娜的嘴角挂上了美丽的微笑。这里不是每天都会有男访客的。

她站起来迎接他。她握手时很有力，他也是。尼娜很满意。这人个子很高，让她想起了艾蒂安。十六岁时，艾蒂安身高已经有一米八二了。

"您好，罗曼·格里马尔迪。"

"您好，尼娜·博，收养所负责人。"

尼娜有些不知所措。这是第一次遇到一个散发魅力的潜在收养人。他与其他人完全不同，即使她认为在自己十七年的动物收容经历中，已经看到、遇到、听到和经历了一切。

他看起来有点像阿德里安的朋友——那些当阿德里安生活在巴黎时她看到的簇拥在他身边的人。有种艺术家的气质，具有引人注目的风格或诸如此类。某种优雅。他不是本地人。

她知道，自己身体现在散发的，只有一股隐隐的湿狗味。短发，更方便。化妆，当一天的工作从捡拾笼子里动物的粪便开始时，是不可想象的。她的衣服，几乎让人联想到军队的制服：卡其色或棕色，舒适而牢固。脚上总是穿着橡胶靴。她的手，指甲很短。美甲是为其他女人、为她以外的其他生活准备的。

她陪着来访者穿过收养所，来到鲍勃的笼子前。一场寒冷的细雨落在他们身上。

罗曼·格里马尔迪愧疚地看着身后那些在笼子里吠叫的弃狗。从外面来到这里的人，心肠得足够硬，因为这里看起来有点像人性的垃圾场。但对在这里工作的人来说，看法是不同的。在这里，动物是安全的，它们有食物和水，它们被抚摸，每天都被带出去散步。它们受到尊重，生病时也会得到治疗。还与它们交谈，仿佛它们是与你同甘共苦的伴侣。这里就像糟糕的夏令营，人们迫切等待结束后回家。

"您有纯种狗吗？"罗曼·格里马尔迪问道。

尼娜不喜欢这个问题。这儿不是宠物店。这儿不看重血统或美貌，收养的基本都是杂种狗。蓝眼白毛的很少见。

"这里是乡村。我见过的少数纯种狗是猎犬、赛特犬、西班牙犬、布拉格犬或猎狐犬……但也只是在极少情况下……只要动物还能带来金钱，人们就不会放弃它，会设法卖掉它，或者交易……您看到我们网站上鲍勃的照片了？"

"是的。"

"是一条好狗。您以前养过狗吗？"

"事实上我一直都养狗。"

尼娜喜欢他的答案。

"您住在这个地区吗？"

"我刚刚被调到拉科梅尔。我是乔治-佩雷克中学的新校长。"

中学……尼娜想到了自己的学校，它刚刚被摧毁。想到的时候没有悲伤。对尼娜来说，过去的事就是过去了。

"您还有其他动物吗？"

"一只老猫。名叫镭。"

"它和狗在一起有什么反应？"

"它已经习惯了，而且它一直在睡觉，它已经十七岁了。"

尼娜打开鲍勃的笼子时，让罗曼·格里马尔迪在一边等她。她从来不让陌生人进来。狗接近她，摇着尾巴。鲍勃是一条黑色的混血狗，可能是猎狐犬和可卡犬的杂交种。

"有人来看你了，大家伙。"尼娜低声说。

她弯下腰，抚摸着动物。皮毛很粗糙。罗曼·格里马尔迪在门口对它说话：

"嗨，我喜欢你的长相……"

鲍勃没有看他。尼娜给它套上了项圈和皮带。

"我们去散散步，看看它在您面前表现如何。"

"您认为它会喜欢我吗？"

尼娜微笑道：

"是的，我想是的。鲍勃很害羞。它从不主动靠近陌生人。"

"它看起来像我小时候养的第一条狗。在您的网站上，它一下子就引起了我的注意。它多大了？"

"据兽医说，大约八岁。"

"您知道它是从哪里来的吗？"

"它在附近的一个居民区被发现……已经在这里待了四年了。"

"为什么没有人想要它？"

"也许是因为他在等您。"

他们并肩而行。尼娜将皮带递给罗曼·格里马尔迪。他们在收养所旁边的一块大空地上。一块无主的土地，就像每天在那里散步的狗。

"您是一个人住吗？"

"是的。"

"是房屋还是在公寓里？"

"房屋。有一个花园。"

"您想过如何为鲍勃安排好您的时间吗？"

"我打算带着它去上班。"

"在中学里？"

"是的，这就是为什么我不想要一只小狗崽。白天，它就待在我的办公室里。午餐时间我带它散步，晚上我们一起回家。"

"您有权带它去吗？"

"是的，只要它待在我的办公室里。我在马恩-拉科凯特当校长的时候，每天都带着狗。"

"您为什么到我们这儿来？"

"想改变一下……我必须怎么做才能收养鲍勃？"

"填写一些文件。而且你明天就可以来领走它。"

"需要费用吗？"

"因为它是条老狗，您看着给吧。"

"如果它不老,要花多少钱呢?"

"一条狗四百欧元,一只猫三百欧元。这包括疫苗接种、绝育、身份证和其他一切:膳食、额外的医疗护理。"

"我今天不能带它走吗?"

"我没有权力这样做,在离开这里之前兽医要给它做体检。"

尼娜感到心慌。她用眼角的余光看着鲍勃。每次有动物被收养她都会这样。它终于要离开这里了。这就是她和她的宠物之间的区别。

她不会再离开了。

*

尼娜七岁了。这是六月的一个星期天。收音机里,让-雅克·戈德曼[①]正在唱《在我梦的尽头》。天气很好。前一天,外公告诉她:"明天我要带你去一个地方,是个惊喜。"

她穿上了漂亮的裙子和新鞋。她给自己扎了两条小辫子,用一只小菊花发卡夹在一起。

他们的蓝色雷诺R5跑了一个多小时。皮埃尔·博看起来像个阴谋家。到底要去哪里呢?坐在后面的尼娜自问着。"你十岁的时候就可以坐在前面。"

在离目的地三十公里的时候,尼娜看到了第一个标志:"Paa……动物游乐园"。她高兴地跳起来,对外公说:"外公,我猜到了我们要去的地方了!"

越接近目的地,她就越能看到彩色的大广告板上的动物和游乐设施图片。她变得迫不及待。她跺脚。皮埃尔·博微笑了,他成功了。

在这个地区,每个人谈起Paa就像谈起天堂一样:游乐设施、绕着公园转的小火车、薯片和棉花糖。你从来没有见过的动物:河马、狮子、老虎、大象、狼、猴子、长颈鹿。

在尼娜身边,有家人,有笑声,有几声哭叫,那是孩子们的任性。她手里拿着一个球,观察着其他在观看动物的人。尼娜常常躲在一旁,远远地看事物和人。

---

① 让-雅克·戈德曼(Jean-Jacques Goldman,1951—),法国歌手、词曲作者。

尼娜的手被外公拉着。这只手就像一座岛屿。然而，她感到身体不适。头痛。胃不舒服。腿发沉。是人太多了？天太热？父母不在身边？她的父母？在她周围，那些与她同龄的人，身边全有爸爸妈妈。

她听到："妈妈！过来看啊！""爸爸！看！"她从来没有说过这些话。在大坑里，在玻璃墙或栅栏后面，她发现这些动物看起来都一样。仿佛囚禁使它们变得一致，使它们有同样的表情、同样的眼神。

一只黑豹叼着它的幼崽，在笼子里来回踱步，在游客好奇而着迷的目光中寻找出路。没有角落可以躲藏。没有隐私。屈服，顺从，任人剖析。

尼娜很羞愧。吸引别人的东西却令她痉挛。她太小了，无法理解这种耻辱意味着什么。她只是觉得自己和别人不一样。有什么东西在她体内低声嚎叫着。

尼娜坐上一小时绕行公园两圈的小火车时，松了一口气。她靠着外公的肩膀睡着了，所有进入这地方引起的感受都让她精疲力尽。

"你想在走之前去看狼吗？"外公问，再次把她的小手握在他的手中，一只温暖而柔软的大手掌。

"不，我很害怕。"

她撒谎了。尼娜从不惧怕任何种类的动物。

当她重新坐上 R5 时，当外公决定回家时，她松了一口气，离开这个地方让她心头轻松。

"你开心吗？"

"是的，谢谢你，外公。"

"你最喜欢什么？长颈鹿还是狮子？"

"火车。"

"为什么是火车？"

"因为它是自由的。想去哪儿就去哪儿。"

13

1988年7月

他们三个都升入了初二。为了待在一起,他们选了德语作为第二外语。他们的原则是:不再分离。除了少数非常优秀的学生之外,很少有人选择歌德的语言。在初二,大多数学生选择英语强化或西班牙语课程。

起初,艾蒂安的父母表示反对:"你没有这个水平。"但他们三人已经预料到并在心里背熟了万一被拒绝时的论据:"德语是未来。班主任说了,对于词源学来说,它是最好的。据统计,所有选修德语的学生在其他科目上都有进步,这是一个激励因素,德语能够坚强意志和体力……如果我遇到克劳迪娅·希弗[①],我想用她的母语与她交流。"

他们三个人在游泳池里。与他们同龄的女孩都看着艾蒂安。他在炫耀。一种伎俩。他沿着二十五米长的泳池走去,假意集中精神,爬上位于中间的三号起跳台,伸展身体,以完美的俯冲姿势跃入水中,在水下穿越整个泳池,旋即在梯子边弹脚转身,又潜入水中。他的皮肤是巧克力面包的颜色。他的身体始终苗条,肌肉发达。他的身高已经有一米六了。

尼娜正在仰泳。她观察着天空。有几只白羊游荡。她在心中把它们集合在一起,扮演牧羊犬。天很热。阳光刺眼。她很愉快。

心不在焉的阿德里安悬在泳池边缘,他似乎在做梦。时而闭上眼睛沉入水中。

两星期后,艾蒂安将前往圣拉斐尔,他们将再次单独相处,尼娜和他。

[①] 克劳迪娅·希弗(Claudia Schiffer, 1970—),德国女模特、演员。

"明年我带你们一起去,"艾蒂安兴奋地说,"我爸妈差不多同意了。只要我能把我的平均分提高两分就可以了……"

明年,十二岁的时候,太漫长了。但尼娜想看大海。所以她希望在漫长的尽头,最终可以看到它。她将帮助艾蒂安赢得他的梦想。

"我要饿死了!"艾蒂安从水中出来时说。

他们三个人走到露台,把毛巾垫在屁股下,以免被椅子的铁座烫伤。

艾蒂安点了三盘薯条并付了钱,他们蘸着番茄酱吃了起来。

现在是人最少的时候。上午的游泳者——成年人和退休人员——都已经回家了。下午的孩子们从两点钟才开始到达。只有几个像他们一样的青少年还在那里,懒洋洋地涂着防晒霜,相互偷偷打量。女孩们在日光浴塑料床上大声欢笑,男孩们则从跳水板上跳下来。

他们的身体已经改变。长高了,变厚了。当艾蒂安和阿德里安发现尼娜泳装胸罩下的乳房时,两人的眼睛睁大了。

"疼吗?"阿德里安问。

"有一点。"尼娜笑着回答。

艾蒂安顺应自然,开始规律性地调情了。但每次都持续不了多久。他和女孩们出去两天。第一天,他感觉在恋爱,第二天,感觉就彻底消失了。

尼娜爱上了一个高一的男孩。一个叫吉勒·贝斯纳的男孩。一个高个痞子,抽烟,去夜总会。尼娜认为他看起来像理查德·安科尼纳[①]。也只有她这么认为。他们从来没有说过话。只在学校走廊或食堂里相遇时,交流过目光。明年她就看不到他了,他要去上职业学校。于是她在拉科梅尔的街道上闲逛,希望能撞上他。她追踪他和他父母的邮件。吉勒·贝斯纳从未收到过信件;寄给他父母的信里,全是些毫无意义的账单。她觉得自己就像一个淘金子的人,在成堆的邮件中只找到沙子,从未找到金块。

艾蒂安不知道尼娜打开了一些她外公投递的信件。只有阿德里安知道。这是联结他们的秘密。

---

① 理查德·安科尼纳(Richard Anconina, 1953—),法国演员。

*

艾蒂安去圣拉斐尔度假，尼娜和阿德里安则偷拆了很多信，发现了拉科梅尔居民的日常生活以及他们的通信。人们互相交换天气和成长中的第三代的消息。

在打开信封之前，尼娜先闻信封，闭上眼睛，试图猜测它们的秘密；但拆开后通常是失望。显然人们没有想象力或缺乏爱情。

艾蒂安回来后，他们一起度过剩余的这个夏天，在电影院、音乐地下室或去尼娜的房间，她画他们的肖像。

艾蒂安又长高了。他们三人并排坐在大泳池边，心不在焉地看着人们游泳，一边吮吸着果冻糖。

尼娜的头发用一根橡皮筋扎了起来。像每年夏天一样，她的皮肤晒黑了，眼睛似乎也变得更黑了。

阿德里安讨厌自己的肤色，怎么也晒不黑，却红得像一个害羞女孩。

"在圣拉斐尔，我和一个女孩睡过了。"艾蒂安突然说道。

"是真睡吗？"尼娜问道。

"是真的……感觉很奇怪。她十六岁了。她躺在我身上。她的身体很热。我的意思是，她的皮肤烫得就像我们发烧时那样。她烫到了我，我闭上眼睛，但我毕竟和她睡了。"

"舒服吗？"

"湿嗒嗒的……而且有点儿臭。"

他们笑了。交织着尴尬、好奇、贪婪。问题蜂拥而至，交织着，重叠着。

"你在哪里做的？"阿德里安问道。

"在阴部。"

他们傻傻地笑着。

"我是说在哪里，在床上，在你的房间？"

"不是。在海滩上，像其他人一样。"

"在所有人面前？"尼娜惊叫起来。

"不……天已经黑了。没有人了。"

"你恋爱了吗？"

"没有。"

"那你为什么要这样做呢?"

"总有一天要做的……这样我就不再是童男了。"

"她叫什么名字?"

"辛西娅。"

"听起来像个女演员的名字……你认识她很久了吗?"

"小时候就认识了。我每年都在那里看到她。"

"她爱上你了吗?"

"我不知道。"

三个人又回到各自的沉思中,尼娜打破了尴尬的沉默。

"我只会在爱上一个人后才做……"

"你是个女孩。这是不一样的。"艾蒂安肯定地说。

"为什么不一样呢?"阿德里安感到奇怪。

"因为女孩很浪漫。特别是尼娜。"

"她高潮了吗?"尼娜问道。

艾蒂安脸红了。这是他们第一次在一起谈及性问题。也是尼娜第一次提出让他们感觉唐突的正面的问题。

"我不知道……她呼吸很粗重。"

他们同时爆发出笑声。那是不再想继续做孩童的孩子们的笑声。可是无论如何,童年曾经是美好的。

进退两难。在糖果和未来之间。在做傻事和声带变哑之间。在播放着童谣的自行车柜台和漫长的摩托车旅途梦想之间。

14

2017 年 12 月 11 日

  尼娜将车停在动物收养所门前。她向在门前等待她的两名志愿者约瑟夫和西蒙娜问好。

  约瑟夫是一名退休工人，一个红头发的小个男人，嘴唇间总是衔着一支卷烟，时不时地他会点燃它。西蒙娜在一场车祸中失去了她的儿子。如果不每天遛狗，她就会轻生。手中的狗链使她能够站立。被遗弃的动物好像她的盲人手杖。

  自从在收养所工作以来，尼娜已经看到许多志愿者来来往往。他们来了又走。像是一种奇怪的巡游。泥瓦工、护理助理、中产阶级妇女、鳏夫、老人、受到些创伤的年轻人。孤独而有点过于敏感的人，他们通过清理笼子、修补栅栏、相互认识、喝热咖啡聊天、修理覆盖在狗舍上的波纹铁板，来与自我和解。然后在某一天，他们走了，因为自我感觉好了，因为搬家了、结婚了。或者某一天，他们宣称太辛苦或太晚了，随后像到来时那样突然离开。

  今天上午，尼娜要和罗曼·格里马尔迪碰面。今天上午，鲍勃要离开了。

  在收养所里，每当一只猫或一条狗被收养，每个人的内心都带着一种无声的庆祝。收养日很特别。一只眼为自己付出情感的动物落泪，毕竟再也见不到了，而另一只眼却在笑，因为它被抛弃的生活结束了。最终笑容取代了忧伤。正是因为有这样的安慰，人们才坚持继续着生命的俄罗斯方块游戏。

  罗曼·格里马尔迪在办公室门口等着尼娜。他们在握手后一起进入。他身上的味道还是那么好闻。

  她喜欢他的样子。这仿佛让她回到了她的丈夫身边，回到了他们最初的日子。一切都与感官有关。她思忖。

"我已经准备好了文件。一个月后,鲍勃将正式属于您。"

"今天还不属于我吗?"

"您有一个月的时间来撤回您的请求。"

"没有理由这样做。"

"谁也无法断言。收养就像一场婚姻。人们可能在第一个年头就想离婚。"

"这种情况经常发生吗?"

"不,不经常,但有时人们会把狗送回来,因为它不符合主人的期望。"

西蒙娜带着鲍勃走进办公室。她向罗曼打招呼,把狗链递给他,轻声说了一句"它是条好狗,好好照顾它",随后离开。

以前,西蒙娜对动物无动于衷。她不会伤害它们,但也没有感情。在她儿子埃里克的葬礼前两天,当她不得不去他的单间公寓找要送去殡仪馆的衣服时,她迎面碰上了埃里克偷偷收养但从未告诉过她的一条老狗。西蒙娜记得,这条狗是她儿子的梦想,一个在他整个童年时期都被她拒绝的梦想。西蒙娜和那只动物互相凝视了很久。西蒙娜从狗的眼睛里看出了自己的痛苦。这条狗已经明白,它的主人不会再回来了。西蒙娜安慰着它,从中获得了慰藉。她把它抱在怀里,再也没有让它离开自己。当狗死了,当兽医告诉她"已无回天之力"后,西蒙娜去找了尼娜。"我需要遛狗。"尼娜当天就录用了她。尼娜以前见过西蒙娜。她知道埃里克的死,他和她是高中同学,也知道西蒙娜和那只动物在葬礼后总是待在一起,那牵着狗在拉科梅尔的每条人行道上来来回回的影子,像是悲伤在行走。尼娜明白她需要在这里工作——又多了一个伤心人。这将是一份艰难的工作,要面对某些动物的生病、衰老和死亡,但她没有选择。她不忍心拒绝,不忍心打发她回家。共同面对吧。

"我真的很欣赏您所做的一切。"罗曼在签署收养文件时对尼娜说。

"我也很欣赏您……管理一所中学一定不容易。"

"最难对付的不是学生,而是家长。"

尼娜微笑着。罗曼开了一张支票。

"您没有必要这样做的。"尼娜告诉他。

"我知道。"

"我代它们谢谢您。"

罗曼带着鲍勃离开。走向他的车。打开副驾驶座的车门,让它上了车。

"我会给您消息的。"

尼娜用她的手机给鲍勃拍了一张照片。

挥手之间,汽车已无影无踪。尼娜仍然站在那里几秒钟,在汽油和湿狗的气味中。

然后她回到自己的办公室,登录收养所的网站,上传了她刚刚拍的鲍勃的照片,并注明:鲍勃,已收养。边上加了一颗爱心。

15

1989 年 11 月 10 日

他们上初三了。开学第一天。和在皮的班上一样，尼娜与艾蒂安同桌，阿德里安坐在她的后面，看着她的脖子。她刚刚剪了头发，看起来有点像个男孩，阿德里安不太喜欢这样。尼娜开始给自己画眼线了，这条笨拙的线令她眼神阴暗，艾蒂安说"看起来脏兮兮的"。她回嘴说他"伪摇滚"。

施奈德先生，他们的德国老师，进入教室时非常激动。这很不正常。突然间，大家停止聊天，看着他。他通常是个矜持的人，脑袋似乎被塞在肩膀之间，就像被拍打过一样，逐渐消失在僵硬、笨拙的身体里面。一个轻声说话的人，二十多年来让一代又一代的学生感到无聊。他背着一个双肩包，像是要去旅行，在离开之前和学生们告别。

"一、二、三，妈妈在厨房……"①

在平时，看到他走进教室时，没有人会停止聊天。但是今天早上，好像发生了什么事情。尼娜甚至以为老师喝了酒，因为他的眼睛是如此明亮。当他打开公文包时，书掉在了地上。全班爆笑起来。这是个小班：初二和初三的学生加起来，只有十五名学生学德语。

施奈德先生站在讲台前，深深吸一口气，郑重地宣布：

"我亲爱的孩子们，我有一个好消息，一个将改变世界面貌的消息：柏林墙倒了。"②

没有人做出反应。没有人能听懂他在说什么。这是他第一次在课文之外用德语和他们说话。

接下来他的举动继续让学生们无言以对，陷入一种白日梦的状态。

---

① 原文为德语。
② 原文为德语。

施奈德先生从他的双肩包里拿出四瓶香槟酒,逐一打开,一边大笑一边奇怪地叫喊。一种疯狂的快乐占据了他,这似乎让学生们感到不安,他们虽然厌恶学校严格的框架,但也觉得它使人安心。他们的老师把塑料杯放在讲台上,开始一一斟满,大喊着。

"自由万岁!"①

上午九点十分,大家都开始喝酒了。老师高兴地与每个学生碰杯。

他说,耻辱之墙已经结束,德国重新统一了,他几乎不敢相信,这是历史性的、不可思议的、神奇的和没有想到的!学生们终于明白了,是柏林墙的倒塌使施奈德先生处于这种恍惚状态。他急切地告诉他们,有时眼里含着泪水,许多人在试图越过围墙时被杀害。尼娜问他是否有家人在那里,以及在哪一边。他苦恼地回答,他的父母在东边。

一饮而尽了两杯酒后,施奈德没有敲门就进入其他教室,邀请所有老师和他们的学生来和他一起庆祝。十点钟,在波德莱尔教学楼的三楼,两百多人正在聆听或随着尼娜·哈根②的《非洲雷鬼》跳舞。施奈德先生将一盘磁带插入他通常用来上语法课的单放机。这首歌一结束,他就倒回去重播。

施奈德边喊边摇晃着胯部跳舞。

"自由万岁!"③

他带着他的学生们一个接一个地转圈,无论男孩还是女孩。

艾蒂安第一次发现学校很有趣。但愿学校永远是这样的。但愿世界上所有的墙都倒掉。

学生们永远想不到他们的德语老师居然会听尼娜·哈根,更不用说在他的血管里流淌的一点幻想了。

那天早上,阿德里安意识到了自由的后果:一种无拘无束的、可以改变身体和面孔的快乐。

晚上,在电视新闻前,坐在手里攥着手帕、在情绪过于激动时擦拭眼泪的母亲身边,阿德里安看着向全世界播放的画面:德国人的眼

---

① 原文为德语。
② 尼娜·哈根(Nina Hagen, 1955—),德国女歌手、词曲作者、演员。
③ 原文为德语。

泪，重新团聚的家庭，拥抱卫兵的女孩，一记又一记嘲讽式的锤击，墙的碎片落下，人群，被人们塞进自己口袋当作纪念品的混凝土碎片。

　　阿德里安想知道他自己的墙，那堵把他和自己分开的墙，那堵从他开始呼吸就一直躲在后面的墙——它有多高？

16

2017 年 12 月 11 日

消失了。只剩下几张留在案卷中的照片和档案柜中的班级合影。

老鸽舍中学已不复存在。一片空地。瓦砾已被清理。普雷维尔、波德莱尔、魏尔伦和雨果都没了。地方政府已经挂出告示牌，指明将在此建造老年公寓，现在起可与某中介预订将于 2020 年竣工的公寓。

我想知道当尼娜看到它被夷为平地时的感受。她每天去收养所的路上都会经过这里，这是唯一的路径。她可能没什么感觉，她总是讨厌怀旧。

我在购物时从未碰到过她，但有时会在开车时与她相遇。她驾驶着一辆雪铁龙小货车，两边都贴着 ADPA（动物保护协会）。在大大的方向盘后面她看起来很小。总是陷入沉思中，仿佛她经过的行人和汽车司机并不真正存在。

她知道我已经搬回这里了吗？她看到我在当地报纸上的文章了吗？她会看这报纸吗？

今晚，老鸽舍这块空地看起来像我上周去拍照时的湖面。我已经不知道自己凝视的是地还是水。一切都被静止。冻结在遗忘中。瑟瑟发抖、光秃秃的树木，似乎因怨恨而静止不动，幽灵般地站在那里。车灯照出阴险的细雨，寒冷的夜晚。似乎白昼决定不再回来，就地罢工。

我刚刚从马孔的新闻发布会回来。检察官证实，在宪兵队的潜水员从森林湖捞起的雷诺小精灵车内，发现了一具骷髅。根据车牌号确定了车主身份。1994 年 8 月 17 日下午，纪尧姆·德斯诺斯夫妇的汽车在他们位于拉科梅尔的家门口被盗。几乎可以肯定，这与内有尸体的汽车沉在水下的时间相吻合，整整二十三年。

在调查现阶段，鉴于尸骨的状态，对死者的身份鉴定将是非常漫长和复杂的。尸骨将被送去进行基因分析，与当时在该地区被家人报告失踪的那些人的基因进行比对。

塞满淤泥的小精灵埋在地表以下七米处。水上警察正在继续用探测器在车辆被打捞的区域进行搜索，以探测任何可能属于受害者的物品。

如果是克洛蒂尔德·马莱，人们会发现她的秘密吗？

那个他们三个人以为只有他们知道的秘密。

我记得我们在夏天的晚上在湖边打水漂。作为青少年，我们在那里吸过大麻。我们对着瓶嘴喝所有能到手的酒，从橱柜偷来的某位父亲的马提尼，某位祖母的白兰地，某个兄弟的威士忌。艾蒂安带来了他的录音机。他自己录的磁带，混合了各种音乐。身后，我们的自行车躺在地上，等待我们做完傻事后，送我们回家。

17

1990 年 4 月 20 日

楼下，初三全班同学正在庆祝阿德里安的十四岁生日。为了这次活动，艾蒂安的父母借出了家里的大客厅。

尼娜独自在博利厄家的浴室里，她锁上了门。上完厕所后，她被芳香和透过窗户射在地板上的阳光所吸引。

音箱的音量被拧到最大，墙壁在摇晃。

尼娜听着，一边和罗伯特·史密斯[①]同时低声吟唱《摇篮曲》的歌词。她闻着护肤霜、大浴缸边沿的泡泡浴露、五颜六色的香皂。她打开第一个柜子，看到架子上放了几个化妆包、拔眉镊子和药品。尼娜喜欢到处翻找、搜寻，发现装饰背后的另一面。在她眼中，柜子里的秘密就像她偷的邮件一样多。

她吓了一跳。她以为身后有人，但那只是她在全身镜中的影子。她观察自己难看的身材，背微微驼着，她挺起胸，吸紧肚子；长胳膊，小个子，用手指捋过洗后几个小时就开始出油的短头发，尼娜看着自己的深色皮肤，鼻子上的黑头，一张没有吸引力的少年的脸。她看起来像个男孩，她不喜欢自己这个样子。可是把头发留长，让自己像个女孩子，她也不喜欢。她咧嘴做微笑状打量着自己的牙套。为什么十三岁的时候会这么丑？这张脸是怎么回事？她希望情况会好转。否则的话，她就会被扔到废品堆里。

她转身离开自己的影子，继续探索。在博利厄家，巨大的家庭浴室似乎是玛丽–劳尔的神秘世界。

尼娜看着众多的香水瓶。其中一些似乎已经空了很久了。仿佛它

[①] 罗伯特·史密斯（Robert Smith，1959—　），英国歌手，治疗乐队（The Cure）主唱。

们曾属于其他女人。

一个念头在她脑海中闪过。

她下楼径直朝门被关起来的厨房走去。尼娜推开门,与玛丽-劳尔和约瑟菲娜面对面。艾蒂安的母亲和阿德里安的母亲正围坐在桌子旁,边聊天边喝茶。尼娜觉得她们彼此之间如此迥异,无法想象会看到两人在同一个房间里。

"你怎么不和其他人在一起?"约瑟菲娜很惊讶,"桌子上缺什么了吗?"

"不……"尼娜说。

这个厨房里缺了一个人,我的妈妈。她想。

玛丽安应该和她们在一起,一边嚼着饼干,一边等待她们孩子的聚会结束。

尼娜看着朝她友好微笑着的玛丽-劳尔。

"那么,尼娜,今年夏天我们带你去圣拉斐尔?艾蒂安每天都跟我念叨这事儿。"

"阿德里安也是,"约瑟菲娜补充说,"他整天就光和我说这个。"

大海近了,尼娜想。大海近了。这个想法让她脸上露出了笑容。由于她和阿德里安的帮助,艾蒂安提高了他的平均成绩。一张通往幸福的车票近在眼前。

"好,这真好,"她回答道,"但是……我在想……您认识我的母亲玛丽安·博吗?"

玛丽-劳尔不假思索地立即说:

"是的,我们是小学同学。我们好像在二年级和三年级同班……在初中一起上过一两门课。"

尼娜打量了玛丽-劳尔片刻。她的话在回响。自己以前怎么没有想到这一点呢?

"她那时候什么样子?"她终于问道。

"玛丽安很风趣……善良……话很多。"

"我看起来像她吗?"

"在我的记忆中不像。她的头发是金色,偏红的金色。我记得她的眼睛是绿色。你没有你母亲的照片?"

"没有,一张也没有。"

尼娜开始急躁起来。她想问一千个问题，但不知从哪儿问起。

"除此以外，她是什么样子？"

"很善良。你外婆去世后，她改变了很多。她陷入了沉默。"

"要不我走开，你们两个单独谈谈？"约瑟菲娜问道。

"不，没事的。"尼娜的回答比她所希望的更客气，"谢谢，我去找其他人玩了。"

她转身，离开了厨房。她感觉泪水在眼眶里打转。她不希望自己如此敏感。但只要她的支气管出了问题，或者有人提到她的母亲，她就不知所措。她失去了方向。失去了父亲。失去了母亲。她为此写了歌词："失去了父亲。失去母亲，叵测居心，一个古怪的父亲，倒在地板上。"这首歌完全是愚蠢的。

玛丽安在奥黛尔去世后陷入沉默，玛丽-劳尔·博利厄说。如果尼娜能和外公谈论这个问题就好了。但她不敢，她感觉到这太痛苦了。

尼娜发现阿德里安坐在一张椅子上，显得心不在焉。其他人伴着《夏洛特有时候》跳舞。当阿德里安感觉到尼娜在身边时，他又回到了现实。他认出了她的香草味，这是她过去几个月来一直喷洒的香水。他盯着她。为了让她听到而不得不大声喊叫：

"你怎么了？你哭了？"

"艾蒂安的妈妈……她认识我妈妈。"

"在这里，每个人似乎都互相认识。"

"来拉科梅尔之前，你在哪里？"

"克莱蒙费朗。"

"你为什么来这里？你从没有告诉我。"

阿德里安耸耸肩。

"因为我知道你住在那里。"

尼娜笑了。

"你相不相信因果报应？"

"……"

"例如，我的妈妈，她丢下了我……当孩子被人带走时，连母猫都会哭。"

"也许你妈妈在离开你时哭了。"

"我不相信。否则，她会回来找我。但你在这里。仿佛生活把在我小时候拿走的一部分又还给了我。你明白吗？"

"我明白。"阿德里安说。

为了忍住眼泪，他常常喉咙发紧。他的喉咙经常关闭以锁住泪水。就像他与母亲在拉扎克度假时在拉贝尔洞中看到的地下河。不浮出地面的水。

"你永远不会离开我？"

"永远。"

"你向我发誓？"

"我向你发誓。"

"你会一直在我身边吗？"

"一直。"

艾蒂安找到了他们。他不喜欢看到这两人长久待在一起又不知道他们在说些什么。

"你们在干吗？要来跳舞吗？"

尼娜跟着他走了。阿德里安仍然坐着。他心花怒放，喜欢看着他们俩。

他感觉到身后有风。是他的母亲。

"宝贝，一切都好吗？你玩得开心吗？"

"是的。"

"你不跳舞吗？"

"拜托，妈妈。"

阿德里安转身时，约瑟菲娜已经走了。他又想起了尼娜的问题：他为什么要来拉科梅尔生活？一天早上，约瑟菲娜告诉他，她要换托儿所。她要去其他地方照顾其他孩子。他们将在一百五十公里外的索恩–卢瓦尔省定居。他当时根本无所谓。在克莱蒙费朗，他没有朋友。

直到他遇到尼娜和艾蒂安的那一天，阿德里安觉得自己是一个没有印在纸上的人。一个空墨盒。他一直有一种感觉，他生来就没有颜色，完全透明。在尼娜和艾蒂安之前，无论按多少个按钮，纸张上都是一片空白。尼娜和艾蒂安让他恢复了五官。还有呼吸。当然还有希望。这就是为什么他对他们如此依恋。

灯光熄灭，音乐被切断。约瑟菲娜和玛丽-劳尔齐声告诉他，他的礼物在地下室……一台电子琴。与艾蒂安的一样，这样他们可以一起弹。玛丽-劳尔补充说，他想什么时候来都可以……像往常一样。

　　一台电子琴。他被深深感动了，他的梦想。

　　所有的人都开始唱起"生日快乐"。

　　蛋糕，十四支闪亮的蜡烛。尼娜对他大喊，让他许愿。阿德里安闭上了眼睛。他的愿望，始终如一。

18

2017 年 12 月 11 日

二十三年来,这辆车一直沉在水底。艾蒂安读了又读显示在他电脑屏幕上的文章。

如释重负。尽管情况很严重,但他几乎是在微笑。

我没有疯。

1994 年 8 月 17 日。一辆被盗的汽车。里面有一具尸体。如果是克洛蒂尔德,她在那里做什么?那天晚上有人来找她吗?可会是谁呢?

不,这不可能,这只是一个巧合,一个简单的巧合。

为什么这段记忆会在多年后浮现出来?有什么意味吗?就发生在他回到父母家过圣诞节的前几天?

为什么他在拉科梅尔的同事没有通知他?阿德里安和尼娜知道吗?

当然了。

他很久没见过他们了。

有时他拨通了动物收养所的电话,在有人接听之前就挂断了。有时他也会在夜里打电话,只是为了听自动答录机上尼娜的声音:"我们的办公时间周一至周五从上午九点到中午,下午两点到六点。星期六从上午九点到中午。所有紧急收容,请联系城管,电话号码是……"

她低沉、独特的声音。"一个从不吸烟的吸烟者的声音。"正如阿德里安说的。

他想念他的朋友们。

还是他觉得自己的青春正在溜走?他想留住的是什么?

他最后一次见到尼娜是 2003 年,在收养所。

从那时起,他们就没有说过话。

他们曾向对方承诺了永恒。三个人在初一的时候就结了血盟，互相刺破对方的指尖，并把挤出的血滴混合起来。"生死与共。"一个孩子的把戏。

　　他拿起吉他，拨了几个和弦。他的妻子和儿子都睡了。他喜欢这个深夜时分，这种孤独，当城市在沉睡中。戴上耳机听音乐。洗去一天的疲惫。在"油管"上搜索音乐会。在"脸书"上看视频。他可以请尼娜加自己为好友。"嗨，你好吗？"他所要做的就是进入她的个人资料并点击"添加"。

　　但每一次，他都放弃了。他在害怕什么呢？

　　如果她回答了他的"嗨，你好吗？"，他该说些什么？想到都会头晕。

　　背部的刺痛使他脸部抽搐。他服用一种强效抗炎药。只能凭处方购买。家里有一个医生很方便。他想。

　　他回到电脑前，键入关键词"森林湖，拉科梅尔，发现的汽车"。

19

1990 年 4 月 21 日

　　尼娜独自在她的房间里。回想昨天，阿德里安的生日，他的电子琴，玛丽-劳尔的话："玛丽安很有趣……善良……话很多……偏红的金色头发，绿色的眼睛……你外婆去世后她陷入了沉默。"

　　尼娜听到有人推开了她家的大门。她听得出艾蒂安那沉重的脚步，以及他放在门口台阶上的滑板的轮子声。如果宝拉不吠叫，那是因为它认识进入它的领地的那个人。

　　尼娜回过神来，把一个信封里的信塞到枕头底下。在翻阅外公的邮包时，引起她好奇心的是信封上的收件人的名字和地址是用报纸上剪下来的字母拼成的。就像克鲁佐的老电影《乌鸦》中一样。

　　尼娜趁着皮埃尔·博背对她时，迅速将信封塞进口袋。然后，她读了又读这些话：

　　　　让-吕克，你，一个白痴，绿帽子，本街的耻辱，你会死的，这是你活着的最后一年，每个人都会相信这是一个意外，除了你永远不会有人知道，你知道你做了什么，为什么你得还债，你要知道我们将会和你留下的寡妇上床。

　　她被这种仇恨震惊了。第一次，她打算烧掉这封信，而不是把它放回邮件里。

　　或者去找警察？不，她会被逮捕，她的外公会被赶出邮局。如果他们在上面发现她的指纹并起诉她呢？但如果她毁了它，那些卑鄙的话语并非空话呢？如果收件人出了事呢？让-吕克·莫朗。谁是让-吕克·莫朗，拉科梅尔戴高乐广场 12 号？

　　在做出决定前，她下楼去迎接艾蒂安。他想成为一名警察，开门的当儿她思考着。如果向他征求意见呢？

艾蒂安表情很奇怪。拥抱后，问她还好吗，他有东西要给她。结果，尼娜忘记了那封匿名信。

"但在给你之前，你要先吸你的舒喘宁。"他以一种庄重的气势向她宣布。

"为什么？"

"因为我了解你。"

"但是……"

"服从吧。"他命令她。

尼娜回到她的房间找药，抬眼望天。有时艾蒂安惹得她想杀了他。所以她不会给他看那封信，他太想控制一切了。

她回到厨房。他正从水龙头给自己接一杯水。他把双肩包放在桌子上。

艾蒂安正在一天天地改变。三人中，他长得最快。他的上唇开始有了一层绒毛。他觉得太难看了，每天早上都要剃掉它。他没有青春痘，不像阿德里安。如果脸上不幸地出现了一个小红疱，哪怕是最轻微的瑕疵，他也会用各种面霜和爽肤水把它擦掉。艾蒂安花很多时间在镜子里看自己。他的声音开始变粗了。他看起来像十七岁，可他还没有吹灭第十四支蜡烛。

尼娜在他面前一口吸完她的舒喘宁。

他从包里拿出一个装着三张照片的信封。

"我妈妈让我给你的……这是她找到的你妈妈的照片。"

尼娜发现了一张黑白的班级合影。穿着校服的女孩们。中间的那个人手里拿着一块黑板，上面写着："丹东学校 1966—1967"。尼娜瞪大了眼睛。照片上的人太多了。在寻找她母亲之前，尼娜先看了看另外两张照片。两张看起来比较新的照片。几乎一模一样。七名女学生站成一排，面带微笑。背面写着："1973 年克吕尼修道院"。看起来有风，因为她们都在护着头发，太阳光让她们眯起了眼睛。

"我妈妈告诉我，那是中学时她们一起参加的一次学校旅行。"

艾蒂安指着两个人。

"我妈在这里，这个是你妈，就在旁边。"

尼娜看着这个十五岁的女孩子。一个眼神清澈的幽灵。玛丽安·博在微笑，似乎有点龅牙，头发扎成马尾辫。她穿着短裙、毛衣和白袜子。尼娜还观察了站在她旁边的玛丽-劳尔。她的脸和今天一样，虽然有点婴儿肥。

"你确定是玛丽安吗？"尼娜低语。

"是的，穿白袜子的那个。"

"我不像她。"

"一点儿也不……"

"那我像谁呢？"

"嗯……像你爸爸……肯定的。你可以保留这些照片。我妈妈送给你的。"

"我不稀罕。她抛弃了我。"

艾蒂安感到不自在。有时他认为尼娜的反应很古怪。她太难以捉摸了。是她问玛丽-劳尔是否认识玛丽安，现在她又不想知道了。女孩就是复杂。

"你今天干什么？"他问道，开始改变话题。

"我不知道。我要复习一下。阿德里安下午四点在家等我们一起去看电影。在那之前你和我待在一起吗？"

"不，我们在他家会合。"

艾蒂安因为离开而松了一口气。他没有关门，屋子里进来了一阵过堂风。留在厨房桌子上的三张照片掉到了地上。

尼娜随后关上门，拿起照片，上楼回自己的房间。

*

第二天是洗衣服的日子。皮埃尔·博只在下午工作。他收起自己卧室的床单，打开窗户，风吹在赤裸的床垫上。然后他进入尼娜的房间。一般他会先敲门，但今天她在学校。

地板上有一堆衣服。干净的和脏的混在一起。两只猫在上面睡觉。看到他进来，其中一只伸了个大懒腰。一堆巧克力喝完后的杯子。课本和笔记本叠在一起。上百张铅笔画，放在地上，装在盒子里，有些钉在书桌上方的墙上。画的基本上是动物和他外孙女的两个朋友。她画得很好。也许有一天她会成名，作品会成为世界各地的抢手货。

但在这之前,他得先收拾好她乱七八糟的房间。皮埃尔·博叹了一口气。独自抚养一个小女孩并不容易。他想到了奥黛尔,他的妻子。如果她还活着,所有这些混乱就不会存在。有了她,一切都会变得不一样。

墙上用图钉挨个钉着印度支那、治疗乐队、赶时髦乐队。奥黛尔只喜欢乔·达辛①。皮埃尔甚至有点嫉妒。妻子去世后,他并没有扔掉这些唱片。他本可以把它们送人。但想象别人听这些唱片,他无法忍受。奥黛尔走后五年,乔·达辛也去世了。皮埃尔想:他将在天上找到她。这一次,我真的失去了她。我将无法竞争。

　　如果你不存在,
　　告诉我为什么我要存在……

至少,他仪表堂堂,总是衣着得体。穿着白色正装。不像尼娜在她卧室墙上展示的那些疯子。头发直立在脑袋上,一副吊儿郎当的样子。化了妆的男人。真是大开眼界。奇怪的时代。

一天早上,奥黛尔的父母搬到了他家对面的房子里。为了能和她说话,皮埃尔除了在一个星期四下午偷走她的自行车并在星期六把它送回来之外,没有找到其他办法。他把她的自行车藏了三天。"你好,我想这是你的,我在上面的街区靠围栏的地方找到的。"奥黛尔假装信了他的话。他们十七岁就结婚了。玛丽安是他们的爱情结晶。然后就没有其他孩子了。皮埃尔本来想要三个:一个女孩,一个男孩,一个女孩。奥黛尔生完第一个后就没再怀孕。

皮埃尔·博在尼娜混乱的房间里跨越着,剥下被套、床单和枕套。三个信封掉在地上。其中之一是一封信。

　　让-吕克,你,一个白痴,绿帽子,本街的耻辱,你会死的,这是你活着的最后一年,每个人都会相信这是一个意外,除了你永远不会有人知道,你知道你做了什么,为什么你得还债,你要

---

① 乔·达辛(Joe Dassin,1938—1980),歌手、词曲作者,父亲是美国导演,母亲是法国小提琴手。

知道我们将会和你留下的寡妇上床。

皮埃尔·博看到信封上收件人的名字。他花了好几秒钟才意识到尼娜在拆信。他一直有点怀疑。但不想对自己承认这一点。有一天,他发现尼娜在绕着他的挎包转时表情很奇怪。一副有罪的样子。就像她以前把一只小猫偷偷带进家里,并把它藏起来,不让他发现。直到有一天,她说:"求你了,外公,我们留着它吧,反正它在我们家已经待了很久了。"

他惊慌失措。眼中有闪电。这立刻让他想到了他的女儿玛丽安。对他的惩罚。同样的惩罚。某种厄运般的东西在她们的血管中流淌。母亲传染给女儿。母亲和女儿。灾难!

愤怒使他颤抖。他丢下床单和地上的信封,离开家,门也没关。

除了血红,他在路上什么也看不见。他想杀人。他为她所做的一切。工作、活着,为了她。起床、洗漱、午饭、上班、回家、做晚饭,为了她。省吃俭用,为了她。只为她。为了让她从不会缺少任何东西。他看到她婴儿时的模样。奶瓶、佳丽雅婴儿奶粉、出牙、打预防针、她的第一步。给她买连衣裙却不知道如何选择尺寸,还有鞋子。每天早上她都在那里而他却不相信她会在。但愿她长大。但愿他能养大她,她能成材。

瞒着他,尼娜拆开了邮件。这是背叛。持续很久了吗?如果有人发现,他就会失去工作。他将因严重不当行为而被解雇。他无权把邮件带回家。他将受到审判。肯定会被定罪。缓期执行,也许会入狱,而她会怎样?谁来照顾她?人们会怎么说?他们会起诉。私拆他人的信件是很严重的。尼娜将被送入寄养家庭。这是自尼娜出生后皮埃尔最糟糕的噩梦。如果我死了,她会去哪里?她母亲是不会来接走她的。

他会说,是他拆开了邮件。他会说,尼娜是无辜的。她与此毫无关系。他对此负全责。他是个冒失鬼。

他把车停在学校门口。正值中午时分。一群群年轻人开始出来了。尼娜中午在食堂吃饭。他进入大楼,撞到了一些学生,看起来像个疯子,不可控制的抽搐使他不断地眨着眼睛。他先看到阿德里安,然后是艾蒂安。然后是她。这三个形影不离的人和另一群学生在交谈。三个人周围有大约十五个学生。

尼娜穿着一件套头运动衫,没有穿上她的羊毛外套。他总是要求她多穿点,因为她有哮喘病,但她并不在乎。她在那里,在四月不减衣的季节,脖子露在外面。如果不付诸实践,这些老话还有什么意义呢?奥黛尔最喜欢的一句话是:"一鸟在手,胜过二鸟在林。"阿德里安低声告诉尼娜他在那里,于是她向他的方向抬起头,看着他,微笑中意味着:"你在这里干什么?我是不是把什么东西忘在家里了?"

看到他眼中的愤怒,他扭曲的脸,看到他因紧握而发白的拳头,尼娜立即明白了——邮件——在两秒钟内,她的神情变了。他先打了她一巴掌,然后又一巴掌。沉闷的声音在回荡。沉默像野火一样在操场上蔓延。其他学生都很震惊。他们不出声,一动不动,不清楚到底发生了什么。一个成年人在中学校园内袭击了一名学生……

这是皮埃尔·博第一次打尼娜。除了在她六岁时朝她的屁股踢过一脚,因为她用蓝色水彩颜料涂了花园里的蔬菜。

他抓住她的衣领,把她离地拎起,一边晃着她一边用一种既恳求又冰冷的语气说:

"你知不知道?你知不知道你干了什么?"

他几乎会当场杀死她。肢解她。周围的寂静使他回到了现实。让他清醒过来。

可我,我这是在干什么呢?

他把外孙女慢慢放下,仿佛他的动作因自己的惊愕而变慢了。尼娜,呆若木鸡,脸颊通红,上面是养育她的那个人的指痕。泪水在她眼里打转。像反光,像发烧。皮埃尔·博意识到所有学生都在看着他。一个二十多岁的校园保安走近他们,问道:"这里发生了什么事?"

"请你原谅我。"尼娜对她的外公低声说。

心烦意乱,皮埃尔·博转身离开,几乎像个小偷。当他回到车里时,他紧紧抓住方向盘,开始啜泣。神经性痉挛。他想象着奥黛尔正在她所在的地方看着他,乔·达辛离她不远。他想象着她永远不会原谅他刚刚对他们的外孙女所做的一切。

"不管怎么说,她这是自作自受。"

奥黛尔没有回答。她在生闷气。乔·达辛这个混蛋将有机可乘。

20

2017 年 12 月 12 日

　　二十七年之后，我还记得发生在那个四月的上午的一切。那个暂停的时刻。我们，看着皮埃尔·博，惊呆了。两个耳光，外公在校园里施加给尼娜的暴力，无法理解，介于梦境和现实之间。事情发生得很快，持续了不到一分钟。她那颗棕色的小脑袋仿佛要脱落了。她穿着一件黑色套头运动衫，上面有灰色的蝴蝶。像枯萎的花朵般的蝴蝶。她请求外公的原谅。她轻声的道歉我仍然可以听到。她没有为自己辩护，似乎并不怨恨他。每个人都想知道她做了什么。还有，有些人看到了，有些人没有。这些人在"事件"发生后，一旦回到家里，就开始想象、假设、推断。

　　"她可能和人上床了。她就像她的母亲。老头发现了，他无法接受。她和哪个人上床？博利厄还是博宾？两个人一起？她怀孕了。十四岁就怀孕了。是的，就是这样。运气不好，肚子里有了。"

　　皮埃尔·博离开后，起初只有一个问题在学校操场上从一张嘴到另一张嘴，像接力赛一样传播着："那个老头是谁？"然后答案出现了："她的外公。"

　　尴尬的脸，紧张的气氛，勉强的笑声。"你今天下午有什么课？""一个小时的自学。体育老师生病了。""你呢？""英语。两个小时的数学课和测验……"有几个学生，女生，问尼娜是否还好。站在离她几十厘米远的地方。仿佛有一条需要遵守的安全边界，一条将尼娜与其他人分开的边界，仿佛艾蒂安·博利厄和阿德里安·博宾拥有第一选择权，而且它被刻在每一个意识中，每一个手势、眼神、话语中：别碰。

　　之后，我记得阿德里安把尼娜拖到了医务室，而艾蒂安目瞪口呆地站在操场中间，然后和他妹妹一起去食堂吃饭。那天，外公的两个耳光震动了三人组合。

尼娜指责她的母亲。她告诉阿德里安，她在前晚整夜都在看艾蒂安带给她的三张照片，看到眼睛发酸。也正因为如此，她才忘记了其他的一切。而她的外公才在她的枕头套下发现了剩下的东西。只有阿德里安明白，那是被盗的信件。他们共享的秘密。

她的母亲总是会给她带来厄运。应该忘掉她。不再寻找照片，寻找她存在的证据。应该停止试图了解她是什么样的人，以及为什么她把尼娜像扔一袋脏衣服那样丢给她父亲——唯一一个要她的人，而她却辜负了他。

我正在为尼娜的收养所准备圣诞信封。我把钱塞进去，用大写字母写上："尼娜·博亲启，机密"，以避免她认出我的笔迹。仿佛她能猜到那是我。

随着由信而产生的联想，我的思绪游走到那封出卖她的匿名信。悲剧的起源。我想尼娜从来不知道皮埃尔·博最后怎么处理了这封信。他究竟把信扔了还是投递了。我今天唯一知道的是，这封血淋淋的信的收件人，让-吕克·莫朗，仍然活着，他所谓的遗孀也活着。他们参加了所有的滚球比赛。

我总是等到晚上像女贼一样来到收养所，把这些特别的新年礼物塞进信箱。就像那些没有勇气的人，与其在白天的阳光下面对他人的注视，不如在晚上把狗绑在栏杆上抛弃。

从本月初开始，我已经去了三次收养所。这在以前从未发生过。我的信封放在副驾驶座位上。

冬天，我从不在晚上九点以后出门。我现在养成了自己的习惯。非常小的习惯。因为习惯往往是很小的。我的工作，我的肥皂剧，我收听的节目，人脉，我的膳食，堆在床头的小说。

在我的车灯下，塑料圣诞老人攀附在房屋上，冷杉饰环挂在大门上，彩条灯在窗户周围闪烁着，一家商店的橱窗上贴着的"圣诞快乐"脱了胶，就快掉下来了。

一个没有雪的圣诞节。这里的雪来得晚。大约在一月中旬。

我走在荒地上，一个月前，老鸽舍中学还在这里老去，独自腐烂，被所有的人抛弃。哪怕是我们曾经喜欢过的科目，音乐、绘画、手工作业。

今晚，它仿佛已经沉没。

雾，减速，有点结冰。我走的是通向收养所的小路。远方，两三座零星的房子。其中一座被红绿灯照亮。

圣诞节。再过十来天，艾蒂安将回到父母家过平安夜。年年如此。就像一个听话的孩子，按时回家。这是一年中唯一的一次，人们看到他穿过拉科梅尔的街道，在烟草店买烟。他的大轿车停在教堂广场上。在那里，他曾带着滑板与尼娜和阿德里安会合后一起去游泳池。

他是否想到了他们？他是否考虑过这些？如果在车里发现的尸体是克洛蒂尔德的，他会担心吗？

我见到过他两次。我立即停车。我把车停在一个角落里，等待这一切过去。因为这像寒冷的气流、突然的暴雨，或是烈日。

艾蒂安·博利厄让我无法动弹，阻止了我的言语。

去年，我在进入教堂时几乎与他擦肩而过。我没料到他会来。而我应该知道，唯一能碰到他的机会是在 12 月 23 日和 26 日之间。当时是下午六点二十分。在拉科梅尔，午夜弥撒在晚上六点半举行。我裹着长外套，走向入口，有几个人在门外聊天，就在这时我认出了他的身影、他的步态。他离我几乎只有一米远。独自一人。穿着厚厚的毛皮外套。头被连帽衫的帽子遮住。我的皮肤处于警觉状态，起了鸡皮疙瘩。是他。他没有看到我，我瞥见了他的嘴、一支烟、他的手、喷出的一口烟。高大。非常高。我总是忘记他的身高。我转过身，看到他的背影朝市中心走去。至少我印象中这样认为。

然后我开始哆嗦，很久。非常久。那天晚上，我为报纸拍摄了婴儿耶稣的照片，它们都很模糊。我又看到艾蒂安再次从我身边经过，把那一刻的每千分之一秒都看在眼里。

收养所的停车场是空的。没有任何声音。狗儿们一定在睡觉。下车的时候，我让发动机开着，大灯亮着。信箱已经生锈了。当我把信封塞进去的时候，盖子吱吱作响。我感到一阵颤抖。我有一半的恐惧。仿佛自己做错了什么。

"是你吗？"

我跳了起来。动作僵住了。

"是你吗？"她又问道。

仿佛这是一个理所当然的事情。像一对已婚二十年的夫妇在一天结束时相遇:"是你吗?你今天过得好吗?放松一下你自己,我已经给你倒好了酒。——孩子们回家了吗?你妈妈打电话来了吗?冰箱里有什么?"

尼娜的身影在栅门后像幽灵般显现。接着,我的车灯照出了她的脸。苍白的脸。她头发上的细雨、闪光、霜淞。

"是的,是我。"

21

1990 年 4 月

　　从学校回来的路上,皮埃尔·博颤抖着把偷来的信封合上,放回其他要投送的信中,洗了床单,铺了床,不再谈论此事。甚至对尼娜也不例外。晚上,当她回到家,羞愧难当,恨不得消失,把自己活埋,他为她准备了两份煎奶酪吐司和一份蔬菜沙拉,让她趁热吃。尼娜的脸颊上仍有他手指的痕迹。她不敢说自己不饿,一言不发地吞下她的眼泪和沙拉。然后回到自己的房间,看着整理好的床,干净的床单。她机械地在枕头下寻找那封匿名信:没有了。她打开书桌的第一个抽屉,拿出装着她母亲三张照片的信封,打开窗户,用艾蒂安忘记拿走的打火机点燃了信封,然后把它扔到屋顶上,同时说了好几遍:"这是你的错,不要脸的婊子。"

　　昨天晚上,她紧张地盯着那三张照片,想要解读她母亲的脸和身体。她在想什么?她有男朋友吗?这些女孩中谁是她的朋友?是艾蒂安的妈妈吗?友谊可以代代相传吗?她和自己说悄悄话吗?她已经认识我爸爸了吗?我有她的眼睛形状吗?鼻子?笑容?她的声音是什么样的?她那天穿的衣服在哪儿呢?

　　她看着信封在檐沟内燃烧完毕。

　　几天后,她在厨房的桌子上发现了一封写给她的信。根据邮戳,它是前一天从拉科梅尔寄出的。她认出了信封上的笔迹,这种书写的方式。

　　她上楼回到自己房间去拆信。

　　我的小宝贝:
　　　　这封信,你用不着从我的包里偷。这封信是属于你的。偷看他人的邮件是一件非常严重的事,但我请求你的原谅。我不该打你。我很害怕。一个多虑老人的恐惧。你所做的事不能成为我在你所有的同学面前打你的理由。我希望自己从未打你,你,这么小。无回手之力。你,是我的眼眸。我很羞愧。而我将永远为这种不恰当和不能接受的行为感到羞愧。我希望你能原谅我。

爱你的外公

皮埃尔摇摇晃晃、像孩子一样的笔迹让尼娜百感交集。她用信封给他寄了一张明信片作为回报。背面是一幅美丽的蓝鸟雕刻,纪念小时候外公每天晚上给她读的故事。

外公:
  我收到了你的信,应该是我请求你的原谅。
  我在寻找情书。只要想到你的挎包里可能会有一些,这让我有点疯狂。但我将努力不再重犯。
  再次道歉,外公。

你的小宝贝

22

1990 年 7 月 15 日

尼娜将在圣拉斐尔的海边庆祝她的十四岁生日。她已经收拾好了行李箱。皮埃尔·博给了她奥黛尔的行李箱。"你可以留着它。"她看见这只手提行李箱一直搁在外公房间的衣柜上方。棕色,由仿皮和纸板制成,过了时的款式。

她给阿德里安打了电话。

"你的行李箱是什么样的?"

"我妈妈的一只嬉皮士包……有粉红色的花,看起来像伍德斯托克嬉皮音乐节的玩艺儿。"

"我的手提箱有一百岁了。有股樟脑丸的臭味。"

"你想和我换吗?"

"我不能……这是我外婆的……如果外公发现了,一定会伤心的。"

皮埃尔·博给了她十张一百法郎的钞票。这是她第一次在小钱包里有这么多零花钱。他还为度假准备了一箱蔬菜。尼娜认为带着西红柿和豆角去海边很丢人,但她不敢说出口。她看得出他在做他所能做的一切,他也想带她去海边。

尼娜躺在床上,眼睛睁得大大的。现在是凌晨三点钟。她听着自己的心跳。一个小时后,当外公来敲门时,她将一切就绪。然后他把她送到博利厄家,她爬上雷诺太空大轿车的后座,与阿德里安、艾蒂安和露易丝一起坐在后面。

而在旅程的终点,将是大海。就像他们已经看了三遍的《碧海蓝天》。"由我们出演的场景。"阿德里安开玩笑说。

她起身,打开行李箱,检查里面的东西,然后合上,这样反复了差不多二十次了。她对把宝拉和猫咪留在家里感到内疚,可毕竟是为了去看海。她已经等了好多年了。这就像与她的梦想的一场约会。

怎么打发这一个小时呢？她根本睡不着。在隔壁房间，皮埃尔·博也没有睡觉。他在想奥黛尔的手提箱。他始终无法狠心把它扔掉。最后一次打开它，是他从医院回到家里。奥黛尔没来得及把箱子的东西拿出来。在医院才住了几天，人就没了。

他们去得太晚了。

如果可以重来……

他们于1956年在欧坦的百货商店买了这只手提箱。奥黛尔希望买一台下雨天在室内用的烘干机。当她看到手提箱在打折时，她对皮埃尔说："买下吧？咱们度假时用得着。"

他们从未去度假。直到那一天，奥黛尔走了，独自一人。

夏季的星期天，皮埃尔和奥黛尔在河里或森林湖戏水，在露天舞会和社区节日跳舞。有时他们会去塞通湖坐脚踏船，在树下野餐，但他们从未越过小小的莫尔万山。

有一次，他们睡在同一个睡袋里，像沙丁鱼一样紧紧挨着。

那天晚上，皮埃尔·博听到了奥黛尔的笑声，她的眼睛在数星星。

这是尼娜第一次离开家。自从玛丽安把她留在这里那天起，她没有离开过。他准备着面对空虚。他在心里计划着未来的日子。和每年的七月一样，放假但没有休息的日子。他将打理花园，带着宝拉去散步，重新粉刷铆钉，彻底打扫屋子。他要让双手保持忙碌。

他有点惭愧，因为他从未带外孙女去过海边。通过单位工会租个房子也不是很贵。这不是钱的问题，而是打破习惯，走出拉科梅尔的街道，长时间开车，去远方，走向未知，迷路，破译路线图，发现新面孔，穿上泳衣。

他试图回忆自己最后一次穿泳衣的时间。至少有三十年了……

现在，是出发的时候了。每个人都在雷诺太空车前道别。尼娜看着约瑟菲娜紧紧搂着儿子。她的外公用嘴唇亲了她的脸蛋，很笨拙。但这并不是最重要的。重要的是爱。尼娜的喉咙发紧，这是她第一次与他分开。他在她耳边轻声说："你肯定带上你的舒喘宁了吗？"

每个人都坐在自己的座位上，系好安全带。马克·博利厄坐在方向盘后面，玛丽-劳尔坐在副驾驶座上——有时他想休息，就由她来开车。孩子们和一箱箱的蔬菜。大家挥手告别。

皮埃尔·博和约瑟菲娜·西蒙尼在黑暗的人行道上并肩而行。

尼娜想,在人生中,有的人留下,有的人离开。还有一些人选择放弃。

23

2017 年 12 月 12 日

"我怀疑你就是那个拿信封装钱的人……"尼娜说。

我觉得自己像被人抓个正着。几乎是个罪人。我回到车里,关掉引擎,熄灭大灯,回到她身边。

她转动钥匙,打开大门。

"你知道我回来了吗?"

"是的。"她回答道。

尼娜用一只写着"我爱拉科梅尔"的杯子给我倒了些咖啡。

她的办公室里,有三盏苍白的日光灯。

关于绝育的海报。

一张一只眼睛受了伤的猫的画像:"在这里,我们都有机会被收养。"

一块板上钉着狗和猫的照片。它们都有名字。迭戈、罗莎、布兰基特、牛轧糖……我想知道是不是尼娜给它们起的名字。

在中学的图书馆里,有一本关于名字的词典。尼娜用铅笔圈出了它们。这是她为未来孩子准备的名字。

我感觉她在打量着我。我不敢抬眼看她。我盯着她的手。在十几岁的时候,她经常在指甲上涂红色指甲油,最终变成驳落。这种马虎曾令我反感。

我想起身拥抱她。但想到自己上次见到她时对她所做的一切,我怎么敢?

我已经很幸运了,她让我进来,请我喝她煮的像臭袜子一样难喝的咖啡。

沉默了很久之后,我说:

"这个时候你在收养所里干什么?已经很晚了。"

"我在等你。我想是吧。"她回答道。

*

1990 年 7 月 15 日

圣拉斐尔。

"我们来了……"他们一个接一个地说出了这句话。每个人都以不同的方式。玛丽-劳尔,快乐。马克,放松。露易丝,害羞。艾蒂安,为了尼娜。

尼娜的心脏在异常地跳动,幸福让它失去了节奏,她的眼睛在扫视风景,寻找蓝色。

车里有股薯片的味道。一堆空的薯片包装袋。好几个小时的车程已在身后。在通往瓦伦西亚的公路休息站停下来加油、喝咖啡。两腿疲惫,肌肉酸痛。

把车窗摇下一点儿。远方,有一条蓝线。海就是坐在大地上的天空。这让阿德里安想起那阿兰·苏松的一首歌。

> 你会看到,在一个美好而疲惫的早晨,
> 我去坐在隔壁的人行道上……

艾蒂安轻轻地说:

"尼娜,看,这是你的大海。"

阿德里安把他的手放在尼娜的肩膀上,稍稍用力,仿佛在说:"到了,大海就在眼前。"

"孩子们,我们去拿租房钥匙的时候,你们就在海滩上等着。"玛丽-劳尔说。

露易丝想和她的父母待在车里。她更喜欢让他们独处。他们三个人在一起:是一堵墙,一个不可逾越的障碍。

阿德里安、艾蒂安和尼娜下了车。阳光刺眼。现在是正午,天非常热。海滩上有浴巾和孩子们的玩具。大海就在前面,浩瀚无垠,熠熠发光,生机勃勃。大海是颤抖的水,尼娜想。它是会呼吸的水。它的颜色与她以前见过的任何东西都不同。它比在明信片和电视上更美丽。它令人震惊又自相矛盾,既迷惑人又令人不安,完全吻合尼娜心中的自由。塞甘先生的山羊。最糟糕的故事。这是她读过的最可怕的故事,却经常重读。去年,当外公为大众救济协会准备捐物时,她把她的《好孩子故事书》从一堆袋子中捡了回来。

她的外公。她希望他也在这里。看到了她所看到的。呼吸她所呼吸的,这带着太阳、糖和麝香的风。

艾蒂安将尼娜扛在右肩上,快速走过沙滩,避开浴巾。尼娜大声地笑着,发出轻轻的尖叫声。阿德里安跟在他们后面,慌张地扫视着周围的阳伞和裸露的乳房。这是他第一次看到女人的胸部暴露在阳光下。除了电影和杂志里,他从未在现实生活中见过它们。尼娜第一次看到大海的时候,他第一次看到了乳房。他的脸上出现一丝贪婪的笑意。

艾蒂安脱下他和尼娜脚上的球鞋,她挣扎着,喊道:"不要!停!"

艾蒂安走入大海,尼娜仍在他的肩上,他走了几米,把穿戴整齐的她扔进水中。有点刺痛,清凉,咸咸的。阿德里安也没有脱衣服就下水了。他们三人穿着衣服游泳,笑着,互相泼水。他们过度兴奋。艾蒂安大喊:"我是世界之王!"他再次将尼娜举到他的肩上,让她可以一头扎入水中。

艾蒂安已经很久没有这样了。仿佛他正在放任自己。仿佛他不再控制任何东西:他的外表、他的风格、他的衣服、他的发型、他的皮肤、他的好分数。

他们三个人就这样在水里待了很久,慢慢地平静下来。缓慢,渗透到每一个毛孔,舔水,吐水。他们的衣服像布制的浮标,蝴蝶打湿的翅膀。他们仰面漂浮,皮肤吞没了身体的动作。他们手拉着手形成星状,洗礼之星。一颗落入水中的星星。

尼娜不时地唱着《你的黑眼睛》,故意把词混在一起。

>   来吧,和我一起来,不要再离开我……
>   来吧,留在这里,不要再离开我……
>   我们回来后就天天见面……
>   你的黑眼睛在闪烁

当你离开时会去哪里,哪儿也不去……
你拿起你的衣服,为我披上……

在天空中游泳。

*

出于礼貌,我喝完了尼娜端给我的难喝的咖啡。猫尿,我对自己说,一边看着牧羊犬的照片。它叫班卓,七岁。

"我在《索恩-卢瓦尔河日报》上看到了你的名字。"她说。

"当通讯员放假时,我就做自由撰稿……比如现在……你看到森林湖的消息了吗?"

"那辆车,是的……你认为是她吗?这些年她一直待在那里?"

"他们还不知道……他们发现了一副骨架……"

"太恐怖了……"

"唯一能将克洛蒂尔德与这辆被盗汽车联系起来的,是日期。"

"1994年8月17日……葬礼那天。"尼娜喃喃自语。

随之而来的是长长的沉默。我知道她在想艾蒂安。像我一样。但不说出他的名字。

"你不想碰巧有一只猫吗?"她问我。

"碰巧?"

尼娜弯下腰,掀开一条毯子:一只皮毛黑里带金的小猫崽正在一只四十三码男款鞋盒里睡觉。

我趁机看了看尼娜的手,她细长优雅的手指,剪短的指甲。我假装观察这只小动物,借此来呼吸她身上的味道。我寻找着她消失的香草味。我想闭上眼睛,我想和她共度余生。有时候,怀旧是一个诅咒、一种毒药。

"我们刚刚在附近的一个垃圾箱里发现了它。你不想带它走吗?我很难为黑猫找到养主。那个关于厄运的古老迷信……"

"好的。"

"你会照顾好它吗?"

"是的。"

"比我更好？"

"……"

"艾蒂安呢？"她问我，"你后来又见过他吗？"

"没有。"

她又回到了自己的思绪中。掸去毛衣上一粒并不存在的灰尘，终于问道：

"阿德里安呢？他还好吗？"

"我想他还好的。"

她把目光投向我。她并没有改变。总是这样直接，没有任何假装或迂回。

"我想念他。"她说。

仿佛对自己刚才所说的话感到后悔，她把鞋盒塞进我的怀里。小猫睁开一只眼睛，又闭上了。我把我的鼻子放在它的毛发里，有一股稻草的味道。

"它已经断奶了。我会给你几包猫粮。最初几天你得把它关起来。正好现在是冬天，外面也没有什么好玩的。我还会给你一个猫砂盒和一袋猫砂。千万不要忘了随时给它备好一碗清水。"

"你怎么知道我今晚要来？"

"在年底，你总在12月的15日至20日之间过来……不对吗？谢谢你的钱。"

"你真的知道那是我吗？"

"还会有别人吗？"

她穿上了外套。

"你送我回家？克里斯托夫开着收养所的车去了兽医那里。我很累，我想回家。"

"克里斯托夫，是你丈夫吗？"

"不，他是员工。你把狗粮交给他的那个大胡子家伙。"

"你也知道是我送的狗粮吗？"

"是的。"

"好吧，我送你回家。"

她坐上了副驾驶座，我发动了汽车，车内响起了印度支那乐队的《美丽人生》。我关掉收音机，她说：

"请别关，我喜欢这首歌。"
"你还喜欢他们吗？"
"当然了。"

> 我们去一起创造人生，起码做到这点
> 我们去一起制造黑夜，漫长如你所能
> 人生既美丽又残酷，有时候就像我们一样
> 我生来只为和你在一起……

尼娜哼着歌，盯着路，好像是她在开车。
"你打算怎么称呼它？"
"谁？"
"你的猫。"
"是女孩还是男孩？"
"我猜是公猫。它太小了，我无法确定。"
"尼古拉。没有 S。像尼古拉·西尔基斯[①]。"
尼娜第一次笑了。

---

① 尼古拉·西尔基斯（Nicola Sirkis, 1959— ），法国歌手，印度支那乐队主唱。

24

1991 年 9 月 22 日

他们十五岁了。刚升入高中,并一起选择了他们的学习课程。

辅导员看到他们三人进入办公室时的表情。

艾蒂安在 A1,文学和数学;阿德里安在 A2,文学和现代语言,尼娜在 A3,文学和视觉艺术。他们有不少共同的科目、共同的老师和教室。

不经其他两人同意,不能擅自做任何事。所有的决定都须三人一致赞同。哪条裤子,哪件衣服,哪首音乐,哪件 T 恤,哪场聚会,哪部电影,哪本书,在谁家。

尼娜和艾蒂安经常斗嘴。她说,艾蒂安把自己当成大哥给她下命令:"不要这样梳头""小声点儿""不行,你真是太傻了""去啊,别充好汉了"……他似乎在不断地反驳她惹恼她。

阿德里安出来解围,从未提高过声音。他觉得与尼娜的关系比与艾蒂安的更密切。他喜欢只有他们俩待在尼娜房间时难得的特权时刻。只是为了听她说话,说她自己的感受,帮她整理物品,摆好姿势让她画第 N 张肖像。

"不要动。"

当她把画好的肖像递给他时,阿德里安从来没有认出那是自己。

三人中,艾蒂安最叛逆,阿德里安最多疑,尼娜最敏感。

尼娜所担心的因为长大产生的距离并没有产生。她没有必要去寻找最好的闺蜜。即使当艾蒂安大声说想知道他的性器有多大:"它会变长还是变粗,两者都会?""它还要长多久?你觉得到了二十岁它就不会再长了吗?""你认为它是遗传的吗?我的会和我爸爸我哥哥的一样吗?"

这些问题并没有让她感到不舒服。他们谈论的是兄弟与姐妹之间不会触及的话题。仿佛对艾蒂安来说，尼娜是一块中性的、无类别的领土。

"我是你的瑞士。"她经常这样对他说。

除了坚定不移的友谊外，他们还被一起花时间写的旋律和歌词联系在一起。三人被一个任何事物和任何人都无法阻止的未来计划焊接在一起：高中一毕业就离开。一起租一套公寓，平摊房租。他们要去打零工，而且最终将站到奥林匹亚体育场的舞台上。

阿德里安暗地里梦想着得到认可，他希望自己的音乐和歌词能够出名，这样他就可以让生父闭上嘴，再也不用闻他那股叶绿素的味道。艾蒂安梦想着名声带来的东西：镀金和轻松的生活。尼娜希望能唱歌、画画，轰轰烈烈地恋爱。她将这一点说得很清楚：

"对我来说，要么是真爱，要么就不爱。"

她想结婚，生三个孩子。两个女孩和一个男孩。她已经选好了孩子们的名字：诺尔雯、安娜和杰弗里。她会给他们画画，为他们和她的丈夫唱歌。

"你必须先找到一个丈夫。"艾蒂安经常说，带点挑衅的意味。

尽管他们在别处调情，被他们的青春期、他们的荷尔蒙引向其他欲望、其他身体，他们从不厌倦分享彼此的焦虑、口香糖和想法。

尼娜说："我是左翼。我赞成分享。"

"我也是。"艾蒂安表示同意，为了反叛自己的父亲。

"一样。"阿德里安低声回答，他崇拜弗朗索瓦·密特朗，因为密特朗最喜欢的小说是《魂断日内瓦》[①]。

*

像往年一样，流动商贩刚刚驻扎教堂广场。拉科梅尔被打扮得漂漂亮亮。街道上散发着棉花糖和奶油食物的味道。

从下午开始，艾蒂安一直在玩气枪射击，阿德里安和尼娜紧挨在一起坐在毛毛虫游乐车上，哼着扩音器里大声响起的歌曲，"走开，奥

[①] 又名《外交官情人》（*Belle du Seigneur*），作者是瑞士犹太裔作家阿尔贝·科恩（Albert Cohen, 1895—1981）。

特伊、纳伊、帕西、黑人和白人,致我们的失误"。

头发被风吹起,尼娜朝比她大的男孩们望去。她对同龄的男孩没有兴趣。

她已经完全忘记了两年前爱上的吉勒·贝斯纳。一天晚上,他在学校的体育馆前吻了她,她讨厌他伸进自己嘴里的舌头,带着烟味的口水。分开时两人嘴唇干裂,低语着:"明天见。"

尼娜惊慌失措地给阿德里安打电话:"当我见到他时,我该对他说什么啊?好怕。"阿德里安回答说,她所要做的就是以正常的方式打招呼和拥抱他。事情就过去了。

和阿德里安在一起,一切都很简单,平静而清晰。除了那天他打碎了皮的眼镜之外,阿德里安是一条河流,人们看不到湍流和风暴。

艾蒂安不时地过来挤到尼娜和阿德里安中间,与他们一起坐一轮毛毛虫游乐车,然后去继续他的射击。当他赢得奖品时,他让尼娜在一只白熊玩偶和闪彩笔之间做选择。他试图赢得大奖:立体声音响、电视机、录像机,尽管他家里已经有了这一切。女孩们都来黏着他。在他旁边一站好几个小时,看着他射击。有时,他主动和其中一个人离开,往往是其中最漂亮、化妆最浓、有乳房和没有粉刺的那个。他太害怕被粉刺传染。他和被选中的人一起去坐一轮碰碰车,亲吻她,然后回来射击气球。

星期六,他们已习惯睡在一起。男孩们在尼娜的房间里有一张小床。皮埃尔·博并不介意,在他眼里,阿德里安和艾蒂安也是家庭成员。他更愿意让他们睡在家里,而不是尼娜去他们家中。

乖巧的尼娜变了。皮埃尔觉得很难认出这是他的外孙女。他更喜欢以前那个偷偷带着动物回家的她。

现在,她动静很大。她甩门,把音响的音量开到最大,连墙壁都在震动,大叫着他不理解她,稍不顺心就泪流满面,他略有微言她就对他翻白眼,在浴室里一待就是几个小时,忘记清除水槽里染发粉的残迹,把自己锁在房间里,把脸化妆得像在伪装一辆偷来的卡车,只要脸颊上出现一个痘痘,她就大惊小怪。

当她请求允许她去参加一个男朋友或女朋友的生日聚会时,她又变得温柔起来。

"我们都睡在那里。父母会在那里……求求你,外公……求你了……我的自科考试得了十七分……。"

"'自科'是什么科目？"他壮着胆子问。

她翻了个白眼。

"嗯，自然科学。"她回答说，好像他是个老傻瓜。

皮埃尔知道在她的选修课中没有这个科目，但并不争论。

皮埃尔最好不要说不，否则尼娜会变成一个恶霸。于是他屈服了。他像送分一样送出同意，以求安宁。何况她学习很好，她会处理好自己的生活的。

当她的一个男同学举行生日聚会时，每个人都带着睡袋前去，在那里过夜。父母虽然在家，但不在同一个房间。他们在进入之前会先敲门。窗户是敞开的，以便让烟草味散发出去。

结束了小糕点和果汁的年代。他们在寻找感觉，尝试一切被禁止的东西：酒精、香烟、大麻、水烟。

因为哮喘，尼娜是唯一不碰这些的人。她总是比其他人更清醒。即使在喝醉的时候，她也是那个在女孩们呕吐时帮着拉住头发的人，注意不让男生不安分的手趁机占便宜，必要时甚至会毫不犹豫地踹他们一屁股。众人皆知，"如果你邀请了艾蒂安，尼娜和阿德里安也会来。如果你邀请尼娜，艾蒂安和阿德里安也会到场。"阿德里安很少被邀请。但因为他不闹事，大家就接受了他。他太沉默寡言了，无法引起十五岁少年们的兴趣，除了几位成熟女孩喜欢他的陪伴和安静。而且他读书、写歌词、玩电子琴和喝茶。有些女孩就喜欢阅读和喝茶的音乐人。

25

2017 年 12 月 12 日

尼娜拉下遮阳板,瞥了一眼镜子,又把它翻起来。

膝盖上放着鞋盒,小猫尼古拉似乎总在里面睡觉。当它醒来的时候,我该拿它怎么办?我能够照顾好它吗?我意识到自己从未养过猫狗。甚至连一只蜗牛都没有。

"你认为我变了吗?"

"没有。"

"多少总还是有一点吧。"

"没有,一点都没有。"

"我已经四十一岁了!"

"改变人的不是年龄。"

"哦,那是什么?"

"我不知道。大概是他们的人生吧。"

"那么……我毕竟付出了!"

"是的,但并没有从你身上夺走一切。证据就是,你没有改变,我发誓。你还是那个尼娜·博。"

"不,我已经变了。"

"你住在哪里?"我问。

"你知道得很清楚。"

"我怎么会知道呢?"

"你以为我没有看到你不时地从我家门前走过?观察我是否在那里……"

"……"

她不再说话。又盯着路看。三个一分钟后,她就该下车了。我以步行的速度开车。我很想假装车抛锚,但我们离她家只有五百米。要是我能开错路就好了。

"你想再听听音乐吗?"

"不,谢谢你。"她悲伤地回答道。

我把车停在她家门口。下车时,她喃喃自语:

"谢谢你陪我溜达。"

我问:"我们下次再见?"

她瞥了一眼小猫。

"再见,尼古拉。要听话哦。"

她关上了大门。转身走了。一个少年的身影。从背后看,她只有十五岁。我的眼里涌出了泪水。她打开了自家的门。消失在夜色中。

她没有回答我。

*

尼娜进屋。关上了身后的门。听着汽车的引擎声渐渐消失。脱掉她的鞋子,鞋跟下有一块石头。疲惫不堪。肌肉酸痛。猫围在她的腿间,总共六只,老的、残的、独眼的。她收养那些毛病最多、没什么机会被人选中的猫。

"你们好,毛球们。"

她咳嗽起来,可能是感冒了。或者是她的哮喘病。自从被哮喘缠上以后,她学会了区别迫在眉睫的哮喘发作和糟糕的流感。她走进厨房,给猫咪们喂食,并给它们唱起了歌:

> 人生既美丽又残酷,有时候就像我们一样
> 我生来只为和你在一起……
> 你我的血,合二为一
> 我们将战无不胜,起码做到这……

她用微波炉加热了前一天的汤。两块干面包,上面抹了些奶酪。她用吸尘器清理了猫毛,打开窗户通风五分钟。

她调高了卧室取暖器的预设温度。房间里有些冷,因为有个猫洞,

猫在房间和花园之间不断地来回窜着。

她洗了个滚烫的热水澡,上床睡觉,三只猫已经在她的床上了。她打开电脑,查看"脸书"上她的个人账号和收养所的账号。她的个人账号收到一条信息。罗曼·格里马尔迪给她发了一条关于鲍勃的消息,还有一张狗在沙发上睡觉的照片,旁边是一只大猫。

> 您好,博女士,一切顺利。当我在收养所的网站上看到鲍勃的照片时,我就知道它将成为我的狗,而且永不分开。我的老伙计镭也认可了它。希望您一切顺利,再见。
>
> 罗曼·G.

尼娜不假思索地在她的键盘上打字:
您今晚在做什么?
她看到他的状态为"在线"。他随即回复:

> 没什么特别的,现在是晚上九点,我吃了晚饭。鲍勃和镭也吃过了。怎么啦?

> 您想我们见面吗?

> 现在?

> 是的,现在。

> 为了谈论鲍勃?

> 不是。您住在哪里?

> 罗莎-穆勒街7号。

> 我马上就到。

好的……

她起身。进了卫生间。在干裂的嘴唇上抹了点护肤霜。穿上她最喜欢但已经很久没穿的牛仔裤,和唯一一件还说得过去的黑色毛衣,她只在特殊场合才会穿,也就是说,除了年初市长来问候之外,从未穿过。她用手整理头发。不要思考。千万不要思考。她没有车。罗莎-穆勒街就在教堂旁边。从她家步行十分钟就到了。

她走得很快,半张脸都笼罩在自己呼出又被大衣领子挡住的热气中。暖和身子,不要思考。她走在熟知的人行道上。沿着她可以像诗一样背诵的栅栏、房屋、花园、小棚屋、车库、店铺。走向教堂,就像与阿德里安和艾蒂安去游泳池时那样。她成年人的脚步和她童年的脚步交织在一起。她的头发上有霜。她已经有多少年没有朝一个人走去了?

26

1993年2月

为了去距离拉科梅尔十公里远的高中上学,他们在早上七点乘上巴士,大约在七点三十五分到达,这期间巴士还会接上住在偏僻角落的学生,那些像罪犯般在路边等候的学生。在清晨疲惫的寂静中,他们被接走,除了巴士的两扇门打开和关上,没有其他声音。少年们仍未睡醒。他们睡得很晚,听着收音机里的《爱的乐趣》,听"傻子博士"回答听众问题——识别、示爱、痤疮、害怕、恐惧症、G点、羞耻、避孕套、润滑油、鸡奸——他们的耳朵紧紧贴在收音机上,试图猜测他们是否认识每一个敢于在直播节目中讲出自己存在的问题或谈论自己的爱情和性生活的他或她。"我的女朋友不湿——那也没办法。"

半个小时,在操场的顶棚下,高中生们交流,抽烟,在墙的一角完成作业,以免被罚。他们在日历上打叉,将上学日和假期分开。就下一场考试的主题相互提问。大家谈论艾滋病、全世界的饥饿问题、如何在牛仔裤上打洞、油渍摇滚乐队、巴以冲突,以及电视连续剧《比弗利山庄》。女孩们想成为麦当娜或米莲·法莫那样的人,读魏尔伦的诗,男孩们则喜欢科特·柯本[1]或波诺[2],欣赏电视中的吉姆·考瑞尔[3]和尤里·德约卡夫[4]。

早上八点开始上课。

虽然已是高二,但三人始终在一起做作业。艾蒂安仍然不爱学习。他磨磨蹭蹭,瞥一眼阿德里安和尼娜的笔记,经常抄他们的。一位数

---

[1] 科特·柯本(Kurt Cobain,1967—1994),美国歌手,涅槃乐队主唱。
[2] 波诺(Bono,1960—),爱尔兰歌手,U2乐队主唱。
[3] 吉姆·考瑞尔(Jim Courier,1970—),美国网球明星。
[4] 尤里·德约卡夫(Youri Djorkaeff,1968—),法国足球明星。

学老师在周日下午来到他家，帮助他补习功课。他不敢对父母回嘴："怎么搞的，居然在星期天。"

他的父亲总是以失望或冷漠的态度打量着他，他不知道为什么。艾蒂安很清楚马克·博利厄看到大儿子时的眼神和微笑，总是用充满爱意的眼神抚摸露易丝。但是对他，却什么都没有。漠不关心。当他屈尊看一眼艾蒂安时，那也很勉强。

晚上七点半左右，当皮埃尔·博在厨房里忙着准备饭菜时，阿德里安和艾蒂安回去他们自己的家里。

阿德里安回到母亲身边，他们坐在客厅的桌子前一边吃饭一边看晚八点的新闻节目。这让阿德里安可以避免和约瑟菲娜默默地面对面吃饭。尽管有炸弹的噪声，有内战和其他冲突的可怕画面，但面前的餐盘提醒着他，每天晚上也可以像一次课间休息，一场室内野餐。

艾蒂安总是拖拖拉拉不愿回家。下午五点钟落下的夜幕让他焦虑万分。如果可以，他每天晚上都会喝酒，以平息随傍晚开始的胃部胀气。威士忌加可乐使他的血液变得柔和，使他对一切都充满了笑意，他好像在飞，好像每个器官都被氦气充实了。

到家后，艾蒂安看到露易丝。他对她没兴趣，打招呼都很勉强。他到地下室去玩他的电子琴。然后他和他的妹妹在厨房的吧台上吃晚饭，朗科尔太太已经准备好了一切，等他吃完后才回家。

晚饭后，艾蒂安下楼去玩他的音乐键盘或游戏机。当他的父母在晚上九点左右回家时，他上楼，与玛丽-劳尔交换几句话——"学校怎么样？你没有欺负妹妹？你吃饱了吗？你去洗澡吗？"——然后他回到自己的房间里看电视，或翻阅他在哥哥保罗-埃米尔的衣柜内一叠床单下找到的色情杂志。纸页皱巴巴的旧杂志，但上面的女孩看起来仍然只有二十岁。他手淫，然后陷入沉沉的睡眠中。

1993年2月的这个早晨，学生们坐的不是平时那一辆巴士。他们大声地说笑着。他们把疲惫留在家里。他们的书和笔记本也待在家里。他们要去庆祝忏悔星期二。全地区的所有学生和教师将在索恩河畔的沙隆集合，然后参加狂欢游行。每个人都在膝盖上放着一个袋子，里面装了一个三明治和一瓶水。

打扮成女孩的男生们，戴着假发，穿着高跟鞋，撩起裙子，咯咯笑着，露出长长的毛茸茸的腿。其他装扮成奥特曼、黑武士、蜘蛛侠的，一边看着车窗外的风景，一边互相讲述前一天看到的电视节目。艾蒂安打扮成美式足球运动员，他的头盔使他无法与一个高二理科班的女孩调情，她正坐在他身上。他的左大腿上有一个臀部。她动作很大，说话声音太大，摸他的手，靠在他身上。尼娜打扮成仙女，很想用手中的魔法棒戳她的头。

"那个女的，她让我很烦。我要搞乱她的头型。"恼怒的她对阿德里安轻声说。

后者自从上车后就一直阴沉着脸，他回答说她在吃醋。

"胡说八道。我早就习惯看到艾蒂安和轻浮女孩在一起，但这个人，我看着很不顺眼。你又是怎么了？你从今天早上开始就一直在生闷气。"

"没事。"阿德里安回答，"我很好啊。"

"好吧，可是看起来并不像。是不是不喜欢你的牛仔造型？"

阿德里安耸耸肩，胡说八道。他的脑海中闪过三首艾蒂安·达霍[①]的歌曲：《他不会说》《说谎者》与《牛仔》。

> 牛仔，拿回你的马和步枪
> 停车场已满，那就翻过你画册中的这一页……

露易丝和其他学生在前排。年级最小的，高一的，总是在前面。

总是有比你小的人，阿德里安想。那些在集体合影时被安排在第一排的。

露易丝装扮成小鸽子，脸颊上画着三滴黑泪。她不时地转过身来，看看她的哥哥、尼娜和阿德里安。她与阿德里安的眼睛对视了几次，他没有回避。他朝她露出了微笑。

在圣拉斐尔，他们偷偷摸摸的记忆融合在了一起。

阿德里安想大叫。他克制住自己。指甲掐在掌心中。尼娜在闹别扭。他看到她的眼泪正在涌出，可爱的小脸蛋绷得紧紧的。阿德里安深吸一口气，用胳膊肘点了点她，尼娜转向他，闷闷不乐的。阿德

---

① 艾蒂安·达霍（Étienne Daho，1967—　），法国歌手。

里安向她露出绑在腰带上的假枪,拔出枪,瞄准了坐在艾蒂安身上的女孩。

"你想让我毙了她吗?"

尼娜放声大笑。

27

2017 年 12 月 12 日

我不敢把尼古拉从盒子里拿出来,怕把它弄伤。它在睡梦中发出呼噜声。猫砂盆、食盘仍然待在有环保标签的纸袋中。我把所有东西都放在房间中央。我观察这只小猫,就像人们观察自己做的蠢事。蠢事的清单开始于很久以前。从集市带回来的金鱼、旷课、作弊、从商店偷东西、酒后驾车、三伏天在杂草丛生的花园里点燃鞭炮、忘记了浴缸里的水、求婚、错误的答案、错误的人、知道不应该但还是去了、作出不会遵守的承诺、错过火车、贷款消费、在最后一刻取消等待已久的约会、大冷的天光膀子、因为心情不好而低头回避打招呼然后后悔一辈子、去公证处签署出售契约、同意后又放弃、恶心的酒精、龌龊的夜晚、臭名昭著的最后一杯、糟糕的早晨与陌生人同车、为了替换黑色而买却永远不会穿的花毛衣、从来不会读完的作家最新出版的小说——"但这次我会喜欢它"——买减价货、孤注一掷、翻箱倒柜、搬弄是非、批评、冷笑、一条小得可怜等减肥后再穿的裤子……所有这些充斥了我们人生橱柜却组成人生的东西。

还有,在我二十四岁时因为尼娜而感到羞耻。在巴黎的一个剧院大厅里碰见她,我的表现非常糟糕。她走近我,紧紧地拥抱着我。我肌肉绷紧。她在我耳边轻轻地道晚上好,快乐而羞涩。那句"晚上好。你瞧,我来了,我为你感到骄傲"。

"哦,你好。"

是的,真的,仅仅这样回答她:"哦,你好。"

我感到羞耻。我很年轻。衣冠楚楚。我的名字出现在她要去看的话剧的海报上。我自以为今吾非故吾。其实这个今吾从未存在过。永远不要成为你不是的人。

我听到她的外省口音。我耳朵里只听到这个。可是尼娜从来没有口音。我想和那些擅于交谈、用辞考究的人说话。不是住在拉科梅尔的人，好像他们身上散发着我不愿承认的童年和外省出身的馊味。

尼娜脸色发白，微笑着，缩在她的衣服里，我猜那是新衣服，她为这个场合打扮了自己。她想给我一个惊喜。

她留下来，没有离开，没有背对着我，在剧场里坐下，手里拿着她的票，一张她买的票。

她没有收到邀请。

她在很远的后排。剧终落幕时，我看到她疯狂地鼓掌。

我设法让自己躲在后台的化妆室。我想象她在人行道上等了我好一会儿。没有看到任何人。独自回家，一边寻思着可以替我减轻罪过的情节。

羞愧和遗憾不会随着岁月而减轻。

28

2017 年 12 月 12 日

罗曼·格里马尔迪为她开了门。他只看到她的黑眼睛。一潭活水。

尼娜说了声晚上好,并将外套扔在一把椅子上——被她摆脱的寒冷。她把它放得远远的。她对着自己的手呵气。鲍勃从沙发上抬起头,认出了她,过来撒欢。

"嗨,伙计。"

"你想要喝点什么吗?"罗曼问她。

她转向他,凝视着他。走近他。他对她笑了笑,有些不自在。

她说:

"我的身体已经死去很多年了。没有人抚摸的皮肤,会死掉。没有人看的身体,它是冬天。寒冷一层一层地叠加。永远下着雪。它没有其他的季节。没有欲望。没有回来的希望。它被冻结在过去,固定在某个地方。我不知道在哪里。它害怕。我也害怕。我的身体没有现在。我想做爱。我想知道它是否已经忘记了一切。它是否还知道某些东西。我喜欢你。你呢,喜欢我吗?"

他说是的。

一个带着怀疑的"是的"。一个不信任的"是的"。害怕她,害怕她的坦率。危险的旋律。

"我想喝点烈性的东西。"她低语。

"我也是。"

罗曼进了厨房。尼娜听到他打开橱柜,取出酒杯。她的心就像当时发现大海时那样跳动着。她仔细地观察客厅。灯具、书籍、茶几、没有声音的电视、关于印度的纪录片、恒河、穿纱丽的女人。不要思考。相信自己一次吧。

他回来了,手里拿着两只杯子,棕色的液体,波本威士忌。他们一饮而尽,眼睛都不离开对方。他穿着牛仔裤和黑色毛衣,就像她一样。一对被母亲穿成一样的双胞胎。

他张嘴想说话,想说些什么,他们以同样的动作吻在了一起。没有谁先主动,两人动作一致。尽管有些颤抖,有些笨拙的摆动,他们知道如何彼此寻找和触摸。他们找回了灵巧的姿势,舒缓和敏捷的手。诱惑。他脱去了毛衣、T恤。她喜欢他皮肤的味道,这是第一步。一旦你喜欢对方的气味,将它认同为某种熟悉的事物,某种感官的根源,接下来的一切就谙熟而自然。他吻得很好。

来找他,她做对了。体贴又性感。

他的舌头顶着她的舌头。她真的以为这不会再发生在她身上。这是另一个人。

她不相信自己。她几乎处于一种催眠状态,不真实的状态。她把手伸进他浓密的头发里,现在她想把他带进她的身体,他的全部。他晚上的胡子刺着她的脸颊、她的下巴、她的嘴。她也脱掉了自己的衣服。他品尝到了她的皮肤,一种甜蜜的节日鸡尾酒。

他说:"去我的房间里会更好。"她回答说:"把灯关掉。"

他问她是否确定想这样做,在黑暗中。"是的。"她很确定。

他微笑,他们微笑。

上楼前他们喝了一杯酒。最后一杯壮行酒。前面的路、楼梯。赤脚踩在地毯上。他们衣衫不整,浑身发热。汗水交织。呻吟。前奏。还有什么比前戏更美味的呢,尼娜想。挥之不去的青春期,比承诺更美好。一个将被信守的承诺。他们拥抱,紧抓,相遇,加速,他们有的是时间。夜在面前,属于他们。充实的一刻。双手饱满。

29

1994 年 5 月

"我怀孕了。"

他们在艾蒂安的房间里一丝不挂。他用指尖拉掉了安全套。克洛蒂尔德躺在他身边,两腿重新合拢。他观察着她的嘴。鲜红的嘴唇。他一直觉得她的嘴难看,太薄、太小。此外,她还涂了口红,就好像在强调自己的缺陷一样。洁白的牙齿,排列整齐,但有一点前突。蓝色的眼睛涂着淡紫色的眼影。她的优势。每个人都在看她的眼睛。女孩和男孩都是如此。小巧直挺的鼻子。皮肤白皙,牛乳色。他喜欢她的乳房、淡粉色的乳头、坚实的腹部。纤细的运动型身体。不是很高。只比尼娜高一点点。他将自己的每一位征服者与尼娜相比较。但不拿露易丝对比,她是他妹妹。你不能拿妹妹相比。尼娜是妹妹以外的无法定义的另一回事。一个发小。他在介绍她时就是这么说的:"我的发小。"这就免去了解释,比如"她不是我的马子,我们总是在一起,但不合体"。"我最好的朋友"是他对阿德里安的介绍,虽然他自己并不这样认为。阿德里安也是另一回事。以前,他们在一起做任何事情都必须有尼娜在场。从十四岁起,阿德里安就开始独自回家玩电子琴和在世嘉上玩游戏。游戏操纵盘一天二十四小时都联在键盘旁边的电视上。他们坐在旧沙发上,选择《宇宙大屠杀》或《刺猬索尼克》,一玩好几个小时。当尼娜到达时,艾蒂安不情愿地把他的控制器借给她。但她很快就失去了耐心,这让两个男孩都很恼火。

他吸了一口大麻烟卷。闭上眼睛。听到克洛蒂尔德低语时,才重新睁开。

"我不知道避孕药出了什么问题。"

他愣了一下,用床单遮住了自己的私处。仿佛突然变得害羞或是想结束他们的亲密关系。

艾蒂安想到了他的父亲。如果他发现了会怎么说？满嘴羞辱。他总算可以发泄了。直到现在，他一直保持沉默，因为玛丽-劳尔无法忍受他拿艾蒂安与保罗-埃米尔相比。但是，如果马克发现他的后代让一个女孩怀孕了，他会觉得自己有权肆无忌惮地出口伤人。

"哦，见鬼……真该死。"艾蒂安呻吟道。

"我知道。"克洛蒂尔德回答。

"你确定吗？"

"是的。"

"你看过医生了吗？"

"还没有。"

"得赶快。"

"我知道。"

"离高中会考只有一个月了。"

每个星期三的下午，克洛蒂尔德都和艾蒂安在他家做爱。他们锁上门，慢慢来，热身，实验。两个十七岁的新手，探索、寻找和发现快乐。只是课间娱乐，没有别的。至于爱情，艾蒂安认为是以后的事。当他想象自己的未来时，他看到自己与尼娜和阿德里安生活在巴黎。

这是他第一次和一个女孩在一起这么久，五个月了，也是他第一次享受到性的乐趣。

他尚未真正意识到克洛蒂尔德刚刚告诉他的事情。"硬币的另一面"，他的父亲会如是强调。大麻让他有些兴奋。他性格中的双重性。逃亡和骄傲。他让她怀孕了。属于阳刚之气的某种东西几乎让他昂首挺胸，同时还有越来越多的焦虑：十七岁就做父亲，是场噩梦。一场意味着要留在拉科梅尔的噩梦。像他的父母一样。早出晚归。放弃他的梦想。这个孩子会在泳池边、滑板上、夜店里取代他的位置，并代替他玩电子乐器和电子游戏，而他却得为养活孩子而忙碌。绝对不行！

尼娜，她脑子里想的只有这个。结婚，有自己的孩子和房子。焦虑。当她沉浸在这虚幻的生活中，艾蒂安不以为然，他觉得长大后尼娜的这种念头就会消失，他们三个人将一起过着新鲜而自由的生活。他们肯定会到处举办音乐会，也许会进行世界巡回演出。

艾蒂安穿上了衣服。他该去尼娜家与阿德里安和尼娜会合复习功课。他们一起花上几个小时用卡片学习和互相提问。如果没有他们，艾蒂安根本不可能升入高二，更不用说到高三了。他仍然不相信自己升入高三了，而且他从中受益匪浅：只要他的成绩好，他的父母就让他来去自如。如果他明年想去巴黎，他就必须考入一所大学，随便什么大学。他的父母永远不会让他离家去"做音乐"。在考虑这个问题时，他看了电视系列剧《纳瓦罗》和《穆林探长》，他对自己说，他想成为一名警察。警察加音乐，太棒了。然后他比其他人有一个优势，那就是他的体育成绩。

他看着克洛蒂尔德穿上裙子。怀孕了。就像尼娜十岁时来月经一样超现实。在他的世界里不存在的东西。

"我送你回去。"他说。

他们经过露易丝，她坐在沙发上，正全神贯注地阅读。他们简短地交换了一句"好啊，晚上见"。艾蒂安想不明白，如果不是被迫，一个人怎么可能只是为了快乐去读一本小说？阿德里安和露易丝互相借阅书籍。艾蒂安感觉到他的妹妹和阿德里安之间发生了一些事，但他假装他们的关系不存在，尽管这很明显。不想知道。

他把头盔递给克洛蒂尔德，启动摩托车，在拉科梅尔的街道上飞驰。她紧紧抓住他。他想突然刹车，让她掉到地上，让她放开他，从此消失。他为自己的想法而心烦意乱。当他把她送到她家门口时，几乎松了一口气。在离开她之前，他要求她尽快去看医生。他无法相信这个故事。他们的性游戏怎么可能导致怀孕？她说她服用了避孕药，他们使用避孕套。的确，有时这东西会滑落或开裂，但这最多只发生过一两次，不会更多。

"你要去找他们吗？"克洛蒂尔德问道。

在这个问题中，是一个隐含的责备："离他们俩远点。你们总是黏在一起。"

"是的。我们三个人一起复习。"

艾蒂安确实逃到尼娜家去了，打开门，上楼。当他们到达彼此的家时，已经很多年不再敲门了。他们就像回到自己家一样。大人们已经习惯了。当他们还是孩子的时候，父母认为这一切都会过去，这只是童年的一个时期。以后就会改变，特别是上了中学以后，他们就会交其他的朋友。但既然他们都上了高中，还是这样，大家也就随他们去了。这很自然。他们就像同一个家庭的孩子。他们一起长大。他们睡在家里，在一张桌子上吃饭，一起过休息日。彼此间有一种非常强烈的依恋。约瑟菲娜非常喜欢艾蒂安和尼娜，她总是抚摸他们的头发，充满爱意地拥抱他们，知道他们各自喜欢的菜肴，专门为他们准备。皮埃尔对阿德里安和艾蒂安的感情，就像他们是他从未有过的兄弟姐妹的孩子。玛丽-劳尔和马克家的晚饭总是包括另外两个人，如果尼娜或阿德里安有一段时间没有来，没有任何消息，就会感到空虚。他们多年来彼此相熟。每个家庭都看到其他两个家庭的孩子皮肤和眼神在变化。他们的身体发生了蜕变。

艾蒂安一步两级地爬到楼上，推开卧室的门。尼娜和阿德里安已经盘腿坐在地板上了。他们用英语互相提问。艾蒂安打过招呼，躺在了床上。他不喜欢坐在地板上。

"你怎么了？"尼娜问道，"你的脸色煞白，就像我刚看完《驱魔人》的时候。"

艾蒂安不想说话。他有点惭愧。艾蒂安和尼娜没有互相隐瞒的习惯，他们公开谈论影响他们的一切。阿德里安谨慎而安静地听着。他很少干预他们的交流。与他们两人不同的是，阿德里安只谈论他有多恨他的父亲、他读的书、他的歌词，但从不谈论性和爱。当他们独处时，尼娜曾问过他："你呢？你喜欢谁？你喜欢女孩还是男孩？你真的爱上了露易丝吗？你吻过她了吗？你们睡过了吗？"对此，阿德里安总是回答说："我爱的是你。"然后尼娜开始不耐烦："你真讨厌，从不回答。老是没正经。我可是什么都告诉你了。"

周六晚上，他们去了离拉科梅尔三十公里的一个叫4号俱乐部的夜总会。他们的父母轮流送他们去，并在凌晨四点到停车场接回他们。

他们一起准备，精心选择服装，提前吃晚饭，稍稍喝点酒。他们在身上喷香水，并肩站着刷牙。有时，阿德里安和尼娜交换T恤——艾蒂安比他们高得多，无法加入交易。尼娜在男孩们的眼皮底下略施粉黛。"不要涂得太浓，那样很俗气。"艾蒂安反复唠叨她。

他们参照杂志，把头发梳得像摇滚明星一样，相互传递着一罐发胶。艾蒂安把他的金发拉到一边，他执着地要让自己看起来像刚刚去世的科特·柯本。阿德里安把他的黑色鬈发倒着吹干，梦想着拥有大卫·鲍伊的魅力。尼娜照着年轻时的黛比·哈利[①]精心打理她的童花头。她像换衬衫一样频繁改变头发颜色。尝试各种发型。

当他们在艾蒂安家准备时，露易丝和他们一起待在浴室里，那里有香水、发胶、香烟、伏特加和洗发水的味道。她想和他们一起去4号俱乐部，她跺着脚，乞求一小会儿，但被父母拒绝了。

"你只有十六岁。"

"很快就到十七岁了！而且阿德里安已经成年了！他可以看护我。"

"不要固执。"

*

2017 年 12 月 12 日

4号俱乐部……我记得自己在高三时非常喜欢去那里。在那里我曾经遇到班上喜欢花天酒地的同学和本地的几个年轻人。4号俱乐部是一个上等的俱乐部，不是任何人都能进去。未成年的小孩子、酒鬼、衣着不整都是不允许的。

我们在深夜十一点左右到达，用入场券喝了第一杯酒，一张券可以免费喝两杯。之后，我们中总会有一个人身上藏着酒瓶，在大衣下给我们倒酒。老板娘看在眼里却不干涉。美丽的年轻人出现在这里会帮她吸引更多的客人。

在4号俱乐部，各种群落擦肩而过：高中生、老人、同性恋、夜店常客、已婚夫妇、异装癖。对于一个外省的夜总会来说，它是相当时髦的。一些客人甚至从巴黎赶来。我记得有一个密室，我们从未涉足，但我们知道人们在掩饰入口的红色帘子后面做爱。

现在回想起来，我觉得这一切不可思议，我们竟被允许去这么个在堕落边缘的地方，当时我们大多数人都是未成年人，而且我们的父母亲自把我们送到这里，好像这是一个"正常"的夜总会。他们可能不知道那里没有什么是正常的。

最刺激的游戏是吸在吧台公开出售的情欲芳香剂——整个晚上，

---

① 黛比·哈利（Debbie Harry, 1945—   ），美国女歌手、词曲作者和演员。

我们彼此传递着小瓶子,看着镜子中的自己:我们的视线被扭曲了、模糊了,站立不稳,我们大笑,有种抵触禁令的感觉。

音乐非常好,打碟的是一个充满活力的艺术家,大部分时间他混合的都是电子舞曲。这音乐给了我们翅膀,加速了我们的脉搏。我们紧挨着对方跳舞,沉醉在我们一致发现的感觉中。我们假装是成年人,无拘无束,自由自在,但我们不过是用嘴唇接吻、刚刚开始探索性行为的孩子。

深夜一点钟,DJ 停止了电子音乐,穿着亮片裙的异装癖在舞池中占据了我们的位置,模仿美国天后格洛丽亚·盖诺[①]的《我将幸存》、唐娜·莎曼[②]的《我感到爱》、爆发乐队的《单程车票》。

演出结束后,总是有一段地毯集体舞[③]。

刚被吻过的尼娜站到圆圈中央,她从不会在人群中挑艾蒂安。太危险了。太复杂了。互相调情会危及他们的友谊。何况他们彼此了如指掌。只有陌生人在他们眼中才能激起兴趣和好奇。他们就像那些不怎么打量对方的老夫妇。

阿德里安从不参与,他只是坐在吧台前,带着微笑远远地看着尼娜和艾蒂安。有多少个女孩和男孩把围巾递给艾蒂安?他是最令人羡慕的人,总是处于圈子的中心。他每天都很开心,和女孩们亲热,如果他喝醉了,还会在男孩们的嘴唇上亲一下。高三时,艾蒂安与克洛蒂尔德·马莱约会,这就更有理由在地毯舞中泡妞了。这是她唯一能够接受的场合。尽管有时候她会因为吻的时间太久而发脾气。或者轮到她时,她会通过邀请另一个男孩来报复。这一点艾蒂安也无法忍受。在别人面前被女朋友耍,还不如死掉算了。

尼娜仍然没有和别人"睡觉",大家说她一心想的就是这件事。这是她的偏执。她想和一个她所爱的人做这件事。特别是第一次。她为某个亚历山大而疯狂,她最多只和他交流过:"嗨,你好吗?""是的,你呢?""祝你晚上开心。"这些话让她浑身颤抖,心满意足,面无血色。他总是在午夜之后两点左右到达 4 号俱乐部。当她在阴暗的光线

[①] 格洛丽亚·盖诺(Gloria Gaynor, 1943—),美国女歌手。
[②] 唐娜·莎曼(Dona Summer, 1948—2012),美国女歌手、词曲作者。
[③] 类似丢手绢游戏的集体舞,被选中者接过小地毯后,需要亲吻送小地毯者,依次重复到舞曲结束。

中看到他的身影和他穿的衣服时,她就离开舞池。他和尼娜彼此设法靠近,但他有一个女朋友,从未让他离开过她的视线。甚至当他去洗手间时,她也像个保镖一样站在门前,猜测尼娜是为了避免在女厕所排队而偷偷溜进男厕所。他们只接触了一次,亚历山大把尼娜按在墙上亲吻,这个感性的吻让她晕了头。当她再次睁开眼睛时,他已经离开了。

尼娜能感觉到亚历山大的目光在注视着她,他们互相微笑,互相期望,有时会拂过对方的手或肩膀,但缠着他不放的女朋友在盯着。他们从十四岁起就成了一对。那种早熟的、在心里已经结了婚的年轻人,因为他们在一起很长时间了。"他不再爱她了,但不敢离开她。"他们共同的一个女友告诉尼娜。

尼娜喜欢讲述这个不可能的爱情故事。如果亚历山大是自由的,他们会彼此相爱。

亚历山大二十一岁,在第戎大学学习法律,与胶水般的女友同居。内心深处,尼娜梦想着有一套公寓、一张红沙发、一个设备齐全的厨房和一个迷人的白马王子。她一直告诉任何愿意听的人,高中毕业后她将和艾蒂安和阿德里安一起去巴黎生活。但在心里,她一直在摇摆不定:有时候她梦想为她带来孩子的爱情故事;有时她梦想不受情人羁绊的自由、周游列国、唱歌和绘画,她的艺术家人生就是她的情人。

无论她的梦想如何摇摆,有一点是肯定的:没有人会把她与阿德里安和艾蒂安分开。

30

2017 年 12 月 12 日

"你和所有来领养狗的男人都这样做吗?"

尼娜微笑。

"你多大了?"他问道。

"作为母狗还是作为女人?"

"我忘了狗的岁数要乘上几倍?"

"这取决于狗的大小。我应该有一百十八岁了,你呢?"

"一样。"

"我要回去了。"她说。

"你可以留下来。"

"我已经一辈子没有和人上床了。"

"那很漫长。"

"你呢?"

"我什么?"

"你有多久没有和别人上床了?"

"我相信同样很久了。"

"你没有结婚吗?"

"离婚了。你呢?"

"同样。"

"那我们已经有了两个共同点……"

"你有孩子吗?"

"没有,你呢?"

"也没有。我不知道人们把没有孩子的男人和女人称作什么。"

"孤儿?迷失的人、反常的人、孤独的人、落魄的人、无后嗣的人、幸运的人、自私的人、不育的人、没有帮手的人、肚皮不争气的人、清醒的人、没有麻烦的人、绝后的人、快乐的人、有终身年金的人、永恒的少年、永久的孩子、没有婴儿车的人、死后无生命的人、葬礼上连一只猫都不会有的人……"

尼娜突然大笑起来。

"你笑的时候真漂亮。"他说。

"我的酒还没醒。你的波本酒灌醉了我。"

"你只有喝醉的时候才会笑吗?"

尼娜站起来,穿上衣服。

"男人直到八十岁都可以有孩子。卓别林,我记得,很晚才成为父亲。对你来说,一切还没有都失去。"

"那我有救了……你呢?一切都失去了吗?"

"我想是的。"

"我开车送你回家?"

"不,我想走回家。"

"我们会再见面吗?"

"是的,如果你来收养另一条狗。"

罗曼笑了。

"你不喜欢我了吗?"

尼娜没有回答。她已经转过身,走下楼梯,找回丢在客厅的牛仔裤和毛衣。爱的遗迹。电视机仍开着,节目已经换了,黑白照片,希特勒,人群,纳粹党。鲍勃在沙发上没有动弹,用它忧伤而美丽的眼睛看着尼娜。

"再见,伙计。"

她穿上外套。没有上楼和罗曼道别。她会给他发一条短信。简单的话:"感谢你让我重获新生。"或者只是"谢谢"。或者:"再见,谢谢。"

她在身后轻轻地关上了门。走在街上,她又想起了这个问题:"你不喜欢我了吗?"不是的,尼娜想,你太会说话了,我不信任何会说话的人。

她在颤抖。她并不后悔来这里。爱是不会忘记的。

31

2017 年 12 月 15 日

我在贮藏室的一个纸盒里找到了尼古拉。我已经找了它一个小时。我哭了。今天早上我打开前门时，担心它溜走。我轻轻地抓起它，把它紧紧地抱在怀里。

"你在这里干什么？"

它正在呼呼大睡。我喜欢它的温暖和气味。在它和它的鞋盒进驻我家的几天后，已经不可能再考虑智地与它分开了。是否应该把它安置在比我更合适的家庭？我这里能算合适吗？这颗小毛球，心跳有力，贪吃、奔跑、睡大觉、喵喵叫、跟着我，已经学会在其他人中认出我。我就这样成了一条生命的主人。负起责任。原本一无所求的我，现在却得到了一切。

它就躺在我的毕业证书上。关上纸盒前，我吹掉了证书上的猫毛。自打住在这里以后，我从来没有把它们拿出来过。拿出来干什么呢？给它们装上画框？把它们挂在墙上，让罕见的来客大吃一惊？这些堆积在一起的战利品对我来说已经没有任何用处了。只是我小猫的一块纸床垫而已。

他们的名字在名单上。

尼娜·博：通过。优秀。

艾蒂安·博利厄：通过。

阿德里安·博宾：通过。优异。

他们屏住了呼吸。等到确定自己的名字出现在名单上后才欢欣鼓舞。他们三个人同时喊出了声。即使是平时很拘谨、因为说话声音小而总是被要求重复的阿德里安，也发出了一种类似于人猿泰山的尖叫声。尼娜在她外公的怀里啜泣。

"我过了，外公，我过了。"

皮埃尔·博无法抑制自己的眼泪，他看着天空，感谢奥黛尔。

> 为了生活，为了爱
> 为我们的夜晚，为我们的白天
> 为了永恒的好运……

艾蒂安因感激而沉醉，拥抱着尼娜和阿德里安，不停地说：
"谢谢你们，伙计们，谢谢你们。"

这是他第一次拥抱阿德里安。接着他与父亲意味深长的目光擦过，倒在了母亲的怀里，母亲对他耳语：
"祝贺你，我的儿子，太棒了，你看，只要你愿意。"

马克·博利厄什么也没说，保持矜持。艾蒂安的高中毕业会考没有得到评语。一家子里总有一个平庸的学生。

约瑟菲娜抱着阿德里安大声哭了起来。他们久久地拥抱在一起。她成功地独自把他带大了，当他的生父知道儿子得到"优异"的评语，他会说什么？这个人一直将他娘儿俩视为两个人年轻时犯下的错误，现在会怎么想？

阿德里安、尼娜和艾蒂安冲出小圈子，与其他学生打成一片，分享他们的喜悦。欣喜若狂，约瑟菲娜提议去她家喝一杯即兴的开胃酒。大家都愉快地接受了。

"应该把我们的激动集中起来，和我们的三个孩子以及所有想来的人一起，我们可以把家具挪开。"

我就像我的宝贵朋友露易丝一样，我们谨慎地观察别人，而不显示自己。露易丝刚刚通过了法语高中毕业考试，口试成绩十七分，笔试成绩十九分。她在高二理科班。她想成为一名医生，而且她知道没有什么能阻止她。这就是我最喜欢她的地方，她的坚定。

在一大群学生中，克洛蒂尔德找到了艾蒂安，搂住了他的脖子。他回吻她，拥抱她。自从堕胎后，他不敢离开她。他陪她去医院，等着她，带她回家。沉重的负疚感。他等待着七月，等待着一个月的假期，他将在回来时与她分手。开学后，她要去第戎上大学，而他将去巴黎。他将使克洛蒂尔德成为遥远的记忆。她在他耳边说了一句"我爱你"，这句话让他发冷，他简单地回答："我也是。"

下午六点，我们在约瑟菲娜家，她打开了公寓的所有窗户，让七月的阳光照射进来。小公寓里大约有二十个人。她把大袋的花生倒进沙拉碗里，茶几上放着波尔图、马提尼、威士忌和茴香酒。

"请自便！如果冰块不够，到冰箱里去拿吧。"

那些吸烟的人在小小的阳台上吸烟。由于害怕它倒塌，两个人一组地轮流去。

大家谈论着未来的计划。它们与酒精掺和在一起。其他城市，其他地方。第戎、沙隆、欧坦、巴黎、里昂。大多数通过高中会考的学生将进入大学。阿德里安、尼娜和艾蒂安已经向巴黎地区的大学生入学与住宿中心提出申请。他们梦想的公寓要在后面安排。艾蒂安从中心获得大学生宿舍的机会不大，但玛丽-劳尔已经答应："我会在离尼娜和阿德里安宿舍不远的地方给你租房子。"他们俩将享受到助学金，并设法打零工解决生活问题。这三个来自拉科梅尔的孩子为他们的命运计划好了方向：阿德里安将去读文科预科一年级，艾蒂安将参加考试进入警察学校，尼娜将去美术学院。他们愿意接受一切，因为一个共同的梦想——致命的追求：做音乐。在酒吧、在街头、在地铁里表演。录制一张专辑。

那天晚上，我待在露易丝的身边，我享受着这种幸福，在约瑟菲娜的波尔图甜葡萄酒中品味着它。我看着约瑟菲娜来来往往，她看起来像一只鸟，从一件事到另一件事，跳来跳去，随时准备飞走。我永远不会忘记皮埃尔·博自豪而坚定地看着他的外孙女；也不会忘记玛丽-劳尔的眼神，她对她丈夫的面有愠色毫不在意，一杯接一杯地喝着马提尼酒；还有所有家长的笑容、高中毕业生的如释重负：结束了，我们拿到了毕业证书。

所有的酒杯都举起了十次以上，祝酒词总是一样的："为了我们孩子的健康！"

我还注意到，在没有电梯的四楼，一个最多四十五平方米、除了里面的生活之外毫无魅力可言的简陋公寓里，人们也能如入天堂。这种无法从货架上买到的快乐是存在的。那天晚上，我享受着我们的青春、我们的希望，信任我们的父母，感恩在这个过度保护我们的外省一起成长。

那我呢？我将会变成什么样子？我的选择将是什么？我将如何

面对?

在约瑟菲娜的开胃酒之后,高中毕业生约好了晚上十点开始在森林湖的一处岸边聚会。尽量多带些酒,这是最重要的。

我们围着一团巨大的篝火。有一百多个人。一些高二的学生,包括露易丝也来加入我们的聚会。我们喝啤酒和威士忌,一起唱歌和跳舞。艾蒂安带来了他的录音机和两个扬声器。其他人带来的磁带有涅槃乐队、布鲁斯·斯普林斯廷[①]、NTM 嘻哈乐队、黑手乐队、IAM 嘻哈乐队。我们把 KOD 雷鬼乐队的歌合唱了一百遍:

> 各有各的路,各有各的方向
> 各有各的梦,各有各的命途

晚上十一点,我们几乎都穿着内衣跳入湖中。有些男孩一丝不挂。一些女孩留在火堆旁。她们不想在其他人面前脱衣服——露易丝和克洛蒂尔德也在其中。

当最后一批人决定返回时,天已经亮了。

---

① 布鲁斯·斯普林斯廷(Bruce Springsteen,1949—),美国歌手、词曲作者。

32

1994 年 7 月 15 日星期五

皮埃尔·博在达玛姆运输公司的接待处前放下尼娜。他不希望她去申请邮局的暑期工作。虽然雇员的子女有优先权。他不想再看到她在任何情形下接触邮件。他不知道她是否还在四处翻找，钻牛角尖，打开某些信封，欣赏别人的文字。她无法克制，像一个隐藏的恶习。

"祝你今天愉快，好好工作，我的小家伙。"

他总是这样称呼她，"我的小家伙"。小时候，她曾问他："外公，你为什么叫我'小家伙'，我是个女孩。"他回答说："心是阳性词。而你是我的小心脏。"

"晚上见，外公。"

尼娜在前台介绍自己。

"你好，我是尼娜·博，我今天开始工作。"

艾蒂安的母亲帮助她得到了这份工作。玛丽-劳尔帮她写了份简历，并亲自交给了人力资源部门的经理，那是一位朋友。人们把她带到她将占据一个半月的办公室，在达勒姆小姐八月休假期间接替她。她将接受十来天的培训，没有什么复杂的事情：接收传真，发送传真，将发票按字母顺序归档到地下室的文件柜，打一些信件。

"你会用 Word 吗？"

"是的。"

"你不会犯太多的拼写错误吧？"

"不会。"

与此同时，艾蒂安坐在自家汽车的后排，边上是露易丝。今天上午离开拉科梅尔后，他松了一口气。他不想再看到化了妆的克洛蒂尔德。她暗示她会到圣拉斐尔去看他，他立即回答说他不在那里。他说今年他和家人将乘船环游科西嘉岛。

这不是真的。但不要紧。他无法忍受这个女孩。真不可思议,你可以爱一个人,甚至爱上他的一切,他的气味、他的身体、他的唾液、他的声音,然后突然讨厌这一切。就像一张 A 面被听了又听的黑胶唱片的 B 面。一段你不喜欢的音乐,连它的存在都无法被容忍。像水蛭般缠着你,一个累赘,一个无法承受的负担。"你爱我吗?你发誓?我们永远待在一起?"

不,我不会待在这里,他想。

艾蒂安观察着他的妹妹,她似乎迷失在自己的思想中。她本想看书,但这样会晕车。

"你爱上了阿德里安吗?"他轻声问她,以免被父母听到。

她盯着他看了几秒钟,愣住了。

"这是你第一次问了一个与我有关的问题。通常情况下,你和我说话只是为了借东西,或者为了让我撒谎掩护你。"

艾蒂安被露易丝的话所伤。

"你真讨厌。"

他转过头来,假装看风景。

"是的,我爱上了他。显而易见的事,不是吗?"

他怀疑地看着她。

"我早发现了……你们做爱了吗?"他问道,比自己想象的更尖刻。

露易丝耸耸肩,脸红了。她立刻缄口不言。艾蒂安明白,在到达圣拉斐尔之前,她不会再开口了。

阿德里安看着浴室镜子里的自己。他告诉自己,他最终没有预期的那么丑陋。他看起来越来越像他的母亲。更加优雅,更加容易被人接受。高高的颧骨、细细的鼻子,比预期更丰满的嘴唇,白色的牙齿排列整齐。自从他以优异的成绩毕业后,他的眼神发生了变化,仿佛胜利让他那双褐色眼睛燃烧起来。他仍然很瘦,处于消瘦的边缘,但似乎随着年龄的增长,这种情况也会发生变化。总之,随着年龄的增长一切都会改变。他的身高显然不会越过一米七五。他痛恨自己的乳白色皮肤,就像一件他想丢掉的外套。他愿意把自己的灵魂交给魔鬼,以获得艾蒂安那古铜色的肌肤。他看着自己苍白的脸和眼睛周围的阴影。他想,随着夏天的到来,他会被晒黑。到巴黎后气色看起来会好些。

他从今天开始暑期打工,和尼娜一样。拿的是最低标准工资,在一个加油站为汽车加油,并负责在一家超市收集煤气瓶押金。他与巴黎相隔两个月,在这期间,他不惜做任何事情来谋生。

*

1994 年 7 月 31 日星期日

尼娜和阿德里安已经打工两个星期。

离去巴黎只剩下一个月了……

他们肩并肩地躺在同一条特大号的沙滩浴巾上,身上涂满了太阳油,为了加快晒黑的速度。阿德里安建议去森林湖,但尼娜更喜欢市政游泳池。这里,是她童年的蓝。这种蓝色和这种氯气的味道,每年夏天她喜欢在皮肤上闻到的气味。

"它有漂白剂的臭味。你这人总是这么奇怪。"阿德里安对她说。

"我很奇怪吗?随你怎么说。"她回嘴。

她喜欢孩子们的尖叫,当他们把自己从跳水板上扔到水中时身体溅起了水花。尼娜的舌头上还残留着巧克力雪糕的味道。阿德里安已经睡着了。她听着他的呼吸声。每天晚上,在电话亭里,他们给艾蒂安打电话,讲述一天的经历,只为听到他的声音,闲聊日常琐碎,告诉他各自的工作。尼娜问他关于海的问题。"海水很好。"艾蒂安总是这样回答。他要求他俩不要告诉任何人他们通过话,不要告诉任何人能够联系到他,尤其不要告诉克洛蒂尔德。"好的,放心。反正我们也见不到她,听说她在港口披萨店打工。"

阿德里安卖汽油和柴油。"要当心别搞错了。"他收钱,清洁汽车的挡风玻璃,等待下一位顾客的同时,在小屋里听广播。"还行,日子很快就过去了。"

尼娜也忙于工作。她喜欢她的工作,作为秘书,她觉得自己好像在演美国肥皂剧。最重要的是,出现了新情况:埃马纽埃尔·达玛姆搅乱了她的生活。他是董事长的儿子,二十七岁,英俊、高大、神秘,一直盯着她看。当她抬头时,就会遇到他的目光。他们不敢彼此交谈。

只简单交流过几句问候。她的办公室里不归他管,他没有任何理由找她做事。埃马纽埃尔有他的私人助理。她必须把他引到某个地方,但去哪里好呢?能让他在星期六来4号俱乐部将是一个奇迹。但愿在合同到期之前他们能够说上话。在出发去巴黎之前。

风吹动小泳池边草坪上一棵树的叶子,尼娜盯着叶子看,设想着引诱埃马纽埃尔去那里的办法。喝上一两杯酒,会比在办公室里更容易交谈。她不知道在拉科梅尔哪里可以见到他。他有一辆车,似乎和他的父母住在一个有好几栋楼、网球场和游泳池的非常漂亮的庄园中。根本没有机会在市政游泳池碰见他。她知道他在里昂上大学,然后回来接管家族生意。

第一次见到他时,她差点晕倒。她感到自己脸红了。他以一种她永远不会忘记的方式向她问好。她喜欢他的声音,那是深沉、感性的音域。她像一只木鸡般磕磕巴巴地回答他的问候。可是她并不确定木鸡是否会结巴。她笑了起来。阿德里安醒了,睁开眼睛。

"你一个人在笑吗?"

"是的,我想到了埃马纽埃尔。"

"又来了?"

"是的,你知道当我恋爱的时候,我脑子里只想这一件事。"

"亚历山大呢?"

"我无所谓了。"

"我以为他是你生命中的男人……"

"怎样才能让埃马纽埃尔在下周六去4号俱乐部?"

"你在他的办公桌上放一份邀请函。"

"不可能。"

"在他汽车的挡风玻璃上?"

"不可思议。"

"他最喜欢的歌手是谁?"

"我不知道……为什么?"

"你打听一下,让他相信下周六那个歌手要在4号俱乐部唱歌。"

"胡说八道。他怎么会相信呢?"

"一场私人音乐会。这又不是第一次了。俱乐部已经请了不少知名的艺术家。"

"想象一下,如果他最喜欢的歌手已经死了……我们怎么办?"

他们同时爆发出笑声。

"你的埃马纽埃尔把车停在哪里?"

"什么?"

"他上班时在哪里停车?"

"哦,在达玛姆停车场。"

"看看他的汽车仪表盘上是否有任何磁带躺在那里。这样你就会知道他听什么了。"

"真丢人,你觉得我会围着他的车转吗?"

"我来干吧。没有人知道我是谁。"

"你?"

"是的,我。他早上几点钟到?"

*

1994 年 8 月 6 日星期六

埃马纽埃尔·达玛姆走进 4 号俱乐部。尼娜一看到他,就径直走过去,假意抱歉。

"音乐会被取消了。艾蒂安·达霍得了支气管炎,不能来了。"

她从他的眼神中读出了开心,一点儿也不失望。她明白,他从来没有相信过她捏造的故事。

"周六晚上,艾蒂安·达霍来 4 号俱乐部演唱,他将为客人带来惊喜,这是一场私人音乐会。他和老板是好朋友。您喜欢艾蒂安·达霍吗?"

埃马纽埃尔在回答之前已经笑了。

"我猜已经没有票了吧。"

"不,这是个惊喜。一个普通的星期六晚上……还有很多空位子呢。"

"如果这是一个惊喜,您又怎么会知道?"

"我有线人。"

现在埃马纽埃尔就在这里,离她很近。比在办公室时更轻松、更自由。他的眼睛闪闪发光。他从未如此英俊和令人向往，尼娜想。

"我可以请您喝一杯吗？"

"好啊。"

他们互相微笑，向吧台走去。大喊着说话。尼娜觉得一切都比她梦想的更美好。

在舞池中，阿德里安看着他们。他从未见过尼娜这种状态，完全专注于某人，任何事任何人似乎都不能够打断她的注意力。阿德里安看见了埃马纽埃尔。他的特别之处就在于与众不同：不仅不同于俱乐部他周围的其他人，甚至不同于拉科梅尔的居民。他有英国花花公子的风范，看起来好像刚从《复仇者》系列剧中走出来。阿德里安立即感觉到了危险。他内心的声音在说：那个人，他能从你手里偷走尼娜。阿德里安对艾蒂安的离开感到遗憾。如果他今晚在这里，一切就会变得不同。艾蒂安会去找她，拉着她的手说："来吧，我们去跳舞吧。"或者："来吧，我们三个人回家看电影去。"或者干脆说："拜托，这家伙比你大十岁呢，给你破身，他太老了。"

两个人在一起，他们会更强大。他们可以让尼娜恢复理智，平息她的欲望。在他们两个人中，艾蒂安总能把尼娜带回地面。

此刻，她似乎浮在空中。

"您常来这里吗？"埃马纽埃尔问她。

"每个星期六。"尼娜回答。

"去里昂读书之前，我曾经来过这里……对一个年轻女孩来说，这里是个堕落的地方。"

尼娜大笑起来。埃马纽埃尔观察着她，一副他喜欢的奥黛丽·赫本的样子。尼娜穿着一件黑色的棉质连衣裙，勾勒出她的身体。一头短发框住了她的脸，刘海挂在额头上，嘴很性感，眼睛是深黑色的。一个非常漂亮的混血儿，他想。她立即引起了他的注意。她身上有种微妙的东西。有人告诉他，她是一个邮递员的外孙女，一个埃马纽埃尔隐约知道的博利厄家的朋友。

"您是什么血统？"

她讽刺地说："来自一个不知名的父亲和一个倒霉的母亲。"

"有意思。"

"九月份，我将搬去巴黎生活。"她告诉他。

"巴黎?"

"和我两个最好的朋友,就像我的兄弟一样,我们有个乐队。我们要录制一张专辑。"

"什么类型的音乐?"

"电声乐。我们有两架电子琴,我负责唱歌。"

"您会唱歌?"

"是的……真奇怪,我们用您说话,让我觉得自己是您的祖母。"

"好吧,我们还是以你相称吧。那么……你会唱歌?"

"是的。"

"你能为我唱点什么吗,现在就唱?"

> 而你,告诉我你爱我,
> 即使只是个谎言,
> 因为我知道你在撒谎,
> 生活是如此悲伤
> 告诉我你爱我
> 每天爱我如初,
> 我需要罗曼史……

"非常好。我错过了达霍,但我听到了莉奥[①]。"

"我从来没有做过爱,你呢?"

"这是一首歌的名字吗?"他嘲弄地问道。

她微微一笑,酒精给了她信心。他们彼此靠近,她感受到他的嘴贴着她的耳朵,他的声音,他的香水。他们相互轻抚,身体颤栗。她可以当场嫁给他。不假思索。她可以背弃父母。正好她也不认识他们。

他们在吧台紧依在一起。他们被来往的人群推搡着,却毫无知觉。埃马纽埃尔开始用食指沿着她的手背抚摸。

"这事我已经经历过了。"

"什么?"

---

① 莉奥(Lio,1962—),出生于葡萄牙的法语女歌手。

"做爱。"
尼娜吞下了几口酒,给自己壮胆。
"你能教我吗?我想在去巴黎之前做完。"
"我们可以找个时间。"

33

2017 年 12 月 22 日

尼娜第一次走进市中心的时装店，买了三件衬衫、一件白色毛衣、两条裤子和一条裙子。

一条裙子和一件白色毛衣……但我要它们做什么呢？

十天来，她每天晚上都与罗曼·格里马尔迪在一起。一天结束后，她回家草草地吃点东西，洗澡，更衣。然后步行去罗莎-穆勒街。她在做爱后离开他，借口说猫在家里等她。

她刚刚花了三百欧元买了她不会穿的东西。一个女人就真的那么傻吗？放手吧，一个声音对她轻声说道，让它去吧，不要担心。

尼娜在医务室。她观察着在红外线灯下熟睡的三只小猫。母亲下落不明，它们还没有断奶。几个初中生轮流给它们喂食。青少年喜欢把自己的时间交给收养所，照顾这些小宝宝。

今天是西蒙娜的儿子埃里克的去世周年纪念日。难道不可以为此发明一个专门的词来形容？"周年纪念"[①]太不合适了。尼娜打算请教一下罗曼，这个人能够为那些没有孩子的人找出那么多形容词。

尼娜通过医务室的窗户看着西蒙娜。在狗的背带上扣好长长的遛狗链，然后把它们一条条带出去，站得笔直。西蒙娜看起来像个芭蕾舞团的首席演员。她裹着摇粒绒外套，头上却包着爱马仕围巾，看起来就像一位在水泥军营中迷失方向的贵妇人。出现在贫民区里的英国女王。今天早上，她一边在手提包里找手套，一边对尼娜说："今天正好三周年。"她还说："12 月 25 日我会来上班，这次，你总算可以休息一天了。"

现在才早上八点半，西蒙娜已经把罗西和布勒带了出来。罗西外

[①] 法语中，周年纪念与生日是同一个词：anniversaire。

形类似比利牛斯牧羊犬；布勒是一只漂亮的黑色长卷毛大猎狗，因为它两次在被收养后又自己回到了收养所，尼娜给它改了名字。事隔一年，在与新家庭一起离开收养所后，它又逃了，找到回来的路，静静地坐在门前，等待着大门打开，以便能回到它的笼子里。尼娜把它安排在入口处，靠近她的办公室，放在最大的狗笼里，每天早上她来了以后就为它打开门，让它自由地游荡。它不再被推荐收养，将在这里终老。尼娜犹豫着要不要带它回家，在她的房子里，但说到底，这里才是她的家。她大部分的时间都待在收养所里。

　　一个寒冷的早晨。冬天的阳光，如钢铁般的蓝天。尼娜进入猫舍，它们伸懒腰，打哈欠，等待着。它们等待的是怀抱，一套公寓，一所房子，一个阳台，一座花园，一道风景。新的生活习惯。一个老男人或一个大家庭，富人或穷人，这些不重要，重要的是关注和温柔。在开放日期间，人们来看它们，摸摸它们，各有其好。它们在捐赠者送的软垫篮子里打着盹，等待着被收养。

　　尼娜戴上塑料手套，更换猫砂盆，用洗涤剂清洁地板，和这些疲惫的用半闭半合的眼睛打量着她的猫儿聊天。那些年幼的小猫在猫树上玩耍，互相追逐、攀爬、抓挠。如果动静太大，老猫就会表示不满。

　　"昨天晚上我做爱了。"

　　它们黄色、蓝色或绿色的眼睛饶有兴趣地盯着她。仿佛她在给孩子们讲故事。

　　"不要这样看着我，我毕竟是个女人……不只是你们的清洁女工……记得那个收养鲍勃的大个子吗？就是这个人。是的，是真的，我没有去太远的地方寻找，你们一定认为我很可怜……但是，我们只能做力所能及的事啊……这些我不会教你们的。"

　　西蒙娜在猫舍内找到了她。

　　"你在自言自语吗？"

　　"不，我在给猫讲有关性的东西。"

　　"我也有话要对它们说……往事的废墟。"

　　西蒙娜过去爱抚它们，把它们抱在怀里。目前这里有五十多只猫。尼娜很快就无法再继续接受了。它们将不得不被送往其他收养所。过去，猫舍只在春天会有很多小猫崽，现在则是一年四季都有。灾难。它们中的大多数最终被随便送掉或卖掉，丢在垃圾箱的果皮间或街道上，它们的眼睛被黏住，被饿死，被寄生虫侵袭。

尼娜想在市长的帮助下发起一场绝育运动。

生活真是糟糕透顶。它们能生出那么多的小崽子，我却不能，西蒙娜以前有一个，但他又死了……尼娜想。

"你还好吧？"她问西蒙娜。

"还好。我在想明天。自从埃里克离开后，我总想生活在明天……现实让我很困扰……我不知道该怎么处理。"

"今天我们有很多人，如果您觉得累了，早点回家吧。"

"千万别，千万别……好吧，我去干活了。"

尼娜进入了狗舍。一切尽在眼神中。尼娜知道哪只动物适合哪种人。有人走进收养所想找一只"白色的小母猫"，最终却抱着一只黄色的大公猫离开，这种情况并不罕见。每个人都有自己的脾气、自己的生活方式、自己的特殊性。

如果一个人对一条狗一见倾心，而这条狗却不理她，尼娜就不会让它被收养。这注定会失败，狗注定会被仓促送回。尼娜不愿意把动物一送了之，她希望在人和动物之间建立一种真正的关系。在收养所干了十七年，她也有看走眼的时候，但这是任何职业都不能避免的风险。最糟糕的莫过于那些把它们带回来的人："总之是不行，它什么都怕，经常呻吟""它很有攻击性，看起来它不喜欢我们""我更喜欢要一只猫而不是狗""我要离婚了，我妻子不想要它""它的气味很难闻，它掉毛，它很丑，它放屁""我养不起了"……

*

尼娜正在穿过收养所，突然被一个两只脚交替蹒跚着的熟悉身影吸引了注意力。一个站在办公室门口的少年。她拿出舒喘宁，猛地吸气。寒气袭来，细雨蒙蒙，天空在几分钟内变得阴沉，她感到一阵颤抖。多么惊人的相似。她渐渐走近时，感觉就像被一记上勾拳打在胃部。他似乎是一个人。尼娜反射性地瞥了一眼停车场，看看是否有成年人在车里等他。当她来到他的面前时，他对她笑了笑。这是他的微笑。尼娜脸色变得苍白，喉咙又干又紧。她立即想到了坏消息。她不敢先说话。

"早上好，女士。"他愉快地说道。

"你好。"

"我想在圣诞节送给我祖母一只猫。"

同样的声音。眼睛略有不同，形状更加圆润，但颜色是相同的。同样的鼻子。类似的嘴。尼娜站立不稳。她既想逃跑，又想把他抱入怀中。跑得远远的并爱抚他。捧着他的脸，呼吸他的味道。把手放在他的头发里。

"你的祖母知道你想送她这个礼物吗？"

"不，要让她惊奇一下。"

"你认为这个惊奇好吗？"

"是的。自从她的猫死后，她就一直很伤心。她说她不想再要了……但我不相信她。"

"她住在哪里？"

"在拉科梅尔。"

"她几岁了？"

"我不知道，六十来岁……大概吧。"

尼娜无法忍住这个问题：

"你呢？你多大了？"

"十四岁。"

"你叫什么名字？"

"瓦朗坦。"

尼娜盯着他。毋庸置疑了。这是一个空前强烈的闪回。

"瓦朗坦……博利厄？"她壮胆问道。

轮到这个少年盯着她。仿佛被当场捉赃。

"您怎么知道？"

"你长得很像你父亲。"

孩子的眼睛睁大了，无法掩饰的诧异。

"您认识他吗？"

"我们一起上过学。"

"他是和您一起做音乐的吗？"

击在胃部的第二拳，她拿出了她的舒喘宁，深吸一口气。

"那是什么东西？"瓦朗坦问道，指着她手中紧攥的吸入器。

135

"这是治我的哮喘病的。"

"疼吗?"

看到你更疼,尼娜想。

"不,正好相反,这让我感觉舒服。"

"从您这里收养一只猫会很贵吗?"

"这取决于猫的年龄。"

"猫的寿命有多长?"

"在十五到二十岁之间。你想看看它们吗?"

瓦朗坦笑了。

"是的。"

"你有其他宠物吗?"

"我妈妈不愿意……我真的很想养一条德国牧羊犬。"

"我妈妈"……艾蒂安最终和哪个女人生了一个孩子?

"我小的时候有一条德国牧羊犬……她的名字叫宝拉。"

"运气真好……"

瓦朗坦跟在尼娜身后。关在笼子里的狗似乎令他非常不安。他们一路走时,狗对着他们吠叫,耸着鼻子,哭泣,呻吟。在收养所的另一部分,瓦朗坦看到一条孤独的狗,狗的神情和天气一样忧郁。瓦朗坦指着他。

"它为什么会在这里?看起来像正在受罚。"

"它是昨天来的。如果三周后还没有被主人认领,它将和其他狗生活在一起。现在,我不得不把它留在隔离区。"

"但是为什么呢?"

"这是法律。"

"令人伤心。"他说。

"它们被照顾得很好,不用担心。"

他们进入医务室。沿着通往猫舍的走廊行走。透过玻璃窗,瓦朗坦看到三只小猫被关在笼子里,上面点着一盏红外线灯。他停下来。

"它们太漂亮了。"

"是的,"尼娜说,"这就是它们的巨大不幸。"

"为什么?"

"因为每个人都想要小猫,但当它们长大后,就没有人再对它们感兴趣了。"

"这让您生气吗?"

"是的,但我在这里不是审判人类的,我的责任只是保护动物。"

在猫舍内,一切都很安静。

"我给你介绍我们所有的猫咪。"

瓦朗坦过去抚摸它们。

"这里不那么悲伤,和狗的感觉不一样。"他喃喃地说。

尼娜任时间流逝。她观察着他。最终问出了那个令她焦躁的问题。

"你父亲知道你在这里吗?"

"不,没有人知道。我是一个人来的。"瓦朗坦似乎很清楚自己想要什么。

"露易丝怎么样了?"尼娜问道。

"姑姑?她很好。"

"姑姑",尼娜在心里说,她既不是妈妈也不是姑姑。尼娜在心里说她什么都不是。她想到了罗曼让他俩发笑的话:"葬礼上连一只猫都不会有。"

她的腿像被砍掉了,过去坐在一张长椅上。为爱抚者准备的长椅。每周,有一些初中生,主要是女生,会自愿来这里抱抱这些猫咪。他们也是喂养小猫的人。尼娜平静下来,慢慢地呼吸,而瓦朗坦继续他的探索,十几只猫在他的腿上蹭来蹭去。

"你是怎么找到我们的地址的?"

"奶奶的厨房里有您的年历。"

这是西蒙娜的一个点子。收养所为等待收养的动物拍照,再利用软件设计制作成年历。它们每年都在拉科梅尔的商店里出售,以募集捐款。玛丽-劳尔·博利厄买下了它……我并不惊讶,她是如此慷慨。她是我最对不起的人之一,尼娜想。她为我盖被子,保护我,支持我,爱我。我却从来没有回去看过她,哪怕只是去问个好。

"我该怎么选择呢?它们都太酷了。"瓦朗坦沮丧地嘟囔着。

"我有个主意……在圣诞节前夕,你在树下放一个信封,上面写着你祖母的名字,里面有一张收养所的猫咪券,她可以亲自来挑选。"

瓦朗坦的脸亮了起来。

"来吧,咱们去我的办公室里一起做吧。"

"必须经过那些狗才能到达您的办公室吗？"

"是的。"

瓦朗坦做了个怪相。

"您没有别的办法吗？"

"你只要闭上眼睛，我会拉着你的手。我们可以彼此用你称呼。"

"好的。"

尼娜脱下手套。她希望这样横穿收养所持续一千年。一只年轻的手在她的手掌中，已经比她的手大，却如此柔软。那些握紧她的手的手指让她想起了艾蒂安和阿德里安的手指。它们将她与青春期、与无忧无虑联结起来。就像一个插座，人们将两个插头滑进去。冬天里的一盏灯。一道艳阳。闭着眼睛，瓦朗坦让自己被引导着。仿佛他走在悬吊在空中的钢丝上，头晕目眩。他的侧影完美，一如他的父亲。正在下雨，他的头发上有融化的雪。

他们来到尼娜的办公室，放开了对方的手。

尼娜发现自己再次陷入孤独。

她打开一只抽屉，拿出收养所的印章和两张贴纸。她开始在一张带小方格的笔记本纸上制作圣诞优惠券。她以前从来没有这样做过。今后也不会再这样做。动物不能以票交换，但今天是个例外。

"我爸爸小时候是什么样子？"

"他从来都不小。他一直是个大人物。"

瓦朗坦的眼睛闪闪发光，和艾蒂安眼中快乐的泡泡一模一样。当尼娜用圆珠笔画一只猫时，他们之间出现了长时间的安静。这不是一种尴尬的安静，而是那些彼此相熟的人分享的宁静。谁也不觉得有必要去打破。

"你画得真好。"

"谢谢你。我送你回家。"尼娜说着，把凭据递给了瓦朗坦。

"我可以步行回家。"

"下雪了。"

他从口袋里拿出一张二十欧元的纸币。

"我要付给你多少钱？"

"特殊情况，一分不要。"

"我想捐款。"

"我无权接受未成年人的钱。"

"为什么?"

"这是法律。"

"法律很愚蠢。这就像被隔离的那条狗,很愚蠢。你只要说这钱是我爸爸给你的就行了。"

尼娜接过二十欧元,放入储蓄罐里,并把印有收养所形象的贴纸递给少年作为交换。

"拿着,我可以把这些卖给你。你可以把它们贴在你想贴的地方。"

他们在同一时间站起身来。瓦朗坦跟着她。他在深深打量着尼娜。他看她的眼光很特别,不像是普通的收养人。她不再相信这个关于给祖母送猫的故事了。这可能是他找到的一个借口。她转过身,目光直直地投向瓦朗坦的眼睛。

"你不是偶然来这里的,对吗?"

瓦朗坦假装不明白她在说什么。他躲开了她的目光。

"你想看的是我?"她紧追不放。

瓦朗坦的脸色变了。神情变得紧张起来。

"是的……这是因为……我爸爸快要死了。"

34

1994 年 8 月 12 日星期五

再过三个星期，尼娜就要去巴黎生活了。皮埃尔·博一边想着，一边骑过了一段上坡路。这样很好，她会有美好的生活，我成功了，好歹一个人把她拉扯大了，她是个好孩子。而且她不会孤单，有艾蒂安和阿德里安，我没有什么可担心的……

他停下脚步，将一个信封塞进布鲁利埃小姐家的门底下，一位迷人的女士，住在约翰-肯尼迪街 15 号。她家的百叶窗紧闭着，她出门度假去了。像每年一样，在离开之前，她要求邮差不要在她的信箱里放任何东西。

皮埃尔·博对拉科梅尔的路线了如指掌。他骑着自行车在这里盘旋已经有三十六个年头了。一个邮件袋在前，两个在后，另一个在他的背上，胸前是一只银色的邮差包，由一根绕过左肩和右臀的皮带固定。自从他开始这份工作以来，至少已经更换了十次自行车和制服。他不清楚，他没有计算过。

他从 1958 年开始工作，那一年他刚满二十岁。这些幽暗的街道、阳光明媚的小巷、死胡同、荫凉的广场，他熟悉它们在不同时间的模样。骑了三十六年的自行车，那是一百四十四个季节，十九万公里，被狗咬过七次，摔倒了三次，其中一次导致肩膀骨折。那是在 1971 年，他休了两个月病假。平均而言，每天要投递五百个信箱。从平顶帽到鸭舌帽，从戴高乐到希拉克，中间经历了吉斯卡尔和密特朗总统。他已经被一辆雷诺 4CV 和拖拉机超越，现在又有两辆小轿车超过了他。自从进入邮局，他一直沿着同样的路线出班送信。危险的转弯，上坡路，旧的单行道，新的单行道，红绿灯，优先权，减速带，无人遵守的停车标志，行踪可疑的小巷，讨厌他、威胁他的恶狗，温和的狗，胆小的狗。像他们的主人一样。那些搬家的人，没有留下地址就离开了，信箱依然在那儿。那些送给他一杯咖啡、一杯他假装一干而尽的白葡萄酒、一杯橙汁、一块小蛋糕的人，已经不在世间。那些在有挂号信要签收时不给他开门的人，那些住在六楼没有电梯的人，那些信件溢出来的、孩子们往里面撒尿的没有名字的信箱，门口的垫子，窗台，不在家的人贴在门上的话："邮差，如果我不在，请把包裹给右边的邻居。"等待好消息的人们，拥抱他的女孩子们，一想到会收到高额水费单就发抖的一家之主，因为收到交税催单而羞辱他。那些可爱的老奶奶，他为她们换灯泡、跑腿、填报税单、去药店取药。她们唯一的参考是他，她们的邮递员，在不去做理疗或没有女友下葬礼的日子里，他是她们在白天唯一看到的人。

他每天早上五点钟开始工作，卡车卸下邮包后，邮件在分拣台上铺开，首先是一般分拣，然后是按街区分拣，最后是按街道、他的街道整理。在离开之前，带上税务局的交税通知和汇票。自从他成为一名邮递员，他总是带着数百万法郎上路。直到去年三月前，是皮埃尔·博向他的路线上的人支付社会福利金、失业金、养老金和儿童津贴。三十六年来，他有时会在挎包里装着一千万法郎蹬车，每天支付多达五十张汇票。在过去的五个月里，他的挎包一直是空的，人们发明了直接向受益人银行账户转账。他对信息技术不甚了解。看起来这是个进步。现在人们互相发送传真，在键盘上打字。如果这样下去，他们会用该死的电脑互相寄信，而邮递员就会失去作用。他的同事甚至说，以后将不再有兵役，不再有士兵写给女孩的信，人们将在口袋里装着电话到处走动。人们将不再出售带着花边的信纸和钢笔。剩下的只是飘散在空中的没有词的歌曲。手写文字的末日。

他总是在下午三点四十五分左右结束出班。下午四点到五点之间，他回家吃饭并小睡。即使他妻子在世的时候也是如此。一场深沉、无梦的黑色睡眠。渗入肌肉的疲惫。一开始，他把自行车蹬得飞快。现在，在他的双腿和呼吸中都能感受到岁月的痕迹。他骑得越来越慢，这让他颇为愤懑。

他总是在下午五点十五分左右回到邮局。在1994年3月之前，他归还没有分发的汇票，重新核对账户。现在他只须归还次日早上将重新投递的挂号信。其他邮件他有时会放在家里，以简化分类。按规定所有未派送邮件都必须被告知并留在邮局内。但其他同事也这样做。

可以这么做，但不能声张。领导也视而不见。这就是为什么当皮埃尔发现尼娜在偷信时会气疯的原因。一个不可原谅的职业错误，可他从来没有犯过错误。除了对奥黛尔，当她生病的时候。

今晚，皮埃尔·博在休假。这是他人生中第一次在8月15日之后休假。而这一切都是因为"公道的价格"——一档由菲利普·里索利主持的法国电视一台的游戏节目。

他的同事和朋友贝尔特朗·德拉特在去年年底参加了这个游戏。来自拉科梅尔的十五人乘坐小巴士前往巴黎。当贝尔特朗旅行回来后，他玩起了神秘，用一种奇怪的表情对皮埃尔说："看一下星期一八点和星期天下午三点的电视，我保证你会大吃一惊。今年我们可以交换休假时间吗？"

星期一，皮埃尔在午餐时间暂停出班，在电视上观看他的同事。皮埃尔从来没有看过这个节目，甚至不知道有这样一个节目。

他的朋友贝尔特朗从四个候选人中被抽中，他在观众的掌声中走下台阶，皮埃尔认出了观众中一些来自拉科梅尔的人。贝尔特朗在一张桌子后面就座。当主持人菲利普·里索利问他来自哪里时，贝尔特朗回答说："来自索恩-卢瓦尔省的拉科梅尔。"而在他身后，每个人都在呼喊，仿佛这是一件了不起的大事。仿佛我们赢得了足球世界杯。

"那您在索恩-卢瓦尔省做什么，贝尔特朗？"

"我是邮递员。"

这时候，同样地，所有人都鼓掌叫好。就像所有的邮递员都已在月球上行走过了。

然后是挑选礼物，一个漂亮的女孩抚摸着一个"陶瓷落地灯，与圆形底座和配套的灯罩形成完美的平衡"。四位候选人依次提出了一个价格。来自多尔多涅省的桑德琳获胜，她说这盏灯的价格是两千六百一十五法郎。

皮埃尔从来没有见过比这更愚蠢的游戏。来自阿尔代什的吉勒·洛佩兹登场。

"您是做什么工作的？"

"农民。"

观众们大声号叫。看来不仅仅是邮递员，农民也令人惊叹不已。

接下来要猜出一套"适合优雅女性的配饰"的准确价格。这位农民猜中了,赢得了一枚有三十二颗钻石镶嵌而成的订婚戒指。这个幸运的人看起来相当不满意,因为他已经结婚了。然后菲利普·里索利找到了解决方案,他建议"把它送给梦中情人"。

听到这里,皮埃尔在电视前独自笑了起来,而宝拉则在一旁疑惑地看着。

最后,是贝尔特朗,他猜对了"线条流畅、用胭脂红面料覆盖的、供美好夜晚享受的沙发"的价格。当贝尔特朗在现场走向主持人时,他差点摔倒,皮埃尔的眼里含着泪水。一只眼里流着激动的泪水,另一只眼里是惊愕。

在贝尔特朗上场之前,菲利普·里索利宣布了一个通知:

"如果你梦想参加'公道的价格',请填写每周一发行的电视杂志上的表格。"

然后又回到了正题上,回到了"户外花园使用的涂色树脂全套餐桌椅"上。

贝尔特朗的回答全部正确。

皮埃尔不得不调低电视的音量,因为代表胜利的铃声是如此震耳欲聋。观众们拍手叫好,全体歇斯底里,似乎他们被下了药或喝醉了一样。也许两者都有。

贝尔特朗因为赢了所有这些钱显得很尴尬,他仍然很严肃,脸上没有流露出表情,这似乎让观众很失望。

"您通常运气很好吗?"

贝尔特朗回答说:

"嗯,不,不太好。"

"您为什么会来参加这个游戏?"

"是我老婆填写和邮寄了表格……"

主持人看着镜头说:

"请发迷你电信[①],3615 代码 TF1……"

在节目的最后,三位候选人旋转一个硕大的转盘,贝尔特朗德赢

[①] 法国通过电话线路访问的多媒体线上服务,被认为是万维网出现前世界上最成功的线上服务之一。

得了进入决赛的机会。落选者得到了一枚带有菲利普·里索利肖像的胸针和一篮子的好东西。

"明天十二点二十分再见！"

片尾字幕和音乐响起。

皮埃尔·博重新骑上自行车，完成他今天的工作。他在两个邮箱之间又整理了一遍思路。现在是周一，他必须等到下周日才能知道贝尔特朗是否会赢得"橱窗"，即最后的"巨大的、超大的、非常大"的奖项——他递上邮件时，老奶奶们这样对他说。

直到下一个星期天，皮埃尔没有贝尔特朗的任何消息，好像他藏了起来。节目的录制是在播出前几个月进行的，他的参与像国家机密般被保护着。

然后，重大的日子到了。皮埃尔与尼娜、艾蒂安和阿德里安一起观看了决赛。孩子们面对这个骇人的游戏笑个不停。

他们声嘶力竭地喊着金额，随心所欲。尼娜最后说："他看起来太紧张了，贝尔特朗！"

皮埃尔想知道生命是否有一个公道的价格。是否每一条生命都同样珍贵。那些我们不认识的人的生命。他那早早离世的妻子的生命。还有他的女儿玛丽安。她在哪里？

对他来说，最宝贵的生命是尼娜，她值得其他所有生命加在一起的总和。

贝尔特朗猜中了"带灯的陶瓷柱"为五千二百九十法郎，"七百瓦的微波炉、带烤架、涡轮烤架和自动解冻功能，可供七个家庭食用"为三千四百九十法郎。

但他的朋友怎么会知道这一切呢？他们认识三十年了，他却不知道他的这些情况。这种对物品价格的了如指掌。

贝尔特朗与另一位候选人一起进入总决赛。一个叫玛蒂娜的退休人员，来自小城滨海卡涅。

当穿着超短裙的女孩们展示橱窗时，贝尔特朗的下巴都快掉了下来：卧室、带家具和旋涡浴缸的浴室、卤素灯、带磨砂玻璃的藤木桌、扶手椅、"令人想起最纯净的海洋"的透明花瓶、一辆汽车、一辆摩托车、一台冰箱、突尼斯之旅、电动火车。

你必须猜出所有这些奖品加在一起的大致数额。谁最接近正确的价格，谁就赢了。

两位决赛选手分别在一张纸上写下了一个数字。菲利普·里索利大声宣读了他们的答案：

"对贝尔特朗来说，本周橱窗提供的物品总价值十三万四千法郎，对玛蒂娜来说是二十二万法郎。而这个橱窗的正确价格是……十六万三千四百五十九法郎！所以，胜出者为贝尔特朗！"

尼娜大喊了起来："妈呀，外公。你的哥们赢了！"

"节目有一点点超时了。"主持人说。画外音宣布有关下周的橱窗、新的观众和新的候选人。然后是片尾。

皮埃尔无法相信。他的朋友赢得了这一切，却什么也没有对他说，只和他谈到了交换彼此的假期。但他将把那间浴室、那辆汽车和那辆摩托车放在哪里呢？他的公寓很小，连个车库都没有。他那辆老掉牙的雷诺4L停在马路上过夜。

"我把它们卖掉了。"贝尔特朗被他问到时这样回答。贝尔特朗只留下了突尼斯之旅，并将赢来的钱给了他剩下的两个孩子。贝尔特朗原来有三个孩子，最小的孩子在一岁时夭折了。

皮埃尔·博就这样在一生中第一次改变他的休假日期，因为"公道的价格"。

如果不是如此疲惫，他应该会为此微笑。而且应该看到事物光明的一面：三周后，他就可以陪尼娜去巴黎，在巴黎陪她待几天。

1981年5月6日，一个女人打开门收取包裹，浑身上下一丝不挂。他是如此地震惊，差点心脏病发作。当一辆属于达玛姆运输公司的卡车拒绝给他优先权并迎面撞上他时，他正是这样的感受。

35

2017 年 12 月 22 日

　　玛丽-劳尔·博利厄在厨房里。三个孩子昨天晚上都回来了。一年中唯一一次大家聚在一起的机会。五天的假期。一年中的其他时间，他们从不会在同一时间回来，但绝不会错过圣诞节的家庭团圆。

　　她为午餐准备了两只土鸡。她总是把大蒜、盐和百里香塞入鸡的内腔。她从不用油，只用前一天用几滴橄榄油腌制的香料。她准备为瓦朗坦和艾蒂安烤他们爱吃的土豆，为露易丝炒洋葱青豆，为保罗-埃米尔烤奶酪西葫芦。

　　她拉开窗帘，看到动物收养所的车停在房子前面。她以为尼娜终于要来见艾蒂安了。但瓦朗坦从副驾驶座下来，尼娜随即开车走了。玛丽-劳尔来不及出来留住她，请她进来，给她煮一杯咖啡。看看她，听听她，摸摸她。她已经多年没有见到她了。有时她会遇见尼娜，她总是开着这辆车。从未在人行道上相遇过。玛丽-劳尔知道尼娜已经在收养所工作了很多年。她本可以去那里找她说话。也可以去她家。但她不敢。即使过了这么久，尼娜和艾蒂安互不说话，这仍然影响着她。

　　"你和尼娜·博在一起干什么呢，宝贝？"玛丽-劳尔问走进厨房的孙子。

　　"你好，奶奶。你认识她吗？"

　　"她以前就像是我的女儿。很久以前。"

　　"她今晚会来。"

　　"……"

　　"我邀请她晚上六点在这里和我们一起喝开胃酒。在这之前，她想回家洗一洗，洒点香水……这是她告诉我的。"

　　玛丽-劳尔看着瓦朗坦，没有说话。他怎么会认识她呢？更重要的是，他是怎么做到让她到家里来的？

"我上楼去看看爸爸醒了没有!"瓦朗坦说完就消失在楼梯上。

玛丽-劳尔把烤箱调到预热状态,一百八十度,然后拉过一把椅子坐下,目光茫然,忘记了现在。

那是1994年8月12日。她永远不会忘记这个日期。在每一个生命中,都有一些之前和之后。

她从海滩回来。每天傍晚,她总是独自回屋,把马克和孩子们丢在身后。她喜欢这段属于自己的时间。空荡荡的房子,眼睛适应了幽暗,百叶窗紧闭着,防止阳光照射,脚下冰凉的瓷砖,墙壁散发的热气,蝉声齐鸣,凉爽的淋浴,身上抹了护肤霜,在树荫下的躺椅上继续读她的小说,然后准备晚餐,喝上一杯加冰的玫瑰酒。口中的天堂。

出租屋的座机电话响了,在铃声响了十来下后,她接起电话,心想这个电话不是打给她的,或许是找出租给他们房屋的房东吧。阿德里安和尼娜是唯一知道这个号码的人,但现在打电话还太早。他们每天晚上九点左右打电话。在电话的另一端,玛丽-劳尔听到有人在哽咽,喘着粗气,哭泣,啜泣。她没有立即认出阿德里安的声音,没有听懂他的话,终于听懂后,她只想挂断他的电话,回到海滩,脱掉衣服,看着大海,诅咒苍天。她好不容易说出了一句话:

"尼娜知道吗?"

"不,还没有,我想还没有,她在上班。"

"你的母亲在哪里?阿德里安,约瑟菲娜在哪里?"

"她出门了,要晚上回来,我独自一人,我该怎么办?"

玛丽-劳尔已经忘记了时间。在圣拉斐尔待了四个星期后,她不记得手表放在哪里了。这个度假屋里没有时钟。她想到了这点,也没有日历。

"阿德里安,现在几点了?"

"十六点二十五分。"

她快速计算了一下:通知马克和孩子们,整理行李出发,最快也只能在凌晨两三点钟左右到达拉科梅尔。

"阿德里安,今天星期几?"

"星期五。"

"嗯,那就是说明天你和尼娜都不用上班。"

"我要上班。尼娜不用。"

"好吧……不管它了。你好好地听我说。你在听我说吗?"

"是的。"

"你把眼泪擦干净,然后去她下班出来的地方等她。你随便找一个借口,把她带走,走得远远的,直到我们回来。绝对不能让她回家。让她认为你们有两天的时间……编个理由。"

"但她会看到我哭了!我永远也做不到!"

"你可以的!"玛丽-劳尔几乎吼了出来,"你能做到的!你要为尼娜做这件事!"

她听到了电话中阿德里安的啜泣声。他才十八岁,我的要求太过分了。她想到了达玛姆一家,也许有必要通过他们,打电话通知他们。但尼娜几乎不认识他们。是的,但他们会想办法带她去一个地方,等她回到拉科梅尔,然后接手处理。她想到了玛丽安。仿佛看到她在学校的操场上,听到她的笑声。她们是如此年轻和无忧无虑。为什么她决定从所有人的视线中消失?为什么她们失去了联络?她的父亲刚刚去世。怎么通知到她呢?她怎么能抛弃尼娜呢?她为什么要这样做?不要评判他人……

阿德里安的声音把玛丽-劳尔从她的沉思中拉出来。

"我会做到的。"他轻声地说,然后挂了电话。

*

与此同时,尼娜正坐在办公桌后面,将1993年的旧发票按月归档,然后按字母顺序排列。她已经整理到了三月份。她问自己1993年3月时在做什么。她当时还在读高二。她不愿意回到过去。再来一次毕业考,谢谢了。她当时还不知道,几个小时后她将愿意付出一切去重考,哪怕是每年都要重考,只要能有一丝机会回到1993年3月。

外面的天气很好。她在办公室里感到很无聊。想着九月,想着巴黎,仿佛在想着一种解放。她觉得那是一片大海,一个充满可能性的战场,一个无限,一种动荡。去发现,去画画,去唱歌,去作曲,去邂逅,每天晚上与艾蒂安和阿德里安重聚。三个人共同生活,在一起,在不久后。

她与埃马纽埃尔·达玛姆已经约会六天了。他在傍晚下班后等着她。一起到他家吃晚饭。尼娜从未见过这样的事情,厨房的桌子上有两个人的饭菜在等着他们。只需要重新加热。就像在餐馆里一样,有几道前餐、两道主菜和一份甜点。原来家里有用人是这样子的,不再需要去购物、吸尘、洗衣服。埃马纽埃尔的一切都有人照顾,甚至包括整理他的床。他住在父母名下的一所房子里,一幢单独而独立的房子里。昨天晚上,他出发与一些朋友去圣特罗佩待几天。一个小时前,他给她的办公室打电话,声音中带着笑,想知道她是不是在认真工作。他对她说:"我想你。"她回答说:"我也想你。"

她不相信这个来自好家庭的儿子会爱上她,她觉得自己是个来自坏家庭的女孩,因为她那个"放荡的母亲"。她总是觉得自己像一条被遗弃的狗,最后被某个好心人收留了。

在4号俱乐部的那个星期六,也就是达霍本该唱歌的那个晚上,埃马纽埃尔请她喝酒。他们一直待在酒吧里,互相黏在一起。尼娜忘记了在舞池中的阿德里安,她忘记了一切。她像变成了另一个人,从另一个女孩的生活中借来一些幸福的时光。埃马纽埃尔吻了她。他的舌头顶着她的舌头,一个神圣的承诺。尼娜从不知道世上还有像埃马纽埃尔那样的吻。这个男孩很感性,让人无法回避。尼娜感觉自己无法回到现实,她向他献上自己,他可以对她做任何事情。就像是当人生比所能想象的更广袤时。他抚摸着她,手放在她的裙子上。在三杯杜松子酒之后,他的手敢于往下游走,隔着布料撩拂着她的性器,越来越紧迫。她开始呻吟,冲动覆盖了她的肌肤,如蚂蚁大军以美妙的蜇刺侵入。而她,不想对他做同样的事。她只是轻轻掠过他勃起的性器,已经吓坏了。犹如一种暴力。

最后他低声说:"我们得走了。"他拉着她的手,让她上了他的敞篷跑车,说:"既然这是你的第一次,我不打算在车里干你。去我家吧。"

"干你",这话让她震惊。她回到现实。清醒过来了。仿佛有人推了她一把。她害怕了。会不会痛?她会流血吗?她知道该怎么做吗?她没想到从埃马纽埃尔进入4号俱乐部和他们的初夜,事情会进展得这么快。最多一个小时。而现在他们要一起离开了。她没有时间告诉阿德里安。约瑟菲娜会在俱乐部关门后来接他们:"老样子,四点钟在停车场见。"尼娜曾希望和埃马纽埃尔一起回家,她在前一天告诉阿德里安,笑着、祈祷着,在他的床上上蹿下跳,而现在她不再笑了。她很害怕。只剩下祈祷了。我的上帝,我不知道您躲在哪里,但请保佑让它顺利进行吧。

当约瑟菲娜没有看到尼娜和阿德里安在停车场时,她会怎么想?

她几乎不敢相信自己正坐在这辆车里,这辆在街角一看到就令她心跳的车。一辆红色的高山 A610。一辆跑车,有钱人的车,一辆重要人物的车。而她还只是个孩子。达玛姆王国里的灰姑娘。

4号俱乐部与拉科梅尔之间有三十公里的距离。尼娜·博与埃马纽埃尔·达玛姆之间隔着一个世界。十亿光年。这就是"如白昼般美丽"的意思吗?她在散步时总是听到这种说法。是能够取悦一个看起来像白马王子的男人吗?

在三十公里的途中,埃马纽埃尔让她挑选音乐。

"在手套箱和仪表板上,你看看吧。"

几十盒磁带,包括艾蒂安·达霍的两张专辑——《波普·萨托里》和《为我们的火星生活》。她把一盘绿洲乐队的磁带塞进播放器时,心里想笑。利亚姆·加拉格尔[①]的声音。埃马纽埃尔把音量调小了。

"再和我说说你吧,尼娜。"

她觉得自己很没用,很愚蠢,很渺小,没有受过教育。羞涩控制了她。

"我更喜欢听你说你的事。"她听见自己的回答。

"如果我们不说话呢?"

他拉过尼娜的手,放在他的性器上。他用她的手指摩擦着,轻轻地,几乎没有压住他的牛仔裤。不像个粗人。他很细腻,却非常坚定。尼娜再一次讨厌这种暴力的感觉。她一直梦想的事,可这个梦正在发生奇怪的变化。她迫不及待地想去他那里。再喝上几杯酒,用即使外面在下雨也能让人们以为阳光明媚的酒精填满自己。他们经过一道大门。尼娜看到远处似有一幢被树木环绕的豪宅,猜测前面有一个游泳池。一切都笼罩在黑暗中。

"做完以后你能送我回家吗?"她几乎是在恳求。

---

① 利亚姆·加拉格尔(Liam Gallagher, 1972—   ),英国歌手、词曲作者,绿洲乐队主唱。

他微笑着回答:"如果做完的话。"然后,感觉到尼娜的不自在,他安慰她说:

"一切都会很顺利的,我保证。"

他向前开了大约两百米,把车停在一座较小的石屋前。墙上爬满了常春藤。木质百叶窗敞开着,似乎从未关上过。前门没有上锁。室内有蜡烛的味道。里面比艾蒂安的家更漂亮。有一种古老而珍贵的风格。尼娜从未见过墙上挂了那么多的画。

埃马纽埃尔给她倒了一杯饮料,杜松子酒加汽水,她和他都喝了很多杜松子酒,他们互相碰杯。在去浴室之前,他对她说:"坐下来,让自己舒服点,挑个音乐。"他用手指了一下音响。

他想吞下她,想干她,他觉得自己要疯了,但面对她的惊恐,他不得不控制自己。

控制你自己,他在浴室的镜子前告诉自己。

他真的很喜欢这个女孩。这是他以前从未感受过的强烈的性欲。和他睡过的女孩中没有一个给他留下过这种印象。然而她很笨拙,很年轻。非常年轻。应该慢慢来。他很难相信她从未和男人上过床,她经常出去,散发出一种生动、狂野的气息。在办公室,他一直在观察她,她自信地看着其他人。他开始认为她在撒谎,就像那个关于艾蒂安·达霍的故事。她把他当作白痴。但自从他们离开4号俱乐部后,她那张被打败的脸、苍白的笑容、紧张的手势、不自信的声音,让她一下子小了十岁。他看到了一个小女孩,而不是那个年轻的女人。他明白,她是一个处女。

他在楼下找到了她,她靠着厨房里的什么东西站着,低着头盯着空酒杯。他把她抱在怀里,说:"过来。"他们和衣躺在沙发上。他抚摸着她。首先得安抚她,他感到她放松了。然后他必须激起她的欲望,就像之前在俱乐部一样。爱必须分享,否则就没有意思了。她必须投入,这样无论发生什么,对她来说都是一个美好的回忆。埃马纽埃尔不是一个粗鲁的人。他对自己的形象非常重视。他想要绝对的两相情愿。

当尼娜看到他从浴室走下楼时,她觉得他很英俊,太英俊了。他的头发凌乱,对她的渴望从他的眼睛里冒出来,如两簇火苗。她感觉到、看到,呼吸着。他的目光盯着她,是一种兽性欲望。这就是令她恐惧的地方。她知道，离开这所房子之后，她就不再是从前的自己。他将夺走她的处女之身。她想到了阿德里安和艾蒂安，如果他们看到她在这里，在这所房子里，和他在一起，他们会怎么说？艾蒂安肯定会嘲笑她，不能接受她被别人碰，于是就用冷笑和讽刺来掩饰自己。至于阿德里安，他将用她从小到大一直无法破解的神秘笑容对她微笑。她突然非常想念他们，她把他们赶出了她的脑海，就像赶走了一只屎壳郎。

埃马纽埃尔拉着她的手，说："过来。"温柔在两人间传递，他把她拉到沙发上，他仰面躺下，她在他身上，轻得像根羽毛。他贴在她身上的手撩起她的连衣裙，他摸到了她的胸罩并解开了它。她任他做着这一切，他知道许多她不知道的事情。他的手势令她呻吟，给她的腹部带来温暖和快感，并辐射到她的私处，而他却没有触及。他只是把舌头伸进她的耳朵，或者咬着她皮肤敏感的地方。埃马纽埃尔正在唤醒并向她揭示着她身体的不同部位。

一天晚上，艾蒂安和阿德里安在她身边睡着了，她在翻阅频道时看到一部色情电影。她确定男孩们睡得很熟，手里握着遥控器，随时准备在其中一个男孩睁开眼睛时更换频道。她宁愿去死也不愿意被他们骂。她把声音调小，看着那些敞开的潮湿的器官。恶心的同时也很吸引人。演员们没有互相爱抚。没有爱。这就像机械。香肠肉。屠宰场。屠夫的冷藏室。

第二天，她告诉男孩们：

"昨天晚上我在电视上看了黄片。我被震惊了。"

艾蒂安回答说：

"闭嘴，我完全不想知道你的性生活。"

"可是你，你告诉我你女朋友的奶子是什么样的！"

"我和你不一样。"

"为什么不一样呢？"

"你是个女孩。"

阿德里安羞涩地笑了。

埃马纽埃尔爱抚了她很久，时而看着她，问她是否还好，他的脸红了，出汗了，他已经失去了他的优雅，看起来像个疯子。她回答说是的。

她只会说一句话,是的。

他起身去关灯。他是为了她才这样做的。他自己并不在乎。他让她仰卧,以令人放心的动作脱下她的裙子、挂在她肚子上的胸罩。他接着脱掉自己的衣服,散发出香水和汗水混合物的味道,他们赤裸裸地贴在一起,她觉得很沉重。他往下移,舔着她的私处。对尼娜来说,如此将自己暴露在一个陌生人的舌头下,这让她感到既幸福又不幸,他的手指在她的体内,好像在搜索她,渴望和排斥手牵着手,快乐和厌恶交织在一起。他又上升到和她同一水平线上,面对面,他的嘴里有湿漉漉的性的气味,她想逃跑,想重新成为一个七岁的孩子,想比外公家外面的白色木栅栏更矮。他将她分开,不带强迫性地进入她,她觉得疼,屏住呼吸,他在她的身体里来回,同时呼吸粗重。他握紧了拳头,绷紧身体,耳语道"我太想要你了",然后就结束了。他一动不动,呼吸吹在她的脖子上。他用指尖摘下了安全套。他在她耳边说,他们会再做一次,慢慢地做。

原来这就是让世界运转和谱写歌曲的原因。我得在歌词上下功夫。尼娜想。

*

这一幕在阿德里安的脑海中一遍又一遍地回放着。他当时正在为一辆白色雷诺5的车主加油,车牌的地区代码是69,消防车从加油站经过,警笛呼啸。他并不关心。他的眼睛紧盯着油泵屏幕上的数字,急于完成手头的工作后回到室内看完让他激动的小说。

消防车往前开了约三百米就停了下来,警笛持续鸣叫着。阿德里安条件反射地望了一眼,猜想着人群在围观,看热闹的人在奔跑。雷诺车主说:"我刚刚开车经过,这太可怕了,有人告诉我是一个邮递员被撞死了。"阿德里安立即明白,那是皮埃尔。他知道他的投递路线和街区,他知道拉科梅尔的下城区域,正是皮埃尔的区域。

阿德里安前一天晚上在博家里吃了晚饭,因为埃马纽埃尔去了圣特罗佩。自从她和他做爱以后,尼娜就没有离开过他。她甚至在晚上跳过了给艾蒂安的电话。阿德里安问她:"咋样啦?感觉如何?你爱他吗?"但尼娜一直在回避,直到她抛出这个奇怪的句子:"还不至于打断鸭子的三条腿。"① 阿德里安觉得这话是如此出乎意料和不合时宜,忍不住大笑起来。尼娜和他一起笑,没有再解释。

当他们三人在花园里吃晚饭时,皮埃尔曾微笑着抱怨他的肌肉疼痛:"我老了。"

阿德里安停下了手中的油枪,屏幕上数字也停止了。他连油箱都没锁,径直向闪烁的红灯处跑去。这三百米似乎没有尽头。就像在噩梦中,你跑而不前,你想喊却发不出声音。他终于看到了那个躺在地上的人,两条腿一动不动,一摊摊的血,四处飞溅的血。阿德里安在想:尼娜会变成什么样?卡车没有被损坏,油漆完好,好像司机把车停在路中间去办事了。司机就在那里,脸色苍白,面容憔悴,毫发无损,不断重复着:"我没有看到他,我没有看到他。"皮埃尔的一个车轮从车底伸出来。仿佛车辆吞下了自行车后,吐出了它不想要的东西。皮埃尔的上半身和他的脸被遮了起来。就像电影中刚刚被谋杀的受害者。阿德里安看到在稍远的地方,一只挎包被遗忘在长椅上。它怎么会在这里?它也破了相,被压碎了。他机械地拿起它,走进一个电话亭。家里的电话没有人接,他想起他的母亲今天一天在里昂。他感到孤独无助,抬起头,看到消防员用担架抬着皮埃尔的尸体离开。他在口袋里翻出那张纸,尼娜在上面潦草地写下了博利厄一家度假房的电话号码。

玛丽-劳尔终于接听了电话。

挂断电话后,阿德里安疯狂地跑了起来。他回到加油站,拿上钱柜里的两千法郎。这样做很疯狂,他需要这份工作去巴黎,在那里安家、填饱肚子。他将失去一切,但他只是凭着本能行事,他的理智已经和担架上的皮埃尔·博一起离开了。他必须把尼娜带到离这里很远很远的地方,同时等待博利厄一家从圣拉斐尔回来。

快,要快。在人们通知尼娜之前。

他没有自我介绍就闯进了达玛姆公司,脸红得像罂粟花。在接待处,一个戴着黑框眼镜的白发胖女人惊恐地看着他。她见过这个孩子,记得他是尼娜·博的朋友,甚至可能是她的男朋友,年轻人真会找乐子,在上班时间就这样直接进入公司。

---

① 俚语,形容平淡无奇。

"我需要见尼娜!"

"您好。她在工作。"她生硬地回答。

"我必须把她带到很远的地方。"

"对不起?"

"她知道了吗?"

女人盯着他,好像他精神不正常或嗑药了。与此同时,宪兵队打电话通知黑框眼镜女人,称公司的司机刚刚在戴高乐广场撞了一个人。一场致命的事故。达玛姆先生必须立即赶到现场,事故的原因和责任都还没有确定。

在此期间,阿德里安正在推开所有的门。办公室、打印室、贮藏室。他把邮包藏在一个高高的架子上,在一些箱子后面,不能让尼娜看到它。

阿德里安终于看到坐在一张桌子后面的尼娜。当她看到他时,她用眼睛询问着他,一言不发。阿德里安知道如何脱身,他是否一直如此?

"今天是星期五,我们很年轻,一个月后我们就要离开了,尼娜,我们就要去巴黎了。在这之前,我想做一些疯狂的事情,我们有一个周末,我会带你到你想去的地方,现在就去。我已经告诉了你外公,他知道你和我在一起,他同意了,他甚至笑了。走吧,我们走吧。"

她笑了。在那一刻,也因为那个笑容,阿德里安猛地掐了一下自己的手臂内侧,不让自己崩溃。她是他的妹妹,他的首选,他在这个世界上最爱的人。就在这一刻,在这个除了墙壁什么都看不到的灰色房间里,他明白了,绝对明白了。尼娜将遭受痛苦,这是无法忍受的,但在苦难降临之前,他将给她最后两天无忧无虑的生活。她最后两天的童年。她有足够的时间去发现真相,在一夜之间变为成年人。

为了避免经过接待处,他打开她身后的窗户,跨上窗栏,说:

"跟我来。"

"但我还没下班呢!"

"谁在乎呢,你都和老板上床了。"

"你真傻……"

她穿上外套,拿上包。他们穿越小街到了火车站。一路上没有遇到任何人。他们乘坐下午五点十分的地区快车到达马孔。在马孔,尼娜在列车表上选择了马赛。阿德里安用偷来的钱买了两张票。

"但这些钱是怎么回事?"

"这是我父亲给的,是对我得到优异评语的奖励……不花白不花!"

晚上十一点,他们到达了圣夏尔火车站。在一个电话亭里,趁尼娜去买两份巧克力香蕉煎饼时,阿德里安给他的母亲打电话。约瑟菲娜听说了皮埃尔·博的事,每个人都担心得要命,埃马纽埃尔·达玛姆在到处寻找尼娜的下落,加油站的老板给约瑟菲娜打了电话,很生气,他想去警察局报案,她把偷走的钱还给了他,双方和解了,她还向老板解释这是因为尼娜的外公。阿德里安要求他的母亲到博家照顾宝拉和猫咪——"门是一直开着,万一锁上了,钥匙在门垫旁边红色花盆下面——"他们俩星期天回来,他会把尼娜从火车站直接带到艾蒂安家里,他让大家傍晚的时候在那里等着他们,一起向她宣布这个消息。当约瑟菲娜问"可是你们到底在哪里"时,他已经挂断了电话。

阿德里安买好周日的回程票,然后他们坐大巴士车到了海边,在一个叫先知海滩的小港口下了车。天气很温暖,一些年轻人生起了篝火,阿德里安和尼娜加入了他们。他们聊天,喝啤酒,吃披萨,伴着《在博德加的阳光下》跳舞,尼娜看起来很高兴,她看着阿德里安,就像看着所爱的人一样。沙子很冷,他问尼娜是否愿意在星空下睡觉,她回答说:"好啊,太棒了。"午夜过后两点,他们靠着一座海滩小木屋,彼此躺在对方的怀里。阿德里安低声对她说:"我爱你,尼娜,我将永远爱你。"她回答说:"我知道。"阿德里安整夜无眠。想到皮埃尔的死,想到后果,想到悲哀。人生怎么会走上如此残酷的道路?

尼娜被阳光唤醒,他们脱下衣服,投入地中海,天气仍有凉意,但天空是一片纯净的蓝色,充满希望。在他们面前,弗留利岛反射出白如月光的光芒。那天早上,他们在如湖水般平静的大海中待了很久,仿佛浪潮只是个传说。

充分享受每一秒钟,他们在这个八月中旬拥挤的海滩待了一整天。尼娜喜欢马赛的口音。她听着周围人的谈话,就像听着一首歌的歌词。

下午,在她休息时,阿德里安买了肥皂、牙膏、一支牙刷、两瓶水、番茄、一个西瓜和咸味饼干。他们两天都穿着同样的衣服,牛仔裤加 T 恤,晚上穿上他们的外套。白天,他们就穿着内衣。尼娜不想离开这片海滩。在海滨度假木屋前有一个公共淋浴间,一天结束时,他们洗完澡,在阳光下晒干自己,坐在岩石上看着帆船和最后的戏水人。尼娜说:"这是我一生中最美好的一天,如果艾蒂安和外公也能在这里就好了。"

36

2017 年 12 月 22 日

她按下门铃。艾蒂安来开门。尴尬,长长的沉默,面对面,四目相视。他们已经十四年没有见面了。一切像从烤箱中取出的蛋奶酥一样塌落。其实,一切并非如此糟糕。时过境迁。以前爱过并不意味着现在必须爱对方。光阴流逝,似乎也带走了过去——她并没有颤抖,就是一个证据。

他拖着一双方格呢拖鞋,大概是他父亲的。他是知道她要来的,本可以做些努力,换上衣服。尼娜确信他是故意的,以此显示心情不好。

他的身板变得敦实了,有了成熟男人的特征,胡子硬了,头发的颜色变深了,驻留在尼娜心中的俊美渐渐远去,如同候鸟。那是曾经写入他的基因的俊美。后天的所作所为改变了它。剩下的只是一个眼神,从中可以看出他已放弃,放弃了被称之为生命、快乐、渴望的东西。没有希望,少有欢笑,满是厌倦。一个打不起精神的男人。最终,他对她不冷不热地笑了笑,带些嘲讽。这一点他还保留着。

"我以为你不会来。"

他的声音,粗重而拖沓。他的骄傲呢?他将大手放在尼娜的肩膀上,吻了她的脸颊。只一下。他喝酒了。她从他的呼吸中闻到了酒味。

"我答应了瓦朗坦。"尼娜轻声说。

"你看到了,这小子不错吧……大家都在等你,我们准备了开胃酒,进来吧。"

她非常熟悉的过道,气味也和以前一样——一种合成的玫瑰香味。通往楼上的台阶;没有移动过的家具,那个以前摆电话本的家具现在没有了,互联网取代了黄页号码;她曾经无数次把球鞋扔进去的鞋柜,然后光着脚一步两级台阶地跑进艾蒂安的房间;左边是厨房,门开着——一个眼下流行的新厨房，有一个中央岛，白色的碗橱，天蓝色的桌面。走廊里，依然是以前的墙纸。小时候看起来很高雅的东西在她眼里突然显得过时了。仿佛这所房子在艰难地老去，就像艾蒂安。她知道其实是自己过于敏感了。

瓦朗坦只穿着袜子就跑了过来，手里拿着一部手机。

"我在脸书上请求成为你的好友，你看到了吗？你有照片墙和'阅后即焚'吗？"

"没有。"她回答，带着勉强的微笑。

在这所房子里，瓦朗坦看起来更像当年他的父亲。令她不安的是他的存在，而不是艾蒂安。她此刻的感觉是，她的艾蒂安已经消失了，剩下的只是一副皮囊。他体内的所有细胞都在这个领着她去另一个房间的陌生人身上再生了。沧海桑田。他现在喜欢吃什么？几点钟吃饭？他的习惯变了吗？他最喜欢的乐队是哪个？最喜欢的电影呢？他的朋友们叫什么名字？他身上的气味变了。她曾经熟悉的气味。闻起来像糖果。

她跟着这对父子走进餐厅。坐在沙发上的玛丽-劳尔似乎很感动。她起身走到尼娜身边，将尼娜搂入怀中。她变了。曾经晒成小麦色的美丽女人，脸上已经有了皱纹。她几岁了？六十上下了吧？尼娜在心里计算着。

"再次见到你真是太好了，尼娜。"

尼娜同样拥抱了玛丽-劳尔。依旧是同一款香水：洛可可之花。

"对不起，玛丽-劳尔，对不起。"

"对不起什么？"

"我从来没有来看过你。"

"我也可以去收养所。我也有很多请你原谅的地方……当你离开的时候……我应该明白……不谈过去了。来吧，过来坐这儿。"

尼娜的目光从她的肩膀上方瞥去，看到马克对她微笑，他发福了，过来拥抱她。曾经矜持的他，似乎变得热情了。

多少次艾蒂安曾经抱怨他的父亲不爱他？他们现在终于能够彼此交谈、理解，达成一致了吗？

轮到露易丝站起来了，她那双灿烂的蓝眼睛，一个青春期退去但仍然明亮、绽放的女人。大哥保罗-埃米尔和他的妻子宝琳，以及他们的两个孩子，一男一女，八岁的路易和十岁的罗拉。一个金发女人走了进来，个子不高，身材苗条，四十多岁的样子，握手时很有力。

"我是玛丽-卡斯蒂耶，艾蒂安的妻子。"

"晚上好。"

玛丽-卡斯蒂耶将尼娜视为情敌，好像她必须保持警惕，这瞬间就感觉到了。她的手腕和那句"艾蒂安的妻子"的发音方式意味着："他是我的。"

只要是被艾蒂安接触的女人，就会产生一种偏执的所有权意识。尼娜想。

尼娜从她的手提包里拿出一盒巧克力，递给玛丽-劳尔。

"你太客气了。"

"应该的。"

尼娜穿上了她前一天买的裙子。她觉得自己被伪装起来了。她甚至匆匆忙忙地赶到超市买了 BB 霜和一支深红色的唇线笔，她把它和润唇膏混在一起增添一点点颜色，还为自己在上眼皮的睫毛根部画了一条棕色的眼线。她以为自己已经不会画眼线了，但这个手势并没有离开她。

"那么，你在负责动物收容？"

"是的。"

"我并不感到意外。你还在画画吗？没有？真可惜。我保留了很多你为艾蒂安和露易丝画的肖像。我把它们裱起来了，放在我们的卧室里。"

露易丝在里昂当外科医生，单身，没有孩子。

"我还在做警察。"艾蒂安说，"我在工作中遇到了玛丽-卡斯蒂耶，她是我的上司。"

玛丽-劳尔和马克已经退休了。尼娜大致听说保罗-埃米尔和宝琳是工程师，在日内瓦工作。她已经无法听进去任何人的话语。她微笑。回答着：是，不是。

艾蒂安看起来并没有生病。瓦朗坦对她撒谎了吗？不，他不是那种会撒谎的孩子。这少年用手机拍了几张照片，自拍了一张合影，并要求大家在他身后微笑。

尼娜感觉到艾蒂安的目光不断地落在她身上。她感到他在观察她。

他在想什么？她也变了，变老了，她的皮肤，她的皱纹，整日在室外，遛狗，照顾猫咪，忧虑担心，没有空位的狗舍，通过对外开放日来期待收养人的出现，死在收养所里的老猫，悲伤，因为无法为它们找到人家，无法在它们生命终结之前让它们在暖和的猫篮里过上几个月的好日子。

所有这些，尼娜认为，必然会在我的脸上和手上表现出来。

只要她将视线投向艾蒂安，只要她在寻找他的目光，他就转过头去。她重新发现了他曾经在她身上激起的恼怒。他恼人的爱。他们的争吵："别这样，别那样""别自以为是了"……

艾蒂安站了起来。

"你要去哪里，亲爱的？"玛丽-卡斯蒂耶问道。

艾蒂安回答，声音含糊：

"你不能代替我去的地方。"

他顺路去了厨房。打开一个柜子。喝了三大口母亲煎蛋饼时用来浇烧的柑曼怡①。麻醉一下疼痛。胃痉挛到想呕吐。他上楼，把自己锁在浴室里，拉下裤子，坐在马桶上。头昏眼花。

一段回忆。

那是在圣拉斐尔的海滩上。他正在和一个他喜欢的女孩调情，她叫什么来着？卡蜜尔。对，就是这样，卡蜜尔。其他人都叫她"洋甘菊"。"相信我，哥们，她不是那种和你上床的女孩。"他不明白，傻傻地笑着，不知道甘菊茶可以舒缓情绪。他用左手握住她的长发，让她的脸变得清晰，右手在她身上的敏感部位游走着。身边，在他和太阳之间突然出现了一个阴影。一动不动。他好像听到有人叫他的名字。他转过头，睁开一只眼睛，是他的母亲。在那一刻，艾蒂安想杀了她。他讨厌在这个私人时刻被打扰。她在这里干什么？她对着光。他咄咄逼人地问：

"怎么了？"

"我们必须回去，出大事了。"

在她旁边，出现了他的父亲，真是祸不单行。他的父母亲靠近他。卡蜜尔起身。不，不要走，刚才太棒了。他穿着泳裤，前面微微勃起，

---

① 法国的一种香橙干邑甜酒。

这是他一生中在父母面前最羞耻的时刻。他们在说什么？回去？回去哪里？

"皮埃尔·博死了。"

在客厅里，玛丽-劳尔为尼娜斟满了第二杯香槟。

"这是最后一杯，我要开车。"

路易和罗拉为了抢一个《权力游戏》的迷你玩偶开始大声尖叫，覆盖了她的声音。

"无论如何你得和我们一起吃饭。"玛丽-劳尔对尼娜说。

得立即找到一个谎言。

"我不能，我必须在晚上八点前去兽医那里接一条狗。"

"是哪条狗？"瓦朗坦问道。

再找一个谎言。她想到了罗曼。想到昨天晚上，老鲍勃在沙发上打瞌睡，她在它面前快速地穿好衣服。

"它的名字叫鲍勃，是一只小狮鹫，你今天早上没有看到它，它已经在兽医那儿了。"

"它怎么了？"

"心脏不好。"

尼娜本能地回应。在这张桌子周围，谁的心最痛？她思忖着。时间把相爱的人分开……尼娜在三人时期曾写过一首歌，说的就是这个。歌词是这样的：

> 时间把相爱的人分开
> 即使是那对你曾牵过婚纱的新人
> 他们的爱情只剩下苍白的记忆
> 时间把相爱的人分开……

接下来的她想不起来了，不论是歌词还是曲调。

一天早上，她的前夫烧掉了她的笔记本和绘画本。他说："把这些老掉牙的东西扔了吧。"尼娜看到她的文字和素描化为乌有。她丝毫没有感到悲伤。她什么也没说就任由他做，她在他身旁，就像一个布娃娃，嘴上画着一个永久的微笑。

玛丽-卡斯蒂耶的每一句话中都会提到艾蒂安的名字，像是一种象征或挑战:"艾蒂安认为……""艾蒂安喜欢""艾蒂安不太喜欢""艾蒂安说他""艾蒂安要睡觉了,当……"

艾蒂安就在这时回来了,重新回到他的座位,和妻子一起坐在沙发上。

与此同时,玛丽-卡斯蒂耶问瓦朗坦:"爸爸是否知道你今天早上去了那里?"

"不知道,我没有告诉任何人。"少年说。

"有什么事瞒着我吗?"艾蒂安问道。

"瓦朗坦今天早上自己去了动物收养所。"

"妈妈,别说了,我已经十四岁了!而且我又不是去学校门口卖毒品,我不过是去了尼娜的收养所。"

"无论如何,"玛丽-卡斯蒂耶假装默契地说,"我希望尼娜没有劝你收养一只动物……"

尼娜针锋相对地回应:

"我从不这样做。动物也有自己的尊严。"

艾蒂安笑了。

"你没有变。"

"艾蒂安告诉我,你们曾在一起做音乐,有过一支乐队?"玛丽-卡斯蒂耶试图转移话题。

"是的,可以这么说。"尼娜说。

她根本就不想谈这个话题。

"我喜欢艾蒂安弹钢琴。"玛丽-卡斯蒂耶补充道。

了不起,尼娜想,你成功地把艾蒂安放进了你最后说的十句话里。艾蒂安突然问她:

"我们去一起抽支烟?"

尼娜说:"我不抽烟。"

"现在是时候开始了。"

"她的哮喘……"玛丽-劳尔也有些担心。

艾蒂安站起来,尼娜仿效他,没有看玛丽-卡斯蒂耶,后者一定很难过。她跟着他进入通往花园的房间。

他说:"穿上外套吧,外面很冷。"

"好的,爸爸。"

他微笑。他们俩待在严寒中，跺着脚。艾蒂安递给她一支烟，她拒绝了。

"你知道我不能抽烟，也从来没有抽过烟。"

她注意到他的一条眉毛间有一道疤痕。

"你的眼睛上方有道疤痕。"

他微笑。

"战争的创伤……如果我告诉你是谁干的，你不会相信我……"

"是我认识的人？"

艾蒂安回避并问道：

"你幸福吗？"

"我更多的是平静，而不是幸福。我很平静。你呢？你幸福吗？"

"就像你和抽烟一样，你知道我做不到，也从来没有做过。"

"你生病了吗？"

艾蒂安凝视着她。她和以前一样直率。他的眼里先是愤怒，然后是沮丧。仿佛他要投降了。

"谁告诉你的？"

"瓦朗坦。"

艾蒂安似乎惊呆了。在他们之间，一段漫长的沉默。只有两人的呼吸，寒冷中的烟雾。艾蒂安每吸一口，嘴就像着了火。

"我不想谈这个。"他终于开口了。

"你到底怎么了？"尼娜坚持。

"不想说。"

"为什么？"

"不想说。"

他一脸心情恶劣时的倔强。就像在童年和少年期要求没有得到满足时。我们变老了，容颜会改变，但某些天性不会消失。只有头发才会最终脱落。

"你妻子知道了吗？"

"不知道……但我猜瓦朗坦……他肯定翻过我的东西。我们进去吧？冻僵了。"

她尚未回答，他已经推开了门，室内的温暖，小点心的香味，声音，笑声。

"我得走了。"尼娜告诉大家。

"这就走了吗?"玛丽-劳尔失望地说,"但你才到一会儿啊。"

"是的,兽医刚给我打电话,对不起。"

每个人都站起来,拥抱尼娜。

"见到你我们很高兴。"

露易丝紧紧地拉着她的双手。

"回里昂之前,我会去你那儿喝杯咖啡。"

尼娜知道她不会来的。

"你和谁一起过节?"玛丽-劳尔问。

"和收养所的同事和朋友一起。年年如此,轮流做东。"

"你会再来吗?"瓦朗坦问她。

"是的……还有你,只要你想来,随时都可以来。我每天都在那儿。"

"好。"

"我也会去的,"玛丽-劳尔说,"这次我一定去。"

瓦朗坦向尼娜眨眨眼。

"我送送你。"艾蒂安喃喃道。

两人走出来,停在了尼娜的车前。

"好车。"在雪铁龙小货车前,艾蒂安忍不住讽刺道。

"……"

"你为什么这么急着离开?你没有狗要从兽医那里接走。"

"没有。"

"你为什么要来?"

"瓦朗坦。"

"……"

"他很像你。"

"我曾经像他,在很久以前。不过你仍然很漂亮。"

"停。"

"其实我本应该和你上床。像其他人一样。"

"停止吧,好吗?"

"我喝多了,对不起。对不起。我在胡说八道。"

她想和他谈谈克洛蒂尔德的事。但什么也没说。这不是时候。也不是地方。她抚摸着他的脸颊。她的手在他的脸上，一段久远的旅程。就像在眼皮上画眼线，有些手势是不会忘记的。他对她笑了笑，很忧伤。他拍了两下车顶，然后转身往回走。

"很高兴再次见到你。"

她看着他消失在房子里。门廊的灯熄灭了。

她发动车子，双手在颤抖，情绪，一颗定时炸弹。她把反光镜对准自己，瞥了一眼。化妆品几乎消失了，被不再习惯累赘的皮肤吞噬了。

她有两个选择：回家，一边吸尘一边用微波炉热菜，或者去罗曼·格里马尔迪家看看老鲍勃。

除非……刚到晚上七点。现在去看看小猫尼古拉还不算太晚。

37

1994 年 8 月 14 日

　　某些属于天方夜谭的事物。大脑停止了接受。它无法发送正确的信息。它离你有好几个光年之遥：当你明白这些话要带你到哪里时，一切都已经死了几个世纪了。

　　玛丽-劳尔开口了。

　　"坐下吧，我的孩子。我有个不幸的消息。你的外公遇到了意外，被车撞倒了，人们没能救活他。"

　　"人们"是谁？人们，人们，人们，人们。"人们"是一个中性不确定人称代词，可以是一个或多个人，句子的主语。这个代词只用于指代人类。

　　"他没有受苦。"马克补充说。

　　尼娜无法动弹。一切都冻结了。这和她以前看过的一部动画片似曾相识，《小甜甜》，是的，没错。

> 在糖果之乡，
> 如同在所有国度一般
> 人们玩耍，人们哭泣，人们欢笑
> 有坏人，也有好人
> 而要度过困难时期，
> 拥有朋友是非常有帮助的。
> 一点点的爱和恶作剧，
> 这就是小甜甜的生活。

是的，她看过在有一集中，女孩受到诅咒，变成了一尊石像。

他们都面对着她，晒得黝黑，从度假中回来，等待着她的反应。

艾蒂安、阿德里安、露易丝、保罗-埃米尔、马克、玛丽-劳尔和约瑟菲娜。她已经不认识任何人了。

一尊石雕。像《卡米耶·克洛岱尔》[①]中的伊莎贝尔·阿佳妮一样，玛丽-劳尔用锤子和凿子，在她身上刻下了这些文字：

"皮埃尔的葬礼将于8月17日星期三在拉科梅尔的教堂举行。他将被葬在你的外婆奥黛尔旁边。我已经办好了所有的行政手续。我选好了鲜花和棺材，处理这些事物你还太年轻。这是个工作中的意外。你先和我们一起住几天，然后你再做决定。约瑟菲娜会照看狗和猫。"

尼娜张开嘴，想听到她自己的声音，用她的声音说出那个词——如果她轻声说出来，他就会出现，改变诅咒。

"外公？"

没有人动。只有阿德里安向她伸出手，触到了她的手臂，她缩回了手臂。因为没有什么是真的。因为她正在经历的一切不可能是真的。

玛丽-劳尔拿起凿子在尼娜身上刻下了新的句子。

"你想去殡仪馆看他吗？"

尼娜又一次喊他。她受够了。他该来接她了。

"外公！"她恳求道。

皮埃尔·博从来不会不打招呼地走进这所房子。她将会听到他，他会按门铃，就像他按那些没有邮箱的人的门铃，或是有重要邮件时那样。一个包裹，一封挂号信，一张汇票。"该死的门铃"，他有时会抱怨。

小时候，他曾经让她坐在自行车的横杠上，她和他一起出班。他很自豪地向她展示他所经过的街道、踩脚踏板的速度，告诉大家："这是我的外孙女！"

或许是门铃坏了。尼娜站起来，两条腿挣扎着，她走到门口，打开门。没有人在那里。她必须让他做出反应，她必须说出最后一句话。一句会让他发脾气的话。她轻声说：

"外公，我还在偷看邮件。"

她等着。闭上眼睛，默默祈祷。期待他进来给她一记耳光。什么也没有发生。

[①] 电影中文名为《罗丹的情人》。

38

2017 年 12 月 22 日

  看到汽车大灯透过厨房的玻璃门照射进来时，我还在书桌前工作。然后灯光熄灭了。引擎关掉了。在我的脚下，尼古拉和一只想象中的小鸟玩着。

  我接待的访客很少，在这个时候就更稀少了。门铃响了，化了妆的尼娜。她的眼睛边缘有一小块棕色。她说："我刚刚看到艾蒂安，给我拿点喝的。"我无法抑制地打了个寒战。仅仅提到艾蒂安就会让我摇摇欲坠。我想把她挡在家门口，这样她就不会再说话了。但愿她能永远闭嘴。我甚至没有掩饰为她开门的悔意。就像我们还是孩子的时候，我不愿意出现。但是，在巴黎和这里，在家门口看到尼娜是我很久以来的梦想。

  "进来吧。"

  她冲向尼古拉，闻着它，问："这个宝宝还好吗？"她低头瞥了一眼它的食物和水碗。职业病。看得出她很满意，这户人家不错。

  她在沙发上坐下，用目光环顾着客厅，时而停顿，随后说："这房子很舒适。"

  她起身去看我书柜里的书。她拿起《西班牙白》，我从封面上认出来这本小说，一个戴着红围巾的孩子手拿雪球的特写。在他身后，是一扇涂着西班牙白的商店橱窗，这种涂料是在更换店主或装修期间用来遮盖商店橱窗的。一种意味着一切暂时关闭的白色。

  尼娜翻开书，看了看我，合上它，把它放回去。

  我没有抬头。

  "波尔图、威士忌、白马提尼。我有阿佩罗酒和普罗赛克，可以给你做一个阿佩罗气泡鸡尾酒。"

  "好的，但不加冰。"她回答道。

"我知道。"

"你还记得这个吗?"

"我记得一切……他怎么样了?"

我终于问了这个问题。我无法抗拒。一种该死的不治之症,我彻底地拒绝接受,既不想也不能听到它。永远不会被接受的器官移植。放弃。尼娜马上明白我指的是艾蒂安。她回来坐在自己的位置上。像一个听话的孩子。我无法相信她在这里。在我家里。我以为我再也见不到她了。

"他变了。变了很多。他看起来很悲伤。他有一个十四岁的儿子,非常英俊、可爱,叫瓦朗坦。"

"露易丝和我说起过。"

尼娜似乎惊呆了。

"你们一直有联系吗?"

"是的,我们谈论阿德里安,但很少提艾蒂安。"

她停顿了一下。奇怪地看着我。就像我刚刚说了一句粗话。

"你在约会吗?"她问,用她的黑眼睛盯着我,黑得让人看不清任何东西。

她总是有这种能力,像关上百叶窗一样闭上眼睛,不让任何东西流露出来。

"你是说和心理医生?"

尼娜听了我的笑话后笑了起来。

"不,是恋人。"

"填写表格时,我在'单身无子女'一栏打勾。"

她又对我笑了笑,似乎在说:"我也是。"

"艾蒂安问我是否幸福。"她说。

"你对他说了什么?"

"要回答这个问题太复杂了。特别是对一个你已经十四年没见过的人,而且还是艾蒂安。"

"你在哪里见到他的?"

"在马克和玛丽-劳尔的家里。有一会儿,我们俩单独在花园里。"

我接受了这个消息。尼娜又回到了那里。阿格兰木街7号。突然间,我重温了大房子、客厅、舞会、每个人的生日。艾蒂安占据了所有的空间，露易丝总是在一个角落里，坐在椅子上，手里拿着一本书，就像一个电池没了电的玩具。一个发条坏掉了的有着蓝色大眼睛的金发娃娃。她的内心如此充满活力和生机，但从未在人前显示真正的自己。

"你看到露易丝了吗？"

尼娜说是的。她的声音里有一种不安。

"为什么？"

"什么为什么？"她问道。

"你为什么要去那里？去他们家？去他父母家？"

她没有回答，进入她的思绪，盯着前面的一个点。就像以前，当我遇到她时，她从我身边擦过，没有看到我。然后，一点一点地，她回到我们的谈话中。

"你和露易丝常见面吗？"她问我。

"挺经常的。"

"她告诉你艾蒂安的事了吗？"

"告诉我什么？"

"没什么。"

"告诉我什么？"

"他看起来很悲伤。"

"我们从不谈及他。露易丝知道我难以忍受……其实我根本无法忍受。"我终于说出了真话。

她盯着我。我给她倒了第二杯加了白马提尼提味的气泡鸡尾酒。

"他有没有对你说关于克洛蒂尔德的事？"

"没有……我可以把车停在你的房子前面吗？"

"可以。"

"我要走着回家。我喝太多了。"

"这里离你家很远，至少有三公里，也许四公里。"

"我已经习惯了走路。"

"今晚外面很冷。要不要我给你叫一辆出租车？"

她突然笑出声来。

"出租车……那是巴黎人的玩艺儿。我已经习惯了寒冷。"

"你愿意睡在这里吗？我有一个客房。不大，但是有暖气。"

"不了，我得回家了，我还有我的猫。我什么时候成了你的朋友？"

39

1994 年 8 月 17 日

　　许多居民仍然在度假,然而去拉科梅尔教堂参加葬礼的人甚至排到了教堂外的广场上。每一个全体出席的家庭代表一个邮箱,这是个大数字。整个下城区都来向它的邮递员做最后的道别。教堂已经挤不进去了。就像邮件从塞满了未取信件的邮箱中溢了出来。

　　人们用布手帕擦拭眼睛,为皮埃尔·博积攒多年的泪水顺着脸颊流下。

　　尼娜来了,她被夹在阿德里安和艾蒂安之间,两只手分别被他们牵着。艾蒂安在左边,阿德里安在右边,即使悲伤也无法打破他们的习惯。他们跟随着棺柩来到祭坛。博利厄和达玛姆家族,以及约瑟菲娜,在他们身后,就像一条蠕动的悲恸的裙纱。一个颠倒的新娘:分离,解体。

　　尼娜成了碎片。沦为孤儿。原本已是一个摇摇晃晃的孩子,残缺不全,单腿走路,现在这一切结束了,她彻底倒在了地上。悲痛将在不久后到来,目前她处于震惊和恐惧的状态。令她眩晕的恐惧。

　　皮埃尔·博并不认识达玛姆一家,但埃马纽埃尔的父母来了,出于对博利厄一家的友谊,和支持尼娜——他们的"夏季小雇员"。而且毕竟是他们的一个司机撞倒了邮递员。

　　尼娜认识达玛姆先生,她每天在工作中都能看到他,所有人在他提出问题或穿过走廊时会改变自己的行为和声音。他美丽的妻子穿着优雅的深色衣服,金发,皮肤白皙,看起来像凯瑟琳·德纳芙。埃马纽埃尔看起来像他的母亲,同样的优雅,同样的眼神。

　　埃马纽埃尔本想去扶着尼娜,但他才刚刚进入她的生活,而另外两个人已经在那里待了很久了。无疑太久了。人们不会把童年的朋友分开。在这座教堂里看到她,让埃马纽埃尔想和尼娜结婚。今天早上在他的脑子里出现了一个奇怪的念头。他想用海绵擦掉她身上的黑色，擦拭她，抹去她的痛苦。他想为她穿上白色的婚纱，让她说愿意与他白头偕老。从灰姑娘的继母那里夺走魔杖，并且永远不再还给她。他爱上了她。

尼娜没有在听神甫的话。她紧紧地握着阿德里安和艾蒂安的手。希望永远不松手。

坐下来，站起来，坐下来，站起来，正如代表上帝的人所指示的那样。她绝望地瞥了一眼悬挂在一侧的白色基督像，稍稍靠边，下面是前一天点燃的几支垂死的蜡烛。被钉在十字架上的人子在想什么？从人们把他挂在那儿起，他参加了多少次葬礼？哪个父亲能对他的儿子这样做？而圣母马利亚，她知道吗？她是帮凶吗？

同样是这群混蛋，他们怎么能把她和她外公分开？难道失去父母还不够吗？他们还不满足吗？难道他们就不能让他再多活几年吗？让他能来巴黎听她唱歌，让她带他去海边度假？

有时她会打量那口皮埃尔·博将永远睡在里面的棺材。她从来没有见过。十八岁，除非生在一个处于战争中的国家，否则人们尚未见过死亡。

画架上放着一张皮埃尔的照片，他的同事们找到的一张肖像，他极少拍照。

这天早上尼娜想到，她、艾蒂安和阿德里安都没有上过慕道课。皮埃尔无所谓上帝。有一天他告诉她："我从前是共产主义者。"尼娜始终没有搞懂"共产主义"是什么意思，只知道它保护穷人，分享金钱，蔑视教堂。后来她在学校里知道了共产主义也可能如同任何一种意识形态。一种乌托邦式的、无法实现的权力。像无法止渴的海水。

尽管尼娜没有上过慕道课，但她已经来过这座教堂，点燃蜡烛，许下愿望，恳求上天让一个男孩爱上她。上帝啊，请让亚历山大和我约会吧。阿德里安有时也会进行祈祷。她问他在求什么，好像他刚刚是在用电话下了邮购产品订单。像往常一样，阿德里安回答说："将来我会告诉你的。"

艾蒂安认为，祈祷有点像敲诈上帝。他像个游客一样进入教堂，带着不服气的神情看着四壁与雕像。他永远不会跪下来和空气说话。他认为这不够摩登，教会是久远的历史。现在有了线上服务、电脑和电子游戏。如果存在神圣的东西，它在于进步、前进，以及像阿丽亚娜火箭或开放式心脏手术那样的伟大发现。

玛丽-劳尔让尼娜为她的外公选择一首歌，在弥撒后播放的一首歌，以此向亡者致敬。皮埃尔·博从不听音乐，只听地方台的广播。以及乔·达辛，悄悄地听。

那些是他妻子的老唱片，在她去世的周年纪念日。皮埃尔靠在唱机边，尼娜的出现吓了他一跳，这台唱机在一年的其他时间摆在他房间的五斗橱上积满灰尘。阿德里安、艾蒂安和尼娜曾睁大眼睛听完了这位歌手的全部曲目。太过时了，与他们所热爱和崇尚的东西相去甚远。两个世界。特别是配器。尼娜最后选择了《如果你不在了》。因为"就像画家看到白昼的颜色在他的手指下诞生"这句歌词。而且，她没有选择那首《香榭丽舍大街》，她的外公从未去过巴黎。他本将会在九月份第一次去巴黎，陪尼娜去大学报到。他们俩都期待着爬上埃菲尔铁塔的顶层。

一旦感觉到人群中出现动静，尼娜就用眼神询问玛丽-劳尔·博利厄，顺从她的示意。

歌曲结束后，抬棺人抬起棺材。像到来时那样，尼娜、阿德里安和艾蒂安跟着棺材走到出口，然后棺材被抬上殡仪馆的灵车。

阳光非常炽热。她想，为了外公的葬礼，天气本可以做出努力，体面些，像其他人一样哭泣，理解人们的哀伤。

人们过来拥抱她。很多她不认识的人把他们的眼泪和鼻涕滴在她的脸颊上。她回答"谢谢"。她感觉不到自己的腿了。即使是接受每个人的致哀，她从没有放开阿德里安和艾蒂安的手。

当埃马纽埃尔靠近她时，他搂住她的脖子，在她的嘴唇上吻了一下。一个占有性的吻。一些既让她反感又让她安心的东西。他非常英俊，她看到他的眼里充满了怜悯，他在所有人面前，在他的父母面前亲吻她。他在他们之间订立了一个契约。当埃马纽埃尔亲吻尼娜时，她感到阿德里安和艾蒂安紧张的手指把她捏得更紧。

现在该开车去墓地了。跟随那辆撒满鲜花的灵车。

尼娜坐在博利厄家的汽车上，在后排，在艾蒂安和阿德里安之间。露易丝和约瑟菲娜在他们后排。几乎就像他们要出发去圣拉斐尔一样。

玛丽-劳尔递给她一个小水瓶。"你得喝点水，亲爱的。那边会很热,很辛苦。"

幸运的是玛丽-劳尔就在这里。自打从马赛回来,尼娜就一直睡在艾蒂安的房间里。玛丽-劳尔负责处理一切事务。甚至洗她的衣服。她整天都在组织这个葬礼,填写文件、保险、银行账户,她管理着尼娜的未来,至少是剩给尼娜的未来。

他们把车停在入口处。天太热了,几乎看不清彼此,坟墓反射的光线灼伤了视网膜,他们的影子走到了博氏的墓地前。尼娜知道这个地方,她经常陪外公来为奥黛尔献花。奥黛尔,对她来说是个陌生人,是他从未说出爱字的挚爱。皮埃尔·博的父母埋葬在这里,他的一个舅舅和一个舅妈,一个在皮埃尔出生前就去世的四岁的小哥哥。

神甫为棺材祈祷,鲜花已经开始干瘪。它们的茎秆在烈日下枯萎,一个小时后就扛不住了。

外公,在八月死去是一个多么奇怪的念头。

绳索将棺材放入墓穴,与"其他人"会合。尼娜想,总有一天,我也会进去的。

神甫往墓穴里抛了一把土,尼娜照样做了,接着是其他人。然后石匠们将封闭墓穴。

三块牌子,"致我的外公""致我们的朋友""致我们亲爱的同事"。

暑热令人难以忍受,在开始散去的汗流浃背的人群中,尼娜没有发现有一个女人在看她,自从她进入墓地,这个女人的眼睛就没有离开过她,尼娜一直拉着阿德里安和艾蒂安的手。

没有人注意到她,她站在一边,仿佛在另一个人的坟前哀悼,但她的确是为了皮埃尔·博的葬礼而来。

40

2017 年 12 月 22 日

尼娜刚刚离开。尼古拉在我的一只鞋子里睡着了。我一动不动地站着。没有了工作的兴致。气泡鸡尾酒的杯子空了。我通常善于忍受寂静。寂静甚至是我选择的人生伴侣。但在尼娜之后的寂静，难以承受。

还有她的最后一句话："我什么时候成了你的朋友？"

我穿上大衣，走到外面。寒冷正在侵蚀我的脸和手。尼娜已经不在院子里，花园里空空荡荡，一片阴黑，那棵大椴树看起来好像冻僵了。

我经过她的车，走在街上寻找她，我看到她在远处的路灯下。一个小小的、脆弱的、飘忽的身影在疾速行走着。我跟着她，不希望再失去她。

手机在我的口袋里震动。是露易丝。好像她能看到我一样。她从不在晚上八点以后打电话。露易丝给我打电话有固定的时间：上午九点至中午或下午两点到傍晚六点。

"喂？"
"你在干吗？"
"我在走路。"
"在哪里？"
"在我房子前面的路上。"
"天已经黑了。"
"我知道。"我笑着说。
"你想我过来吗？"
"晚点再给我打电话吧。"
"你身边有人？"

"没有。"

"你有点怪。"

"我总是很怪的。"

电话断了。或者是露易丝已经挂断了电话。我不想马上给她打电话。我跟着尼娜,跟随她的脚步,在她身后几百米。

当我们还是孩子的时候,我曾经跟过她多少次?只是为了好玩。我一直喜欢她的身影。从背后看,人们显得更神秘,背影会讲述其他的故事。较之表情,我对人们的姿态更有兴趣。

尼娜并没有往家里走。她改道去了市中心。只有我们俩。周围没有一个人。苍白的光线来自几家商店的橱窗,尼娜视而不见地经过。她转身在罗莎-穆勒街停下,然后在一栋房子前,她似乎犹豫了。窗户亮着灯。她转身想走。我躲在稍远一点的地方,在一个门廊下。

她终于按了门铃。几秒钟后,一个黑影为她打开了门,尼娜消失在里面。我尽可能谨慎地走近,看到信箱上用黑色钢笔写的"罗曼·格里马尔迪"。她为什么犹豫是否进去?

十分钟后,她仍然没有出现。我忍着颤栗离去。我给露易丝回电话。

"你能来接我吗?"

"你在哪里?"

"邮局门口。"

"我马上就到。"

才等了五分钟。她的车在我身边放慢了速度,我上了车。自夏天以来,我一直没有看到露易丝。她裹在一件蓝色的羽绒服里,冬季休闲装束。她经常穿蓝色衣服以配合她的眼睛。她用医生而不是女人的方式看着我。她在四分之一秒内将我从头到脚扫描了一遍。一个闪电式的评估。就像刚刚尼娜检查猫粮。

"要我送你回家吗?"

"是的。"

"你还好吗?"

"好的。"

在车里,她的香水让我陶醉。我观察她完美的侧影,虽然身上散发着甜美的气息,依然很坚定。

"感谢你的存在。在我的生活中。没有你我该怎么办，露易丝？"

她没有回答，只是忧伤地笑了笑。

当她来到院子里时，她注意到收养所的车停在我的房子前面。

"尼娜在？"

"她走了。"

"为什么她的车在这里？"

"因为她喝多了，所以步行回家。"

她停顿了一会儿。

"我不知道你又和她见面。"

"这是很近的事。我在一个星期内见过她两次。可是在这之前我已经很久没有见过她了。"

露易丝抚摸着我的手。

"你在发抖。"她说。

41

1994 年 8 月 17 日

  下午两点。尼娜正坐在博利厄家的沙发上，在她经常跳舞的这个餐厅里。她视而不见地看着参加葬礼的最后一批人，他们吃点东西后准备重新上路。
  哪条路？
  皮埃尔只认识本地人。他只是通过自己分发的明信片进行过旅行。达玛姆家的人已经走了。埃马纽埃尔匆匆来过一趟。尼娜感觉到他今晚想见她，但他不敢说。或者他说了，但她不记得了。两套餐具将由一个看不见的人摆在他家厨房的桌子上，但她不会去了。她可能再也不会去了。两星期后，她将离开拉科梅尔。
  剩下的就是考虑由谁来收养这些动物。玛丽-劳尔和约瑟菲娜很愿意。狗和两只猫在一个人的家里，另外两只年龄较大的猫在另一个人的公寓里。
  从马赛回来后，尼娜就没有回过家。大家都不让她回去。仿佛外公去世前在花园里埋了地雷。好像犯罪现场就在那里。
  只有约瑟菲娜早晚过去给宝拉喂食和散步。打开百叶窗和窗户，让空气流通一下。
  现在是回家的时候了。尼娜想逃跑。她想找回自己的物品，自己的房间。她将独自做这件事。面对它。找个机会偷偷溜出艾蒂安家。不要让任何人注意到。她稍后会给男孩们打电话，让他们过来陪她。但是最开始，她需要一个人待着。失去外公使她变老。她感觉经历了这一切后自己已经一百岁了。
  外面，太阳仍在燃烧。尼娜无法停止对外公的思念。他在地洞里是热还是冷？
  她沿着街道的阴影走着，几分钟后就到了家门口。她推开大门，宝拉在树下睡着了,在皮埃尔摆在摇椅边的篮子里,它一直在这张摇椅上打盹。尼娜坐在上面,闭上眼睛。她的手紧紧抓住她的狗的皮毛。两只猫过来围在她的双腿间。

"生活将永远无法回到从前。"愚蠢肥皂剧中的愚蠢台词,尼娜想着,生活将永远无法回到从前。和外公生活在一起其实真的很甜蜜、宁静、被宠爱。她最后一次见到他是什么时候?他们三个与阿德里安在花园里共进晚餐的那个晚上。她对他说"晚安,外公",很快地说完,没有下楼去拥抱他。第二天早上,她起床时他已经去上班了。然后是马赛,是与阿德里安的逃跑,是她的朋友保护她的力量。是他的力量还是他的弱点:也许他害怕独自扛起尼娜的悲痛,所以把她带到别的地方,等待玛丽-劳尔回来收拾烂摊子。她认为自己对他太苛刻了。但她无法停止思考:马赛的这段插曲是爱的姿态还是懦弱的表现?

推开房门时,她感到不安,头晕目眩,一个坏兆头。仿佛她正在进入一个未知的、充满敌意的地方。

她跨过厨房的门槛,她只想独自一人,独自面对皮埃尔·博的物品,让自己适应虚无,整理、分类、回顾,可是她发现所有橱柜都半开着,被清空了。没有任何食物的痕迹。甚至连盐和胡椒都不再在它们的位置上了。只有桌子还在,椅子没有了。尼娜反射性地打开冰箱,里面也是空的,而且已经拔掉了插头。她不明白。这里似乎在准备搬家。

没有多想,无疑是出于条件反射,毕竟这是她出生以来说得最多的一个词,尼娜叫道:

"外公?"

她的声音响起,没有回音。

当她进入楼上皮埃尔·博的卧室时,她屏住了呼吸。一切都消失了。有人抢劫了他的生活、他们的生活。不再有唱片,不再有唱机,衣服、床单、床全没了。

只有那个大衣柜还在,但被拆掉了。甚至连照片也不见了。对尼娜来说,这是第二次死亡。一场背叛,致命的最后一击。

但这是谁干的?

约瑟菲娜,不可能。马克和玛丽-劳尔·博利厄从未离开过她。而他们绝对不敢这样做。他们永远不会试图伤害她。肯定是陌生人，入室盗窃。有人趁外公死了来偷东西。皮埃尔曾告诉过她，有些投机分子研究讣告，寻找死者的地址，挑选那些关闭的百叶窗或满满的邮箱，并在遗产被继承前偷走一切。可是在他们这样一间工人阶级的小窝棚里？除了将他们联系在一起的爱，在这个屋檐下没有什么值钱的物件。也许是那套当皮埃尔还是个年轻邮递员时，一位"贵妇人"送给他的皮装书，维克多·雨果作品全集？整套书和其他东西一起从他的卧室里消失了。他曾经为他的"宝物"感到非常自豪。每当他为钱发愁时，皮埃尔就会对尼娜说："如果万不得已，我就卖掉维克多·雨果。"

尼娜犹豫着是否去自己的房间，在狭窄的走廊尽头，几米开外。窃贼可能还在那里，躲在某个地方。她觉得在自己的房子里像个陌生人。几天之内，她的一切都被夺走了。

尼娜呼唤宝拉，狗上了楼，把湿漉漉的鼻子放在她手里。尼娜认为她将永远无法与她的宠物分开。现在不一样了。

她推开了自己房间的门。似乎什么都没有丢失。海报和照片仍然挂在墙上。录音带、小说、炭笔、油画棒。她打开五斗橱的抽屉，看到她的内衣和浴巾。所有东西都被人翻过，并被粗略地放好了。就像强奸。她的私人物品被人动过了。她回到楼下的小客厅，茶几、电视、录放机都不见了。甚至连录像带都没有了。她的和外公的电影。去年圣诞节，她送给他全套让·迦本[①]的电影。

尼娜用床单盖住的那张丑陋的旧沙发，也蒸发了。事故夺走了他们的生命，入室抢劫夺走了他们的生活。尼娜坐在地板上，等待她的哮喘发作过去。她在那里坐了一个多小时，直到她听到外面阿德里安和艾蒂安的声音，将她从麻木中唤醒。

他们在那里找到了她，她坐在地板上，身边是宝拉，在她洗劫一空的房子中间，呼吸急促，有一种不可抑制的死亡欲望。

---

① 让·迦本（Jean Gabin，1904—1976），法国演员、歌手。

42

2017 年 12 月 23 日

乔治-佩雷克中学空无一人。教室都已关闭。

只有罗曼·格里马尔迪还在他的办公室里工作。他回到学校。因为他是一个人,因为他在家里待得有些无聊。带鲍勃去散一两次步还挺有意思,可是外面实在冷得厉害。他在脚边放了一个小电暖器,穿着外套,收阅并回复一些邮件。

初中生们估计还赖在床上,看着电视等待着他们的礼物。人们都和家人在一起。罗曼的家人在澳大利亚。

昨天晚上,他邀请尼娜和他一起过平安夜。她不假思索就答应了。出乎他的意料。

尼娜。

打了几个电话,包括"以……的名义"致电地区档案馆,罗曼随后收到了一些零碎的学籍档案。像碎纸片一样。他阅读着幸存下来的高中毕业成绩和评语。一个各科成绩都不错的学生。他把所有的资料拼凑在一起,优等生高中毕业,艺术选项,满分二十中拿到了十七分。她应该去上大学。她为什么会留在这里?有几张扫描的尼娜的画。炭笔肖像画,画的全是两个男孩,她以引人注目的方式勾勒出他们的特征。有天赋,这一点毋庸置疑。罗曼,他的职业就是发现好学生。这大概也是他在收养所第一次见到她时的感受。

昨天晚上,她出现在他家。这已经是她连续十天毫无征兆地突然到来。她按响门铃,几分钟后他们就开始做爱。他尚不清楚自己是否被这样的侵入所诱惑。他的学生们把这种状态称为"粉碎"(crush)——罗曼以前从未没有听过这种意味着被某人吸引的表达方式。"就是动心,老师,就是喜欢啊。"

尼娜很麻利,手势中有些生硬的东西,她没有耐心。她的肢体语言完全与她的声音和目光相反,那里有着深度与温柔。她似乎受到了伤害、疑虑、紧张,好像她在罗曼的床上为自己服务,同时回报和满足他。但不是为了爱。

但如果她今晚不来,随之而来的空虚感将是可怕的。

*

艾蒂安睁开眼睛,醒得很困难。大脑告诉他该起床了,内心的某些东西却在排斥,身体阻止他这样做。他想立即重新回到睡眠状态。逃离清晨,逃离白昼。继续在梦中待一小会儿吧。醒来,等于回家。但他没有力气了。

玛丽-卡斯蒂耶早就起床了。外面是灰色的冬日光线。艾蒂安听到楼下的声音。先是他的父母亲。然后是瓦朗坦的声音,音调更高,一直传到他耳朵里。他的儿子。天知道他是多么爱自己的儿子。他从未想到自己会爱另一个人胜过爱自己。咖啡,烤面包,以及午餐的气味。在他童年的家里,一切都混合在一起。他瞥了一眼闹钟,十一点十五分。他必须起床了。洗漱。穿上衣服。像往常一样,玛丽-卡斯蒂耶一定正在对任何愿意听的人说他需要休息,他在恢复体力,"让他睡吧,可怜的家伙。"

他又想到了尼娜,昨晚看到她时的震惊。她并没有改变。或许她的皮肤不如以前那么漂亮了,以前她的皮肤是缎子,是米粉,是棕色的沙粒。他回想着她对他说的话。瓦朗坦已知情。可他是怎么做到的呢?艾蒂安没有告诉任何人。而且他把所有的体检结果都留在办公室里,放在一个上了两把锁的抽屉里。他从未把自己的病带回家。如果被玛丽-卡斯蒂耶发现,她会抓狂的,而艾蒂安想远离所有的骚动。他无法想象别人用异样的眼光看着他。同情、怜悯,对他来说是无法接受的。他的职业中充满了受害者。他永远不会做一名受害者。

只有露易丝知道。但露易丝守口如瓶。她一直都很沉默。

他处于第三阶段,这意味着"病灶晚期"。翻译:全身转移。第一步需要进行手术,阻止癌症扩散,然后开始接受化疗。一个为期六个月的治疗方案——观察肿瘤的反应。看看肿瘤是否在遇到对手后就弃阵逃跑。每两周一次化疗,在门诊进行。人们将在他的手臂末端插入一根管子来注射毒药。如果愿意,他可以阅读报纸。人们已预先告诉他:"在治疗期间,您可以自由地看电影,做喜欢做的事情。"但他喜欢做的是逆流而上地游泳,冲浪,弹吉他,送儿子上学,看着他和朋友们一起欢笑,在警察局边上的咖啡馆靠着柜台喝黑咖啡,在案发现场心跳加快,抓获一名罪犯,让为避免诱惑他而躲起来吃紫雪糕的玛丽-卡斯蒂耶大吃一惊,闻她躺在身边散发出的晚霜味道,听音乐。

他不会去接受治疗。

他宁愿在大海边呼吸着新鲜的空气死去,而不是在身体被拆得七零八落中苟延残喘,乃至到了最后他的妻儿记住的是他的病房号而不是他的脸上的线条。

*

"见鬼的圣诞礼物。"她从牙缝里发出嘶嘶声。一条被绑在收养所外的狗。极短的一根绳子。当尼娜走近它时,狗吓坏了。看起来好像因为自己被抛弃在这里而感到羞愧。它被这样绑了多久?一只幼崽,刚满周岁,全身湿透,饥肠辘辘。一条带有比利牛斯牧羊犬血统的杂交狗。尼娜快哭了。真受不了了!她还能坚持多久?还有那些在圣诞节用小狗互赠礼物的白痴。七月底,当它们不再"可爱"时,谁来负责它们?还不是我吗?!"你暑假打算做什么?""我要甩掉我的狗。如果我的太太和小孩太惹我生气的话,就把他们也甩掉。人生苦短,得及时享乐。"而你,可怜的女孩,却在捡别人的垃圾。

给它松绑,带回到办公室,擦干它的身体,安抚它。它的身上有股臭味,瑟瑟发抖。她检查它的皮肤状态,是否有寄生虫,是否有标记,是否能识别身份。

她给它水和狗粮。它直接扑了上去。

尼娜听得出西蒙娜的汽车引擎。她松了一口气,今天早上她没有勇气独自面对这种抛弃。西蒙娜把一盒巧克力放在尼娜的桌上,对尼娜说:"这是给大家的!"然后低头,睁大眼睛,脱口而出:

"天啊。它又是从哪儿来的?"

"圣诞礼物,绑在大门上。"

"我们把它放哪里呢?"

"问得好。我们先拍照片并通知城管。"

"城管这个时候还在睡觉。"

"我知道。"

"你是步行来的吗?"

"是的。"

"你很勇敢。"

"不如你,西蒙娜。"

西蒙娜没有回答。她指着那条狗,冻僵了的狗正在毯子下取暖,看着她们两个人。就像一个等待判决的被告。

"我们叫它什么呢?圣诞节?耶稣?马利亚?"

西蒙娜抚摸着它。

"它的颜色像天使之铃[①]。"

"那就叫它天使之铃吧。"尼娜决定了。

完成了遛狗、清洁和护理后,已经到了下午三点钟。有两名志愿者帮助她们带狗出去散步。在寒冷的天气里,由于建筑老旧,尽管被含糊的卫生原因所禁止,尼娜还是在每个笼子里都放了干稻草。她还为猫篮和室内的狗窝加了毯子。

在冬季,西蒙娜会煮些肉铺送给她的杂碎。尼娜讨厌西蒙娜用大盆煮动物内脏时发出的味道,但这种食物会给动物带来热量。在离开之前,西蒙娜为天使之铃拍了照片,尼娜将照片发布在社交网络上:

今天早上发现被绑在收养所大门上,公狗,大约一岁,身份未确定。如果你认识它,请与我们联系。

这种公告就像对牛弹琴。她所希望的是,有人会怜悯天使之铃。收养就像失踪,时间越长,得到消息的可能性就越小。

*

收养所的车已不在我的屋前。尼娜一定很早就来开走了,我没有听到动静。

---

① 小型的法式甜点,表层呈焦糖色。

我到处寻找她或许会留给我的纸条，信箱里，门下，尼古拉的篮子里。随便写点什么都可以，比如"你好，再见，拥抱你，圣诞快乐，我有时间会回来的，保重，很高兴见到你"。

是的，随便什么。

我的脑袋里乱成一团糨糊。

我写了一则小新闻告知读者，借助探声仪在森林湖进行的搜索彻底停止了。在汽车被发现的附近区域没有发现其他尸体。没有首饰，没有金属，没有武器。现在似乎可以肯定，只有一个受害者，就是在汽车残骸中发现的那个。

一个我认识的拉科梅尔的刑警证实了这条唯一的线索：尸体在车的后座，而不是前面。自杀、意外、谋杀，一切都只是一种猜测。只有时间才能解开谜团。

昨晚我梦见了克洛蒂尔德·马莱，她就在我身边，坐在我的床上。一场噩梦。我醒来时浑身湿透，我想自己在睡梦中尖叫了。

"维吉妮，由你在报纸上讲我的事，这也太令人难以置信了。"她在嘲笑我，说话声音太大。而我颤抖着回答她："可是，克洛蒂尔德，那辆车里的人不是你。"她对我笑了笑，就像以前我们在中学走廊上擦肩而过时那样。她对着我身后的墙壁微笑，而那面墙就是艾蒂安。我转过身去，艾蒂安就在那里，他十七岁，哭得血泪涟涟。

43

1994 年 8 月 17 日

  晚上九点。阿德里安躺在尼娜房间的床上,听着她的呼吸声,有时她睡着片刻,然后猛然醒来,她跟他说话,试图理解所发生的一切。"为什么会发生在我身上?""我该怎么办?""谁清空了房子?""你觉得外公能从他在的地方看到我们吗?""你认为死后还有生命吗?""他总不会因为我们去巴黎而自杀吧?""为什么司机没有看到他?""他最后的一刻在想什么?""我的母亲,怎么才能知道她的父亲死了?""你认为她会来接我吗?"
  一问再问的问题。
  "你认为这是因为我读了别人的邮件吗?上天在惩罚我?"
  "你已经改正了。"
  "没有,我后来重犯了……"
  阿德里安抚摸着她的头发,让她放心,不停地说着他在这里,永远在这里。
  "如果你也死了呢?"她轻声问。
  "我不会死的。"
  "你怎么知道?"
  "我知道。"
  宝拉鼾声大作。它还不知道,它很快就要住到别的地方去了。
  这座房子并不属于皮埃尔·博,是从政府那里租来的。它将不得不被收回。悲剧发展得太快、太远,痛苦很深,渗入地下,被压路机碾过。
  尽管约瑟菲娜和玛丽-劳尔向她保证,她永远不会孤独,在她们的家里永远有她的位置,但那毕竟只是别人家里的一个位置,一张折叠沙发床或别人卧室里的一张床。阿德里安提醒她,再过几周,他们三个人都将住在巴黎。生活将继续。但是,尼娜感觉自己就像一只脆弱的波希米亚水晶杯被搁在火车以时速一百五十公里行驶的铁轨上。她认为,不幸是不可避免的。

玛丽-劳尔和马克·博利厄去警察局报案皮埃尔·博的房子被盗。邻居们什么也没看见。八月,他们中的大多数人仍在度假。盗贼一定是利用了这一点。没有强行进入的迹象,当警察得知钥匙藏在门前的花盆下时,他们只能抬头望天。"那条狗呢?""很温和,不会咬人。"

阿德里安开始打盹了。他们已经精疲力尽。从马赛回来后,他们度过了一个又一个不眠之夜和一个又一个悲伤的日子。多少次阿德里安和艾蒂安曾睡在这里?尼娜思索着。地板上巧克力和糖果的空包装。每当其中一人在梦中移动时睡袋发出的声音。多少次皮埃尔·博在看到房间的状况时大喊:"尼娜!整理好你的房间!打开窗户,这里有一股脚臭!"

他不会再喊了。尼娜问自己,他所在的地方有没有信箱。有没有征收住房税的邮件要分发。他有没有找到奥黛尔。他们是否在天堂里一起出班。

阿德里安睡着了,拉着尼娜的手。窗户大开着,气温开始下降。在远处,一个尚未受到丧亲之痛打击的家庭正围着一个烧烤架热闹非凡。尼娜听到笑声,杯子碰撞声,孩子们在塑料泳池中玩耍。她住的街区与埃马纽埃尔家的不同:游泳池是充气的。

就在刚才,座机电话——奇迹般地没有被盗——以每十五分钟的间隔响了三次。尼娜确信是他。埃马纽埃尔正在寻找她。

艾蒂安应该和克洛蒂尔德在一起。从圣拉斐尔回来后,他一直没有见她,并以准备葬礼为借口躲避她,但今晚他无法回避。他要为他们的关系画上一个明确的句号。他要让她明白,他很快就要去巴黎了,他只想要一件东西:无牵无挂的十八岁。

尼娜渴了。

傍晚的时候,约瑟菲娜过来在厨房里放了些水和食物。她惊讶地发现房子被洗劫一空。"今天早上,一切都还在原位。"

在这间空荡荡的屋子里,尼娜几乎不敢独自下楼。在这里出没的是游荡者的鬼魂,而不是她外公的。她开了走廊的灯去厨房,一股陌生的香味在屋子里飘荡。她打了个哆嗦,拿了一瓶水,迅速回到了自己的房间。很快就睡着了。几分钟后,她从噩梦中醒来,睁开眼睛松了一口气。她好像听到花园里有动静,也许是猫吧。她向窗外望去,没有人,街上也是空荡荡的,只有一辆蓝色的旧面包车停在稍远的地方。飞蛾开始在路灯的光晕下跳舞。阿德里安和宝拉在熟睡中。

尼娜睡不着了。她起身,趿了一双拖鞋下楼。两只猫过来和她亲热。她打开门,它们跟着她。她坐在台阶上,看着天空,看着开始降临的夜晚。她无法看清自己的未来。之前,它是美丽的,未知而充满希望。今晚,这一切显得不可信。她所有的力量已被麻醉,生命的肌肉萎缩了。

一扇门在她身后打开。她的两只猫跑了。但是被推开的不是正门,而是储藏室的门。尼娜惊呆了,一部恐怖片,就像她与艾蒂安和阿德里安一起在黑暗中看的那些。

在她和恐怖之间不再有任何屏风:一个非常高大的男人的影子出现在他眼前,捧着一个装满旧物的大箱子,那些她和她外公在每年五月的旧货集市出卖的东西。用这些钱,他们在社区组织的快食摊前买煎蛋和白奶酪。尼娜认出了属于她的一盏小床头灯和一些露出的物品,包括她的芭比娃娃。看到她时,这个男人停了一下,然后继续走他的路,嘴里含糊地嘀咕着,从她身边擦过,消失在街上。尼娜不敢动,也没有向阿德里安求救。她就像瘫痪了一样。她的大脑已经没有反应了。就像当玛丽-劳尔告诉她她外公死了的时候。根本无法动弹。诧异和惊吓与恐惧交织在一起:有人上楼了。有多少人在那个小小的堆着酒瓶、花园工具、旧碗碟和果酱罐的储藏室里?一个影子若隐若现,是个女的,很苗条,可以说很瘦。中长发。因为逆光,尼娜无法看到她的脸。她抱着一件沉重的东西,很大,很宽。尼娜一眼就认了出来:那是属于她外婆的辛格牌缝纫机。就在用肩膀敲击那个笨重的开关关灯前的一刹那,这个女人愣住了,她看到尼娜如雕塑般的身影正转向她,坐在门前的一级台阶上。两人被夜幕降临前微弱的光照亮。苍白的光线使她们看起来像两个幽灵。

尼娜口腔发干,说不出话来。陌生人关上门,她在需要的地方轻轻踢了一下,门咔嗒一声关紧了。她处理开关和把住门的动作很熟练,仿佛对这个地方很熟悉,就像在自己家中一样。尼娜仿佛成了客人。

"嗨,你好。不要害怕,是我。"

"……"

"我来拿回属于我的东西。"

"……"

一个颤抖而不安的声音。

"我得先把这个放下,因为它很重。我会回来的。"就像之前那个男人一样,她从尼娜身边擦过,消失在街道上。几秒钟后,她又出现了。独自一人。两手空空。那个男人一定在外面等着。

"我不知道你在这里。你真是太漂亮了。我在老头的葬礼上见过你。"

"……"

"舌头被猫咬了?"

"……"

"你知道,这不容易……生活对任何人都不容易。"

"……"

"你会说我们并不认识对方。你不可能记得我,你太小了。"

她坐在尼娜下面的一级台阶上,转向她的同时点了一支烟。打火机的短暂光线照亮了她的脸。她穿着蓝色紧身牛仔裤和红色小背心,露出瘦骨嶙峋的肩膀。这个女人是一袋骨头。她的皮肤是一层薄薄的白色毯子,在她的脖子和前臂上显露出淡蓝色的血管。

"我不能久留。我们还有很长的路要赶……"

她神经质地吸着烟。手指颤抖。

"我不想见任何人,尤其是邻居……"

她用松糕鞋底把香烟踩灭。

"你在这里有男朋友了。我在墓地看到了,他们握着你的手……"

她在尼娜沉默的目光下站了起来。似乎想说什么,在她的脸颊上吻了一下,然后转身,匆忙离去。几秒钟后,蓝色货车倒车,消失在夜色中。尼娜看到玛丽安在副驾驶座上的侧影,摇下车窗透透气,没有看她,甚至也没有挥手。

尼娜呆了好几分钟,被吓坏了。

她今天早上在墓地……肯定是趁教堂弥撒时,她和他来到家里,做好记号,然后那个男人搬光了屋子里的东西,而另一个人则躲在远处参加了葬礼。

尼娜终于跌跌撞撞地站了起来，就像一个喝醉了的夜晚，在她外公种的绣球花上吐出了胆汁。

她像个小老太太一样，走到电话旁，按下了"回复"键。埃马纽埃尔·达玛姆立即接起电话，仿佛他睡觉时手握电话。

她恳求他："来接我。"

"你在哪里？"

"在我外公家。"

"我马上就来。"

她回到自己的房间，看着熟睡中的阿德里安。一个孩子。他突然在她的眼中显得非常年轻。她突然变成了大人。她需要一个年长的人。她想忘记她的青春、她的童年、她的过去。而且现在考虑未来为时过早。阿德里安和她在残缺中长大。阿德里安没有父亲，她没有父母。

在内心深处，在某个遥远的、不为人知的空间，尼娜一直希望她的母亲抛弃她是情有可原的。太年轻，没有经验，孤独，害怕，迷失。然后有一天她的母亲会乞求她的原谅。

在学校照片上那个被朋友们簇拥着微笑的女孩，和她刚刚看到的"东西"、她的卑劣行为之间，究竟发生了什么？现实绝对是让人无法接受的。她真想自己永远不知道。何况是在这种情况下。一个女人趁着自己父亲尸骨未寒就来偷东西。她将如何处理这些可怜的东西？卖掉它们来换几个小钱？首先，她怎么知道他死了？又怎么会对自己的孩子如此漠不关心？跟她说话时，就好像她是一个模糊的熟人，一个对门的老邻居。还有那个陪伴她的男人，他是谁？她的丈夫？她的恋人？她的皮条客？她的毒贩子？

尼娜现在为自己刚刚没有说话、没有作出反应感到懊恼。她应该刺破面包车的轮胎，打电话给警察，揭露他们，打他们，骂他们，尖叫。她却像一块不会动的抹布。她本该问，问那个一直困扰她的问题："谁是我的父亲？"可她让玛丽安像一只倒霉的鸟飞走了。

她听出了埃马纽埃尔的汽车发动机的声音，如此独特，停在房子前面。

在离开之前，她最后看了一眼阿德里安和宝拉。

现在才晚上十点钟。

44

2017 年 12 月 24 日

"奶酪小点心，牛肝菌拌生肉片，鹅肝酱。这是为开胃酒准备的。晚餐我计划用椰奶甜薯浓汤作头盆，主菜是羊肚菌意大利烩饭和松露馄饨。随后是一些小甜点和草莓奶酪冰淇淋蛋糕。你喜欢红葡萄酒还是白葡萄酒？"

"其实你有些心理变态。"

"有可能。"

"或者是同性恋……"

"这也是可能的。"

尼娜怀里抱着满满的袋子，在客厅的桌子上放下一瓶香槟酒、一瓶波尔多红酒、巧克力和一个包装好的礼物，一边打量着罗曼在餐厅里摆桌子。一切都很美，很精致，而且很有食欲感。他身着黑色长裤和衬衫，打扮得很优雅。鲍勃在尼娜的脚下，摇着尾巴盯着她。她蹲下身来抚摸它。

"这是给我的礼物吗？"罗曼指着她刚刚放下的包裹问道。

"不，是给鲍勃的。"尼娜开玩笑说，"你太铺张了……这桌子，这些准备工作……我以为我们就围着火吃个炒鸡蛋。"

"平安夜吃炒鸡蛋？而且我提醒你，我没有壁炉……你说的是什么火？"

尼娜忍不住微笑了。

"对我来说，圣诞节并没有什么意义。"她承认道。

"你不是天主教徒吗？"

"我是个孤儿，离过婚，在收养所工作……我没看到耶稣在我的生活中曾做了什么……他来得太晚了……你为什么要问我这个？你是信徒吗？"

"无神论者。但我总算在圣诞节有了客人，我很享受。"

"你的朋友们呢？"

罗曼微笑着打开一瓶瑞纳特玫瑰葡萄酒的瓶盖。

"他们和家人在一起。"

"你的家人呢？"

"我的父母住在澳大利亚。我每隔一个圣诞节都会去那里。你赶上了正确的年份……也许不是。"

他递给尼娜一个杯子。

"为你。"

"为你。"

"圣诞快乐。"

"圣诞快乐。"

*

平安夜，露易丝与父母、两个哥哥、两个嫂子和他们的孩子共进晚餐。她宠爱每个人，特别是她的母亲和她的三个侄辈。她一直对瓦朗坦有偏好，但她送的礼物没有价值区别。

偏爱一定是这个家庭的遗传。面对他们的父亲，她在艾蒂安面前有些窘迫。"爸爸的小宝贝"——她听过多少次这句讨厌的话？

偏爱自己的一个孩子，对他自己和其他人是多么的不公平。但是，爱是不讲道理的，马克也不知道如何假装。当他想做出努力，打算对艾蒂安表示感兴趣，问他一些关于工作或生活的问题时，露易丝看到他很快就放弃了，而艾蒂安则假装没有注意到。

"我不在乎，小妹，妈妈爱我两倍。"

"那我的爱是三倍。"她回应他，掩饰着悲伤。

等大家都上床睡觉了，她就去见阿德里安，和他一起度过圣诞之夜，清晨，她回到家，爬到床上睡几个小时，然后全家人就围在圣诞树下拆礼物。

自阿德里安十七岁和露易丝十六岁起，他们就一直在旅行者酒店的 4 号房间见面。那是最小、最便宜、位于阁楼的房间，不是万不得已不会安排给客人。拉科梅尔的这家酒店曾经被预订一空，当时麦哲伦工厂还在招工，外部服务供应商总是住在那里。如今，有几个销售员和顾问仍住在这里，但大多数房间已经空置了很久。今天只有露易丝和阿德里安两个客人睡在4号房间。他们可以选择其他房间，但出于迷信，他们没有这样做。无论阿德里安在哪里，在12月24日至25日的这个晚上，他都会在拉科梅尔与露易丝一起过夜。

从有记忆起，露易丝就一直爱着阿德里安。

她第一次见到他是在小学，开学的第一天。他上五年级，她四年级。她看到迟到的他与艾蒂安和尼娜在食堂碰头。他是新来的，气喘吁吁，满脸通红，看人时显得心不在焉，但一回到他的两个朋友身边，他就变得专心起来。露易丝试图不看他，但每次都是不由自主地，像眼球异常一样，目光会落在他身上。她的目光很快，远远领先于她的思维。

她第一次和他说话是在开学两天后。课间休息时，她故意让自己出现在她哥哥必经的路线上，在操场中间，瞄准他们三个人将经过两条假想线后的交汇点，有点像神枪手那样，从她的跳房子游戏中出来，手里紧紧地握着一块圆石片。在学校操场上看到她，艾蒂安几乎感到惊讶，他对尼娜和阿德里安嘀咕道："这是我妹妹，露易丝。"她对他们笑了笑，打了个招呼，然后就回去和她班上的女孩们一起，脸红得像一朵牡丹花。但她毕竟有时间用蓝色的眼睛与阿德里安对视，而他和尼娜对她和善地微笑着。露易丝在脑子里回放着阿德里安的脸，直到午餐时间。阿德里安并不英俊，但爱情和美貌并不相干。为了贪图方便人们把它们归到一起。这就像把星星和钉子放在一起，因为你可以在上面挂东西。阿德里安散发出一种神秘感和与童年无关的深度。有点像一个谜。

接着是那些周三、晚上和周末。有时露易丝回到家，可以感觉得到阿德里安就在那里。在她哥哥的房间里或在地下室里玩音乐。即使他的鞋子没有存放在进门的鞋柜里。她躲在一边看着他们。而阿德里安总是在尼娜一开口时就给她一个温柔的眼神。露易丝并不嫉妒：艾蒂安也用同样的眼神看她，当他不知道她感觉到了，当她让他感到惊讶时，那是哥哥对妹妹才有的眼神。

接着是皮先生症状。露易丝不明白为什么阿德里安会变得消瘦孱弱，像是迷失的他从前的影子。课间休息时没有他。每天晚上被留校。

除了透过两扇门,她几乎见不到他。艾蒂安曾对父母说:"皮让阿德里安对着薯条流口水",但"让他对着薯条流口水"①能是什么意思?

当阿德里安因为皮而住院时,露易丝骑自行车到皮家去了几次,侦察周围的情况,决定用漂白剂喷洒他种的花草。所有植物在一夜之间被烧焦。清晨,围绕皮家的花坛里的鲜花变成了小便的颜色。

再接下去,暑假让露易丝陷入了深深的忧伤之中。那三个人要开始上中学,而她则留在小学里上五年级。时间将过得越来越慢,操场会变得越来越小。

七月的一天,三个人一起回家,听着音乐,把自己锁在客厅里。他们跳舞,尖叫。三个疯子。露易丝整个下午都躲在她的房间里。当他们离开时,她下楼,看着桌子上留下的一堆空饮料瓶,猜测着阿德里安曾喝过的瓶子。她在他们身后呼吸着这一切,就像一条狗在其他人中寻找主人的气味。

中学时代,当他们擦肩而过时,彼此羞涩地问好。有时,阿德里安会问她,学校里是否一切都好,科目、老师,诸如此类……露易丝总是回答是的,然后匆匆走掉。她无法直视他的目光。每天晚上她都想象着他们的婚礼、宴会,他们的穿着,交换戒指,音乐,艾蒂安和尼娜作结婚证人,但当她在他面前时,她连一句完整的句子都说不出来。

情况在1990年夏天他们一起去圣拉斐尔度假时发生了变化。出发前,她一连几夜睡不着觉。几个月来,她一直听母亲说,如果艾蒂安能提高他的平均成绩,阿德里安和尼娜就可以和他们一起度过假期。露易丝知道懒惰的哥哥得到了他两个朋友的帮助。她一直关注着他的成绩,偷偷打开他的成绩报告单,赶在家人之前就截获了他的成绩。她看到哥哥的成绩后在卧室里跳起了舞:十四分!胜利了!他们将在盛夏时节住在同一所房子里。阿德里安就在她隔壁的房间。阿德里安在海滩上,他们分享饭菜、甜甜圈、浴巾,同样的风景。那堵之前对她来说似乎无法逾越的三人墙,在她看到艾蒂安的评语和成绩那天被打破了。她合上了信封,把它塞回信箱。就在当晚,在一片欢腾中,她的母亲给尼娜的外公和阿德里安的母亲打电话,正式请求允许带他

---

① 俚语,指为难某人。

们的孩子去海边。

当玛丽-劳尔向艾蒂安宣布他们愿意的时候，露易丝躲在走廊里。这个"愿意"，阿德里安将来有一天会在市长面前对她说出口[①]。

*

阿德里安进入拉科梅尔。出于条件反射，他开车从尼娜的房子前经过，车速很慢，屋里没有灯光。她一定是在别的地方过节。不错，他对自己说，她并不孤单。他情不自禁地穿过小城，经过熟悉的街道接近博利厄的房子，保持相当的距离，以免被人看到。玛丽-劳尔和马克在屋外挂起了闪烁的圣诞花环。阿德里安想象着露易丝坐在餐桌前，看着她的哥哥，心里想知道这是不是他们的最后一个圣诞节。阿德里安知道艾蒂安病了，露易丝告诉了他。他迫不及待地想抱紧她，感受她肌肤的气味，抚摸她。他看到里面有人影在动。当艾蒂安出现在门廊时，他的心一阵悸动。他的车停在二十米开外的地方，可他能从千米之外认出艾蒂安。是否该下车和他谈谈？是否有所谓的"时效"？他不给自己思考的时间，掉转车头，熄灭车灯，幽灵般地离开。他开车直接到了旅行者酒店。他拿起自己的包，里面只有一件换洗的衣服和一把牙刷；拎起一个软冰袋，里面有一瓶香槟、牡蛎、咸黄油和一条黑麦面包。

像往年一样，接待处没有人，老板娘正在和她的女朋友们开派对，大门的密码多少年都没有改变了：1820A。"18，是成年的年龄；20是最美的年龄，A代表爱[②]。"她把4号房间的钥匙留在柜台明显的位置上。阿德里安爬上三层楼，重新发现了九十年代的红地毯、花花绿绿的床罩和配套的窗帘、三文鱼色的墙上贴着的木条。两个暖气片是热的，阿德里安打开窗户几分钟，让冷空气渗入沉睡的织物，除去它们的樟脑丸气味。他打开老式电视，制造噪声，制造一种存在感，走进狭小的浴室，开始打开一些牡蛎，把它们摆在一个陶瓷盘中。

[①] 法国的公民婚礼由所在辖区长官主持。
[②] "爱"的法语是amour，其首字母是A。

*

艾蒂安抽着烟看星星。尼娜说:"它们离我们有好多光年的距离。我们从这儿看到的只是一小截。星星,就像谎言。"

艾蒂安曾阻止自己整天想着尼娜。禁止。尼娜属于另一种生活。不停地想她是没有意义的。但现在他又看到了她,她印在了他的视网膜上。她没有改变。就像用绸缎保护的贵重金属般完好无损。

玛丽-卡斯蒂耶出来与他会合,披着一件披肩。

"你还好吗,亲爱的?你在做什么?你会着凉的。"

"我有些事情必须告诉你……"他沉着脸说。

玛丽-卡斯蒂耶的脸色变得忧郁了。她感觉到艾蒂安几周来的变化。他似乎心事重重。她几乎不敢张口问。

"怎么了?"

他半笑着盯着她。他的眼睛融化了她。她愿一生融化在他的眼睛里。从第一次看到他开始,她就知道他将是她的。她固执地、嫉妒地、痴迷地爱着他。当她生下瓦朗坦时,将这份礼物送给艾蒂安比自己做母亲更令她幸福。她成为母亲是出于对丈夫的爱,丈夫疯狂地爱着他们的儿子。而瓦朗坦长得很像他的父亲。

"你能保守这个秘密吗?"

"好。"她喃喃地说。

"发誓?"

"发誓。"

"我在窥视圣诞老人。"

"什么?"

"我假装出来抽烟,但事实是我相信有圣诞老人。我希望能见到他。"

"你这个傻瓜……你吓到我了。"

"这就是你爱我的原因。"

他紧紧抱住她。她在发抖。他对自己的恶作剧感到后悔。怎么会有人这么愚蠢呢?他想,而且如此懦弱……

"我发现露易丝今晚很奇怪。她看起来很忧郁。"玛丽-卡斯蒂耶在他的耳边说。

"她总是很忧郁，"艾蒂安平静地回答，"而且不仅仅是在圣诞节。"
"真的吗？为什么？我从未注意到。"
"哦，一个老故事……"
"什么故事？"
"一个男人。"
"我以为你妹妹更喜欢女孩。"
"没有这么简单。"

他熄灭了香烟，深吻了他妻子的嘴，让她闭嘴，让她知道他爱她。他很快就不能再对她隐瞒他的病情了。这只是几个星期的问题。另外，他开始消瘦下去，肌肉萎缩得太快了。

一切从腹部核磁共振和胸部扫描开始。他向他的同事们，包括玛丽-卡斯蒂耶，借口说去见一个线人，需要独自前往。考虑到检查结果和专家的脸色，艾蒂安要求露易丝在他醒来时陪在他身边。一个内窥镜从他的喉咙滑到十二指肠。十二指肠，他从未听说过。露易丝解释说，它围绕在胰腺的头部。"就是说，像轮胎绕着轮辋。"

他们使用探针从各个角度检查了他的胰腺，并对肿瘤做活检以评估进展程度。

胰腺癌悄悄地生长着。无声无音无症状。致命的羞涩。当你开始感觉到它的时候，问题已经很严重了。晚期了。它是最严重的癌症之一。它是毁灭性的。

这是我第一次在某件事上获得第一名，艾蒂安想。我在生病方面超过了我哥，父亲终于能以我为荣了。

当他醒来时，露易丝就在他身边。看到妹妹的脸，他立即知道自己完蛋了。她的眼神被恐惧啃噬，嘴角挂着一个牵强的微笑。在"一切都很好"的伪装下，连她的眼皮都在颤抖。

露易丝已经计划好了肿瘤专家会诊和治疗方案。

"你要做手术，接受高浓度的化疗来缩小肿瘤……然后做胰腺切除术，没有它我们也能活下去。"

艾蒂安觉得他的生活已经失去了梦想与爱。瓦朗坦是唯一在他生命黯淡的天空中闪耀的星星。他与光明之间最后一条维系的线。正是出于这个原因，他宁愿消失，也不愿让瓦朗坦目睹他悲惨的衰落。

两星期前，艾蒂安去里昂找妹妹会诊。他向她要镇痛药。

"你给我准备足够的剂量,嗯。那种比毒品更强的东西。然后我会去一个地方,你知道,就像那些我讨厌而你喜欢的浪漫电影里那样。我想裹着毯子死在海边……坐在长椅上。安安静静地。身边没有人。你想象一下,初升的阳光照在我垂死的脸上。"

"别说了,艾蒂安,这不好笑。"

"你从不叫我艾蒂安……你是在为将来唤起对哥哥的回忆而练习吗?"

露易丝开始哭了。他请求她的原谅。

"你可以痊愈的。"

"不。你很清楚这是不可能的。你看到那玩艺儿的样子了吗?我已经全身转移了。"

"化疗是可以针对病灶的。我们至少可以尝试缩减肿瘤。"

"我从十七岁起就一直带着的东西,没有人能把它缩减。"

45

1994年8月17日晚10点

博家的墓穴紧贴着公墓左墙,墙外就是一路延伸的国道。

皮埃尔·博长眠于他的妻子以及那些与他同姓但他从未见过的祖先身边。几个小时前,他被下葬了。星光灿烂的夜晚,发动机的噪声,来自国道的微弱光线短暂地照亮了他刻在大理石上的名字和姓氏。这是一辆蓝色小货车的车头灯,他所有微薄的财物,一件一件地堆积在驾驶座后,正朝着布列塔尼地区的菲尼斯泰尔南部驶去。

生命以及身外之物,就这样离去。"小木偶就这样做,这样做",奥黛尔摇着她美丽的双手对她的女儿唱道。

玛丽安坐在副驾驶座上,旁边是阿图斯,昔日的水手,如今以买卖旧货和废金属为生。从贝诺德到坎佩尔,每个人都称他为"有办法的人",因为他总是能找到人们要找的零件或物品。不论是七十年代雷诺汽车的铝制轮辋、英式的花园家具,还是大麻或一张1966年的披头士原版专辑。一个电话,一个请求,阿图斯说"我想想办法",最后总能让找他的人如愿以偿。只有玛丽安称阿图斯为"我的心肝"。她把"有办法的人"留给其他人,因为他对付古董远比对付她更得心应手。

*

与此同时,皮埃尔·博的外孙女也坐在一辆汽车的副驾驶座上。她正在前往达玛姆庄园,那儿有点偏僻,在一片国家森林的边缘。尼娜不知道的是,当她的外公外婆还是新婚夫妇时,他们喜欢骑着自行车在他们称为城堡的地方转悠。皮埃尔和奥黛尔一年四季都会经过这道大门,到了冬天,当树木光秃秃的时候,远远地,他们透过像明亮油画般的大窗户,数着被漂亮的吊灯照亮的房间,看着里面的人影。

他们永远想不到，有一天他们的外孙女会成为这些剪影中的一员。

每驶上一条直路，埃马纽埃尔的目光就离开道路，看着尼娜的侧影。她脸色憔悴。越接近他的房子，路灯就越是稀少。年轻女子的脸陷入了黑暗之中，直到完全消失。自从被埃马纽埃尔接走后，她什么也没说。

电话铃响起时，他在打瞌睡。他一直在等这个电话。那句"来接我"是来自天堂的礼物，她外公的去世成了对他的祝福。具有讽刺意味的是，竟是来自自家公司的卡车撞了他。埃马纽埃尔是天主教徒。接受了圣餐和坚信礼的他自问这是不是一个信号、一种神助。

他害怕在葬礼后失去尼娜。他认为再也见不到她了。因为那两个男孩子永远不会放弃她，那两个将和她一起去巴黎生活的人。

此刻，她沉默着，似乎在发呆，用空洞的眼睛盯着路。但过一会儿，当他们紧抱在一起，当她依偎在他身边时，她会开口的。她将会有足够的力量讲述噩耗所带来的痛苦，如何像一把刀在没有麻醉的情况下刺伤五脏六腑，如何锁住包括未来在内的一切计划。她将能够谈论她的童年，她的母亲，那个半夜从她家储藏室里走出来的男人，抱走了一个纸箱，里面有她的布娃娃，她和她外公所拥有的微薄的物品，还有那个女人，她的香烟，她的气味，她的皮肤，她的牛仔裤，她的声音，蓝色的小货车，家里消失的东西，甚至盐和已经开罐的芥末酱都不见了。玛丽安和那个大块头——刚刚尼娜猜测了他的种种可能身份，除了是她的父亲——什么都没有给她留下。就像狗啃死兽，连骨头也不放过。只有她的卧室幸免于难。为了对得起他们的良心吗？那些抢劫死者的人有良心吗？

尼娜会开口的，在枕边，而埃马纽埃尔知道如何回答，斟词酌句，他将安抚她，爱她。

现在，他为她端上一杯酒。然后第二杯。纯威士忌，不加冰或苏打。尼娜空着肚子。她以吧台常客的速度一饮而尽。几乎是喝下酒的同时她的头开始眩晕。她在两口酒的间隙打开了音响，选择了一首治疗乐队的歌曲——《男孩不哭》。来到这个既陌生又已经熟悉的房子，尼娜感到舒了一口气。突然，罗伯特·史密斯的旋律和声音把她带回到阿德里安和艾蒂安。她剧烈地想念他们。她寻找他们的手。她闭上眼睛来忘记他们，就像在她身后关上两扇门。她开始跳舞，就在客厅中央，在热烈地渴望着她的埃马纽埃尔的眼皮底下。每当他靠近她时，他压制住自己强烈的冲动。仿佛他想同时珍爱她和杀死她。碾压她和拥抱她。他害怕自己的感受。尼娜唤醒了另一个陌生的他，一个潜伏在角落里的黑暗生物。埃马纽埃尔认为这一切都会过去，他太爱她了，以至于把自己的感情搞得一团糟。这可能就是人们所说的"一见钟情"。多么愚蠢。

尼娜有节奏地移动，光着脚，张开双臂，唱着《男孩不哭》。埃马纽埃尔接近她，唤起她所有的温柔，贴着她的背，跟随她的动作，他们紧贴着跳舞，她呻吟，他把她拥在怀里，带她到卧室，因为她希望他这样做。因为她对他说："来接我。"

*

阿德里安睁开眼睛，时钟收音机显示晚上十点零四分。尼娜已不在床上。她的位置已经凉了。他叫她的名字。他的声音唤醒了宝拉，它艰难地站起来，到厨房去喝水。阿德里安跟着狗下楼，前门虚掩着。他又开始呼唤尼娜，上楼，在空荡荡的房间里找她。光秃秃的房子令人不安，像一部恐怖片的背景。一个问题困扰着他：谁劫走了她？他很难相信这个入室盗窃的故事。阿德里安突然害怕碰到皮埃尔·博的鬼魂，他打了个寒战。如果真的是他？如果他并没有真死？如果在那口棺材里是另一个人？毕竟，事故发生的那天他没有看到他的脸。只有腿，身体的其他部分被布单蒙住了。胡说八道。死人不死这种解释太幼稚了。鬼魂和谜团属于电影和文学，而非真实的生活。在现实生活中，他的父亲是个混蛋，尼娜成了孤零零的一个人。

她在哪里？他走到花园里，碎石刮破了他的脚。三只猫缠着他，但没有人。她去散步了吗？他想，站在绣球花和两棵瘦小的果树之间。突然之间，他感觉到有什么东西出现在他的背后，就像一个来势汹汹的影子，几乎黏在他身上。他尖叫着转过身来。他没有一眼认出他。阿德里安认为艾蒂安在故意吓唬他。他总喜欢恶作剧。阿德里安向他抛出发自内心的怒火。

"你把我吓死了……你有病！"

通常，在这种情况下，艾蒂安会大笑，幸灾乐祸，但他此刻一言不发,用疯狂的眼神盯着阿德里安。短暂的沉默。阿德里安不敢知道真相。

"是尼娜吗?尼娜出了什么事吗?"他用惨白色的声音问道。

"没有。"

艾蒂安进了屋,神情低落。阿德里安尾随在后,茫然失措。

"你怎么了?"

"……"

"尼娜在哪里?"阿德里安继续问。

"我怎么会知道?你们不是应该在一起吗?"

"我们是在一起。但她消失了!"

艾蒂安举起双手,好像他不在乎。阿德里安不知道这手势究竟是什么意思。艾蒂安终于开口,听天由命的口气:

"尼娜就是这样的……"

他上了楼,脱得只剩内裤,把自己扔在床上,尽管天气炎热,他还是用被单盖住身体,闭上了眼睛。阿德里安观察着他。除了酒精,他还闻到了淤泥的味道,那种在湖里游完泳的人身上都会留下的气味。艾蒂安通常会马上洗澡,因为"它有臭鸡蛋的味道"。

阿德里安感到不解。而且艾蒂安通常不玩神秘。但现在,他似乎在那里睡着了,圆圆的像根铁锹杆,在尼娜的床上。但尼娜不见了。

"你不关心尼娜在哪里?"阿德里安问道。

"……"

"而且你今天晚上不是应该和克洛蒂尔德在一起吗?"

"过来。"艾蒂安对他说。

46

2017 年 12 月 24 日

　　在旅行者酒店，露易丝躺在阿德里安的怀抱里。不能睡，只是合上眼睛但不能睡着。她必须回家，就像一个偷偷溜出家的少女，必须在黎明前回家。钻进童年卧室中冰冷的被窝，然后在几个小时后为她的侄子路易和侄女罗拉扮演刚从烟囱爬进来的圣诞老人。尽管艾蒂安总是佯作不知，但露易丝从未感觉到与保罗-埃米尔的关系像与他那样亲密。她和艾蒂安只相差一岁，他们就像双胞胎，同样的反应、情绪、恐惧、忧虑。而且他们外表看起来很像。多少次，艾蒂安在介绍他的妹妹时，被告知："行了，我们猜到了。"
　　露易丝仍然希望艾蒂安能改变主意，接受治疗。为此，她需要支持，独自一人她无法成功。受职业秘密的约束，她不能透露她所知道的事情。在这个家庭里，只有她和瓦朗坦知道真相。她的侄子看到了露易丝发给艾蒂安的一条短信：
　　我求你了，接受治疗，要抱有希望，我见过更糟糕的病人都挺过来了。你必须活着。

　　瓦朗坦立即打电话给他的姑妈了解情况。
　　"姑姑？"
　　"是我，宝贝。"
　　"爸爸生病了吗？"
　　"我不明白。"
　　"我在他的手机上看到了你的短信。"
　　"你在偷看你爸爸的手机吗？"
　　"当然了。你要小心，因为妈妈也看他的手机。我先删掉以免出事。"

"出什么事?"

瓦朗坦叹了口气又重复道:

"爸爸生病了吗?"

露易丝即兴编造了一个谎言。

"我发错短信了。这是发给一个叫艾德蒙的病人的……艾德蒙、艾蒂安,他们在我的通讯录里挨在一起。"

"姑姑,你怎么能骗我?是我啊,我以为我可以信任你。"

电话里出现了长时间的沉默。她猜测瓦朗坦在哽咽。

"你爸爸得了癌症。他拒绝治疗。你向我发誓,绝不会告诉任何人。"

"我向你发誓……"他低声说。

"甚至对他也不能说?"

"我向你发誓,姑姑。你会为他治病吗?"

"只要他同意,我会尽我所能。"

"他为什么不接受呢?"

"因为他认为已经太晚了,注定没救了。"

又是一阵沉默。少年接受了现实。"没救了"意味着一切都完蛋了。意味着他将会失去他的父亲。他接着继续提问。他想了解。

"他为什么这样想?"

"因为他的病到了晚期。"

"那你,姑姑,你怎么看?"

"永远不会太晚。你永远不知道你的身体对治疗会有什么反应。必须尝试后才知道。"

"那你要如何改变他的想法?"

"我还不知道。"

露易丝失败了。与瓦朗坦的那次谈话过去了三个星期,而艾蒂安仍然没有来化疗,也不接她的电话。他在装死。

一天晚上,她站在警察局外面,但他和玛丽-卡斯蒂耶出去了。她在隔壁的纳兹尔咖啡馆等他。露易丝注意到艾蒂安看到了她,但他从自己身边走过,一边和他的妻子说话以分散她的注意力。他挽住妻子的胳膊,知道有玛丽-卡斯蒂耶在场,露易丝绝对不敢接近他。

三天前,当她回到父母家,在客厅里看到艾蒂安、玛丽-卡斯蒂耶和瓦朗坦，她手持酒杯思考着，应该利用与家人相处的这几个小时说服他。她和瓦朗坦单独谈论这个问题。这个少年有一种让露易丝感到不安的智慧。就像阿德里安还是个孩子的时候，有些东西让他们异常地早熟。为什么有些孩子比其他孩子长得快？对于阿德里安，露易丝是知道的。但是对于瓦朗坦，她不知道。

"我打算和爸爸谈谈，让他为我接受治疗。"

"问题是，你本不应该知道这件事。而且你还很小，不能承担这样的责任。"

"我可以告诉他我一直在偷看他的手机。最坏的情况是他会对我大喊大叫……虽然他从不对我大喊大叫。"

"你母亲呢？"露易丝不抱希望地问。

"如果妈妈知道，这将是一场悲剧。爸爸真的会离开……我们永远也找不到他。你呢，你知道有谁能和他谈谈吗？"

露易丝没有思考很久。

"是的……我想是的。"

"谁？"

"阿德里安和尼娜。"

"他们是谁？"

"他的童年伙伴。"

阿德里安睁开眼睛，对她微笑着。这是他们在这家旅馆度过的第二十三个圣诞之夜。

"你想和我生个孩子吗？"

露易丝没有回答。她今年四十岁了，从未结过婚。有过几次擦肩而过的爱情，过着和阿德里安紧密相联的自由生活。

"我毁了你的生活。"他说。

"我热爱我的生活。"露易丝说，"现在，是我哥哥正在毁掉他的生活。我必须想办法让他接受治疗……我不能强迫他。我希望你能和他谈谈。"

阿德里安又闭上了眼睛。露易丝不知道他和她哥哥之间发生了什么，但有一件事是肯定的：他们已吵到势不两立。

*

尼娜没有睡觉。她听着罗曼的呼吸声。她度过了一个精致、甜蜜、欢乐的平安夜。自从外公走后,她从未有过如此美好的平安夜。到了午夜,他们已经打开了各自的礼物,罗曼的是巧克力和一支钢笔,她得到了一盒炭笔和一个大大的素描簿。尼娜愣住了,眼睛睁得大大的,好像发现了在二十三年前坠毁的飞机的黑匣子。

"你怎么知道?"她终于问道。

"我知道。"

"谁告诉你的?我从十八岁起就没再碰过画笔。"

"我看到了你高中毕业的美术成绩。"

"在哪里?"

"我找到的。"

"……"

"高中毕业成绩就像病历记录一样……虽然很多东西已经丢失了……你为什么不画了?"

"因为我转向了其他东西。"

"什么东西?"

"生活,现实。"

"十八岁的时候?"

"是的。"

"给我画一张画。"

"现在?"

"是的。"

"我忘了。"

"我不相信。"

尼娜打开本子,拿起一支炭笔。她的手在颤抖。

"坐在我对面。"她对他说。

"我要摆姿势吗?"

"没有必要。这不会花很长时间。"

尼娜画了几条线,把纸递给了罗曼。

"好了。"

罗曼看到一个男人的脑袋,就像幼儿园的孩子们画的那样。一个圆圈代表头部,两个圆圈代表眼睛,两个点代表鼻子,一条直线代表嘴巴。

他调皮地说道:"我看起来像在生闷气。真不敢相信,我怎么会这么像我的父亲。"

他们大笑起来。

"我已经不会画画了。"

"这就像爱。你告诉我,你的身体已经忘记了,然而……"

"然而什么?"

"我们去卧室?"

他们整晚都在做爱。比以前更温柔。他们开始了解对方。不再为对方皮肤的气味而惊讶。相反地,他们熟悉了彼此的体味。一定不要坠入爱河,尼娜告诉自己,上一次它变成了一场噩梦,现在她已经摆脱了,她不想再坠入爱河。为什么我们说"坠入爱河"?她期望爱能使她振作起来。然而,她所经历的恰恰相反,是一种令人眩晕的坠落。

尼娜穿上了她在罗曼的衣柜里找到的一件衬衫。她下楼去了客厅。桌上摆放着节日大餐的残骸。地板上散落着礼品包装纸。沙发上,鲍勃正靠着猫睡觉。尼娜把她的素描簿放在腿上,开始画着它们。她很有耐心,抹去,重画。一个小时后,她画完了。结果并非惨不忍睹。她习惯于为动物写生,她的童年就是在画宝拉和她的猫咪中度过的。她什么都没有忘记。她盯着这幅画,悲从中来。一滴泪掉到茶几上,边上是空的香槟酒杯。然后是第二、第三、第四滴。她顺其自然。已经有多少年没有这样顺其自然了?

*

艾蒂安和玛丽-卡斯蒂耶在做爱。他躺着,她在他身上。这很适合他,他已经筋疲力竭了。而且自从回到父母家,他就不停地靠喝酒来压制身体和精神上的痛苦。年底庆祝的好处在于,刚离开餐桌不久,又到了喝开胃酒的时候,新一轮的杯觥交错。珍藏的好酒从酒窖里拿了出来。父母看到全家团圆很高兴,对他们很是宠爱。虽然他已经成为一名侦探,但父亲仍然认为他是个失败者。艾蒂安看出,比起瓦朗坦，他的父亲更喜欢路易和罗拉。他看他们的眼神明显不同。瓦朗坦可能太像他了。面对露易丝，她的父亲好像变了一个人，她是个女孩。似乎父亲都会被他们的女儿感动。然而，根据家族历史，露易丝才是个意外。她是家里出乎意料的孩子。最后一个孩子，像一个有毒的礼物。她的母亲为此不得不停止了好几年的工作。但他，艾蒂安，是父母一直想要的孩子，造化弄人啊。

玛丽-卡斯蒂耶在夜里叫醒了他，他感到妻子的嘴在他的性器上。他抚摸着她的头发，闭上眼睛，假装很享受。为了勃起，他编造着场景，专心致志，盯着想象中的乳房和屁股，发明一个戴着面具的性感女孩，她的手腕被绑着，他让她达到高潮。他必须保持勃起状态，不然她会哭、抱怨，对他说他不再爱她了。可他是爱她的。但现在，这很难。他需要独处。回到里昂后，他将安排自己的失踪。他为儿子购买了一份人寿保险，这样儿子就永远什么都不缺了。尽管他知道除了父亲，瓦朗坦将什么都不缺。说到底，这场病也帮了他一个大忙。结束了，绕圈的小火车、遥控小汽车、抱着他的肩膀坐旋转木马；结束了，艾蒂安扮演小孩子与儿子平等相处。瓦朗坦即将进入一个男人之间相互提问的年代。艾蒂安能对他说什么？他能提出哪怕是有一丁点儿价值的建议吗？

玛丽-卡斯蒂耶是警察分局局长，工资很高。房款已经付清了。她没有支付贷款的负担。她将重建她的生活。一想到他的儿子和妻子将去探望他的坟墓，他就心生反感。

安排他的失踪。即使是死，也必须消失。不带任何身份证件。消失在乱葬岗中。

此刻，他想象自己在一场狂欢中，女孩们在他身上和身下，美丽得让人窒息，纠缠在一起的身体，嘴巴、喉咙里的快乐，呼吸，蕾丝，皮革与高跟鞋。他达到高潮。他因为解脱而几乎想哭。结束了。他吻了依偎在身边的妻子，在她耳边轻声说"我爱你"。他闭上眼睛，听到露易丝把车停在窗下，关掉了汽车的引擎。楼梯的吱嘎声，她打开走廊灯时卧室门下透进的光线，浴室里的水龙头声。这是他童年和青春期的声音。只要听到弄出的动静，出于习惯，就能知道房子里发生的一切。光线消失了。露易丝进了她的房间。像往年一样，她妹妹和另一个人度过了平安夜。

47

1994年8月18日

  尼娜睁开眼睛。躺在身边的埃马纽埃尔微笑地看着她。
"你说梦话了。"
"我叫外公了？"
"没有。"
"我梦见他死了……他真的死了。"
"我很难过。"
  她侧过身，用膝盖顶住胸部，像子宫里的胎儿。
"现在只剩下我一个人了。"
"我在这里。"
  尼娜盯着他。他在开玩笑吗？他在趁机吗？像他这样的男人，为什么要照顾一个像她这样的小丫头？他们才认识不久。
  她集中思绪，列出了需要立即处理的事务。
"我得搬家，在去巴黎之前清空我的卧室。"
"为什么？"
"因为房子不是我们自己的，外公是从政府租来的。"
"我可以为你把房子买下来。"
"……"
"除了帮助你所爱的人，金钱还有别的意义？"
"但是……房子可能不能出售……还有你的父母呢？他们会怎么说？"
"我的爱人，我已经二十八岁了。"
"你刚才叫我'我的爱人'。"
"是的，因为你是我的爱人。我生命中的最爱。我从来没有像爱你一样爱过别人，尼娜。"

她拥抱了他。这是第一次有人如此向她告白。就像在那些令人向往的歌曲中。当她听到威廉·谢勒①的《一个幸福的男人》——"为什么相爱的人总有点相同?"——她曾落过泪。

"阿德里安和我有一个理论。我们认为,当生活从我们身上拿走一些东西时,它会给我们一些别的东西作为补偿。"

"你是在为我说这些吗?"

"是的。"

埃马纽埃尔拥抱她,爱抚她,亲吻她的身体,仿佛那是一块宝石。他寻找尼娜的敏感部位,找到它,她颤抖。她想:我不再孤单了,有人爱我。再不会有人抛弃我。他爱我。

*

阿德里安带宝拉出门散步,因为尼娜整晚都没有回家。当他们在附近溜达时,这条老狗似乎和他一样悲伤。他们步履沉重,低着头,看着柏油路面,不明白发生了什么。

尼娜在哪里?阿德里安想知道。如果她当时在那里……

起床后他给玛丽-劳尔打了电话。不,她也没见到尼娜。她建议他给埃马纽埃尔·达玛姆打电话。但他并不想这样做。这个人身上有一些让他反感的东西。他知道这完全是出于嫉妒。他难以接受尼娜和一个英俊、高大、聪明、富有、不可抗拒的男人在一起这个事实。他们的青春,他曾经以为的力量,被动摇了、破碎了。

他安慰自己,这一切将在两个星期后结束。阿德里安将把尼娜从这里带走。想到这里,他抬起头,步子轻快了。然后,像一支回旋镖,愤怒又回来了。皮埃尔·博为什么会死?他们以前三个人的时光是那么美好。无知的他们梦想着巴黎的未来,却不知道除了皮那个学年之外,拉科梅尔是他们的天堂,他们的底座,是他们起飞前的撑竿,是他们甜蜜而受保护的童年,一个远离不幸的摇篮。阿德里安一只手牵着宝拉的皮带,另一只手擦去了一滴泪。艾蒂安在左边,尼娜在中间,我在右边。七月庆祝毕业时对他们来说似乎很清晰的地平线正变得越

---

① 威廉·谢勒(William Sheller, 1946—),法国歌手、作曲家。

来越灰暗。现在是夏天的早上八点,然而在阿德里安看来,如同隆冬的午夜。

他把宝拉带回来,为它和猫咪们喂食,在它们的碗里倒满新鲜的水,因为艾蒂安不会想到这些。

艾蒂安……阿德里安上楼,推开门,看着睡在尼娜床上的他,似乎想确定他不是在做梦。他俯卧在床上,头上盖着一个枕头。阿德里安想着露易丝,压抑着想吐的冲动,在这个死人与缺席的房子里。

他跳上自行车,快速地蹬车,气喘吁吁。当他到达加油站时,他已经上气不接下气了。他打开店门,准备好了柴油和汽油的泵枪。一辆红色雷诺小精灵停了下来。"请加满,年轻人。"

*

尼娜从浴室出来,她刚刚在镜子里看到自己的脸,因为悲伤而憔悴。她想立即回到达玛姆公司上班。她告诉埃马纽埃尔,回家,在一个空荡荡的房子里连续待上几天,她做不到。他回答说:"我明白。"他想送她上班,但她不想让别人看到他们两个人在一起。打暑工的女孩和老板的儿子不能坐同一辆车到达。

"然后,她们会看着我,我不知道。我已经是个孤儿了。"

埃马纽埃尔告诉她,他根本无意把她隐藏起来。

"我想让大家知道,我们在一起。"

就在从家到达玛姆公司的路上,在红色的阿尔卑斯A610敞篷跑车里,埃马纽埃尔说了这些话:

"你那么年轻,尼娜,我想你需要恢复。两周后去巴黎,这不理智。先休学一年,在下个学年开始时再去和艾蒂安和阿德里安会合。"

这样会容易得多,尼娜立即想到。也许这才是解决方案。在出发之前先恢复。就目前而言,她已脱离现实,就像一场糟糕的旅行。她以前见过高中同学在磕药后发狂的情景。她的头,她疼痛的肌肉,她的不适,她的悲痛,她的内疚,一切都让她觉得自己的状态就像一个人在早上八点从狂欢派对上回来一样。

"在此期间,你将继续在我们这里上班……在一年的时间里,你可以积攒些钱,让你在巴黎自由地生活……而我,将再照顾你一段时间。"埃马纽埃尔补充道。

他调低了收音机的音量。一首夏天的歌,尼娜想,这里以外的地方是夏天,人们在海滩上。

> 吃我吧!吃我吧!吃我吧!
> 这是毒蘑的乞求之歌
> 它与灵魂游戏
> 打开感知的百叶窗……

尼娜、艾蒂安和阿德里安多少次在这些歌词中跳舞和歌唱,像鲸鱼一样笑着。是约瑟菲娜的说法,"像鲸鱼一样笑"。自从她的外公去世后,世界上所有的鲸鱼都已停止了欢笑。想到男孩们,就像在成年后唤起童年的记忆,那种轻松和快乐似乎非常遥远。仅仅一个月前,我还在4号俱乐部跳地毯舞。

"你能在中午送我回家吗?我得去看看我的动物们是否一切可好。"

"当然了。"

"谢谢你。"

他抚摸着她的膝盖。他的手又大又漂亮。尼娜握住他的手指,闭上眼睛亲吻它们。我不再孤单了,有人爱我。再不会有人抛弃我。他爱我。

"你得重新布置你的房子,因为你母亲拿走了所有东西……我们一起去买。"

我的母亲,尼娜想,那个在我旁边抽烟的东西。痛到了极致就变成了麻木。尼娜打开收音机,悲伤地唱着:

> 吃我吧!吃我吧!吃我吧!
> 这是毒蘑的乞求之歌
> 它与灵魂游戏
> 打开感知的百叶窗……

＊

与此同时，阿德里安看到那辆红色的阿尔卑斯跑车飞速驶过。这就像电影中的一个快镜头。阿德里安猜想着尼娜的头发被风吹动，她的轮廓，她的脖子。那么，她和他在一起了。她背叛了他。比起他，她更喜欢那个花花公子。

在加油站，本来就为昨晚耿耿于怀的他，简直想轻生。喝汽油的感觉如何？谁见过有人将胃里灌满汽油来自杀？最重要的是，他必须与父亲共进午餐。他的父亲想谈谈搬到巴黎的事。

他在电话里说："我们得处理好。"

西尔万·博宾只会做这事，"处理"。这并不是父亲，而是个行政人员。阿德里安没有勇气回答他："不，我一个人会处理的。"

他们在旅行者酒店的餐厅见面。一个相对优雅的地方。他们通常在位于天桥边的港口披萨店见面——这个名字是店主取的，充满对地中海的怀念，尽管在拉科梅尔，除了几条小舟外，根本没有船。这可能是西尔万·博宾最后一次来拉科梅尔。也许正是为了庆祝他的解脱，他的义务的结束，他改变了见面的地点。

"旅行者餐厅？哦，你父亲搞得非常隆重……"约瑟菲娜开玩笑说。

＊

下午两点钟。玛丽-劳尔来到皮埃尔和尼娜·博的花园。

一切都已干枯，花和蔬菜都已经渴死了。而皮埃尔昨天才刚刚下葬。一个人留下的身后之物是多么的脆弱，令人惊讶。

雨水冲走碎石，墙壁的裂缝扩大，杂草吞噬一切，潮湿生出青苔，风吹乱瓦片，这些需要几个月呢？

玛丽-劳尔观察着西红柿倚在支柱上的败落的根部。通常她会直接下地干活，通常她手里已经拿着浇水壶了。但现在还有更紧急的事情。她给艾蒂安打了几次电话，但他没有接。她进入房子，再次看到空荡荡的房间。

这会是谁干的呢？

玛丽-劳尔来到尼娜的房间，发现她的儿子正在睡觉。在床脚下，狗睁开一只眼睛，随即又闭上了。

玛丽-劳尔发现他独自一人，有点紧张。她把一只手放在他光溜溜的肩膀上。她记得他出生的那天，就是这样的皮肤，异常的柔软，如光亮的绸缎。她仍然喜欢闻他的气味，就像他还是个孩子。可是她不敢，现在他几乎是个男人了，她不敢把鼻子凑到他的脖子上用力地闻，于是她有时候会闻脏衣服篮子里他的汗衫。

艾蒂安咕哝着睁开眼睛。

"克洛蒂尔德不见了，"他的母亲说，"她的父母很担心，他们在到处找她……他们告诉我你们昨晚在一起。"

48

2017 年 12 月 25 日

"圣诞快乐,西蒙娜。"

"圣诞快乐,我的小家伙。"

"自从外公走后,从来没有人叫我'我的小家伙'。"

西蒙娜微笑着,同时抗议着:

"我告诉过你今天不用来!"

"我总不能让你独自管理这个小世界。"

"我遇到了一个男人,我喜欢他。"西蒙娜说。

尼娜呆住了。介于难以置信和惊愕之间,她盯着西蒙娜,仿佛后者刚刚承认了一项罪行,并告诉她藏尸之处。始终含蓄、和蔼而优雅的西蒙娜守寡多年,仍在为死去的儿子服丧。她从不流露内心的沉重。尼娜几乎忘记了她是一个不折不扣的女人。

"昨晚,我们一起过了平安夜。非常开心。他邀请我,而且……我睡在了他家。"她对尼娜微笑着坦白道。

"这太好了,西蒙娜!"

"是的,那,就像你说的,太好了……我以为我已经无所谓……那种事情了。"

尼娜咬着嘴唇,阻止自己笑出声。

"你是怎么认识他的?"

"跳舞……每个星期天,我的女邻居都去社区中心跳舞。那种手风琴伴奏的老掉牙的玩艺儿。太糟糕了……我喜欢的风格是马修·舍迪德[①],就是 M。你知道那是谁吗?"

[①] 马修·舍迪德(Matthieu Chedid,1971—),法国歌手、吉他手和词曲作者,艺名 M。

"是的。"

"总之，是一个为鳏夫寡妇举办的舞会。有食物、舞池和聚光灯。起初我并不想去……但邻居坚持要我去。我差不多是被她拉去的……结果很开心。他的名字叫安德烈。我一眼就喜欢上了。你呢？"

"我什么？"

"你有心上人了吗？"

尼娜没有想到这个问题。特别是这来自西蒙娜。总之，当你自以为很了解对方……她俩正在用大量的水清洗狗窝，而今天早上的气温是零下五度。三条狗在周围徘徊。她们必须一直刮水直到水泥干透，否则表面会结冰，这对垫子和动物的关节炎都是致命的。两人得连续好几个小时不停地工作，彼此挨着，冻得发抖，裹着厚厚的外套，帽子严严地捂在头上。

"不，我什么人都没有。"她最后回答。

"真的吗？我还以为你有人了。你的脸看上去有点春宵之后的疲倦。"

尼娜脸红得像个女学生。

"我没有遇到……这么说吧……我度过了一个美好的圣诞之夜，你说对了。"

"我就知道，"西蒙娜大喜，"是谁？"

"收养鲍勃的那位先生。"尼娜招认了，脸也更红了。

"哦，我记得……不错，非常不错。鲍勃怎么样了？"

"不错，非常不错。"尼娜开玩笑说。

"它快乐吗？"

"非常快乐。"

"我打算收养天使之铃。待会儿就带它回家。"

尼娜惊呆了。

"我以为你不想在家里养狗呢！"

"我也这么认为。你知道吗，尼娜，人都有搞错的时候"。

*

露易丝进入艾蒂安的房间，在身后轻轻地关上了门。分发完圣诞礼物后,她的哥哥就借口头痛上楼去休息了。他睡着了。露易丝坐在床边观察他,灵巧地将两根手指搭在他的手腕上测脉搏。

她仍然满脑子都是阿德里安。她将他当做一件舍不得换掉的大衣穿在身上,多日以后,她会将它挂在衣架上,直到下一个日子的来临。看着哥哥睡觉,她想起了圣拉斐尔,她和他们三个人一起度假的那个夏天。露易丝第一次看到睡觉的男孩,那是阿德里安。像今天早上那样,她溜进了他的房间。尼娜、艾蒂安与玛丽-劳尔和马克一起去潜水了。阿德里安宁愿待在屋里。他怕蛇,怕遇到像蛇那样的水下生物。露易丝在他身边待了很久,然后他睁开眼睛。在半明半暗的灯光下,他花了几秒钟才看到她,认出坐在离他两米远的摇椅上的她。他对她笑了笑,让她靠近他。她在床边坐了下来。

他说:

"你知道吗,我和其他男孩不一样。"

她回答说:

"这就是我为什么爱你。"

"你爱我吗?"

"是的,从我很小的时候就开始了。"

"你现在也很小。"

"不,我十三岁了。你有没有吻过一个女孩?"

"用嘴吗?"

"是的。"

"没有,从来没有。"

"你做过爱吗?"

"嗯,没有,因为我还没有吻过任何人。"

"你想一起试试吗?"她问。

"做爱?"

"不。接吻。"

阿德里安点了点头。她钻进床单下紧靠着他,头放在他的肩膀上。她的心在疯狂地跳动,但那天早上她感到了所有的勇气。她可以永远这样待在这个房间里,敞开的窗户,拉开的百叶窗,条纹状的强光,室外的蝉鸣。它们从十点钟开始唱歌,直到阳光落到松树上,那是它们离开的信号。露易丝从床上坐起来,开始脱衣服,她穿着一条黄色的吊带棉布裙,没有穿内衣。阿德里安穿着他的平脚内裤。他把裙子捧在手里,呼吸着它。

"你很香。"

她一丝不挂地面对着他。阿德里安稍稍后退来欣赏她。他的目光落在她身体的每个部分,挪到一边,如醉如痴。仿佛他在欣赏一件名家的杰作。

"你很美,露易丝。"

然后,他用指尖轻拂着她。脸、嘴、脖子、乳房、腹部、私处、大腿,在她的身体上下游走了好几回,仅仅用指尖。她仍然记得她的颤抖,皮肤上的鸡皮疙瘩,两腿之间那股温暖的液体。就像她的下腹部感受到一股剧烈的尿意。最后,她闭上了眼睛。她对他说道:"我经常一边想着你,一边爱抚自己,你想看吗?"阿德里安说想。

她趴在床上,把头转向他,深深地看着他,一边自慰。他抱着她的裙子,仿佛在呼吸着她,却没有碰她。然后,他也躺下,模仿她的样子。他们一起达到了高潮,手拉着手。

房间里一片宁静,露易丝与阿德里安的目光交织在一起。他们凑近,用嘴接吻,寻找对方的舌头。接着,他们在共同的温暖中睡着了。

"你在想他。"艾蒂安嘟哝道。

露易丝被吓了一跳。

"不,我想的是你。我们需要谈谈。"

艾蒂安把一个枕头拉到胸前。

"滚出我的房间,我从你的眼睛里看出你在想他。你从来就没学会撒谎。"

"的确,说到撒谎,你是专家。"

"你想要什么?"

"把你送进医院。"

他转身背对着她。

"我不会去。"

"这很荒唐。你不为自己考虑,也该为瓦朗坦考虑。"

"让他看到我受苦?被开刀?掉头发?化疗后呕吐,无法站立?你想让我儿子看到这些吗?"

"至少他能看到你在战斗!"

玛丽-卡斯蒂耶进入房间。

"你们在干吗?为什么大喊大叫?"

露易丝对她笑了笑。

"没什么……我想让我们一起去见个老朋友。"

"什么朋友?"玛丽-卡斯蒂耶怀疑地问道。

"我们不要再谈这个了。"艾蒂安斩钉截铁地说,"我不去。女士们,现在请你们离开我的房间好吗?我要起床了,我没穿衣服。你们知道我是非常害臊的。"

露易丝起身离开,不知所措。她试图对玛丽-卡斯蒂耶微笑,却做不到。有那么一瞬间,露易丝转向玛丽-卡斯蒂耶,想说出真相,寻找她迫切需要的帮助,让她的哥哥服从。艾蒂安猜到并听到了她的想法,冷冷地喊道:"露易丝!不!"她压制住想尖叫的冲动,吞下眼泪,离开了房间。

在门后,她听到玛丽-卡斯蒂耶和她哥哥在争吵。"冷静点……没事的……""别惹我生气……一个老同学……我不想见他……露易丝坚持……你们搞得我晕头转向,你们所有人……我想一个人待着……求求你了……我累了……""艾蒂安,你有事瞒着我。""对,我的老二,我不喜欢被人看到光着身体……别哭了……现在是圣诞节……和平……求你了……和平……我们在度假……躲在房间里我也不得清静……"

露易丝找到了瓦朗坦。一个眼神,她已让少年明白她又失败了。

*

我抱着一大堆包裹进了家门。它们在我的汽车后备厢里待了好几天,但我等待圣诞节到来再送给它。完了,我进入到另一个世界:极度幼稚。给自己的小猫送礼物。或者意味着我开始提前衰老了。

我在暖气片旁放了一个超级柔软的新篮子,在沙发旁放了一棵猫树,几个月后它就可以在这满满的乡村氛围中嬉戏了。我朝它那张粉红的小脸挥舞着几个小玩艺儿,丑陋的塑料玩具。小猫将爪子放在一个小球上,将它滚来滚去。看着尼古拉,我想起自己曾经多么讨厌作为独生子女。如果再有另一只小猫呢?同样小小的,这样它们就可以一起长大，并在同一个波长上。尼古拉和一个四条腿的同类在一起，会比和我这个地球上最阴郁、最孤独的人在一起更不那么无聊。在我的家里，即使是植物最后都会自杀，拒绝进食，从窗户掉下来，自我戕害。幸运的是，我的椴树已经很老了，在我到来之前它有时间成长，接近天空。

收养所应该有人值班。即使是在圣诞节。如果现在不去，我就永远不会去了。之后我会思考。只要我一思考，尼古拉将会独自长大，最后像我一样抑郁和神经衰弱。

在这突如其来的念头、愿望、这悲观或乐观的复苏之后十分钟，不知怎么地，我已经将车停在了收养所的大铁门前。两辆车停在这里，包括尼娜的雪铁龙小货车。这是我今生第二次进入收养所的内部。尼娜那天发现我把装钱的信封塞进信箱，请我到她的办公室喝咖啡，当时天很黑，我什么也没看清楚。今天早上，我在白天看到了它。这里并不有趣，砖头和砂浆组成的建筑物和水泥窝棚。在右边，一只像是大狮鹫的黑狗毫无顾忌地吠叫着。在左边，有三个孤立的笼子，其中两个是空的，上面写着"存放处"。一条狗盯着我，目光悲伤，我低下头，感觉羞耻，仿佛是我抛弃了它。我推开第二道门，进入狗舍区。到处都写着不要把手伸进栏杆。因为我的突然到来受到惊吓，这里的狗开始不停地对我吠叫。

终于出现了一位小个子女士。

"您好。"

"您好……尼娜在吗？"

"她在外面遛狗。我有什么可以帮您吗？"

"我收养了一只小猫，然后……我想给它找个伙伴。"

小个子女士对我笑了笑，带我走向猫舍。里面有一股混合着猫屎和清洁剂的气味。

她告诉我，垃圾箱还没有清理。

有几只猫怀疑地打量着我。有几只凑过来闻我。一两只胆大的在我的腿上蹭来蹭去。

"圣诞节不办理收养。"这位小个子女士告诉我。

"为什么？"

"我们不办公。"

"但是圣诞节……正应该是能够收养的日子。"

"说得不错。"她答道,"怎么称呼您?"

"维吉妮。"

小个子女士盯着我看,好像在我脸上寻找什么东西。

"您的小猫长什么样?"

"小小的。非常小。黑色。脸蛋像块粉色的菰。猫的脸是叫块菰吗?"

"嘴筒。"

尼娜走进猫舍。她看起来像是冻僵了。不停地朝她的羊毛手套呵气。

"你在这里做什么?"她问我,好像很害怕的样子。

"圣诞快乐,尼娜。"

这位小个子女士没有留给她时间回答,用柔和的声音继续说"来收养小猫",似乎是在为让我进来而道歉。

尼娜惊呼道:"你把尼古拉弄丢了吗?"她惊慌失措,几乎咄咄逼人。

"不是那回事。我担心它会感到孤独无聊。"

"你认为你能应付两只猫吗?你能处理吗?"

凶恶,尖刻。这是她小小的个人报复。我不能怪她。

"是的,我想可以的。"

"跟我来。"

我们走过一条走廊,进入一间很暖和的房间。

"这里是托儿所和医务室。这取决于日子和来的动物。"

三只虎斑猫正在睡觉,蜷缩着挤在一起。

"我可以在两星期后给你一只。目前,它们正在恢复中。"

"我们能把它们分开吗?"

她用美丽的黑眼睛与我对视着。我马上就想起了她在学校期末联欢会上唱的那些歌词。

> 回来以后,我们将天天见面。
> 你要去哪里,黑眼睛,你无处可去……

艾蒂安与阿德里安在他们的键盘后面，尼娜在麦克风前。我们当时都是初三年级的学生。他们在老鸽舍中学操场的顶棚下组织了一场音乐会。我仍然可以看到那条横幅，尼娜在白布上漂亮地画了"TROIS"的字母。"三"是他们成立的乐队的名字，向印度支那乐队的第三张专辑《3》致敬。这天尼娜演唱了《你黑色的眼睛》《加那利海湾》《第三性》《一周三晚》。穿插了她和阿德里安创作、由艾蒂安谱曲的原创歌曲。歌词有点奇怪。旋律有点陈旧。但尼娜有一副美丽的嗓音。我喜欢听她唱歌。

"人生就是分离。它们必须长大……不能一直黏在一起。"她眼也不眨地对我说。

一位天使经过，徘徊不前。在这漫长的停顿中，仿佛我们刚刚对对方说："我们来玩木头人游戏吧。"我观察睡着的小猫。空笼子、食品袋、药柜、被锁住的药品，一张旧宣传画上有一条被关在栅栏后的狗，上面写着："何罪之有？"

尼娜终于打破了沉默。

"有两只公的和一只母的。你想要哪一只？"

"母的。"

49

1995 年 1 月

皮埃尔·博在墓地长眠已经五个月了。

尼娜成了管理助理。她和行政和财务主管伊夫-玛丽·勒卡穆一起工作，他是一个热情的人。她负责管理他的邮件、电话、收发传真、研究潜在客户的财务状况，整理会议纪录。年薪为十三个月，每个月九千法郎。她不犯拼写错误，不画画，不再写歌了。

在达玛姆公司，她受到所有人的赞赏，她诱人的青春气息和十八岁的花样年华吸引了人们的善意。她很漂亮，把完美员工的角色发挥得淋漓尽致。

在工作日，她睡在家里，与宝拉和她的猫咪一起生活。达玛姆家的一位园丁负责打理室外的一切。从周五到周一早上，她在庄园中度过周末。

在五个月的时间里，她生活的车轮被埃马纽埃尔完美地运作起来。他没花多少钱就从政府手中买下了尼娜外公的房子，按照她的品位重新装修，给她找到了稳定的岗位，将她介绍给自己的父母亲，而他们则把她视为儿媳妇。每个周日她与他们共进午餐。

埃马纽埃尔用鲜花、关注、礼物和爱的话语包裹了她。

尼娜的日常生活是非常甜蜜的，甜蜜到有时她会潮热。这大概就是幸福吧。不再恐惧，不再焦虑。漂亮的地毯，大浴缸，所有商店橱窗里让她迷恋的都会神奇地出现在她的衣柜里。当她的高中同学在第戎、欧坦或里昂以罐头为食，在十五平方米的单间公寓里忙碌，鼻子埋在课本里，她却感到了自由。仿佛她比他们大了十岁。

每周一次，她去墓地与外公交谈，告诉他自己的情况。

"我很好，你不用担心。埃马纽埃尔对我很好。我们很相爱。我喜欢我的工作，时间过得很快。你的花园很漂亮。动物们都很好。周末的时候，约瑟菲娜睡在我们家。她喜欢照看房子，改变一下她的公寓生活方式。她说这是她的度假别墅。阿德里安和艾蒂安经常给我打电话。他们在巴黎等着我。"

这种生活就像小时候玩卖东西的游戏一样。她在自己的花园里摆出水果和蔬菜，将它们卖给想象中的顾客，然后把挣到的钱放进一个塑料盒。

*

万塞纳，郊线地铁 A 线，直达奥贝尔，转乘地铁 7 号线，在"鱼贩"站下车。拉马丁中学，巴黎九区，鱼贩镇大道 121 号。阿德里安从周一到周五每天的固定线路。双肩背包、三明治、装在塑料盒里的意大利面或沙拉。这些昏暗的灯光、长长的走廊、挤在一起的人们、自动关闭的门、扩音器里的广播："请注意，郊线地铁 A 线交通中断，因为发现一个可疑的包裹……因为一位乘客发生意外……因为罢工，因为……"睡在地上、长椅上、旧报纸下的流浪汉伸手乞讨，卖艺的音乐家、偷偷摸摸的无证小商贩、假埃菲尔铁塔、水果、香烟、鲜花、小便的气味、劣质的酒、某些目光交流中透出的暴力，牵着大狗的朋克族，穿正装打领带的去往拉德芳斯[①]方向，所有的人都在移动、奔跑、推搡，没有聚合的聚合，朝着同一个方向，对别人视而不见。大众。自从在巴黎生活以来，他就有一种不可抗拒的冲动，不想动，想待在他在万塞纳的房间里，待在他住的公寓里，那里有香薰蜡烛的味道。

出去上学要花钱。他希望能睡一整天。关闭窗户。寻求安静。但他还是提前一个小时出门，在奥贝尔车站换乘地铁后，他坐在一个乘客很少注意的隐蔽角落里看书，忘记这个地下世界，潜入文字中，就像他以前和尼娜一起潜入拉科梅尔的市政游泳池一样。自从在巴黎生活以来，他感觉自己不再看到天空。一片混凝土。以前是绿色，现在落在视网膜上的是灰色。从来没有人跟他说过这种暴力。人们谈论世界冲突、监狱、爱情、社会新闻、奇人异事、老人、卖淫、失业者、

[①] 巴黎高档写字楼区。

汽车制造，但他从未听人说过一个外省人到达巴黎时的感受。一切似乎都是巨大的，人们会迷失方向，即使不迷路也会有种迷失感。没有人彼此交谈、彼此打量、彼此问候。目光总是投向一个巨大的内部，一个孤独的迷宫。仿佛一种共同的悲伤黏在了地铁乘客的鞋底下。

矛盾的是，尽管有压力、有人群，但阿德里安感觉更自由。淹没在人群中，匿名这一事实使他感到安全。在这里，没有流言蜚语，没有诽谤，没有猜测。在这里，人们并不关心其他的人。当你死在巴黎时，没有人会知道。当你在拉科梅尔死亡时，报纸上会有一篇文章。

令他感到欣慰的是，他并没有去住大学生宿舍。在没有尼娜的情况下，置身于其他学生中间，对他来说是难以克服的障碍。他住在特蕾莎·勒皮克家里，一位钢琴女老师，他父亲的一个朋友。难以置信：他的父亲，这个沉默寡言、冷漠无趣的人，怎么可能成为这个有趣的、开朗的、优秀的、艺术到指尖的女人的朋友？在她的家里，有蜡烛和花边，有大量的画作，有缪斯女神的画像，还有一幅大师萨尔瓦多·达利亲自送给她的绘画。这个七十五岁的女人，她警觉而轻盈的步态，心醉神迷，时而大笑，比阿德里安更有青春活力。她不停地抽烟，但只在她招待客人的客厅里抽，而且日夜都留一扇半开的窗户，即使是在冬天。她的学生们有时会穿着大衣弹钢琴，因为太冷了。

阿德里安从来不敢打听她是如何认识自己的父亲的。他认为她曾是他的情妇。特蕾莎房间里装在镜框中的老照片见证了她曾经的美丽。

这位音乐家像麻雀一样小，只吃水果和杏仁。她不是在吃，而是在啃。她从楼下的熟食店给阿德里安买回现成的饭菜。

食宿费用由西尔万·博宾支付，阿德里安不知道父亲花了多少钱，也不想知道。他反感的是特蕾莎因为父亲喜爱她而从他身上赚钱。如果他的父亲不再给她钱，特蕾莎还会把他留在身边吗？

这个从天而降、来自乡下、带着博宾的姓但特蕾莎从来没有听说过的儿子，他的市场价值是多少？

如果他不得不每天早上起床，面对公共交通和它的一系列孤独，去拉马丁，那是因为他的父亲警告他："如果你成绩好，我就付钱，如果失败，就去大学生宿舍。"

阿德里安有一个大约十七平方米的房间，一个单独浴室。一切都很干净，雪白的墙壁，铺着厚床单的床。他的衣服每周都会被清洗和熨烫一次。不需要像其他人一样在街角的洗衣店排队。一张宽大的书桌，一扇临街的窗户，三楼，没有电梯——这并不妨碍特蕾莎每天顺利上下几次。三十五年来她一直生活在这套八十平方米租金低廉的公寓里。"挺好的。我没有存款，我的钱都花光了。"她说。她的收入来自教钢琴。特蕾莎在很年轻的时候嫁给了一名军官。二十五岁丧偶，有一个女儿，相处不融洽，几十年来一直独自生活。也曾有过几个情人——"他们是毁掉我的人"，她开玩笑地说。特蕾莎和阿德里安的习惯立刻就合拍了。在厨房里早早地吃过晚饭，阿德里安在晚上七点三十分回到自己的房间学习，特蕾莎则回到自己的房间阅读、听收音机或观看法国电视三台的新节目《作家的世纪》，该节目由贝纳尔·拉普主持。特蕾莎在万塞纳市的图书馆办了借书证，每隔两天就去那里还书和借书，她把这些书看得津津有味。这种会让任何其他学生望而却步的修道式的生活，完全适合阿德里安。

每周两次，阿德里安给尼娜打电话。他闭着眼睛听着她的声音。他们谈论他在大城市的生活、他的课程、他班上的其他人。他告诉她，他很想念她。"没有你太可怕了，每次我做什么都会想到你。"由于他不是很健谈，他在巴黎没有太多的朋友。交往仅限于互道早晚安。

尼娜谈到了她的工作、埃马纽埃尔、她的同事。很快，她就会来见阿德里安。在春天，她会有休假，然后天气会很好。他将带她参观埃菲尔铁塔和香榭丽舍大街。而阿德里安回答说：

"无论如何，九月份你就来和我会合。我们和特蕾莎商量一下。你就睡在我这里，我妈妈也同意住到你家去，付给你一点房租。"

"是啊，太好了，我等不及了。"

星期六晚上，艾蒂安坚持让阿德里安在"钯金巴士"迪斯科舞厅与他见面。阿德里安想知道为什么非要选在那个地方。可是如果他不答应，艾蒂安就不会挂断电话。

"说定了？我们碰头？我在门口等你？"

"好吧。"

这是他对尼娜还是对他妹妹的承诺？类似——"答应我，你到了巴黎，不要抛弃阿德里安……你很容易适应，但对他来说太难了，他很害羞。"

每个星期六，艾蒂安来的时候身边都会带着一个新女孩。他从不一个人来，但很少与陪他的女孩一起离开。艾蒂安与一位叫阿蒂尔的合租一套公寓，与他在同一所大学读书，也在准备参加国家高等警察学校的入学考试。"这样我们就可以一起学习。我们要走的路线完全一致。这样很省事。""听你说的，"阿德里安说，"你这还不是为了利用他。"阿德里安在各方面都很欣赏艾蒂安，但没有被他利用别人的能力所迷惑，用吸管喝别人的东西，只做自己感兴趣的事。

在钯金巴士，美女们围着艾蒂安转悠。有时他会消失在厕所或街上。然后又像变魔术一样重新出现在舞池中，满怀自信，露出国王的微笑。阿德里安喜欢旁观诱惑游戏、身体的吸引力和那些测试自我魅力的把戏。他待在一边，观察那些动作、服装、挥舞的手、手指间夹着的香烟、吸入和吐出的烟雾、低垂的领口、被捕捉与吸收的目光。

阿德里安不写的时候也在创作。

他已经开始写一本小说，课间休息时他在笔记本上写了满满的一页又一页。

他很少跳舞，但喜欢电子音乐。音乐为他提供了精神图像，在他身体里产生的感觉是积极、多彩而快乐的。这类似于听古典音乐，特别是巴赫的音乐。电子音乐让他处于一种迟钝状态，使他饱受折磨的心灵变得轻松。它释放了在他体内乱撞的疯鸟。

有时醉酒的女孩过来靠着他坐，他呼吸着她们的香水，醉心于她们的体味，但从不碰她们。聚斯金德的电影《香水》让他着迷，浸在花束里的羽毛，以及令人毛骨悚然的主人公格雷诺耶。

艾蒂安认为是因为露易丝，阿德里安才不敢在他面前搭讪其他女人。

去年圣诞节，艾蒂安发现了他们的秘密，看到他俩一起离开拉科梅尔的一家酒店。他从4号俱乐部回来，当时是早上六点。尼娜和达玛姆刚把他在市中心放下。他们想送他回家，但艾蒂安拒绝了，他宁愿走路来醒酒，以免让父母看到他不雅的样子。

艾蒂安看到他们俩时，以为自己出现了幻觉。几个小时前，他和家人、和露易丝一起度过了平安夜。午夜时分，尼娜和她的漂亮男友来接他去4号俱乐部。在电话里，阿德里安借口想陪他母亲。

说什么他的母亲……分明是为了和我妹妹幽会。

他未成年的妹妹和阿德里安手拉手，像两个小偷一样从旅行者酒店离开。一家酒店：毫无疑问，他们上床了……

艾蒂安本可以揭穿他们，揍一顿阿德里安，给他妹妹一记耳光，但他没有。他换了一条路，以免碰到他们或被他们看到。至少露易丝没有和那些混蛋上床。而且在他看来，这两个奇葩的人在一起并不是坏事。始终默不作声或慢条斯理地说话，在不被强迫的情况下阅读，从不生气，对"世间的美"不屑一顾，却为一朵花、一只蝴蝶或博物馆里的一幅画而着迷。听话的乖小孩。就像风平浪静有点无聊的湖面。艾蒂安更喜欢波浪和愤怒、狂风和雨夹雪。

克洛蒂尔德失踪后，就在搬到巴黎之前，艾蒂安去了趟警察局。女孩的父母正在寻找她，不明白她为什么突然离开，而且没有告诉任何人。一个女人在拉科梅尔车站认出了她，那天晚上她本该在湖边与艾蒂安见面。证人乘坐的是最后一班列车，即晚上十点十七分前往马孔的火车。而克洛蒂尔德也在等车。

应克洛蒂尔德父母的要求，艾蒂安心甘情愿地来到警局。向记录他证词的两位警察咨询了他们的职业生涯；解释说，1994年8月17日晚，他和克洛蒂尔德约好晚上九点在森林湖见面。他承认在等待她的时候喝了酒，有些紧张，因为那天晚上他将向她提出分手。

"为什么？"

"因为我不再爱她了。"

"你们吵架了吗？"

"没有，自从7月15日我去度假后，我一直没有见过她。"

五个月来，没有人有克洛蒂尔德的消息。她没有留下字条。从未打过电话，甚至没有寄过一封信。失踪时，克洛蒂尔德已经十八岁了。每个成年人都有权利在不被打扰的情况下消失。克洛蒂尔德消失了，只拿走了装着身份证和钱的手提包。她在夏天打工做服务员，赚了大约一万五千法郎。在她突然消失的两周前，她已取出了银行账户里的全部三万法郎积蓄。一切都表明，她已经计划好了离开。

克洛蒂尔德的母亲给艾蒂安打了几次电话，要求如果她与他联系就告诉他们。他答应了。

这个失踪使艾蒂安的生活发生了翻天覆地的变化。给他带来了彻底的改变。他觉得自己有错。背负沉重的内疚感。仿佛是为了挽回自己，他开始学习。真正地用功起来。

与严肃的学生阿蒂尔合租公寓,对他有帮助。这一次,他想靠自己的力量去理解,去征服。

他允许自己每周有一次外出活动,并在周日听一些音乐,但其余时间他都在努力学习。他想成为一名警察,而不是当兵。为此首先要拿到法律专科文凭,然后通过考试进入警局。

*

艾蒂安和他的室友阿蒂尔从去年九月起在民族广场附近租了一套两室一厅的公寓。从万塞纳乘坐郊线地铁到民族广场只有一站路。星期天,阿德里安有时到公寓来看他。

艾蒂安带来了两台电子琴合成器,他的和阿德里安的,他把它们安装在客厅里。他们一起演奏,但没有太多的激情。他们经常停下来聊天,喝啤酒,看电视。他们弹奏的是艾蒂安在来巴黎之前创作的音乐。他们增加一个节奏、一种乐器,改变节拍和小节。但是没有尼娜的声音,这音乐成了彻底的哀伤。缺失中带着可憎的永恒。她仍然存在,但不在这里。仿佛她已经死了。没有她的声音,他们的音乐是不完整的、蹩脚的。他们不再作曲,没有时间了。

阿德里安等着尼娜来与他们会合,可艾蒂安已经不相信了。但他没有对阿德里安说什么。

在4号俱乐部的圣诞聚会上,他清楚地看出达玛姆绝不会对尼娜撒手。甚至当她去小便时,他也像一只小杂种狗般跟在她身后,直到厕所门口。

他永远不会让她离开的。或者他和她一起来。或者尼娜使尽解数逃跑。

他们显然无法继续三人行了。但玩音乐就像保存宝藏一样,维持着将他们联系在一起的纽带。仿佛他们仍然相信它。

艾蒂安没有告诉任何人就开始玩贝斯。他把它插入自己房间里的一个扩放器上,这样阿德里安就不会注意到。就像一个孩子抛弃了一个伙伴,因为他遇到了另一个朋友,却拒绝承认。电子合成器,他已经不在乎了。当阿德里安听法国流行音乐,听他所谓的"有歌词的歌手"时,艾蒂安更喜欢另类摇滚。

他觉得自己是个叛徒。

电话响了。阿德里安和艾蒂安正在厨房里做意大利面。接电话的是阿蒂尔。

"嗨,我是尼娜,艾蒂安在吗?"

"是的,我把电话给他。"阿蒂尔回答,"阿德里安也在那里。"他还补充道。

"哦,好极了!我给勒皮克夫人那里打电话,但没有人接……喂,男生们?"

"喂。"艾蒂安说。

"你能用免提吗,让阿德里安也能听到我?"

"好的。"

艾蒂安按下了免提键。尼娜的声音淹没了小客厅。她有点怪怪的,像喝醉了。她似乎过于兴奋,呼吸沉重。

"你们在干什么?"

"我们做意大利面。"

"你们还好吗?"

"是的,很好。"

"你们能听到我吗?"

"是的。"艾蒂安和阿德里安齐声说道。

这下成了。他们认为,她要来了。她要离开拉科梅尔,说不定她是在里昂火车站的一个电话亭打电话。

两个男孩互相看了看,眼中露出了希望的微笑。他们屏住呼吸。她就是这样,尼娜,她没有刹车。

"你们坐着吗?"

"……"

"我要结婚了!"

50

2017 年 12 月 25 日

瓦朗坦已经坚持了半个小时。
"我们俩一起去。求你了,爸爸……在我们明天回里昂之前。"
艾蒂安终于让步了。
"好吧……"
"但我们不能对妈妈说,否则她要和我们一起去。"
"还有呢?"
"还有……我不想这样,她不太喜欢动物。"
"我也不太喜欢它们。"
"你,爸爸,你只是在假装。"
"假装?"艾蒂安愣了一下。
"假装不喜欢它们。"
艾蒂安盯着儿子看。他总是能给他带来惊喜。他试图想象十年、二十年、三十年后儿子的样子。算了吧。他没有力气来刺痛自己。

先洗个澡。艾蒂安让温暖的水冲刷着他。这是一种久违的愉快感觉。在卧室里与玛丽-卡斯蒂耶争吵后,他过量地服用了妹妹给他开的处方药。止痛药缓解了他的疼痛,却使他无法思考。此刻,他闭上眼睛,想象着美丽的画面,他看到自己踩着滑板在柏油路上滑行,游泳池,夏日清凉的蓝色,薯条,因为把一瓶芥末倒进热狗而呛出的眼泪,三个人的捧腹大笑。涂着雀巢巧克力的吐司,恐怖电影,尼娜拉着他的手,把她的指甲嵌入他的皮肤,聚会,音乐,地下室,电子琴,尼娜家花园里腐烂水果的味道,烟草,酒精,湖水,克洛蒂尔德。他睁开眼睛。关掉水龙头。从浴室出来。他照了一下镜子,因为雾气而看不到自己。这样挺好的。

他在楼梯上与父亲擦肩而过,他们几乎没有看对方一眼。

"你妈和玛丽-卡斯蒂耶去拿木柴了。"父亲喃喃地说。

太好了,艾蒂安想。

现在最好能避开他的妻子。

他看到哥哥和嫂子在花园里和他们的孩子路易和罗拉一起玩耍。保罗-埃米尔是个陌生人,艾蒂安自忖道。当你有个比你大一辈的兄长时,你永远也追不上。两人相差近十岁。几乎没有共同的记忆。保罗-埃米尔离家时,艾蒂安才八岁。他只在学校放假期间回来,但马上就和朋友们一起离开了。他很年轻就遇到了未来的妻子。只有几张照片可以证明他们曾经共度的童年。艾蒂安坐在哥哥的腿上。他差不多三岁,而保罗-埃米尔已经是个少年了。他每年都会去圣拉斐尔。但总是和大孩子们在一起。在内心深处,艾蒂安把他的兄长看作一个度假伙伴。一个和他一起在沙滩上打排球的人。类似一个榜样,一个出色而熟悉的偶像,班上的尖子生,父亲的骄傲。虽然也会在卧室里偷看忘记藏好的色情杂志。

今天早上,艾蒂安意识到他和嫂子宝琳的交流从未超过四个字。"你好,还好吗?孩子们呢?工作呢?"她始终回答是的。一切都好。这样就避免了进一步的提问。宝琳非常漂亮、谨慎、聪明和有爱心。错过了与她的交流无疑是可惜的。

我们在一生中会错过多少人?

他甩掉了这些黑暗的想法,穿上了外套。

瓦朗坦已经在车里等他了,戴着耳机。看到父亲走过来时,他摘掉了耳机。艾蒂安刚发动汽车,露易丝就溜进了汽车的后座。艾蒂安从后视镜中看着她。

"你想干什么?"

"和你们一起去吧。"

"这是什么?伏击?"

"……"

"爸爸,你知道在哪里吗?"

"是的,儿子。我知道。"

他们从收音机里听到,圣诞礼物的转售已经在互联网上开始了。没有时间浪费,这些不幸的礼物。

像每年一样,艾蒂安没有管任何事情,是玛丽-卡斯蒂耶负责一切。"奥西昂之梦"是给露易丝的,这款她珍视而他讨厌的香水。这让他想起从前尼娜在拉科梅尔的教堂里点燃蜡烛时的味道。她为瓦朗坦准备了一架无人机和一个无线扬声器。给他的礼物是一份威尼斯双人周末游,费用全包,根据盒子上的爱心,甚至连爱也包括在内。

玛丽-卡斯蒂耶真不可思议,双人周末游。艾蒂安想象着如果不带她去的话她脸上会出现的表情。"我和另一个女人出发了。再见,祝你周末愉快,周一见。"

他想,我真残忍。甚至包括思想。

"你在想什么,爸爸?"

"没什么特别的,儿子。"

艾蒂安从后视镜中看了看露易丝。他想激怒她。就像他们小时候,他经常挑衅她。他无法自控,这是兄妹间的一种感情。而且这也是对她今天早上闯入房间的一种报复。正是因为她,玛丽-卡斯蒂耶大发雷霆。

"你度过了一个美好的夜晚?"他带着嘲讽地问道。

露易丝脸红了。

"你回来得很晚。我听到了。你去哪儿了?"他继续问。

他知道她和阿德里安在一起。她没有回答,扭过头,望着空荡荡的人行道。谈话的内容改变了。

"瓦朗坦,你确定尼娜会在收养所吗?"

"是的,她在。我给她发了短信。你以前去过那里吗,爸爸?"

"我们小的时候,尼娜捡到了一只狗,我和阿德里安一起把它带到了那里。"

"谁是阿德里安?"

露易丝的血液凝固了。

艾蒂安冷笑。

"露易丝,回答瓦朗坦,谁是阿德里安?"

她说:"你真是讨厌。"

"是谁呢?"瓦朗坦坚持问。

"一个小时候的伙伴,"艾蒂安说,"也是姑妈的一个非常好的朋友。"

"你真狠。"露易丝骂道。

"姑姑，你为什么这么说呀？"

"将来我会告诉你的。"

"你能告诉我你为什么不结婚吗？你这么漂亮。"

"谢谢你，宝贝。"

露易丝已经到了流泪的边缘。和阿德里安结婚，她已经梦想很久了。但她一直拒绝。

他们经过昔日的中学。艾蒂安突然刹住了车。

"我的天哪！他们把老鸽舍夷为平地了！"他叫了起来。

他们就这样待了几秒钟，兄妹俩各自回想起记忆中沉重的书包，将肩膀往后勒的书包带。

露易丝观察着这片荒地。完全就像我的爱情，她想。一片荒地，被石棉破坏了。甚至不能给西红柿以生命。幸运的是，我保存了一些。就本质而言，我为他人的生命服务。对哥哥的生命却无能为力。没有他我会成为什么？她悄悄地拭掉眼泪。艾蒂安在后视镜中盯着她。他再一次读懂了她的想法。那一刻，在长条形的镜子里，艾蒂安的眼神是绝望的。他已经放手了。一切都结束了。他听认命运的摆布。露易丝从哥哥和她一样美丽的蓝眼睛中看到，他已经远去。没有什么事，也没有什么人能够拦住他。

艾蒂安再次发动汽车，打了转向灯，沿着通往收养所的标志前进，一块竖在十字路口画着红色箭头的摇摇晃晃的路牌。

他把车停在一堵墙前，离大门几米远的地方。他立即发现了尼娜的车和另外两辆车，其中一辆正在倒车离开。他没有注意那个司机。

他第一次来这里时，应该是十三四岁。与儿子今天的年龄相同。尼娜发现了一只小布列塔尼猎犬。没有颈圈，皮毛稀疏。他们花了一个下午的时间像推销员般挨家挨户地走访。

"这只狗是您的吗？"

"不是。"

晚上九点，皮埃尔·博因为担心而大发脾气，狠狠地训了他们一顿。当他看到外孙女怀抱着狗的时候，他威胁道：

"这次绝对不行。我们已经有了宝拉和四只猫！这里不是挪亚方舟！你给我把这条狗送到收养所去！"

"但这个时候已经关门了，外公！"

"我什么也不想听。"

尼娜将她美丽而悲伤的眼睛转向男孩们。

"我没有勇气送它去那儿。"

艾蒂安把这只小兽抱在怀里,带回了自己家。在家里,迎接他的是他父母的大喊大叫。

"这是怎么回事?"

"一只狗。我们在街上发现了它。我明天会送它去收养所。"

"那在明天之前呢?你想怎么办?"

他的父母曾要求他把狗放回街上。动物能自己找到回去的路。

"瞎说,这又不是动画片……"

但露易丝也介入了。两个孩子对两个成年人,起不了多大作用,他和他的妹妹赢得了那场战斗,但没有赢得那场战争。他们在地下室里找到一条毯子做了一张临时的床,并给狗喂了东西吃。露易丝睡在狗旁边的沙发上。第二天早上,狗在客厅里拉了一地的屎。玛丽-劳尔急得说不出话,暴怒的父亲对他吼道:

"我早告诉你这样不合适!"

"还好啊,只是狗屎而已。"艾蒂安回答说。

他喜欢在母亲面前回答父亲,因为艾蒂安知道,无论他说什么,玛丽-劳尔都会护着他。

那一天,阿德里安上午九点来找他,他们一直走到收养所,小狗高兴地跟着他们。一位女士冷淡地接待了他们,接过动物,嘀咕着听不清的话走掉了,还当着他们的面关上了大门。小狗用恳求的眼神看着他们。两个叛徒。艾蒂安和阿德里安不敢在对方面前哭泣。

他们一路无语地走在回家的路上,到家后都躲在没人的地方偷偷抽泣。

露易丝一直恳求父母把小狗接回来,他们坚决不答应。艾蒂安曾经偷偷地给收养所打了两次电话,询问动物是否被人认领。每次都被对方直接挂断了电话。

为什么今天早上他会在这里?为什么他答应了儿子的请求?

这里有两个原因,一是为了让瓦朗坦开心,二是为了在离开前拥抱尼娜。最后一次。

51

1995年7月1日星期六

人满为患的市政厅渐渐安静下来。大部分是达玛姆家族的成员和他们最亲密的朋友。至于尼娜，她的宾客只有博利厄家、阿德里安和约瑟菲娜。但这是她最在乎的人。当她把阿德里安和艾蒂安的母亲依次抱在怀里时，她把她们当成了自己的母亲。当市长向新郎和新娘的父母表示祝贺时，她想到的是玛丽-劳尔和约瑟菲娜，而不是玛丽安。

是她们陪同她到第戎挑选结婚礼服：看起来像芭蕾舞裙，象牙色，丝绸和蕾丝的胸衣从腰部开始变成薄纱花冠一直垂到小腿中部，漂亮的绑带鞋，手中拿着一束粉色玫瑰，头发上戴着精致的珍珠头饰。尼娜很出色。所有的目光都聚集在她身上，她宛如光芒四射的强光。由于看起来比实际年龄小，她就像一个年轻女孩第一次参加舞会。埃马纽埃尔和他年轻的妻子一样优雅，穿着浅灰色的迪奥套装，有一种英国贵族的威严。在拉科梅尔人的记忆中，从未在市政厅前的广场上见过比他们更漂亮的新娘和新郎。

艾蒂安和阿德里安是尼娜的结婚见证人，他们刚刚在登记表上签了自己的名字。在当天雇用的摄影师的闪光灯下，他们仿佛面带微笑地签署了朋友的死刑判决。"小伙子们，看着我，把头抬高一点儿……对，就这样，不要害羞，请高兴点儿。"

大前天，他俩组织了尼娜告别单身的新娘送礼会。埃马纽埃尔有点不高兴，但他没吭声。他没说一句话。后天，她将永远属于我，他对自己说。

他也和一些专门为婚礼而来的老同学出去喝酒了。他强颜欢笑，一心想着尼娜，简直快发疯了。

在结婚前的两个晚上，按照传统，尼娜和埃马纽埃尔分别睡在自己家中。从今天晚上开始，尼娜将常年住在庄园里。约瑟菲娜将搬到她的房子里来。

"妈妈,你确定要离开公寓吗?这场婚姻不会持久的。"

"你太悲观了,我的儿子。"

"不,妈妈,我这是乐观。"

"这可以让尼娜放心。如果我不得不离开,我就离开。我能租到房子的。自从你住在巴黎后,我受不了经过你那黑乎乎的房间……我感觉你好像死了。"

"妈妈……"

"这是真的。我得搬家。我需要换个环境。"

在尼娜的新娘送礼会之夜,艾蒂安和阿德里安在晚上八点三十分到她家接她。他们惊讶地发现埃马纽埃尔在那里,"只是突然想来亲吻我未来的妻子"。他们用力地握手,可所有的手势和眼神都出卖了彼此的敌意。在问了他们两个在巴黎学习的礼节性问题后,埃马纽埃尔终于要走了,临走前他用家长的口吻说:"听话哦,不要带我的小妻子做太多的傻事。"艾蒂安保持平静,但阿德里安有种想揍他的冲动,正如当年他对皮所做的那样。

当埃马纽埃尔走出去后,尼娜看起来几乎松了一口气。仿佛她正在允许自己再次成为一个少女。三人开始重新打招呼,像以前那样。

自圣诞节以来,他们还没有见过面。七个月。漫长的永恒。而相处只有两天。当艾蒂安和阿德里安在 12 月 24 日回到拉科梅尔时,埃马纽埃尔给了他们一个惊讶,在 26 日带着尼娜去了一个阳光下的小岛庆祝新年。"他是故意的,"阿德里安曾抱怨说,"他知道我们要回家了。"艾蒂安淡淡地说:"这是她第一次在没有外公的情况下过新年,也许不在这里也是好事。"

他们相互紧紧地拥抱,各自轮流拥抱了很长时间。阿德里安崩溃了,在尼娜的肩膀上哭了起来。他低声说:

"没有你在巴黎,日子很难过……没有你的生活。"

艾蒂安看着他们,没有说话。

男孩们发现尼娜的房子重新装修过了,换了新家具、新的涂料和塑钢窗户。他们很难认出这是皮埃尔·博的老房子。

"埃马纽埃尔真的给你买下房子了?"

"以公司的名义。"

"那么说这房子不是你的？"

"他的就是我的。"

艾蒂安和阿德里安用眼神迅速地交流了一下，后者说：

"不全是，我的傻姑娘。不过现在，我们要出发了，这是你的单身葬礼。"

"你们要带我去哪里？"

他们用黑带子蒙住她的眼睛，引导她上了车，坐在副驾驶座上。阿德里安坐在后座。他们开了大约五分钟。

玛丽-劳尔把她的小精灵借给了儿子。在五分钟的车程中，艾蒂安只说了一句话：

"车是全新的，油箱是满的。"

"你们要带我去哪里？告诉我……"

"你以为我们费心给你戴上眼罩，就是为了告诉你我们要去哪里？"

艾蒂安关掉引擎，从后备厢里抓起什么东西，发出一阵金属的声音。

"你们要杀了我，把我的尸体藏起来，对吗？"

"是的。"艾蒂安咬牙切齿地回答。

"你们在生我的气吗？"

艾蒂安和阿德里安又互相看了看，就像尼娜刚才谈到未来丈夫时说"他的就是我的"那样。

"没有。"阿德里安最后回答说，"我生自己的气，我气自己不能把你劫走。"

"我在这里很幸福。"尼娜用一种抱歉的声音说，似乎在安抚他们，或是道歉。

他们拉着她的手，尼娜在中间，艾蒂安在左边，阿德里安在右边，往前走了几米。艾蒂安展开了一架金属梯子，阿德里安先爬上梯子，拉着尼娜的双手，帮助她穿过一道铁门。尼娜首先感觉到脚下的草，然后是氯气的味道。

"我们在游泳池！"

她摘下了眼罩。天快黑了。在这个时候，市政游泳馆空荡荡的，不对公众开放。池中的水介于深蓝和紫色之间。水面依然有积云的投影。他们脱下鞋子，瓷砖很冷，空气温和。

"我们有权进来吗?"尼娜问。

"不能。可这样才有趣啊。"艾蒂安说着,从双肩包里拿出一瓶马利宝朗姆酒和菠萝汁:"我给你带来了女孩子的玩艺儿。"

他继续清空他的包,一包薯片、塑料杯、威士忌、可乐、浴巾、巧克力面包(尼娜最喜欢的牌子)、糖果,他递给尼娜一件从露易丝那里借来的游泳衣。

"我想应该合身的吧。"

尼娜向天空举起双臂,大声喊道:

"你们是最棒的!"

"嘘,不要让人听到我们。"

他们没花几分钟就跃入了大池,潜入水中,触底,用秒表计时,一个接一个地轮流下沉,尼娜在男孩的背上,手臂紧紧地抱着他们的脖子。

艾蒂安不时地从游泳池出来给他们续杯。他小小的卡式收录音机轻轻地转着。他认真地录了三个人最喜欢的歌曲。在过去十年中他们听得最多的歌。所有的歌,即使是他不喜欢的。阿哈乐队的《电视中永远阳光灿烂》,科克·罗宾的《你的承诺》,艾蒂安·达霍的《昏昏欲睡》,依克斯合唱团的《今晚需要你》,米莲·法莫的《愿我》,基督徒乐队的《词语》,涅槃乐队的《少年心气》,赶时髦乐队的《我感受到你》,治疗乐队的《夏洛特有时候》,大卫·鲍伊的《逆反,逆反》,印度支那乐队的《我们生命中的某一天》,双人无极组合的《让节奏控制你的身体》……一个本质上与他们相似的无法想象的大杂烩。

他们在黑暗的水中游了很久。不时地互相惊吓,艾蒂安一边哼着《大白鲨》中的音乐,一边围着尼娜转,尼娜在水中尖叫着,以免被人听到。他们只从水里出来过一次,爬上五米高的跳板,手拉手跳进黑夜,甚至看不清下面的游泳池。

三人在凌晨四点酩酊大醉地回到尼娜家,颤抖着,大笑着,三个傻瓜吼着他们年轻时的歌曲。

"我拥有全世界所有女孩中最好的告别单身派对……谢谢。"

她想起了外公,趴在他们的肩膀上痛哭流涕。三人洗了个滚烫的热水澡暖和身子,然后一起躺到尼娜的床上,开始看漫画。两个男孩抽了一根大麻。在每一页的最后,阿德里安或艾蒂安会说:"看好了。"

尼娜于是翻到下一页。

凌晨五点左右，他们打算睡觉了，尼娜问：

"你们曾经想要我吗？"

"闭嘴。"艾蒂安回答。

"你们什么都可以告诉我，我就要结婚了。"

"什么都能说吗？"阿德里安开口了，"好吧：油箱是满的，车是新的，明天早上我们把你带到很远很远的地方去。九月份，你和我们一起去巴黎。"

"但是……我要结婚了。"

"呃，阿德里安想要说的是，你仍然可以取消婚礼。"

"我的婚纱呢？"

"我们可以把它卖掉。"

"但我不能对埃马纽埃尔这样做。"

"挽救你自己，尼娜，跟我们走吧。我们会照顾好你的。"阿德里安恳求她。

"我的房子怎么办？"

"我母亲要搬进来了，你放心好了。"

"我不能放弃埃马纽埃尔，我爱他。他很出色。"

"出色的是生活。如果他爱你，他就会等你。"

"你们不懂的……你们就不能为我高兴吗？就这一次？你们都在吃醋！"

"吃醋？我可怜的女孩，我不相信你的城堡生活！"艾蒂安开始发泄了，"是谁放弃了我们？我们三个人不是应该生活在巴黎吗？"

"你不过是个什么都不懂的笨蛋！"

"你才是个白痴！"

阿德里安介入了。

"你俩疯了吗？"

"是她惹得我！"艾蒂安恼火地说。

"以前你需要我的时候，我可没有把你惹毛！"

"什么？什么意思？来吧，解释一下！"

"当你在学校无所事事时，是谁在帮你做所有的家庭作业？"

"得了吧，你很乐意占我的钱的便宜！"

"你的钱？什么钱？"

"我们带你度假的时候，你不是吃得很饱吗?！"

"冷静点！让我们冷静下来！"阿德里安劝道。

"哦，你就算了吧！"尼娜对他说，"我们永远不知道你在想什么！"

"哦，是吗？我的想法就是，你不应该结婚。"

"为什么呢？给我一个足够的理由。"

"你太年轻了。"

"你不明白的是，阿德里安，从我外公去世的那天起，我就不再年轻了。而那一个向我伸出援手、照顾我的人，是埃马纽埃尔……当你们俩去巴黎的时候，有他在这里正好解决了你们的问题。你们用不着处理我的悲痛。而他这样做了。"

他们陷入了沉默。平静下来。相互打量着。他们很后悔对对方大喊大叫。艾蒂安又卷了一根大麻。尼娜下楼到厨房拿了一瓶快见底的威士忌和三只杯子。他们就这样待了一刻多钟，彼此无语。天开始亮了。是阿德里安率先打破了沉默。

"我必须告诉你们一些事情。"

尼娜说："嗯，是时候了。你喜欢男孩，是吗？"

"不，他更喜欢我妹妹。"艾蒂安说。

阿德里安脸红了。

"我开始写一部小说。"

其他两人不理解地看着他。

"写出来比说出来容易。"阿德里安补充说。

"你会在书中写到我吗？"尼娜兴奋起来。

"如果我讲的是我自己，我必然会说到你。"

"也讲到我吗？"艾蒂安有些不安。

"怎么？有什么事情我不能说吗？"

这两个男孩彼此用目光较着劲。

"我错过了什么吗？"尼娜问。

没有回应。

"我在你的小说里叫什么名字？"

"你想怎么称呼自己？"

"安琪莉。"

艾蒂安突然大笑起来。

"你也太俗气了!"

"你呢?"阿德里安向艾蒂安问道,"在我的小说中,你喜欢被称为什么?"

科特。就像科特·柯本。

*

"是的。"

"尼娜·博,你是否愿意让埃马纽埃尔·让-菲利普·达玛姆成为你的丈夫?"

"是的,我愿意。"

"你们在上帝面前结为夫妇。现在你们可以拥抱对方了。"

风琴、约翰·塞巴斯蒂安·巴赫、十字架的标志、祝贺。瞥了一眼白色的基督像,尼娜不禁想到了十一个月前下葬的外公,她克制自己不去想现在被下葬的可能是她自己。艾蒂安和阿德里安在她脑子里埋下了一粒坏种子。一粒她想在它成长之前摧毁的种子。她不知道的是,现在已经太晚了:砍掉了头,但根仍然在。

现在是下午四点,所有宾客聚集在一起拍集体照。

然后,达玛姆家族在教堂的花园里以新娘和新郎的名义免费提供酒水。现场起码有三百人,几乎所有的拉科梅尔人都到场了,其中有很多人将被邀请参加晚宴。

一些尼娜不认识的人前来祝贺她。对她重复着:"你太美了""您真迷人""您将成为大家羡慕的对象"……对所有这些话,尼娜给出了同样的回答:谢谢。

博利厄一家、阿德里安和约瑟菲娜聚一起。露易丝在微笑,她似乎很高兴,不停地赞美尼娜。玛丽-劳尔和约瑟菲娜一杯接一杯地喝着酒,开心地聊天。马克正在和阿德里安聊天,阿德里安像往常一样心不在焉。他到底在想什么?尼娜沉思着。阿德里安和露易丝。我什么也没看出来。人们自认为知道朋友的一切,其实什么都不知道。

"达玛姆太太还好吗?"埃马纽埃尔问她,亲吻她的脖子。

"她很幸福……我丈夫还好吗？"

"欣喜若狂。我爱你。"

"我爱你。"

这不像是真的，尼娜想。她走到稍远的一个荫凉处坐了下来。有人为她端来了一杯香槟酒。我在我的婚礼上，她对自己说。今天是我结婚的日子。她的目光再次扫过人群。很多是埃马纽埃尔的朋友，和他同龄，三十岁上下。这些女孩都很美丽、高大、苗条，其中两个人怀孕了，其他人则凑在那些金黄色的小脑袋上，是婴儿和非常年幼的孩子。婴儿推车和给老人预备的椅子并排摆放。埃马纽埃尔的女性朋友们不时善意地看着尼娜，给她以会心的微笑。尼娜中了大奖，埃马纽埃尔·达玛姆俘获了不少芳心，却是这个小女孩掳获了他。这是值得钦佩的事情。当埃马纽埃尔告诉他们他要和尼娜结婚时，他的许多亲密朋友都很惊讶。一切发生得如此之快。他们从未见过他们的朋友陷入爱情。这群人中最英俊的男人艳情不断却从不持久。

几分钟以来，尼娜一直搞不懂自己的不适，这种不适一点一点地在她身上蔓延着，有什么东西在干扰她，压迫她的胃。或者是某个人。一张在陌生人中的脸。尼娜紧紧地攥着酒杯，认出了这个人，将他放大，就像她在给相机调焦一样。原本模糊的东西变得清晰。她认识他。他就在那里，在自助餐前，大口吃着香肠。穿着一件剪裁蹩脚的正装，跟他的妻子说话，好像什么都没有发生过。谁邀请了他？谁敢？她的公公和婆婆怎么可能如此麻木不仁呢？尼娜竭尽全力地站起身，双腿艰难地支撑着，在人群中寻找埃马纽埃尔。像是渴望逃离。

"车是新的，油箱是满的。"男孩们的话语听起来突然有了不同的意味。

有人抓住她的胳膊，几乎是在用力捏着她。是埃马纽埃尔。

"你还好吧，亲爱的？"

"不好……"尼娜说，"他在这里。"

"谁？"

"那个杀死我外公的人。"

一时间，埃马纽埃尔似乎不明白他妻子在说什么。

"啊……"他终于回答了，"是我邀请他参加酒会的，员工们非常高兴能参加我们的婚礼。"

"是你邀请了他吗?"

"是的……对不起,我应该先告诉你。"

"但是……他杀了外公!"

"宝贝,那只是个意外……可怜的布隆丹先生与此无关……来吧,笑一笑……今天你不能生闷气。"

尼娜一句话也说不出来。"可怜的布隆丹先生"……

"去看看你的两个证人吧。"埃马纽埃尔在她耳边轻声说,"他们看起来很无聊。"

尼娜看着他。在丈夫美丽的眼睛里寻找某些东西,她找不到的东西。一片图画中看不到的阴影。

"是不是因为艾蒂安和阿德里安是我的见证人,所以你才邀请了罪犯?"

埃马纽埃尔的脸色阴沉下来。他举目望向天空。

"你在说什么呢?"

"你是反对的。你不希望是他们。承认你不喜欢他们,承认你嫉妒我们的友谊。"

"你喝多了。请闭上你的嘴。"

在酿成皮埃尔·博死亡的事故后,布隆丹提前办理了退休手续。警察们无法确定皮埃尔·博或卡车司机这两个人中谁应对拒绝让路负责。后者从左边过来,应该给右边的自行车让路,但他证明皮埃尔·博是从广场左边的让-饶勒斯街过来的。可尼娜一直坚信,她的外公是从圣皮埃尔街来的,在司机的右边。货车将这位可怜的邮递员的尸体拖行了数米,警察和保险公司的专家无法证明任何事情。而且事故中没有目击者。

几个星期后,尼娜去问这两条街的居民,他们的邮箱里那天是否收到了信件。所有的人都回答是。皮埃尔·博在这两条街的哪条街开始投递的?永远不会有人知道。但尼娜继续对布隆丹怀恨在心,她认为他是个罪犯。她试图询问他,有一次还在路上跟着他,对方加快了脚步。于是尼娜去了他家。开门的是他的妻子。称丈夫不在家。尼娜确信他就藏在里面。她没有坚持。有什么意义呢?这也不会让她的外公回来。更何况,如果她能证明责任在司机,那就会落到达玛姆家,现在属于她的家庭身上。

*

几个小时后,新郎和新娘以一段华尔兹拉开了舞会的序幕。是埃马纽埃尔的母亲教会了尼娜这些舞步。格特鲁德·达玛姆带着幽默感向她的儿媳妇解释说,她无法接受自己的名字听起来像鸵鸟的发音,所以她称自己为"捷"。但绝对不是那家"捷捷"运输公司。她俩在宽敞的餐厅里练习,捷光着脚,尼娜穿着球鞋。"一二三四,一二三四,一二三四。"尼娜就是这样真正了解了她的婆婆:踩在她的脚上。两人封闭在欢乐和音乐之中。

私密关系在庄园里几乎是不存在的:星期天,至少有十人共同进餐,周围都是用人。尼娜发现了一个有趣有爱的女人,与她第一眼看到的情况完全相反——外表矜持,近乎冷漠。捷问了她的童年、她的外公。不是为了打听,而是想理解。没有打扰性的问题,只有兴趣。尼娜没有说玛丽安在葬礼当晚来偷走属于她的东西。尼娜只是对捷说,她不认识自己的母亲。她从未见过她。对母亲没有记忆,是外公用爱养育了她。

当尼娜和公公婆婆说话时,她会权衡用词,仔细考虑。不给不加思索留下任何空间。这些人不是来自她的世界。他们上的是顶级学校,生来就"含着银汤匙"——她外公有时会用这种奇怪的说法。尼娜害怕亨利-乔治,埃马纽埃尔的父亲。遇到他时,她会贴着墙根让路。他尽可能地表示热情,但他毕竟是个不苟言笑的人,他的目光是如此傲慢,以至于尼娜觉得当他对她说话时,她必须仰起头。两人间的交换仅限于泛泛而谈和礼节性问候。

今天早上,尼娜在玛丽-劳尔和约瑟菲娜惊讶的目光下穿上婚纱时,她们不断地说:"你太美了,天啊,太美了!"轮到捷时,她惊叹道:"上帝啊,我的儿媳妇是多么的美丽!"当玛丽-劳尔为大家煮咖啡时,捷打开了她漂亮的手提包。"按照习俗,新娘在婚礼当天得拥有一件蓝色物品、一件新物品、一件旧物品和一件借来的物品。"她给了尼娜一颗蓝宝石、一只装在首饰盒里的白金手镯、一枚漂亮的旧钻戒,然后摘下自己的订婚戒指借给她。

尼娜观察着围着她、照顾她的三个女人。为什么她自己的母亲却从来不想要她?

婚庆的地点离拉科梅尔大约七公里,在一个可容纳百位客人的私人场所,备有厨房、接待大厅、花园、一个舞池,比邻的建筑内有几套公寓和宿舍供在此留宿的客人使用。这里环境高雅,鲜花无处不在。仿佛白玫瑰已经在墙壁和天花板上生长了几个世纪。全部使用烛光照亮。如同童话仙境。

埃马纽埃尔的父母负责了所有事宜。捷只要求新婚夫妇选择喜欢的菜单和音乐。舞会首先是古典风格,有管弦乐队和小提琴。从午夜开始,将有一名 DJ 前来调制音乐,并提供龙舌兰酒。

此刻,新娘和新郎双目对视,在闪光灯的噼啪声中旋转。尼娜喝醉了。只有艾蒂安和阿德里安明白其他人永远看不到的东西。她眼中闪耀的不是喜悦,而是香槟。几对夫妇加入他们起舞,跳了大约二十分钟,然后各自回到自己的桌子。舞会是完美的,到处是笑脸,但阿德里安例外。艾蒂安与尼娜处于同一状态。他整个下午都在喝酒。现在,他喝了一些水,让头脑清醒一点:他要宣读他和阿德里安为新郎和新娘准备的婚礼致辞。其实主要是阿德里安写的。由于阿德里安拒绝在公开场合发言,他与艾蒂安达成了一个协议:"我写,你来读。"

银质餐具与水晶杯碰撞出一阵叮当声。四周安静下来。紧张的艾蒂安站起来,清了清嗓子,突然有种想笑的冲动,但他压抑住了。现在不是时候。

这个家伙真是帅呆了,尼娜想着,喝了一口香槟。

一个非常害羞,另一个虽也腼腆,但宁死也不肯表现出来。甚至在艾蒂安开口之前,她已经被深深地感动了。埃马纽埃尔把手放在她的膝盖上,她感觉到他的手指在她的皮肤上的压力,似乎他正试图遏制她的困惑。

"亲爱的尼娜,阿德里安和我为你写了这篇讲稿⋯⋯虽然你可以想象这是他写的⋯⋯我只是看着⋯⋯就像我们一起做作业和复习的时候。两个男孩中,我是那个傻瓜⋯⋯而在我们三个人中,也还是我。但我想说的是⋯⋯"

艾蒂安警惕地看着他的父亲,然后展开一张他事先塞进口袋的纸。

"我们亲爱的尼娜,认识你之前我们没有任何记忆。虽然我们相识的时候已经十岁了。但在你之前,记忆并不存在。你是一个起点。尼娜,你是好学生,是朋友,是艺术家,是笑声,是姐妹,是我们的光。不是手电筒的光,不,你是星星,小行星,你是唯一,你是一条河,你是我们的链接。三个人。我们就这样长大。俗话说'他们就像一只手的五个手指'。直到今天,我们的手只有三个手指。但这并没有阻止我们一起成长。我在左边,你在中间,阿德里安在右边。我们在同样的房间、人行道、学校、地下室里长大。我们曾追求同一个梦想。你知道什么是三指礼吗?拇指、食指和中指。这是一个代表忠贞誓言的手势。我们将永远忠于你,忠于生活,忠于生命。根据定义,你是中指,即使你英俊的丈夫今天给你的无名指套上了代表你们的爱与联姻的婚戒。但让我们回到你身上,尼娜,你首先是一位艺术家,生动而充满活力。全职的绘画天才,业余时间的歌手。我们将时间还给你。我们的歌曲将加入我们的记忆中,那些童年和青春期的记忆,而你的前面有一个新的人生等待建立。没有了你的声音,我们的作品就会消失。但这没有什么大不了的。我们的观众不会想念我们,因为他们并不存在。新年音乐会和音乐节只会因此而更加精彩。今天我们有点失去了你,但这无疑是为了你的幸福。你从来做事就是与众不同。你总是比我们领先一个时代。你是女孩,我们是男孩,就这么简单。一个男孩在一个女孩身边是如此的渺小。它似乎总是少了一条生命。诗人不是说,女人是男人的未来吗?亲爱的尼娜,以前,你有两个家,那是我们的家。从现在开始,你将加入第三个家庭。这个数字又一次出现了,就像神圣的三位一体。圣父、圣子和圣灵。你存在的形式。你将与埃马纽埃尔建立一个新的家庭。今天,你的幸福就是他的幸福,你们俩的幸福。埃马纽埃尔,今晚我们把我们的妹妹托付给你,她还有些你尚且不知的东西,你将随着岁月去发现,比如她的好脾气。对她来说,微笑是她的第二天性。我们为你列一份不详尽的清单——因为清单会变化——根据如下三点:尼娜喜欢什么,不喜欢什么,以及我们不喜欢尼娜的什么。尼娜喜欢巧克力面包和黑咖啡,喜欢狗、猫、猪、小牛,喜欢草地上自由的牛,而不是她盘子里的牛肉。她会在勃艮第炖牛肉面前哭泣,埃马纽埃尔,别怪我们没有提醒你……而且她经常让我们在香肠面前感到羞愧。她还喜欢香草的味道,在她的皮肤上和菜肴中,喜欢凤梨可乐达和马利宝朗姆酒,喜欢薯条上的盐粒、芥末、西红柿、乱翻抽屉、跳舞、游泳、《神探可伦坡》、难看的球鞋、苹果派、奶油甜点、辣椒酱、土豆、奶酪、吐司、樱桃。她不喜欢苦涩的葡萄柚、排队、握手无力的人、冰块和热甜点。永远不要送给她毛皮大衣，除非你想甩掉——不是大衣，而是你的妻子。我们不喜欢尼娜的地方是，她整天在画我们，甚至在我们起床的时候、睡觉的时候、在我们有痤疮和黑眼圈的时候，她让我们一连几个小时地摆姿势，她打游戏和网球的水平很糟糕，却非要参加。另一个噩梦是她会问一些奇怪的问题。不停地问。比如'为什么香蕉是黄色的？''口水是从哪里来的？''他为什么不看我？''为什么眼泪是咸的？''为什么有些人沉默不语？''为什么人们总是无动于衷？''为什么说昏迷是掉到苹果里，为什么是苹果？你怎么认为？''蚯蚓在想什么？'……埃马纽埃尔，别怪我们没有提醒你。一直以来，人们都说她没有方向感，因为别人的一个回答而迷失方向，这不是真的。而且我们今天有无可辩驳的证据，因为她遇到了你。我们将全世界的祝愿送给你们俩，祝你们幸福。时间将会证明一切。"

艾蒂安回到座位上，所有的人都鼓起掌来，尼娜起身拥抱两个男孩。艾蒂安谦虚地告诉她："这和我没有关系，不是我，我没有写。"阿德里安在她耳边说："为了你，我们永远有一辆加满油的新车。"

52

2017 年 12 月 25 日

我的血在刹那间被冻结。我认出了他的里昂车牌的四轮越野车。我经过他时,他没有看到我。根本没朝我看。他汽车的后座上,我想象着坐着露易丝,她的金发。她也没有注意到我。她怎么可能会猜到和想到我在这里?圣诞节人们在动物收养所前相遇的概率有多大?他们下车时,我放慢了速度。

我在后视镜里看着他们。我慢慢地用眼睛为他们脱去衣服。我的手在颤抖,我紧紧地抓着方向盘,仿佛身体悬浮在空中。

我刚刚告诉尼娜,我为尼古拉预订一个妹妹。"三个星期后你来接它。"她看了看日历。"1 月 16 日。是个星期二。周二是收养的好日子。"我不知道她为什么这样说。我在我们的童年记忆中寻找星期二,但什么也没找到。

我想下车,跟着他们进去,听他们说话。听他们的声音。

艾蒂安穿着一件厚厚的派克大衣,套头衫的帽子扣在头上。他的步态没有改变。我看到他的鼻子,他的嘴,没有看到他的眼睛,他低着头。还有他旁边的少年,他的儿子,完整的复制品。然后露易丝也出现了。她看起来有些憔悴。

我在这里,无法离开,无法熄灭引擎和下车。突然间,我想象艾蒂安要带走尼古拉的妹妹。尼娜说 1 月 16 日把猫送给我是在报复我。他们过来拿那一窝三只的小猫,以便不把它们分开。然后我开始哭了。我趴在方向盘上抽泣着,不知道自己像这样待了多久。

我抬起头,在后视镜里又看到了他们和那位迎接我领我去看猫的小个子女士,她牵着一条狗,身边是尼娜、艾蒂安和他儿子、露易丝。他们望着我的方向。尼娜说了些什么。艾蒂安转过头来,盯着我的车,这一刻持续了很久。他犹豫了一下,然后独自走近。我没有动。我无法启动汽车。我等待着。心脏疯狂地跳动着。

到达我的车旁时,他敲了敲车窗。他说:"警察,请出示您的证件。"

在他的眼睛表面,我看到像死皮般重现的我们的童年。他的目光中混杂着笑意与绝望。十七年未见。十四年未说过话。

最后一次见面我们差点动手。我从未如此憎恨过一个人。

他就在这里,在这个寒冷的早晨,向我俯身。

我摇下了车窗。寒意侵骨。我久久地盯着他,他亦如此。我们似乎在衡量双方的皱纹、法令纹和泪沟、我们下垂的眼皮、唇角的皱纹,我们曾吻过谁?有多少次?

"你怎么哭了?"他问。

"因为你要带走我的猫。"

53

1996 年 5 月

  他们已结婚十个月了。

  早上七点，埃马纽埃尔在离开前亲吻她的脖子。她舒服地嘟囔一下，随即重新入睡。每天早上，她在十点钟左右第一次睁开眼睛，继续睡觉，在十点十五分、十点二十分点、十点三十分再次睁开眼睛。不想起床。又回到她的梦乡中。十一点十五分终于起床，不能再拖了。为了在埃马纽埃尔回家吃午饭时她看起来精神焕发。仿佛她在八点钟就已经起床了。她一边听着收音机一边洗澡。她喜欢主持人的声音。

  当她来到厨房时，女佣娜塔莉太太已经在那里了。以前那些看不见的雇员现身了，这让尼娜感到非常沮丧。她更愿意自己做饭和打扫卫生，可她甚至没有试图向丈夫建议，他会立即反对的。尼娜不喜欢这个女人，但由于她为达玛姆家族工作了好多年，她不敢多说什么。

  娜塔莉准备了所有的饭菜。埃马纽埃尔在下午一点左右回家，陪尼娜待一会儿，他说这可以让一天变得更短。除非他因会议和出差脱不开身。自去年九月以来，这一直是他的日常惯例。

  结婚后的第二天，埃马纽埃尔要求尼娜辞职。

  "你现在是我的妻子，不能再做财务总监的助理了。"

  "我喜欢我的工作……这很有趣。而且勒卡穆先生人也很好。"

  "我知道。但你必须找到其他消遣。尼娜，明年我将接手管理公司。老板的太太不可能在办公室里做助理。你用不着再挣钱谋生了。"

  "但是我的日子该怎么过呢？"

  "照顾你的丈夫，把自己打扮得漂漂亮亮，花咱们的钱……我不希望你再担心了。做你喜欢的事，尼娜。我爱你。我是来宠爱你的。让你的生活更美好、更气派。放松点。"

  尼娜咬着指甲思考。

"那我打算去上学。"

"为了什么?"

"学习知识。我可以报函授课程。"

"只要你喜欢……你的愿望就是命令,我的爱人。"

她报名参加了格瑞塔成人函授学院的平面设计培训课程,给自己买了一台电脑。她一直坚持到冬天。三个月。在家里学习,激励自己,定期交作业,听录音的辅导课,她没有这个勇气。于是她睡懒觉,化妆,更换衣服和头发的颜色,与丈夫共进午餐,看电视上的肥皂剧,听音乐,看书,购物。有时她会去自己的老房子,与约瑟菲娜喝杯咖啡,看看她的动物。年迈的宝拉在沉睡中死了。火化后,尼娜将它的骨灰撒在了外公的坟墓上。你们一起睡午觉吧,就像以前一样。

只剩下两只老猫,它们几乎不出门,整天呼呼大睡。尼娜本可以把它们带回新家,但埃马纽埃尔对动物的皮毛过敏。他向尼娜承诺,他会去做脱敏治疗,但他不能给她保证。"有时有用,有时没效果。"

星期天,他们与达玛姆家族的其他成员一起在大餐厅用餐,也就是尼娜与捷学华尔兹的地方。人们边吃边谈论政治、生意和新闻。尼娜听着,但很少说话。只有一次,当谈话的主题滑到了在法属波利尼西亚的最新核试验时,在她公公挑选的1989年勃艮第红葡萄酒的刺激下,她脱口而出对希拉克的蔑视。惊讶之余,家人给了她一个礼貌的微笑,不明白何以会有这种爆发。波利尼西亚和大堡礁离勃艮第是如此遥远。

从这些周日午餐回家的路上,总有几分醉意,尼娜给阿德里安和艾蒂安打电话。这是周日下午的仪式。在埃马纽埃尔午睡的时候,她向他们倾诉,听他们说话,问他们问题。他们互相讲述自己的生活,他们在巴黎,埋头苦读,为考试做准备,她无所事事,很开心的样子。

"你不觉得无聊吗?"阿德里安不断地问。

"不,我很享受。"

"你在享受什么?"

"生活。"

她说她很快就会来见他们,和埃马纽埃尔一起,只要他的时间安排允许。谈到将要到来的夏天,她说他们得来庄园游泳,泳池大得惊人,他们将光着脚踩在草坪上烧烤和聚餐。阿德里安和艾蒂安承诺会来的。

她不再画画了。仿佛艺术属于她以前的生活。和她外公在一起的生活。一天早上,她画了一张埃马纽埃尔睡眠的素描,他看到纸上的自己时笑了,有点嘲讽地说觉得不像他。

"亲爱的,恐怕你不是雷诺阿。"

尼娜当时深受伤害,但事后她对自己说,这就是爱,这种坦诚,对你所爱的人说实话。年轻时她被人们哄她的所谓有天赋欺骗了。她看了看自己为埃马纽埃尔画的素描,意识到她的作品很蹩脚。从那时起,她的画板、炭笔和白纸就一直在一个柜子的后面睡大觉。

晚上,埃马纽埃尔在七点左右回家,他们喝酒,晚餐持续到很晚,然后做爱。埃马纽埃尔告诉她,他从未如此快乐过,她给了他梦寐以求的生活。当他终于睡着时,她打开电视,一直看到深夜两点。《文化鸡汤》《如同周一》《值得争论》。她着迷地听到让-吕克·德拉鲁的节目里作证的人,有时化了妆,戴着假发和黑眼镜。

在结婚证上签名的同时,尼娜签署了一个永久的假期。

*

"博宾先生?"

"我是。"

"德塞拉博先生在等您。"

阿德里安口干舌燥,喉咙发紧,走进一间办公室,樱桃木的书架上摆满了书籍。他把手稿寄给了好几家出版社。所有的人都回答说他的小说不符合他们的出版路线。所有的,除了这家拥有众多知名作家的出版社。

一天晚上,特蕾莎·勒皮克告诉阿德里安,有人打电话来了。

"叫什么法比安·德塞拉博,来自什么……出版社,我记不起来了。"

"他对你说什么了,特蕾莎?他具体对你说了什么?"

"没什么特别的,叫你给他回电话。"

阿德里安立即明白,这是一个好兆头。这些人不打电话,当他们拒绝你的时候,会发一封打印好的标准公函。除非鉴于他的文本性质,打算当面侮辱他或对他提出异议。

当阿德里安兴奋地拨打这个号码时，已经是晚上八点钟了。回答他的是自动留言机。他整夜醒着，看着天花板，脑海中想象着一个比一个疯狂的画面。第二天早上，他像往常一样乘坐郊线和地铁去上学。中午，他出去找了一个电话亭，拨通了特蕾莎在一张纸上潦草写下的号码。一个女人为他预订了约会，没有多说什么。阿德里安不敢问任何问题。此刻，他就在这里，面对着一个四十五岁上下的男人，身材矮小，眼神狡黠而迷人，声音嘶哑，脑瓜上没有一根头发。握手时手腕很有劲。

"请坐。茶？咖啡？水？"

"不用，谢谢。"

"您和克里斯蒂安·博宾有亲戚关系吗？"

阿德里安想了想。他不知道克里斯蒂安·博宾是谁。他的父亲叫西尔万。他是否有一个叔叔或表哥叫克里斯蒂安呢？说实在的，他对生父的家庭一无所知。

"我想没有吧。"他最后怯生生地回答道。

法比安·德塞拉博盯着他。阿德里安很不自在。

"我就不绕弯子了，你的稿子非常好，可以说非常非常好。有深度，令人慑服，很强烈。我从来没有读过如此……有创意的……如果我用词不当请您原谅……我没有贬低的意思。"

"……"

"您几乎征服了我们整个审读委员会。只有一两个人持保留意见……但我认为这是因为作品的独特性。文本可能会令人困惑。您有没有把它寄给其他出版社？你是否有其他接触？建议？"

"没有。"

"谢谢您的坦诚。您有兴趣加入我们出版社吗？"

阿德里安发出了一个几乎听不到的肯定回答。仿佛他在犹豫不决，而他的心却在狂跳。

"书名《西班牙白》很好。"

"……"

"您是做什么工作的？"

"文学研究。我现在是高等师范学院的预科生。"

"您多大了？"

"二十岁。"

"以前写过作品吗？"

"没有。哦，写过些歌词类的东西。没有什么成功的作品。"

"不瞒您说，我被您的文本特色震住了。"

"……"

"您是不是已在写其他东西？另一部正在准备中的小说？"

"没有。"

"那应该考虑起来了。"

"……"

"我有一个问题，您不是必须回答：这是自传还是虚构的？"

阿德里安考虑了一会儿才回答。

"我相信在每部虚构的小说中都有某些真事，以现实为基础的根源，而在自传中则有许多谎言。"

法比安·德塞拉博微笑着再次盯着他。

"您回答得很好……我将为您准备合同。准备好了，我们会立刻联系您……会需要做一些修正，不多，一点删节，我们将一起完成，而且这一切会在您同意的情况下。我将是您的出版人，我们将在一起工作。欢迎您。"

法比安·德塞拉博站起来，向他伸出手。

五分钟后，阿德里安已经站在街上，惘然若失。他难以相信。他的文字将对他周围的人产生炸弹效应。他的文字无疑将改变他的生活。他的小说要被编辑、出版了！一切进行得如此之快。他不是在走，而是在飞，被一种迂回曲折的自豪感牵引着。他写在纸上的文字充满了痛楚，得到了这些人的喜爱和理解。他感到被认可。第一次有了存在感。通过一扇大门进入光明。这就像白日做梦。他要给尼娜和母亲打电话。他必须告诉他们这个重大消息。

他在人行道上止住了脚步。当然不能。他什么都不能说。除了对露易丝。在这个事件中，不会有香槟或鼓声。

阿德里安忘记告诉法比安·德塞拉博，他希望保持匿名。他的名字不该出现在封面上。

*

露易丝挂断了电话。阿德里安刚刚告诉她,他的书将要出版。她回答说:"这太好了,但我并不惊讶。"她是唯一一位知情人。在阿德里安将手稿投寄给几家出版社之前,她已经读过了。她答应为他保密。在挂断电话之前,她低声对他说:

"我爱你。"

"我也是。"

她生活在里昂,正在那里读医科的第一年。没有了那三人,她感到很无聊。她想念她的傻哥哥。尼娜一直待在她出生的地方,阿德里安将在他乡大放异彩,她对此深信不疑。

每次露易丝回到拉科梅尔,她都对自己说,她该去看看尼娜,而在周日晚上,在离开之前,她想:"该死,我把她忘了。"

*

艾蒂安走出大学的阶梯教室。离他和室友阿蒂尔参加警察学院的入学考试只剩下一年时间了。之前的两年大学生活是强制性的。他们必须拿到大专文凭。

艾蒂安恨不得日子过得快一点。他迫不及待地想去警校,直奔主题,他存在的核心。法学院是最糟糕的地方,是一种惩罚。地狱都比它更悠闲些。民法、私法、宪法……一场噩梦。但他坚持下来了,当警察已经成了他的心病。如果他通过艰难的考试,他将加入戛纳-埃克卢斯警官学校,如果他表现良好,十八个月后他将成为一名警察中尉。十八个月的培训,包括六个月在警察局的实习,他将参与搜查、拘留和逮捕行动。

根据空缺的岗位,他的排名将允许他自由选择自己的工作。他必须努力学习,跻身96级的最佳学员行列。他在索邦大学聘请了一位讲师,每周上三次课。一开始,他的基础是如此之差,有时他会忍不住掉眼泪。他想起尼娜曾经对他说过:"要明白你在抄什么,总有一天我不会再在这里了。"

尼娜不再在这里了。她没有死,但也差得不远。

培训结束后，艾蒂安要求将里昂作为他的第一选择。他对巴黎并不感兴趣。巴黎属于做音乐的梦想，过去的梦想。里昂是个好地方，城市不远处有海，附近有山，还有露易丝。

他知道自己符合所有的体能要求，而且是一名神枪手。他彻底戒烟了。而且，在几个极少参加的晚间派对上，如果闻到有大麻味，他就会站在窗口或躲进附近的房间。

他的双肩背包里装着运动服。每周三次，他乘坐地铁9号线去布洛涅森林的上下湖区跑步，耳机里是"音速青春"乐队的摇滚乐。

他避开太靠近水的地方，如果不得不经过，他会害怕。这一成不变地反射着天空的水面，这面镜子被他想象成审视他的眼睛，将他带回森林湖，带回他等待克洛蒂尔德的那个晚上。她已经失踪近两年了。她的父母似乎想上《失联》这档电视节目。艾蒂安记得，当他还住在拉科梅尔的时候，他的母亲就经常看这档节目。那时候，当他听到用来渲染情感的悲伤音乐时就会翻白眼。该节目的概念是为令人不安的失踪案或悬而未决的凶杀案召集证人。一种往往让艾蒂安难以忍受的偷窥行为。尤其是这会让警察陷入困境：你们没有能力破案吗？那我们就求助媒体。

他是否必须作证？如果有人提出，他将无法回避。否则，他就会显得很可疑。奔跑能除去他的杂念。训练也有同样的效果。

今天，他将绕过这两个湖泊。经其他路线穿越树林。自从他想象克洛蒂尔德的父母在法国电视一台的摄像机前请求帮助后，他就一直避免看水，就像在回避一个眼神。自从他的母亲告诉他："蒂蒂，克洛蒂尔德的父母已经在普拉德尔那儿登了记，他们正在研究这个案子。"布洛涅森林的湖泊就成了一张脸，一个可怕的面具。

他和阿德里安一起观看了这个节目的最后一期。他没有勇气独自做这件事。那是一个星期一的晚上。通常他们只在周六或周日见面，从不在工作日碰头。但艾蒂安说这非常重要。他点了披萨，他们并排坐着吃，他们的电子琴在背后，一天二十四小时电源都关着，现在成了衣架和杂物托盘。就像两具被钟情、被崇敬了多年而如今却被遗忘的尸体。

"你为什么要我们看这个？"阿德里安惊讶地问。

"因为一些记者肯定会给我打电话，我母亲告诉我，克洛蒂尔德的父母已经决定来参加这个节目。"

"你是认真的吗?"

"我不会拿这个开玩笑。"

"你打算怎么说?"

"你想我还能怎么说?我在等她,但她一直没有来。"

54

2017 年 12 月 25 日

艾蒂安把咖啡杯拿在手里，喝了一口，做了个鬼脸。"圣诞快乐"，他对我们说。

他看起来很疲惫。他摘下扣在头上的帽子，但没有脱外套。我无法相信自己和他在同一个房间里。有时候，因为过分沉浸于臆想的或担心的事情，以至于当事情发生时，你反而失去感觉，置身事外。

尼娜的眼睛没有离开艾蒂安。在这个巴掌大的办公室里，他看起来像个巨人。他点燃一支烟，也不问这里是否允许吸烟。她什么也没说。她在寻找话语，就像迷失的人寻找道路。

露易丝、瓦朗坦与西蒙娜一起到育婴室看那窝小猫。露易丝跟他们一起去，让我们能够待在一起。

当看到我从车里出来时，她面无血色到近乎透明。她到达的时候已经脸色苍白。她没有想到我会在这里。

我走近他们，在艾蒂安的一侧。当我近距离看到他的儿子时，我再次被震惊。太像了！

我没有接触或拥抱任何人。

年轻的时候，尼娜有敏锐的触觉。她需要接触与他人建立联系。她会拥抱和牵手，抚摸对方的脸庞，仿佛在雕刻她面前的人。我很佩服她这一点，因为我无法做到。我总是害怕接触别人。

现在我和艾蒂安、尼娜单独在一起。我将手放在背后，这样他们就不会发现我在发抖。

"你没有更提神的东西可以喝吗？尼娜。你的咖啡太恶心了……来杯酒庆祝圣诞节？"

尼娜回嘴："现在是上午十一点。而且在你目前的情况下，我不认为这是个好主意。"

艾蒂安笑了。他看着我。

"露易丝告诉你我的事了吗？"

"什么事？"我的声音是苍白的。

"说我快死了。"

尼娜介入了。这让我感觉好些。我可以不回答他的问题。

"如果你不接受治疗，"她说，"那必死无疑。"

"你就别管闲事了……让我一个人待着……已经无药可救了。"

"你有啥打算？"

"没有。"

"没有？你这是什么意思？"尼娜坚持着。

"我明天就回里昂。"

"然后呢？"

"然后……我会在阳光下完蛋。我想先去看看大海，在我……露易丝已经给了我所需要的东西。我不会有痛苦的。"

"你想去哪里？"

是我提出了这个问题的。虽然我完全不想参与谈话。它就这样冒了出来。有些话是憋不住的。多年来一直被掩盖的话语，突然从嘴里逃脱出来。

"我还不知道……"他回答，"意大利或希腊……类似的地方……"

尼娜和艾蒂安继续他们的谈话，好像我已经不在了。

"你告诉你儿子这个打算了吗？"

"还没。滚蛋前我会告诉他的。"

"你打算什么时候出发？"

"尽快。最快下周吧。我没多少时间了。"

"你怎么知道的？"

他苦涩地回答说："你是没有看到我的肿瘤的样子。"

"你可以做手术。现在有些化疗很有效的。"尼娜反驳，语气并不坚定。

"你讲起话来就像我妹妹！她给你上过课了？"

"根本不是。我有被治愈的朋友。"

"什么朋友？"艾蒂安问道。

尼娜没有回答。

"约瑟菲娜?"艾蒂安继续,几乎咄咄逼人,"你以为我不知道她有多遭罪吗?"

"你甚至没来参加她的葬礼!"

我突然喊了起来,比想象中更大声。我恨不得马上溜走。我听够了。受不了了。我下车是出于对露易丝和尼娜的爱,不是为了艾蒂安。他死就死吧。对我而言,他早就死了。我转身走向门口准备出去,艾蒂安拦住了我。

"我去了约瑟菲娜的坟墓……在葬礼的第二天……所有人都离开以后。那时候,我不想遇见任何人。"

55

1997 年 9 月 6 日

二十亿人在电视机前，用他们的眼睛跟着游行队伍，茫然无措。年轻的王子们在烈日下，痛苦地弯下腰，像两根芦苇在一群鸟的簇拥下。人们不忍心看到王室受苦，更别说是两个失去母亲的孩子。

何况，人们也刚刚得知特蕾莎修女去世了。我们可以想象她们俩在圣彼得面前，受人爱戴的公主与穷人的公主手拉手。同样的甜美声音。人死后会失去声音吗？

这个夏末到底是怎么回事？阿德里安想着。

在世界的另一个角落，一个儿子埋葬了他的母亲，没有花海或人潮。一个竭尽全力的女人。她的双手沾满墨水，指甲里有橡皮胶，她一生都在为别人的孩子擦拭，早上迎接家长，晚上将孩子们交还给他们的父母亲。父母亲白天的助手。一个片段。她的日常工作是带孩子们玩耍、欢笑、转圈跳舞、吃饭、睡觉、拥抱他们、为他们擦鼻涕、整理他们的被子、给他们读故事、让他们在进入幼儿园之前有事可做。在托儿所度过了二十年。抚摸过无数金色、棕色、倔强的、温顺的小脑袋。她管理着第一颗牙和第一步。驼着背，以便扶起正在跌倒的孩子。

上午十一点，尼娜、阿德里安和露易丝来到拉科梅尔的墓地。露易丝在左，中间是尼娜，阿德里安在右边。这是露易丝第一次取代她的哥哥，他在警官学院回不来。露易丝、尼娜和玛丽-劳尔帮助阿德里安安排了葬礼。仿佛玛丽-劳尔被指定负责他人的去世。那些她儿子朋友的父母。

尼娜和阿德里安在三年间忍受着分离的折磨。当然，西尔万·博宾坚持支付一切费用。那天上午他也在场。

不到两个月，约瑟菲娜就走了。一天早上，她的医生让她做了血液检查，因为她觉得比平时更疲惫，第二天她得知癌症已转移到全身。

人们试着给她做化疗，但约瑟菲娜在脱发之前就走了。尼娜照顾她，陪她去欧坦的医院，直到她在那里去世，阿德里安、尼娜和玛丽-劳尔陪在身边。直到最后，由于预科生沉重的功课，阿德里安只能每个周末回来。

事实是，阿德里安没有通过考试。真相是他骗了所有人：自1997年3月《西班牙白》出版后，这部小说在法国的销量已经超过了五十万册，版权售出二十多个国家。一个了不起的现象，这个主题让人着迷。而作者希望保持匿名的事实也不是偶然的。阿德里安选择萨沙·洛朗作为他的笔名。

作者是男是女，人们做了各种猜测，很多大作家的名字被传来传去。甚至有人猜测作者早就死了，这是一份被发掘的遗稿。

现在他在准备的第二本小说是如此重要，阿德里安离开了特蕾莎在万塞纳的公寓，搬到了巴黎六区一套舒适的公寓，朝向六十平方米的庭院，就在他的出版社旁边。他过着秘密的地下生活。他说自己是个学生，以避免向人家承认他是《西班牙白》的作者。他还让他的出版人相信他正在写第二部小说，可他一点思路都没有。灵感干巴巴的。日常生活是一张白纸。《西班牙白》是一个解脱。但在谎言的背后依然是谎言。这绝对是他的第二层皮肤。

不知不觉中，如同他母亲在生命的最后几周打的静脉点滴，一点一点地，阿德里安变了。他变得更加自信，并开始在商店的橱窗里打量自己，整理头发。一个曾经丑陋的人通过名声变得英俊了。这名声，除了银行账户，他没有从中得到任何好处。

他每天晚上和他的出版人法比安·德塞拉博一起出去，后者只是将他介绍成一名有前途的青年作家，不再多说一句话。对于那些好奇地想知道他写了什么的人，他只是简单地回答："我们还在修改阶段，请耐心等待……"

阿德里安和德塞拉博观看了所有的演出，总是坐在前排的人。阿德里安在时尚的俱乐部里结束他的夜晚。一边用吸管啜饮昂贵的鸡尾酒，一边观看同个圈子里的人跳舞。

他第一次有了享受的意识。这可能与他的态度有关系。那个会脸红的孩子已彻底死去，被埋葬了。成功让他挺起了脊梁骨。在巴黎的夜晚，他总是挑选俯瞰舞池的位置来大饱眼福。他一刻都不能想象自己曾生活在勃艮第。他编造了一段自己在圣日耳曼德佩附近长大的过去。有时是艺术家的儿子，有时是无名氏的儿子。他出生在布宜诺斯艾利斯或纽约，在与人交往的过程中随意地为自己编造人生。他不再使用公共交通工具，很少离开他的社区，当他必须出行时，会叫一辆出租车。他不再打听特蕾莎的消息，他现在称她为"女房东"。毕竟，她收留他是为了钱。

他不再见艾蒂安，艾蒂安已被录取在塞纳马恩省的夏纳—埃克卢斯的警官学院。

告诉阿德里安病情的不是约瑟菲娜本人，而是尼娜。约瑟菲娜不想让他担心。她告诉自己，她会很快摆脱癌症，等病好以后她会告诉儿子一切。

一天晚上，尼娜给阿德里安打电话，告诉他必须回来，他母亲身体不好。当她说到"癌症"一词时，他愣住了。

第二天，他乘坐高速列车直接到医院与他们会合。推开房间的门时，他如遭雷击：他的母亲消瘦了，脸上已经戴上了死亡的面具。他感到这是一种惩罚，他什么都没说就写下了《西班牙白》，而生活正对他实施报复。他在纸上承认了一切却什么也没对人说。尼娜也完全变了，脸庞浮肿，身体变成了另一个人。她胖了有十公斤，也许更多。阿德里安以为她怀孕了。他想要逃离这种昔日的生活，拔腿跑回他编造的美丽存在中。尼娜离开去买咖啡，当他与约瑟菲娜独处时，他想向她坦白一切："妈妈，《西班牙白》是我写的，原谅我。"但他没有勇气。

她在不知情的情况下离开了人世。

除了几个老同学和母亲的同事外，教堂里没有多少人。人们留在家里看电视直播戴安娜王妃的葬礼。在墓园里，只有几个人参加了下葬仪式。

露易丝和尼娜牵着阿德里安的手。西尔万·博宾站在他们身后，僵直得像个法官。如果阿德里安向后移动一厘米，他就能感觉到生父的呼吸喷在他的脖子后面。

阿德里安请两个女孩在葬礼后带他远远地离开。没有去她们任何一家喝酒，只是单独和她们两个在一起。尼娜面露难色。不回家是很难的，埃马纽埃尔讨厌她外出，但在这种情况下，不可能抛弃阿德里安。她撒了谎，让埃马纽埃尔相信大家在仪式结束后为纪念约瑟菲娜而聚会。

"在哪里？到几点钟？你想让我陪你一起去吗？"

"不用了，没事的。"

她甚至敢说："我宁愿一个人去，艾蒂安已经不能出席。"

约瑟菲娜死后，露易丝给她哥哥打了电话。

"她在星期六下葬。"

"周六也有葬礼吗？"这是他唯一的话。

"我想是的。"

"我来不了。我的长官不允许我外出。我没有办法。"

"起码给阿德里安打个电话。"

"好的。"

艾蒂安挂断了电话，回忆起约瑟菲娜。她很酷。从不与人争吵。总是在笑。嘴里叼着一支烟。她的手在他们的头发里。在她小小的公寓里全是美好的回忆。他想到了阿德里安的悲痛，尼娜的孤独，自己流产的青春。没有人知道，他和尼娜已在同一天死去。他想他愿意付出一切代价，回到他的少年时代，那个无忧无虑的自己。

第二天早上是星期天。他在里昂火车站买了一张高铁车票，下了火车，他看到阿德里安和露易丝并排坐在车站内一台自动饮料机前。他们看起来很迷茫。

他当然是回巴黎，她要回里昂。

艾蒂安贴墙走着，以免被人发现，就像圣诞节他看到他们离开旅行者酒店时那样。

真是奇怪的一对。他们看起来像已经结婚一百年了。年轻外表下苍老的心。他们为什么不在一起生活？他们为什么还在躲躲藏藏？

艾蒂安乘公交车去拉科梅尔，在烈日下走到墓地，在新坟中寻找并发现了约瑟菲娜·西蒙尼的坟墓。他意识到，他第一次知道了她的姓氏。

对他来说，她一直是约瑟菲娜或阿德里安的母亲。

他在她墓地旁边的长椅上坐下，开始和她说话。他首先感谢了她的巧克力和甜饼。然后，他将话题转移到了1994年8月17日那个晚上。他从来没有和任何人说起这件事。就约瑟菲娜现在所处的地方，她已无法告诉任何人。只能听他说。他需要安慰自己的良心。

那是皮埃尔·博的葬礼后的晚上。忧心忡忡的艾蒂安，早早地来到森林湖。他带来了一些咸味糕点和一大瓶从父母酒柜里偷来的威士忌。他很害怕这次与克洛蒂尔德的重聚，他已经一个多月没有见到她了。他只在上午的葬礼上和下午自己家里见过她，但很短暂，因为他没有放开尼娜的手。

一个将以分离结束的重聚。他的小讲稿已经准备好了："我爱你，但我两星期后就要去巴黎了，我们会再见面，肯定会的，几年后，我们最终会结婚，你看吧……但现在让我们先中断吧，否则彼此就太痛苦了。""中断"这个词不那么暴力，更懦弱些，与"结束"相比，也不那么确定。他想避免哭喊和眼泪。悲剧不适合他。

他已经喝了不少瓶中酒，被过去几天的疲劳和酒精所击垮，他正打着瞌睡，克洛蒂尔德到了。他惊愕地发现她精心打扮过，还化了妆。

她扑向他。艾蒂安任由自己被亲吻。然后她盯着他。

"你没有收到我的信吗？"她问。

"什么信？"

她露出了一个奇怪的微笑，耸了耸肩。他注意到她的脸色很憔悴，仿佛夏天让她变老了。她想去游泳，马上就去。"天太热了……还有尼娜外公的事，那个葬礼，这让我很伤心，可怜的女孩……"

她根本无所谓。她是个蹩脚的女演员。她嫉妒尼娜，嫉妒三人的亲近。艾蒂安听到的是相反的声音："尼娜·博关我什么事。"

他讨厌她。几乎就想溜了。克洛蒂尔德感觉到了。她彻底改变了她的举止。

"我们要不要找一个安静的角落？那样我们可以脱光衣服。"她用淫荡的声音说，抚摸着他的裤裆。

肉体是软弱的，特别是艾蒂安的。他想这是最后一次和她做爱。毕竟，这就是他与她约会这么久的原因。他回答好。

他们骑上摩托车，进入森林深处，找到一个无岸堤的绿树成荫的地方，远离他人的目光。其他戏水的人正好相反，集中在用跑马场粗糙的沙子堆成的湖岸上，少年们正在烤着香肠。

一道斜坡，高大的杂草已被夏日烤焦，艾蒂安和克洛蒂尔德将从这里直接跳入湖中。

他脱掉衣服。潜入水中。水是泥泞的。他看着她脱衣服,她转身背对着他。她穿着像绷带一样的衣服,那些老太婆用来支撑腰部的东西。她只是朝他的方向扭头,对他笑了笑,一个奇怪的笑容。他再次感到不舒服,有种想开溜的冲动,欲望消失了。他不想再和她做爱了。真是个白痴,竟然来到这里……可真是个白痴。

他从水边游走了。泥泞消失。水变得清澈起来。凉凉的水,让他的酒醒了。当他转身时,克洛蒂尔德已在水中,向他游来,一边夸张地大声笑着。到了他面前时,她轻轻地说"我有个惊喜给你",然后就消失了。艾蒂安以为她要做水下口交之类的事。但她浮出水面,仰面躺在水上。一个圆圆的肚子。像一颗赘生物。一场噩梦。他从未见过孕妇的肚皮。除了遮在衣服下面的。但从不是裸体的。肚脐有点隆起。

他在十分之一秒内将整个故事复盘,他本该怀疑,本该感觉到:"她没有做流产手术。"

可他明明陪她去了欧坦。他在医院对面的一家咖啡馆里等着她。她是在下午三四点钟的时候从医院里出来的。

"顺利吗?"他问她,有点惭愧。

"是的,这样更好。"她回答。

现在,他哑口无言。而她,躺在水上,笑盈盈地看着他,几乎为她这个善恶难辨的玩笑而骄傲。他闭上眼睛,把头埋进水里,想游回岸边逃走。他想取消这一时刻。就像电脑上的"删除"箭头。

她以自由泳的姿势跟在他的身后。一名出色的游泳运动员。他忘了这个细节。他感到她的手抓住了他的脚踝。他挣扎着从水中蹿了出来。他看到她的绷带被扔在地上,在她的衣服旁边。

一个疯女人,他想。

她上岸有些困难,叫艾蒂安帮她。他没有动,冷冷地看着她。她紧紧抓住一条树根,尽可能地往上爬。他有种冲动,想把她的头按到水下,让她消失在湖里。

一出水面,她就大着嗓门说:

"别担心,我不会要求你什么的。没有人知道这事,包括我的父母。"

她从手提包里拿出一捆捆的钱。好几千法郎。

"看，我有很多钱，我要离开。"

"去哪里？"

"我还不知道……今晚，我们两个人的这次约会，是为了甩掉我，不是吗？"

他没有回答。她开始哭，并发出怪叫。她再次提到了她给他寄的一封信。憎恨和怜悯。他从背包里拿出那瓶威士忌，喝了几大口。酒精总能抚慰他。他平静下来了。他感到头晕，在草地上坐下来。

"见鬼，我还没满十八岁……你为什么要这样做？"

"我没有勇气去堕胎。"

"我不相信你，克洛蒂尔德。说你想缠住我。但不要跟我说什么勇气之类的废话。"

她什么也没说就穿上了衣服，不时地啜泣。她没有包住肚子。他卷了一根大麻。继续喝酒。她在他身边坐下。

"当我们的父母发现时，他们会气疯的……你的和我的。"

她回答说："我会在他们知道之前离开。"

"可是，老天爷，你想去哪里？"

她笑了。

"我总能应付。"

"我不想要孩子。我从来不想要。我永远不想要。你骗了我。这真恶心。"

"那你呢，你想离开我，你不恶心吗？"

他闭上了眼睛。一个醒着的噩梦。今天上午是皮埃尔的葬礼，现在另一个又挺着大肚子回来了。他想哭。但他从不在女孩面前落泪。他的头开始旋转。他躺下了，眼睛仍然闭着。背上是干燥、带刺的野草。他时而掸掉手臂或脖子上的一只蚂蚁。克洛蒂尔德把一只手放在他的腹部，一只敏捷而温暖的手。他把它推开了一次、两次。在第十次的时候，他放弃了。何必抗争呢？与什么抗争？她给他设了陷阱。从中获得一些相对的乐趣又何妨呢。她抚摸着他，她一直都知道如何满足他。他泄了，在暑热和威士忌的作用下睡着了。

当他被一声沉闷的噪声惊醒时，天色已暗。他叫了几声克洛蒂尔德，没有人回答。她的衣服和绷带都不见了，没有一丝她的痕迹，好像他做了一场噩梦。

他站了起来,感觉很不舒服,酒喝多了,腿也站不稳了。身上有黏液的臭味。

在两百米外,也许三百米,他似乎看到有什么东西正掉入水中。艾蒂安最终意识到这不是他的想象,一辆汽车正在他眼前沉没,被湖水吞没。他并没有试图潜水,看看里面是否有人可救。他认为这可能是与毒品交易、偷窃汽车有关的事件。这里一直都有坏人,小毒品贩子和吸食大麻的人。那天晚上,艾蒂安没有把克洛蒂尔德和那堆金属联系在一起。

他头也不回地跨上摩托车,向尼娜家骑去。

归根结底,没什么大不了的。那个孩子是她自己的问题,与他无关。

第二天,他得知克洛蒂尔德失踪了。

一名目击证人证实晚上十点左右在拉科梅尔车站见过她。时间吻合。于是艾蒂安撒了谎:克洛蒂尔德没来赴约。这样更简单。说没有看到她,他使自己相信了什么都没有发生。他将去巴黎,没有人会提出疑问。他将成为一名警察,执行法律,防止克洛蒂尔德或其他女贼给男人设陷阱。

56

2017 年 12 月 25 日

"现在你在干什么？"艾蒂安问我，靠在收养所的铁门上，好像我们刚刚在街角撞见了对方。

不远处，可以听到西蒙娜、露易丝和瓦朗坦经过时狗的吠叫。

"我住在这里。我已经回来了。"

"为什么？"

"因为我熟悉这里。我买了一幢小房子。"

"说真话。"他不让步。

我不明白他的意图。他似乎想让我坦白某些人或事。

"尼娜，也许，我……"

就在这时，尼娜过来了。

"我们可以去你家吗？"

"好啊。"

"我让露易丝开车带瓦朗坦回家。我的车只有两个座位，可以坐你的车吗？"

"可以。"

我立刻明白，她害怕艾蒂安会溜走。她在等待我的帮助。她很紧张，不想浪费时间。她已经准备好出发了。西蒙娜抱着一条狗从收容所出来，后面是手拉手的露易丝和瓦朗坦。我心想，我宁愿让他们上我的车，而不是艾蒂安和尼娜。

"我带天使之铃回家，傍晚再回来。"西蒙尼告诉尼娜。

我们都很冷。耳朵和鼻子尖冻得发红。尼娜看着西蒙娜把天使之铃放进她的汽车后座上。领养意味着计划。制定计划。可她以前认为西蒙娜只有一个前景——死。瓦朗坦也看着她，很是羡慕。

他说："长大后，我也要养一条狗。"

艾蒂安对他的儿子笑了笑，没有回答。他甚至没能送给儿子一只小狗。

"那我希望你会来这里选。"尼娜逗着他来缓和气氛。

"我不知道……"瓦朗坦忧伤地说，"只带走一只狗而留下其他的狗，是令人厌恶的。"

"别担心，我会为你选的……露易丝，我们和艾蒂安坐一辆车。你能开他的车吗？"尼娜问。

艾蒂安让步了，将车钥匙交给了妹妹。

"放心吧，我知道如何驾驶你的大家伙。"露易丝说。

他指着尼娜和我：

"如果我在一点钟前没有回家，就打电话给警察。和这两个人在一起，你永远不知道会发生什么。"他开玩笑地说，脸上没有笑容。

尼娜坐到后座，他坐在我旁边。我闻到了他的香水味道。他摇下车窗，点上一支烟。

"我提醒你，我有哮喘病。"

艾蒂安扔掉香烟，摇上窗户。他将脖子靠在头枕上，闭上了眼睛。尼娜搂住他的肩膀。他握住她的一只手。

当我把车停在自家门前时，他才睁开眼睛。

"这是你住的地方吗？"

"是的。"

在屋里，尼古拉来迎接我们。艾蒂安看了我的书桌、我的电脑。他在一楼转了一圈，仿佛他是买主或例行搜查。

"你一个人住吗？"

"和我的猫。"

"你会留在这里吗？"

"是的。"

"一直待在这里？"

"是的，我想是的……谁想喝咖啡？"

艾蒂安在沙发上坐下。他抱起尼古拉，把它放在腿上，与它一起玩耍。他看起来呆呆的，眼睛不听使唤地闭上了，好像嗑了药。

吞下一杯浓缩咖啡后，艾蒂安恢复过来，对尼娜说：

"你为什么要把我带到这里？"

"如果你要走，我们和你一起走。"

57

1998 年 7 月 12 日

今晚是世界杯决赛。阿德里安和艾蒂安要到家里来。尼娜推着手推车穿过超市的过道,选择娜塔莉做晚餐需要的食材。

每月一次,埃马纽埃尔的朋友来家里聚会。总的来说,晚餐是柠檬鸡肉,每个人都喜欢。他们大约有十人,全部毕业于里昂欧洲高等商学院工商管理硕士。他们睡在客房,黎明时离开。

当他们到来时,尼娜在他们的香水味中总有些不自在,那是城市的气味,是职业女性的独立的气味。几杯香槟后,尼娜才放松下来。她读过报纸,了解新闻,可以像一个熟记课文的学生那样参与对话。让她感到欣慰的是,他们从来不带孩子一起来。这是他们的情人约会。

埃马纽埃尔开始有了一个固定的想法。他想和尼娜有一个孩子。他会奔向他们遇到的每一个宝宝和婴儿车,对她说:"看他多漂亮啊!"他监测她的荷尔蒙周期,早晚和她做爱,在她体内停留很长时间,他的渴望是如此强烈乃至尼娜好像听到了声音。就差在他的种子撒入她体内时祈祷了。尼娜有种感觉,自己的身体不再真正属于她,它正在一点一点地消失。

每个月,当她的月经像诅咒一样来临时,埃马纽埃尔就会变得沮丧。一连几天,他早出晚归地工作,略过与她的午餐。

他们已结婚三年,尝试怀孕一年,下个月他们打算去咨询一位不孕不育专家。

尼娜害怕变得像她母亲一样。她害怕不爱这个孩子,将他抛弃。这些想法使她不想怀孕或立即怀孕。事实上,她正在采取措施防止自己怀孕。

穿过新鲜产品区后,她徘徊于健康食品区,在两种产品之间犹豫不决,一种是减肥,另一种是排毒,两者有什么区别吗?幸福和快乐之间有什么区别？希望和憧憬呢？悲伤和忧郁呢？爱情和习惯呢？恐惧和绝望呢？

除了埃马纽埃尔的朋友外，今晚阿德里安和艾蒂安也会到场。她对自己重复这句话，就像念经一样。自圣诞节以来，她一直没有见过他们。

她随便拿了三只土鸡。像往常一样，她是不吃的。像往常一样，她只是假装在吃。自打有了要孩子的念头，埃马纽埃尔责怪她不应该不吃肉。

"也许是因为你贫血，所以才不能……"

"我从来没有贫血过。"

"你不知道，亲爱的，一个人必须吃肉。"

"绝不是这样的。"

"是这样的，这很自然。"

柠檬、洋葱、大蒜、姜、香菜、白葡萄酒、红葡萄酒、香槟酒，手推车已经被堆满了。

尼娜回想起上次和埃马纽埃尔的朋友们聚会的情景，那个夜晚发生了些奇怪的变化。每个人都喝得大醉，天气很好，他们坐在游泳池边，蜡烛在桌上起舞。吃完甜点后，埃马纽埃尔建议做一个游戏：说出三个包含真相或谎言的句子。规则：不能透露任何信息。由其他人来猜测。

埃马纽埃尔第一个开始。他说他去过旧金山；每天早上都会查阅他的星座运势；他读完了普鲁斯特的七卷《追忆逝水年华》……然后，每个人开始兴奋地跃跃欲试："我偷了我妈钱包里的钱""今天我没有抽烟""我很害怕""我很幸福""我有压力""有一次在我哥哥旅行的前夜，我偷了他的护照，这样他就走不成了""我喜欢孩子""我担心未来""我丈夫从来没有背叛过我""我已经六个月没有做爱了""我今天早上做了爱""我在购物中心的公厕门上刻了我前任的电话号码，上面写着——随时给我打电话，我急不可待""我吃了一条虫子""我吞下了一只苍蝇""我吃了一只蝴蝶""我偷了别人的信拆开看了""我喜欢吃酱羊肚""我喜欢喝马利宝""我曾经在炭火上行走""我在1990年赢得了欧洲国际象棋比赛""我用催眠术来戒烟""我在出故障的电梯里小便""我想叫自己朱丽叶特""我最喜欢的电影是《禁忌的游戏》""我和波诺及边缘乐队在酒店的酒吧里喝了一杯酒""我在床上一丝不挂地跳了一段'马卡丽娜'"……

当他们单独在一起时,埃马纽埃尔问尼娜在她所说的话中哪句是真的哪句是假的。她试图躲避。

"不,游戏的目的是不提示……否则就不好玩了。"

"读别人的邮件可不是什么好玩的事……尤其是对邮递员的外孙女来说。"

尼娜脸红了。

"而我本希望你能说'我爱我的丈夫'或'我梦想与丈夫有一个孩子'……相信我,这是很严肃的事。你可能会因此入狱。"

"因此?"尼娜冷淡地回答,"因为没有说我爱我的丈夫?"

"你不爱我了吗?"

"当然爱啊……"

"也许你不怀孕是因为不再爱我了……"

"你在胡说八道。"

"你变得越来越胖了。恋爱中的女人是不会胖的。"

受伤的尼娜闭上了眼睛,仿佛看不到他就可以听不到他的话。他把她推到床上,粗暴地与她做爱。这是第一次,这种近乎暴力的行为。在脑海中,尼娜正在对宇宙说话。刚才在她丈夫提议的废话游戏中,她本该在餐桌上说:"我在和宇宙说话。"

无限的宇宙,在死之前,我希望能得到幸福。

那天晚上,埃马纽埃尔搂着她睡着了,对她不断重复着:"我爱你,尼娜,我太爱你了。"

在去结账的路上,她经过图书区。漫画、菜谱和文学混合在一起。上一次来购物时,她买了南希·休斯顿的《天使的脚印》。她用两个晚上就把它看完了。结婚第一年,尼娜和捷交换小说,但现在埃马纽埃尔的父母住到了摩洛哥。庄园里的主屋由维护它的工作人员居住。他们的离开使尼娜被孤立了。自从约瑟菲娜去世后,她感到越来越孤独。阅读使她能够打破这种孤独感。在阅读时,她在脑子里画画,看到人物,想象他们为她摆姿势。她创造着自己的图画。通过阅读,她还在梦中找回了艾蒂安和阿德里安。她仍在周日给他们打电话。艾蒂安在学校很用功,给她讲述了他实习、搜查和审讯的生活。

阿德里安更加沉默了。他更喜欢听她说话，而不是自己说话。

在最显眼的货架上，尼娜看到了萨沙·洛朗的《西班牙白》。这本人人都在谈论的小说。她读了封底：

> 西班牙白是一种白垩粉，在装修或所有权变更期间经常被商店用来遮盖橱窗。

尼娜不是很被吸引，但认为封面很好看。然后她知道对这部小说的评价很高，于是最终将书放进了购物车。

她走向收银台，对自己重复着，就像念经：今晚，阿德里安和艾蒂安会来。

*

与此同时，阿德里安正在为他的新文本做最后的润色。他已经为此工作了数月。自从母亲去世后。通过文字，他使她以另一种方式重新获得了生命。

他不会再写任何小说了。他已意识到这一点，但还没有向他的出版人承认。既然写作现在是他生活的一部分，他尝试起写剧本。他刚刚写了一部五幕话剧，名为《母亲们》。主题是五个朋友分别谈论他们的母亲，尤其是别人的母亲。

第一个母亲看起来像玛丽-劳尔，第二个像约瑟菲娜。他根据特蕾莎·勒皮克、露易丝和尼娜的性格特征想象出其他三位母亲的样子。他从真事出发，将这些母亲浪漫化，同时展示出她们的古怪、倔强、善变、幻想、不负责任、任性、多情、自私。

母性的样品展示。

他已经想好了舞台布景：五座并列的小房子，十个人物，五个孩子和他们的母亲，一起演变，彼此相爱，彼此令对方痛苦，既亲密又相互质疑，相互祝福。剧情以他们在十年间互相经历的事件为节奏。有些人走了，有些人留下来，有些人走了又回来。关于爱和分离的故事。十个人的生活，彼此交叉，擦身而过。没有丈夫也没有父亲。

几天后，阿德里安要见一位话剧导演。一个他在晚宴上遇到的男人，不知道他就是萨沙·洛朗。阿德里安将用真名为他的剧本署名。

他正在乘坐高铁返回拉科梅尔。今晚，他被尼娜和她的美男丈夫邀请。他很忐忑。幸亏艾蒂安也会在那里。他不喜欢聚餐看球赛。但尼娜坚持要这样做。

虽然阿德里安用他的"前世"来写剧本，但他觉得自己越来越不愿意回到过去。他要远离它。在巴黎他感觉更自在。匿名的生活。而现在约瑟菲娜已经不在了，除了尼娜和露易丝，没有什么能把他和拉科梅尔联系起来。

58

2017 年 12 月 25 日

  艾蒂安没有回答尼娜那句"如果你要走,我们和你一起走"。尼古拉玩腻了他的派克大衣上的拉链,躲到了尼娜的怀里。艾蒂安起身,在客厅里转了一圈,看了看我的碟片、CD 和黑胶唱片,发现了几盒录音磁带,其中有一盒《三》,是 1990 年在学校录制的。

  "你还留着这个?"

  "如果你想要,就拿去吧……给你的儿子。"

  "现在,孩子们不再梦想成立乐队了,他们只想成为油管上的视频网红。"

  "什么是油管?"尼娜问艾蒂安。

  "油管就像一个电视频道,但在网上。人们在上面发布视频,大家都可以看。"

  "什么样的视频?"

  "音乐、幽默、服装、电子游戏……可怜虫,看得出你一直待在拉科梅尔,你……"

  "下地狱去吧。"

  "我求之不得,但你在你的收养所前绑架了我。"

  "你打算到哪里去……死?"她呢喃道。

  "还没决定……我说过了,我想看海……这不是一个很有创意的结局。"

  他回到尼娜身边坐下。他们并肩坐着。我,靠着厨房门,站在几米之外。仿佛他们让我害怕。

  "你什么都不说?"艾蒂安朝我发话了。

  "你想让我说什么?露易丝和你谈过了。她因为你拒绝治疗而难过得要命。"

"你呢？你会接受治疗吗？"他冲着我问道。

我的血冲上脑门。

"滚出我的房子，艾蒂安。"

"我求你们了，别吵了吧！"尼娜插话了。

我吸了一口气，试图平息在我体内流动的风暴。艾蒂安在我身上激起了风暴。我恨自己再次被他的话触动。

"我们在这里兜圈子，"他不耐烦地说，"如果带我到这里来是为了要求我做手术，我不会接受的。"

他从沙发上站起来。

"你们能送我回家吗？"

尼娜啜泣起来。艾蒂安再次坐下来。他用力地握着他的咖啡杯，手都变白了。他喝了好几口。

我迈步走向她，抚摸着她的肩膀。她没有推开我。她没有力气了。

"尼娜，你为什么要我把你们带到我家来？你想让我做什么？"

"我想，我们和艾蒂安一起走。"尼娜终于说出了一句完整的话。

我转向他。他始终一动不动地坐在沙发上，脸色很可怕。

"艾蒂安，你想让我们和你一起去吗？"

"如果由我来开车的话。"

59

1999 年

结婚四年。

尼娜才二十三岁,看起来却有三十岁。两年来,埃马纽埃尔一直想和她生个孩子。但她仍然不想要。

她接受荷尔蒙治疗来提高受孕能力,但没有任何效果。沉重的治疗使她发胖,令她感到恶心。她的脸肿了。她不再看镜子里的自己了。她和埃马纽埃尔接受了一系列的检查,一切正常。除了他们自己。

尼娜不再每周给阿德里安和艾蒂安打一次电话。这事已经逐渐变得不那么重要。错过了一个星期天,因为不在家,然后是第二个星期天,因为忘记了或者生病了。都是生活中司空见惯的借口,当分离成为一种习惯。诸如:"有什么意义呢,毕竟我们不再是孩子了。"

而且,在你生活的地方,你总是能交到新朋友。对艾蒂安来说,他们是同事。对阿德里安来说,他们是演员、导演和作家。他的话剧《母亲们》获得了成功。此后,他又写了两部作品,其中一部已被阿贝斯剧院买下。将在 2000 年 9 月上演。

因此,当这天早上尼娜家的电话响起,她听出是阿德里安的声音时,她以为出了什么事。否则他为什么会在工作日给她打电话?

"你还好吗?"他开始说。

"是的,很好。"

"你为什么说话声音这么小?"

"因为厨师会偷听。"

"为什么?"

"因为她不喜欢我。"

"每个人都喜欢你,尼娜。"

"在我年轻的时候,每个人都喜欢我。"

"你仍然年轻啊。"

"在我小的时候,每个人都喜欢我,如果你愿意这么说的话。你为什么要给我打电话?你还好吗?"

尼娜屏住呼吸等待答案。

"是的。"

"艾蒂安呢?"

"是的,我想他现在挺好的。"

"那么你为什么要给我打电话?阿德里安,今天不是星期天。"

"昨天晚上,我想到了一件事。"

"……"

"我在达玛姆的公司藏了一个背包。"

"什么包?"

"你外公的。"

"……"

"事故发生当天,我在一张长椅上发现了它。应该是有人在慌乱中把它放在了那里。我拿走了包。当我来到达玛姆公司准备带你去马赛时,在进入你的办公室之前,我把它藏在一个房间里,放在一个架子上。"

"阿德里安,已经五年了,你为什么以前不告诉我?"

"我忘记了。但昨晚我梦见了它……一个很奇怪的梦。就像是……"

"就像什么?"

"我梦见了他……皮埃尔在跟我说话。"

"……"

"而在我的梦中,他让我告诉你。希望你能找到它。

"在离我那天发现你的办公室不远的地方,有一扇比其他门小一点的门。到处都是盒子,还有纸板箱,我记得墙上钉着一张海报,是山或湖,总之是风景。"

阿德里安的解释很清楚。尼娜不需要找很久。爬上一张桌子,看到了它。

没有人碰过它。五年来,它一直睡在那里,在阴暗和灰尘中,在靠左墙的第五个架子上。包的一部分被卡车压坏了。

现在，尼娜把它拿在手里，她颤抖着，思考着。她很茫然，不敢打开它。偶尔可能会有个光秃秃的灯泡照亮它，但档案盒从来没有被放置在这样一个无法接近的地方。阿德里安是如何将它放到这么高的地方的？

后来，他告诉她，他是用绝望的能量将包扔上去的。

尼娜抚摸着皮革。在她外公去世的时候，他还有几条街的邮件要送。这意味着里面一定还有邮件。她紧紧地抱着它，把它藏在大衣下面，在前同事克劳迪娜好奇的目光中离开了办公室。这是她来到公司唯一遇到的人。心怦怦直跳。尼娜告诉她，她要找到一个在她结婚前、当她与伊夫-玛丽·勒卡穆一起工作时忘记在架子的一个袋子。尼娜不停地说话，而另一个人则盯着她看。从克劳迪娜的目光里她看出，她进来时对方差点没认出她。

"您找到要找的东西了吗？"

尼娜被吓了一跳。她几乎已经忘记了克劳迪娜在场。

"是的，非常感谢……请不要告诉埃马纽埃尔……嗯，我的丈夫，我来过这里，我要为他准备一个惊喜。"

"我什么也不会说的。你们俩在婚礼上太漂亮了……"

尼娜感到克劳迪娜在从头到脚地审视她……那只优雅的年轻天鹅还剩下什么？尼娜甚至不知道她漂亮的象牙色裙子在哪里。无疑是在整理东西、收拾或换新衣柜时弄丢了。埃马纽埃尔痴迷于改变家里的装饰，购买、处理或搬动家具。在花园里生火，烧掉"旧东西"。

"哦，天公作美，您怀孕了！"克劳迪娜感叹道，盯着尼娜圆圆的身体和她藏在长外套下靠近胸的挎包。

尼娜无法回答。她脸色苍白，低着头，喃喃地说："没有，再见。"然后像小偷一样跑出来，钻进她的车，发动后，迅速离开停车场，生怕碰到埃马纽埃尔。根本不可能发生的事，因为他出差了。

以前，当他离开时，她曾经无精打采。现在，当她为他收拾外出一个星期的行李箱时，她很开心。她将可以休息和放松。压在胃部的分量减轻了。尼娜不工作，但她一直都觉得很累。

她把邮递员的包放在了副驾驶座位上。她有种感觉，外公就在她旁边，受了伤，仿佛被压扁了一样。这就是他留下的遗物，是他悲惨消失的证据。由于她的母亲拿走了一切，除了她自己的记忆，尼娜没有任何他的物件。甚至连一件衣服都没有。幸运的是，在一个盒子里，她塞进了一张深褐色的照片：外公和外婆的结婚照。

最后的日子里，皮埃尔每天带着两个袋子出发投寄，一个装的是挂号信，另一个装的是普通邮件。后者此刻就在她的车里。她曾经从里面拿出信偷偷地读。

从根本上来说，她母亲遗传给她的东西是盗窃。尼娜不敢再看那个袋子。

正常情况下，她应该去邮局或警察那里归还袋子。但她永远不会这样做。

*

这远远不是艾蒂安的第一次审讯。虽然他也负责此案，但审讯以警官吉罗德为主。艾蒂安在边上观察。

一件普通的扒窃案。两个小姑娘，看上去天真无邪，尚未成年，脸蛋像天使，衣着整洁。一个拦住路人问路或问时间，另一个人负责受害者的口袋或手袋。钱，香烟，皮夹子，手表。她们只喜欢这些东西，对证件不感兴趣，直接扔进垃圾桶里。此外，在过去两年中，越来越多的人使用手机，随着这些设备的普及，在里昂形成了一个不错的黑市。警察们希望通过这两个女孩能够侦破出售被窃手机的网络。

她们在一家奢侈品店里被一名保安抓住。手在一个路易威登的包里。她们试着逃跑、反击、挣扎。最后被两名保安扭送到了警署。

她们否认一切，坚持"抓错人"的说法。

然而，最近几个月来，她们一直在金泰德公园周围猖獗出没。身份已被确认，与机器人肖像也符合。埃米莉·拉韦和萨布丽娜·伯杰。

埃米莉似乎是这对组合的大脑。当警察提问时，她一直在微笑，当艾蒂安进入审讯室，她用目光挑战。萨布丽娜很矜持，不说话，低着头，保持谨慎。

由于她们是未成年人，所以有一名律师代表她们。与他们通常面对的小流氓不同，这是两个富人家的孩子，喜欢扮演亚森·罗宾[①]，行

---

① 亚森·罗宾（Arsène Lupin），法国作家莫理斯·卢布朗笔下的一个侠盗。

为举止像高级妓女。令人讨厌的两张脸。

她们的父母很快就会来了。

自加入警察队伍以来，艾蒂安已经听过所有的狡辩。

"不是我，先生，我什么都没做。这是我脑子里的声音的错，它们命令我。我没有办法。我不是故意这样做的。你们抓错人了。那是我的双胞胎，你把我和我哥哥搞混了。""你没有兄弟。""有的，先生，我发誓我有个堂弟，他就像我的兄弟，他和我长得很像，每个人都会告诉你我们长得很像，我喝醉了，我不记得了，我突然想不起来了，我在梦游……"

还有那句"我发誓我再也不会这样做了"。艾蒂安听过多少次这句话……

"我想坦白一切，"埃米莉最后说，"但我要和他单独谈。"

她用手指着艾蒂安。所有的目光都聚集在他身上。他立即反驳：

"我不认为你有资格决定任何事情。"

"至于有没有资格，我有自己的想法。"女孩说。

"别说了，如果我按住你的鼻子，就能挤出牛奶。"

"别管我的鼻子，我告诉你们，我有别的想法。"

"够了！"吉罗德警官喊道，"我们不是在这里玩游戏！你们是要去坐牢的，小姐们！"

"我们是未成年人，"埃米莉说着，两眼朝天，"我们没有任何风险。"

"你在做梦吧，我的小丫头，"艾蒂安回答说，"我们已经把未成年人送进了监狱……通常，像你这样的未成年人会与成年人分开，但相信我，牢房里可是相当人挤人的……我要是你，我就全说了……除非你愿意和那些女人蹭在一起，她们会调教你的。"

"请您节制一下您的言辞。"律师打断了他的话。

艾蒂安根本不看律师，他的目光直盯着两个女孩，从一个看向另一个。吉罗德任他这样做。他对自己年轻的新兵完全有信心，他能让最难对付的人招供。因此，对待这两个女孩，简直是小菜一碟。艾蒂安有冷酷的一面。他绝不会情绪用事。当他面对嫌疑人时，一切都在他那钢蓝色的目光中，像两个冰冷的细胞。

"你把手机卖给谁？"

埃米莉不再微笑，但没有垂下眼睛，依然用目光挑衅着艾蒂安：

"我父亲不会让我进监狱的……"她最后回答。

"你父亲不能决定任何事情，"艾蒂安说，"这由少年法庭的法官决定……很凶的，你根本不知道，她绝对不会容忍你的嬉皮笑脸……律师先生，您应该向您的客户解释她们所面临的风险。我们有一百个证人看到她们作案，而且会出庭指认她们。她们已经干了好几个月了。我们将首先对她们的家来一次小搜查，然后我们将让她们与受害者对质，让她认罪……这将会很残酷……除非她们交出销赃人的名字……"

一个小时后，大功告成。至于报告，像往常一样，艾蒂安会请一位女同事来打字，这是他们之间的一种交换。他对所有的行政事务都有一种发自内心的厌恶。作为交换，他为他们跑腿，给线人打电话。

他喜欢搜查和跟踪，不喜欢打字。即使警察局备有几台电脑，他宁愿在街上。在酒吧里闲逛，提问，观察，潜伏。那是他的位置。

现在艾蒂安正坐在沙发上喝着啤酒，一边听着《我的心在哪里》。他喜欢小妖精乐队的这首歌。他一遍又一遍地听着，想着尼娜，想着过去的音乐梦。短暂的梦。

他打开了第二罐啤酒，想着他在处理女性嫌疑人时特别有成就感。女嫌犯不多，但对付起来很有意思。用不着做心理分析，他知道这与克洛蒂尔德有关。这是个人的报复，他已经重复了五年之久。

汽车沉入森林湖阴暗水中的画面从未离开过他。那辆车，是幻觉还是真事？如果是真的，它可能属于谁？里面有人吗？是谁抛的车？她？克洛蒂尔德没有执照，也没有车。他是否看清方向盘后面有没有人？也许有一个影子。为什么他不告诉拉科梅尔的警察：那天晚上他们曾一起游泳，而且他在克洛蒂尔德身边睡着了，因为威士忌、疲劳、早上皮埃尔的葬礼上激动的情绪？

只要说出他看到了一辆车掉到水中。还有那圆圆的肚皮。

60

2017 年 12 月 25 日

  阿德里安刚刚给车加满了油。他正坐在休息站外面的长椅上,边上是带烟灰缸的垃圾筒。在远处,一架被孩子们抛弃的秋千在风中摇摆。他裹着厚厚的大衣,在冰冷的空气中抽着烟。他今天早上从露易丝的手提包里偷了这包东西。他刚在自己的口袋里发现了它,还有一个糖果粉色的打火机。他已经很久没有抽过烟了。既恶心又兴奋。

  眼睛在寒冷中,阿德里安想到了艾蒂安。他的癌症。潜伏在他周围的死亡。人们从来没有准备好迎接朋友的死亡,即使友情已断。

  阿德里安记得。

  1997 年 1 月。他和艾蒂安搬到首都已经一年多了。阿德里安在万塞纳,艾蒂安在民族广场——他还没有进入戛纳-埃克卢斯的警官学院。艾蒂安第二次寻求他的帮助。

  "我不能一个人看。你必须来我家。你要陪着我。现在,他们要谈克洛蒂尔德·马莱案了。"

  奇怪的是,艾蒂安说出了她的姓氏。仿佛要远离克洛蒂尔德,与她保持距离。

  艾蒂安说的是法国电视一台收视率最高的《失联》节目。

  "克洛蒂尔德的父母要求你作证?"

  "没。"艾蒂安的声音就像一个将手指伸进果酱的小孩子。

  阿德里安在晚上七点到达。艾蒂安点了两个披萨,他们的最爱,他为阿德里安点了王后披萨,给自己点了一个卡尔松披萨,他照例在上面浇了一大堆辣椒油。尽管情况糟糕、神经紧张,但他饿了。阿德里安一直都知道艾蒂安饿起来的样子。

  阿德里安有些不知所措,因为艾蒂安叫的是他。那么他是将自己当成朋友。即使没有尼娜,艾蒂安也的确信任他。

为什么他始终怀着这个疑问？

艾蒂安开了一瓶桃红葡萄酒，打开电视，关掉声音，他们心不在焉地看了关于亚西尔·阿拉法特的报道，然后是比尔·克林顿。彼此聊着废话。

阿德里安已经写完了《西班牙白》，但没有提到它。而艾蒂安也没有问他有关他在尼娜告别单身派对那晚提到的小说。

然后，节目开始了。

艾蒂安重新打开了声音，点燃了一支烟。他的眼睛发着光，好像发烧了一样。恐怖和兴奋的混合体，让阿德里安感到惊讶。

仅仅在片头字幕中就有一些可怕的东西。一种拿他人的不幸来作秀的病态氛围。

聚光灯下的马莱一家人并肩而坐，就像他们此刻手持酒杯坐在沙发上一样。

父母缥缈的眼神，就像两个不甘心的溺水者。被焦虑所吞噬的父亲，游移在廉耻感与被媒体公开的羞愧之间，但决心已定。"我们最后的机会。"母亲喃喃道。

克洛蒂尔德的肖像一张张地展现。

首先，父母被问及他们的女儿："她的个性如何？偏于内向还是很容易轻信他人？""她在最后几天看起来有什么不同吗？她的行为有什么变化？神经质吗？""之前她有没有瞒着你们离开家几天？一名证人说，当天晚上十点左右在拉科梅尔车站看到了她。她要去哪里？她会选哪个目的地？""另一个非常重要的问题。克洛蒂尔德在失踪前的两个星期，取出了她所有的银行存款。你们认为这是出于什么原因？"

然后雅克·普拉德尔对着镜头讲话。

"您可能拥有重要的信息，因为您，这个失踪案的谜团可能会被解开。如果您记起哪怕最微小的线索，请别犹豫，请与我们联系。如果克洛蒂尔德看了我们的节目，如果她想让家人放心，她可以拨打出现在屏幕下方的电话号码，匿名将得到尊重。"

然后是一则报道：

"拉科梅尔是索恩-卢瓦尔省一个普通的小城。就在这里，在这个宁静的勃艮第中心地带，十八岁的克洛蒂尔德·马莱于1994年8月17日失踪。两年半以来，她的亲属没有任何消息，没有丝毫的生命迹象。"

镜头里出现了拉科梅尔的街道,然后是马莱家的房子,最后是克洛蒂尔德的卧室。就在看到摆在拼花床罩上的一堆布娃娃时,艾蒂安去厕所里呕出了胃里的披萨饼。

阿德里安不知道该怎么做。找不到要说的话。艾蒂安在回来时只哼了一句:

"对于一个未来的警察来说,太情绪化了,我需要坚强起来。"

"你想把电视关掉吗?"

艾蒂安用手抱住了头。

"不,开着吧……妈的,她到底做了什么?"

"谁?"

"克洛蒂尔德……"

我怎么能这么傻呢?阿德里安对自己说,我怎么会问这样一个愚蠢的问题?

阿德里安不喜欢克洛蒂尔德。他们两人在学校走廊或聚会上擦肩而过时几乎不说话。阿德里安对克洛蒂尔德来说是个不起眼的家伙,而她根本不是他的口味。太做作了,做什么都太大声。笑声。说话声。开到最大音量的音乐。眼神严厉,紧抿的嘴唇。没有一丝一毫的温柔,没有尼娜或露易丝所特有的那种智慧之美。

在内心深处,阿德里安并不在意她的遭遇。他曾确信,她是那种只为成为焦点而消失的女孩。总有一天她会重新出现,手挽一个王子、一个大师或者出现在某个嬉皮士群体。阿德里安从未想象过会发生什么严重的事情,这起失踪事件居然会与一场悲剧有关。这不过只是另一场心血来潮的表演。她此刻一定是在电视机前幸灾乐祸。

让阿德里安受挫的是,这一事件让艾蒂安陷入了困境。阿德里安不知道他对她如此关心。

突然,事情发生了变化。主持人宣布,一位不愿透露姓名的证人告诉他们,1994年8月17日晚,克洛蒂尔德与她"当时的男朋友"在一起。这些指控需要得到核实,因为它们与有人看到她在车站等车的证词相矛盾。

那么,这个突然出现的男朋友是谁?

克洛蒂尔德的母亲开口了:"这个男孩那天晚上和我女儿有约会,

他在等她,但她没有来。"问题出现了:"为什么她没有来?她在路上遇到了什么人吗?克洛蒂尔德是否在错误的时间出现在了错误的地方?可是,第一个证人的证词是正式的:她独自一人在火车站。"

屏幕上,泪水滔滔不绝。

阿德里安没有在听了,他什么也看不见。两只手在颤抖。当主持人提到克洛蒂尔德·马莱与她的"男朋友"有约时,艾蒂安似乎瘫痪了。从那时起,阿德里安感觉到有一些想法开始在他的脑海中成长。先是一片怀疑的影子,然后是确定无疑。

艾蒂安那天晚上见到了克洛蒂尔德。其中发生了一些事情。一些无法挽回的事情。否则,艾蒂安就不会有这种可怕的、惊恐的反应。他整个人都绷紧了,他的脸因为恐惧、因为烦扰而扭曲了。

"艾蒂安,你做了什么?"

"我什么也没做。我发誓我没有。"

"但是……你见过她……那晚?"

"是的。"

长时间的沉默。这两个男孩互相凝视着对方。

"你们吵架了?"

"我们游泳……抚摸。我睡着了。然后……什么都没了。"

"什么都没了?你什么意思,什么都没了?"

"当我醒来的时候,她已经走了。"

"你在撒谎吗?艾蒂安,你在对我撒谎吗?"

"没有!"

"你伤害她了吗?"

"没有。我发誓。"

"一个意外?"

"不是!"

"但是……这是个噩梦。"

"是的……当时我以为她去了我不知道的地方。但我再也没有听到她的消息。"

"在车站看到克洛蒂尔德的证人是谁?"

"我不知道那是谁。"

"克洛蒂尔德到达湖边的时候是什么时候?"

"我不知道……我没有手表。大概是晚上八点到九点之间。"

"有人看到你们了吗?"

"我不这么认为。"

"你有没有告诉其他人这件事? 尼娜?"

"没有别人。只有你。我从未说过那天晚上我见过克洛蒂尔德。而且即使面对刑讯,我也不会说。"

"为什么?"

"什么为什么?"

"你当时为什么不说呢?"

"我不想被关进监狱。"

"为什么你会进监狱?"

"我是理想的嫌疑人……男友总是理想的嫌疑人……特别是……"

"特别是什么?"

"没有什么。"

"特别是什么,艾蒂安?"

问出这个问题后,阿德里安感觉到他周围有一个巨大的空洞。艾蒂安将要告诉他什么呢?

这是第一次,阿德里安感觉到自己是两人中的强者,不那么脆弱的那位。

"她怀孕了。"

61

1999 年

尼娜回到家。家里没人。她舒了一口气。"厨师"——她现在这样叫娜塔莉——出去购物了。

埃马纽埃尔得两天后回来。

她把邮递员包放在厨房的桌子上。这就像一件珍宝潜入死气沉沉的家中。

起初,尼娜发现这一切太美好了:干净的地板和地毯,她的衣服被熨平并放在衣橱里,餐桌上有热气腾腾的饭菜。可这种奢侈的代价是:没有隐私。厨师在家里进进出出从不敲门。尼娜可以在任何时候在任何一个房间里见到她。有多少次她因为冷不丁地与手里拿着一块抹布的厨师面对面而吓得跳起来?她受不了。有时她甚至会诅咒对方死掉。娜塔莉已经老得可以退休了,但尼娜知道她永远不会放弃她的靠山:埃马纽埃尔·达玛姆。

尼娜相信,丈夫要求她在他不在时监视自己:"我相信您,我把尼娜托付给您,她太年轻了。"年轻或是不稳定?他用的是哪个词?

尼娜曾试图告诉埃马纽埃尔,她希望娜塔莉在进门之前打个招呼,但他笑着斥责她:"她就像家具的一部分,非常忠实,她是一颗珍珠,拥有她是我们的幸运,不要再发脾气了,说实在的,你被宠坏了。"

尼娜想象着自己怀孕后的日常生活。而一想到这一点,她就会不寒而栗。如果怀了孩子,厨师会整天跟着她。她将无法忍受。此外,与他有了孩子就意味着要把自己永远关起来。从此,她在内心深处埋下了一丝希望,希望有一天能拯救自己。不仅仅是离开,而是拯救自己。这种想法让她感到恐惧,但它的确存在,像一座可能存在的小岛。即使今天这座岛对她来说遥不可及,是一段不现实的旅程,但有一天也许……

为了面对现状,她每晚至少要喝三杯酒。她很清楚这样会毁掉自己,但找不到别的缓解办法。酒精使难以忍受的事情变得可以忍受,帮助她面对埃马纽埃尔回家。她从下午五点钟开始吞下第一杯。一大杯酒。第二杯是在傍晚六点钟。第三杯是半小时后。因此,当埃马纽埃尔到家时,尼娜看起来容光焕发,正在吮着糖果。

晚餐,交换欢快的话语,脸上戴着微笑的面具。让他相信一切都很好,生活因为他而变得美好。然后他们上楼睡觉,仍然在一起,脚步一前一后,进入卧室后,她知道他正看着她吞下床头柜上的药片。那些刺激她排卵的药片。

她等着埃马纽埃尔的电动牙刷转起来的声音,然后吞下一颗避孕药。她从不保留药盒。每个季度她找医生开新处方。离拉科梅尔中心最远的诊所。一个从不问问题的医生。她用现金支付就诊费,从不找医保报销。走出药店,她就扔掉包装,将药丸与她的保健药、阿司匹林和润唇膏一起放入一个小袋。

正是这种难以想象的荷尔蒙和酒精的混合物日复一日地让她的外形走样,越来越僵硬。她通过毁灭自己来抗争。但她毕竟在抗争。

她无人诉说。她已经没有朋友了。艾蒂安和阿德里安已经走了。露易丝也走了。以前还有约瑟菲娜,一起喝杯咖啡,鼓励自己,但现在也结束了。玛丽-劳尔和马克·博利厄整天不在家,忙于工作。而自从埃马纽埃尔接管公司后,她的公公婆婆很少从摩洛哥回来。捷每周都会给尼娜打电话,交换一些空洞的话语,几本小说的书名,保持着礼貌而温暖的距离。但你如何告诉一个母亲,她的儿子有些精神失常?占有欲强到足以让他的妻子痛不欲生?

剩下的就是那些每月一次的周末聚会,朋友们从里昂赶来,但他们是埃马纽埃尔的朋友,不是她的。他们是愉快的,尼娜也乐于接待,他们对她始终很友好。但是一旦他们离开,她就不会想念他们了。不像对艾蒂安和阿德里安那样。

她再次抚摸着外公的挎包。最后,她一边打开包,一边看着自己浮肿的手指。她怎么会沉沦到如此地步?同意吞下这些药片,只是为了治疗她和埃马纽埃尔这对夫妻的空虚。

白色的信封已经略微变黄。一百多封信件和明信片。都盖上了1994年8月11日的邮戳。事故发生的前一天。

五年前的文字在里面沉睡。那些人们在夏天的假期中互相寄送的明信片。她得一件一件地投递出去。在邮箱中发现迟到五年的邮件，可能闻所未闻。

首先得藏好挎包。确保埃马纽埃尔和厨师都不会发现它。在她房间的某个地方，衣柜内裙子的后面？不行。太冒险了。房子里尼娜唯一能上锁的地方是与卧室相邻的浴室。她一边读书一边洗澡时的宁静港湾。她有一个想法，倒空包里面的东西——除了账单，她不在乎——放在三条大浴巾中，然后小心地把浴巾折叠起来，放在浴缸上面的毛巾架上，藏在其他浴巾的后面。然后她回到自己的车里，将挎包藏在后备厢里，锁好。

她的整个状态就像一个被有条件假释的罪犯。

她问自己，外公是否会允许她阅读这些信件。是否有诉讼时效的规定？它们注定要在这里结束，在达玛姆家的一个架子上。永远不会被交付，更不会被阅读。如何从他那里得到一个暗示的信号？从哪里可以看出他是否同意？

电话铃响了。又是阿德里安。当她越来越少地听到他的声音时，在同一天内却接到了两个电话。

"找到了吗？"他急切地问道。

"是的。"

"没有人碰过它？"

"没有。"

"难以置信。"

"……"

"你把它放在哪里了？"

"我汽车的后备厢里。"

"里面有邮件吗？"

"是的，很多。"

"你会读这些信吗？"

"我不知道。我不再是个孩子了……而且这是偷窃。"

"这不是偷，是借。"

"……"

"这就像从别人那里借来一个旧故事，然后再还给他……"

"你以前可没这么说过。"

"以前是以前。这是你外公现在给你的礼物。否则我不会梦到的。"

"你这样认为?"

"是的。"

"如果我最终要来巴黎,你会帮助我吗?"

"为什么?你的婚姻是否出现了问题?"

他以一种自满的语气问道。暗示着:"我早就告诉过你。"

"不,我只是问问……"

阿德里安没有回答。尼娜最后打破了这种尴尬的沉默:

"你想想,已经快到 2000 年了……我想我们正在失去联系,阿德里安。"

"才不是呢。尼娜,不要再无端地担心了。"他回答说,几乎有些恼火。

"我不是无端地担心。你认为我们能一起过新年吗?"

"我还不知道……我必须进去了,我这里还有其他人。"

"好吧。但是,阿德里安,向我发誓我们会一起过 2000 年的跨年夜。"

"我向你发誓,尼娜。"

"这是真的吗?"

"真的。"

"我拥抱你。"

"再见。"

她回到了浴室。把自己锁在里面。打开浴缸的水龙头,抓起三条毛巾中的一条,把它展开。几十封信落在瓷砖上。她随手拿起一封。她将信封的背面放在热水龙头上,打开而没有撕破信封。

尼娜发现一张二十法郎的纸币塞在两张纸之间。

  我的小宝贝,祝你生日快乐,你可以买任何你想要的东西。我希望天气不错。这里热得让人窒息,我的腿很痛。在屋子外面,你一定不要忘记给鸟儿们准备一碗水。

爱你的奶奶

尼娜合上了信封，并把它放在一边。稍后她会把它放进雷切尔·马雷克在佩皮尼埃街6号的信箱里。既然埃马纽埃尔今晚不在家，她会在天黑时将她读过的信投递出去。坏消息例外。五年以后，已经没有意义了。

尼娜打开和合上别的信封。她准备好一堆今晚投递的信件。她大声地读着这些信，仿佛她的外公就在她身边，她在和他分享这些文字。皮埃尔·博有时会被人要求读他们收到的信件，那些不识字或是看不懂行政公函的人。"因素是什么意思？"

晚上九点，她发动了汽车，副驾驶座上有二十来个信封。她知道，明天之后，厨师会告诉埃马纽埃尔，她晚饭后外出了。为了避免阴险的问题，在吃完奶酪等待甜品之间，她告诉娜塔莉，她的健身房为一位教练组织了一个生日派对。什么健身房，她已经两年多没去了。但她仍然为每周的两次课程支付会员费。她把车停在健身房前，自己沿着河边步行。

她走的是外公那天本该走的路线。她从夏尔-戴高乐广场开始，他在那里去世。她的直觉是对的，皮埃尔是从圣皮埃尔街来的，而不是让-饶勒斯街。是那辆卡车违章没给他让路。司机撒谎了。

但我们难道不都是在撒谎吗？

只有一个收件人搬家了。信箱上的名字撕掉了，百叶窗关上了，杂草已经淹没了碎石。然而，尼娜还是把雅克·洛朗本该在1994年8月12日收到的明信片塞进了信箱。

我的雅各：
　　我从南方过来的时候，会到你这个破地方停下来看你。我迫不及待地想咱们俩一起去钓鱼，因为你那里只有这事可以做。开始把啤酒放进冰箱，清理烧烤架。我会像以前一样带上我的嘴来。
　　再见，兄弟。
塞尔吉奥

晚上十一点，尼娜停止了她的投递。她带着沉重的心情回家。她刚刚做了外公那天应该做的动作。被该死的卡车杀死的动作。

她还有大约一百个信封要分发。在这之前，她先上楼睡觉，因为埃马纽埃尔不在而感到放心。

以前，他出差的时候，每隔一小时就给她打电话："你好吗，我的爱人？你在做什么？你穿的是什么？我想你……"

现在他打电话说他已经到了，仅此而已。

去年圣诞节，他送给她一部手机。"这样我们就可以随时找到对方。"

噩梦。谁会想一直待命？

她更希望他能送给她一条狗。回答是："不，有了孩子，这样不卫生。此外，娜塔莉已经有够多的工作要做。你能想象家里的狗毛吗？因为和你在一起，它会被允许爬上沙发。"

约瑟菲娜去世后，埃马纽埃尔卖掉了她外公的房子——"它已经没有任何用途了。"

而她的两只猫则交给了博利厄家。——"绝对不能留在家里，你知道我对它们过敏。"

玛丽-劳尔向尼娜承诺，她会善待它们的。

躺在床上，尼娜很想再去趟浴室。展开另一条毛巾，把信封丢在地上。召唤她外公的灵魂。回到1994年8月。当艾蒂安和阿德里安还握着她的手的时候。

62

2017 年 12 月 25 日

我把艾蒂安和尼娜送回收养所。我们明天早上出发。

我有一天的时间来准备。

我答应和他们一起去,陪艾蒂安"去海的尽头"。

人是由同意与反对组成的。很久以来,我一直在对一切说不。但尼娜需要我。我说同意的时候,她对我笑了。这个微笑,我已经等了很多年。

我漫无目的地开着车,一边想着自从我搬回拉科梅尔后,我从未把家里的钥匙交给任何人。尼娜给了我一个为动物提供保姆服务的志愿者的电话号码。"一个可以信任的人。"她向我保证。

我和她约了傍晚见面。和差不多所有的人一样,今天,她正在和家人一起庆祝圣诞节。

*

玛丽-劳尔和马克·博利厄在厨房里忙碌着。

玛丽-卡斯蒂耶布置桌子,点燃蜡烛,在金色的纸桌布上摆放圣诞小雕像和水晶酒杯。

透过窗户,她看到露易丝开着她丈夫的车回来了,瓦朗坦在她身边。

艾蒂安在哪里?

瓦朗坦冲进屋里,不给她开口的时间。

"爸爸稍后会回来,他和朋友们在一起。"

"什么朋友?"

"尼娜和另一些人。"

"谁?"

"我不认识。"

"你爸爸在哪里?"

"我告诉你了,他正在喝酒。"

"在哪里?"

"我不知道,老妈。"瓦朗坦用一种认输的表情说。

玛丽-卡斯蒂耶用眼神询问露易丝。后者低着头将大衣挂在衣帽钩上。

"艾蒂安在哪里?"玛丽-卡斯蒂耶坚持问。

"他马上就回来。"

"今天早上你们为什么吵架?"

"因为我想他去见一个人。"

"谁?"

"我必须回答你的问题吗?我们不是在你的警察局。"露易丝恼火起来,一触即发。

她的语气比想象的要凶狠。玛丽-卡斯蒂耶盯着她,一言不发。在泪水的边缘,露易丝回到了她的房间。

玛丽-卡斯蒂耶试图用手机联系艾蒂安,只听到语音信箱。

"瓦朗坦!你们去哪里了?"

瓦朗坦从厨房出来。

"在动物收养所,我恳求爸爸去的。"

"为什么?"

"我希望他看到一些东西。"

"什么东西?我说过家里不准有动物!"

瓦朗坦看着她,好像她已经失去了理智。

"这是给奶奶的一个惊喜。"他低声说道。

"什么惊喜?"

他在她耳边说:"一只作为圣诞礼物的小猫。"

玛丽-卡斯蒂耶疑惑地噘起嘴,完成了圣诞餐桌的布置。

她不喜欢来拉科梅尔,她更喜欢他们在里昂的生活。在那里,艾蒂安的朋友,她全认识,都是警察,是与他相处融洽的同事。她不喜欢艾蒂安再次见到尼娜。她不喜欢无法控制局面。而丈夫的回忆,是她无法控制的。玛丽-劳尔到处悬挂的那些艾蒂安的木炭画像,她很想扯掉。

"瓦朗坦!尼娜送你爸爸回来吗?她和我们一起吃午饭吗?"玛丽-卡斯蒂耶喊道。

"不,她会和她的爱人在一起。"少年说。

"真的吗?她有爱人吗?"

"是的。"

"她告诉你的?"

"不,是西蒙妮。"

"谁是西蒙妮?"

"一位在收养所工作的女士。她今天收养了一只狗,名字叫天使之铃。和蛋糕的名字一样。"

玛丽-卡斯蒂耶非常生气,无意中打碎了一只杯子。她觉得想哭,但她在儿子面前把眼泪咽了下去。他帮助她收拾了碎片。

"小心点,亲爱的。"她平静地说道。

她需要振作起来。不再大惊小怪。丈夫不过是和一些儿时的朋友喝杯酒而已。她观察瓦朗坦。他看起来很忧伤。她发现他的脸色有些苍白。消化不良?

"你还好吗,心肝宝贝?"

"嗯。"

"你肚子痛吗?"

"不痛。"

"宝贝?"

"嗯,妈妈。"

"不是我不想要狗……但你知道,我和你父亲都不能整天待在家里。小狗在家里会很可怜的。"

"我知道。"

"除非……"

"除非什么?"

他吹起一绺头发,露出额头。他动人的眼睛盯着她。她心软了。说到底,她在乎什么呢?

"除非我们找到人照管它。"

"我不明白。"

"有点像保姆。应该能找到照顾狗狗的保姆,对吗?她白天和它在一起,当你从学校回家时,归你负责。"

"你是认真的吗?"

"我想是的。"

"我们要养一只狗了?"

"我得先和你父亲谈谈……等他回来。"

他会回来吗?瓦朗坦突然想到。如果他今天就走了呢?露易丝担心他不告诉任何人就消失了。

玛丽-卡斯蒂耶看到她儿子的眼睛再次变暗,而她期待着他的欣喜若狂。她感到非常失望。

见鬼的圣诞节。而现在要回头已经太晚了。她是如此害怕动物的人。

*

艾蒂安沉默不语。

"你还好吗?"尼娜问道。

"嗯。"

"不痛吗?"

"不,露易丝给了我所必需的一切。"

尼娜的车停在离博利厄房子一百米的地方。她不想去马克和玛丽-劳尔的家,再次见到艾蒂安的妻子。可怜的女人。

"那就明天见吧。"

"嗯。"

"你得和你儿子谈谈。"

"我知道。该死的圣诞节。"

"对不起……你的妻子呢,你会告诉她吗?"

"绝对不会。"

"为什么?"

"绝对不会……我会写信给她。你确定你可以离开你的工作吗?狗是不能自己散步的。"

"我会找人替我。"

"反正,不会太久的……"

他在她的脸颊上吻了一下,离开汽车,喃喃自语:"明天见。"

然后又匆匆折回。

"尼娜,你向我保证,这不会很悲伤?我们不会在最后的日子里整日哭泣?"

"我向你保证。"尼娜回答道。

在回家之前,尼娜去了面包店。老板正在关门。他认出了她,那个"动物收养所的女孩"。他很喜欢她,去年他从她那儿领养了一只猫。她为晚来而道歉,询问了猫的情况,买了一条面包和剩下的最后一块用异国水果装饰的圣诞蛋糕。

难吃,她想。

"圣诞快乐。"

到了家里,她调高了室温,开始吸尘。她打开一罐玉米,调了些醋汁。她把一些芦笋放在盘子里,把两块奶酪放在另一个盘子里。然后就去洗澡了。她的血管里有一股冲动,身体里充满了电流和承诺。她换了床单,在床上喷了香水。香水有股放了很久的除臭剂的怪味。她自嘲地笑了笑,尽管她没有心情笑。她纠结于过去与现在、失去与找到、悲伤与喜悦中。恐惧与爱恋。失去了艾蒂安,找到了罗曼。他,就在几分钟后。

她记得她和阿德里安曾经对彼此说过的话:"当生命索取时,它会回馈。"但有时生活会搞砸。它以一种不诚实的方式重新发牌。有时,生活会欺骗我们,耍弄我们。

她听到外面大门关闭的声音。罗曼敲门,她打开了门。看到鲍勃时,尼娜的猫开始嘟囔着逃开。

罗曼说:"它们应该习惯待在一起。"

"为什么?你打算常来吗?"

"当然了。"

"等到你尝到我的厨艺,你就会改变主意。"

罗曼看了看玉米和芦笋。

"我不是很饿。"他开玩笑说。

"可是还有个圣诞蛋糕!上面有异国情调的水果!"她大叫。

"难吃。"罗曼回答说。

尼娜突然大笑起来。她把两只手放在嘴边,就像她刚刚说了一句天大的蠢话。可她刚刚让自己的快乐迸发了出来。

63

来自尼斯的热烈拥抱。来自塞浦路斯的思念。来自葡萄牙的友谊。我们全心全意地拥抱您。以吻封缄。祝您健康。您的约瑟夫。一切安好,来自全家的问候。晴天,但有风。乔吉特和我一起。可能会下雨。每天都在游泳。以我们所有的爱。天气很好。我们想念你。祝好。此致。我爱你。我们最诚挚的问候。

2000 年 5 月

拉科梅尔居民在邮箱里收到了五年前的信件,这件事被《索恩-卢瓦尔日报》报道了。法国电视三台的地方台甚至在去年年底做了一个专题报道。在过去六个月中,已经发现了至少一百六十四个带有 1994 年 8 月 11 日邮戳的信封,当年的邮递员皮埃尔·博意外身亡的前一天。

五年间,这些邮件到哪里去了?为什么会在世纪之交前就这样突然重新出现了?一个令居民不解的谜团。这些人在自己的邮箱里发现了其中的一个信封——陆陆续续抵达的平信和明信片,仿佛从天而降。

信件的投递与埃马纽埃尔的缺席相吻合。而且尼娜总是在晚上把它们塞进邮箱,这在白天不可能做到。

她手里拿着最后三个信封。仿佛某件事的尾声。她很忐忑。她告诉自己,在她把信投入收件人的信箱后,她将离开。去哪里,她还不知道,但她将离开拉科梅尔。

她还没有读完它们。她只读了其中的两封。因为第三封是给艾蒂安的。她将亲手交给他。里昂并不遥远。她可以在一天之内来回。

艾蒂安曾回拉科梅尔过节。他通知尼娜,与家人一起过圣诞节,与朋友过新年。他们三人绝对不可能在新年之际失之交臂。

"还有露易丝。我的父母将度假屋借给我们。我们可以整晚看碟、听音乐、喝伏特加。"

但在 1999 年 12 月 23 日，埃马纽埃尔对尼娜说。

"亲爱的，收拾好你的行李箱，我要给你一个惊喜！只需带上轻薄的衣服，别忘了你的游泳衣和防晒霜。"

"但是……我们要和朋友们一起庆祝新年……"

"我们的朋友将在我们要去的地方……"

"包括艾蒂安和阿德里安？"

"哦，不，他们不在……但所有其他人都在。"

"哪些其他人？"

"里昂的。"

想到自己将在苗条的金发女人面前穿上泳装，她感觉天旋地转。一个对她来说不可逾越的细节。

她记得让阿德里安保证他们将一起度过这个新年。

"我宁愿待在这里……"她终于开口了，泪水在眼里打转，"我们两个人过圣诞节，和我的朋友们一起过新年。"

"别孩子气了，我们两小时后就出发。"

在里昂的圣埃克苏佩里机场登机前，尼娜没有勇气通知艾蒂安，她怀着沉重的心情给玛丽-劳尔·博利厄打电话。

"你告诉他们我 31 日不在那里……埃马纽埃尔要带我去旅行。"

"节日快乐，好好享受！"玛丽-劳尔心不在焉地回答，没有注意到尼娜破碎的声音，她正在专心工作中。

其他人都在工作，尼娜边挂电话边想。我一无是处。

埃马纽埃尔已经计划了几个月。当尼娜一直期待着在艾蒂安家过新年时，当他看着她挑选带去跳舞的旧磁带和唱片时，他已经知道了在毛里求斯租的一栋位于天堂海滩的大房子。整个"每月一个周末"的成员都会在那里，而且这次是带着他们的孩子。他们会一起庆祝圣诞节和新年。一举两得。

接下来，在他们离家度假的十天里，尼娜的英俊丈夫面带微笑，海浴，晒太阳，在沙滩上跑步，带着激狂的表情和别人家的孩子玩球，每天晚上和她做爱，然后久久地趴在她贫瘠的肚子上，不断重复着："我爱你，我非常爱你。"

尼娜几乎没有看到印度洋，从早餐就开始喝鸡尾酒和任何含有酒精的东西。她在半梦半醒中度过了世纪之交，没有人注意到她的状态，所有的人都沉浸在自己的幸福中。

尽管这里的光线很美，毛里求斯人热情好客，食物非常精致，但没有一个有风景的房间可以代替朋友。

她从卧室的书架上随意拿起一本书，把最后三个信封塞进书里。她看了看标题，《西班牙白》。她忘记读这本小说了。这本书她已经买来很久了。她心不在焉地瞥了一眼封底，然后把它塞入其他书之间，那些被忘记了、已经读过了或者半途而废的书之间。

时钟收音机显示下午五点钟。是时候喝第一杯了。她把酒瓶藏在自己的靴子里。她很擅长掩藏。她并不以此为荣。但掩藏意味着给自己自由的空间。这些时刻，这些行为，只属于她。尼娜将酒倒入一只瓷杯中，将一杯茶放在嘴边不会引人怀疑。

厨师在楼下。尼娜听到她在炉子前忙碌着。

爸爸在楼下做巧克力，妈妈在楼上做蛋糕，睡觉吧，我的小弟弟古拉……

她一百次要求娜塔莉不要太早来准备晚餐。但对方根本不理睬尼娜的要求。下午四点钟她就出现了，可他们每天都在晚上八点之后才吃晚餐。以前她还等着饭后收拾餐桌。现在不这样了。尼娜总算松了一口气。

"这些都是有钱人的麻烦，亲爱的，"埃马纽埃尔告诉她，"别抱怨了……你整天什么都不做，别抱怨了。我们过的是亿万富翁的生活，别抱怨了……我们很幸运，非常幸运，别抱怨了……对自己严格点，吃点肉，别抱怨了……你又胖了，不是吗？我可是完全可以背叛你的，你知道，我身边不缺小妞，别再抱怨了……"

*

2000 年 8 月

除了法比安·德塞拉博之外，没有人知道畅销书《西班牙白》的作者萨沙·洛朗就是阿德里安·博宾。他写这个故事是为了活下去，为了继续活下去。但是没有用。他的内心依然并将永远带着一种隐秘。

这个隐秘使他在二十岁时已能在经济上独立,命运滑稽的嘲弄。

他的话剧《共同的孩子们》将在两星期后彩排。在巴黎,到处张贴着阿贝斯剧院的上演预告海报。

阿德里安参加了最后一次排练,坐在导演后面第三排。他看着演员们寻找和走动,听着他们提出建议,欣喜不已。像是潜入了一个梦境。那些在电视上让他从小着迷的人。听到他们背诵他的话,令他倍感鼓舞。那是属于他的,从他的脑子里冒出来的话语。

这个剧本的灵感来自一个星期天,当时他刚到巴黎,和特蕾莎·勒皮克一起住在万塞纳。那天他同意去罗马街吃午饭,在他生父的家里,毕竟生父为他付了房租供他念书。没有尼娜,去住大学生宿舍被阿德里安视为不可想象的前景。他对其他学生没有兴趣,甚至对他们感到恐惧。特蕾莎的公寓是他唯一的安慰,一座干净而舒适的小岛。

"密码是6754C,六楼。"西尔万·博宾在电话中告诉他。阿德里安发现了一座美丽的豪斯曼建筑。在老式的铁笼电梯里,他从古董镜子里打量着自己。像往常一样,他准备好了问题和现成的答案,以避免谈话中那些让他非常害怕的空白沉淀下来。

这是阿德里安第一次进入他"父系"的世界。通常情况下,他们只在餐厅一起吃午饭。

他在门上发现了自己的姓。和自己一模一样的姓,这总会让他吃惊。父亲和儿子只有他们的姓是相同的。

一个女人为他开了门。齐耳金色短发,相当漂亮,有点伊莎贝尔·于佩尔[①]的气质,五十来岁,风韵犹存。阿德里安感到又脸红又自憎。

"你好,我是玛丽-埃莱娜。"

"你好,我是阿德里安。"

"是的,我知道。"她笑着说。

他向她伸出手来,她却将自己的手放他的肩膀上有些尴尬地拥抱了他。他闻到了她的香水味,这是他一向不喜欢的劳拉·阿什利牌香水。在地铁里,他对喷洒这种香水的妇女唯恐避之不及。

[①] 伊莎贝尔·于佩尔(Isabelle Huppert, 1953—),法国女演员。

他跟在玛丽-埃莱娜身后,她穿着一件白色的丝质上衣和一条黑色的紧身裙,裙子的长度刚刚过膝,后面带着小开叉。阿德里安认为她有一双漂亮的腿,修长而有肌肉。他还想到了他的母亲,她从来没有穿过这种裙子。只有紫红色或绿松石色的长裙子。

阿德里安从厨房门口经过。闻到一股酱汁炖肉的味道。

"红酒炖公鸡。"玛丽-埃莱娜说,仿佛她听到了他的思想。

在通往客厅的走廊里,阿德里安看到了一些照片。年轻的玛丽-埃莱娜在圣诞树前或海边。穿着裹腰长裙或滑雪夹克。西尔万·博宾总是在她身边。一些他不认识的脸孔:穿着足球衫的孩子们和手持葡萄酒、坐在菜肴丰盛的餐桌前的老人们。

阿德里安意识到,他第一次进入他陌生父亲的私密空间。一种在他出生前就已经开始、现在仍然继续的生活。

但为什么他的母亲会和这个已婚男人上床?突然间,他想知道这两个似乎在世界两端的人如何最终睡到了一张床上。看到玛丽-埃莱娜时,阿德里安才觉得自己有必要知道。他经常看到他的父亲来到他们在拉科梅尔的公寓,默默地喝着咖啡,约瑟菲娜在他身边,焦急地等待他离开。但他从来没有问过自己这种结合的奥秘所在。她逗他笑了吗?他们彼此相爱吗?他是如何勾引她的?是什么导致他们的彼此吸引?他,讽刺画中的会计形象,数着刚上桌的豌豆来计算每日主菜的每平方厘米的价格;她,一名佛教徒和自然医学的爱好者。

客厅的桌子上放着香槟酒杯,糖果盒里装着小糕点。沙发上,西尔万·博宾身边坐着两个年轻人。大约二十五岁和三十岁。

他们三人都站了起来,与他握手。阿德里安从未拥抱过他的父亲。

"你好,我是洛朗。"两个人中较年轻的那个说道。

"你好,帕斯卡尔。"

"你好……阿德里安。"

他们坐了下来。帕斯卡尔和洛朗问阿德里安住在哪里,学什么专业,拉科梅尔到底在哪里。

有时我们与现实如此脱节,以至于需要时间来理解明显的事实。阿德里安一直被贴着"生活在自己世界里的害羞者"的标签。而那天,被自己的世界所保护着,他在喝了两杯香槟后才明白过来,帕斯卡尔和洛朗是他同父异母的兄弟。同父异母的兄弟,和他同姓,出生证明上写的是同一个父亲，唯一的区别在于他们是待在父亲身边长大的。

当他意识到这些人仿佛什么都没有发生过地讨论各国对卢旺达种族灭绝的沉默和汤姆·汉克斯在《阿甘正传》中的表演时，阿德里安认为人们都疯了，想吐出吞入胃里的贝林奶酪卷。

他们坐到餐桌前。玛丽-埃莱娜去拿前菜，帕斯卡尔走到她前面。

"妈妈，我来帮你。"

阿德里安久久地观察着他的两个兄弟，想知道他们是否经历过他的痛苦？可是怎么能知道呢？这种痛苦是看不见的。而且他面前这两个肌肉发达的大块头和他没有丝毫相似之处。他的父亲真的不得不去其他地方撒下小种子，才能制造出像他这样一个发育不良的年轻人。

他在下午四点左右离开了父亲的公寓，略有醉意。他答应玛丽-埃莱娜会再来的。

他在思想中再次回到那里。一个在自己家里的陌生人。他对那个星期天的每一分钟都进行了切割和剖析，为了写一个被"行内"称为"大师级"的作品。

他断断续续地继续与父亲见面，但总是在拥挤的餐馆里，在工作日和午餐时间。西尔万·博宾再也没有向阿德里安提及他的另一种生活。为什么？

他一定没有给人留下好印象。太矜持，太苍白，不够格。

仿佛那个星期天从来没有存在过。

*

2000 年 8 月

艾蒂安挂断电话。他的双手和大脑都带着霉运。他被这个故事折磨得太久了。

警察塞巴斯蒂安·拉兰德，他中学时的老同学，向他透露了消息。一个男人打电话给拉科梅尔的宪兵队，说失踪当晚克洛蒂尔德和艾蒂安在一起。"可能和 1997 年给普拉德尔那个节目打电话的是同一个人。"拉兰德补充说。

沉寂三年之后，现在它又回来纠缠他。

案子已结案，调查不再继续。但是，警察们不能忽视这些从拉科梅尔下城区的一个公共电话亭打来的匿名电话。

　　好像是有人在跟他过不去。但会是谁呢？克洛蒂尔德的父母？怎样才能知道呢？说出真相？说出他所看到的？那辆沉入湖底的汽车与此有关系吗？一个意外？这个想法让他不寒而栗。

　　或者他开始询问火车站的证人，当晚在站台上看到克洛蒂尔德的那个女人？

　　他立即给塞巴斯蒂安·拉兰德回电话。

　　"我想请你帮个忙。"

64

2017 年 12 月 25 日

  艾蒂安坐在他的床上。他在思考自己的失踪问题。继克洛蒂尔德之后，现在轮到他了。

  玛丽-卡斯蒂耶是一名警长。如果他不周详安排，妻子会在五分钟内找到他。

  不能让她知道他开哪辆车离开，也不能让她追踪他的银行卡提现。上周他从银行取了不少钱，这样他就可以用现金支付所有的过路费和酒店。

  他仍然不知道他们会去哪里。以及开什么车。

  第一个解决方案是租车。但不能以他的名义，也不能用露易丝或尼娜的名字。他们必须去欧坦提车，但不用自己的证件，而是使用别人的身份证件。一位邻居或远房表亲，能够守口如瓶的。但愿玛丽-卡斯蒂耶永远想不到去联系他们。第二个解决方案是向陌生人借车。"您好，能把您的车借给我吗？是为了去平静地死去……我的葬礼结束后，有人会把它还给您。很抱歉给您带来不便，您将得到补偿。"

  死。现在他将这个前景看作一趟旅程。仿佛他要飞去发现新的迄今不为人知的风景。从未在任何杂志上出现过的全景照片。

  他把自己的思绪组织起来。不让它们徘徊或令自己伤心。

  所有移动电话都必须停用。让它们从早到晚地安静下来。用预付的电话卡打重要电话。他想到了打给露易丝的紧急电话。万一需要她将处方发送到某家药店。尽管凭她给他开的药，他已经拥有致命所需的足够剂量。

  以玛丽-卡斯蒂耶的做派，她会在二十四小时内监听所有人的电话。从尼娜的动物收养所到他的父母家。她会发疯的。而当玛丽-卡斯蒂耶发疯时,整个世界都会跟着遭殃。她对任何事情都绝不让步。如果她知道实情,她会当场将他逮捕并戴上手铐,强行送往医院。即使要亲自把导管插在他身上来注射化疗药物。

他听到从楼下传来她的声音,叫家里人过去吃圣诞午餐:"开饭了!"

在下楼之前,艾蒂安给尼娜发了一条短信。发送后,他从手机里删除了这一信息。在妻子和儿子之间,他必须倍加小心。

今晚他将与瓦朗坦谈话。

*

铃声。尼娜读了好几遍艾蒂安的短信。

我们需要一辆不知名的车来离开。否则,我老婆会让全法国的警察寻找我们。

如果你需要联系我,打露易丝的电话。

再聊。

艾

尼娜反应很快。从童年开始就是这样,外公去世后就更快了。早期与埃马纽埃尔的相处,与埃马纽埃尔的日常生活,各种应付之道,她都烂熟于心。在收养所也不例外,她已经习惯于从棘手的困境中脱身。对尼娜来说,没有不可能的事情。她立即给露易丝发了短信:

告诉你哥没有问题。谢谢。

尼娜

"我要出趟远门。"看着他美丽的侧身,尼娜对罗曼说。

他们躺在尼娜的床上,鲍勃在两人的脚下。他们正在看一部愚蠢透顶的圣诞电影,一边吃着薯片。

"去哪里?"

"我还不知道。我要去陪一个朋友。我的童年伙伴。"

"去多久?"

"我不知道。他到了癌症晚期。不想化疗。"

罗曼感觉到事态的严重性。

"你们什么时候出发?"

"明天。而且我需要一辆车……他的妻子是警察。她会到处找他的。"

"你的朋友为什么不和他的妻子一起离开?"

"因为她会逼他接受治疗。"

罗曼关了电视。从尼娜的脸颊上拿掉一片食物碎屑。

"你想开走我的车,对吗?"

"是的,就是这样。"她的回答中夹杂着确信和惆怅。

"是你在高中时画的两个男孩中的一个吗?"

"是的。"

"你在出发前不会忘记带上画本和炭笔吧?"

为什么我现在才遇到你?尼娜想着。为什么我的生活中有这么多的姗姗来迟?

"谢谢。"

*

露易丝读了尼娜的短信。看着艾蒂安佯装欢喜地吞下鹅肝酱吐司。她不会上当,知道五分钟后他就会把它吐到马桶里。尼娜没能说服他接受治疗。但知道她哥哥不是独自离开,她放心了。你一定不能哭。你一定不要看他。不要让玛丽-卡斯蒂耶有任何怀疑。你必须喝香槟,但要克制。只是为了有点眩晕的感觉,但不能过头。如果过于晕眩,忧伤就会无法控制地溢出来。

与她的侄儿瓦朗坦、路易和侄女罗拉聊天。问他们一些她并不关心答案的问题:"《权力游戏》是什么啊?告诉我这个故事。"并且找到合适的时机,将尼娜刚刚给她发的短信塞进艾蒂安的耳朵。

*

"露易丝"出现在我的手机屏上。我马上接起电话。不是她。

"你在干什么?"艾蒂安问我。

"我在收拾旅行袋……等一个人。"

"谁?"他问我,好像他在吃醋。

"将要照顾尼古拉的女孩。"

"尼古拉是谁?"

"我的猫,你今天早上看到了。"

"哦,是啊……"

接着是长时间的沉默。我可以听到他的呼吸。

他最后说:"你一个人过圣诞节吗?"

"我不喜欢聚餐。我在听音乐。我很好。"

我试着猜测他正在做什么。他周围没有人。突然间我慌了,我告诉自己,他自己走了,这就是他给我打电话的原因。通知我。

"你在哪里?"

"在我父母的家里。躲在厕所里。"

我立即感到一阵轻松。他没有抛下我们一个人走。

艾蒂安接着说:

"唯一没有人打扰的地方。"

再次沉默。仿佛他想告诉我什么却不知如何开口。

"你为什么给我打电话,艾蒂安?"

"我给老婆写了一封信……我不太擅长语法、格式、抒情……所有这些……我可以通过电子邮件发给你吗?"

"……"

"你的文笔这么好……你能为我解决这个问题吗?"

"我不认识你的妻子。"

"你用不着认识她才能知道我想对她说什么。你了解我,我这个人。"

"我了解你,那是很久以前的事了。"

"能否请你帮帮我?"

"好。"

我收到了从露易丝的邮箱寄来的信。几分钟后,我给她发了回复邮件。

艾蒂安：

我纠正了两个拼写错误。至于其他的，我什么都没动。因为文字是属于写下它们的人的。

尤其是这些文字。

玛丽-卡斯蒂耶：

我走了。你有权对我生气。

也许你会认为我很自私，很恶心，很卑鄙。这是你的权利。

但这是我的选择。

没有其他女人。我没有情人。

我病了。

露易丝将会给你解释。不要责怪她。是我不准她对人说的。

我不愿意让你和瓦朗坦看到我像实验室的动物一样受苦，看着我的情况恶化。我不希望你对我的最后印象是一个卧床不起的病人。你知道我讨厌医院，我像阿塔班[①]一样骄傲。你总是告诉我："亲爱的，你像阿塔班一样骄傲。"那么，我既然过于骄傲，显然也过于怯懦，不敢在你们面前死去。

不要找我，我求你了。一开始，我将和两个童年的朋友在一起，他们将陪伴我走向最后的旅程。

不能看到我们的儿子长大，不能和你一起变老，真是太他妈的痛苦，但我服从了。

你知道我不相信上帝，我无法想象被关在一个盒子里，在被我不认识的人抬走之前，神甫给它祝福。或者更糟的是：被我们的同事抬走。我更喜欢冒风险，率先行动。这也是我将要做的，当我觉得时候到了就跳进水中。

我不要为我的命运哭泣。我求你，永远不要穿黑色衣服来纪念我。穿上你的毛衣，我喜欢的那件，有红色的菱形。再买上一堆这种衣服。花掉我们的钱。不要做我的寡妇。结识其他男人让自己开心。是的，让自己开心，全力生活，享受阳光。为我而做。

艾蒂安

---

① 美国作家亨利·范·戴克的小说《另一位智者》中的人物，代表极度骄傲的人。

65

2000 年 9 月

周一上午。在尼娜前面有两个星期的时间。埃马纽埃尔刚刚带着一个大行李箱离开。

机不可失。哈利路亚。

厨师正在休假。跟旅行团去了马德拉岛。

梦想与现实同步。哈利路亚。

法国和澳大利亚之间有十个小时的时差,二十个小时的空中旅行将使她与埃马纽埃尔彻底分开。他的飞机将于傍晚时分从巴黎起飞。两天内,他无法给她打电话。

自去年十一月以来,埃马纽埃尔一直没有出差,没有给她留下自由的空间。他回家的时候她必须待在家里等他。否则,接踵而来的必然是一成不变的唠叨:"你去哪儿了,和谁在一起,为什么?我担心得要命,如果总是关机,我给你手机还有什么意义。我爱你。"

他在起飞前两天才告诉她他要去悉尼。

"亲爱的,我有个坏消息,我必须离开两个星期。我很抱歉。直到最后一刻我都在试图取消,但我实在没有办法。它可以为我们带来一份巨额的合同。让我不安的是,正好又遇上娜塔莉的假期……让我担心的是把你一个人留在家里。"

起初,尼娜认为这是一个骗局。她真的以为他将会这样结束他的长篇大论:"瞧,我抓住了你的要害!但是,不,我不会离开!我们要待在一起,只有我们两个人……我的小妻子和我。这一次会成功的,我们会有我们的孩子。"

但当尼娜看到在床上他刚脱下的衬衫旁边那张夹在护照内的机票,她意识到这一切是真的。他真的要出差。

不能显露出我的喜悦。

她睁大眼睛，以最无辜的方式回答他：

"别担心，我的爱人，两周的时间很快就过去了。"

"可我仍然希望你能求我留下来。"

他对她笑着，半开玩笑，半指责。

他总是把自己表现成一个不被理解的受害者。而且总是用开玩笑的语气，以便表现出自己是个很酷的男人。

越来越频繁地有种想揍他的冲动。她对他的爱已经变成了厌恶。不是持续的敌意，而是间歇性的。扑面而来的恨意，可以立即消失，也可以沉淀很久。就像血管里的毒药。那个富有同情心和友善的她变成了女巫。她成了自己的敌人。有时她想象着杀死她的丈夫。把他推下楼梯。活活烧死他。把他打晕，放在跑车的方向盘后面，在一个峡谷的顶部把他扔下去。希区柯克式的可怕情景让她无法动弹。特别是在早上，他在出门上班前就把她扑倒在床上，只是为了又快又好地播下他的小种子。愿他死，当他在她身上翻滚时，她闭上眼睛想着。

此刻，千万不能让他改变主意。这次澳大利亚之行是出乎意料的。一生中最重要的机会。

她紧紧地抱着他，闭上眼睛，想着她的外公、艾蒂安、阿德里安，泪流满面，在她丈夫耳边轻声说着话：

"看到你离开，我很伤心，但不要为我担心，我知道你是为我们……为公司在奔波，我爱你……我为你感到骄傲。"

然后她躺在他们的床上，召唤出她所有的痛苦和温顺。她常想，她和妓女之间没有什么区别。除了每天面对的是同一个客人，睡在绣有庄园徽章的床单上。我们会成为人们所希望和接受的那个人。

尼娜从她的书架中抽出《西班牙白》。她抓起最后三个邮戳日期为1994年8月11日的信封，包括给艾蒂安的那封信。为什么要去里昂给他送信？从新年失约开始，他就没有和她说过话。他为她宁愿去毛里求斯迎接2000年而生气。

旅行回来后，她给他打电话，他没有接。她给他留了语音："是我，是尼娜……新年快乐，新世纪快乐……我想你。我去了你家，但你妈妈说你刚刚走……我很快就会见到你……我非常爱你……再次祝你新年快乐……抓住可恶的小偷和邪恶的杀人犯。"

艾蒂安三天后通过短信回复，话语冰冷而疏离：

祝全家新年快乐。吻。

家？哪个家？达玛姆家？在"吻"这个词中，她更多感受到的艾蒂安的阵阵怒火，而不是最轻微的吻。

就像他小时候生闷气的时候一样。

她打开第一个信封，是给一位叫茉莉·莫雷拉的，里面有一张印着马苏比拉米[①]的明信片。

我的茉茉：

我离开了弗朗索瓦。和一个精神病人在一起生活了两年！压在我胃部的一百公斤重量消失了。我可以呼吸了！我觉得自从离开他后，我就被挂上了一个氧气罩。他变得如此嫉妒，甚至不能忍受有人的影子拂过我。真是浪费时间。你能想象我有多后悔吗？虽然世上没有后悔药。现在我每天靠吃三明治度日，囊中空空，但我不在乎。

我迫不及待地想见到你，下周我们将像小时候一样在游泳池跳下五米板，然后一起吸果冻布丁。这好过混蛋们的鸡巴。

紧紧拥抱我的小宝贝。

洛洛

尼娜一遍又一遍地读着明信片。"精神病人"和"呼吸"与她自己的想法搅和在一起。 就好像这个洛洛在指示她如何离开。这似乎很简单。而且出发、离开似乎是如此令人振奋。

她拆开了第二个信封，收件人是 ADPA。

尼娜花了一段时间才意识到这是拉科梅尔的动物收养所的名字。她从来没有去过那里。她一直回避这个地方，害怕受到创伤。她还记得他们捡到的那只小西班牙犬，当时他们还是三个人，一起挨家挨户地去找狗的主人；看到他们抱着狗回来时外公的咆哮，绝对不让狗留在家里；两个男孩负责把狗送到收养所，与此同时，尼娜则哭得稀里哗啦。

---

① 比利时漫画小说人物。

夫人，先生：

我需要向你们指出，一只拉布拉多金毛犬类型的狗日夜被关在一个面向庭院的阳台上。它住在自己的排泄物中，我怀疑它是否被规律性地喂食。他的主人经常外出。

如需核实，地址如下：克里斯特尔·巴拉蒂埃，拉科梅尔百步街 10 号。

这封信没有签名。信封背面也没有发件人的名字。这是一封因为邻里纠纷而泄愤的报复信，还是对虐待动物行为的真正告发？这封信已经过去六年了。后来发生过什么？动物是否已被接走？无论如何，它现在肯定已经死了。

她重新封好两个信封，没有一丝拆过的痕迹。

她把写给艾蒂安的信塞进《西班牙白》，然后将小说置于其他书籍之间。

她用座机拨打 12。一位信息操作员立即回应。

"你好，我想知道阿贝斯剧院的电话号码，A-B-B-E-S-S-E-S，巴黎，十八区。"

她记下号码，给剧院打电话，预订了第二天晚上的座位。由于是首演，所有的好座位都卖光了，只剩下最后面的几个座位。这并不重要。重要的是要在那里。她将发现阿德里安创作的话剧《共同的孩子们》。她会给他一个惊喜，出其不意地出现在他面前。

稍后她将去旅行社买火车票。她还会等到天黑去找茉莉·莫雷拉和 ADPA 的信箱。

她一边洗澡，一边听着艾蒂安·达霍的专辑。

《身体和战争》。这是埃马纽埃尔送给她的，还特别说明："纪念那场从未发生过的音乐会，那晚我第一次吻了你。"

尼娜对《海湾》的歌词烂熟于心。这首歌就像一趟静止的旅程。她沿着海边的路走，就是歌手描述的那条路，一条出发者的路。

她擦干头发，开始收拾行李箱。

这一次，她要离开。

＊

星期一。这天早上九点钟，艾蒂安回到了拉科梅尔。他与塞巴斯蒂安·拉兰德有约，他的老同学已经成为一名刑警。

艾蒂安早上六点离开里昂。他不会去看望父母。事先没有告诉任何人。就像他去约瑟菲娜扫墓那天一样。他想到了尼娜。无疑她独自在家，过着已婚无职业妇女呆板单调的日子。他本可以过去喝杯咖啡，给她一个惊喜，但他打不起精神。

如此这般地不想见到尼娜令他恶心。他从未想过这种可能。他仍然无法忘记她在新年给他的打击。在最后一分钟离开，而他们本来应该聚在一起。他知道这不是她的错，这都是她那个丈夫的计划，但她应该拒绝才是。艾蒂安气的是她对那个人强加给她的东西逆来顺受。

今天上午，艾蒂安终于将见到那个声称在事发当晚在车站月台上看到克洛蒂尔德的证人。她叫马西玛·桑托斯。塞巴斯蒂安·拉兰德已安排在一家小酒馆与她见面。不像在警察局那么正式。也不那么令人紧张。

艾蒂安需要知道这个女人看到了什么，以及她是如何认出克洛蒂尔德的。

六年后，她会记得什么？塞巴斯蒂安·拉兰德通过电子邮件向他发送了马西玛的证词。在克洛蒂尔德所谓失踪第五天后记录的一份证词。

1994年8月17日，马西玛在晚上七点关闭了她工作的服装店。她回家收拾行李，把钥匙交给邻居，拜托他们给她的花浇水和喂猫。然后她步行走到车站，赶最后一班去马孔的火车，即晚上十点十七分那班。克洛蒂尔德·马莱坐在2号站台的长椅上，手里拿着一只旅行袋。她向克洛蒂尔德打了招呼，然后上了火车。她看到克洛蒂尔德也上车了吗？她完全无法肯定。当马西玛五天后回到拉科梅尔时，她的老板娘告诉她，克洛蒂尔德·马莱被报案失踪。于是，她就打电话给警察。

艾蒂安进入小酒馆。几个人正在靠近窗口的桌子边打牌。当他到达时，他们几乎没有抬头。塞巴斯蒂安已经在那里了。他的胳膊下夹着警帽，正靠着吧台喝咖啡，与老板聊天。艾蒂安以前见过这个老板。

在拉科梅尔，每个人都相互打过照面。这是他第一次来这个地方。装饰陈旧，光线晦暗，保持着上个世纪五十年代的风格。这里没有电子游戏和摇滚音乐。

艾蒂安和塞巴斯蒂安在店堂深处的座位就座。各自要了咖啡和一杯水。他们提前了十五分钟。两人交换着各自的职业生涯。塞巴斯蒂安对艾蒂安的印象很好。能成为警察中尉，并非易事。竞争和培训都是极其艰苦的。

然后他们回到了这个案子上。在消失之前，克洛蒂尔德曾做过女服务员。一份暑期工作。

"当时，"塞巴斯蒂安说，"我还是个学生，但进行调查的同事告诉我说，这个女孩非常情绪化。他们在普拉德尔的电视上也提到这点。是她打工的披萨店的老板告诉我们的。最后那几天，她似乎总是在向外张望，好像在等什么人。"

艾蒂安听着。他没有让任何情绪表现出来。他已经在考核的面试中学会控制自己。戴上一副面具，做出倾听和思考的表情。

"那天晚上，克洛蒂尔德没有赴约……所以我离开了……谁会不断给你们打电话否认事实呢？"

塞巴斯蒂安做了个鬼脸。

"告密这种事，我们见得多了……将来有一天，为了安全起见，当晚和你一起过夜的那位哥儿们最好能出来作证。有备无患。"

"有备无患？"艾蒂安打断了他的话。

"你可能会有麻烦。在电视节目播出之后，唯一站出来的人就是那个经常打电话提到你的名字的人……谁会和你过不去呢？"

"但是当他给你们打电话时，他并没有直接指控我。"

"没有，但就像是……他说你和她那晚一起在湖边，然后就挂了……"

当马西玛·桑托斯推开门时，他俩都抬起了头。

她看起来被吓到了。也许来这个地方并不是一个好主意。她不是那种经常去小酒馆的人。那些当艾蒂安进来时无动于衷的打牌人把牌放回绿色的绒面桌上，好像他们做坏事被当场抓住了。他们都怯生生地问候她。马西玛向他们点了点头，并点了一杯奶油咖啡，似乎在为自己的到来道歉。

艾蒂安也曾经见过她。他记得她的深色衣服、薄而白皙的皮肤、一双小而深邃的黑眼睛和她脖子上的金色十字架。一个瘦弱的女人，有点跛脚。他一定是陪母亲去店里买过衣服，或者像其他人一样在市中心的四条人行道上与她曾经擦肩而过。

塞巴斯蒂安和艾蒂安同时起身为她递上一把椅子，她坐在上面，很不自在。她把两只苍白瘦小的手放在塑料贴面的桌子上。艾蒂安立即想到了鸡爪。

塞巴斯蒂安问候她的健康状况，并为她介绍了艾蒂安，"里昂了不起的警察中尉"。马西玛似乎既害怕又激动。艾蒂安立即在自己的声音中加入了最大程度的温柔让她平静下来。就像他每次想安抚或让证人开口时那样。他笑得很灿烂，尽管胃酸让他胃痛得要命。在里昂和拉科梅尔之间的高速公路服务区有太多的巴士咖啡，加上太多的不眠之夜，在太多的噩梦中他看到克洛蒂尔德在咸水中沉没。

"我认识克洛蒂尔德·马莱……"艾蒂安开口了，"我俩曾经好过一阵子……您在火车站看到她的那个晚上，我在等她……我们有个约会。您能告诉我您到底看到了什么吗？"

"嗯，正如我说过的那样，她在火车站。坐在一条长椅上。"

"她是一个人吗？"

"是的。"

"您确定吗？"艾蒂安继续，语气中带着鼓励。

"是的。"

"她在干什么呢？看书吗？听音乐？耳朵上戴着随身听的耳机吗？"

马西玛眯着眼睛搜索她的记忆。

"没有，她盯着前方。"

"她看起来沮丧吗？开心？疲惫？"

"她的样子像是等火车。"

艾蒂安沉默不语。他在思考。他在想着那个困扰他多年不断浮现的问题：即克洛蒂尔德在湖边见到他时是几点钟？她有时间去火车站吗？怎么去的？谁在那辆他看着沉入湖中的车里？他真的看到她了吗？那天晚上他喝了很多酒。

马西玛搅着她的奶油咖啡，两眼盯着杯中。

艾蒂安知道，许多证词是没有价值的。人们会忘记，会搞错，会混淆。他们充满了确定性,但并不善于记住他人的相貌,他们只考虑自己,极少关注别人。只要用小勺子搅三下,很容易就能把他们的大脑颠倒过来。那些电脑画的模拟人像图就是无可辩驳的证据。多少次他找错了人,就因为线索是错误的。

"他是金发。"

"你确定吗?"

"是的,肯定的,我确定。"

"但有人看到了一个棕发男人,似乎符合……看看这张照片。"

"哦,对的,可能的,当时天黑了……"这些他听过多少次了?

当时天黑了!艾蒂安立即克制住两个问题。认为只是一起普通的青少年离家出走,警察以前可能从未问过马西玛·桑托斯:"您说在车站认出克洛蒂尔德时,天黑了吗?您是否戴着眼镜?"

八月的太阳应该在晚上九点左右开始落下。所以晚上十点以后,天已经黑了……艾蒂安想。老太太不可能很清楚地看到克洛蒂尔德……车站只有一个月台上有灯光……而我,当我醒来时,当我看到汽车沉入水中时,天色已经暗了下来。那应该是在晚上九点半以后。

艾蒂安又看了看马西玛。看上去六十来岁。因此,1994 年 8 月,她已经过了五十五岁。谁在这个年龄还能有好的视力?

虽然马西玛的证词目前排除了他与此案有任何牵连,艾蒂安依然想知道这个虔诚的老太太是搞错了还是事实的确如此。然后他有了另一个想法。1994 年,在拉科梅尔,有谁长得像克洛蒂尔德?相似的面孔,相似的外形,高个子金色头发?显然这样的女孩有好几位。克洛蒂尔德有什么特别的标志吗?仅仅是想到这一点,艾蒂安就感到胃部剧烈疼痛,就像胃部挨了一铁棍。他的记忆在克洛蒂尔德的脸上翻来覆去,寻找一颗痣、一个文身、一个胎记。什么都没有。皮肤很光滑。他避免去想她的肚子。

塞巴斯蒂安把他从沉思中拉出来。

他问马西玛:"您是怎么认识克洛蒂尔德·马莱的?"

"她小的时候经常和她母亲一起到店里来。有时她一个人来。她自己做缝纫的。"

艾蒂安无意中突然插嘴——人不可能控制一切。

"您会不会搞错了……她不是那种会缝纫的女孩。"

那个女人瞪着他。

"她会做的。她甚至自己做衬衫。款式很漂亮……我的老板娘总是告诉她要自己创业。她肯定会走大运的……是的,她就是这么说的,'大运'。"

这是什么大运啊……艾蒂安想。

大多数时候,他们在他家见面。很少去她家。他不记得在她的房间或任何别的房间看到过缝纫机。而且她从来没有和他谈过衣服或缝纫的话题。她很有女人味,但穿着基本是运动式的。艾蒂安试图记起她的高中毕业会考、她的选择,她将去第戎读一个体育学位,而不是成为服装设计师或类似的玩意。

"我们会去他父母家看看有没有缝纫机,"塞巴斯蒂安说着,向服务员的方向扬了扬手,"您想喝点别的什么吗?"

"不,谢谢。"

可是你正在干什么呢?艾蒂安自忖着。你这是在给自己落井下石啊。如果这个女人的证词崩溃了,所有的目光都会转向你。特别是克洛蒂尔德的家人。至于其他的人,相信她已经去了某个地方生活,这可以省了不少事。但她的父母不会。然后,谁打电话给警察说我那天晚上和她在湖边?也许现在是时候向阿德里安求助了。

*

阿德里安睁开眼睛。

穿什么衣服去参加《夜航》节目?

这是他向自己提出的第一个问题。

昨天晚上是《共同的孩子们》的彩排。

阿德里安的脑袋里仍然充满了星星。

整个巴黎都站起来鼓掌。演员、作家、那些电视台或是主流周报及杂志的记者。

阿德里安不厌其烦地阅读自他的话剧《母亲们》上演以来收到的赞美评论。他希望皮先生也能读到这些文章。可是,这是一个多么奇怪的想法。皮先生属于他另一个生活。

《阿德里安·博宾,小王子》《阿德里安·博宾让我们吃惊。雄伟而流畅的语言,直达我们的内心》《年轻的博宾身上有莎士比亚的影子》《了不起的阿德里安·博宾》《阿德里安·博宾为当代戏剧掸尘》……他一遍又一遍地读着这些标题,整个人都轻飘飘的。他收集有关他的文化杂志。保养着他的秘密花园。

"是否有人和您生活在一起?"

"是的,但我不会告诉您。"

在街上,开始有人认出他。特别是学生和崭露头角的演员。

蒂埃里·阿尔迪松也出席了彩排,他在为法国电视网收视率最高的节目《家喻户晓》做准备工作,剧中的三位主要演员将参与节目。

喜欢这部剧的帕特里克·波瓦·达沃也准备在他的《夜航》节目中做一集剧本专题。他想邀请阿德里安参与节目,与其他剧作家一起就他们创作的剧本进行交流:"如何成为作家?""为什么是戏剧?""哪些是虚构的,哪些是真实的?""哪位演员会给您带来灵感?""戏剧场景是如何出现在您的想象中的?当您听到自己写的文字从演员的嘴里说出来时,有什么感觉?"

当人们对他说"您的父母一定很自豪",他显得很难过,用手帕捂着嘴回答:"妈妈已经死了。"不再多说一个词。人们并不坚持。他们不敢问父亲的情况。特别是那些在预演中看过《共同的孩子们》的人。

阿德里安已经好几个月没有打听西尔万·博宾的消息了。有什么意思呢?去一家散发着炸薯条和马德拉酱味的小餐馆里吃午餐,同时看着苍蝇飞舞?吐出平庸之语来填补空白?忍受生父对他的沉闷又空洞的注视?

明晚是《共同的孩子们》的首演式。他将面对真正的观众。

阿德里安没有邀请任何人。

既没有邀请他的父亲也没有邀请他的继母,更不用说他那两个同父异母的兄弟。

他利用了他们,那些戏剧性的素材,来编织故事情节。仅此而已。

外联专员问他是否邀请亲朋好友。阿德里安回答说他已失去了他们。他可以邀请露易丝,但这也意味着要邀请艾蒂安。艾蒂安在剧院,多么不协调啊。至于尼娜,没有她的漂亮丈夫陪同绝不会出门,而后者是不会来看他的戏的。阿德里安甚至没有试图建议他们。

他阻止自己去想尼娜,否则他会感到不安。那是一种不守承诺抛弃她的感觉:"为了你,我们将永远有一辆加满油的新车。"还有那句老话总是不断地浮现在眼前:"没有爱,只有爱的证明。"

他阻止自己去想:也许他本应该做点什么。他最后对自己说,每个人都有自己的生活,拯救整个世界是不现实的。人们得学会自我拯救。

好吧,可尼娜不是"人们"。可是,他曾多少次建议她来特蕾莎·勒皮克家和他一起生活?

"还有那位在你到达巴黎时曾是你的房东的女士,你有什么消息吗?"德塞拉博问过他,那晚他俩在琶音餐厅[①]庆祝他的成功,并彻底埋葬了他创作第二部小说的希望。

"她有点老糊涂了。"阿德里安客气地回答。

但是,受到从开始用餐起就不停享受的美味葡萄酒的鼓舞,出版人的胆子大了。他从不敢询问阿德里安的私人生活。他对萨沙·洛朗这个阿德里安的假名的神秘性保持着某种克制。

"那些在《西班牙白》中说到的人……他们看过书了吗?"

"《西班牙白》是一部虚构小说。"

德塞拉博盯着他。并且第一次敢于脱口而出:"我不认为如此。"阿德里安脸红了,他把1984年的蒙拉谢葡萄酒送到嘴边。

"随你怎么想。"

阿德里安仍然躺在床上。如果从百叶窗外的光线和街道的声音来判断,大概是九点钟左右。

今天他有空。他必然会去电影院。他喜欢看上午的晚场电影。他还没有看过《我最好的朋友哈利》。

最近几个月来,他无法做到像以前那样写作了。现在,他看着自己,寻找美丽的句子。在试图打动众人的过程中,他意识到自己失去了所有的诚意。

写《西班牙白》是一种必需。如今,写作意味着在别人眼里闪闪发光,而不是拯救自己的人生。那曾经令他得到巨大喜悦的事,剩下的只是苦差事。

这一定是疲劳所致。自从他在巴黎生活以来,他就没有停止过。

---

① 法语名为L'Arpège,巴黎米其林三星餐厅。

已经六年了。

　　时光飞逝。他想到了露易丝和艾蒂安。他喜欢在拉科梅尔看到他们，而不是在巴黎。他不喜欢在里昂火车站与他们见面的想法。他已经去车站接过露易丝了。看到她出现在站台的尽头时，他感到很不自在。他有一种可怕的感觉，怕自己不知道该如何接待她。他像带游客般带着她从餐厅到博物馆。他觉得自己是一个冷血的怪物，而当她离开时，他松了一口气。

66

2017 年 12 月 25 日

  尼娜睁开眼。罗曼还在酣睡,头埋在枕头里。他们在彼此的温暖中睡着了。床头柜和老橱柜上还留着圣诞午餐的剩肴。

  现在差不多是下午五点钟。猫在扶手椅上打瞌睡,鲍勃舒服地躺在羽绒被上看着猫。

  尼娜蹑手蹑脚地起床。

  她集中了一下自己的思路:给西蒙娜打电话,然后去收养所安排她离开期间的工作。但首先,她拿起昨夜罗曼送给她的素描本,抓起炭笔,开始画他的轮廓。她只能看到他部分脸庞和一头乱发。她重新找回了手指间的欲望。随着手的动作,她与他的身体、与他的感官重新联系起来。手腕拂过纸面,目光在罗曼的脸部以及她正在描画的线条间游走。她沉浸于一种多年未曾有过的显而易见的快乐之中,那种通过鼻子、嘴巴、眼睛和额头来重新再现一个独立个体的快乐。她在画纸底部写上"2017 年圣诞节",将画放在床上靠近他的地方。

  尼娜想到了西蒙娜今天早上说的有关收养天使之铃和与舞伴度过的爱情之夜:"你知道吗,尼娜,人都有搞错的时候。"

  我已经有一百年没有收拾过行李箱了,她看着自己的衣物思忖着。她一直保留着外婆奥黛尔的行李箱。1990 年她去圣拉斐尔时用的那只丑陋的人造革和硬纸板做的行李箱。然后她在 2000 年 9 月去看阿德里安的话剧《共同的孩子们》的首演重新用过这只行李箱。她本可以从埃马纽埃尔送给她的行李箱中挑一个,更大、更耐脏、带着轮子,但她希望拎着外婆的手提箱离开。

  当尼娜到达里昂火车站时,她把它放在一个储物柜里。里面是经折叠和熨烫过的与达玛姆六年共同生活后所剩下的全部。

  这是她第一次来巴黎。

在里昂火车站,她手拿地铁图,乘坐14号地铁新线前往马德莱娜站。她穿过布兰奇广场,步行到了阿贝斯街,其间不得不问了两次路,在路上发现红磨坊其实很小,像一道电影布景。

在阿贝斯街,她在紧挨着剧院的圣若望咖啡馆坐了下来。首演之夜,她知道阿德里安会出现在剧院,也许他会来这里喝杯酒,或在吧台与朋友见面。

傍晚六点钟,她给他发了一条短信:

去阿贝斯街的圣若望咖啡馆,我在那里给你留了一份惊喜。

接下来的两个小时,她一直扫视着街道、路人和顾客,每当门后出现一个新的影子,她都会跳起来。晚上八点,没有收到阿德里安的任何回复,她来到了剧院的售票口。

尼娜猜他一定是在后台和演员们在一起。他没有带手机。他们会晚些再碰面。她会在晚上十一点左右,拿着一杯香槟对他说:"我离开了拉科梅尔,我打算待在巴黎,在我找到办法之前你能让我住在你家吗?"

阿德里安将会很高兴,如释重负。尼娜经常想到结婚那天他在她耳边说的:"为了你,我们永远有一辆加满油的新车。"他已经等待了这么久。

从男孩们离开那天到剧院的这个首演之夜,已经过去了六年。她花了漫长的六年时间来离开埃马纽埃尔。一直等到他去澳大利亚,她才鼓起了自救的勇气。她没有告诉任何人,甚至没有给公公婆婆打电话。埃马纽埃尔什么事都能做出来,特别是糟糕的事。在他回到法国并意识到她已离开之前,阿德里安将会想出办法把她藏一阵子。他现在是有人脉关系的人了。

在阿贝斯街,当她看到自己在商店橱窗里的影子时,尼娜告诉自己,她必须减肥,停止每天喝酒,停止服用荷尔蒙。最重要的是重新开始画画……也许还有唱歌。

坐在从拉科梅尔到巴黎的火车上,她一边看着流动的风景一边梦想着:为什么不重新做音乐?现在阿德里安已经有了名气,他可以为她写歌词。如果他们俩坚持,艾蒂安会加入进来的。他在里昂做警察真的很开心吗?尼娜会找到理由说服他加入的。他们将重组三人乐队。

他们还年轻，生活，真正的生活，即将在迟到六年后开始。

在剧院售票处，她取到了前一天通过电话预订的票，随着攒动的人群中走进剧院大厅。

作为名字出现在海报上的人的朋友，在自豪与喜悦中，她也忐忑，从法国赢得世界杯那天起，她就再没见过阿德里安。

她正在计算，两年——准确地说是二十六个月——她与他的目光相遇了。

二十六个月后，他的眼神变了，也许对别人没有变，对她却变了。他先是脸红。意识到这真的是她。尼娜，他的尼娜。两人之间只有几米之遥。

他环顾四周，看看她和谁在一起。艾蒂安，他希望是；埃马纽埃尔，他认为毫无疑问。他最终发现她独自一人。但他没有动。没有向她迈出第一步。是尼娜走近他，微笑着。她扑向了他的怀抱。她感到他非常紧张。

太多的感动。阿德里安的含蓄。他无边的羞涩。他们互相盯着对方，交换了几句话。

"好吗？"

"很好。"

"怯场吗？"

"有点。"

面对他的缄默，脸上那种"现在不是时候"的表情，他裁剪合体的衣服，他崭新的托德斯皮鞋，精心设计的发型，她说出的话是那么平庸，这些话没有资格出现在这场无对话的对话中，就像她没有资格出现在这个突然显得巨大和冰冷的地方一样。她结结巴巴地说了些诸如"我坐火车来的，我给你发了短信，好吧，我去就座了，一会儿见"。

他朝四周看了看，似乎在检查是否有人在注意他们，或者他是在找什么人。尼娜无法解释。

"回头见。"他回答说，给了她一个会心的微笑。

可怜的家伙，他太紧张了，所以显得和平时不一样。这是她在入座时告诉自己的。

剧终，她是最先站起来鼓掌的人之一。她很高兴，喜欢一切：演技、导演、文字、情景,她对自己说,她每晚都会回来看戏。

她记得阿德里安去他父亲家吃午饭,发现了他的"另一个家庭",两个哥哥和一个从天而降的继母。阿德里安从那儿出来后给她打电话:"尼娜,你无法想象我刚刚经历了什么。"电话交谈十分钟后,埃马纽埃尔变得不耐烦了。他开始向她挥手,指着他的手表:"你能不能把电话挂了?"然后她闭上眼睛,以免看到丈夫,并用手堵住左耳。她与阿德里安聊了一个多小时。之后,她与埃马纽埃尔发生了激烈的争吵。她喝下了比平时更多的酒,以平息身体的疼痛。在酒精的作用下,她变得柔和。内心一片安静。她将地狱变成了虚假的天堂。

掌声持续了十分钟。

阿德里安在讲故事方面有无与伦比的天赋。他对自己生命中那几个小时的转述方式让人叹为观止。演员们把导演和阿德里安拉到了舞台上。掌声和欢呼声铺天盖地。看到阿德里安在这些"大人物"中间,尼娜感慨万分。他做到了。

然后幕布合拢或是舞台变暗,她不记得了。说话声和脚步声涌向出口。尼娜来到剧院的存衣处,置身陌生人中间。没有人可以说话。她在一个角落里等着阿德里安,假装对各种演出的传单感兴趣。

当大厅里的人全走光了,她不敢问最后的员工阿德里安在哪里。她回到圣若望咖啡馆等他。她发了第二条短信:

我在隔壁的咖啡馆等你。

电话响了,她跳了起来。他终于给她打电话了。他终于打算请她一起去后台,把她介绍给演员、服装师、技术人员。她应该在那里分享他们的胜利。

一个她不知道的电话号码。她拿起电话,心怦怦直跳。

"喂?"

"是你吗?"

"对不起?"

"我不认得你的声音。"

"我是尼娜。"

"对不起,我打错了。很抱歉。"

为什么有些错误比其他的更残酷?

尼娜咬着脸颊内侧，以免在众人面前哭泣。

在等了两个小时和喝了四杯白葡萄酒后，她重新步行走回马德莱娜站，乘坐14号线地铁回到里昂火车站。在寄存处取回了外婆的行李箱。当时已经过了午夜。下一班去马孔的火车要等到早上六点三十分。

她走过车站后面的街道，找到一家小旅馆，三百九十四法郎一个单人间。她难以入睡，脑海中一遍又一遍地回放着这个夜晚，手里握着电话，等待着阿德里安的电话。凌晨四点钟它终于响起时，她的心怦怦直跳，呼吸急促。她对自己说：是他，他刚回到家里，他忘了带手机，他刚看到我的短信，他在演出后一直在找我，他会请我原谅他，他会请我到他家去，他肯定担心得发狂。

"喂？"

是埃马纽埃尔的声音，欣喜若狂。

"亲爱的，我在转机。我不能和你久谈。我爱你。我想你。再见。"

然后他挂断了电话。

从本质上来说，她在这个世界上是孤独的。那何不待在家里独自面对世界。何不选择捷径。两小时后，她坐上了前往马孔的第一班火车。在中午前回到家里。清空行李箱，把自己的物品放好。她从书架上拿出《西班牙白》，把最后一封信，即给艾蒂安的那封信塞到里面。

然后突然改变了主意。她把《西班牙白》放在床头柜上，打开了信封……

"你在做梦吗？"罗曼问道。

陷入沉思的尼娜被吓了一跳。

"有些重新浮现的记忆。"

罗曼刚在楼下见到她。厨房的桌子上放着一个行李箱，她看着窗外，似乎在观察一个进入花园的人。他吻了她的脖子。

"你很好闻。"

"我闻起来像只狗。顺便还带点猫味。"她开玩笑说。

"不，顺便带着我的味道……"

他嗅着她的脖子。

"你闻起来很热，好像你总是在阳光下……我喜欢你的味道。"

"你有什么毛病？"

"什么病都有。"他打趣道。

他伸了个懒腰,给自己冲了杯咖啡。

这个美男子在我的厨房里做什么呢?尼娜问自己。我破破烂烂的厨房,自从密特朗的第一个总统任期以来就没有重新粉刷过。像他这样的男人,现实生活中是不存在的。特别不该在我这里。他属于除我以外的其他女人:美丽、整洁、浅笑盈盈。或许他是来自天堂的礼物。就像刚刚看过的那部烂电影。明天,圣诞老人会把他装进麻袋带回去,明年送给他另一个女孩子。

"我想我从幼儿园开始就没再睡过午觉了……"他说,一边喝着咖啡。

他过来把她搂到怀中。她顺从地接受了,感到成群的蚂蚁在腹中爬行。她什么也没说,闭上了眼睛。他又对她耳语道:

"从来没有人给我画过肖像……谢谢你。"

罗曼在她耳边轻声说"谢谢"的那一刻,尼娜再次听到西蒙娜的话:"你知道吗,尼娜,人都有搞错的时候。"

*

我刚把家里的备用钥匙给了猫咪保姆,一个漂亮可爱的叫艾丽莎的女孩。当她看到尼古拉的小脸时,变得欣喜若狂。可她本该对此习以为常。在收养所,她每周都会看到这样的小猫,也会看到受伤的、衰老的和瘸腿的。她令我感到惊讶。也许敏感的灵魂永远不会习惯于任何事情。

从明天起,她将睡在我家,直到我回来。她知道我将无限期地离开,而且很难找到我。她还知道,在这次旅行中,尼娜将和我在一起。

艾丽莎是个学生,今年将上高一。她在新的乔治-佩雷克学校上学。这所学校的负责人就是和尼娜上床的那个男人。其实,我只是猜他俩上床了。那个叫 R. 格里马尔迪的,我看到他的名字用黑笔写在尼娜上周去的房子的信箱上。人们不会在晚上十一点随便走进人家里。何况我还打听了有关他的情况。这是个单身汉。名叫罗曼·格里马尔迪,根据报社一位同事提供的信息,他因道德问题离开了马恩-拉科凯特中学。一名未成年女生投诉他行为不端。但由于找不到证据,他未被解雇，而是调离岗位。他被调到这里，来到这远离大城市的乡下。在乡下，人们很满意。因为这里刚建成了一所全新的中学。

尼娜有吸引精神病患者的天赋吗？

我问艾丽莎对她的校长感觉如何。她似乎对我的问题感到惊讶。

"挺好的。"她说。

就这么一句话。我于是继续追问：

"好在哪里？"

"就是挺好的。我想学校里的每个人都喜欢他。而且他还蛮帅的。"

我立刻结束话题。我很羡慕。所有关于尼娜的一切都让我感到愚蠢和卑鄙。

艾丽莎问我是做什么工作的。我向她解释了关于翻译和自由记者的工作。

"你翻译的是什么语言？"

"英语。"

"这工作很好……每天十五欧元全包可以吗？"

"好的，没问题。"

"当我在一月初开学后，我会在晚上带饭来。你有微波炉吗？"

"有的。"

"我能再问你最后一个问题吗？"

"当然可以。"

"独自过圣诞节是一种选择吗？"

"完全是心甘情愿的选择。"

"好的。不然的话，你今晚可以来我家里吃饭。妈妈做的洋葱汤足够给整个社区的人喝。"

"谢谢你的好意。但我需要早早上床睡觉。"

一个女孩在不认识我的情况下邀请我过圣诞节，肯定会精心照顾我的小猫。

当我合上旅行包的时候，我想到得通知报社。我本该工作到1月2日，直到我所替代的记者休假回来。我要编个谎言。说自己必须立即做手术。不可抗力。

我没有听到她走进我的房子。既没有发动机的声音，也没有前门的声音。露易丝从后面拥抱我。我在任何地方都能闻出她的气味。她的呼吸落在我的脖子上。

"圣诞快乐……"

"你好吗？"

"我哥哥快死了。"

"你知道我们三个人明天出发吗？"

"是的。"

"你想喝点什么吗？"

"是的。"

"你睡在这儿吗？"

"不，明天早上玛丽-卡斯蒂耶发现艾蒂安离开时，我最好人在家里。然后我还得应付我的父母……我可怜的妈妈。"

"你会告诉他们真相吗？"

"是的，我不想再为谎言所累。而且对瓦朗坦来说，这样也更好，更清楚。"

*

他坐在后架上，父亲在快速蹬车。孩子紧紧抓住父亲的T恤，一件印有吉姆·莫里森[①]的他已经穿了好几年的白色棉质短袖衫。父亲的背影，头发在风中飘扬。关于他的第一个记忆。这个高大、强壮、英俊的男人。他的英雄。那个保护他、从不骂他、总是对他微笑的人。瓦朗坦扯着嗓子大叫："今天我五岁了！"而他的父亲蹬着自行车，大笑起来，一边佯装过减速带，一边大喊："儿子，生日快乐！"

他们在度假。波克罗尔岛上一条松树林立的道路。偶尔也能瞥见大海在树后玩捉迷藏。然后他们到了一片海滩。像一个褪色的手柄，水已失去了蓝色，它是透明的。他们跑下一条白色的沙子路，扔掉浴巾，冲进水中。

他的父亲，古铜色的肌肤。一个令人注目的男人。孩子很早就意

---

① 吉姆·莫里森（Jim Morrison，1943—1971），美国歌手、诗人、词曲作者，大门乐队主唱。

识到了这种非同寻常的美,爸爸看起来和普通人不一样。还有所有人不断对他说的:"你长得和你爸爸一模一样。"

所以,将来我也会像他一样。瓦朗坦以这种方式建立了自己,总是对自己说:将来,我会像我父亲一样。我要做到和他一模一样。

但是一模一样是不存在的。因为他是他,而我是我。

证据。

下午六点钟。

在瓦朗坦在爷爷奶奶家睡觉时占据的房间——支了一张床的小阁楼里,他俩相对而坐。

"你为什么不接受治疗?"少年问道,盯着自己球鞋的鞋尖,"现在是2017年……不是中世纪了。"

艾蒂安在那一刻问自己为什么要降落到地球上,然后以经历这样的时刻来结束。这是一种惩罚吗?他活在这个噩梦般的时刻,是因为他在二十三年前抛弃了克洛蒂尔德吗?是因为他游到岸边,对她说她疯了?

于是不得不在圣诞节那天对儿子说:

"我需要和你谈谈,我生病了……但这你已经知道了……而且有些疾病是无法治愈的。"

"没有这样的事。"瓦朗坦回答说,他快哭了,攥紧了拳头。

"有的,宝贝,这种事是存在的。"

艾蒂安将儿子的手握在自己手中。他顺从地接受,一边咬着嘴唇。他喜欢父亲的皮肤。他此刻在想,以后自己是否会像他一样长出硬邦邦的金黄色胡须,那种父亲在休假时任其生长的胡子。

"姑姑说你不愿意治病,不是不能够治。"

"姑姑搞错了……我不想骗你。"

"我是不是再也见不到你了?"

艾蒂安想撒谎,让儿子放心,可这样做有用吗?他们聚在一起就是为了说出真相。艾蒂安不相信真相。他发现真相有时很狡猾。它包含许多途径、细微差别、方式。并不像看起来那么简单。他从自己的职业中了解到有关真相的某些东西。但现在他欠儿子一个真相。

"今天,你看到的是我的本来面目。当疾病侵袭时,我……我不想……我想在这之前离开。这对你来说非常重要。比对我更重要。"

"你要自杀吗?"

这个问题是如此的残酷,以至于艾蒂安稍稍向后退去。

"我不知道……不知道。没有。我不打算自杀。姑姑给了我一些药,这样我就不会受罪了。"

"你怕死吗?"

"不,我为你感到害怕。留下你一个人……但妈妈很好。你有这样一个妈妈,你永远不会孤独的。你听到我说的了吗,瓦朗坦?永远。"

"那你为什么不告诉她就离开?"

艾蒂安没有回答。他垂下眼帘,然后抬眼看着儿子。他们凝视对方,彼此理解。他们一直都能理解对方。

"我给她写了一封信,解释了一切……这对她来说很不容易,但我相信她最终会理解的。"

"你一个人走吗?"

"尼娜会和我在一起。还有刚才在收养所门口看到的那个人。"

"为什么不是妈妈和我?"

"因为这样更容易。对我来说更容易。对你们来说更容易。"

他们之间再次陷入长时间的沉默。楼下的客厅里,传来家人玩塔罗牌的低低的声音。

最后是瓦朗坦先开口说话。

"我什么也不会说的。"

"我会经常给你打电话。我想办法每天晚上联系你。当你独自在你的房间里时。我向你发誓。我向你发誓,你听到了吗?被屏蔽的号码,陌生的手机号码,你要接听所有的电话,好吗?"

"你要去哪里?"

"我不知道。我们将在路上决定……我不想让你闻到我身上有医院的味道……那些药……很臭。"

他把儿子搂在怀里。

"我希望你记住你父亲的气味,记住那个爱你的人。而不是一个病人。"

67

1994 年 8 月 10 日

艾蒂安：

当我第一眼看到你时，我就知道有一天你会是我的。

我知道，或者说我想要。

知道，想要，有什么区别？结果是一样的：我们在一起了。

我从未想过你会让我如此痛苦。可即使我知道，我依然会直接和你上床。

我刚刚在一本杂志上读到，你的男人越能让你满足，他不在你身边时你就越痛苦。与喜欢的人做爱是非常昂贵的。

我是那么容易被你迷惑，以至于我为自己的愚蠢而感到恶心。你是个典型的漂亮花花公子。你的微笑，能让女孩瞬间融化，剩下的随之而来。轻而易举……

我真是个傻瓜。"只配吃干草的牲口"，就像我奶奶过去常说的那样。

整个七月都在打工，这让我在你离开去度假后不必总是想着你。至于小费，港口披萨店是个理想的选择。

每天晚上回家后，我用眼泪和小费填满自己的储蓄罐。

我跑进我的房间，看看桌子上是否有一封信或明信片。

自从你 7 月 15 日离开后，我没有收到一丁点儿关于你的消息。在你离开之前，我觉得你对我有点冷淡，但我以为那是因为我们要在假期中分开了。我告诉自己，你因为离开我而感到不安。

上周末我去弗雷瑞斯看一个女朋友。我没有待很久，但在地中海的那几个小时对我很有启发。

弗雷瑞斯——圣拉斐尔，两地之间相隔最多三公里。我还知道你从小时候开始一直去的那片海滩的名字。这是见到你的好方法。给你一个惊喜。我去找你,我见到了你。不过要看到你,得把躺在你身上的女孩移开,我不知道你的第二份工作是为放荡的金发女郎做垫底的浴巾。看到你的手指在她身上移动,我感到羞辱。甚至把刚吃的热狗吐到了垃圾桶里。爱一个人太难。咽下屈辱太难。嫉妒,它真的可以让你死去活来。我告诉你。我盯着你看了很久,无法动弹。比在噩梦中尖叫、明知在做梦却无法醒来更加糟糕。我想当场把你的眼睛挖出来,但鉴于我的"状态",我转身离开了。

你真是个混蛋。

你是个骗子。

我怀疑过,不,我曾感觉到你的所谓科西嘉岛之行是个骗局。昨天晚上我回到了拉科梅尔。

我踉踉跄跄地回到家里,眼睛又红又肿。

今天早上,有几个问题在我脑中挥之不去:你回来后要甩掉我吗?你会看着我的眼睛告诉我?还是会打电话甩掉我?也许你甚至会装死到开学,因为你将去巴黎,而我应该去第戎。

除非我能挫败你的计划。

在你做出决定之前,我有件事要告诉你。一些可以让你权衡利弊的东西。

7月27日是我十八周岁的生日。我等待着你的电话,你的"生日快乐"。

我甚至去教堂点了一支蜡烛祈祷圣母给你一个信号。我不信神……你可以看到我卑贱到何种地步。

卑贱,是的。

但我毕竟十八岁了。是的,我成年了。我可以做任何想做的事,尽管我在十八岁之前已经做了我想做的事,我亲爱的爱人。

第一次看到你时,我就知道有一天你会是我的。

让我们回到5月25日吧。你陪我去医院的时候。嗯,"陪"显然言过其实。这么说吧,你把我送到急诊室门口。就像胆小的人将一个包裹放在门口的垫子上。因为据说你受不了走廊里的气味,一闻到乙醚的气味就会晕倒。于是你去了医院对面的小咖啡馆,喝着"世界上最难喝的咖啡"等着我。

留下我一个人。

我独自前往接待处。独自乘电梯到三楼的妇产科。独自一人在等候室,独自一人躺在手术床上。没有人牵着我的手。

我被问了三个问题:"您是否空腹?您有医保卡吗?您没有人陪伴吗?"

"不,我的男朋友在街对面等我。"

我的男朋友会等我多久?今天他在这里,可明天呢?

几个小时后我从医院出来,你看到我推开咖啡馆的门,脸色都变了。在你美丽清澈的眼睛里,混合着羞耻和解脱。

一切都结束了。你可以回到你的正常生活。准备高中毕业考试。

计划你的下一步。

而我则被那股劣质酒和烟草的混合在一起的气味熏得想吐。

早孕反应。

似乎做完人工流产后,这些症状就会消失。但我永远也不会知道了。

因为在人们来找我做手术之前,我离开了我的房间。我在医院的咖啡部徘徊了两个小时,透过窗户看着对面的你吃着三明治喝着啤酒在等我。就像足球比赛的中场休息。

然后我们骑上你的摩托车,我紧紧抓住你,闭上了眼睛。

我看到自己的生活在眼前闪过。那个即将到来的人。我和我们的孩子的未来生活。

那晚我要你留下来陪我,说我"累了"。你不敢说不。你给尼娜·博打电话,我听到你对她说了个谎,因为你原本要和她一起复习,现在你却要睡在我家里。和我睡在一起。那天晚上我情愿将秘密藏在肚子里。只有我一个人知道我们将会有一个孩子。

再见。

克洛蒂尔德

2000 年 10 月

看完克洛蒂尔德的信的那天,尼娜知道她再也不会打开一封不是写给她的信了。

现在她是否应该把信送到警察那里？但艾蒂安自己是个警察。这也许会让他陷入困境。或者直接毁掉它？

"不，艾蒂安不可能会不知道。"

尼娜大声问她的外公："外公，我该怎么做？"

把它放进玛丽-劳尔和马克在拉科梅尔的信箱里？像以前的那些信封一样？还是把它交给里昂的艾蒂安？他知道克洛蒂尔德怀孕了吗？她是在虚张声势吗？她失踪的那晚，他到底有没有见到她？

8月17日，克洛蒂尔德和艾蒂安定下约会的时候，尼娜就坐在他俩边上。当克洛蒂尔德起身离开正在举行葬后酒会的博利厄家时，艾蒂安曾对她说：

"我要和尼娜再待一会儿，那么我们晚上见？"

"好的，我在湖边咱们的那棵树下等你。"

她凑近来吻他。他简短地吻了一下她的嘴唇作为回应。

"今晚见。"他轻轻地说。

尼娜记住了这些，是因为当时克洛蒂尔德说的这句话："在咱们的那棵树下。"这让她想起了外公种在花园里的树。

然后是这个始终没有答案的问题：为什么外公在本该送出这封信的那天被撞死了？为了让信永远不会到达收件人手中？谁在操纵他们的生活？什么样的上帝或命运才允许这种情况发生？这场黑色的闹剧？

克洛蒂尔德怎么样了？艾蒂安是否在某个地方有一个六岁的孩子？克洛蒂尔德为什么要这样做？怎么会有人为了留住一个男人而做出这种事呢？艾蒂安总是说，他采取了保护措施。他一直说，他属于"尾巴上戴着避孕套"长大的一代人。尼娜曾讨厌他这么说。

"艾蒂安，你真粗俗！"

"粗俗的是事实本身。"他一边喝酒一边回答说。

的确，他们从出生起就一直生活在艾滋病的阴影下。所有的广告、海报都告诉他们要采取保护措施。

"艾滋病不会通过我传播。"当科普广告开始在电视上循环播放时，他们三人都还是十一岁的孩子。如果国家各部委的老人们全在谈论年轻人的性行为，那就意味着事情很严重。从根本上来说，艾蒂安是对的，他们属于用安全套性交的一代人。

发现克洛蒂尔德的信后，尼娜本能地想到给阿德里安打电话征求意见。

但在经历了他对她的打击之后，这事变得难以想象。

她的喉咙里仍然有一股苦涩的味道。幻灭感、被抛弃感和羞辱交织在一起。悲伤的浪潮在她体内不断涌动，泪水不停地流淌着。在从巴黎回来的火车上，尼娜甚至想到过死。躺在床上，与她的外公、约瑟菲娜、乔·达辛、宝拉和她的猫咪们重逢。直到她读了寄给艾蒂安的最后一封信。

极度震惊。

自从她打开信后，三个星期已经过去了。她一遍又一遍地读信，却不知道该怎么做。

她一直没有主意。

阿德里安没有给她回电话。第二天和接下来的一天都没有。在她的巴黎插曲之后一个星期同样没有。外婆的手提箱又恢复了它的老习惯，和其他的箱子一起待在衣柜间。

当埃马纽埃尔从澳大利亚回来，即《共同的孩子们》首演后两个星期，阿德里安仍然没有打电话。甚至没有一句话、一张卡片，来感谢她的到来。

什么都没有。

*

阿德里安与艾蒂安有约。后者给他发了一条短信。
路过巴黎，我们必须见面。

阿德里安读了好几遍后才回复：
好的。晚上八点，特内斯广场的拉洛兰餐馆？
行吗？

阿德里安想知道"必须"是什么意思。他最后一次见到艾蒂安是在迎接千禧年的时候。12月31日下午，他见到了露易丝、艾蒂安和他们的二十来位朋友,有医科学生、新晋警察和高中的老同学。玛丽-劳尔和马克·博利厄去了别的地方参加新年聚会,尼娜在最后一刻抛弃了他们。大家一起度过了非常美好的两天。吃的是配吐司饼干的烟熏三文鱼,因为"忘了买三明治面包",披萨、牡蛎和豌豆罐头,酒精、舞蹈、音乐,拉鲁索的《不要忘记我》被循环播放着,追剧、玩电子游戏和午睡。就像父母不在家的少年们。虽然与过去的自己已经非常疏远,阿德里安在露易丝的怂恿下同意加入,而且他还感觉到某种愉快:不需要伪装,也不需要寻找合适的词句来取悦精英群体。两天里,穿着旧拖鞋溜达,想吃就吃,想吃什么就吃什么。

1月1日清晨,到了上床睡觉的时候,出于回到拉科梅尔时的条件反射或习惯,阿德里安差点要回到母亲的房子去找他自己的床。几分钟后,露易丝在其中一间客房里与他会合。1月2日,她在回里昂之前将他送到了火车站。从那时起,他再没有见到艾蒂安和露易丝,而现在已是十月中旬。

阿德里安先到。他观察着自己的影像。他总是为镜子中的自己感到惊讶。一件漂亮的、剪裁精致的海军蓝大衣。他已不再害怕进入某个地方,用稳定的声音平静地宣布:

"晚上好,我已经用博宾的名义预订了一张桌子。我提前到了。"

"请跟我来。"女招待回答他,她有一头漂亮的红发,看起来有点像朱莉娅·罗伯茨。

阿德里安为了艾蒂安把座位预订在吸烟区。这是他们两人第一次在餐厅里见面。阿德里安通常在他的街区吃饭。他有自己熟悉的餐馆地址。但他想,艾蒂安在这家漂亮的海鲜餐厅会更自在些。

"您想喝点什么吗?"

"夏特丹[①],谢谢。"

等待艾蒂安的过程中,有一个片刻阿德里安问自己他的朋友是否读过《西班牙白》或他的一个剧本。但是难道艾蒂安就没有读过一本书?为了通过考试,他必然要看书的,但不会读小说,更别说剧本了。

此时,因为与他的这次会面,就像一个不光彩的回忆,阿德里安又看到了在阿贝斯剧院的尼娜,她在人群中寻找他。

---

① 夏特丹(Chateldon),法国最奢侈的矿泉水。

他在演出后收到了她的短信。他立即删除，就像丈夫删除一个麻烦情妇的短信那样。当天晚上，他将与导演、法比安·德塞拉博、演员们和一些精心挑选的记者共进晚餐。剧院在和平咖啡馆预订了一个沙龙。阿德里安告诉自己，他会在明天早上给尼娜打电话。当一切都结束以后。你不能不打个招呼就出现在这里。他拼命工作就是为了有今天。这场首演相当于他为自己的未来下的一个赌注。对他来说，将自己的过去引入新生活几乎是个不可逾越的障碍。第二天早上，他羞愧难当，告诉自己白天晚点再打电话。然后是下个星期再打。然后他等自己的生日再打。但是到了8月2日，沉默已经变得如此沉重，他竟然无法拿起电话与她交谈。从脑海中清除掉思绪，阿德里安抬起手叫了一杯香槟。

他拒绝任何让他想起尼娜落在他身上的目光的记忆，那目光试图在他冷漠和虚荣的面具后面找到她曾经爱过的、与她情同手足的那个年轻人。

艾蒂安推开了门。阿德里安已经忘记了他，他正忙着遮掩过去的灰尘。

艾蒂安很准时。阿德里安从远处打量着他。没有招呼他。这让他有时间把从头到脚细细地观察。皮夹克、牛仔裤、运动鞋。完美的警察装束。各人有各自的装束，他的服装属于成功的作家。深色高雅，任何场合都一丝不苟。

艾蒂安英俊得令人窒息。他瘦了。黑眼圈，脸颊凹陷，留着两天没刮的胡子。头发的颜色比以前略微变深了。餐厅里客人的目光都集中在他美丽的蓝眼睛和他年轻、充满活力的举止上。

艾蒂安与柜台前的朱莉娅·罗伯茨说话，她甚至脸红了，露出了开心的微笑。

我永远不会像他那样让任何人脸红，阿德里安想。女招待指了指桌子，艾蒂安转身，当他看到阿德里安，朝他露出了微笑。阿德里安起身，两人拥抱。艾蒂安的脸颊冰冷而刺鼻。他喷了一种浓烈的香水，是香根草、香料和柑橘的混合物。阿德里安掩饰了他的不适。

"你好吗？"艾蒂安问道，他脱下外套，点了一支烟。

"是的。"

"据说你现在混得非常好啊。上个星期我甚至读过一篇关于你的一个话剧的文章。"

"是吗,哪一个?"

艾蒂安耸耸肩。想不起来了。阿德里安对他微微一笑。不想和他谈论自己的工作。

"你妹妹怎么样了?"

"她拼命学习。学医辛苦得要命。"

"那你呢?"

"我仍然热爱我的职业。搜查,侦查,汽车。没有例行公事。这很适合我,除了文书部分……"

一个服务员过来问艾蒂安想喝什么。

"请给我一杯不加冰的威士忌。"

"再给我来一杯香槟。"阿德里安补充道。

他俩埋头研究菜单。阿德里安点了龙利鱼和时鲜蔬菜,艾蒂安要了排骨配薯条和沙拉。

"你想先吃点牡蛎、虾或贝类吗?我们点个海鲜小拼盘好吗?"阿德里安问道,一口气喝下两杯香槟后,他的情绪好了起来。

"不用,谢谢。"

阿德里安从这一拒绝中读出了艾蒂安不想一成不变。从小到大,他一直超级爱吃海鲜。在圣拉斐尔和去年的新年之夜,除了蛋糕,他只吃海鲜。

"你想喝点葡萄酒吗?"

"来一杯红葡萄酒配排骨。你帮我选吧,现在你看起来很在行。话说你现在很有品位了。"

阿德里安并没有反驳。他从艾蒂安的声音中发现了一丝讽刺。

"你写的东西能赚很多钱吗?"

"看情况……真正改变我的生活,嗯,改变了我的境况的,是我的小说。"

艾蒂安一边皱着眉头,一边为一片热面包涂黄油。

"什么小说?"

"《西班牙白》。"

艾蒂安停顿了一会儿。他盯着他的朋友。阿德里安从他的眼神中看出他听说过这本书,这个书名隐约让他想起了什么。但是是什么?

什么时候？他在寻找，似乎没有找到。

阿德里安不知道为什么他刚刚承认了自己是那本现在很出名的小说的作者。他甚至从未告诉过他的母亲。即使在今天，也只有法比安·德塞拉博和露易丝知道。

阿德里安微笑着想，明天艾蒂安就会连这部小说的名字都记不起来。既然署名是萨沙·洛朗，他就无法将他与书联系起来。或者他会给他打电话问："那本让你赚大钱的书叫什么来着？"或者他去问露易丝，后者会很惊讶。她永远不会背叛他。

阿德里安提出了自艾蒂安进来之后以来一直迫不及待想问的问题。

"你来巴黎干什么？"

"我是来找你的。"他在两口威士忌的间隙说。

"来看我？"

"是的。我可能会需要你。"

"需要我？"

"克洛蒂尔德……"

"有什么新消息吗？"

"还没有。但就会有的。"

"……"

"他们正在意识到，那个证人的证词是站不住脚的。"

"哪个证人？"

"那位在车站看到克洛蒂尔德的老太太。她消失的那晚……因此，他们会查到我头上来的。"

"我怎样才能帮到你？"

"你得说你和我在一起……先是在湖边，然后在尼娜家。"

"当时我和尼娜在她家。你是后来在晚上才来的。"。

"我知道。"

"你在要求我撒谎吗？"

"是的。"

"那尼娜会撒谎吗？"阿德里安问道。

"尼娜自从结婚后，一天二十四小时都迷迷糊糊的。我让她说什么她就会说什么。但总的来说，不要把她牵涉进来。那天晚上，她在达玛姆的家里。"

"不,不完全是这样的。"阿德里安解释说,"那天晚上,我和她在她家,嗯,在她外公家。只有我们两个人。她在你来之前就离开了。"

阿德里安看到艾蒂安不高兴了,就像小时候没有得到他想要的东西时那样。对不认识他的人来说,这是不容易察觉的。眼睛里有一丝阴影,额头上显出一条横纹,上唇无意识地颤抖着。

听起来像是三件不和谐的乐器在调音。阿德里安想。

"但是没有人会知道的。"艾蒂安反对着,很恼火,"你必须把尼娜排除在这件事之外。"

阿德里安没有再说什么。他在剔着龙利鱼的鱼刺,刀叉从不相碰。

"我昨天看到了尼娜。"艾蒂安说出实情。

阿德里安抬起头。

"在哪里?"

"在里昂。她当天打来回给我送了一封信。"

"什么信?"

"克洛蒂尔德的一封旧信……你知道在我们小时候,她曾偷拆她外公分送的信件吗?"

"是的,但我看不出有什么关系。"

"我看出来了。我是警察。"

"你要把她抓起来吗?"

"她告诉我关于阿贝斯剧院……你如何轻视她。"

阿德里安脸红了,一声不吭。

"你知道在警察工作中我最喜欢的是什么吗?"

"手铐?"

艾蒂安对阿德里安的回答露出了奇怪的笑容。

"是在拘留所演戏。我已经成为出色的演员了。即使是贝尔蒙多也最好小心点。凶恶的、善良的、虚伪的、愚蠢的、易受骗的……我知道所有的类型。我能以优异的成绩进入戏剧学院。"

"那我该请你来演我的一部戏。"

艾蒂安笑了。

"阿德里安,你真的认为我没有读过《西班牙白》吗?你真的认为我妹妹什么都没有告诉我吗?当你的书出来的时候,我觉得有什么事情发生了……至于要从某人身上得到些什么,我是最在行的。所以对我的妹妹来说……"

血液在阿德里安体内凝固了。这样的头晕目眩，就像他赤身裸体，在游乐场的平台上被展示给众人，而艾蒂安则向着人群呼喊："靠近点，女士们，先生们，来看看阿德里安·博宾到底是谁！来欣赏一下这头出售的牲口吧！"

"你读过了吗？"阿德里安喃喃地问。

"是的。"艾蒂安说着，啃着他的面包，但目不转睛地盯着他。

阿德里安忍着。

"你告诉尼娜了吗？"

"是的，昨天当她告诉我你对她的打击时，我就全告诉她了。因为我要为你寻找情有可原的借口，我就和她说了你的书。"

"她说什么了？"阿德里安低语道。

"你的那本小说在她的床头柜上放了很久，但她还没有读。"

阿德里安被石化了。这是一场噩梦。他想在家里醒来，躺在他的沙发上。希望有人对他说，他所经历的这一切都是假的，是他丰富想象力的结果。

"我知道你在想什么。你以为我不看书。以为我是个粗人。但你错了，伙计。我已经读了你写的所有东西。而上周的文章是关于你最新的剧本《共同的孩子们》。"

艾蒂安不说话了，似乎在享受晚餐的结尾。阿德里安观察着他，处于不安的边缘，冒着冷汗。是他被克洛蒂尔德的故事搞得焦头烂额，感到内疚的人却是我。

"你想要什么，艾蒂安？"他终于开口了。

"你作为我的不在场证明。你说1994年8月17日你和我一起在森林湖边，你和我一起等着克洛蒂尔德，然后我们一起回到了尼娜家……"

"我以前什么都没说过，别人不会觉得奇怪吗？"

"不会的，因为之前，没有人以为我可能与她的失踪有关系。"

"你伤害了克洛蒂尔德吗？"

"没有，我向你发誓……"

"我为什么要相信你？"

艾蒂安停顿了一会儿才说：

"我想那晚我看到了一些东西。"

"什么东西？"

"一辆汽车沉入湖中。"

艾蒂安举起手，又点了一杯葡萄酒。

"什么车？"阿德里安继续问他。

"我也不知道。一辆红色的汽车。我想是红色的。但这与你的证词没有关系。你，你只要说你和我在一起。"

"如果我拒绝呢？"

"你为什么要拒绝？"

"这是做假证。"

"半真半假。我提醒你，那晚我们是一起过夜的……好吧，我们当时很年轻，大家都在偷腥，但是……"

阿德里安站起来，艾蒂安用手拉住他。一只有力的手。差不多是他的手的两倍，几乎扭断了他的手指。他的眼神不再清澈，蒙上了两片灰色的雾纱。他的上唇不再颤抖。艾蒂安已经从恼怒变成了坚定。

"坐下来。我还没有说完。还记得尼娜曾经对我说过'谁也不会知道'？"

"你在说什么？"阿德里安问道，全身大汗，快要哭了。

"我在抄写你们的试卷、你们的家庭作业，她坚持要我明白我在写什么。她说'谁也不会知道'。我问她'不知道什么啊'，而她一直不停地说'谁也不会知道'。她是对的，尼娜。我欠了她一切。因为她的坚持，我最终这样做了：理解我从你们那里抄的东西。"

"……"

艾蒂安松开了阿德里安的手，态度变得柔和。

"如果你愿意，我们可以一起回家。"

"……"

"我想象你有一个非常漂亮的公寓。就像你穿的衣服一样漂亮。"

"……"

"如果你愿意，我们可以玩摸小鸡鸡的游戏。"

阿德里安把水杯扔到他的脸上，随即后悔了。

"我喜欢你的妹妹。"

"很遗憾。"艾蒂安说着，用餐巾擦了擦脸，"我不该太过分，我本该知道如何感激……你想吃甜点吗?"

阿德里安一句话也说不出来。无法动弹。

"我犯了一个错误,"艾蒂安说,"一个月前,我见到了证人……但我把事情搞砸了。我让拉科梅尔警察对案子起了疑心。老太太在站台上看到的不可能是克洛蒂尔德。"

"为什么?"阿德里安终于能说话了。

"因为她误将另一个女孩看成了克洛蒂尔德。"

"你怎么知道的?那个时候你已经把她杀死了吗?"

艾蒂安耸了耸肩,似乎在说:"别说傻话了。"

"一个关于缝纫的故事。一台缝纫机。"

"艾蒂安,你在胡说八道。你胡言乱语。"

"我可以马上把你抓起来。我们两个人中,你才是疯子,不是我。"

阿德里安不语。他想把艾蒂安的脸打烂,就在此时。他能感觉到扑面而来的恨意。皮事件重新浮出水面。

"我再也不想见到你了。"

"我也一样。但在你把我的名字划掉之前,你最好先去找警察,告诉他们我们当天晚上一直没有分开过。"

"否则的话?"

"否则的话,我会告诉全世界谁是萨沙·洛朗……而且,相信我,我不会羞于透露细节。我的妹妹会很高兴知道,你在《西班牙白》中说的是我。"

阿德里安站起来,抓住他的衣领。朱莉娅·罗伯茨跑向他们。坐在他们周围的几个顾客都沉默不语。艾蒂安猛地推了一把阿德里安,后者失去平衡,倒在了椅子上。

"这顿我请你。"艾蒂安说。

"……"

"我坚持。"

他走到收银机前,拿出信用卡。阿德里安像个布娃娃瘫在椅子上。

68

2017 年 12 月 26 日

玛丽-卡斯蒂耶重读了好几遍艾蒂安的信。

通常情况下,是她质问和抓人。是她审判嫌犯的病态存在,他们的偏离、疯狂、愚蠢。今天早上,命运把她送进了拘留所,无情地审判了她。

她将信放回床上。

她一直知道他将只是个过客,不会留下来。不是因为疾病,而是为了另一个女人。她一直认为她将不得不与情敌们斗争。

艾蒂安,病人……他是怎么离开的?他们的车就停在院子里。肯定开的是尼娜的车。也可能他们此刻正坐在火车上。甚至在飞机上。总之已经远走高飞了。

玛丽-卡斯蒂耶全身都在颤抖。她意识到自己将永远不会再见到丈夫。他刚刚安排了他的离开。出于条件反射,她试着打他的电话。只有语音留言。

艾蒂安怎么会对她不信任到这种程度?在枕头上放一封道歉和解释的信,然后离开。

> 这就像那个人希望我照顾好自己。
> 却在八月的西班牙抛弃了自己的狗……

今天早上,她觉得自己就像被度假的主人抛在路边的弃狗一样孤独。一件垃圾。一个用过的电池。

"我们与 911 事件同龄",每当被问到他们认识多久时,他们这样回答。

他们在一台电视机前相遇。电视机的主人是个毒贩,和他的两个同伙刚刚被抓获。

艾蒂安是里昂第六区警察局的一员,她刚被派到里昂一区警察局。由于这些毒贩很危险,而且有武器,上级派出增援的警员。

在离开公寓时,玛丽-卡斯蒂耶推开了一扇门,发现一个男人坐在电视机前的扶手椅上。他独自一人。手臂上缠着警察的袖箍。他没有看到她进入房间,仿佛被世界末日的画面催眠了。

当他感到她的靠近时,只说了一句:

"我把声音关掉了,这让人难以忍受。"

甚至不知道他在和谁说话。

就在那一刻,当世界的一部分正在崩溃,当电视屏幕上只看得到浓烟滚滚时,玛丽-卡斯蒂耶陷入了爱河。

在数以千计的无辜者死去或将要死去的那一天坠入爱河,这应该是被某种内心法律所禁止的。良知的伦理。一个太糟糕的预兆。糟糕的因果,糟糕的开始,糟糕的相遇。可是,尽管她本该拒绝任何形式的侵入,但她的爱的的确确在9月11日恐怖袭击那天诞生了。

她的手机在牛仔裤口袋里不停地震动,她本该立即接听,却在他椅子的扶手上坐了下来。几乎贴着他。他的肩膀拂过她的手臂。她呼吸着他的气味。克制自己不把手放在他的头发上。她看着在看电视画面的他。此时此刻,这个地方的主人正在牢房中等待提审。

"您叫什么名字?"她终于开口了。

"博利厄中尉。"

"分局局长博朗。"

"您是新来的吗?"他问她,并没有因为和上司说话而感到别扭。

"是的。"

他对她说话时,眼睛没有离开电视,就像沉浸在灾难场景电子游戏中的少年。

他们在晚上九点左右出来,心情沉重,茫然间发现街道上空无一人。

里昂看起来像一月的一个星期天。所有的居民都待在家里。通常繁忙的酒吧已关闭或空无一人。

他们大口大口地吞食着三明治和啤酒,眼睛盯着一台电视的屏幕,这台电视被临时搬出来,摆在一家小酒馆的吧台上。所有的频道都在不断地播放着两架飞机撞上玻璃墙的画面。四位客人看着美国经济实力的象征像纸牌一样崩溃，一动不动。

玛丽-卡斯蒂耶问艾蒂安住在哪里。

"离这里不远的一个小公寓。您呢？"

"我租了一个带家具的公寓等着您。"

她脸红了：

"对不起，等等……我今晚不敢独自回家。我可以和您待在一起吗？"

艾蒂安并不相信她。这个女人天不怕地不怕的。感觉她在悄悄地勾引他。他喜欢她。有些男孩子气，但矛盾的是同时非常有女人味。她的手指上戴着几枚戒指，但没有婚戒，比他大十岁左右。金色的短发，性感的嘴巴，绿色的眼珠。眼神淘气而好奇。

"我先提醒您，我家里很乱。所有的清洁工都以服抗焦虑药物告终。"

她跟着他，就像狗跟着它的主人。看到了艾蒂安的单身公寓。没有女人或孩子的痕迹。

单身。

她立即对自己说，她必须抢在别人之前把他抓进网里。聪明地，不易察觉地。

玛丽-卡斯蒂耶穿上睡衣，没有敲门就进了露易丝的房间。露易丝没有睡觉，她在喝茶，坐在窗台上盯着街道，似乎在等待她的嫂子。

"他病了很久？"

"是的，无疑太久了。"

"你知道艾蒂安要离开吗？"

"是的。"

"这就是你俩昨天争吵的原因？"

"是的……我想让他告诉你。"

玛丽-卡斯蒂耶握紧拳头，吞下了她的眼泪。绝望和怨恨的河流在她身上流淌。

"瓦朗坦知道吗？"

"是的，他发现了艾蒂安和我之间的短信。"

玛丽-卡斯蒂耶咽下这个新的打击。仿佛所有人都在她背后密谋。她成了敌人或薄弱环节。那个无法接受真相的人。

"真的没有什么办法了?"

露易丝崩溃了。她看起来精疲力尽。像一个在战场上失去了武器的英勇的士兵。

"办法总是有的,可以尝试。我不是说他的病能治好,但治疗可以延长他的生命。"

"他知道吗?"

"我告诉他一百次了。他根本不想听。"

"他死心已定,"玛丽-卡斯蒂耶仿佛在自言自语,"你知道他们在哪里吗?"

"不知道。"

"我想我应该知道真相。"

"我不知道他们在哪里。我向你发誓。他们三个人在夜里离开了。"

*

我们在凌晨四点钟接上了艾蒂安。他在家的街道尽头等着我们,肩上背着一个旅行包。

"这是谁的车?"他问尼娜。

"我男朋友的。"

"你有男朋友了?"

"是的。"

"一个正常男人?"

"是的。"

我没有反对。坐在后排,我掐着自己让自己闭嘴。不透露人们提供给我的关于格里马尔迪的情况。

我们一直开车到马孔。艾蒂安啃着指甲,仔细查看在他腿上展开的欧洲地图。他在意大利和希腊之间犹豫不决。

"你们能陪我待多久?"他问我和尼娜。

"自从我在收养所工作以来,我基本没有休过假。"

"这意味着多长时间?"

"多久都可以。"

艾蒂安转向我。

"你呢?"

"一样。"

"总之,我们不会花太长时间……"

他没有让自己的声音中断。很快又继续说道:

"我想对你们说……谢谢。还有……请你们……原谅。"

艾蒂安用手指在地图上描画可能的路线时,我和尼娜始终沉默着。最后,他从自己的口袋掏出一枚一欧元的硬币。

"反面我们去希腊,正面去意大利。"

他抛出硬币,在手背上翻转。

"正面。"

69

2000 年 10 月

　　她一直拖着，没有对埃马纽埃尔说出全部真相。他正紧张地等着她，坐在客厅的沙发上。当时是晚上八点半。厨师准备了奶酪肉饼和绿色沙拉。由于尼娜不吃肉，她从菜的表面舀出土豆泥，但这让她感到恶心。当尼娜提到饭菜的准备时，这名雇员如今在翻白眼时已不加掩饰，对她来说，吃素不过是一种怪癖，一种心血来潮。她有时会抱怨："如果她真的饿了，她就会吃牛排，看得出来她没有经历过战争。"

　　你也没有经历过战争啊，尼娜想，但假装没有听到她的话。

　　"那天我去了里昂，"她开口了，"我必须把一件东西交给艾蒂安。"

　　"什么东西？"艾玛纽埃尔没好气地问。

　　"一件我发现的旧东西。"

　　"你的手机呢？我一整天都在试图给你打电话。"

　　"我忘了充电。"

　　她看到他握紧了拳头。埃马纽埃尔一直无法接受艾蒂安。无疑是因为太过英俊、太过傲慢，他身上那种平静的强势让埃马纽埃尔很不舒服。而且尼娜一直喜欢艾蒂安，而对自己的丈夫却越来越反感。尽管她一直试图微笑，但她的身体已经无法说谎。

　　她伪装高潮有多久了？当被无聊或厌恶折磨时，多少女人会强颜欢笑？

　　多少人，她一边伪装高潮一边想，多少人此刻正和我做着一样的事？

　　尼娜已无法感觉到她的丈夫了。从各种层面来说都是如此。甚至他的气味也让她感到恶心。她已经学会有他在场时只用嘴呼吸。

　　她把克洛蒂尔德的信交给艾蒂安后告诉他："我要离开埃马纽埃尔。"

这天早上醒来时,她决心已定。我必须去见艾蒂安。我欠他一个真相和克洛蒂尔德的信。

她先试着打了几次他的手机,在第三次时,艾蒂安接听了。

听出是她时,他的声音中带着冷意。从过年以后,他就一直在生她的气。尼娜没等他开口就抢先说话。她一口气说完,语气很急切:

"我有东西给你……我今天会把它带给你。我五分钟后就离开拉科梅尔。当我在里昂见到你时,我再向你解释一切。"

一阵长久的沉默。

"我等你。到警察局来找我。我们一起去吃饭。"

艾蒂安给了她地址。

"你会发现,很容易找到,旁边就有一个停车场。你开的是什么车?"

他总是对汽车如此痴迷。

"一辆黑色保罗。"

"知道了。"

这一次,尼娜从艾蒂安的声音中感受到了和她重逢的喜悦。尽管他在生闷气,但他不会伪装。当她到达时,她发现他有心事。甚至在拥抱她之前,他说:

"你给我带来了什么?一张班级照片?"

"起码先问个好吧。"

"你好,对不起。"

与阿德里安不同,艾蒂安没有改变。依然保留着不羁的本色。他没有给自己的真实本性镀上几层金。她很高兴能再次见到他。她拥抱了他很久,低声说:

"发生了什么事?为什么我们失去了联系?"

"我提醒你,是你在跨年夜把我们像垃圾一样抛弃了。"

"如果你还有点脑子,你应该知道我没有选择。"

"我们总是有选择的。离婚不是为狗发明的。"

他把她拖到外面:"来吧,让我们离开这里。"他们紧挨着走过了几条街道。她用手臂挽着他的胳膊。当他们还是孩子时,他讨厌她这样做:"别这样,人们会认为你是我的女朋友。"阿德里安则会欣然接受。

"这附近有一家不错的里昂菜餐馆,但特色菜是牛头和羊脑。不知道你会不会喜欢。"艾蒂安嘲讽道。

他们同时笑了起来。两人在十二点十分的时候走进一家小餐馆。

"我不能拖延,否则会被埃马纽埃尔杀死。"尼娜边说边看着墙上的挂钟。

"如果他敢打你,你就给我打电话。"

"他太狡猾了。如果哪天他打了我,那就为时已晚了。"

他们在一个角落坐下,艾蒂安点了一瓶葡萄酒。

"警察可以喝酒吗?"尼娜很惊讶。

"我在休假。"

"从什么时候开始的?"

"从你今天早上给我打电话开始。"

"我真的很高兴见到你……你看到了,我很丑。"

"你并不丑,就是像已婚妇女那样有个大屁股。你们最终都会变成胖子。"

尼娜叙述了她与埃马纽埃尔一起的日常生活,没有悲怆或抱怨。她看到隧道的尽头,任由自己被困在地狱般的煎熬之后,她从黑暗中走了出来。她的一举一动都受到丈夫和厨师的监视。即使在自己的房间里也没有隐私,另一个人可以不敲门就进来,在柜子里放好衣服。埃马纽埃尔对生孩子的执着。她偷偷摸摸吞下的避孕药。她没有自己的钱。甚至汽车也不属于她,她所有的开销记在公司账上,经达玛姆的会计师逐一审核。

"我还以为你是富婆了……"

"大家都这样认为。"

"你外公的房子呢?"

"他早就把它卖掉了……"

是的,她打算离开,找一份工作,她才二十四岁,尽管看起来有三十岁。她要减肥,重新掌握自己的身体和心灵。

她肯定需要他来保护她,因为她在这个世界上孤身一人。因为她不敢和玛丽-劳尔说出实情,而且到艾蒂安的父母家避难在她看来似乎是最糟糕的主意。那会是埃马纽埃尔第一个去找的地方。她必须离开拉科梅尔才能自救。否则她的丈夫会找到她。一月份,他将出差三个星期,她要利用这个机会消失。在经历了多年的煎熬后,再等三个月并不是太大的问题。说到喝酒,她不得不向艾蒂安承认,为了打起精神,她每天都要靠喝酒来忍受她的豪华监狱。

"妈的,"艾蒂安信誓旦旦地说,"这简直就像左拉。你还记得在学校的事吗?我们要读《小酒店》《娜娜》《萌芽》……我最烦你在你屋里大声读这些。呃,和你现在讲的一模一样。"

他们不停地笑着。嘲笑自己,嘲笑他们的错误选择。然后尼娜把话题转向阿德里安。她告诉艾蒂安,她去了巴黎,想在他那里避难。那晚在剧院,他对她如此忽视,她几乎悲痛欲绝。

艾蒂安为阿德里安申辩:

"也许是因为他在书中所写的那些事。"

"什么书?"尼娜问。

"《西班牙白》。"

"你在说什么呢?"

"我以为你知道。"

"知道什么?"

"是他写了这本书。"

尼娜闷声了。《西班牙白》……她用来藏信封的那本小说。怎么可能她什么都不知道?阿德里安对她什么都没说?

"你可能被搞糊涂了。他用的名字叫萨沙什么的。"

"是个假名。"

"是露易丝告诉你的吗?"

"是的。"

"书是关于什么的呢?"

"你自己看吧。"

第二次背叛。尼娜感觉到泪水在涌动,她忍住眼泪。她把阿德里安在剧院里冷落她的记忆抛在一边。她以为他是她的朋友、她的兄弟,那个曾向她发誓永远爱她的人,他根本就什么都不是。

尼娜故意岔开话题,向艾蒂安提问——但没有忘记她刚听到的消息。露易丝怎么样了?在里昂生活感觉如何?他有没有恋爱?

"我看起来像在恋爱吗?认真地说,尼娜。我基本不考虑这事。说真的,我的选择是正确的。如果有三天时间,我就去滑雪或冲浪,这里的附近有山有海。我的同事们都很好……冷却的咖啡，肚子里的恐惧，拘留审讯结束后的疲惫，每个月把同一个小流氓拖进拘留所，因为一些愚蠢的法官决定给他最后一次机会。前往犯罪现场——遇上这种情况，在逮住罪犯之前，你丝毫不能放松，甚至不睡觉。"

"你对克洛蒂尔德做过调查吗？"

艾蒂安呆住了。

"是的。你为什么要问我这个？"

"我小的时候，经常偷外公的邮件。这就是为什么他到学校打了我一耳光，你记得吗？"

"我当然记得。我一直想知道为什么。"

"他死后，我感到很内疚。我认为这是我的错……上帝在惩罚我。"

"你知道我不相信那种鬼话。"

"我知道。说来话长……但去年我得到了外公在他去世那天随身带着的挎包。里面装满了他还没来得及送的邮件。没有人知道……我读了所有的信，重新合上信封，然后把它们放到收信人的信箱里……五年以后。"

"你说的是真话？"

尼娜低着头没有回答。艾蒂安受过测谎训练，这是日常生活的一部分，他明白她并没有编造什么。而且何必编造这样一个故事呢？他记得那天，在学校操场上，皮埃尔·博像个疯子一样闯进来打自己的外孙女。这件事烙在了他的记忆中。他没能保护她。就像今天，面对另一个疯子——她的丈夫。他有能力保护那些他不知道身份的人，但没能保护他的童年好友。

"在邮件中，"尼娜继续说，"有一封信是给你的。克洛蒂尔德写的信。"

艾蒂安想知道他是否在梦中，这次谈话怎么会变成一场噩梦。尼娜看出了他的困惑，看到了他眼中的惊慌。

"这封信上的日期是哪一天？"

"1994年8月10日。外公出事的前两天……"

艾蒂安脸色变得像死人一样苍白。

"你总不会把它拆开了吧？"

"我拆了。阿德里安背叛我的那个晚上……我对他、对你都很生气……接下来的好几天我都在想,到底要不要把它交给你。"

她拿出信递给艾蒂安,他默默地读了好几遍。他不时地向尼娜投去仇恨的目光。他无地自容,被击中了要害。除了阿德里安,他从来没有向任何人承认过克洛蒂尔德怀孕一事。

他把信塞进外套的内袋。

"你知道我可以以盗窃罪逮捕你吗?你知道你所做的事是可以被判刑的吗?"

"我很抱歉……我不会再这样做了,我……"

尼娜还没说完。他站起来,把一些纸币扔在桌子上——"账单和你的汽油费"——然后像个疯子一样离开了餐馆。尼娜喊着他的名字,但他没有回头。

独自一人在这个世上。她在停车场找到自己的车,然后"回家"了。

从沙发上,埃马纽埃尔继续观察她。

"我们可以吃饭了吗?经过这些傻事,我饿坏了……艾蒂安还好吗?"

"是的。"尼娜说,刮着肉饼的顶部。

"我联系了一个收养孩子的机构。"

"什么?"

"你听得很清楚。"

通常情况下,在这个钟点,尼娜已经喝了几杯酒来面对埃马纽埃尔。但现在她是清醒的。她意识到,当他在场时,她从来没有清醒过,而且多年来一直如此。

"你不跟我讨论就自行决定了?我?所谓的母亲?"

随着"母亲"这两个字脱口而出,尼娜在埃马纽埃尔惊恐的注视下将嘴里的土豆泥吐到了饭桌上。她自己都不相信。她抓起一张纸巾清理桌面,羞愧难当。

然后,出乎意料地,她突然无法自控地大笑起来。

"你喝酒了吗?"埃马纽埃尔问她。

这个问题让她笑得更厉害了。她想说:"就这次没喝。"但她说不出来。她坐在椅子上弯着腰。她上次像这样笑是什么时候的事?她想起艾蒂安的话:"你的生活就是左拉小说。"她无法从这句话、这无情的评价中脱离出来。

她看到自己在她奢侈的厨房里,在每个女人梦寐以求的丈夫旁边,正刮着土豆泥,因为她讨厌吃肉,厨师就故意做这道菜,还获悉了丈夫已经瞒着她申请了收养孩子。

"你的生活就是左拉小说。"

本该让她泪流成河,却产生了相反的效果。她神经质的笑声与房子里美丽的挂毯格格不入,这所她居住的没有生活的房子。

娜塔莉走近他们,一脸疑惑,一看到她,尼娜就像被电击了一样。

她怎么还待在这里?

尼娜呼吸困难。她的哮喘病几乎要发作了。她从椅子上直起身,彻底停止了笑。她开始对厨师大喊大叫:

"滚出我的房子!我不想再见到您了!滚!出去!"

一声不吭,这个人看着埃马纽埃尔,想知道她应该怎么做。

"不要再这样看着我的丈夫!是我在和您说话,马上出去!"

娜塔莉从衣帽架上抓起她的外套,头也不回地甩门走了。

"你怎么了?"埃马纽埃尔问他的妻子。

"我突然明白,我不想要孩子。永远不想要。我是件不合格商品。突然,我想知道,是的,我想知道,你怎么可能不告诉我就开始办理收养手续!"

她开始发抖。她刚刚释放了憋了很久的话语。虽然有些语无伦次,就像人们在愤怒时发出的任何声音。埃马纽埃尔的反应和他的笑声一样出人意料:他轻蔑地对她笑了笑。他对自己很有信心,他将她视为废物,或者一件开始说话的物品,一个不协调的东西。然后她扑过去打他。首先是肩部,然后是手臂、后背、腹部,她动手了,被愤怒蒙蔽了双眼,不停地打他、踢他。而他却越来越乐不可支。当她终于意识到自己在做什么时,她开始尖叫。他看着她,仍然微笑着。令人恐惧的微笑,甚至是毛骨悚然的微笑。

"我可怜的女孩……我在街上捡到你。相信我,这个孩子我们要定了。今后你要从早到晚地照顾他。现在,你要做的就是给娜塔莉打电话道歉……。"

"决不。"

"仔细想想。我有权让你当场被关起来。精神病院里到处都是你这种人,孤零零的,抑郁、整天无所事事和酗酒。我手臂很长的。只要给我们尊敬的家庭医生打一个电话,你就会被关进疯人院。你甚至将记不起自己的名字。永远,永远不要忘记你是我的妻子……所有的公文程序,由我签署,收养程序、离婚程序、拘禁程序。也不要指望你所谓的朋友会来接你,你的警察和那个同性恋根本不关心你。他们会任由你埋没在自己的粪便中,一根手指都不会动。在这个世界上,唯一爱你和你可以永远依靠的人是我。但你太傻了,不明白这一点。"

埃马纽埃尔上楼去了卧室,留下尼娜收拾晚餐。

*

几分钟后,尼娜上了楼。她脱掉衣服,洗了个澡,想着艾蒂安的愤怒和她丈夫说的"收养"一词。她为身体抹上润肤霜,却一眼不看,然后顺从地贴在埃马纽埃尔身上,就像一只刚把主人的鞋弄坏的狗,正在寻求主人的宽恕。

她任由他做着,在需要的时候呻吟。

她的丈夫在她身上睡着后,她又等了大约二十分钟,在黑暗中睁着眼睛。然后她轻轻地把他推到一边,悄悄起身,打开床头灯,拿起《西班牙白》,从1998年足球世界杯那天起,这本书就一直在她身边,触手可及。她完全记得她把它放入购物车的那一刻。那是个幸福的时刻。从早上开始,她就一直对自己说:今晚,艾蒂安和阿德里安要来家里吃饭。而且他们是一起到的。她忍住眼泪,以免埃马纽埃尔看到她对两个朋友的爱远远超过了对他的爱。还有那群里昂人。他们都在电视前高兴地尖叫着。

那是她余生中最美好的一天。之后,他们三人就失去了联系。她的时间过得很慢。"缓慢的时间",多么准确的表达。

空白、沉默与缺席,被穿插在电话和团聚之间。她收起了那本小说,虽然封底曾让她遐想和犹豫过。仿佛她与阿德里安擦肩而过却一无所知。有些书我们会错过,如同某些相遇,我们会错过那些可能改变一生的故事和人物。因为一个误解,一个封面,或者一个平庸的梗概,一个先入为主的观念。幸运的是,有时生活会坚持。

*

外表不算什么。伤口在内心底部。

——欧里庇得斯

我三岁。我们在院子里围成一个圆圈。这里有球,地上有大圆圈,用粉笔画的游戏线路。有时我们会被分开。女孩与女孩、男孩与男孩在一起。我待在女生组。小女孩们都笑了。我狼吞虎咽着她们的笑声,就像午睡后得到的棉花糖。

我六岁,第一次说给别人听。主动开口。那是一个我不认识的老人,我并不是特别信任他。我记得他闻起来很臭,有浓密的灰色眉毛,脸色蜡黄。

我得了严重的咽炎,发烧的我在检查台上浑身颤抖。母亲在等候室里。这是我第一次与一个成年人面对面交流。

"医生,就是当你的某个地方生病时,会为你治疗。"

我的某些地方生病了。

在过去的五分钟里,我一直在破译,着迷于两张并排钉在墙上的海报,每张差不多一米高。画的是青春期前的男孩和女孩。他们所有的身体部位和器官都被命名。名字是相同的。消化道、肝脏、肾脏、胃、手臂、腿、脚、心脏。只有在下腹部,名字才有所不同。我发现"生殖器"很难读,我一点也不知道它是什么意思。

满脑子全是这些图像,我第一次打开了通往我的秘密的笼子:"我是一个女孩。"

"什么?"那人说,集中精力看他的血压计。

"我是一个女孩。"

医生皱起了他浓密的眉毛,额头下乱七八糟的眉毛让他看起来很和善。但突然间,他看起来像个小丑,那些在马戏团和生日派对上让我感到害怕但又让其他孩子大笑的小丑。

他没有回答,把一只粗糙的手掌放在我的额头上。

"你发烧了,你谵妄了,小家伙。"

"什么是谵妄?"

"你疯了。这些是发烧的症状。"

我想吞下我的秘密,最后一句话却脱口而出。当一个被囚禁太久的句子松动之时,它就会享受自由。

"但是我的小弟弟,我几岁的时候它才会离开呢?"

他不再皱眉,抓住我的肩膀。我感到痛。蜡黄的肤色消失了,他身体里所有的血液似乎都涌向了头部。颜色就像是一升红葡萄酒。

"谁告诉你这些傻话的?"

我明白了,我必须把我的女孩锁在内心。把她锁在沉默中。于是我撒谎。我遮掩。我开始笑了,我的喉咙在燃烧。

"没有人。我在学校里听到一个朋友这么说……"

"我们不能谈论这些事情,你听到了吗?你的父母,他们使你成为现在的样子:一个小男孩。你出生时是个男孩,你死的时候还是男孩。不要想象其他东西。这些都是违背自然的想法。"

"什么是'违背自然'?"

"是魔鬼……而魔鬼,我们要将它从精神中赶走……如果你愿意的话,也就是从脑袋里赶出去。为此,你必须在学校里努力学习,做大量的运动。"

他在办公桌后面重新就座,给我开了抗生素、阿司匹林、喷雾剂和润喉糖。

我把母亲事先填好的支票递给他,对他说:"再见,先生。"

我从此不再对人说起。

埃马纽埃尔醒了。他告诉尼娜,他明天要早起,灯光让他无法入睡。尼娜合上《西班牙白》,关了灯。

她在发抖。

关掉。是的,她像那些什么都不想再看见的人一样关了灯。关闭百叶窗,用两道锁锁上门。

她把书紧紧地抱在胸前,呼吸着它。她在书页之间寻找阿德里安的气味,他皮肤的气味,或另一个人的气味。她怎么可能从未闻到、从未猜到?

八年来,他们一起吃饭、散步、睡觉、洗澡、做作业、游泳,一起唱歌。他们每天晚上睡觉前都会给对方打电话:"你在干什么,你在看什么,你在想什么?……晚安,我爱你,明天见。"

"你为什么什么都不说,阿德里安?"

"我很好,我在听你说。"

八年来,他们形影不离。从小学到高中。他们为未来制定计划,滴血结拜、哭泣、大笑、颤抖。他们手拉着手,想着或感觉到对方正在做什么,经历什么,哪怕他们不在一起的时候。

当她发现阿德里安所隐藏和扼杀的秘密,尼娜感到自己变得很陌生。她是谁?这个幼稚而糊涂的人是谁?

她觉得自己就像那些丈夫是战犯或连环杀手的女人,什么都不知道。

因为她们处于否认状态。

因为她们的潜意识什么也不想听到。

一天早上,她们醒来,就像童话故事里所有的笨女人,白雪公主、睡美人、小红帽,面对真相的时候惊慌失措。

一开始,尼娜把这本小说当作一种对她的指责。一根手指指着她:"你什么都不懂。你并不爱我。"

当她重读《西班牙白》时,尼娜终于意识到,书中那个男孩和那个女孩是同一个人。那个和她在一起生活了八年的人。

他对阅读、写作、电影、蓝色、朗姆蛋糕、国王饼、露易丝、煮鸡蛋和夏天的热爱,对蛇、小丑和狂欢节的厌恶,都归结于同一个肉体的存在。

70

2017 年 12 月 26 日

  我躺在后座上,透过车顶的玻璃看云彩。雨滴掉下来砸碎,似乎挂了几秒钟,然后随风飘去。
  艾蒂安坐在死亡之位。
  尼娜开车很慢,这似乎让他恼火,但他什么也没说。尼娜和我都看出了他的不耐烦。他偷偷地、绝望地看了一眼速度表,上面显示的时速是一百一十公里,而我们正行驶在高速公路上。
  在离开拉科梅尔时我们商定:尼娜和我轮流开车,每两百公里就停下来喝杯咖啡并吃点东西。
  "我说过,你们陪我的前提是由我来开车……我没有残废。我得了癌症。"
  尼娜让步了。
  "每人开两百公里。我们三人分摊旅程。"
  我们还就广播电台的选择达成一致,那将是卢森堡广电二台,混合了流行摇滚乐,或多或少与我们的口味相匹配。

> 在地球上的每一个夜晚
> 和你在一起
> 时刻在你的臂弯里
> 我知道你的一切,
> 上帝告诉了我
> 我的朋友,来吧,我知道你的一切……

  听到印度支那乐队这首《因果女孩》最后几个音符时,我决定开口。

"我去看了皮先生。"

我的句子扔进车内,像一颗炸弹。

尼娜一个急刹车,我被甩得失去平衡,抓住她的座椅头枕。她在两辆卡车之间转向右车道。

脸色煞白如纸的艾蒂安关掉收音机,从后视镜里盯着我。

"什么时候?"尼娜问道,眼睛盯着路。

"当我回到拉科梅尔定居时。"

"在哪里?"

"他家。"

"他现在几岁了?"

"我不知道。大概八十岁了……"

"你为什么要这样做?"艾蒂安问我。

"我需要用我成人的眼睛来与他对视。我按了门铃,他亲自打开了门。他一下子就认出是我。他一句话也说不出来。我们互相看着对方,也许有一两分钟,沉默不语,我把《西班牙白》塞到他的手中。他接过来,没有说话。我回到自己的车上。当我抬起头发动汽车时,他已经关上了家门。"

"再次见到他的感觉如何?"

"我将某些东西封存起来。彻底地。这是一种解脱。"

"你认为他读了吗?"

"我不知道。但现在,我不在乎了。"

*

我十岁。上五年级。我刚结识了我的两个童年朋友,一个男孩和一个女孩。多亏了他们,我不再感到孤独。我爱他们。

对其他人来说,我是一个普普通通的小瘦子。他们都不知道我内心藏着一个女孩子。

一个只属于我自己的家庭秘密。

就像一个私生女。那个被藏在地下室的人,她必须穿过隐蔽的门和走廊,以便永远不与任何人的目光相遇。

被宗教和公民身份所排斥的非法者。她即不能接受洗礼,也没有临终祈祷。总之,是那个永远没有名字的人。

不,没有人会叫我的真名。

将来,我会找到我的名字,我会用真名叫我自己。

我列了一个清单。埃洛迪、安娜、玛丽安、丽莎、安吉尔、维吉妮。

我十岁了。我和我的两个朋友形影不离。有时我想告诉他们我是谁,这个女孩已经到了我的嘴边,但我不敢。我咽下了。

我担心他们会排斥我,审判我。

我们要么是三个人,要么什么都不是。是三,或者孤独。

如果他们把我赶走,我就得重归流亡。像我搬家前那样。当人们觉得沉默的我很古怪时。

羞怯是一个袋子,人们把所有东西都放进去,回避思考。

在班上,我会一连好几个小时观察我朋友的后背,她的肩膀、她的黑色长发、她编辫子的时候或抬手撩起头发时露出的脖子。

一天早上,她戴了一个新发夹。当她坐在自己的课桌前低头从书包里拿东西时,我看到她耳朵上方有一只带白点的小红蝴蝶。我为她头发上挂着的这块小布头失魂落魄,以至于忘记了一切。甚至不知道自己身处何处。我不再听老师讲课。夹在我手指间的笔僵住了。我被这个发夹迷住了。我的朋友不时地调整它的位置。我想把它从她那里夺过来。从她那里偷过来。

快下课的时候,蝴蝶落在教室的地板上,没有发出任何声音。仿佛地板上铺了一层粉末。老师俯身看着我面前的白纸,掐着我的胳膊——"你在做梦还是怎么了?"——并罚我课间休息时留在教室里抄写黑板上的课文。

"老师"是个戴着眼镜、穿着灰色布上衣、耸肩缩胸的魔鬼。他是一条在课桌间游动的蛇。

所有人都离开了教室,只剩下我和老师的那位小殉道者。我在第二排,他在第一排。

蛇已经和其他学生离开了教室,我听到同学们在外面大声地笑和说话。我想象着他们的游戏。面对着空荡荡的教室里的寂静。

我花了几秒钟观察那个傻瓜埋头做功课,舌头在他的下嘴唇来回移动,仿佛迷失了方向。书写对他来说是件很困难的事。

而我，我抬起头，读一个黑板上的句子，然后毫不费力地把它抄在一张双页大方格纸上。但我不停地看地上的那只蝴蝶，几乎就在我的脚下。

我转头看了好几圈，没有人。

另一个学生根本意识不到我的存在。当一个人被长久欺负，就会忘记他周围的其他人。我知道自己在说什么。在遇到我的两个朋友面前，我在人们的眼里就像一个错别字。

我终于弯下腰，拾起发夹。这是一个粘了一小块绸缎的小夹子，那种只能夹住几根头发的小发夹。我轻轻地打开它，把它夹在我的耳朵上方。我要知道戴上它的感觉，感受到它在我的头发中间。

我久久地摸着它，仿佛这是一只刚刚落在我身上的小动物。我失望了，我明白了作为女孩并不就是戴上饰品。我发现它更复杂，无疑更深刻。当我遇到那两只充满仇恨的眼睛时，我正沉浸在自己的思绪中：蛇已经悄悄地回到了教室里。我扯下蝴蝶，绸布掉了，带走了几根头发。

小学教师什么也没有说。我感到既羞愧又自豪。我没有低头。我的全身被憎恨所覆盖，他对我的憎恨。他的小眼睛朝我的眼睛喷出了蔑视。

从那一刻起，老师改变了他的惩罚对象。

从此以后，这个人将是我。

71

2000 年 10 月

  尼娜在她常去的超市的水果和蔬菜区，有人把手放在她的肩膀上。她正在给红苹果过秤，这是埃马纽埃尔喜欢的苹果，又甜又脆的有机苹果。当那只手接触到她的那一刻，尼娜已不再考虑如何摆脱困境，拯救自己，结束这种生活。她看不到任何出路。但实际上，在她丈夫抱回一个孩子出现之前，她必须尽快离开。他什么事都做得出来，甚至会去偷一个回来。而且时间越久，她就越明白，这种固执与其说是为了有个继承人，不如说是为了把她封闭起来。如果有了孩子，她就永远不会离开。尼娜的头在旋转，她想吐。她已经喝过酒了。午餐时喝了三杯酒。通常情况下，她会再晚些才开始喝酒。但今天她决定让自己一醉方休。因为昨天发生了太多的事。

  在里昂，艾蒂安因为她看了克洛蒂尔德的信而愤然离开，被她解雇的厨师，领养，《西班牙白》……

  在她的购物车里，有两瓶威士忌藏在烟熏三文鱼片下。与镇静剂混合在一起，足以让人陷入酒精性昏迷，不再醒来。

  她将与外公一起在博氏家墓重逢。

  阿德里安和艾蒂安在她坟墓前的表情。他们将为抛弃她而懊悔。

  或者不会。对他们来说，尼娜属于过去。毕竟，后来交的朋友才是最重要的，而不是那些和你一起上初中和高中的。

  从昨天开始，她一直试图联系艾蒂安，但没有结果。每次他都会挂断她的电话。

  阿德里安？她怎么才能原谅他呢？她又怎么才能原谅自己？在她看来已经没有回路可走了。

  不再是朋友的，以前就不是朋友。

我的心越想，受伤就越深。

是的，是离开的时候了。

然后还有那被囚禁的威胁。尼娜每天都在沉沦，把她关进疯人院并不困难。埃马纽埃尔同样也能做得出来。他宁愿她被药物囚禁也不会给她自由。

无论发生什么，无论她怎么做，她都无法从他手中逃脱。

一切都在她的头脑中变得混乱。

甚至包括她昨晚在《西班牙白》中发现的阿德里安的文字。今天早上她继续阅读这本小说。一口气读完，哭光了体内的最后一滴眼泪。直到埃马纽埃尔打电话给她，问她是否给娜塔莉打电话道歉。

"没有。"

"马上给她打电话。"

"好的。"

厨子在第一声响铃后就接听了电话。

"您好，娜塔莉，是尼娜。昨晚的事我很抱歉。都是因为我为了怀孕而接受的那些治疗。我想这使我情绪不稳定……我真的很抱歉。请回来吧。我们需要您。"

尼娜从对方的呼吸中听到了欢呼，但对方没有说什么。

所以，是的，当那只手搭在尼娜的肩膀上时，她已经在秤前找了五分钟"红粉女郎"的价格，她彻底绝望了。也正因此这位女人花了些心思才引起她的注意。

"是您吗？"

尼娜被吓了一跳。

"什么？"

"没错，我确定是您……我记得您。"

这个女人容光焕发。六十多岁了，穿着一条根本不适合她的黑色紧身裤和一件排列着鲜艳的菱形图案的运动上衣。她估计有八十公斤重。染坏的头发被一个粉红色的发圈束在一起。牙齿很白，排列整齐。棕色的皮肤。亮晶晶的绿色眼珠。尼娜以前从未见过她。在她的购物车里，是一箱箱堆成了金字塔式的狗粮和猫粮。

"您怎么找到这封信的？"

尼娜感觉脚下的地在塌陷。

"我不明白。"她结结巴巴地说。

"三个星期前,您来到 ADPA……"

当然是她。她把那封揭发住在阳台上的狗的可悲处境的匿名信塞进了信箱。那是她去巴黎的前一天。尼娜感觉不适。说话者注意到这一点,并抓住了她的手臂。

"跟我来吧,我们喝杯咖啡。"

这句话温和而坚定。它不允许任何拒绝。尼娜别无选择,只能跟随这个陌生人。她不明白。她确信那天晚上收养所里没有人。她们走到收银台,分别付款,陌生人注意到传送带上的两瓶威士忌,但没说什么。她只笑了笑。善意的微笑。没有多余的想法也不媚俗。

两个女人面对面地坐在购物中心的小咖啡馆里,边上是一台电子游戏机,上面写上:停止服务。

"那么,告诉我,您怎么会得到这封信的?"

尼娜没有回答。她必须离开。在她丈夫回来之前到家。她必须摆脱这个大块头女人。

"您多大了?"

"二十四。"

"您有整个生命在等着您。"

"……"

"我叫爱莉安,大家都叫我莉莉。"

"就像皮埃尔·佩雷[①]的歌里唱的那样……"

尼娜不知道自己为什么要这样说,为什么要提到这个歌手。

"哦,不对,莉莉,不是皮埃尔·佩雷的,是菲利普·沙泰勒[②]。皮埃尔·佩雷那首叫《我的小狼》。'别担心,我的小狼,这就是命,别哭……'"

尼娜开始哭了。她用手捂着脸。一天早上,她把正跟着收音机低声唱着这首歌的外公吓了一跳。除了他妻子的唱片之外,他不听音乐。这让她很奇怪。她不敢问他为什么把歌词记得这么熟练。

[①] 皮埃尔·佩雷(Pierre Perret, 1934),法国歌手、词曲作者。
[②] 菲利普·沙泰勒(Philippe Chatel, 1948—2021),法国歌手、词曲作者。

莉莉招呼服务员。

"给我们拿两杯提神饮料，两杯咖啡。"

"哪种类型的？"服务生问。

"能让脑子清醒的那种。"

莉莉看着尼娜。

"您看起来不是很好，我的小宝贝。"

"您怎么知道是我……有关那封信？"

"我看到了您。我住在收养所的对面。当我在晚上听到汽车发动机的声音时，我肯定是有人来把装着小猫的纸盒放到大门口……我起身去看。没想到在晚上十一点会看到一个年轻女人把一封信塞进了信箱。如果您知道这信带给我的反应……你想象不到的……因为那封信，是我写的。"

真奇怪，尼娜想，有人会给自己寄信，就像给自己送花。她保持沉默，没有回应。她啜饮着咖啡和雪梨酒，眼睛直勾勾地盯着说话人，但没有看她。莉莉被自己对面这个年轻女子的绝望情绪吓了一跳。

"您住在哪里？"她问，就像在问一个寻找父母的迷路小孩。

"住在我丈夫的家里。"

"您丈夫的家不是您的家吗？"

"……"

"您想吃点什么吗？"

"不用了，谢谢，我得回家了。"

"回您丈夫的家里？"

"是的。"

"我很高兴能找到您。"

"……"

"我想谢谢您……因为……"

"我得回家了……"

"请等一下……您的丈夫在等您吗？"

尼娜似乎在回答之前想了想。

"没有……他晚上七点左右回家。"

"现在还不到下午两点，您还有时间。"

"但是这之前我有事情要做。"

莉莉觉得需要耐心。就像拯救一只正围着捕捉器绕圈的体力充沛的流浪猫。这个年轻的女人似乎处在一道她尚不知道缘由的悬崖边上。而且，莉莉从不相信偶然。

"六年前，我把这封信寄给收养所，两个月过去了，一直没有人干预，直到狗的主人去度假……丢下它在家。我去了收养所，和当时的负责人吵了一架。我问她为什么不采取行动。她不知道这起虐待案，没有收到我的信。我不相信她。这些细节我就不说了，不过要收养这条狗，过程非常复杂。之后，我和女院长相处得很好，我成了一名志愿者，我从遛狗、打扫卫生开始，也做一些会计和行政工作，当她退休时，她请我代替她。基本上，如果她收到了我的信，我就不会去那里。我曾经像躲避瘟疫一样躲避这样的地方。所有对动物痛苦敏感的人都害怕收养所。他们认为自己将无法忍受。他们错了。第一次你会哭得很厉害，然后就过去了。"

"我也无法忍受。"尼娜轻轻地说。

"肯定可以的。令人难以忍受的是什么都不做。"

尼娜感觉莉莉谈论的不再是动物，而是她自己。

"您为什么会住在那里？"

"不住那里就住其他地方……您呢？为什么住在丈夫家里？"

"因为我无处可去……这很复杂。他会找到我……我孤身一人。"

尼娜狂躁地擦掉脸颊上的几滴泪水。

"请原谅我。"

"把这话留给你从不在他们面前哭的人吧……你在我面前哭，让我很感动。恐惧是一种阻碍，令人瘫痪。但相信我，我们总能离开的。您叫什么名字？"

"尼娜。"

*

所有的一切都是非正式的，但小道消息已经流传开来：明年五月份，话剧《共同的孩子们》将在莫里哀戏剧颁奖典礼上囊括所有奖项。新秀奖、最佳男女主角与配角、导演，特别是，正如阿德里安不断渴望的，他将获得莫里哀最佳剧作奖的提名。

莫里哀最佳剧作奖。莫里哀最佳剧作奖。莫里哀最佳剧作奖。

离颁奖仪式还有七个月，不是想入非非的时候。这些只是传言。

但阿德里安念念不忘。

这个假想的事件每天晚上都会把他唤醒。

如果我被叫到舞台上呢？"莫里哀奖颁给阿德里安·博宾！"如果是伊莎贝尔·阿佳妮给我颁奖呢？哦，不会的，肯定是今年的获奖人。这个人是谁来着？《一个无政府主义者的意外死亡》的作者达里奥·福。

他想象着那雷鸣般的掌声。他站起来，做出一副不相信的表情，让惊讶的表情持续几秒钟，对自己笑笑，以此表明他刚意识到人们叫的是他的名字，闭上眼睛，摇摇头，拥抱演员和导演……"不，说真的，我没有想到。"把这些话放进整个身体里。慢慢地走，经过人群时握手，上台，拿过他的莫里哀奖杯，致谢。他想着获奖致辞演讲。事实上，他已经写好了，并且熟记于心。

他被电话铃声惊扰了。他正准备出门。去女导演丹妮尔·汤普森的家里吃晚餐。他喜欢她的电影《圣诞蛋糕》，已经看了三遍。他设法让这传到她的耳朵，她于是通过一个共同的朋友邀请了他。

他不耐烦地接起电话。

"她在哪里？"埃马纽埃尔·达玛姆大叫着。

"对不起？"

"尼娜在哪里？别耍我，我要知道她在哪里！"

"发生什么事了吗？"

"是的，事情就是她从昨天起一直没有回家……她和你在一起吗？"

即使刚才有人在他的肚子上打了一拳，阿德里安都不会感到如此痛苦。突然间，他意识到尼娜没有给他打电话，也没有请求他的帮助就离开了家。所以，尼娜在某个没有他的地方，他可能再也见不到她了。

他立即使这种痛苦安静下来。他知道如何控制它，如同他知道如何控制其他的一切：他是谁。自从写了《西班牙白》后，他的心就被冻结了。他锁住了自己的身份，并扔掉了钥匙。

他只将自己表现成一个安静而有天赋的年轻人。一个无疑将获得莫里哀最佳剧作奖的小王子。

他没有恋人或情妇。他调情、诱惑、让自己被诱惑，但总是找借口独自回家。

只有和露易丝在一起的时候例外。

"我没有她的消息。"他告诉达玛姆，"我最后一次见到尼娜是一个月前在巴黎。"

"一个月前她在巴黎？"埃马纽埃尔的声音冷冰冰的。

然后，他威胁道：

"小心点，阿德里安，如果你撒谎，我会知道的。"

阿德里安不由自主地发出一声冷笑。他对埃马纽埃尔·达玛姆只有蔑视，没有人能够吓到他。

"对我来说，尼娜早就不在了。"

阿德里安挂了电话。电话铃声又固执地响了。他没有接听，穿上大衣，去卫生间看了看自己的外表，然后离开。他的出租车在等他。

*

尼娜看了克洛蒂尔德的信……艾蒂安对她非常生气。这就像强奸。他永远不会原谅她。他不在乎她从小到大一直在拆阅陌生人的信件。但不能是他的信。

太令人失望了。

他不知道什么对他的伤害更大。是尼娜发现克洛蒂尔德怀了他的孩子，还是她亵渎了他的隐私。他被愤怒和羞耻的混合体不停地折磨着。

这封信，如此让人震惊。难以想象，他直到现在才收到。信里的话，仿佛来自另一个世界。

他试着记起那天早上在皮埃尔·博葬礼上的克洛蒂尔德。以为他已知情的她曾经用什么眼神看着他，而他对她的孕事却一无所知？一点也想不起来了。那天教堂里和广场上有很多人。还有那些他不知道该怎么处理的悲伤。尼娜没有生机的手在他手里。那个时候，他的目光无疑在逃避与克洛蒂尔德对视，无论如何他确定自己当时没有在寻找她。

在墓地，根据他的记忆，克洛蒂尔德不在那里。她是后来到他家来的。

艾蒂安无数次地想到了克洛蒂尔德的痛苦。因为他,因为他的用情不专,她一定很痛苦。他仍然无法相信她什么都没说就去了圣拉斐尔。只是为了看到他在另一个女孩的怀抱中。

在他的工作中,他有多少次面对那些侵犯妻子的男人?那些在审讯室里在他面前寻找某种团结、某种同情的男人:"男人之间,我们可以相互理解,有时一顿好打并不会伤害她们";或者"我没有衡量自己用的力气,她一直在挑衅事端直到我崩溃,您明白这种事的"。

艾蒂安对他们极度蔑视。可从本质上来说,自己难道不是更坏吗?

人们要求警察要正直,但穿上警服的人就无可指责了吗?谁会相信这种无稽之谈?难道因为他们发过誓,就能比别人不那么恶心吗?日常生活难道不是比这复杂得多吗?艾蒂安或他的某个同事有多少次希望某些人渣的死亡?难道他们没有在某些人上法庭之前就已经做出了精神上的审判?

汽车坠入湖中的画面始终困扰着他。直到生命尽头,他将一直自问克洛蒂尔德是否在车里面。有时他想回到湖边,在夜晚,独自潜入水中,去寻找答案。

但他太害怕了。一种非理性的恐惧。

一部哈里森·福特和米歇尔·菲佛的电影曾让他非常惊悚。一个丈夫杀死了他的情妇,她被埋在夫妻俩住宅附近的湖里。被困在车内的死者的鬼魂和她在水底飘舞的金发回来纠缠他们。

艾蒂安没能看完这部电影。

他的电话响了,是他的母亲。

"好吗?"

"挺好的。"

玛丽-劳尔的声音听着心情不好。那种有坏消息时的声音。

"尼娜走了。"

在震惊中,艾蒂安不得不坐了下来。他两腿发软。从"走了"一词中他听到的是"死了"。就像他把"消失"与克洛蒂尔德联系在一起。

自从1994年8月的那个晚上以来,他从未想过她可能在某个地方活着，独自抚养他们的孩子。

感觉到儿子的困惑，玛丽-劳尔继续说：

"她给埃马纽埃尔写了一封告别信。"

一封告别信。尼娜已经死了……他应该接听她的电话。她前天告诉他的那些事情本该让他对她的脆弱产生警觉。和那个疯子在一起，她的生活变成了地狱。

艾蒂安在颤抖。哭不出来，也说不出话，他坐在那里，电话贴在耳边。

"今天早上，埃马纽埃尔来到我们家。他正在到处寻找她。看起来像个疯子。"

"……"

"她写了一式三封告别信。一封给埃马纽埃尔，另外两封给阿德里安和你。"

*

埃马纽埃尔在屋子里不停地踱着圈。

走了，没有带走任何东西。他下班回家时，她所有的东西都还在那里。娜塔莉又重新回到了厨房。在他的要求下，尼娜在早上给这名雇工打了道歉电话。

一股诱人的炖肉香味。啊，他们将度过一个美好的夜晚。他很饿，心情很好。他去珠宝店为他的小妻子买了一枚钻石戒指。

昨晚他们吵架了，她告诉他她不想做母亲，但他们在枕头上和好了。尼娜喜欢做爱，他能让她满足。每天晚上她都想要。

尼娜？不，娜塔莉没有看到她。当她下午两点钟来上班时，尼娜的车已经不在了。

这段时间她会去哪里呢？

前一天，她去了趟里昂。今天，她应该知道保持低调。

好几小时过去了。而她的手机只有语音自动回复。

晚上十点钟，埃马纽埃尔认为出了事故。他去找警察报告妻子失踪，但被告知为时过早。

"您知道我是谁吗？"

"是的,达玛姆先生。"

"是我的钱支撑着拉科梅尔的一部分,所以请你们立即开始寻找。"

整个晚上和次日一整天,警察在城里和周围的乡村寻找黑色的保罗汽车,但没有任何踪迹。

然后,埃马纽埃尔收到了尼娜前一天从拉科梅尔寄来的信。

他把她的衣服、书籍、录音带和录像带,甚至牙刷,都堆在花园里,然后一起烧掉。一团没有欢乐的欢快大篝火。

她随身带着信用卡。但是还没有任何提款。在她失踪的当天,她曾在她经常去的超市购物,然后就没有再使用。她买了什么?埃马纽埃尔问过收银员,但她们不记得了。

她的电话二十四小时处于关机状态。无法联系到她。

她很早就打算离开了吗?为了谁?为了什么?

埃马纽埃尔最终联系了两名私家侦探:"花多少钱我不在乎,但你们要为我找到她。可能的话,要活的。"

他要求他们两个人分别监视艾蒂安·博利厄和阿德里安·博宾的家。但无论是在里昂还是巴黎,都没有尼娜的踪迹。

就目前而言。

因为小鸟没有大翅膀。她必然会重新出现或露出马脚。夹着尾巴回来求他。那时候,他绝不会放过她的。

他第一千次重读尼娜的信,尽管他都能背出来了。

阿德里安,埃马纽埃尔,艾蒂安:

我走了。我按照自己的意愿离开,没有人强迫我。

我的两位朋友,你们让我的童年充满阳光。我的童年因为你们而美好。

遇到你们我曾经非常幸福。就像失去你们以后我曾经非常痛苦。

但生活似乎就是这样。

我的丈夫,我祝愿你拥有全世界所有的幸福,和一个好人生活在一起。那个对你、对我、对任何人而言我已不再是的好人。

拥抱你们三人。

尼娜

埃马纽埃尔首先想到的是一个诡计。她同时写给三个人是为了给另外两位开脱。但他四处打听，玛丽-劳尔证实艾蒂安也收到了这封手写信件。与他那封在同一个地方投寄，即自由街，在同一天，在下午四点三十分开邮筒之前。

他试图联系阿德里安，看他是否处于同样的情况，但他没有回复。

埃马纽埃尔去警察局声明尼娜放弃住所，并通过授权律师提出了离婚申请：当夫妻中的一方在没有留下地址和自愿的情况下失踪时，这是通常的程序。因为绝对不能让她从达玛姆家得到一分钱。人们提醒他，她可以要求补偿性的津贴，尽管他们在婚前签署了财产分离协议。如果是这样的话，他将尽其所能确保她永远不会得到任何东西。

唯一能让埃马纽埃尔感觉好些的，是想象尼娜正在某个地方挨饿。

但也有糟糕的：想象她在另一个男人的怀抱中。埃马纽埃尔永远想象不到会如此痛苦。痛到死去活来。自从她离开后，他一直在服用抗抑郁药。他的医生让他别无选择。人们很少看到他。他不吃东西，只能间断地打个盹。当他醒来的时候，他会在床上寻找她。于是，他睡到了客厅的沙发上。

他通知他的父母，让他的母亲保证如果尼娜与她联系，就立即给他打电话。捷答应了。同时想着，如果尼娜向她求助，她绝不会告诉任何人。

72

2017 年 12 月 26 日

露易丝在厨房里坐在玛丽-劳尔旁边。她们都在喝茶，各自陷入沉思。

瓦朗坦和玛丽-卡斯蒂耶刚刚出发回里昂。保罗-埃米尔、宝琳和他们的两个孩子回日内瓦去了。

现在，屋子空了。像每年一样，每个人都回到自己的生活中。但这一次，艾蒂安不会再回来了。恐惧与不可想象的眩晕加重了节日结束后的忧郁和悲伤。

和往常一样，只要发生有关艾蒂安的任何事情，马克就去车库待着，他在那里设立了一个工作室，做一些修理的活计。他应该找到了一些要修复的东西。

如果他能修好我们的儿子就好了，玛丽-劳尔想着。

她责备自己，什么都没看出来，什么都没搞懂。她以为艾蒂安只是累了。而且在每年的这个时候，大家的脸色都不怎么好。人们不常出门，吃得太多，喝得太多，很多事做起来没有节制。很高兴看到她的儿孙们在她的屋檐下，她没有特别注意她的小男孩。

我的小男孩，她想。

孩子在母亲的灵魂中始终是长不大的。他们占据了所有的空间，但他们仍然很小。我们想着他们就像他们刚刚出生。她记得昨晚拥抱了他，几乎是心不在焉的。"晚安，亲爱的，明天见。"艾蒂安知道他再也见不到母亲了，但这个拥抱并没有持续多久。在脸颊上亲了两下，就去睡觉了。

"那你真的不知道他们去了哪里？"玛丽-劳尔又一次问露易丝。

"不知道，我知道艾蒂安想要光和水。我想他们是去海边了。"

"他们可能在圣拉斐尔。三个人一起。"

"可能吧。"

"艾蒂安喜欢圣拉斐尔……你认为他会给我们打电话吗?给我们消息吗?"

"是的,肯定会的。"

露易丝将手放在母亲的手上。

"你确定他不会受苦吗?"

"是的,我确定,妈妈。"

玛丽-劳尔看着自己的泪水落到碗里。然后她看着女儿,如此美丽,如此孤独。她快乐吗?优异的学业,繁忙的工作,以及她似乎已经选择的孤独。"担当",正如人们现在所说的那样。

"你为什么不和阿德里安结婚?"

露易丝无法相信母亲会提起这个话题。她们从来没有一起讨论过这个问题。她从九岁起就和阿德里安生活在一起的故事,每个人似乎都知道,但没有人和她谈起。要知道,只要有一点苗头,她就会闭口不言。

"是因为你哥哥吗?"玛丽-劳尔继续着。

"不,是我一直不愿意。"

"为什么?"

"因为她。"

"她是谁?"

"阿德里安。"

*

我第一次见到她是在新学校的操场上。本能地,我知道与她的相遇并非偶然。我觉得她是故意站在那里的,像一朵花。

她手里拿着一个圆石片。她刚刚离开跳房子游戏,气喘吁吁,那是九月,天气很热,几缕金发粘在她脸上。而且那不是金发,几乎是白发。因夏天而褪色。她就是那个有着一头银发的小学生。当她看着我时,她的脸颊变成了粉红色。

她叫露易丝。九岁。然而,露易丝什么都是,却不是一个小女孩。

她是我新朋友的妹妹。

他们看起来很像。同样的蓝眼睛。然而，两人的目光里带着相反的东西。他的目光在徘徊，她的目光则很满足。

从来没有人像露易丝那样看着我。当我写下这些文字时，我知道今后也不会有人像她那样看着我。这目光，是一种运气，我的运气。

尽管我的外表摆在那里，她仍然在猜想着我是谁。

她的哥哥向我们介绍她："是我妹。"

她对我们说："大家好。"我告诉她我是谁，而她已经不相信我了。她盯着我的样子有一些疑惑，被我的名字绊住了。我可以感觉到。这是很直接的。我们之间没有等候室。

露易丝，是丝绸。很珍贵。露易丝也是金属和瓷器。是技巧和力量的结合。她坚不可摧，柔软而细腻。

我经常看到她，在学校的操场，星期三在她家里，在假期中。她是我生活的一部分。她常常表现得像一个被人们放在沙发上做装饰品的布娃娃。露易丝也是花边。安安静静，鼻子埋在书里。她喜欢学习。这是她的天性。她最喜欢的，是去发现。

当她感觉到我在某个房间里时，她会抬起头，对我微笑，她大方地看着我，脸蛋总会变成粉红色，然后继续带着微笑看书。我似乎是露易丝的阳光，当有人视你为明星，你就会尝试去努力，让自己成为明星。

但是在我和她之间有一堵墙，多年来让我无法感受到她的温暖：我们三个人。我和我的两个朋友从来不会在没有对方的情况下行动。我们的眼中只有我们仨。我们没有其他打算。我们抱成一团。

一个夏天，我们一起去度假。露易丝躺在她的遮阳伞下，经常对我微笑。她的美丽让我心动。但我正忙着向其他人隐藏我的女孩身份。在我的行走、手势和声音中，我"表现得像个男孩"。我的嗓子肯定很快就会变声了。

那一年，我十四岁，我满脑子想的都是我的喉结。它什么时候会出现？现在它仍然不明显，但还能保持多久？我开始刮胡子，虽然我还没有胡子，这样我的胡子最终会长出来。但矛盾的是，我又害怕胡子，就像害怕一个小小的死亡。为什么我对自己的身份如此羞愧？为什么我执意要隐藏自己呢？如今回想起来，如果没有我的两个童年朋友，这个秘密最终会将我推向自杀。

而如果没有露易丝，我将永远不会知道爱情。

在这一个月的假期里，某天早上，我醒来时，露易丝正坐在我房间的扶手椅上。一道美丽的灵光。

房子是空的。大家都出门了，只剩下我们两个人。这是我们第一次独处。

"你爱我吗？"

这是我问她的第一个问题。因为我不相信有人会爱我。

"是的，从我很小的时候就开始了。"

"你现在也很小。"

"不，我十三岁了。你有没有吻过一个女孩？"

"用嘴吗？"

"是的。"

"没有，我从来没有接过吻。"

"你做过爱吗？"

她的问题让我大吃一惊。

"当然没有，因为我还没有吻过任何人。"

"你想一起试试吗？"她问。

"做爱？"

"不。接吻。"

我说是的。她钻进床单下，躺在我边上，但没有贴紧我。

"你感到它跳得有多快吗？"

同时，她拉起我的手，将它放在自己的乳房下面。

我感觉到她的心跳。她的身体是温暖的。

她脱衣服时没有做作的害羞。她向我展示她的裸体时，我手里抓着她的连衣裙。我不能接受她、抱紧她。我们太年轻、太笨拙、太紧张了。我们必须保持一段距离。我的目光在她的身体上游走。她很美。让我羡慕。我允许自己用指尖触摸她、记录她。她闭上眼睛，颤抖，呻吟，弯曲。我的另一只手还拿着她的裙子，我紧紧攥着它，像抓住一根绳子般抓住这块布料，以免自己坠入恐惧引起的空虚。

过了很久，仿佛在一条无边走廊的尽头，露易丝说："我经常抚摸自己，一边想着你，想看看我怎么做的吗？"

我再次感到惊讶。一个小女孩怎么能如此大胆，尤其是这样信任我？

我回答说好。

她趴在床上，头转向我，看着我。我从未见过如此美丽的人。

我把她的连衣裙抱在怀里。就好像我将她放在自己的身上一样。我也脱掉了衣服，我拉着露易丝的手，我们的目光没有离开对方。她让我，让我们俩升华。我什么都不知道了。那种感觉如此美妙，让我忘记了我是谁。

露易丝恋爱了，但她爱的是谁？又是哪个我爱上了她？

我对自己的吸引力感到震惊，因为我没有任何吸引力。我的"性偏好"，就像人们所称的那样，并没有显露出来。既然我是一个女孩，我应该喜欢男孩。这是自然规律。但所有的一切都与常理不符。没有一个爱情故事会是这样的。露易丝使我困惑不解。她让我勃起了。

我们一起睡着了。

当我醒来的时候，她已把我的性器握在手里。

我推开她："不，别碰我那里，这不是我的。"

*

昨晚，当我就要离开时，露易丝对我说：

"既然你要陪着我哥哥去死，我希望你能利用这个机会把阿德里安彻底杀死，一了百了。"

"你对我说的这些也太残酷了，露易丝。"

"残酷的是生活本身，和我没有关系。"

露易丝因为我而成为一名外科医生。她在我这样说时总是重复道："不是因为你，而是多亏了你。"

她试图说服我接受荷尔蒙过渡治疗，然后再进行手术。

成为真正的我。

多年来我一直在回避这个问题。

回避、拖延、拒绝、推迟、撒谎、佯装。我对所有的诡计都烂熟于心。

我很害怕。

我知道我是个女人，她与我共处一体。由于他，露易丝一直不愿意和我一起生活。她说我对所有人都撒谎，从我自己开始。当我有了"乳房和阴部"，她将会像现在一样地爱我。当她使用这种词汇时，我就会立即自闭。我不能忍受粗俗的东西。她知道这一点，故意用这些话来激怒我。她已经尝试了一切。

我与自己的身体从未和谐过，但我始终不能够迈出第一步。这种过渡，是"像我这样的人"今天可以做到的，根据媒体上的谈论甚至像是一桩轻而易举的事，但我无法接受。露易丝曾数百次试图拉起我的手来完成这一转变，但都没有成功。

她给我介绍了心理医生、内分泌医生，但我开不了口，无法决定。当我提到六岁时遇到的医生和皮先生时，她会很恼火："那全是过去的事了。你必须向前看。"

她甚至生气到流泪。有一次，她实在觉得自己无能为力了，于是动手打我，对我说她恨阿德里安，她想看到他死。她说我是个懦夫。

那是我们最激烈的争吵。之后的十一个月我们没有见面。

*

晚上八点。尼娜、艾蒂安和我，在一张大床上并排盘腿而坐。我们刚刚在意大利北部邻近热那亚的萨沃纳找到一个家庭旅馆。筋疲力竭。

我们把一个食物托盘放在面前，在面包上涂新鲜的香蒜酱，啜饮着白葡萄酒，所有这些都是匆匆买来的。艾蒂安坚持我们睡在同一个房间。旅馆的主人看到我们三个人共处一室时什么都没说。我们很快做出了选择：我睡单人床，他们俩睡双人床。

尼娜已经洗过澡了。她穿着丑陋的粉红色棉布睡衣。当她从浴室出来时，艾蒂安嘲笑她："伙计，你这身衣服太怪了，看起来像《圣诞老人是垃圾》里的礼物。"我们像以前一样笑了起来。就像孩提时代，我们在皮埃尔·博家睡觉,彼此相爱。

尼娜告诉艾蒂安,她一个人生活很久了,已经习惯了裸睡,可她现在不打算在我们面前一丝不挂地晃来晃去。

艾蒂安说:"明天我们去给你买衣服……还有充值电话卡。我必须给瓦朗坦打电话。"

"我也要打电话给我男朋友。"尼娜补充说。

"如果你有男朋友,请烧掉这件睡衣。那么这个人有什么与众不同之处呢?"

"他是个正常人,善良。而且英俊。"

"你对他了解多少?"我情不自禁地插嘴。艾蒂安和尼娜用眼神询问着我。

"怎么啦?你有什么事要告诉我们吗?"

"没有。"

尼娜改变了语调。

"你撒谎。你说谎的时候我能看得出来。总之,现在我知道了。我看了《西班牙白》。"

"……"

"关于罗曼你有什么要说的话吗?"

"你问问他为什么离开马恩-拉科凯特。"

她变得很困惑,不明白我想说什么。

"你怎么知道他在马恩工作过?"

"我知道。"

"说到底,你是个魔鬼。你想破坏我的生活,对吗?"

"完全不是。"

"不是?那么你为什么要这样暗示?"

"因为有人对我说了一些事。"

"什么事?"

"他被赶出了学校,因为一个女学生给他带来了麻烦。还有,这事或多或少被平息了。"

"谁告诉你的?"

"报社的一位同事。"

"他随便就会告诉你吗?'哦,对了,乔治-佩雷克中学那个新校长曾与一个女生有问题'……"

"不，是我打听的。"

气氛紧张起来。我从她的目光中看出了对我的责怪。从前的一切都将不复存在。

"你为什么要打听他？"

"因为我看到你进了他家。"

"你跟踪我？"

"是的。"

"精神病！"

艾蒂安试图缓和紧张的空气。

"哦，哦，哦，放松点，同志们。"

"给他打电话，"我说，"那样他就会告诉你发生了什么……你就能一探究竟了。"

"一探究竟？这关我什么事？我们三个中的哪位在一探究竟？"

"吵完了吗？"艾蒂安想息事宁人，"我们可以看个系列剧吗？"

"哪个？"尼娜问道。

"《绝命毒师》？"艾蒂安建议。

"没看过。"

"我也没有。"我接着说。

"你们都是傻瓜……非常好看。"

艾蒂安吞下一大把药后消失在浴室里。尼娜和我对视了很久。我们曾经是那样喜欢对方。

"我还没为巴黎阿贝斯剧院的事向你道歉……我自以为是和不可接受的表现。直到今天我仍为此感到羞愧。"

"我也从未请你原谅我没有看到你。我一直以为我认识你……我以为你是我的兄弟，而你是一个沉默的姐妹。一个被你压制的女孩。"

"现在都说出来了。"

"是的。"

尼娜起身，穿上球鞋，没有系鞋带，将艾蒂安的派克大衣披在肩上，离开了房间。

"我马上回来。"她对我说。

＊

她下楼后看到旅馆的主人在看电视。发现她在沙发背后时,他们吓了一跳。她双手合十,为打扰他们而道歉,递给男子一张二十欧元的纸币,表示她想打个电话。由于艾蒂安对他那位警长太太的妄想狂,他要求不能开手机和用取款机取现金。"任何情况下都不可以……否则我就死定了……"他嘲讽道。

"把钱收起来吧。"那女人用完美的法语回答尼娜。

他们俩都用同样的手势指着放在厨房隔壁小客厅里的座机。尼娜拨通了罗曼的电话,手里拿着遥控器的男人则把电视的声音调大。

罗曼立即接听了电话。她会对他说什么?她会把这个肮脏的故事告诉他,"一探究竟"吗?她喜欢和罗曼在一起。她不想知道更多。难得有人在她已不相信的时候让她感动。

"是我。"她对他说。

"一切顺利吗?你们在哪里?"

"在意大利……"

73

2000 年 12 月

两个月过去了,不知道她藏在哪里。埃马纽埃尔到处寻找尼娜。甚至在墓地、床底下和家中的柜子里找。

他疯了。

他走遍了附近所有的乡村道路。不分白天黑夜。他随机敲门,出示照片,没有人见过。他在《索恩-卢瓦尔河日报》上付费刊登她的肖像,标题是《危险失踪》。

这是个谎言。尼娜给阿德里安、艾蒂安和埃马纽埃尔写了一封信,明确表示她的离开是一种选择。

埃马纽埃尔雇用的两名侦探现在确定她没有躲藏在她的两个朋友家里。

在阿德里安·博宾的家里,没有一丝尼娜的踪迹。他的公寓和他所接触的人中也没有。里昂也是如此:艾蒂安·博利厄独自生活,除了几个同事和一夜情之外,他在工作时间之外很少见人。

剩下的还有谁?谁会收留她?

作为最后的手段,埃马纽埃尔想到了尼娜的母亲。他对她了解不多。只知道她的名字是玛丽安·博,1958 年 7 月 3 日出生在拉科梅尔。"有了这个,我最终会找到她……她的社会保险号码。"他的两名私家侦探之一在几周前告诉他。

埃马纽埃尔正是怀着一颗激烈跳动的心,看到了他刚刚通过手机短信收到的地址:

我找到她了:玛丽安·博,奥博维尔镇布奥维兰街 3 号,邮编 14640。

埃马纽埃尔立即查看路线图,尼娜的母亲住在诺曼底。镇子靠近多维尔市。他很了解这个海滨度假胜地,曾多次到那里度假。

侦探又发来第二条短信：
您想我去一趟吗？

不。

埃马纽埃尔离开办公室，通知同事们他要离开。
"但是……电话会议以及你约好了……"
"你们自己处理吧。"他打断他们。

他从未对他们如此不敬。自尼娜走后，他失去了立足点。他变成了另一个人。眼睛里一片茫然。人们在他背后偷偷议论"会出事"。

他不假思索地驱车五百公里。途中停了两次车加油，喝一杯咖啡啃一条巧克力。

当他到达这个地址时，他见到大约二十来座相毗连的预制板结构的房屋。接近午夜时分。街道空无一人。几盏路灯在湿漉漉的柏油路和廉租房上投下惨白的光。冰冷的细雨落在挡风玻璃上。他想，这里一定很冷，即使是在夏天。

在3号，一块塑料窗帘后面，一台大电视散发出光线。玛丽安似乎没有睡觉。除非那是尼娜。几分钟后她会为他开门吗？如果是她，他会揍她。这，他从自己的拳头感受到了。他不会让她说话，也不会让她道歉。他将拖着她的头发。无论她如何尖叫，如何挣扎，只要她在他手中，他就永远不会放手。

他跟跟跄跄地从车里出来。两腿几乎无法承载他，无疑是因为过去几周的疲劳。他一直在服用抗抑郁药，否则他会毫不迟疑地自杀。但在结束自己的生命之前，他只有一个执念：带着尼娜一起走。他不会一个人离开的。

他推开陈旧的似乎从未锁过的前门。按门铃。等了一分钟。一个带着眼屎的女人来开门，她一定在睡觉。

"您是玛丽安吗？"

她没有回答。想知道这个年轻人是谁，英俊、高贵，穿着新鞋，在午夜时分站在她破旧的门垫上。她瞥了一眼停在他身后路灯下的跑车。这是隐藏拍摄吗？帕特里克·萨巴蒂尔和他的团队有时会出现在像她这样的人的家里，给他们带来惊喜和礼物。那个节目叫什么来着？但现在电视上已经看不到了，那个节目。

"尼娜在吗？"这位英俊的年轻人终于问道。

这个问题如此出其不意，玛丽安·博结结巴巴地问：

"哪个尼娜？"

"您的女儿。"

人们与她在谈论她时，从未用"您的女儿"。

当她把她留给老头时，这个小丫头才刚刚出生。当她想到她时，她就这样叫她，保持距离。从来不用"我的女儿"。因为没有什么是她的，没有什么是属于她的。

很久以前她就被剥夺了权利。

当问及她是否有孩子时，她说没有。这样一来，就没有人再问她任何问题了。反正也没有人对她感兴趣。他们从不问她任何问题。

"我可以进来吗？"

玛丽安犹豫了几秒钟。然后她想起来家里是干净的，她今天下午刚打扫过，拖了地，擦掉了灰尘。于是她向他点头："进来吧。"

一股烟草冷却后的味道。

电视机几乎占据了整个主房间。它对面是灰色的人造革沙发、茶几，后面是摆着一台微波炉的厨房。

"我是您女儿的丈夫。"埃马纽埃尔沮丧地说，坐到了沙发上。

他闭上了眼睛。仅仅通过扫视房间，他已经明白尼娜从来没有来过这里。他觉得很累。不想动弹。他刚刚跑了五百多公里却一无所获。只发现自己面对着这个女人，尼娜曾告诉他，这个女人很瘦，很粗俗。她不再瘦弱，而是臃肿、肥胖，因为脚上破烂的拖鞋而显得有些窘迫。

"哦，我不知道她已经结婚了，"玛丽安说着，套上了一件开衫，"您想喝点什么吗？"

"如果您和我一起喝的话。"

玛丽安微笑着。打开厨房一个橱柜的门，里面排列着已打开的泰瑟尔糖浆、茴香酒、波尔图酒和苏斯甜酒。

"或者我冰箱里还有点麝香葡萄酒。"

"麝香葡萄酒。"

她给埃马纽埃尔倒好酒，也为自己倒了些甜酒。

"您从哪里来的?"

"拉科梅尔。"

"啊……听到这个地方很奇怪。"

"您一个人住吗?"

"是的……您为什么要找她?"

她说不出口"尼娜"或"我的女儿。"

"因为她消失了。"

"怎么消失的?"

"她突然离家出走了。"

"她为什么要离开?"

"这也是我想知道的。"

埃马纽埃尔举起酒杯一饮而尽。

"我想再来点您的麝香葡萄酒。"

玛丽安立即给他倒上,也顺手给自己续了酒。满满的一杯。她没有建议,但埃马纽埃尔已决定睡在这张沙发上。他没有勇气也没有力气在这个时间这个地区找旅馆。玛丽安坐在他对面的椅子上,一边慢慢喝酒一边看着他。不错,他击中了弱点,有其母必有其女。这女人几乎已经喝完了第二杯。

"我提醒您,狗是生不出猫的……我也一样,我也曾离家出走。"

"您的女儿和您有联系吗?"

"没有。"她回答说,好像有些后悔。

看起来她是真诚的。

"您认为她会在哪里?"他绝望地问道。

玛丽安看着他,好像他是个疯子。或者说,好像他搞错了。难道他不知道尼娜在两个月大时就被她抛弃了吗?

也不完全是抛弃。她把尼娜托付给了老头。而当她想把孩子带回身边时,已经太晚了。时机过去了。尼娜已经像个出了毛病的小玩偶开始走路和说话,她长得很快。

她回去过两次,抱着那个小陌生人,没有一点感觉。这个女孩属于老头,当她把尼娜交给他时,玛丽安知道自己已经失去了她。

可说到底她还能怎么办呢?这个孩子待在那里肯定更好。

坐在她面前开始喝第三杯酒的年轻人是否知道她从来没见过成

年的女儿？

最后一次是在老头的葬礼那天。玛丽安感到酒精在温暖她的血液。这对她来说总是产生同样的效果。渴望交谈，倾诉一切。

"我曾经也是个好女孩。漂亮可爱。我很快乐。我总是在笑。而且我在学校表现很好……您是想不到的。我也知道美丽的诗词，诸如此类的东西。我成绩很好。然后我母亲病倒了。一连几个月，我求她接受治疗，但老头一直不愿意……而她则说：'不要，不要，你不用担心，会过去的。'他不想让她出门，不想让她离开，不想让她去医院。他只想把她留在自己身边，让她在家里躺在床上接受治疗。他打电话给家庭医生，那人根本不懂，给她开错了药。我恳求我的父母……我对我的父亲说：'带妈妈去会治病的地方看病吧。'可老头顽固得要命。如果让我再做一次，我会自己带着她去……就这样持续了一年。当他决定时，已经太晚了。她到了医院就死了。甚至没有时间打开她的行李箱……当我失去我的母亲时，我的脑子里一片混乱。这……杀了我。我的生活一团糟。一错再错，四处碰壁。我变得无法管教。老头曾这么说，'无法管教'。人们，邻居们也这么说：'玛丽安，她是无法管教的。'大家都为这位老人感到遗憾。他们都说'这个可怜的家伙'。可怜的笨蛋，是的。"

"尼娜的父亲是谁？"

她点了一支烟。很难闻的棕色香烟。

"我试着戒烟……但没有用……您想再喝一杯吗？"

"好啊。"

"她的父亲……他走了。我把她留给了自己。我告诉过您，我生活着……但不是好的那种，很糟糕。"

"为什么不把尼娜留在身边？"

"我做不到。没有能力。我可以问您一件事吗？"

"可以。"

"您有……尼娜的电话号码吗？"

"是的。"

"能把它给我吗？"

"她的手机总是关机。一点用处也没有。"

"这只是为了拥有一些属于她的东西，即使只是数字。"

埃马纽埃尔躺下了。

"我可以睡一会儿吗？"

"睡吧。"

她掐灭了她的香烟。看着这个人，躺在她离开阿蒂尔后用十次无息分期付款从家具超市买的沙发上。到最后，他下手实在太重了。常常被揍得鼻青脸肿，她终于决定离开。

就像尼娜一样。可她为什么要走呢？她的丈夫看起来是个好人。

这个世界上有好丈夫吗？

现在，玛丽安想，我很安心。我给附近的猫喂食，夏天给我的天竺葵浇水，我在食堂做兼职，还能领些救济金，虽然算不上好日子，但毕竟也是过日子。而且再也没有人打扰我了。男人，我再也不想要了，无论是在我的床上或厨房里。我已经耗尽了我的资本……

但是她，她为什么要离开呢？

*

凌晨五点。一条狗把她吵醒了。

几个星期以来，尼娜已经学会了辨认它们。她能将每条狗区分开来。刚才吠的是"红辣椒"，一条西班牙犬和可卡犬混种的老狗。它的嗓子因为吠得太过分而有些沙哑。她瞥了一眼时钟收音机，为什么它这么早就吠了？是不是听到了什么事或什么人？正常情况下，是在莉莉和随后的工作人员和志愿者到来后，狗才开始变得不安分。

恐惧感腾然而生：是他，狗感觉到了。

情不自禁地，她的手、肌肉、胃，一切都在收缩、收紧、合拢。她被吓呆了，久久地躺着，眼睛睁得大大的，扫视着天花板，感官变得极其警觉，寻找最轻微的异常声音。最后，她甚至听到有人正在打开大门上的锁。

尼娜艰难地从床上起来，现在是早上五点三十五分，她没有开灯。她做什么都是在黑暗中进行，她已经养成了从不开灯的习惯。生活在黑暗中。

她慢慢地来到厕所的天窗处，爬到马桶上，拉开窗帘。没有人。她的双腿颤抖得很厉害，差点摔倒。她烧了点水，喝点花草茶平静心情。

她把暖气片的温度调高了一点,在肩膀上披了一件衣服。她又爬上马桶,看了很久,眼睛在黑暗中搜寻着,所有的狗舍都陷入黑暗中。红辣椒一定是闻到了另一种动物的气味,一只狐狸或一只老鼠。

莉莉说得没错。起初,看到狗舍里的动物,会让人感到不安。但后来就习惯了。第一次,它们看着我们,好像我们是一个离开的机会。或者它们遇到了太多的失望,整天躲在墙后面,以抵御寒冷和人们的目光。之后,它们把我们当成陪它们散步或给它们喂食的人。

动物来自各种地方。主要来自道路、森林和垃圾箱。上周,有五只来自一个废弃的养殖场。

尼娜已经在它们旁边睡了两个月。

她和动物们的区别在于,她不等待被人带走。她只想要平静。一旦听到汽车发动机的声音,她非但不欢喜,反而得躲起来。她消失在自己的身体里。她知道埃马纽埃尔正在到处寻找她。她感觉到了。她每天晚上都会一身大汗地从噩梦中惊醒,因为她的鼻子里有他的气味。仿佛他就和她在同一个房间里,靠在她的床上。

莉莉给她看了埃马纽埃尔在当地报纸上发布的配照片的寻人启事。看到自己的旧照片,她万分惊恐。他一定是翻遍了她所有的东西。像在狩猎中诱捕动物那样寻找蛛丝马迹。他是如此疯狂,想必也闻了她的衣服。

他什么事都做得出来。

很久以前她就知道这一点,但远离他以后她对此看得更加清楚。她曾接受了丈夫的变态行为。

她有时会忍不住感到内疚:"我见到他的时候他很好。正是因为我,他才变成了这样。"当她说出这样的话时,莉莉幽默地反驳道:"我得给你几个耳光,让你脑子清醒起来。"

尼娜唯一感到遗憾的是,没有能够回去拿回一些自己的东西,她最喜欢的汗衫和毛衣,她的书和装着照片的小盒子。她有一张外公外婆的结婚照,很多艾蒂安、阿德里安、露易丝、约瑟菲娜和玛丽-劳尔的照片。

在离开那天,一切都发生得如此之快,尼娜没有时间回家。她彻底放弃了过去的生活,把一切抛在脑后。就好比是一个人在交通事故中丧生，人们在他家里的桌子上发现了一碗冷却的咖啡和早餐碎屑。有点歪歪扭扭的空衣架上，他在离开前匆匆从那里取下大衣。

当时必须这样做。什么也不想。

尼娜和莉莉见面的那天，离开购物中心的咖啡馆后，她们走向停车场。她们彼此看着对方。

莉莉对她说：

"您确定要回您丈夫家吗？"

"我有选择吗？"

"您没有家人吗？"

"没有。"

"朋友呢？"

"我可以去找艾蒂安的父母……嗯，是一个朋友的父母亲。但我丈夫认识他们，他五分钟内就能找到我。"

莉莉把手推车上的罐头装进后备厢，抬起头回答：

"我救助狗和猫。我也救过豚鼠和鸡……但还从来没救过一个年轻的女人。"

自从莉莉在水果和蔬菜柜台前和她搭讪以来，尼娜第一次笑了。

半小时后，保罗车被藏在一个上了锁的车库里，只有莉莉有钥匙，尼娜被安顿在她的客房里。接着就无事可做了。令人窒息的安静。

"那么现在我该怎么做呢？"

"等。"莉莉回答说，"该等多久等多久。"

这就像在监狱里，被关在四壁之间。而在监狱里，你有权接待访客和每周一次的探监。

为了防止被警察寻找，莉莉建议她给丈夫写一封告别信。尼娜写了一式三份，给埃马纽埃尔、阿德里安和艾蒂安。

当她把三个信封递给莉莉去邮寄时，尼娜觉得好像把自己的过去扔进了垃圾桶。剩下的只是当下的空虚。一切待建。

两星期后，莉莉完成了清理工作，把尼娜安置在收养所内最深处的一个小单间，没有人能看到她，包括所内的员工。

"这样的话你就可以有自己的隐私。而到了晚上，你只需穿过马路就可以和我一起吃晚饭了。"

尼娜住在一间二十平方米的简陋公寓里，有两扇窗户，背对收养所，朝向田野。只有厕所里的一个天窗朝向狗舍。很久以前，收养所的创始人安妮-克洛德·米尼奥就曾住在这间屋子里。

"在这里，你就是真正待在自己家里。这里有一台电视，很多书，冰箱里有食物。"

"我什么都没有，莉莉。没有钱还你。"

尼娜摘下了她的婚戒，蓝宝石和镶钻戒指。

"卖掉它们，我可以坚持一段时间。"

"收起你的五金吧，"莉莉对她说，"这个问题以后再说吧。"

可是，以后是什么时候？她要藏多久？她把珠宝放在一只抽屉里。

当她出去伸展双腿时，她穿上连帽外套和牛仔裤。她已经瘦了十公斤。她不需要借酒浇愁，也不需要接受那些差点要了她的命的激素治疗。她只需要一点助睡药物，否则她会做太多的噩梦。莉莉为她买了衣服和洗漱用品。莉莉代尼娜采购一切。两个月来，尼娜没有离开过收养所。

"这就像你藏一个偷渡者……或是一个战犯。"

"在地球上，有两个地方可以隐藏：墓地和收养所。没有人会在这里闲逛。人们太害怕疾病或是被咬。"

这里离拉科梅尔市中心很远。在两座废弃的建筑物之间。莉莉是唯一一个整天待在这里的员工。上午，大约有十个人在工作，从九点到下午一点钟。很少有不先打电话就直接过来的访客。至于那些来丢下狗或一窝小猫的人，他们会低下头，像小偷一样跑开，因此也就不担心他们会说曾看到一个穿连帽衫的人影在狗舍间徘徊……人们对在这个地方走来走去的影子能知道些什么？

唯一要当心是那两个把捡到的动物送到这里来的市政警察。永远不要与他们擦肩而过。

从下午一点钟开始，当所有人都离开，当她听到最后一辆车离开停车场时，尼娜走出来，从一个狗舍到另一个狗舍，抚摸狗，与狗交谈。现在它们认识她了，动物们喜欢她，不再怀疑：她是它们中的一员。她与它们没有区别。

2000年12月，这里有三十二条狗和四十九只猫。和它们一一打完招呼后，她在接待处莉莉的办公室里，和莉莉分享一个三明治。午餐时间，大门是关闭的。她们很平静，像两个老朋友一样闲扯聊天。

互相提供各自世界的消息。
"你为什么要为我这么做,莉莉?"
"为什么不呢?"

74

2017 年 12 月 27 日

"《西班牙白》中的有些片段我都会背了。"尼娜对我们说。

并排躺在大床上,我们刚刚看了两集《绝命毒师》。我很喜欢,尼娜感觉一般。

现在我躺在单人床上。从本质上来说,从小到大,我一直是睡在一张双人床上。

尼娜就在此刻说她对我的小说了如指掌。她开始背诵一个片段。在黑暗中,她的声音刺透了我。

> 她。当我问她:"你想在我的小说中叫什么?"她答道:"安琪莉。"他嘲笑她:"安琪莉,太俗气了。"当我问他:"你呢,你想叫什么名字?"他回答说:"科特。就像柯本的名字。"她没有评论,只是微笑。这就是安琪莉的生活方式。容易满足。而我则沉浸其中,沉浸于她持续的满足感中。

尼娜停了一会儿。仿佛书就在眼前,仿佛她翻了几页,继续阅读。

> 我喜欢看他们跳舞、走路、移动。有一些人,你会用一生来观察。这与他们本人无关,因为他们不是故意的。这正是他们与其他人不同的原因。直到今天,我仍然不明白他们为什么会看上我。在学校点名的日子里,我们的姓氏以相同的字母开头,它们碰到了一块儿。正是因为或幸亏字母表的这种随机性,安琪莉牵起了我们的手。一边一个男孩。就像一块拼图中的三块合在一起,天经地义。与安琪莉一起,我们很谈得拢。她身上的味道很好闻。我对她的气味了如指掌。杏仁皂和婴儿乳液混在一起的味道。这

气味留在我从她那里偷来但最终还给她的衣服上:"给,你把这个忘在我家了。"十一岁的时候,她浑身都是香草味。我可以吃了她。她的体型发生了变化,慢慢地,线条变得稍微圆润。我想成为她。每次她为我画像时,我都希望能发现我所是的那个女孩。我梦想着她看到我。梦想她的铅笔为她指明通往我的道路。当我和安琪莉一起玩的时候,我就是那个她不知道的姐姐。但我从来没有男扮女装。我不是一个娘娘腔的男孩。我是个被错过的女孩。一个失误。投错了胎。

尼娜又停下来了。我一句话也说不出来。我写《西班牙白》已经很久了,之后也没再读过。在她的嘴里重新发现它让我感到不安。艾蒂安没有说什么。我可以听到他的呼吸声。他是否害怕尼娜会再背诵一段,让他感到不舒服或尴尬?

他,科特,很美。眼睛里有种奇特的东西,一种流浪的欲望,代表了他的自由,是他的标志。一副不求人的漫不经心。他从不向生活乞讨。他在任何地方都很自在……

"还有酒吗?"艾蒂安问道。
我站起来,把瓶底的酒倒进杯子递给他。
"谢谢。"
尼娜趁机抓住了我的手。
"当我发现《西班牙白》的时候,我以为自己会因为没能猜到你是谁而伤心欲绝。后来,我明白了,在内心深处你只有一个灵魂。无论那是阿德里安的还是维吉妮的,都是同一个人,你的灵魂没有性别。我们喜欢接近某些人不是因为他们是女孩或男孩,我们喜欢的是他们身上散发的某些东西。"
我吻了她的手,然后一言不发地回到了床上。该说的都已说了。

*

大约凌晨三点钟了,我仍无法入睡。身不由己地沉浸在连绵的回忆中。我听着他俩的呼吸声,自从尼娜的告别单身派对之后,我还没有在他们身边睡过觉。那晚,我们也埋葬了我们的童年。虽然尼娜不再背诵我的小说节选,但我感觉仍然能听到她的声音,就像一个想象的回声。

我以为他们睡着了,艾蒂安却起身对我说:"我已经想我的小家伙了。"我看不到他的脸,猜想着他巨大的身影穿过房间。

"你想重新出发吗?"我小声说,以免吵醒尼娜。

"去哪里?"

"里昂。你想让我们掉头回去吗?"

"没有回头路了。"

"按露易丝的说法,有的。"

"你不会也这么想吧。"

"……"

我听到他打开卫生间的小窗户,点了一支烟。

"还有,想象一下,如果人们发现的是克洛蒂尔德的尸骨……"他继续低声地说,"我会有麻烦的。我再也不想听到这件事了……你无法想象,当他们把车从湖底捞出来时,我是多么的如释重负。"

"我以为你会为此感到紧张。"

他花了点时间才回答我:

"正好相反,这证明我不是在做梦。我没疯,我的确是看到它沉下去了,那辆该死的车。多少次我想知道它是否真的存在。"

"你认为这些年一直待在里面的是克洛蒂尔德?"

"她什么事都会做出来……反正我永远不会知道了。"

"你为什么这么说?基因总会被检测出来的。"

"在那之前我就已经死了。"

"……"

"你会照顾好露易丝吗?"

"是的。"

"你能对我发誓吗?"

"我向你发誓。"

"你还在生我的气吗?"

"非常……我讨厌你。你利用我,勒索我……"

"我明白。我的行为像一个卑鄙小人。"

"我也是……对尼娜。"

"你为什么要放弃一切？巴黎，你的剧本，所有这些？这非常适合你啊。"

"我经历了地狱。重回拉科梅尔救了我的命。"

他关上窗户，过来坐在我的床上。我一动不动。

"为什么你一直没把鸡鸡割掉？"

"该死的，艾蒂安，你真有礼貌……真高雅。"

"嘘……小点儿声，你会吵醒尼娜的。"

"……"

"请原谅……你很清楚，这些东西让我很别扭。我对这些东西的……的……智商是零。"

"基友？这是你要找的词吗？我不是基友，艾蒂安，我是个女人。"

"你是一个爱上我妹妹的小妞。所以你是同性恋。"

"我不想和你谈这个问题。"

"为什么？我快要死了，不妨把一切都告诉我……你害怕，是吗？"

"完全正确，我怕。"

"你在害怕什么？"

"关于幸福，关于解放，关于成为我自己。我不知道我是谁。"

75

2001 年 5 月

《共同的孩子们》在莫里哀戏剧奖上获得五项提名，但理查德·卡里诺斯基的《月亮上的野兽》囊括了全部大奖。导演：伊琳娜·布鲁克。奇特惊人，技艺高超。阿德里安从未见过如此动人的东西。他一生都将记住西蒙·阿布卡里安和科琳娜·贾比尔的表演。当他离开作品剧场时，他的手仍在颤抖。

但他还是对选票心生不满。仿佛这个行业已经拒绝了他的戏。他沉思着，感到很痛苦。相对于家庭内幕的题材，把荣誉授予亚美尼亚种族大屠杀自然要容易得多。

典礼结束后，他没有参加为祝贺获奖者而举行的晚宴。他宁愿丢下剧组步行回家。他甚至没有借口头疼，他说自己累了想离开。他不愿祝贺获奖者。

他独自走在巴黎，气候很温和。又一个夏天近在眼前了。他将如何度过？

在过去的几个星期里，除了露易丝，他什么人也不想。为什么会这样？只渴望露易丝一个人是他从未经历过的。

你的存在是多么的黯淡，我可怜的老男人，哦，不对，我可怜的老女人……我可怜的老人们……你们是难舍难分的一对儿。

阿德里安经常给露易丝打电话。今晚她想和他一起去，在他身边，穿上漂亮的裙子。他向她解释说他更愿意"保持神秘感"。

"我不想让任何人知道我的生活中存在着某人。请理解我，露易丝，想象一下如果我拿到莫里哀奖，任何人都不应该知道你的存在。"

"我的存在……我？还是说你，你自己不存在？"

她随后挂断了电话。

挂得好。

但她毕竟还是在典礼开始前给他发了一条短信：
祝你好运，为你感到骄傲。
他回复：
我爱你。

阿德里安没有任何尼娜的消息。露易丝也没有。她确实消失了。但不像克洛蒂尔德。这不是一回事。尼娜七个月前消失，没有留下地址，但寄了一封告别信。每当思绪游向尼娜时，阿德里安会摒弃自己的想法。

自从去年十月份在拉洛兰餐厅看过艾蒂安后，阿德里安没有多想，也没有打算给拉科梅尔刑警队打电话。他只是与塞巴斯蒂安·拉兰德通了话，像艾蒂安告诉他的那样，"他是我中学时的哥们，在那里当副职"。

"阿德里安·博宾？是的，当然是你，你已经成了大名人了……我太太和我看到你在波瓦·达沃主持的节目中……说真的，你口才很好。"

"……"

"你打电话找我有事吗？"

"我想告诉你，克洛蒂尔德·马莱离开的那个晚上，我和艾蒂安·博利厄在一起。"

"是啊，他对我说过了。"

"事实是，我整个白天都没有离开艾蒂安……晚上也在一起。皮埃尔·博的葬礼结束后，我们一起去了森林湖，我们等着克洛蒂尔德……本来她到了我就先走，但她没有来。于是我们一起回到了尼娜·博的家里，然后……"

"对不起，阿德里安，但你今天为什么要告诉我这些事？"

"这样艾蒂安就不会担心了……万一他被怀疑……而……"

"你不知道吗？"

"知道什么？"

"有人看到了克洛蒂尔德·马莱。"

"……"

"一位来自夏隆的妇女在巴伊亚州萨尔瓦多市度假……确定看到

了她。"

"她怎么能确定呢?她认识她吗?"

"这个女人在电视上看到了普拉德尔的寻人节目。一个和克洛蒂尔德·马莱长得一模一样的女孩正在喝酒,当她走近她,想和她谈谈,问她是否就是她在电视里看到的那张照片上的失踪女孩,对方没有回答就离开了……仿佛被打了个措手不及。这种证词可信可不信,但为什么不呢?反正我们也不能重新调查。这不是绑架,是自愿离开。每个人都可以做他想做的事。对我们来说,已经结案了。"

*

这个消息很快在拉科梅尔传得沸沸扬扬:有人在巴西看到了克洛蒂尔德·马莱。埃马纽埃尔快气疯了。艾蒂安·博利厄那个混蛋永远不会被调查了。

然而,这也并不说明他的尝试有错。

埃马纽埃尔第一次与艾蒂安握手,尼娜向他介绍说这是她的"另一个最好的朋友",他就很讨厌他。艾蒂安的身上,有一股富家弟子埃马纽埃尔·达玛姆从未拥有过的无拘无束。

当他和阿德里安打招呼时,他没有任何感觉。但他马上就恨上了另一个。他和尼娜交换眼神的方式,他们的默契……那天是皮埃尔·博的葬礼。尼娜始终和她的两个朋友在一起。而且是尼娜紧握着艾蒂安的手,这让埃马纽埃尔特别反感。

教堂的仪式结束后,他没有去墓地,他才认识尼娜不久,那儿不是他该去的地方。他将在晚些时候加入,在博利厄家。

他和父母一起离开,父亲把他送回办公室。埃马纽埃尔呆坐了五分钟,根本无法集中精力,目光空洞。然后他开走了一辆公司的车,要跟着他们,他自己的车太容易辨认了。他加入了去墓地的队伍。

他再次经过教堂,殡葬车仍在那里。

在墓地,他离他们很远。天气热得让人难以忍受。他躲在一棵树下,看着尼娜和她的两个朋友紧紧挨在一起。三个人却只形成了一个影子。他一直等到所有人都离开了,才走向自己的车。他回到家里洗了澡,换了衣服,然后去了博利厄家。他一进门就看到尼娜坐在沙发上，目光失落，而且始终将她那只该死的手放在艾蒂安的手里。克洛蒂尔德·马莱就坐在他们旁边。一个漂亮的金发女孩，神情忧郁。她一直看着博利厄，博利厄没有理会她。

埃马纽埃尔走近尼娜，她几乎没有看他。在那一刻，他意识到他失去了她。她要离开了，他没有办法留住她。埃马纽埃尔与玛丽-劳尔边喝边聊。对于周围的人都在谈论的死者，他能说什么呢？他不认识这个"好邮差"。更糟糕的是，肇事的是他公司的一辆卡车。尼娜绝不可能原谅他。他走到她面前，亲吻她的头发，她身上有汗水和椰子洗发水的味道。他想把她按倒在沙发上，就在众人面前，和她做爱。

他被征服了。爱得死去活来。他轻轻地耳语：

"今晚见，可能的话，给我打电话。"

"好的。"

一个空洞的"好的"，仿佛她在和风说话。

埃马纽埃尔走到外面，疲惫不堪。

他无法让自己离开，就在那里等着。等待什么？

首先，他看到尼娜独自走在回家的路上，她挑小巷走，因悲伤而弓着背。她走得很快，仿佛她要逃离自己的存在。

他开着车小心翼翼地跟着她，千万不能让她发现自己。在博家的附近，他把车停在一条对面的街上，关掉了引擎。

博宾和博利厄在她之后约一个小时到达。

埃马纽埃尔整个下午都待在他的车里，车窗大开，找不到启动引擎回家的勇气。

傍晚六七点钟，艾蒂安·博利厄独自从尼娜外公的房子里出来。像个失去理智的人。埃马纽埃尔远远地跟着他。与尼娜不同，博利厄慢腾腾地走回自己家里。他在里面待了五分钟，然后出来，骑上了一辆摩托车。

埃马纽埃尔想是时候该回家了，在游泳池里泡一泡。自己正在干傻事。他的衬衫已经湿透了，而且肚子疼。而这一切都是因为一个十八岁的毛丫头。一棵在工人街区长大的小野草。

就在他正准备回庄园的时候，他掉转车头，跟上那辆摩托车。他在一瞬间想撞翻摩托车。一脚油门，这个漂亮的男孩将被直接撞出马路。何况，埃马纽埃尔开的不是他自己的车，而是一个推销员的车，车身有点磕碰是不会被注意到的。

奇怪的是，博利厄选择的方向与尼娜外公的房子相反，他去的是森林湖。

*

尼娜在拉科梅尔的动物收养所已经躲了七个月。不过，日子过得很快。尼娜几乎为自己的隐居生活感到幸福。在工作人员下午一点左右离开之前，她一直待在她的四壁之间。她制作各种小物件，在收养所每月一次的星期六开放日出售：装裱的小型拼贴画、烛台、手镯、马赛克、绘了画的陶器。

莉莉被她的画迷住了。尼娜想回避，说她小时候上过绘画课。她不再接触炭笔或油画棒。如果她的画落到埃马纽埃尔手里，他会认出来并由此追溯到她。

在这些开放日里，公众前来捐献食物、善款、毛毯、洗涤剂、垃圾袋。他们与工作人员一起喝咖啡，抱着收养的目的去看动物。尼娜制作的物品展示在入口处，大部分都被买走了。这些漂亮的装饰品让人们惊叹不已。它们吸引了越来越多的人。这已经开始成为收养所一个不可忽视的收入来源。当莉莉被问及它们的来源时，她总是一成不变地回答："来自与 ADPA 有合作关系的各种艺术学校。"

白天越来越长，透过正在渐渐变成作坊的小屋的窗户，尼娜看到的乡村也发生了变化。树木重新长出了叶子，蒲公英的花朵把草地染成了黄色。下午三点钟左右，她有时会在狗舍旁边摆一把椅子，在阳光中待上半个小时，或者坐在猫舍的长椅上。她帮助莉莉照顾、治疗、包扎、洗刷和清洁。

有时，在夜幕降临后，当商店关门后，莉莉会带她去拉科梅尔市中心转一圈，只是为了出去看看。尼娜有种感觉，她已经死了，在兜风的片刻又回到了活人中间。

76

2017 年 12 月 27 日

  罗曼合上了他的书。他无法集中注意力。他想她。
  更确切地说，是她们。
  善与恶在他的精神中心交织在一起。
  尼娜昨晚在电话中几乎是冷冰冰的。为什么有些人你才认识就自以为能猜到他们的心事？
  她告诉他，她和她的两个朋友在意大利的一个家庭旅馆里，三个人在同一个房间里，就像小时候一样，她和艾蒂安共享一张大床。
  尼娜的话被电视的声音所覆盖。他不得不让她把一些句子重复几遍，这似乎让她很恼火。就像他的那些年轻学生对一个有点听力障碍的老教师感到厌烦。
  罗曼自私地希望尼娜能尽快回来。希望这次旅行不会永远拖下去。
  就在挂断电话之前，她低声说："对了，你还没有告诉我为什么要把你从马恩-拉科凯特调到拉科梅尔。"罗曼又一次没有听懂或不想听懂。他让她重复一遍。尼娜提高了嗓音："你为什么会被调到拉科梅尔？你为什么离开马恩？"
  这一次，他完全听明白了。再说了，这是个问题还是个影射？这句话让他非常惊讶，不知道该说什么。他好一阵子没说话。有一种想直接挂断电话的冲动。他感到自己被玷污了。对一个人来说，没有什么比在被审判之前就已被定罪更糟糕的了。感到别人再也不会用同样的眼光看你了。这种幻觉像怪物一样尾随着他，粘在他的皮肤上。
  长久的沉默后，他回答说："我没有告诉你，因为我根本不想谈这个话题。"轮到他感觉与她疏远了。然后他们聊了些天气和汽车耗油量不大之类不痛不痒的话题，尼娜就挂了电话。罗曼立刻后悔了。他本应该安慰她。不该以愚昧回应愚昧。因为这是第一次尼娜显得像个傻瓜。她怎么可能是其他人中的一员？

不，她当然不是。

他立即回拨了电话。

而她，她没有动。盯着自己球鞋的鞋带散在这块丑陋的褪色地毯上，想着她怎么能这么愚蠢地对待罗曼。当电话响起时，她知道是他。或希望是。她在第一声铃响时就拎起了话筒。

罗曼永远不会忘记他离开马恩的事，但他不去多想。昨天尼娜的问题使他再次陷入那段极其痛苦的经历之中。即使今天，他仍不知道自己是怎么重新振作起来的。

她叫丽贝卡，就像达芙妮·杜穆里埃小说中的主人公[①]。这是个预兆吗？

丽贝卡·拉罗。她的朋友们叫她贝卡。

罗曼认识她，就像认识他所管理的学校里的所有学生一样。他和教师们参加每个季度的家长会，讨论每个学生的未来，需要做的选择与成果。当一个学生进入初一时，罗曼需要几个月的时间来识别他们。到了年底，他就认识了他们中的所有人，从初二到初三，他则直呼他们的名字。罗曼不是一个苛刻的校长，但他必须得到尊重。由于年轻，他绝不能让任何学生将他视为朋友。在工作中，有时候他会对学生发脾气，为一个在他看来不礼貌的行为而愤怒不已。大家都知道他会生气，提高嗓门，用拳头敲打桌子以表明自己的观点。

丽贝卡·拉罗当时上初三。在2014年的第三个学期，准确地说，是4月8日，她冲进了他的办公室。很少有学生自己来见他。他们只会在与家长一起被传唤或在老师的陪同下才会进来。对于常规要求，学生们会去找校长顾问，但从不找校长。一进门，丽贝卡就开门见山：

"您上周末和我妈妈睡了。您从狄更斯酒吧带走的那个漂亮的金发女郎是我妈。我看到你们了。她在你家过了一夜。"

这是罗曼第一次因为一个学生而吃惊。不知道该对她说什么说。

"如果不给我一千块钱，我就告诉大家。"

这最后一句话让他更加诧异。然后他大笑起来，是讽刺的笑。

"我这是在做梦吧！"

[①] 丽贝卡是英国小说《丽贝卡》的主人公，小说中文译名《蝴蝶梦》。

"不,您正处于一场噩梦之中。我母亲已经结婚了。如果我告诉我的父亲,您整个人连同您的名声就死定了。"

罗曼从不允许自己被操纵或被恐吓。这最后一句话让他精神一振。

"尽管您不乐意,拉罗小姐,我有我的私生活自由。我将忘记这次谈话,忘记您来过并且试图敲诈我。现在请您离开我的办公室,我们从来没有说过话,我们从来没有见过对方,什么都没有发生,听见了吗?按我说的去做对您有好处。"

"您这是什么意思?"她厚颜无耻地问他,并不掩饰嘴角露出的挑衅的微笑。

"说得更明白些,刚才在这里发生的事情从未发生过。这也是为了您好。否则的话……"

"否则的话?"

"我将采取必要的措施,让您彻底闭嘴。"

丽贝卡开始哭了起来。鳄鱼的眼泪让罗曼·格里马尔迪恼怒不已。这是他职业生涯中第一次想打学生的耳光。

"如果我说出去呢,"她吸了吸鼻子,"将会发生什么?"

"那就看人们相信您还是相信我……而我将以不服从命令和敲诈勒索的罪名把您开除。"

她的眼泪成倍增长。

"不,格里马尔迪先生,"她呻吟着,"我求您了。"

"别再演戏了,拉罗小姐,否则我就真的生气了……这也太过分了。我要求您立刻离开我的办公室。"

她盯着他,恳求道:

"如果我不告诉任何人,您会放过我吗?我可以完成我的学年吗?"

"是的……当然了。"

"您能向我保证吗?"

"是的,现在,请出去。"

"您永远不会说出发生了什么?"

"出去!"

那一刻,她扑到他身上,吻住了他的嘴唇。罗曼抓住她的肩膀,把她推开,丽贝卡摔倒了,头撞在桌子上。她立即起身,鼻涕和血混在一起,从她的鼻子里流出来。

"天啊……"他说。

"再见,先生,我什么也不会说的。"

罗曼想跟着她去医务室。之后他改变了主意,再次坐下来,愣住了。

一脸惊恐的副校长进来问发生了什么事。他刚刚看到一个学生流着眼泪和血离开了办公室。"我不想谈这个。"罗曼冷淡地回答。对方没有坚持,只是用怀疑的眼光看着他。这只是漫长系列剧的开始。

丽贝卡·拉罗的母亲……罗曼完全记得她。她的名字叫西尔维。"但大家都叫我希尔。"他俩在狄更斯酒吧相遇,醉酒之后发生了一夜情。他怎么可能知道她是一个学生的母亲?他在手机里找到了她的号码:"名:希尔。姓:啤酒。"

他打电话给她,告诉她一切。西尔维·拉罗吓坏了,让他保证永远不要说出他们曾在一起过夜。罗曼答应了。

第二天,他被警察传唤,开始进入地狱。

向当局提供的记录

丽贝卡·拉罗的声音:如果我告诉我的父亲,您整个人连同您的名声就死定了。

罗曼·格里马尔迪的声音:尽管您不乐意,拉罗小姐,我有我的私生活自由。我将忘记这次谈话,忘记您来过并且试图敲诈我。现在请您离开我的办公室,我们从来没有说过话,我们从来没有见过对方,什么都没有发生,听见了吗?按我说的去做对您有好处。

丽贝卡·拉罗的声音:您这是什么意思?

罗曼·格里马尔迪的声音:说得更明白些,刚才在这里发生的事情从未发生过。这也是为了您好。否则的话……

丽贝卡·拉罗的声音:否则的话?

罗曼·格里马尔迪的声音:我将采取必要的措施,让您彻底闭嘴。

丽贝卡的哭声。

丽贝卡·拉罗的声音：如果我说出去呢，将会发生什么？

罗曼·格里马尔迪的声音：那就看人们相信您还是相信我……而我将以不服从命令和敲诈勒索的罪名把您开除。

丽贝卡的哭声。

丽贝卡·拉罗的声音：不，格里马尔迪先生，我求您了。

罗曼·格里马尔迪的声音：别再演戏了，拉罗小姐，否则我就真的生气了……这也太过分了。我要求您立刻离开我的办公室。

丽贝卡·拉罗的声音：如果我不告诉任何人，您会放过我吗？我可以完成我的学年吗？

罗曼·格里马尔迪的声音：是的……当然了。

丽贝卡·拉罗的声音：您能向我保证吗？

罗曼·格里马尔迪的声音：是的，现在，请出去。

丽贝卡·拉罗的声音：您永远不会说出发生了什么？

罗曼·格里马尔迪的声音：出去！

搏斗声。

罗曼·格里马尔迪的声音：天啊……

丽贝卡·拉罗的声音：再见，先生，我什么也不会说的。

这个少女用她的智能手机录下了他们谈话的所有内容，除了开头部分。她头上带着伤，告诉警方，她的校长曾向她示好并做出不适当的举动。她威胁他要说出去，而他对她大发雷霆并打了她。她非常害怕他，所以她就录了音，以防他们的会面失去控制。

罗曼听任自己被指控而不否认任何事情。

这都是他的错。他本该保持冷静。他本该带她去医务室，他本该记得她才十四岁，他本该知道她很脆弱，他本该……

他不等自己被解雇，直接向教育局递交了辞职信。一连好几个星期他待在家里，百叶窗紧闭着。吃饭只叫外卖。不接任何人的电话。

直到六月初的一天,他的父母来了。他们所做的第一次事就是打开窗户。"没必要坐二十个小时的飞机来给我的房间通风。"他流着泪对他们说。

他得知丽贝卡·拉罗已经撤回了她的声明。因此他的罪名也被洗清了。但为时已晚。他在马恩-拉科凯特的声誉已经毁了。他永远做不到再踏进这所学校。就连去买面包,他都无法不让自己脸红或发抖。

他觉得每个人都在看着他,对他产生怀疑。

尽管案件被驳回,使他得到了平反,但他觉得自己被耻辱感彻底吞噬了。一场让人只渴望去死或消失的灾难。

而少女撤销她的声明,这一事实不但没有令他释然,反而使他不知所措。她绝对比他强势。给了他一个大教训。他消沉至极,陷入了令人震惊的沉睡状态。除了上厕所,他只待在床上。在以前同事的鼓励下,他终于同意住院,在手臂上输注抗抑郁药。一位教授救了他的命,这位心理医生让他开口说话。为什么他感到如此内疚以至于想死?

即使在今天,罗曼仍相信这都是他的错。他不应该对一个十四岁的女孩做出这样的反应。

无论如何,他还是恢复了对生活的兴趣。他重新学会了吃饭、走路、享受茶和咖啡的香味、品尝糕点、骑自行车、购物、听音乐、在电影院吃爆米花、在书店里漫步。他犹豫了很久是否回学校。再次面对校长的日常生活。看着孩子们的眼睛,而不去想丽贝卡起身时脸上带着血迹看他的目光。

他曾是一个糟糕的校长,一个厚脸皮的年轻人,一个自以为用伟大的人文理论指导和帮助孩子们的人。而当他面对一个微妙的处境时,他跌倒了。

一家新的学校即将在勃艮第开业,正在招募团队。一位同事和朋友敦促他提出申请:"你是为这份工作而生的,罗曼,去吧,接受它,不要再害怕了。"

罗曼在电话里告诉了尼娜一切。在挂断电话之前,她对他说:"谢谢你的信任,谢谢你告诉我真相,谢谢你来收养鲍勃。"

77

如果我是我
无论是空白待写的纸
或是搜寻达意的词
都不会让我害怕
但我放开了我的手
我疏远了我
清晨我发现走在歧路上
当我们迷路时
怎能走到尽头
以如此非人的努力
谁能引领我们找回自我
如果我是我
无论是作为女人的我
抑或睡在我床上的男人
都不会让我害怕
如果我是我
我心中的秘密
我的失败成功
都不会让我害怕

2001 年 11 月

共有八个人围着一张漂亮的桌子吃饭。鳕鱼配芦笋。他们正在讨论托尼·布莱尔关于欧洲未来的演讲。阿德里安从背景音乐中听到了这首歌。歌词比聊天更清晰，虽然音量仅开到最低。这就是他现在听到的全部，这些歌词。他越是集中精力听，他的动作就越缓慢。直到完全停止。他像一尊雕像。人们终于忍不住问他：

"你还好吗，阿德里安？"

他站起来回答说：

"我不是阿德里安。"

一桌的人都愣住了。

"我的名字是维吉妮。"

没有人听懂。没有人说话。没有人敢笑。

阿德里安问女主人：

"这首歌叫什么？"

"什么歌？"

"我刚刚听到的那首。"

"我没有注意到。"

当他意识到自己刚才说的话以及人们看他的眼神——那种他从小到大一直在逃避的眼神，阿德里安晕倒了。

他醒来时躺在担架上，有人对他说：

"先生，您在圣路易医院，您晕倒了。给我们打电话的人说，您在失去意识之前语无伦次。我们将为您做一些神经测试。您同意吗？"

"好的。"

"首先我们要核对几件事……现在是哪一年？"

"2001。"

"哪个月？"

"11月。"

"您叫什么名字？"

"阿德里安·博宾。"

"您的出生日期？"

"1976年4月20日。"

"很好。"

2017年12月27日

"当我离开圣路易医院时，我坐上了火车，永远离开了巴黎。没有再见过任何人。我只是与我的出版人和朋友法比安·德赛拉博保持联系。是他帮我卖掉了我在巴黎的公寓。"

尼娜和艾蒂安盯着我。我发现他俩在淡淡的晨光中很美。我断断续续地向他们叙述我的生活。那个他们从来不知道的、我们三人之后的生活。

他们之后的我的生活。

我们正坐在热那亚和佛罗伦萨之间的一个加油站的落地窗后面。尼娜正用巧克力面包蘸着咖啡,艾蒂安不饿,强迫自己吞下一杯浓咖啡。这是个奇怪的谈话场所。

尼娜睁大她那双美丽的棕色眼睛。

"你因为一首歌而离开了一切?"

"感谢这首歌。我已经厌倦了对所有人撒谎。从厌倦我自己开始……说到底,《西班牙白》对我来说毫无作用。我以为把文字写在纸上,我就会被治好……但治好什么?我没有病,我是生错了身体。"

"那段时间你都在做什么?"

"旅行。我在圣诞节时回到法国,为了在旅行者和露易丝见面。而且我也受够了。离开,仍是一种逃避。我最后在拉科梅尔买了房子。"

"但为什么是在拉科梅尔?"艾蒂安说,好像这是个葬礼的首选地。

"尼娜,露易丝,我的椴树。"

"为什么是我?"尼娜问,"我们已经很多年没有说话了。"

"不跟对方说话并不意味着我们不知道对方就在那里,就在隔壁。"

"你为什么不告诉我们关于你的真相?"尼娜大胆地问。

"什么是关于我的真相?"

"不要回避。承认你毕竟还是对我们缺乏信任,不对吗?"

"主要是我缺乏对自己的信任。"

尼娜又开始低头吃东西。

艾蒂安扮了个怪相。

"这不好听。为什么是维吉妮?为什么不是西蒙娜或朱莉娅?"他问我。

"这个名字和我是女人之间,有着一种共鸣。维吉妮是我的身份。我可以改变维吉妮的外表,但改不了她的身份。当我到达巴黎时,我在《西班牙白》中写到了这一点。我可以每天、每小时、每分钟改变我的外表,就像那些身体和面孔可以互换的儿童游戏。而我已经那么习以为常,这个坏习惯,以至于对换性的想法感到恐惧。今天,四十一岁的我,此刻是个高个子、棕色皮肤、留着刘海的女人。"

艾蒂安像看疯子一样盯着我。他试图保持不动声色。但从他的眼中,我明白他在我身上看出了一种癫狂。一个疯子。我再次意识到自己为什么从未对任何人说过。作为一个孩子,这种不理解对我来说是无法忍受的。我还没有武器。

"你和我妹妹做爱吗?"

"小丑!我永远不会回答这个问题,艾蒂安。特别是来自你。"

尼娜微笑着。一个温和的微笑。当她让阳光照进心扉时,她是多么美丽。

"对别人来说,我是阿德里安。对我自己而言,我是维吉妮。"

她拉着我的手。自从我母亲的葬礼后,我还没有拉过她的手。想到母亲让我心碎。我顿时泪流满面。尼娜把我抱在怀里。

"我是因为自己而难过。因为我害怕改变自己的身体。"

"你为什么害怕?"

"我不是害怕……想到将在镜子里真正看到自己,我觉得这很恐怖。露易丝尝试了一切,把我介绍给最好的专家……但我知道有的人对自己的转变感到后悔。变性手术是不可逆的。激素、阴茎切除、修补、隆胸,这些都是需要攀登的高山……然后还有其他的东西……"

"什么东西?"

"我不喜欢女人的衣服、裙子、化妆品、高跟鞋……"

"我也不喜欢,"尼娜回答说,"这并不妨碍我成为女人。"

"我是在这种模式下长大的,我生下来就是一个长在男孩身体里的女孩,我已经这样活了四十一年。也许杀死阿德里安,也就杀死了维吉妮。就像连体婴儿,如果其中一个死了,另一个也会跟着去了。"

"你是一个不喜欢传统标准的女人,"尼娜告诉我,"裙子、高跟鞋、化妆。但谁还在乎这些?今天,这些都不重要了。这些条条框框是没有意义的。"

随之而来的是长久的沉默,尼娜再次打破僵局。

"在《西班牙白》中,你的主人公接受手术,他坚决到底。这是一个解放的故事。你不想离开阿德里安吗?我非常喜欢你的主人公以他的新身体走在街上的那一刻……'一切都变了,又什么都没变,我对周围的事物仍抱着同样的看法,但别人第一次向我打招呼,我刚刚出生,而我已经二十岁了。'写得真美,充满了希望。当你回到拉科梅尔,当我开车与你交会时,我不明白为什么你还是阿德里安。"

"《西班牙白》是一部小说。小说是用来写你在现实生活中做不到的事情的。"

"但不仅仅只是如此。"尼娜坚持着。

"我妹妹呢?"艾蒂安插嘴道,"她怎么想的?"

"有顾虑和担心是正常的。但是,并不是因为我害怕我就不会犯错。露易丝认为我从出生起就是一只笼中的小鸟,应该把它释放出来。"

"当你想到自己时,你想到的是一个男人还是一个女人?"

"一个女人。"

"这是你第一次和我们谈起你自己。真的,我想说。尽管我们已经认识三十一年了。这是件大事。"

"是的,这很重要。"

我们离开休息站,去外面的停车场。尼娜在中间,艾蒂安在左边,我在右边。她握着我们的手。天空如洗,一片淡蓝。

"我们要不要在佛罗伦萨停留?"

"我更喜欢今晚睡在那不勒斯。"艾蒂安回答我。"但如果尼娜开车,我们得明天早上才能到达那里。应该让我来开车。这是我们出发前就说好的。"

"我们离那不勒斯还有大约六百公里。"我说。

"艾蒂安,你来开车,但我们每隔两小时就像说好的那样停下来休息。"

"好的,妈妈。"

"你感觉如何?"我问他。

"坦率地说,对于一个快死的人来说,相当不错。"

78

2003 年 1 月 1 日

　　昨晚，他的朋友们从里昂赶来，在他家里过年。他们从未抛弃过他，不像那个人，那个人渣，那个恶妇，那个婊子。

　　所有人都还在楼上或客房里睡觉。四周散落着几个空的香槟酒瓶，尽管娜塔莉在回家之前已经都收拾好了，但他们整晚都在继续庆祝新年。

　　现在才早上八点。埃马纽埃尔没有合过眼。他坐在沙发上，手捧一碗咖啡，思考着。

　　尼娜已失踪二十六个月。他失去了找到她的所有希望。

　　他甚至去咨询过巫婆和算命先生。钟摆、纸牌、水晶球，他什么都已试过，什么都已听过。有说她死了，埋在普伊德多姆；有说她躲在爱尔兰，准确地说，在科克那座城市，埃马纽埃尔去了那个地址：没有人在那里见过她。至于最后一位，据说是一位有名望的占卜师，她声称尼娜离拉科梅尔很近，"最多三到四公里的范围内"，说她可以闻到尼娜的香水味。骗子们尽其所能以疯狂的信息从他身上敲诈钱财。

　　没有希望。

　　她永远不会回来。而她为什么要回到这里？回到这个破地方？

　　除非……

　　除非她认为有机可趁。

　　尼娜与玛丽-劳尔·博利厄关系亲密。如果她得知埃马纽埃尔已经离开，她可能会偷偷地回来看望艾蒂安的母亲。

　　然后他就能抓住她。这个想法让露出了微笑。

　　埃马纽埃尔拨通了在摩洛哥的父母的电话。响了五声后，捷来接听。

　　"喂？"

"新年快乐,妈妈。"

她的母亲似乎刚醒。她的声音很奇怪,埃马纽埃尔立即想到。

"新年快乐,亲爱的。"她总算回答了。

"尼娜给你打电话了吗?"

"没有……当然没有。"

"你对我发誓?"

"我向你发誓。"

"以我的脑袋发誓?"

"以你的脑袋。"

"那你说'我以你的脑袋发誓'。"

"我以你的脑袋发誓。"

"完整地说:'我以你的脑袋发誓,我没有任何尼娜的消息。'"

"我以你的脑袋发誓,尼娜没有打过电话,我没有任何尼娜的消息。"

"爸爸在你身边吗?"

"是的。"

"他能听到我吗?"

"等等,我让他接电话。"

"我决定了。我要离开法国。我要把达玛姆公司卖掉。"

*

几分钟后,捷独自在自家的花园里散步。她觉得搬到摩洛哥,显示了她和丈夫懦弱的一面。

这里总是阳光明媚,她今天早上呼吸的芳香无可否认地令人陶醉。还有这种常年的与众不同的美丽光线。但她知道,真正的阳光只在有我们所爱的人的地方闪耀。那些在内心深处与我们亲近的人。

当埃马纽埃尔还是个孩子的时候,她想:"如果我的儿子要求,我可以为他藏起一具尸体。"她从未像爱埃马纽埃尔那样爱过任何人。在她眼里,无论他做什么都可以被原谅。

然后尼娜出现了。而捷看到儿子变了。尼娜一点一点地黯淡了,疯狂开始出现在埃马纽埃尔的眼中。起初是一闪而过,然后危险地固定下来。他对她的态度是一种偏执的迷恋,跟踪她,寻找她,几乎是在抓捕她。

有一次,仅此一次,捷壮着胆子提醒他:"你应该给尼娜一点空间。"埃马纽埃尔责备了她,说他的妻子还很年轻,说她"需要一个父亲"。

这个答案让她愣住了。我做了什么?我是如何抚养他的?我错过了什么人或什么事吗?是我给他灌输了这样的胡言乱语吗?我们的孩子与我们相像吗?

是的,捷的反应就是懦弱地选择搬家。

在埃马纽埃尔和尼娜结婚一年后,当儿子接管公司后,捷谈起了摩洛哥,一种她和丈夫的新生活。如果想念朋友和家人,他们可以常常回法国。没有什么是不可逆转的,他们随时可以走回头路。亨利-乔治对这一提议感到惊讶,起初表现冷淡,接着越来越热心。

多少次我们曾闭上眼睛装作没看见?捷想着。一个过分哭闹的孩子,一个粗暴的邻居,一位叫不出名字的孤独的老妇人或一只被虐待的动物……我们没有采取行动,没有介入,而是选择一走了之。从此不再看见,不再感觉到。

今天早上,当电话响起时,捷不是想:是埃马纽埃尔。不是想:是儿子给我打电话拜年了。而是:有人打电话告诉我埃马纽埃尔出事了。

听到他的声音时她几乎感到惊讶。"新年快乐,妈妈。"

自从尼娜离开后,她意识到儿子的疯狂已经像不治之症一样蔓延、转移扩散。她去看了他两次,但都缩短了停留时间。跟他讲道理有什么用?他像笼子里的狮子一样团团转,自言自语,花几个小时与侦探、隐士、各种占卜人士打电话。如果捷试图干预,他就会变得神经质、恶毒,近乎威胁。总是重复着同样的话"我最终会把她找回来的"。在内心深处,捷向主恳求:上帝,请不要让他找到她。

即使亨利-乔治试图与儿子交谈,也碰了壁。

在父子俩上午关于出售公司的电话交谈中,亨利-乔治提出了将公司管理外包。埃马纽埃尔根本不想听这些。

"外包管理就是保留。卖掉,是去掉。此外,我已经收到了几个买家的报价。"

"你不可能在一夜之间就摆脱三代人的辛苦。而且我提醒你,我仍然有公司的股份。"

"我不在乎钱,我把它全部留给你,爸爸。"

他们之间的语气升高了,捷用眼神乞求丈夫平静下来。

"如果有一天你做了父亲,你会很高兴地像我给你一样将公司传递下去。"

"我将永远不会成为父亲。"

当埃马纽埃尔最后挂断电话时,捷再次向丈夫解释说,自从尼娜离开后,他们的儿子已经丢了魂。所以必须让他卖掉,这是一个生死攸关的问题。离开是他的唯一出路。而他们儿子的生命比公司更重要。

亨利-乔治心灰意冷,打电话给埃马纽埃尔,告诉儿子他同意了。他会出售自己的股份,以免妨碍埃马纽埃尔的计划。

*

今天早上,尼娜在收养所里自由地游荡着。1月1日,除了莉莉,没有遇到任何人的风险。莉莉刚刚被叫去处理一起紧急事件,在阿利埃附近的一条铁轨旁发现了一只被捆绑的犬科动物。莉莉和一名城管人员一起出发了,她不愿意一个人去。莉莉什么都不怕,但是这次,"也不能太过分了",她钻进车里时生气地说。

昨晚,在拉科梅尔的市政厅组织了一场化装舞会。与威尼斯假面舞会不同,所有人穿着从旧货市场买的化装服,或是从柜底翻出来的旧睡衣、祖上留下来的裙子和礼服,脸上戴着希拉克总统或总统夫人的塑料面具,围着毛皮围巾,或是涂着自创的妆容。一切以逗乐为目的。现场有当地乐队助兴。巨无霸的奶酪火锅,塑料杯,无限量提供用勃艮第气泡酒调制的基尔酒。莉莉硬是把尼娜拖到了舞会:"相信我,没有人会认出你来。"她给尼娜穿上了一件嬉皮风的连衣裙——"我母亲的遗物"——用五彩的半截面具遮住尼娜的眼睛,又给她戴上了金色的假发。

"我以前生活的遗迹。"

"你以前戴金色假发吗,莉莉?"

"当然。"

"你从未和我说过你来收养所之前的生活。"

"我老家在诺根特。"

"诺根特在哪里?"

"离巴黎不远。"

莉莉再一次打住话题。她穿了一身绿色的衣服,头上戴着史莱克的帽子,这让尼娜笑得很开心,她已经很久没有这样笑过了。她很希望莉莉能告诉她,但尼娜觉得莉莉的过去是一个禁区。有一天,她俩一起吃午饭,在拿起另一块三明治时,莉莉对她说:"我不想告诉你以前的事,我的尼娜,因为它很糟糕,也不好笑。离开过去的那一天,我把一切都扔掉了。改变生活,就是搬家。至于当下,应该让它像一枚闪闪发光的新硬币。你想象不出我有多享受现在生活的每一秒钟。"

莉莉是单身。有个男人偶尔会在她家过夜。尼娜不知道他是谁,也从未见过他。当莉莉提到他时,她只是说:"今晚,我的炸鱼排要来过夜。"

"什么是炸鱼排?"第一次听到时,尼娜这样问她。

"一个老情人。我们彼此不承诺,无所谓甜言蜜语,但我们互相尊重,一起享受美妙的时光。"

讨论就此结束。尼娜也不是那种喜欢刨根问底的人。

她已经在收养所里躲了二十六个月。有时她会问莉莉:

"你认为还要躲多久呢?"

"直到你觉得准备好了为止。"

"但我……"

"别杞人忧天,当你觉得准备好了,你就会离开这里。"

去年十月,在塞纳河畔的小城维特里,一位年轻女子被丈夫活活烧死,让尼娜感到惊恐和害怕。如果埃马纽埃尔找到我,他也会这样对待我。在这一悲惨事件发生后,尼娜在深夜又感觉到了他,似乎他正弯下腰来摧毁她。在内心深处,她觉得自己选择从地球上消失,就是对丈夫的阴暗欲望的回答。

昨晚,身穿黄底绿花长裙,戴着化纤金色假发,在手风琴乐队重新演绎的《马卡丽娜》和《从欲望中解脱》音乐中摇摆,尼娜得到了片刻的拯救。心情放松了。她和莉莉-史莱克一直舞到凌晨四点,在市政门厅的强化地板上跳出了最奇特的舞姿。她们的周围有两百来人,人人都醉得不相上下。没有人会注意别人的举动。然而,尼娜从未脱下她的半截面具。她获得了几个小时的自由,但并不自由,体内始终有一个声音朝她大叫着让她保持警惕。

莉莉回来的时候已经是中午了,用链子牵回一条大狗。她刚把城管送回了家。这条狗大得惊人。尼娜靠近他们。

"它不凶吧?"

"应该不凶。一般来说,大狗的脾气是最好的。"莉莉回答,"它的身份已被确认,但电话号码和地址都是无效的。"

"你从哪儿来的?"尼娜问动物。

这条狗咆哮着,在莉莉拉紧狗链和尼娜后退之前,它已经一口咬住尼娜的小腿,合上了嘴。

不顾尼娜的恳求,莉莉坚持要把她带去看急诊。她在尼娜的膝盖上绑了止血带。最近的医院在欧坦。

"跟我说话!"莉莉对她大喊,"别睡着了!"

尼娜忍不住笑了,一边擦去因为疼痛而流下的眼泪。

"我不可能睡着的,痛得要命……"

一小时后,一名实习生给尼娜注射了两支疫苗,分别针对破伤风和狂犬病,因为尼娜称找不到自己的健康手册。然后他为她缝合了伤口,伤口很深。起初,必须由护士每天为她更换绷带。

不可能再继续隐名埋姓。尼娜被迫宣布她的身份。而莉莉不得不解释对这条狗的来历一无所知。

他们还没有离开医院,消息就出来了:尼娜·博去了欧坦的急诊室。

79

2017 年 12 月 28 日

　　艾蒂安睡不着。他处于痛苦中。他感到黑色的念头正在破坏他的身体、他的抵抗力。

　　他重新思索着阿德里安在加油站的忏悔。"维吉妮是我的身份。我可以改变维吉妮的外表，但改不了她的身份。"

　　艾蒂安的表现曾经很糟糕。虽然难以接受，但很容易趁机而入。1994 年 8 月 17 日，他们第一次单独睡觉，没有尼娜。自从三人相遇以来，这种情况还从未发生过，尼娜总是在他们之间。从他们还是孩子的时候，艾蒂安就感觉到阿德里安的与众不同，感觉阿德里安在寻找和隐藏什么。当时他被阿德里安看他的眼神吓了一跳，立即转过身去。阿德里安会不会是同性恋，即使他对他的妹妹很有好感？

　　那个可怕的夜晚，他回到尼娜家，喝醉了。他需要有个人来依靠，需要一些希望。他在花园里发现了阿德里安，脸色苍白，和他一样迷茫。艾蒂安把他拉进了尼娜的房间，阿德里安任由他这样做，一言不发地躺在他身边。艾蒂安是三人中的首领，他要做的事从未被拒绝过。他当时是故意拉走阿德里安的。现在他从心底里意识到和明白了这一点。他这样做并不是出于绝望或孤独，而是出于欲望。他们在黑暗中拥抱与抚摸。"友谊和爱情之间只有一步之遥"，玛丽-劳尔曾向他们郑重地重复这句蠢话，这让他们感到很不舒服。"别说了，妈"，他一边强烈反对一边吞下了他那碗巧克力。

　　他是否曾经感觉到隐藏在阿德里安身上的那个女孩？他是否在不知不觉中爱上了她？

　　那晚之后，他们再也没有谈及此事。他们继续过着自己的生活，仿佛这一切都没有发生。艾蒂安对此事轻描淡写：一个孩子的游戏，两个十七岁的男孩子在彼此探寻。

但这一切对阿德里安曾意味着什么?

当艾蒂安发现《西班牙白》时,他感到被背叛但也感到羞愧。和尼娜一样的感觉,但同样的词,却有着完全不同的含义。

艾蒂安也对这本该死的小说中某些段落烂熟于心。叙述者叫萨沙。再过几天他就要做"变性"手术了。一个野蛮的术语,类似于一个数学公式,意思是"成为他出生以来的本来模样"。萨沙与一个男人、一个陌生人,度过了仅有的一个春宵。一个不期而遇的夜晚。

> 我们紧挨着躺在床上。我从来没有碰过男孩的身体,他也没有。他和女孩睡觉,我和露易丝。我们很年轻,没有经验。这是一种对等性。他先开始,第一次将手放在我身上,我是不敢碰他的。我是沙粒,他是海洋。虽然我们在同一个房间里,但我们并不居住在同一个世界里。他是主宰,我只是其他个体中的一个。他首先将手放在我的脖子上,我觉得他要掐死我。为什么我会认为他想消灭我?我们不温和,而是粗暴笨拙。在夜里,我们没有进入对方,我们停留在对方的边缘。当他把嘴唇放在我的嘴唇上时,我意识到这真的发生在我们之间。直到今天,我仍记得他的舌头在我嘴里的味道,带着酒气的咸咸的唾液。我们身体与身体贴在一起,很久很久,我们都是自己的时间的主人,就像一对伴侣最后一次做爱,两个知道黎明将为这个从未开始的故事画上句号的死刑犯。

在本质上来说,艾蒂安想,我在同一天背叛了克洛蒂尔德、阿德里安和露易丝,也就是皮埃尔·博的葬礼那天。这场葬礼也埋葬了我的声誉和我的正直。

当艾蒂安读到这些句子时,他想去杀死阿德里安。阿德里安怎么可以谈论他们、谈论他呢?人们没准会看出来,猜到是他。

当艾蒂安恐吓阿德里安,说如果他不作证,他就会向所有人透露《西班牙白》作者的身份时,他是在虚张声势。

幸亏还有瓦朗坦在,他想。

早些时候,当他到达那不勒斯时,他从一个公共电话亭给他打电话。瓦朗坦已经躺在床上,手里拿着他的移动电话。

"爸爸……"他轻轻叫着,舒了一口气。

世界上唯一将艾蒂安视为好人的人。世界上唯一使艾蒂安成为好人的人。

他去巴黎上学那年,尼娜在听一首按他的口味有些花哨的歌——《只是个好人》。

艾蒂安抓住熟睡中尼娜的手,紧紧握住。他将眼泪埋进自己的枕头里。男人,不会哭。

*

《男人,不会哭》。尼娜又想起她非常喜欢的法伊扎·盖内的小说的书名。这本书她读过好几遍。当艾蒂安的手紧握着她的手时,尼娜假装睡着了。绝对不能让他感觉到或猜到她是醒着的,她听到了他低闷的啜泣声。她在装死,而他却真的要死了。

无疑是因为她拒绝相信。会有一个奇迹,一个生命的迸发,一个治疗的愿望,一个缓和的机会。在现实生活中,艾蒂安不能死。

她在装死,而属于她自己的生活开始了。四十一岁时开始的新生活。正如歌中唱的:"永远不会太晚。"

哪首歌?那首他们和阿德里安一起写的歌。他们当时差不多十三四岁。她已经记不起多少歌词了。没啥风格的东西:"照镜子永远不会太晚,即使你认为一切都很黑,永远不会太晚。"自从遇到埃马纽埃尔,尼娜明白了,你永远无法与别人一起建造什么,也永远不能为别人建造什么。一个人的存在是建立在自己的基础上的,如果奇迹般地遇到一个知己,那是上天的礼物。自从遇到罗曼之后,尼娜在她的成年生活中第一次有了自己不再是无人问津的感觉。她对莉莉也有这种感觉,但和与罗曼在一起时是不同的。他是她的恋人。或许他们将从此永不分开。也或许他们会待在一起。尼娜相信我们是由"可能"组成的。

尼娜感觉艾蒂安离开了,陷入了睡眠。握着她的手松开了。他的呼吸渐渐平静下来。她检查了他的呼吸,他在睡觉。

*

我可以听到艾蒂安的呼吸声。他在抽泣。我不敢动。他接受不了我试图安慰他，他太骄傲了。和他在一起，总是得假装不知道他的真实感受。他就像那些喜欢炫耀的男人，外表看起来很英俊，但人们永远不知道他们的感受。他们尽其所能地躲在骗人的假象后面。

与在昨晚家庭旅馆的分配方式一样：我睡单人床，为儿童和第三人准备的床；艾蒂安和尼娜睡在为父母亲准备的大床上。

我们在马帕泰拉海滩附近找到一家酒店。

我们吃了蛤蜊面条，喝了一瓶美味的白葡萄酒。仿佛我们不是在陪伴艾蒂安的最后一次旅行，而只是在海边度假。

一下车，他就脱掉衣服，大喊大叫着跳进了水里。我无法判断这是喜悦还是绝望的呐喊。可能两者都有一点。尼娜尖叫着说："水很冷！你疯了！"她试图劝阻他，用手把他拉到岸边。艾蒂安恳求她："就请让我疯吧。"

他游泳的时候，尼娜一直盯着他，我去杂货店买了两条沙滩巾。当他从海里出来的时候，我们给他擦了很久，每人一条毛巾。他在发抖，但似乎很幸福。他笑了，他的身体被冻得通红，但脸依然苍白。这是自从尼娜告别单身派对后我第一次见到他光膀子。他的肤色，他的肩膀，他的腹部，他的成年人的汗毛。

现在我们已经四十一岁了，我们这一代人曾想改变世界，但我们失败了，我想。

一到酒店，艾蒂安就吞下一大把药然后钻进热水浴缸。尼娜和我清空了迷你酒吧，连标签都不看就喝完了那些小瓶酒。她跳上了床。我播放音乐，一个随机的播放列表。

从浴室里，艾蒂安喊道："你们俩的口味总是这么烂！"

我们完完全全就像那些分离后再次相遇的兄弟姐妹，思维方式一点都没有变。只要给从小一起长大的成年人自由，童年就会重新浮现。

不顾艾蒂安的指示，我偷偷开了手机查看电子邮件，特别是有关尼古拉的消息。

"尼娜？"

"嗯。"她轻声回道。

"我刚刚收到一封来自报社的保密邮件。车里的骨头是一个女人的……唯一的一个人,同一个人。"

"克洛蒂尔德?"尼娜喃喃自语,似乎她害怕说出这个名字。

"现在还不知道。"

"你认为,如果是她……人们会找到……婴儿的骨头吗?"

"这么多年过去了,不会的……胚胎是软骨,不是骨头。"

"真可怕。"

"我听到你们了,"艾蒂安说,"我还没死呢……如果是她,人们将找到胎儿的头骨、骨盆和股骨。淡水的腐蚀性比海水低。而尸体应该还会被淤泥保护起来了……整整二十三年我想的只有这一件事。"

80

1994 年 8 月 13 日星期六

　　一种沉闷的疼痛。克洛蒂尔德被困在一个她想逃出的噩梦中,她数着:一、二、三,我要醒了。
　　弗朗西斯·卡布雷尔[①]的那首歌此刻在所有的电台不停地播放,甚至在睡梦中也占据了她的大脑。

　　　　没必要解释
　　　　这个故事已经结束
　　　　如果一切重来
　　　　我们仍会这样做
　　　　这只是,只是
　　　　地球上的一个星期六晚上……

　　一、二、三,我要醒了,我十岁。我是父母的公主,他们的独生女,妈妈已在玻璃房准备好早餐,天空很蓝,我们的生活就像广告,每个人都很完美,首先是我。我有一头金发,带着亮片的紫色拖鞋上的毛皮让我的脚很温暖。我上五年级。我爱上了一个男孩,那个坐在第二排和尼娜·博同桌的男孩。他的名字叫艾蒂安·博利厄。我在脸颊上抹了些粉色胭脂,嘴上涂了一点唇彩,希望他能看到我。但他眼里只有他的两个朋友,一个窝囊男孩和一个野丫头。他总是黏着他们。我等待着。有一天,他将看着我。
　　一、二、三,我要醒了。我的脚。我很冷。两只脚冻僵了。我的床上有一层雪。

[①] 弗朗西斯·卡布雷尔(Francis Cabrel, 1953—),法国歌手、词曲作者。

现在，痛苦是如此剧烈，她低声地叫了起来。

克洛蒂尔德睁开眼睛。她做到了。一、二、三，我要醒了。这首歌也结束了。

在真实的生活中，天还没亮。她可以在去披萨店上班前再睡上一会儿。只剩下两个星期了。她已无法忍受在餐桌间穿行。

昨天，就在她为顾客们穿梭递上四奶酪披萨、王后披萨、意式宽面的时候，博利厄家的用人应该在信箱里发现了她的信，把它拿出来，放在了艾蒂安房间的书桌上。当这圣洁的一家人在南方晒太阳时，儿子的房间里埋下了一颗定时炸弹。十天后他们回来时，炮弹就会在他们面前炸开。

克洛蒂尔德自嘲地笑着，出着汗，越来越疼。那个该死的噩梦仍在扭曲着她的五脏六腑。

她以为自己醒了，但她被困在睡意中。

一、二、三，我要醒了。

然而，她又很清醒："艾蒂安书桌上的信……"

多少次，她和艾蒂安待在那个房间、那张床上？多少次她在那里穿上衣服、捡起做爱前匆匆扔掉散落一地的衣服？像小拇指[①]寻找回家路上的白色鹅卵石那样寻找她的衣服。与佩罗的故事中的孩子不同的是，克洛蒂尔德希望在恶狼的怀抱中迷失自己，再也不回家了。

艾蒂安的牛仔裤常常丢在她的毛衣或鞋子上，多少次她希望他能说："留下来。"

她，她的身体仍因快乐而麻木，向前俯身寻找她的胸罩，透过她披散的金色长发打量着他。他，赤身裸体地躺在那里，他的皮肤是金色的，以一种既优雅又随意的姿态重新点燃了他的香烟。

空洞显现在他美丽的目光中，嘴上挂着谜般的微笑。他在想什么？想谁？

度过了对她视而不见的初中，他终于在高中时看到了她。擦肩而过时他勉强地从牙缝里挤出一声问候。然后，进入高三，两个月过去了，她意识到他终于注意她了。他的目光开始停留在她的身上。11月3日，有个朋友过生日："艾蒂安会在那里。"

---

① 小拇指是法国童话《小拇指》的主人公，作者夏尔·佩罗。

"艾蒂安会在那里。"

他没花时间去勾引克洛蒂尔德。他不会调情。他不会说漂亮的情话,对此他也不在乎。他走到她面前,吻了她的嘴。音箱里传来小红莓乐队的《僵尸》,周围的人都在大声唱着:"在你的脑海里!在你的脑海里!"

她小女孩的梦就这样梦想成真。当天晚上两人就在艾蒂安的房间里睡到了一起。为什么要等待?谁说过"千万不要在第一夜"?生命太短暂了。王子身上有酒气,但生活就是这样。

带亮片的紫色拖鞋,克洛蒂尔德早就在旧货集市上卖掉了。记忆就像衣柜,你最终会把里面的东西扔掉。

克洛蒂尔德才十七岁,但她已经明白这一点。她是一个早熟的女孩。她不抱任何幻想。唯一让她迷恋的是艾蒂安·博利厄。尽管她的内心知道,有一天她也会对他失去兴趣。

"这是我第一次有了快感。"

艾蒂安总是对克洛蒂尔德重复这句话,翻来覆去地说。对克洛蒂尔德来说,这个第一次有爱情的味道。

又一阵痉挛,克洛蒂尔德痛苦地挣扎着。不,不,不。现在既不是时间也不是地点。这是不可能的。现在还太早。

克洛蒂尔德试图与她的睡眠重新谈判。一、二、三,我要醒了。

她打开灯。到处都是血。她想大喊:"爸爸!妈妈!救命啊!"但她的嘴里没有发出任何声音。

她起身,去了洗手间。结束了。一切都得从零开始。定时炸弹的导火线已经点燃。克洛蒂尔德取下床单和被单,穿过走廊,洗衣粉,漂白剂,洗衣机调到九十摄氏度洗涤模式,回到房间。

她洗了个澡。疼痛已经消失。她忍住了那种想屏气拉屎的冲动。不能在这里。她哭了。不是因为她正在失去胎儿和艾蒂安·博利厄,而是因为她最后的梦想要付诸东流了。

击中,沉落。

她穿上一件难看的黑色旧连衣裙,这是她两年前买的,因为穿上像一个舞蹈演员,可她从来没有穿过。她走在晨曦中,这座腐烂的城里连一只猫都没有,她的鞋子被朝露浸透了。她机械地做着这些事,让人想起迈克尔·杰克逊视频中的活死人,或者是那些她从不喜欢的垃圾电影里脆弱苍白、戴着棉布帽、穿着长裙和木屐、为自己的命运哭泣的女孩,而她们的男人们正一边喝着烈酒一边捧腹大笑。

她又看到了在圣拉斐尔海滩上的艾蒂安,那个金发女孩躺在他身上。

她不再痉挛。

克洛蒂尔德蹲下,往一个坑里排泄,没有痛苦,她没有看,它没有呼吸,它已经死了。因为它已经决定死了,自己来去,离开她,不想要她。

她从未想过要做一个母亲。十八岁,谁会想这样做?她只想拖住艾蒂安,将他钉在柱子上。希望他变成一个呵护崽崽的父亲。希望这个"幸福的事件"使他发生彻底的改变。他将变得温顺和体贴。一条她最终会讨厌甚至憎恶的乖乖狗。

克洛蒂尔德用她的芭蕾舞裙擤鼻涕。胡说八道,我可怜的女孩。这事发生在你身上是件好事。真有了小孩子你该怎么办?不过,你应该报复,不是一点点。而是要破坏他的生活。否则他也太轻松了。

七点钟她回到家里。她躺在光秃秃的床垫上,身上裹着一条毯子。

她一直迷糊到九点钟。她听到了楼下传来父母的声音和餐具碰撞的声音。

你必须去上班。你必须去上班。你必须去上班。

她筋疲力竭。她还在流血,是月经的回归。正常生活的回归。

她没有看过医生。没有做过 B 超或孕期监测。无人知情。她像读历史书一样读了一本关于妊娠的书。发生在其他人身上的事情,与她无关。"在第四个月,胎儿的重量约为两百克,长度为十五厘米。"她计算了一下,她在四月中旬怀孕。一个星期三的下午。孩子们不上学的日子。根本不是她所声称的意外。她已经计划好了这一切。用她像削笔刀一样锋利的食指的指甲刺穿了避孕套的末端。

她记得她做怀孕测试的那天:两条杠是怀孕,一条杠没有怀孕。她坐在马桶上,发现结果后欣喜若狂。艾蒂安是我的了。

克洛蒂尔德又洗了个澡,换上另一条连衣裙,在扣前排纽扣时,她发现自己忘了包扎肚子,这个程序她已经做了大约一个月了。她仍然有一个孕妇的圆圆的肚皮。这是为什么呢?还会持续多久?

她的思绪被她母亲的敲门声打断了。

"亲爱的,你朋友的外公去世了。"

我没有任何朋友,克洛蒂尔德想。我讨厌女孩。我的幻想是成为一个皮条客,让她们去站街,给我带来最大的收益。事实是,我喜欢在自己和男人们打牌的时候,我的母鸡们在拉客。事实是,我不喜欢做一个女孩。

"哪个外公?哪个朋友,妈妈?"

"那个棕色的小姑娘……那个邮递员……皮埃尔·博,他被一辆卡车碾过。这个可怜的家伙。"

克洛蒂尔德紧紧抓住门。这意味着艾蒂安将提前回来。明天他将在这里。明天他就会读到我的信……甚至可能是……今天!

"这是什么时候的事?"

"昨天下午。"

一小时后,和7月1日以来的每个早晨一样,克洛蒂尔德布置餐桌,调整桌布,检查餐具的清洁度。第一批顾客在中午准时到达,下午两点半时所有的人都已用餐完毕。在午餐时间,一些顾客谈到了那场事故,被碾碎的邮递员,他没有看到那辆卡车开过来。

克洛蒂尔德在下午有一段休息时间,然后在傍晚六点恢复工作,准备晚上的餐厅。休息时,她经常躺在市政游泳池的草坪上,但今天她去了图书馆,谨慎地查阅有关怀孕的书籍。最终,她找到了她正在寻找的东西:"流产或分娩后,子宫需要时间恢复到原来的大小,腹部变形,皮肤松弛,需要数周时间恢复状态。"克洛蒂尔德根本不打算恢复她的身材。在离开图书馆的路上,她吞下了两块糕点,丝毫没有品尝到它们的味道。

她发现自己还有两个小时的时间,于是她回到图书馆公园,在一棵大松树下的长椅上躺下。那里没有人,秋千上没有人,空气很热,她很渴。她闭上了眼睛。

没必要解释
这个故事已经结束

别再唱了。

克洛蒂尔德回想在圣拉斐尔的海滩上见到艾蒂安和那个女孩。那是什么时候来着？她在心里默默计算着。三天了。

她还想起尼娜·博的外公冲进学校操场打尼娜的那一天。如果她的父母对她这样做，她会羞愧而死。她宁愿消失也不愿意再回到学校。

尼娜，她的外公被轧死了，艾蒂安，必然会受到打击。令他"最好的朋友"痛苦的，必会令他难过。看看那天他脸上的表情，当老人揍他的外孙女时，艾蒂安惊得睁大眼珠子，脸色惨白。

克洛蒂尔德抬头望着天空，感觉自己就像一个空袋子，一个被小偷偷走了全部内容的袋子。她感到自己在流泪，闭上眼睛，想起五月份，做完爱后，艾蒂安听到她怀孕时的表情。艾蒂安呻吟着说："哦，该死……真该死。"

在晚间工作时，她不断地向街上张望，看他是否在那里。看他是否经过，是否会看她一眼。她希望他能来接她，给她一个惊喜。她的目光无法从那三扇临街的大窗户上移开。老板最后问她是否在等人，克洛蒂尔德把他打发走了。

下班后，她绕道去了博利厄家居住的那条街。当她看到他们家的汽车停在门口时，她的胸一阵剧痛。

他们已经回来了。

艾蒂安的房间里没有灯光。他在发现她的信之后出去了吗？他在她家门口等她吗？她转身，沿着街边走，不是很放心。如果他想甩掉我怎么办？

克洛蒂尔德走过尼娜家，低着头加快了脚步。家里里里外外一个人都没有。

这三个人能在哪里？他们藏在哪里？他们在哪里安慰尼娜？

当她疲惫不堪地回到家时，已近午夜。始终没有看到一个人。艾蒂安看过她的信吗？除非他认出了信封上她的笔迹，在这种情况下，像所有的懦夫一样，他可能推迟打开信封的时间？甚至直接扔掉，看也不看就把信撕了？

克洛蒂尔德怀着沉重的心情回到自己的房间。她长久地寻找着一个信号，一个移动，街上的一个人。没有。

她懒得去卫生间或脱衣服，躺在床上很快就睡着了。

*

8月14日星期天和8月15日星期一。她休息两天。十分惶恐。拉科梅尔空空荡荡，被高温压垮了。所有的商店都关了门，拉上窗帘。

只有市政游泳池是开放的。但她不会踏足。她那空空的大肚子会把自己暴露出来。她拒绝外出。她待在家里等待电话或访客……

她的母亲很担心，发现她很焦虑。试图与她交谈，白费功夫。母亲建议她利用这两天的假期去她想去的地方玩。

"要不我们在瓦伦西亚附近的小旅馆订个房间吧？你爸爸找到了一个有按摩和游泳池的好地方。只有两个小时的车程。"

"不用了，你们自己去吧。"

"我们不会丢下你一个人的，亲爱的。"

"我愿意。我想我也正需要这样。我打算在搬家前开始整理东西。"

她被第戎大学体育管理专业录取。她的高考成绩为十九点五分，她将是班级里的佼佼者。

做蠢事的佼佼者，是的。

她不会去第戎，也不会去其他地方。她会走得很远。正如万一艾蒂安拒绝她和孩子，她曾经所做的计划。现在没有孩子了。所以即使他以为她怀着孕，他还剩下什么要做呢？最终，她的肚子会像太阳下的雪一样融化，艾蒂安会永远离开她。

她在屋子里团团转。没了计划，没了未来，没了艾蒂安·博利厄。她大吃大喝以保持体重。吞下沾有酱汁的面包和肉饼。

电话响了。艾蒂安，终于等到了！但那只是高中时的一个小姐妹。

"尼娜·博外公的葬礼定在星期三，你去吗？"

"是的。"她听到自己说。

"你打算穿什么？"

真是个笨蛋。这又不是去4号俱乐部或参加法国小姐竞选。我的想法是对的，这些女孩都应该被扔进垃圾桶……

"我不知道。"

"到时候天肯定会很热。"

"肯定的。"

"而且肯定会很伤心……"

对方继续叽里呱啦，克洛蒂尔德已经不在听了。现在她可以确定了：三天后她将见到他……这个白痴说得不无道理，她该穿什么衣服、怎么化妆、梳什么发型？克洛蒂尔德在对方提问时回到了谈话中。

"你有艾蒂安的消息吗？"

"是的。"克洛蒂尔德撒谎说，"他每天都给我打电话。他提前结束假期回来安慰尼娜。这个打击对她来说太大了。"

"可怜的人，你一定也为他们感到难过吧。"

"非常。我得挂电话了，楼下有人在敲门，应该是艾蒂安。"

克洛蒂尔德挂断了电话。

8月16日星期二，她心情沉重地去上班。老板指出，她的脸色很糟糕。

"你本该利用休息时间晒晒太阳。"

克洛蒂尔德没有回答，折着餐巾纸，看着窗外，也许他会来。他已经回家三天了，她没有任何消息。

真是个混蛋。人们说在爱与恨之间只有一步之遥。这不对。只有小小的一步。

时间过得很慢，客人很无聊，她想把这一切都抛开。在离开之前，克洛蒂尔德预告道：

"明天我不能来，我要参加一场葬礼。"

"啊，那个可怜的邮递员……但这场葬礼不会持续一整天吧。"

"对我来说，是这样的。"

他的老板做了个怪相，仿佛在说："那你让我该怎么办呢？"但他并不坚持，他从来没有遇到过如此能干的女服务员。端盘上菜、收银，与客人打交道，如果要给她打分，尽管她的情绪波动很奇怪，但克洛蒂尔德·马莱依然是样样出色。如果由他决定，他会整年留着她，但他不抱幻想，这孩子不会留在他身边。即使给她高于最低工资的薪水、午餐券和年终奖金，她也还有其他事情要做，而不是整天在这里卖披萨饼。

下班后，克洛蒂尔德直接回家，希望能碰见他。

她不再流血了。她解开绷带，在镜子里看着自己的侧面，她的肚子没有变化。由于克洛蒂尔德很瘦，所以更显突出。

她失去它已经三天了。是个女孩还是男孩？可现在还有什么意义呢？

她做了一个黏土面膜，抹上保湿霜。她把黑色的眼影涂在眼睛的边缘。这样，到了早上，蓝色就会显出来，而她看起来像是没有化妆。上床睡觉时，她在脑海中一遍又一遍地回放她醒来后要做的事。用鸡蛋洗发水洗头，在发梢涂抹香膏，轻轻擦干头发。卷睫毛，涂抹遮瑕膏，一点点腮红，略带虹彩的唇彩，再用纸巾晕开。在身上抹润肤霜，在太阳穴和手腕上喷洒淡淡的香水。穿上灰色棉质T恤，搭配同色长裤，休闲、优雅、低调，还有她的黑色细带凉鞋。不要忘记检查她的脚修得是否完美。没有什么比脚底的硬皮更能成为爱情的杀手。

杀死爱情。

她为自己大声地重复："杀死爱情。"

艾蒂安在做什么？他在哪里？他在想什么？他终于打开了那封该死的信吗？他是什么时候收到的？

复仇。并找出方法。快，非常快。在他知道她已经不再怀孕之前。

*

8月17日，克洛蒂尔德到达教堂广场时，那里已经聚集了不少人。进入教堂，在凉爽中，她松了一口气。她谨慎地整理好头发，试图沿着中央过道找到一个地方以便看见他们到来。她几乎是推开了一个挡道的胖女人。她已等了大约十五分钟，观察四周或与人打招呼，然后所有人都站了起来。管风琴、棺材，接着是尼娜、艾蒂安和阿德里安，手拉着手。就像三个孤儿跟着父母的灵柩。在那一刻，克洛蒂尔德感到心碎了，因为她意识到他们是多么爱对方。她在艾蒂安的心中从未有这样的地位。甚至那个窝囊男孩在他眼中也比她更重要。

尼娜似乎小了一圈，因悲伤而发育不良。阿德里安和以前一样不起眼。至于艾蒂安，被阳光晒褪色的金发，完美的古铜肤色，因为悲痛而严肃的神情让他比从前更英俊出奇。和尼娜不同，他好像又长高了。

艾蒂安没有看到她，他抬头向前走着。他们三人的后面是博利厄和达玛姆家族以及阿德里安的母亲，一个多月前大家在她家庆祝了毕业典礼。那个时候的每个人都无忧无虑。除了她，克洛蒂尔德。因为她有了身孕，而且只有她自己知道。

在整个仪式过程中，艾蒂安一动不动。他不时地看着尼娜，眼神中充满了悲伤。克洛蒂尔德只看到他的半侧面。她想触摸他并对他说："来吧，让我们离开这里。"

在弥撒结束后的广场上，当人群接近尼娜拥抱她时，克洛蒂尔德感到有人抓住了她的手臂。就像在梦中。她不敢相信。

"嗨，你在下葬仪式结束后来我家吗？我母亲为亲戚朋友们准备了答谢酒。"

克洛蒂尔德点头表示同意。而艾蒂安已经回到了尼娜身边。

希望得以重生。如果他要求她去他家，这意味着一切都还没有结束。也许他打算重续他们假期结束前的故事？也许，圣拉斐尔那个躺在他身上的那个金发女郎根本不值一提？艾蒂安就是这个样子，只顾眼前。

她满怀希望，克制自己不在众人面前笑出声来。她正好看到三人上了博利厄家的汽车后座，汽车启动后离开，跟在灵车后面。

她转过身去，没有兴趣理睬那些不去墓地而在吊唁簿前手握着笔留言的人。她瞥了一眼一条条挨在一起的留言，当她读到"我们分担您的悲伤，真诚地表示哀悼，我们永远不会忘记我们同事的微笑"，克洛蒂尔德意识到，她必须拿回自己的信。艾蒂安可能还没有打开它。而且她有足够的时间。

她走到博利厄家。如果仪式结束后要举办答谢酒，一定会有人负责准备工作。那个女佣，她叫什么来着？……夫人……夫人？你能想起来的，再努把力吧，你每次去和离开艾蒂安家时都会遇到她……一个奇怪的姓。一个和情感有关的姓。朗科尔[①]夫人！是的，就是这个。

克洛蒂尔德敲了敲门，回到这里的感觉很奇怪。从假期开始，她还没有来过。自从所谓的人工流产后，他们俩都开始复习功课，下午的爱情也逐渐淡化，直到消失。他们先在阿德里安的母亲家然后去森林湖庆祝毕业的那个晚上，她睡在他家。艾蒂安和她草草完事，他喝得太醉了，没能持续多久，也没有注意到她的肚子和乳房变得更圆了。

她等了几分钟，没有人来开门，她直接进去了。她听到远处有声

[①] 法语为Rancœur，意为"怨恨"，故前一句说"和情感有关的姓"。

音，通往花园的客厅门是开着的。克洛蒂尔德趁机进入室内爬上楼梯，没有遇到任何人，然后她把自己锁在房间里。如果有人问她在那里做什么，她就说是艾蒂安叫她来，让她"像往常一样"等他。

她开始寻找她的信。什么也没有。她打开书桌的抽屉，翻开一些摇滚乐杂志和一本《拉鲁斯词典》，搜索他的书架，一个信封也没有。她看了看废纸篓：只有烟头和一本旧电视杂志。在衣柜里，只有挂在衣架上的衣服和折叠好的床单。

她坐在床上思考。然后她的注意力被吸引到艾蒂安的双肩背包上，它挂在窗帘后面的窗户上。到处都是涂鸦。从高一到高三，学生们不断地用圆珠笔在上面随便乱写乱画。两个徽章，一个是涅槃乐队，另一个是珍珠酱乐队。她认出了自己用黑色记号笔在其中一条背带上写的一句话：比昨日更多比明天更少。

她打开袋子，发现了一些匆忙抄写在双页纸上的课堂笔记，字写得很难看，像一本实用手册，一本封面上印有天鹅绒乐队的《最佳》杂志。但没有信。她最后拿出了1993—1994年的记事簿，艾蒂安在课堂上无聊时在上面画了各种各样的小人儿，而不是在上面写下他的课程表或交作业的日期。他根本就无所谓计划，他所要做的就是像跟屁虫一样跟着尼娜·博或阿德里安从一节课到另一节课。

克洛蒂尔德一页又一页地翻阅记事簿，发现了一张1994年4月29日的印度支那乐队音乐会的门票。她记得艾蒂安想和那两个人一起去，没有她。

那封该死的信在哪里？而她为什么要寄信？她扇自己耳光。如果他没有收到呢？如果邮局因为邮递员之死而一片混乱呢？

"摆脱！"

克洛蒂尔德的目光停留在艾蒂安1994年5月25日潦草写下的字。她花了几秒钟才明白过来。她说不清是"摆脱"这个词，还是惊叹号更让她震惊。

不，让她不知所措的是记事簿上的日期。5月25日是艾蒂安把她送到欧坦医院门口的日子。

他怎么敢？

而且没有拼写错误。他这个错别字连篇的人。

这个该死的大白痴绝对是个混蛋。

如果他收到她的信,那就更好了,反正她已无所谓。她的血很冷。她把记事簿扔进废纸篓,冲出房间,与朗科尔夫人正好打了个照面。

"哦,克洛蒂尔德,你好吗?"

"我很好。"

"你在等艾蒂安吗?"

"是的。"

"我没有听到你进来……我那天在披萨店看到你了……那边还顺利吗?"

"是的。"

"这个可怜的邮递员,太不幸了……留下个小姑娘,她将来的日子怎么过啊?幸亏博利厄太太包办了一切。说到底,让艾蒂安带着尼娜去巴黎是个好办法。她可以换个环境。"

"……"

"外面太热了,你能帮我把花园里的桌子搬进房间吗?"

"好的。"

"你在这里正好,我已经迟了……你可以在其他人到来之前帮我一把。"

当她帮忙进行最后的准备工作时,克洛蒂尔德又看到了写在5月25日上的"摆脱"。这个词不肯放过她。她很想上楼去卫生间,拿出家庭药箱里的那些药物,调制出一种致命的鸡尾酒,倒入艾蒂安的杯子。当他到达时,她刚刚摆好了水果盘和茶点。她甚至在听到他的声音之前就闻到了他的香水味。这就是所谓的对一个人刻骨铭心,期待他的出现。

"我们今晚见面好吗?"他在她耳边说。

摆脱,克洛蒂尔德想。

"在哪里?"她问他。

"我不知道,找个安静的角落。"

"好的。"

克洛蒂尔德去见尼娜。对她说:"听到消息我很难过。"尼娜回答说:"谢谢你。"

克洛蒂尔德没有词了。尼娜也没有,她就像个机器人一样说话。

克洛蒂尔德在沙发上坐下,就在艾蒂安和他"最好的朋友"的旁边。当艾蒂安握住尼娜的手时,她不知道自己的两只手该放在哪儿。她寻找他的目光,但他盯着前面的墙壁。

一个小时过去了,克洛蒂尔德终于起来了。

她建议艾蒂安晚上九点钟在湖边和他见面,老地方,在他们那棵树下。他回答说:"好,到时候见。"

然后就没有了。

博利厄家前面的那条街。滚烫的人行道。她独自回家。

两个星期后,艾蒂安和尼娜将生活在巴黎。她呢?她该怎么办?

她是想活还是想死?

为什么艾蒂安提出今晚要见她?他肯定是想彻底地离开她。

摆脱。

*

她在晚上七点半左右重新从家里出来。她换了衣服,穿着一件容易脱下的衬衫裙,黑底白点,前面有一排瓢虫形状的纽扣。

> 瓢虫小姐
> 上帝的小虫
> 瓢虫小姐
> 飞向天空……

到湖边她得步行一个小时。但愿早日拿到驾照。她从未被允许拥有轻便摩托车或滑板,她的父母说太危险了。

不如爱艾蒂安那样危险。

她穿过拉科梅尔,经过教堂,并穿过最后一个别墅区,该住宅区通向一条乡村公路。一辆从相反方向驶来的汽车放慢了速度,在她面前停下。她没有立即认出那个摇下车窗的司机。

"我可以送你一程吗?"

这是达玛姆的儿子。他今天早上参加了葬礼,下午在博利厄家。看得出他对尼娜·博有好感。克洛蒂尔德很惊讶他没有开那辆跑车,并且出现这条荒凉的路上。他不是那种与拉科梅尔的粗人混在一起的人。

他没有等她回答，掉转了车头。克洛蒂尔德犹豫了一下，然后上车坐到了副驾驶座上。

"你要去湖边吗？"

"是的。"

"这不能算是真正的湖，更像是个垃圾场，不是吗？"他嘲讽道。

"看情况。"

"看什么情况？"

"有一些地方是干净的。"

"你打算去那里做什么？"

"我有个约会。与艾蒂安。"

"啊。你和他约会很久了？"

"九个月。你呢？你在和尼娜约会吗？"

"或多或少吧。"

"多？还是少？"

"随着她外公的去世，少了。而且他们就要离开了。你的男人会带她去巴黎。"

"你看起来很伤心。"

"你也是。我们是一样的。"

"他们的故事中没有我们的空间。他们是三个人。他们会永远是三个……既然你不喜欢这个湖，你是从哪里过来的？"克洛蒂尔德问。

"我跟着骑摩托的艾蒂安。"

"你为什么要跟着他？"

"想杀了他。"

"你在开玩笑。"

"是，也不是。你难道不想杀了他吗？"

"是的，有时候。"她承认。

"你看，他伤害了所有人。"

"他为什么要伤害你？"

"尼娜。"

"但尼娜和艾蒂安之间没有那种关系！"

"你竟然这么幼稚……我把你在这里放下吗？"

埃马纽埃尔·达玛姆将克洛蒂尔德·马莱在路边放下，就在艾蒂安的摩托车旁边，随后立即离开了。

艾蒂安仰面躺在他们的那棵树下。一棵地标性的树，树皮上刻着心形和名字的首写字母。但不是他们的。太老套了。高高的草将他半遮半掩。她可以分辨出他的头发和衬衫。他一动不动。突然间，她想知道达玛姆是否伤害了艾蒂安。这家伙太奇怪了，他毕竟刚刚说过，跟踪艾蒂安是为了杀他。

克洛蒂尔德小心翼翼地接近艾蒂安，一种强烈的忧虑油然而生，但不是她来到这里之前所想象的那种。艾蒂安一动不动，闭着眼睛，旁边放着一包开胃饼干和一瓶威士忌。当他睁开眼睛时，她停顿了一下。她趴在他身上亲吻他，忍不住又看到了圣拉斐尔的金发女郎，她想扯掉他的舌头，可这是下一步。首先，应该游戏，不是玩乐，是游戏。

她问出了灼伤她嘴唇的那个问题：

"你没有收到我的信吗？"

"什么信？"

她立即看出他没有说谎。

艾蒂安盯着她，她从他眼中看到的东西令她不悦。他没有恋爱中男孩的眼神，而是显得相当尴尬。

摆脱。

她告诉他，她想去游泳，天太热了……她回到尼娜外公的话题。她说得越多，艾蒂安的眼神就越冷酷。她觉得他要离开，要逃离她。于是她使出了所有手段，她抚摸着他的敏感地带，她对此了如指掌。他立即有了反应。一个不光彩的胜利。艾蒂安是个容易的男孩。很难留住，但很容易满足。

他们回到摩托车上，奔向森林，消失在人们的视线中。

他们同时脱掉衣服，他快，她慢，必须控制好惊奇的效果。

他潜入水中，远离岸边，游得很远，有时转过身来观察她。她背对着他，解开她的绷带，想：如果我们都在这里淹死了呢？就像在希腊悲剧中一样。和他一起死将是最美丽的结局……她已经想象到了标题：《悲惨意外，一对恋人丧生》。

他们将被埋在一起。他们两个人的名字将永远并排刻在一起，就像罗密欧和朱丽叶。"艾蒂安·博利厄和克洛蒂尔德·马莱安息于此。1976—1994。"

但如何将艾蒂安引诱到波浪之下？他比她强壮得多。他必须是嗑了药或喝得大醉。

她从远处看着他，等到他的头没入水中时才跳下去。她向他游去，过分大声地笑着，她故意这样做，想到他发现她的肚子时的表情，她无法忍住神经质的打嗝。

她在湖中央与他会合，想着他可能会让她消失，淹死她，以此来摆脱她——这一次，一劳永逸。除了尼娜和达玛姆的儿子之外，没有人知道他们今晚在一起。

这样结束更好。

"我有个惊喜给你。"她轻声说。

克洛蒂尔德潜入水底，游了几下后又浮出水面换成仰泳。结果一定很壮观，她边想边把肚子鼓到最大。

她看到艾蒂安在见到她的腹部时脸色大变。她看到他在全速回放5月25日那一天，并意识到他被愚弄了，他太愚蠢了，他本该有所疑心。

他无法说出一个字，而她却假装兴高采烈的样子，用挑衅的眼神看着他，嘴上挂着傻笑。她希望他能扑向她，压住她的头，把她瓦解掉。她设计了第二个更可怕的假设：他杀了我，在监狱里度过一生。最美丽的复仇。

但是事情从不会按人们所想象的那样发生。他在水底消失了。她很害怕。她叫他。她喊着他的名字，当他再次出现时，他已经接近岸边了。

胆小鬼，又一次逃走了。

她鼓起所有的力量以自由泳追赶他——她的体育高考十九点五分，专项是游泳。

在几秒钟内，她抓住了他的脚踝，使他无法出水。她回想着达玛姆的话："你不想杀了他吗？"

但艾蒂安对她来说太强大了。他挣扎着上了岸，仿佛有魔鬼在追赶他。

她紧紧抓住一条树根，也爬了上去。艾蒂安的眼睛里只有蔑视。

此外，他并没有盯着她的肚子，而是盯着她，脸因眼中的恨意而扭曲。

克洛蒂尔德输了。

她突然哭了起来。

"别担心，我不会要求你什么。没有人知道，甚至我的父母也不知道。"

她抓起她的包，给他看她积蓄的钱。

"你看，我有很多钱，我要离开这里。"

"去哪里？"他问。

"我还不知道……今晚，我们两个人的这个约会，是为了甩掉我，不是吗？"

她失去了理智，让他头脑发昏。他无法忍受她。他恨她。如果她继续抱怨，他就会离开，她将永远无法再见到他。她必须冷静下来，找到一种方法来留住他。即使这意味着用石头砸他。她几乎要告诉他真相，她失去了胎儿，大自然成全了他。

"妈的，可我还不到十八岁呢……你为什么这么做？"艾蒂安在喝了几大口威士忌后呻吟道。

"我没有勇气去堕胎。"

"我不相信你，克洛蒂尔德。说你想缠住我。但不要给我任何关于勇气的废话。"

她迅速地穿好衣服。她的肚子，在水中能掩饰过去，但现在她害怕了，她感到空虚。

他的屁股坐在草地上，卷了根大麻。他的手在颤抖。

她在他旁边坐下来。

"当我们的父母发现时，他们会发疯的……你的和我的。"他说，用舌尖打湿了卷烟纸。

"我将在他们知道之前离开。"她向他保证。

"可是老天啊，你想去哪里？"

她微笑。

"我一直都会自己想办法的。"

"我不想要孩子。我从来没有想要。永远不会想要。你偷了我。真让人恶心。"

"你呢，你想离开我就不恶心吗？"

他闭上了眼睛。她感觉到,明白自己激怒了他。她想最后再做一次爱。拖延时间。现在,她不在乎自己的死活。对她来说,唯一重要的事情是触摸他。看着他到达高潮。她有这种别人所没有的天赋。和她在一起,他能得到满足。她知道如何激起他的欲望。他躺着,她用灵活的手在他的身体上移动,他把她推开,一次,两次,最后便由她去了。她长时间地爱抚他,观察他勃起的性器,操纵它,他的呻吟声越来越大,他的呼吸变得激动起来,他在克洛蒂尔德的手中达到高潮。他的眼皮仍然闭着,他没有再说话,熄灭的卷烟躺在几乎空了的瓶子旁边。

这是世界末日的结尾了。她想。他甚至没有看她一眼。她让他感到厌恶。她因妊娠而变形的身体令他反感。他才十七岁,他想要的是女孩,而不是一个胖女人。

她看着艾蒂安打瞌睡。他的呼吸充满了酒精的味道。嘴边有糕点碎屑。他也让她感到厌恶。

天依然很热,但她突然感到寒冷。她想回家,回到她的房间。不,不要我的房间。不要我的浴室。不要抽水马桶。她不想再看到她的父母或任何人。

她再次穿上衣服,脚上和腿上都有干泥巴。我很脏。

她穿过森林,寻找通往拉科梅尔的田埂路。她以地平线上的灯光为参照物。在林中走了大约十分钟,树叶在脚下沙沙地响着。远方,在另一个岸边,传来人声和电声音乐。

一旦她找到了路,再走两公里就能看见第一批房子。

步行一公里,磨损,磨损,步行一公里……没必要解释,这个故事已经结束……

她不会再见到艾蒂安。也许在几年后,他们会在超市的过道上,或者在拉科梅尔兼卖烟草的酒吧门口碰到对方,他们会说:"你好。""嗨,你好。这是我的丈夫。""你好,很高兴见到你,这是我的妻子……你好吗?你做什么工作?……回见。"

真的结束了。结束了,她在到达土路时这样想着。

她跨过了将道路和森林分开的沟渠。她听到身后有车声。一辆汽车从湖边驶来。是达玛姆的儿子吗?也许他跟着他们。也许他看到了水中的他们,然后,当她……她的脑海中一切都变得黑暗。

第三个假设。她被发现死亡,被一辆汽车碾过:是普通的交通事故还是自杀?她破坏了艾蒂安·博利厄的生活,他感到内疚。才不会呢,他很快就会恢复正常。

克洛蒂尔德感到非常疲惫。

> 如果一切重来
> 我们仍会这样做
> 这只是,只是
> 地球上的一个星期六晚上……
> 他到了,她看着他,想要他
> 他的眼神做了剩下的一切
> 她设法在每个动作中
> 点起火焰

该死的歌……今天是星期几来着?星期三。啊,是的,孩子们放假的日子。我怀孕的日子……

扬起一片尘土的汽车很快就会到达她身边,克洛蒂尔德转身飞快地走着,她预测了距离,但没有发现司机突然踩了油门。

五米,四米,三米,两米,她飞了起来。

81

2003 年 1 月 2 日

有人在敲小屋的门。两只狗在吠叫。

三声干脆的敲门声。莉莉从不这样做。她知道尼娜生活在恐惧之中,如果有紧急情况或需要传递的信息,她会通过大喊来宣布:"是莉莉!"

是谁刚刚潜入收养所?上午九点,收养所不对公众开放。至于员工,他们似乎仍然没有怀疑有人藏在这间小屋里。

尼娜不敢动。她仍躺在床上,因为服用了前一天医院开的止痛药而昏昏欲睡。她把被子拉到下巴。敲门声又一次响起。然后再次响起。

她握紧了拳头,忐忑地喊道:

"谁啊?"

"是我。"

尼娜认出了这个声音,平静下来,呼吸顺畅了。

她站起来,穿上一件长长的毛衣,脸部因为伤口的疼痛而抽搐。当她走近那条狗时,它受到了惊吓,尼娜比任何人都更清楚恐惧会产生的后果。

她用手捋了捋头发,打开了门。

艾蒂安的巨大身影出现在门框中。他的香水。尼娜想投向他的怀抱,但没有动。她最后一次见到他时,他很生气,把她独自丢在里昂的一家小餐馆。

他们没有拥抱。他进屋。观察房间,在工作台前徘徊,那里摆放着刷子、胶水、纸、颜料管、铁丝、珠子、马赛克……一盏底座刚重新刷过的床头灯被晾在中间。

"这是我的工作,"尼娜说,似乎在为这个奇怪的混乱局面辩解,"我为收养所做些小玩艺儿……你是怎么找到我的?"

"一个线人。"

"还有呢?"

"医院……"

艾蒂安看着尼娜脚踝上的绷带。她穿着一件长毛衣,双腿露在外面。他发现她和他刚认识时一样,瘦瘦的,手臂和手腕很纤细。她的身体和脸庞已恢复了优雅。但她住在贫民窟,与狗为伴。这个地方近乎悲惨世界。他不敢告诉她。如果她的脚踝上没有绷带,她看起来几乎就像是刚刚度假回来,比他上次见到她时要平静得多。那时,她和那个怪人生活在堡垒般的环境中……

"你实际上从未离开拉科梅尔,"他开口了,仿佛是在自言自语,"你就在这里头待了……两年了?"

"两年又两个月。"

"这很疯狂。"

"我担心他会找到我。"尼娜坦白道。

"达玛姆?"

"是的。"

"我会处理好的。"

尼娜的脸色变了,她变得紧张、慌张。

"没有人能够对付疯狂的人。警察也不例外。千万不要去找他。他能让你说出我在哪里……你发誓?"

"嗯。"艾蒂安不情愿地说道。

"谢谢你。"她说,双手合在一起。

她走到她的水壶旁,抓起两个杯子和袋泡茶。艾蒂安不敢说他不想要。

"你有阿德里安的消息吗?"她问道。

她在艾蒂安的眼中看到了一丝丝的嫉妒。他刚到,她已经在和他谈论另一个人了。

"听说他一时兴起放弃了一切。巴黎,他的剧本,上流社会的生活。据露易丝说,他在旅行。有时她坐飞机去看他……你知道,他们一直都很奇怪,难道就不能像其他人一样结婚生子吗?"

"你为什么来这里,艾蒂安?"

"来看你。上次因为克洛蒂尔德的信,我失去了理智……我很内疚……因为那以后你就离开了……在你有困难的时候我袖手旁观……你是怎么谋生的?"

"我不用谋生。"

艾蒂安不相信地盯着尼娜。

"我的花费不多……我想卖掉我的首饰,但莉莉不愿意。莉莉是这个收养所的负责人。她是我的朋友。她救了我。她趁打折的时候每年给我买两三件衣服、牙膏和肥皂、头痛时吃的阿司匹林。我在她家洗衣服。她有一个菜园,我可以随时去摘蔬菜。她为我做罐装蔬菜和蛋糕。作为交换,我帮助她管理这个地方,制作各种小物件,在开放日出售。"

"但你打算一直待在这里吗?"

"我不知道。"

"可是,尼娜,这不是生活!"

"这是我的生活。"

"你活得像个逃犯!但你没有干过坏事!"

"我做过,嫁给埃马纽埃尔·达玛姆,我的确做过些坏事。"

"你当时才十八岁了!你刚刚失去了你的外公。"

尼娜递给艾蒂安一杯茶,看着外面。陷入沉思。

"你能让玛丽-劳尔到墓地去看看吗?谢谢你了。我不能再去看外公了,我希望她能去看看是否一切正常……有时能去放些鲜花……但是,你没有见到我。你不知道我在哪里。"

"尼娜,你不能待在这种境遇里。"

"这种境遇,它很适合我。我在这里很好……艾蒂安,凭我对你的了解,我知道你对这个地方的看法,还有当你看着墙壁、水管、腐烂的窗户时你眼中的厌恶,但你不知道在这里有多好。当然,我很想在城市里自由走动,坐在露台上喝一杯咖啡,但我觉得自己还没有准备好。我知道埃马纽埃尔在找我,我能感觉到。这有些不可理喻,你一定认为我疯了,但只要莉莉在我身边,我就感到安全。"

"你的莉莉,她的名字叫爱莉安·福隆……你知道她以前是个妓女吗?"

"……"

"她甚至坐过牢而且……"

"我想你该走了，艾蒂安。"

"你不要介意，尼娜，但承认你确实善于把稀奇古怪的人聚拢到身边吧。"

"是的，我介意。你来这里是为了缓解你的良心压力吗？如你所见，我很好，你可以回里昂去了。不要玷污唯一向我伸出援手而不期望任何回报的人。"

"直到有一天她让你去站街吗？"

"走吧，艾蒂安。"

"随你想怎么样。"

"我想你离开。谢谢你来看我。"

"你的臭脾气一点没变。"

"我做我能做的。"

尼娜后悔了。她想留住他，希望他再次坐下来。从零开始这场对话。艾蒂安无疑是来帮她出主意的。他的做法无疑是出于善意。她必须温和地说服他，她不打算离开这里。

"我遇到了心上人。"他在门口说。

"我为你感到高兴。"

"你可以随时给我打电话……我没有改变我的号码……"

"我不再开手机了。"

他们最后一次凝视着对方。尼娜将一只手放在艾蒂安的脸颊，他抓住她的手并亲吻了她的手指。

*

艾蒂安沿着狗舍走着。两个年轻人用水枪清洁地板，一个遛狗的女人将一条像是杂种苏格兰牧羊犬拴好后向外走去，艾蒂安读着拴在栅栏上这条狗的档案：**黛比：混种德国牧羊犬，雌性，已绝育。出生于1999年，2001年入收养所。**还有两条狗在吠叫，摇着尾巴。

当他经过出口前的办公室时，莉莉叫住了他。

"您见到尼娜了吗？"

"是的。"

"她对您说她很害怕？"

"是的。"

"您是他的朋友艾蒂安吗？"

"是的。"

"您就是那个警察？"

"是啊。"

"您会采取办法把那头野兽关起来吗？"

"不。"

"您还在等什么呢？让他来杀她？"

"我不需要听从您的命令。我知道您是谁，做过什么。"

"我所做的事只和我自己有关。年轻人。"

艾蒂安立即后悔自己说了不恰当的话。他埋怨的是他自己，而不是这个可怜的女人。

"对不起。"

"您被原谅了。"

"……"

"她是个好女孩。当我遇到她时，她看起来非常痛苦。不要只是站在那里，进来喝杯咖啡再走吧。"

艾蒂安跟着她。他在莉莉对面一张破旧的扶手椅上坐下来。她收起一些文件，将两只热气腾腾的杯子放在办公桌上。爱莉安·福隆身穿绿色尼龙长裤和带有黄色和粉色流苏的长毛衣。她把头发挽成一团，用一个黑色的大夹子固定住。

"您看了我的犯罪档案记录？"

"是的。杀人未遂。"

"一个卑鄙的人渣。"

"我不是法官。"

"是的，您是的，年轻人。您刚刚对我说您知道我做了什么时，用的就是检察官的口气……"

"……"

"但已经被原谅了，我刚才对您说过了。"

"您怎么会来到这里？"

"我十年前出狱。我的监狱辅导员为我在拉科梅尔找到一份工作。在麦哲伦工厂做清洁女工。后来因为一条受虐待的狗，我认识了收养所的前所长，我接替了她的工作。总而言之，狗曾救了我的命。所以现在轮到我来救它们。"

"您为什么要帮助尼娜？"

"她看起来像我过去认识的一个女孩。那个女孩，她被杀死了……当我尝试干预时，她的皮条客已经让她消失了。您知道，我能从女孩的眼睛里读出恐惧，而尼娜就是其中之一。"

艾蒂安握紧了拳头。他意识到自己的表现很差。一个表面的朋友而已。

"您想杀的那个人是谁？"

"我的爱人。"

艾蒂安对莉莉的回答感到惊讶。他认为她会说"我的皮条客"或"我的情夫"。她突然笑出声来。

"看看您的表情！我开玩笑。那是个混蛋，我告诉您。一天早上，因为一句恶语或一记无法承受的巴掌，我给他放了血。他后来康复了。我给他留下了一条漂亮的疤痕。之后，恶有恶报，他被一颗打偏的子弹击中。您可能会说，他出现在错误的时间和错误的地点，但我认为老天有眼，选择了正确的地点和正确的时间了结了他的一生。"

82

2017 年 12 月 29 日

　　下巴顶在弯曲的膝盖上，我们三个人并排坐在前往巴勒莫的渡轮的甲板上，享受阳光。艾蒂安在左，尼娜在中间，我在右边。背靠舷墙，我们任自己在温暖的空气中微微摇晃。大海似乎在看着我们。
　　"一百年前，曾经发生了第一次世界大战。"
　　"你真怪，尼娜……哪儿跑出来的念头？你没有变，用我儿子的话说，我很'稀饭'你。为什么你会想到第一次世界大战？"
　　尼娜微笑着迎接阳光。
　　"我不知道，战壕，时间的流逝……当我们三个人不再祝愿对方的生日以后，我觉得时间很长。第一次发生时我的大脑里曾经一片空白。所有那些标志着一年的事件，后来就什么都没有了。而在以前，我们无话不说。"
　　"我对日期从来没有记忆。"艾蒂安对我们强调说。
　　他点了一支烟。我看得出，尼娜极想阻止他，想对着打火机的火焰吹气，但不敢。
　　而我，我像往常一样，什么都不说。这种沉默让我很自在。我知道，艾蒂安和尼娜都不会问我为什么不说话。这就是所谓的相知相识。
　　"你们为什么要陪我？你们为什么要为我做这些？"艾蒂安问我们，"归根结底，我曾经对你们两个人都不忠诚。"
　　"不忠诚？"尼娜感叹道，"2003 年 1 月 2 日，也就是你来收养所的那一天？我不知道你做了什么或发生了什么，但这一切都过去了。"
　　"你们俩在说什么呢？"
　　"我给你打电话的那天，"艾蒂安回答说，"你和我妹妹在卡利亚里。就在这附近。你还记得吗？"
　　"我怎么会忘记呢？那是我最后一次和你说话，直到四天前。"

"那天你们互相交谈了吗?"尼娜问道,她用两只手捂住嘴,就像一个做错事被抓住的小姑娘。

作为回应,我只是对她笑笑,继续回到我的沉默中。

艾蒂安闭上眼睛,伸开双腿。

他想起了爱莉安·福隆的眼神——莉莉,尼娜这样叫她——在收养所的办公室里,两颗绿色的眼珠盯着他。她让他明白,是"照顾"埃马纽埃尔·达玛姆的时候了,这样尼娜才能重新获得一丝生机。

当他离开收养所时,艾蒂安给阿德里安打电话,没抱太大希望。阿德里安立即接听了。

"我以为你已经换了电话号码。"这是艾蒂安说的第一句话。

自从他们在拉洛兰餐厅激烈冲突后,两人就再没见过面。

"为什么要换?除了露易丝和我的前出版人,没有人会给我打电话。"

"主要是我以为你不会接我的电话。"

"如果你给我打电话,就是为了告诉我尼娜的情况。否则你不会给我打电话。你有她的消息了,是吗?"

"是的。而且还刚刚看到了她。她本人。"

"她在哪里?"

"你不会相信……"

艾蒂安最后一次来到达玛姆的庄园时,是1998年世界杯决赛当晚。为什么那天他没有把尼娜带走?是什么阻止了他?她看起来已经很不快乐了。

2003年1月2日,艾蒂安在上午十点钟见到了待在家里的埃马纽埃尔,他衣衫不整,憔悴不堪,独自一人。留着几天未刮的胡须,穿着汗衫短裤。他看起来很可怜。

"你是来祝我新年快乐的吗?"看到艾蒂安时,他嘲讽道。

"你为什么要把自己置于这样的状态?"

"爱。"他冷笑道,"你知道尼娜在哪里吗?"

"忘了她吧。"

"永远不会。"

"为什么?既然她要离开你,就是希望你忘记她。"

"也许吧,但我想看到她。"

"你该从今以后彻底了结这事。"

"你来就是要告诉我这些废话吗？"

"你可能会有麻烦。大麻烦。"

"什么类型？"

"很确定的类型。"

"你在威胁我吗？"

埃马纽埃尔手舞足蹈地大喊大叫，而且声音越来越大：

"艾蒂安·博利厄在威胁我！艾蒂安·博利厄在威胁我！……"

"我知道她为什么要离开，你太可怕了。"

埃马纽埃尔停止了他的表演。一段长长的沉默。然后说：

"那么……你知道尼娜在哪里？来吧，说吧……说吧！说吧！说吧！"艾玛纽埃尔号叫着，像个歇斯底里的孩子般上蹿下跳。

艾蒂安坐在沙发上。一切都在按计划进行。

"为什么是今天？你为什么要到我家来？你见过她？你知道她在哪里？是的，就是这样，该死的！承认你知道！"埃马纽埃尔吼着，接着用自己的拳头开始砸墙。

"该死的神经病……"艾蒂安从牙缝中嘶吼道。

埃马纽埃尔突然恢复了他的严肃。

"我讨厌你，博利厄，你和你的道德……总之，我要卖掉我的公司，离开。"

"去哪里？"

"还没有决定。很远。非常远。你是对的，我必须忘记那个婊子。"

听到他侮辱尼娜，艾蒂安强忍住才没把对方揍个头破血流。

"你知道克洛蒂尔德·马莱失踪的那晚，是我把她带到了湖边吗？你到处说她没有赴约，但我知道你撒谎了……是我把她在你的摩托车旁边放下……"

艾蒂安假装不相信。但这人直接击中了他的要害。对方无疑在用假话套他。这个疯子怎么会在8月17日晚上遇到克洛蒂尔德？埃马纽埃尔猜到了艾蒂安的困惑：艾蒂安准备了各种可能，除非……

"你对那个可怜的女孩做了什么？"埃马纽埃尔问。

"我不是来谈克洛蒂尔德的，而是尼娜。"

"你不相信我，是吗？但我可以描述她那晚穿的连衣裙，黑色带白色圆点。前面有一排纽扣，红色的瓢虫纽扣。她的脚上穿着白色网球鞋。我记得，因为我当时想，在那里溜达穿白色不合适。"

"你是个骗子，"艾蒂安反驳道，"每个人都知道她穿的是什么……这个都在寻人启事上……而你为什么要去那个地方？在你的花园中间有一个奥林匹克游泳池……你从来没有去过湖边。"

埃马纽埃尔·达玛姆的脸上挂着邪恶而悲戚的笑容。艾蒂安不知是该怜悯还是厌恶他。这个花花公子身上不再有任何优雅的东西，显然正在遭受殉难之苦，对任何事情都无法控制。他眼神空洞地看着艾蒂安，迷失在自己的思绪中。

"这是我第一次意识到你的姓名里有'博'这个字。"

"……"

"葬礼那天，我看到你和那个基友在下午到达尼娜的外公家。我等着，然后你一个人离开。我不知道为什么，但我跟着你，我看到你回到家里又出来，骑上你的摩托车。我当时只有一个念头：我只想把你撞到山沟里。我跟在你后面，开的不是我的跑车，而是一辆公司的车。我好几次都差点撞上你……永别了，博利厄。如果我没有这样做，那是因为尼娜的外公。这将意味着一下子死了太多的人。我担心她会受不了。然后我看到你躺在湖边的草地上，嗯，事实上躺在公共垃圾场旁，像个酒鬼一样喝威士忌。然后我突然清醒了，我问自己在这里做什么。在回拉科梅尔的路上，我遇到了在路边行走的克洛蒂尔德·马莱。我掉转车头让她上车。她告诉我和你有个约会。可以看出她疯狂地爱着，就像脸上明摆着的鼻子。"

"是你伤害了克洛蒂尔德？"艾蒂安听到他自己的声音。

"我对她造成的唯一伤害是把她放在你的摩托车旁边。你并不干净。所以别跟我讲大道理！"

"你一直在我们旁边？你一直在监视我们吗？"

"没有，我回到了这里。"

"你撒谎。"

"我对你们俩根本没兴趣，当时我唯一关心的是尼娜。我必须待在家里，以防她需要我。那时候，你知道，没有移动电话。我们曾经在固定电话旁一等好几个小时。奇迹就这样发生了。就在我以为再也见不到她的时候，她给我打电话，让我去她家接她。她和那个基友单独在一起……"

"不要再这样称呼阿德里安。"

"为什么?你对他有好感吗?尼娜对你来说还不够吗?"

埃马纽埃尔笑出了声。痛苦的笑声,让他的脸扭曲成畸形。

"说到克洛蒂尔德·马莱,你知道是我定期给警察打电话告诉他们那晚她和你在一起吗?"

艾蒂安忍住没有扑向他。这个人不是疯子,而是变态、操纵狂。然而,他的坦白几乎让他松了一口气。他常想,那个向警察告发他的陌生人是他自己的父亲。这个父亲不喜欢他,可能到了指控他的地步。

"当人们重提这事时,也是我给电视台打了电话。"达玛姆继续高谈阔论:"我一直想看到你最后进监狱……当我想到你成了警察的时候。你是个骗子,博利厄。来吧,承认你杀了克洛蒂尔德·马莱。"

艾蒂安乱了方寸,忍不住回嘴:

"我不是疯子,我不恐吓女孩。事实上,她们中可没有人离开过我。不像你。"

埃马纽埃尔从煤气灶上抓起一个煎锅,狠狠地朝艾蒂安打去,用力之猛竟使对方失去了知觉。艾蒂安之前丝毫没有注意到……

当他清醒过来时,艾蒂安发现自己躺在血泊中。眉框处有个两厘米的裂口。埃马纽埃尔已经走了。艾蒂安给自己止了血。他被自己气疯了,他为什么要招惹这个混蛋?艾蒂安找遍了房子里的每一个房间。他甚至打开卧室的柜子,发现一切有关尼娜的痕迹都被抹去了。

同时,他对自己说,他逃了也好,这种袭击也是一种幸运:对公共权威的代表施暴,艾蒂安可以逮捕他。前提是他能抓到他。

达玛姆就在那儿,在厨房里,站在橱柜旁,脸色铁青,心不在焉,手里拿着一杯水。

现在是摆脱一切的好时机。

"我知道尼娜在哪里。"

埃马纽埃尔看着艾蒂安,仿佛他是魔鬼。这是他等待了两年多、像疯狂的猎人般一直在寻找的,可他似乎不想再听到了。仿佛到达路的尽头,他的追求就会结束。

他坐下来,手里拿着水杯,像一个等待判决的罪犯。而艾蒂安开始慢条斯理、居高临下地说话。一边斟酌用词。

"我刚刚追踪到了尼娜的踪迹,这要感谢一位线人。她住在离这里三百公里远的地方。而且……我相信她很幸福。她和一个比她大十岁的男人生活在一起……他们有一个孩子。一个九个月大的男孩,叫利诺。他们的第二个孩子将于明年春天出生……尼娜在工作中遇到了她的伴侣。"

埃马纽埃尔有大喊的冲动:"但我才是她的丈夫!"但很快意识到不是,他已经什么都不是了。

艾蒂安继续说,带着刀刃越割越深的感觉。

"她在一间绘画修复工作室工作。这是她的梦想。你知道,她总是喜欢画画……我很抱歉……我从来没有喜欢过你,达玛姆,但你应该知道真相,我很清楚你过得很痛苦……因为一个不再存在的人。尼娜已经放弃了你,放弃了我们,阿德里安、我的父母、我、拉科梅尔。我们永远不会再见到她了。"

"她住在哪里?"埃马纽埃尔有气无力地问。

"在安纳西,一座邻近湖边的漂亮房子……我去核实过了。这让我很震惊……我从远处看到她,怀孕了,很美。她用婴儿车推着儿子散步,有一条用链子牵着的狗……她已经忘记了过去。像她那样做吧。你们之间已经结束了。"

埃马纽埃尔以胎儿的姿势躺下,膝盖弯曲靠在胸前,开始哭泣。他曾想象妻子迷失了方向,独自一人,懊悔并因恐惧而颤抖着。他从没有设想过这种情形。另一个男人,两个孩子,一条狗……她在新的生活中把自己封闭起来。找到她,杀了她,自杀,对他来说突然显得很不协调。尼娜,他的尼娜,顺从而惊恐,不能生育又嗜酒如命,已经死了,下葬了。那个安纳西的有两个孩子的女孩,不再是她了。

回到车上时,艾蒂安给阿德里安打电话宣告自己的计划已经成功。但阿德里安没有接电话。

离开收养所,在去埃马纽埃尔·达玛姆家之前,艾蒂安和阿德里安一直在电话中想办法。

他们必须找到一个解决方案,将尼娜从她丈夫那里解放出来。要让他被杀,不可能。杀死他,不予考虑。通过让他相信尼娜死了来唆使他自杀,那也行不通。给他一个波利尼西亚的假地址,希望他不要回来,那是做梦……

阿德里安想到了办法：只要让埃马纽埃尔相信，尼娜已经重建了幸福的生活，拿她的丈夫和孩子做挡箭牌。阿德里安向艾蒂安口述了这些话：安纳西湖、爱人、孩子们、狗、婴儿车、春天、修复画作，所有这些都是达玛姆没能提供给他妻子的。他永远不敢面对这个现实，也许会因此放弃任何寻找她的想法。

"看得出你是写书的，你。"艾蒂安心花怒放，"妈的，好办法。"

此后，阿德里安和艾蒂安再也没有见过面或交谈过。

83

2017 年 12 月 29 日

贝纳尔·罗伊一直是个普通人。上小学的时候,满分十分中他得五分,上中学时满分二十他拿十分。他不希望引起别人的注意。如果贝纳尔·罗伊参加智商测试,他应该属于智商"正常到中等"那类人群。

在中学里,他上完初二后选择了技工方向,初中毕业后拿到了机械职业能力证书。

他十六岁那年,他的老板——拉科梅尔的一个修车铺老板,因为他多次迟到而解雇了他。贝纳尔抽太多的大麻,这使他很难睡醒。

1994 年底,贝纳尔进入制造汽车零部件的麦哲伦工厂,在生产线的末端从事质量检查工作。先是做临时工,然后签了长期合同。随后是二十三年波澜不惊的生活。其间他经历了工厂裁员和自愿离职。他省吃俭用,开了一个储蓄账户,买了一所小房子,还贷款买了一辆车。

上中学时,他听"碰撞"乐队的歌,穿印有"性手枪"乐队的 T 恤,但他不记得具体原因。当他的孩子问他:"爸爸,你年轻的时候是什么样子?"贝纳尔回答说:"很痛苦,大家都说我自以为是国王。"[①]

十几岁时,贝纳尔在拉科梅尔游乐场遇到一位吉普赛老妇人,当她拉起他的手时,他没敢拒绝,她预言他婚姻幸福,有两个孩子,但在十七岁那年会有事发生。"很模糊,很突然。"她的眼睛瞪得大大地看着他的掌纹,说完后向他要了十法郎。

贝纳尔把这事抛到脑后。直到"事件"发生的那一天。然后他想起了老妇人的最后一句话:"说真话,小家伙,否则你就会迷失方向。"

真话,贝纳尔从未说出口。

---

① 他的姓 Roi 与"国王"(roi)同义。

作为一个好父亲和好丈夫，贝纳尔·罗伊的生活非常有规律：早上，他把从超市买的蛋糕泡在一碗咖啡里喝完，骑上自行车去离家一公里的工厂，中午十二点零五分，坐在他的长椅上吃午饭，下午五点半回到家，帮助妻子做日常家务。

今年，他从12月22日开始休圣诞假。但与往常不同，他与已成年的子女一起看电视却对他们视而不见，人们问他问题时他也不听，随意回答是或不是。

昨天晚上，他决定说出一切。

贝纳尔骑上自行车时是12月29日上午九点。他没有去工厂，而是去了警察局。

他的不幸中也有幸，他直接遇到了正好经过接待处的塞巴斯蒂安·拉兰德，这位中学的老同学算不上他的哥们，但认识他这一事实让贝纳尔感到放心。他不想面对一个穿警服的陌生人，或者更糟糕的是，和一个女警打交道。

这位警察朝他露出一个微笑。

"嗨，一大早什么风把你吹来了？"

"克洛蒂尔德·马莱。"贝纳尔回答说，他盯着自己的鞋子，每个月的第一个星期六由他的妻子塞琳娜擦拭。

塞巴斯蒂安·拉兰德在瞬间失去了笑容。他原打算只在这儿停留五分钟就离开……几天来，这成了拉科梅尔的居民们唯一谈论的话题：在湖底发现的尸体是不是那个失踪的年轻女子？这里平时没有什么社会新闻。

塞巴斯蒂安和贝纳尔从小就认识，贝纳尔·罗伊可能比他大一两岁，不是那种会卖弄的人，所以如果他今天早上出现，那是认真的，刑警想道。

"跟我走吧。在我的办公室里会更安静些。"

"你不拘留我吗？"贝纳尔很惊讶。

"直到有证据之前，这里不是纽约特种部队……"

一坐下来，贝纳尔·罗伊就后悔来了。为什么要来？这又将改变什么？

"我在听。"塞巴斯蒂安·拉兰德鼓励道，为他端上一杯水。

一阵沉默之后，贝纳尔终于豁出去了。

"那天，就是据说她失踪的那天……克洛蒂尔德·马莱……我的状态不是太好。六个月前，我被修车铺的老板解雇了。我当时的情况很糟糕。我抽很多大麻。还抽大麻块。但我从未碰过其他毒品。我以我孩子的生命发誓。那天天气很热，也很悲伤。早上，人们埋葬了大家的邮递员，一个好人。我感到很难过。无聊，大家都去度假了，除了我，像往常一样，每年都是如此……大海，在我们这儿，你只能从电视上看到。所以人们会做傻事……人们在团团转……我不是在为自己找借口，嗯……你知道我那副鬼样？当时，我瘦得皮包骨头……我没敢去市政游泳池。因为那些嘲笑：'嘿，国王，你不是很强壮，我可不会向你的王国效忠。'你懂的。剩下的就是那个湖。在那里，可以安安静静地抽烟喝酒。我很懒，也没有驾照，哥哥把自行车骑走了……我决定偷邻居家的小精灵，那是德斯诺斯老爹的汽车。我对他没有好感，因为他前年毒死了我们的狗。我们没有证据，但我们知道是他。他那辆破车的车门总是开着的，很容易用尼曼钥匙发动。我直接开到湖边，一路上都夹紧屁股：没有驾照，偷来的车，手套箱里装着大麻和烈酒……我知道自己不会把这堆铁垃圾还给德斯诺斯，我打算利用这个机会飙飙车，然后把车随便丢掉。整个下午我待在湖边，避开人们的视线，我抽烟、睡觉、游荡。当天色开始变暗时，我重新启动了小精灵，收音机里在播放着那首《多愁善感的人群》，唱的是浪漫故事。从此以后我再不敢听这种歌……因为在一条路的尽头，我看到路边有一个女孩。她一转身，我就认出了她。一个拉科梅尔的女孩，我在学校里见过她，一个不和我这样的垃圾混在一起的女孩。但我很害怕。这是大麻产生的幻觉。我吓呆了，我加快速度，这样她就不会看到我开着一辆偷来的车。我踩下油门的时候想：赶快超过她，把头低下。我还没来得及低下头，她就跳了过来，她看起来就像一个跳水运动员或一个想在奥运会上打破纪录的体操运动员。她把自己抛在我的车轮下，好像她正在飞。她瞄得很准。没时间刹车。我尖叫起来。我害怕得要死。那是如此猛烈，车灯都炸了。我在方向盘后面待了好几分钟，没敢下车。我的手在发抖。由于我整个下午都在抽大麻，我不知道所经历的是真事还是幻觉。收音机里又响起《多愁善感的人群》。我关掉了。发动机仍在运转。然后我哭了。然后我倒车。我在反视镜中看到她，躺在路上。一个死去的动物。我想到了我那条被别人毒死的大狗，当我回到家时，它冰冷的尸体躺在院子里。我终于下了车，起初我没有碰她。最后我开始找她的脉搏。死了……为什么会发生在我身上？她为什么要这样做？在我面前自杀？为什么这个公主会在我这样的人渣面前结束生命？我僵住了，我告诉自己，必须让车和这个女孩一起消失，然后忘记。忘记一切。反正没有人会相信我，谁会相信我？没有人。凭我血液里的酒精和大麻……偷来的车，无证驾驶，在警察来逮捕我之前我爸就已经把我杀死了。我边哭边把她抱起来，问她为什么要这样做。我不停地问她同样的问题：'你为什么要这样做？'死人是很沉的。她看起来很轻，抱起她却很吃力。她的身体仍然暖和，手臂上有汗水。我把她平放在后座上，尽可能地温柔，像是害怕伤害她。我沿着相反的方向开回湖边，祈祷不要遇到任何人。我选定了一个可以直接看到水面的地方，在蕨草中间有一块空地，我将油门踩到时速一百公里，汽车发出刺耳的声音，我开得飞快，像《无因的反叛》中的詹姆斯·迪恩那样，打开车门，把自己抛了出去。我的手腕断了。车子飞了起来，就像克洛蒂尔德将自己投向我的车轮下时那样，然后就沉了下去……二十三年没有动过。我以为人们将永远不会发现，直到我在报纸上看到这篇文章。不要浪费时间去寻找基因或其他我叫不出名的东西。是克洛蒂尔德·马莱。要命的是，这个孩子把自己抛到我的车轮下，她多少挽救了我的生命。此后，我重新站了起来。我再也没有碰过毒品或酒精。她让我回到了正确的轨道上。我经常想到她的父母。但我更愿意他们相信她在某处活着，就像到处传说的那样。甚至还有人说在巴西看到了她。我不想成为那个通知一位母亲和一位父亲他们的女儿已经自杀的人。当我在电视上看到他们和雅克·普拉德尔在一起时，我差点就要说出来了。但当时，我的长子才一岁，我的妻子正怀着她的第二个孩子。这些巴黎人心眼儿不错，但他们不知道养活和保护一家人有多难。有时候，真相最好不要说出来。伤害太大。"

84

2017年12月30日

玛丽-卡斯蒂耶挂断了电话。

她默默接受了这个消息。

玛丽-劳尔刚刚给她读了这篇文章。克洛蒂尔德·马莱将自己抛在一辆汽车的车轮下。开车的人没有犯罪记录，是个好父亲，他选择保持沉默，因为他当时不太清白。这一点还有待证明。也可能是他酒后驾车撞了她然后销毁了证据。

这个旧案解决了。这个故事被挖掘出来了。这一切都要归功于一个普通的市政当局，它决定重修湖的一部分。

三个星期前，听说在水底发现了一辆汽车时，玛丽-卡斯蒂耶就在艾蒂安身边。他脸色变得煞白。他说了好几遍：

"我看见过它，我的确看见过，我没有疯。"

"什么，我的爱人？你看到了什么？"

"这辆汽车。"

多少次艾蒂安喊着克洛蒂尔德的名字醒来？她问自己。这就是扼杀他的原因。折磨。克洛蒂尔德·马莱是从内部啃噬艾蒂安的动物。当她死后，她带走了他，让他的一只脚踏入坟墓。

必须让艾蒂安知道。玛丽-卡斯蒂耶感觉到。这一点至关重要。如果他知道自己与这起失踪案无关，也许一切都将改变。我们能让河水倒流吗？有时候，是的，当然。逆流是存在的。

她必须回家，唯一能转达信息的人是瓦朗坦。玛丽-卡斯蒂耶怀疑父子俩有联系。他们的儿子是唯一将艾蒂安与他们的世界、与活人的世界联系起来的人。如果她的丈夫与尼娜和另一个人一起离开，那是因为他们代表过去而不是现在。他们是幽灵。

她上了车，大声重复将要对儿子说的话："宝贝，当爸爸给你打电话时,是的,我知道他给你打电话,把这些话一字不漏地告诉他:一个男人就湖底汽车自首。你只要告诉他,一个男人就湖底汽车自首。你爸爸会明白的。"

瓦朗坦会问我问题,玛丽-卡斯蒂耶意识到,向我询问案件的细节。糟糕。我要怎么回答呢?糟糕!糟糕,糟糕,糟糕!

她猛踩刹车,把车停在路边。她瘫在方向盘上,剧烈的抽泣使她颤抖,将她撕裂。她不可能告诉她十四岁的儿子:"爸爸年轻的时候,让一个女孩怀孕了,在他和她约会的那天晚上,她失踪了。这事困扰了他一辈子……现在他去了远离我们的地方,去死。"

手机在口袋里震动,玛丽-卡斯蒂耶看了一眼屏幕,未知号码,她擤掉鼻涕接听电话。她听到:"是尼娜。"

*

巴勒莫,十八摄氏度,无风。艾蒂安和我正躺在阿雷内拉海滩上,离我们的住处仅一箭之遥。我在沙地上画画,画的是墙壁倾斜的奇怪的房子,艾蒂安在看海。在离我们很远的地方,我可以看到尼娜在水中行走的身影。意大利的冬天很美。

"你得到你想要的了吗?"我问艾蒂安。

"是的。"他盯着地平线回答。

"你饿吗?"

"不饿。"

"你痛吗?"

"不痛。"

"你想让我给谁打个电话吗?要我给你父母一些消息吗?"

"不,我父亲不喜欢我。"

"你为什么这么说?"

"因为我知道。我可能长得不讨他欢喜。也许如果我有其他的孩子,我可能会不太喜欢其中的某一个。爱是不容置辩的。"

"我的父亲,自从我写了《共同的孩子们》之后,我就再也没见过他。已经有很长一段时间了。"

"你不想念他吗?"

"我们不会想念陌生人。"

"他知道你内心是个女孩吗?"

我对我的两个生命如此投入,艾蒂安的问题让我措手不及。只要我们在一起,他就只谈我。

"连我的母亲都不知道。这是我最大的遗憾……在她临终前我都没告诉她。"

"露易丝……她知道我们在巴勒莫吗?"

"露易丝知道一切。你想让我叫她加入我们吗?"

"不。千万不要。等我死了……我希望你能去做手术了。因为我知道,如果你一直没有做,那是因为我。你害怕我将用什么眼光看着你。是我阻碍了你。"

"这不是你的错,艾蒂安。比你想象的要复杂得多。"

"向我保证你会做手术。"

"我不能保证。"

"露易丝会和你在一起吗?我的意思是,如果哪天你决定做手术,她会陪你去吗?"

"是的,她一直在等待这一天,等待着我。露易丝已经等了维吉妮三十年了。"

"那就去做吧。向我发誓。"

"我向你发誓。"

"以我的脑袋发誓?"

"以你的脑袋发誓毫无意义,因为你马上就要死了。我们得用那些身体健康的人的脑袋发誓。"

我们一起笑了起来。

尼娜朝我们跑回来,好像她看到了魔鬼。当她到达我们身边时,她已气喘吁吁地说不出话来。只剩下我们熟知的她嘶哑的呼吸声。

艾蒂安对她大喊:

"可是你为什么要这样跑呢?你是疯了还是怎么了?"

"那是因为……因为……艾蒂安……因为……克洛蒂尔德……结束了……"

*

克洛蒂尔德·马莱的母亲坐在她的沙发上。她想到,自从女儿离开后,她从未换过沙发。

二十三年。

她做过些粉刷,重新裱糊了餐厅,在卧室里铺了一张新地毯,但保留了旧沙发。

她听到丈夫在楼上踱步。他一定在考虑审判和律师的问题。这可能是他的抵抗方式,寻找他内心残存的生命。他要证明克洛蒂尔德不是自杀的,而是被一个醉汉撞死的。也许比这更糟。

但是我知道我的女儿状态不好。我将这样说。我要说的是,这个贝纳尔·罗伊是一个连带受害者。

像我们一样。

我们都是"失踪者"的受害人。

二十三年来,对于其他人来说,我一直是克洛蒂尔德·马莱的母亲。那个在1994年8月17日失踪的女孩的母亲。那个与家庭断绝来往的女孩的母亲。那个带黑眼圈出现在电视上把自己的生活和盘托出的母亲。

没有人知道我的名字。像所有失踪儿童的父母一样。我们只是"……的父母"。我们被免去了职务,因为我们的孩子消失了。没有留下地址就走了。我失去自己的名字已经二十三年了,现在我老了。退休了。

"就这样了,结束了。"有一首歌是这么唱的。我从不喜欢它。这歌实在太悲哀了。

克洛蒂尔德住在巴伊亚州萨尔瓦多市的说法对其他人来说是最好的结果。但愿她早餐时喝着椰子水,她美丽的金发挽成发髻。但愿她在别处长大。

2001年我们去了巴西。我们展示了由一个老软件程序制作的她的画像。但我,我知道根本没有人见过她。我假装寻找她以取悦我的丈夫。

我一直认为她躲起来是为了死,而不是为了活着。

她不再对我讲任何事,在最后的日子里,我的女儿,她成了一个谜。她带着悲伤的阴影行走。她伪装一切。我觉得自己和一个蹩脚的演员生活在同一个屋檐下。一个扼杀了我女儿的陌生人。

我在人前假装相信克洛蒂尔德已经四十一岁了，但在我的心里我一直知道她才十八岁。

一个母亲能感受到这些东西。

1994年8月17日。这个日期与出生、死亡或纪念日无关。这只是一个失踪的日期。

而当另一个来自沙隆的女人坚持说她在巴伊亚州的萨尔瓦多见过克洛蒂尔德时，我假装相信她。就像相信那个据说当晚在火车站看到她的老太太。

假装相信他们，能够让我们继续活下去，虽然没有她。

我最后甚至还亵渎了她的房间，把她的东西装在塑料袋里，然后把它放在公共救济协会的募捐柜里。我搬走了她的床，在原来的位置上放了一张书桌，上面有一台电脑。书桌上摆了很多没有用处的空文件夹。丈夫对我很不满。

我问自己为什么我们没有搬家。万一她回来了呢？她怎么找到回家的路？

连我们的邻居都离开了。老人已经被年轻人、新家庭、幼儿所取代。

只有我们留下来了。我们被自己的女儿宣判留在原地。等她。而现在，一切都结束了。

我们不会再等她了。

电话。一刻不停地响着。哀悼，朋友，好奇的人，记者。艾蒂安·博利厄的声音从电话的另一端响起。多少次她的女儿希望在拿起电话时能听到这个声音？有多少次她回家后问："有人给我打电话吗？"

而现在，这个迟到了二十三年的电话。

"我很抱歉，安妮。"他发音清晰地说。

"你能记得我的名字，我很感动。"

"……"

"你母亲今天早上来看我。她告诉我你得了癌症，说你不愿意接受治疗。"

"三期……太晚了。"

"从来不会太晚的,艾蒂安。除了当警察来到你家通知你你的女儿已经死了……你知道克洛①已经怀孕了吗?"

艾蒂安花了很长时间来回答。

"是的。"

"你知道她流产了吗?"

"……"

"我从未告诉任何人……在她失踪四天前,我在洗衣机里发现了她的床单,全是血。她从来不知道如何操作洗衣机。她倒了一瓶漂白剂,然后按了一个错误的按钮。我当时就明白了。后来我在她床头柜的抽屉里发现了一本关于妊娠的书。同一天的上午,我去克洛的房间告诉她邮递员的死讯。我知道他是你最好的朋友的外公。这是个进入她房间的借口。我想看看她……我永远不会忘记她的脸,她脸色苍白,甚至发青。她从浴室出来,我看到了她的身影。她身体的形状。我没有说什么。我本该和她谈谈。我尊重她的沉默是出于胆怯……我把床单扔进垃圾桶,假装没有看到她丢在浴室里的卫生巾。"

长久的沉默。艾蒂安以为线路已中断。

"您还在吗?"

"是的。"她喃喃地说。

"我必须告诉您一件事,安妮……"

她打断了他的话,好像她什么也不想再听了。

"你会来参加她的葬礼吗?"

"我将会死去。"

"你胡说什么呢?你还在呼吸呢,你。"

"不会有多长时间了。"

"你怎么会知道的?"

"我可以感觉。"

"战斗吧,看在上帝的分上。"

她挂断了电话。

---

① 克洛蒂尔德的昵称。

85

2003 年 1 月 2 日

艾蒂安·博利厄刚刚离开。

埃马纽埃尔始终躺在沙发上。

两年多来，他一直在到处寻找她，而她已在别处停泊并成为一位母亲。他花费的所有精力就得到了这样一个结果。他所考虑的最后一种情形。

遇到她之前，他在做什么？我们应该时常问问自己，在遇到那个搞砸你生活的人之前你在做什么。也许该从你走错路之前的地方重新开始。

牵挂一个在你死的那天不会流泪的人有什么意义？谁永远不会掉头回来在你的坟墓上放下一朵鲜花？谁在一夜之间离开了你，将你像垃圾般甩掉。谁在几个月内就在别处重建人生，好像你的故事从来没有存在过。埃马纽埃尔想着。

他想洗脸、刮胡子、穿衣服。他已经很久没有这种感觉了。一种冲动。

他起身，飞快地上楼到浴室。他在镜子里的形象：惨不忍睹。皮包骨头。

他要离开这个家，去里昂，和他的朋友们在一起，遇到一个人，不是一个可怜虫，而是一个真正的女人。他已经很久没有做过爱了。就这样，勃起，感受自己紧贴着另一具胴体。以寻求新欢来玷污那个人，忘记她，通过来回熨烫她的鬼魂来抹掉她。

最近，里昂的朋友们为他在一个网站上注了册。"你必须找个伴。"他们用假名为他创建了一个档案。"埃马纽埃尔·梅桑吉，一米八七，眼睛绿色，头发棕色。爱好：高尔夫、古典文学、电影、赛车。"

"为什么是高尔夫?"

"因为它效果好。"他们回答。

"但我这辈子都没握过球杆。"

"没有人在意的。"

"我不愿意玩你们这类游戏。"

"你会去的,出去走走,喝杯酒,换换心情。这又不需要你任何的承诺。"

"自从《雄狮萨姆》之后,我就再也没有去过电影院了……那是在……十四年前。"

"无论如何,在第一次约会时,人们都不会谈这一点的。"

"是吗?那谈论什么?"

"你马上会知道的。"

他们选择了一张在毛里求斯拍摄的照片,照片上是埃马纽埃尔的侧影,皮肤黝黑,面带微笑。

数百名女性给他发了信息。开放的女孩。

埃马纽埃尔像看目录册一样翻看每个人的个人资料,对他毫无吸引力。只有一个女人引起了他的注意。

伊莎贝尔,三十五岁,住在索恩河畔的沙隆,热衷马术。身高一米七零,金发,蓝眼:从外表上而言,与尼娜相反。

她的第一条短信是这样开始的:

您在这个网站上做什么,梅桑吉先生?谁是这个姓鸟名的人?① 谁躲在您的个人资料背后?请不要告诉我是您的朋友们偷偷为您注了册,我不会相信您的。

埃马纽埃尔回复了她,因为她的短信让他笑了,而这已经很久没有发生在他身上了。

是的,真的是我的朋友为我在这个超级市场报了名。

他们为什么要这样做呢?

---

① 梅桑吉(Mésange)的意思即山雀。

他们已经厌倦了我的拖拖拉拉。我不是一个有趣的人。

我很抱歉。

因为我不有趣而道歉？

他们彼此还发送了不少其他的电子邮件，然后打电话。他们的交流继续着，伊莎贝尔最终提出与他见面：
在六角酒吧见面喝杯咖啡如何？如果感觉好，我带你去某个地方吃晚饭，相反的话，我们就像朋友那样各走各的路。

埃马纽埃尔花了一个星期才接受。
然后他反悔了。
第一次，严重的流感。第二次，一场事故，并不严重，只是车身有些擦伤。第三次，一个临时决定的国外出差。
在12月31日至1月1日的夜晚，埃马纽埃尔给伊莎贝尔发了一条信息，祝她新年快乐，但她没有回复。她已经认输了。
如果这次轮到他放弃她呢？如果他放弃尼娜？
现在难道不正是好时机吗？去见一些伊莎贝尔吗？
他上了自己的车，他到了沙隆后会给她打电话："是我，我在这里，我准备好了，请原谅我的迟到。"
他一直开车到博纳然后上了高速公路。开到半路时，手机响了。他没有立即听出与他说话的人的声音。
"我发现了尼娜·博……"
"是的，我知道，她住在安纳西。我无所谓。这事就算了吧。把你的账单寄给我，再也不要跟我提起那个婊子了。"
"可根本不是……"
通讯被切断了。埃马纽埃尔把他的手机扔在了副驾驶座位上。在尼娜的位置，他想。忘了她吧，看在上帝的分上，忘了她吧。侦探给他回了电话。
"她不在安纳西。她没有离开……她住在拉科梅尔的庇护所。"
埃马纽埃尔感到一阵晕眩。

"什么庇护所？"

"如果你喜欢的话，也叫动物收养所。她在那里工作。"

"也许是一个长得像她的人……"

"不，是她。尼娜·博，社会保险号276087139312607。她昨天在欧坦医院。"

埃马纽埃尔一言不发地挂断了电话，一个急转弯，最后把车停在了紧急停车带。他的心脏在疯狂地跳动着。博利厄耍了他。毫无疑问。他怎么会相信这种无稽之谈呢？已婚的尼娜……谁会愿意娶这个醉醺醺的荡妇？她在给杂种狗擦屁股，当然了，下贱女人就是下贱女人。他怎么会相信她有一个孩子呢？她不会生育。收养所……原来她一直藏在那里，触手可及。她甚至没能径直走出三公里。而那个人跟他说安纳西、婴儿车和狗。而他竟然愚蠢到信了他的话。他真不应该打开门，让他进来。

他有两个选择。

继续前往沙隆，在市中心停车，找到六角酒吧，在里面坐下，点一杯热巧克力，给伊莎贝尔打电话，一直打到她接听，请她过来。"请来吧，我在大厅的深处等您，一张两个人的桌子，靠着镜子，我穿着一件海军蓝的呢大衣，我不会动的，如果有必要，我会把自己绑在椅子上，这样在关门的时候就没人能把我赶出去，来吧，您不会有什么损失。我们见面，我们一起去某个地方，无论您想去哪里，无论您喜欢去哪里。您的工作？您可以请病假。"

他在等一个人。

这事有多少年没有发生在他身上了？

她终于出现了，对他微笑，比照片上更漂亮。他喜欢她的声音、她的手、她的气味。她抹了"蓝色时光"香水，右手腕上戴了一只银手镯。他们瞬间有了默契，他们彼此感觉良好。不需要寻找谈话的主题，自然而然地滔滔不绝。伊莎贝尔点了一杯热巧克力。"像您一样。"她说，"您是否已经通过这个网站见过别的女人？""没有，您是第一个。""骗人。""我向您发誓。您呢？见过其他男人吗？""不，您是第一个。""骗人。""我向您发誓。"

她很细腻，她看他的眼神，让他感到她喜欢他。两年多来压在他胸口的重量被解除了，他重新振作起来，感觉到被需要、被倾听。他们谈得越多,埃马纽埃尔就越憧憬这个陌生的女人。与她共度夜晚,然后共度良宵。而且为什么不一起共度明天、下周呢?

他让她说话,问她问题。"您有两个姐妹,对吗?"他喜欢她的声音、她的回答、她的牙齿、她的嘴。她的脖子上围着一条围巾,她不断地抚摸着,她没有脱下身上穿着的米色长大衣,只是解开了纽扣,她的指甲修剪过,但没有涂指甲油,她没有化妆,只是在红唇上涂了一点唇彩,蓝色大眼睛盯着他,很聪明。候选人很完美,他想着,如果是一场选举,她会胜出。

他告诉她一点点关于达玛姆的情况,他要卖掉公司,减轻家族带给他的负担。

"我想从零开始——这是个奇怪的方式。可是对我来说,却非常合适……您经常骑马吗?""只要时间允许,在晚上下班后和每个周末。我们可以以你相称,不是吗?""我同意……你很美丽。""你也不赖。"

他喜欢她的大胆。嗯,也许吧。他已经不知道自己喜欢什么。再看看吧。

他有两个选择。

他不去沙隆,永远不会见到伊莎贝尔,踟蹰不前,永远定格在现在。

他开车去拉科梅尔,回到家,拿起父亲的一把猎枪,去收养所,找到她,用两颗子弹杀了她。是的,两颗子弹应该足以把她从地球上抹去。他甚至不会给她说话的机会。一个字都不行。嘣嘣。

如果,在开枪前,他让她跪下来求他。这是最起码的,听她说出"对不起"这个词。然后他去里昂,找到博利厄,他有他的个人地址和警察局地址。嘣嘣,再给那天早上让他出丑的帅哥来两颗子弹。"新年快乐",他会对他这样说。祝你身体健康,混蛋。

他有两个选择。过去,现在。尼娜将他锚定在现在,阻止他起航。是否解缆的选择权掌握在他的手中。在做出决定之前,剩给他的还有五公里:或者继续前行或者掉头回去。过了收费站后,他继续前行到了沙隆,在那里他查看了一下,没有警察,然后反向行驶五百米上A6高速公路上,回到拉科梅尔。

＊

"你丈夫在高速公路上被撞死了。"

起初,尼娜并不相信莉莉。然后她想到了艾蒂安。他离开收养所时做了什么?他引发了什么?这不可能是一个巧合。

埃马纽埃尔的葬礼过去了三个星期,莉莉和尼娜去了公墓,为皮埃尔·博扫墓。然后她们去了埃马纽埃尔的坟墓,那是在两百米外的家族墓室。捷和亨利-乔治没有在黑色大理石上摆放照片。只有一块牌子:"给我们的爱子"。

为什么埃马纽埃尔在高速公路上反向行驶?

自杀还是意外?他是否因为艾蒂安所说的话而神志恍惚?他们见过面吗?

她显然永远不会知道。

尼娜曾在他的坟墓前颤抖。然后,一点一点地,她被冻僵了。她感觉到了那个她仍带着其姓氏的人。仿佛她的丈夫在她身边盘旋,叫嚣着他的仇恨,因为她在这里,她出现了,就在他面前活着。

她不会再来了。

在离开墓地的路上,尼娜重新激活了她的手机。埃马纽埃尔的声音,仿佛来自另一个世界,来自遥远的过去的生活。几十条、几十条信息,交替着威胁、号叫、啜泣、请求。"你在哪里?回来吧,我不会再伤害你了。"

她一条接一条地听着,希望能在这些疯狂中听到阿德里安的声音。听到:"尼娜,是我。"

没有。

她删掉了所有的留言。

然后她让莉莉带她去国家就业局。她必须登记才能找到工作、生活和一套公寓。

86

2017 年 12 月 31 日

在阿雷内拉海滩有一个即兴举办的新年派对。百来名当地人,大部分就住在海滩附近,生起了一堆巨大的篝火。他们已经将桌子排在一起,上面铺着纸桌布,用水果盘固定,每个人都在放下食物、餐具和瓶子。

我们也抱着一大堆食物加入他们的行列:橄榄油、香草面包、番茄、各种沙拉、香脆条、杏仁、西西里糕点、香槟、威士忌和葡萄酒。

两口巨大的钢精锅里装满了煮沸的水,等着面条下锅,吃的时候拌上一点加了蒜泥或奶酪的番茄酱。

每个人都为这个场合打扮得漂漂亮亮,优雅的气氛无处不在。

如果分离没有潜伏在我们周围,如果瓦朗坦和玛丽-卡斯蒂耶的阴影没有紧随着艾蒂安,我们在这里几乎会感到幸福,一起在这个田园诗般的环境中,享受着阵阵人声和意大利人出了名的快乐。在这里,人们好像从内心被点燃。一如尼娜微笑的时候。

艾蒂安穿着白色的衣服,眼周有黑眼圈,脸颊凹陷,他一天比一天黯淡,蓝色的眼睛有些茫然,无疑是药物鸡尾酒使他处于一种持久的呆滞状态。尽管昏昏欲睡,但他仍努力在嘴角挂上一丝微笑。

尼娜和我心里很明白,明天早上他将不在房间里,他要走了。

他不知道,但我们知道他已经计划好了一切,付清从昨天开始我们三个人在巴勒莫过夜的旅馆费。他可能会给我们留下一些钱,用来支付渡轮和回程的汽油费。就像我们还是孩子的时候,他会故意在我们的背包里留下几个硬币,让我们在游泳池买糖果。

而这一次,他只能自己撰写给我们的留言。一小片纸,他将在上面写下"感谢陪我一起走到今天,我去安静地死了",诸如此类。

"'死'(mourir)有一个还是两个 r?"刚才出门前他在穿衣服的时

候问我们。

尼娜看着他,不动声色地回答:

"一个r,但你用未来时态时,是两个。不过,活(vivre)更简单,它在所有的时态中都是一个r。"

此刻,艾蒂安只想着为即将到来的晚会的音乐找到解决方案。一个黑发女子在一个显得很急躁的吉他手的陪同下对着麦克风吼着意大利歌曲,这在艾蒂安看来与我们共度的最后一个新年夜格格不入。我们必须找到一个便携式扬声器,躲到一边,播放我们的音乐列表。

"我的手提箱里有一个,"我说,"我等尼娜完成后就去拿。"

"我不会举行葬礼,"艾蒂安说,"但将来的事谁也说不准,我希望你们向我保证不会有蹩脚的音乐……我想要摇滚。只要各种摇滚……保证?"

"保证。"我们回答。

我们坐在一块石头上,形成一个圆圈。空气出奇地温和。没有风,只有满天繁星。煮熟的番茄、迷迭香和柴火的味道。尼娜盘腿而坐,左手拿着她的素描本,右手拿着炭笔给我们写生。她注视着我们的脸,皱着眉头,好像是第一次看到我们,然后她的手指快速在纸上移动。她穿着牛仔裤和从艾蒂安那里借来的白衬衫。肩上搭着一件黑色套头毛衣。她少女时的身材没有变。黑眼睛闪闪发光,满怀喜悦。她恋爱了。

一小时前她从我们的旅馆给罗曼·格里马尔迪打电话时,我就在她旁边。尼娜告诉他,她打电话给他是想告诉他有关他的汽车的消息。当罗曼回答说他要把年夜饭放到冰箱里等她回家时,她笑得像个小姑娘。"即使我们得在3月15日庆祝新年,我仍拒绝在没有你的情况下开始新年。"

当尼娜挂断电话时,我差点问她他俩的故事是不是进展太快了,但我马上咽了回去。这与我有关系吗?

接着轮到我给露易丝打电话。

"你还好吗?"

"是的。"

"我哥没受苦吧?"

"我想没有。"

"……"

"露易丝?"

"嗯。"

"你爱的是阿德里安,不是维吉妮。"

"阿德里安和维吉妮是同一个人。我爱的是这个人。"她已经回答了一千次了,"但我拒绝和一个在监狱里的女人生活在一起……当你释放她时,我们也许会领养一个孩子。"

"但我有一只猫,很快就会有两只了!"

我听到她的微笑。

"两者并不冲突。"

"你是认真的吗?"

"是的。"

"你对我有信心吗?"

"是的,午夜时给我打电话?"

"好的。"

当我挂断电话时,尼娜靠到了我身上。我呼吸着她的头发,然后是她的脖子,柔软而温暖,这是属于我的普鲁斯特笔下的玛德莱娜小蛋糕。

"真好,一个孩子和两只猫……我们去过节吧?"她喃喃地说,"不过要像那种最疯狂的派对,不遗余力……"

"哦,赞成!"

她抓住我的手,开始唱歌,像一个朝海滩走去的忧伤的少女。我几乎忘记了她那独特的声音,随着时间变得沙哑。一个从不吸烟的吸烟者的声音。

> 如果某天你怀疑我
> 我有一个爱的信物,由三个人证明,
> 我非常爱你,我非常爱你,
> 我用自己的血在我的手臂上做了记号,
> 生命和死亡都不能被抹去。
> 我非常爱你,我非常爱你。

尼娜将两张素描递给我们。她第一次给我画画。

"谢谢你。"我说。

"我看起来很糟糕。"艾蒂安做了个怪相。

我们同时站了起来,不能让惆怅与忧伤流连不去,不然我们会把晚会搞砸,这是无法想象的。我跑去我们的房间拿扬声器。

"我给玛丽-卡斯蒂耶打了电话。"尼娜向艾蒂安坦白。

"你不会这样做……"

"我做了。你应该给她打电话……你知道,她根本就没有搜寻我们。"

在艾蒂安的眼中交替着各种矛盾的表情,恐惧、喜悦、恼怒、解脱、羞耻、放弃、希望。

当我拿着扬声器走回他身边时,他给了我一个大大的笑容。在去看他的播放列表之前,他对尼娜说:"你瞧,我是个大白痴。"

87

2003 年 4 月 27 日

  巴蒂。小猎犬混种。高龄。生于 1991 年。1999 年入收养所。
  "巴蒂，它是我们最后一位老人家……在我之后。"莉莉笑道。
  今天早上，莉莉穿着黑色紧身裤、绿色运动鞋和一件长长的黄色短袖衫。她用发圈将头发束在一起，在头顶上拧成一棵棕榈树。莉莉看起来像一个菠萝。
  尼娜刚到。每天早上，在去一家保险公司开始她的新工作之前，尼娜会先来收养所。她在曾与外公一起生活的街区租了一间小房子，离她的旧花园只有两条街。
  埃马纽埃尔·达玛姆去世三个月了，然而稍有动静她仍会惊跳起来，浑身大汗地醒来，被可怕的噩梦纠缠，她梦见他的棺材是空的。
  "你还需要一些时间来适应他的消失。"
  "你觉得还得等多久？"
  尼娜帮助莉莉挂了一个牌子，上面写着"为了狗的安宁，请不要在笼子前停留太久。我们期待您的配合"。
  "你知道你将成为接替人吗？"
  "接替什么？"
  "我的位置。我累了。我忙碌了一辈子。"
  "什么意思？"
  "我打算离开。"
  "那你想去干什么呢？"尼娜开玩笑说。
  "睡懒觉。"莉莉回答，脸上没有笑容。
  "你是认真的吗？"
  "哦，是的。现在你已经重新站起来了，我可以离开了。"
  尼娜惊慌失措地看着莉莉。天啊，为什么她所爱的人最后都会消失?

"我还没有完全恢复。"尼娜说,"我仍然害怕埃马纽埃尔,我梦见他没有死……如果你要走,我就和你一起走。"

"听着,孩子,你就不能让我省点儿心吗?理所当然,你将成为收养所的新负责人。在这里工作,你就没有时间做噩梦了。"

"……"

"你的舌头呢?"

"你要去哪里?"尼娜半信半疑地问道。

"滨海卡涅。"

"很远的地方。"

"那里有一座黄色的美丽教堂。在科罗海滩边上。"

"莉莉,你是无神论者。"尼娜有些恼火。

"我是一个无神论者,并不意味着我不喜欢教堂。而且你可以来看我。"

"人们总是这么说,'你来看我',我知道我在说什么,从来不会有人这么做。"

88

2018年1月1日

艾蒂安溜进一座教堂，独自一人。他点了一支蜡烛，却不知道如何与上帝沟通，他从来就不知道。就像与他父亲，我们不知道如何与不相信的人沟通。

就像那天给父母打电话宣布大好消息时他的失望。接电话的是马克，这正是艾蒂安内心深处希望的，他心中的一个不为人知的角落。

"爸爸，听好了，我通过了考试！"

"什么考试？"

一片空白，艾蒂安有种以自由落体坠入虚空的感觉。他好不容易才把话说清楚：

"我考上了警察中尉……通过的人很少……就是说我属于佼佼者之一。"

"啊，这样啊……太好了，我们为你感到骄傲，我把电话给你母亲。"

只是一句礼貌的问候。"我们为你感到骄傲"并不意味着"我为你感到骄傲"。

正是因为父亲从不信任他，所以他最终也不信任自己的父亲。他像小船脱离停泊的缆绳般脱离了他。

当他打电话宣布儿子出生时，艾蒂安听到马克的声音后挂断了电话，他重新拨打号码，直到玛丽-劳尔接听。

"妈妈，他叫瓦朗坦，他很帅，四公斤，蓝眼睛。"

"要知道他眼睛的颜色可能还为时过早，我的宝贝。"

"哦，不，妈妈，我告诉你，我儿子的眼睛是蓝色的。"

今天早上，他只想在身后留下一点儿光明，就在这里，意大利，当沉重的大门闭合之时。仿佛一丝他的足迹。

他的左耳发出啸声。小时候，尼娜常说，当耳鸣发生在左边时，那是靠近心脏的一边，说明有人在说你的好话。"这是胡说八道，尼娜。"

谁会在清晨六点钟谈起他？是玛丽-卡斯蒂耶和瓦朗坦在家里说他吗？

他昨晚给他妻儿打了电话。

"新年快乐，我爱你们。"

"你什么时候回来？"玛丽-卡斯蒂耶问。

"我不回来了。"

"尼娜告诉你克洛蒂尔德·马莱的事了吗？一切都结束了。"

"是的，我知道。"

他离海只有三条街。他听到自己的呼吸声。艾蒂安从未像现在这样自信。

几个当地人走在回家的路上，嘴里喊着：新年快乐！

他无疑刚刚度过了一生中最美好的新年之一。正如说好的那样，他们三人带着扬声器、香槟、威士忌、橄榄和香草面包，待在海滩边一个僻静的角落。新年在午夜降临时他们毫无察觉，他们将永远停留在过去的一年。他们随着艾蒂安的播放列表跳舞，直到天空开始放亮，他的音乐，太空三人，音速青春，电台司令……

一辆出租车在他身边停下。他找到了唯一一个从巴勒莫飞巴黎的航班。

在机场，所有的柜台都关闭了。只有一位女地勤为他托运了行李，并递给他一张机票。他很快就上了飞机，靠着舷窗睡着了。第一次他的梦中没有克洛蒂尔德。她已离开了他的睡眠。

按要求在接待台出示身份证后，他就进入 21 号房间。他在床上摆出尼娜前一天为他画的画像，一张瓦朗坦和玛丽-卡斯蒂耶的合影，一张露易丝、保罗-埃米尔和他们的母亲的合影，一张 1994 年三人在印度支那音乐会的合影。

"战斗吧，看在上帝的分上。"自从克洛蒂尔德的母亲说出这句话后，这句话就像一头疯狂的动物在他的体内蠢蠢欲动。

他打开自己的洗漱包，拿出药片吞下后，闭上眼睛躺在床上。不再有一丝痛苦。他在巴斯德小学的操场上，等待着判决，等待他们老师的名字。这一刻被铭刻在了《西班牙白》里:那天早上,我的眼里只看到他们,仿佛他们吞噬了光线,仿佛我们周围的其他学生全是配角,他们选择的是我,她选择的是我,她拉起了我的手。

他们三人在人行道上为公众表演,那是夏日音乐节,他们十四岁,尼娜唱歌,来自内心深处的喜悦,交织着怯场和纯净的幸福,这是涅槃。拉科梅尔的街道上从未有过那么多的人、那么多的掌声。他们骑自行车、玩滑板,用录音机录下自己的声音,他们游泳,用他从父亲那里偷来的摄像机互相拍摄,他做爱,他跳舞,曾经的灿烂阳光,夏天的记忆总是最美的,他偷偷看着他的妹妹,他玩混音,他把一绺头发撩到耳后,一边确认女孩们是否在看他做这个手势,他知道他很英俊,他"饮下光明",就像《西班牙白》里写的那样。

在睡去之前,他在克洛蒂尔德的墓前放下一朵鲜花。独自一人,默默无言。

他睡了。

他梦见自己和儿子一起游泳,他们正在远离岸边,这令人愉快,然后,渐渐地,变得令人惶恐。艾蒂安让瓦朗坦回去。"不,爸爸,我要和你在一起。"

艾蒂安被一个穿白大褂的陌生人叫醒。她的手放在他的前臂上,声音很柔和,语气轻松但很坚定。

"您好,博利厄先生,有人告诉我您在这里,您目前感觉如何?教授已收到您的医疗档案,我们成立了一个三人医疗小组。明天我们会为您做最后的补充检查,然后您将见到麻醉师。我给您一些需要填写的文件。您的妹妹已经告诉我们,如果在手术过程中出现问题,您不希望被抢救,所以我们需要一份免责证明。您有其他需要吗?"

"没有。"

"晚间用餐时间是六点三十分。您有特殊的饮食习惯吗?"

"没有。"

"有过敏史吗?"

"没有。"

"您的妹妹告诉我们,除她之外,您不希望接待任何访客。有没有人知道您在古斯塔夫-罗西医院?"

"没有。我想离里昂远些。"

"最后一件事,这里有一张表格,请指定在紧急情况下要通知的人的名字。最好多写几个。"

"尼娜和维吉妮。"

"请把她们的详细联系方式给我。最好能有她们的固定电话和手机号码。"

89

2011 年

在接管收养所后的第七个年头,尼娜接到一个电话:她的母亲刚中风,在卡昂医院,介于生和死之间。如果想见最后一面,要尽快行动。

"您怎么会有我的联系方式?"

"在她的包里。"

"……"

莉莉从滨海卡涅回来陪伴她。"我没有一个人去的勇气。"

这个地方在哪里?"介于生和死之间?"

尼娜看到的是一个躺在重症监护室病床上的陌生人。她已经不再是那个晚上她在花园里看到的、怀里抱着奥黛尔的缝纫机的女人。玛丽安胖了。尼娜想知道会不会搞错了人,她去和护理人员核实:"您确定这个女人是玛丽安·博?"

"我留你和她单独待一会儿。"莉莉在离开病房前对她说。

尼娜惊慌失措。她害怕面对面地和这个濒死的人待在一起。为了打破沉默,她开始说话,就像在参加一个讨论小组。

"是我,尼娜。当我被邀请到某个地方时,我会请求对方原谅。我低下头。不吃肉就像一个酗酒者不得不对递给他的那杯酒说不。连一小杯开胃酒都不喝?连一小片香肠都不吃吗?我们看起来很可疑,不正常,边缘化。在我们生活的这个世界里,牛像电影明星一样在农产品展览会上被拍摄,在那里它们被抚摸和欣赏。几天后,展览结束了,它们却在阴暗的地方被摧毁。这让我震惊。这让我想起了我和埃马纽埃尔的生活,当时我的婚姻比快乐更重要。我生活在一个假装的世界里。在那个世界里我们喜欢说'我宁愿不知道'。我经常听人说'照顾遗弃动物是神圣的职业'。但是要想从中得到收获和益处,你得一直找下去。你得很坚强。你这样做是为了它们的眼神。爱护动物,但千万不要爱上它们,否则你会非常悲伤。一年中有许多时刻我想到过放弃。抛弃这些被人抛弃的。去别的地方找一份舒适的工作,一个干净、温暖、干燥而安静的地方,不再听到它们的嘶叫,不必在带它们散步时被它们嗅我的屁股。一个衣服上可以佩戴首饰而不会再沾着它们皮毛的地方。一个不会浪费别人在圣诞节送给我的香水的地方。一个人们不会把我当成傻瓜、白痴和一个绝望的人的地方。'啊,你在照顾动物,这能赚多少钱,这个工作?'或者'可是有这么多人类也需要被照顾'。很难,甚至根本不可能对他们说,其实这是同一件事。照料人或动物的方式是完全一样的。这些年来,我在纸板盒里发现过鸡、兔子、天竺鼠和小白鼬。变换的是宠物而不是人们的习惯。更不用说那些揭发动物缺食缺水的匿名电话的数量了。被拴着的猎狗或其他动物死在链子的末端,倒在狗窝前或阳台上。'你好,邻居把他们的马忘在花园里三个月了''你好,大太阳下,有两只装在笼子里马戏团的老虎被丢在超市环岛旁边'……这里,成了投诉部门。我们尽已所能。我们开玩笑,组织餐前酒会,简单的聚餐,不然我们会坚持不下去。冬天很艰苦,夏天则很绝望。当其他人去度假时,你努力工作,捡回那些没有权利坐在汽车后座去海边的狗和瘦得皮包骨头的猫。你必须腾出新的地方。笼子不够用了,得想办法挪出空间。在这里,我们收留所有的动物。我们不把任何动物送上死路。与此同时,狗崽买卖市场继续肆无忌惮地发展。法律是由政府的官员制定的。可政府离粘在我们靴子上的狗屎距离十万八千里。最难的事可能就是去收养一个老人的宠物,他已经死了或进了养老院,没有孩子愿意把动物带回家。我好几次差点儿辞职,我在报纸的分类广告中寻找办公室的工作,打算去参加职业培训或开一家纪念品商店,但我没走。因为某天早上,你心情沉重地起床去上班,却发现有人来收养一只动物,这改变了一天的进程,你的呼吸更顺畅了,至少你为这个生命服务了,它的重要性不亚于任何其他生命。除此以外,和你的父亲在一起,我度过了快乐的童年。"

在说出这些的整段时间里,尼娜没有坐下来,也没有碰过玛丽安。然后像来时一样,她和莉莉一起离开了医院。太晚了。她想念她的母亲,但那是很久以前的事了。

90

2018 年 1 月 2 日

　　接近午夜。尼娜刚把我送到家门口，两千二百六十六公里的车程，中途只短暂停了几次，喝杯咖啡或吃块三明治。

　　我发现睡在我沙发上的是露易丝，而不是那个猫咪保姆。一条薄毯子盖住了她的腿，她穿着牛仔裤，是我最喜欢的那条，穿了一件我的毛衣，难看但是很舒服的那种旧毛衣。尼古拉在她的怀里蜷缩成一团。七天的时间，它的个头增加了一倍。几乎认不出来了。我悄悄地放下我的旅行包，以免吵醒她们俩。露易丝和我在一起的时候从来不会睡着，仿佛天一亮她就得逃走。这个笼罩在我们头上的诅咒，只有我能解除。

　　我回想起 1994 年 8 月 18 日与生父在旅行者酒店的餐厅内一起吃午餐，那是皮埃尔·博葬礼后的第二天。

　　他想庆祝我的高中毕业和我的优异成绩，谈论我在巴黎的未来。一个多星期前我已经准备好了的问题："你的工作，你的同事，巴黎的生活，展览，音乐会，你是否偶尔去剧院？"至于我自己，我会谈音乐，新出版的我喜欢的小说，尼娜和艾蒂安。我们三个人在巴黎，我们打算住在一起的愿望，大学生宿舍。

　　可是皮埃尔·博死了。计划被打乱了。

　　他进来时嚼着口香糖，然后把它吐在餐巾纸里，我觉得这很恶心。这是一个糟糕的开始。他点了两杯香槟。"必须为你的成绩而庆祝。"

　　他对我的了解如此之少，甚至不知道我刚刚失去了生命中的男人。我唯一拥有的父亲形象。

　　我们又喝了第二杯。到了第三杯时，我已经用尽了所有的话题，沉默不请自来，我醉了。那是我第一次在父亲面前喝醉。第一次把他当成我的父亲。

"你想吃什么?"

"和你一样。"

他点了冷菜和当日推荐菜。

"让我们为你的未来干杯。"

"我的未来总体上是不确定的。"

"你为什么这么说?"

"我是谁……这就像一个制造错误。"我说,突然大笑起来。

"我不明白。"

"你看过艾尔·帕西诺主演的《热天午后》吗?"

"那是老片子了。"他边说边用面包揩净盘里的沙拉酱。

"1975年。"

"哦,是的,我就说嘛,这是老片子。我应该看过,不过不记得了……你不饿吗? 你什么也没吃。"

"讲的是一个人抢劫银行,为了给他的朋友支付手术费。一个非常特别的手术……为了改变……"

"你讲的这个故事很悲伤。"

"是的,令人绝望的悲伤。"

我站起来,借口去上厕所。我喘不过气来,我上楼,来到一条铺着猩红色地毯的长长的走廊,其中一个房间的门开着,床尚未整理,窗户虚掩着,我向前倾着身子,我想将自己一把扔到人行道上。尼娜和达玛姆在一起,艾蒂安躺在尼娜的床上。床单一定还带着我们身体的气味。

我看到了电话,拨通了博利厄家的号码,那个我熟记于心的座机。接电话的是露易丝。

"是我。你好吗?"

"是的,你找我哥哥吗?"

"不,找你。"

"你在哪里?"

"在旅行者酒店,在一间客房里。"

"我以为你在和你父亲一起吃午餐。"

"我和他在吃饭。他在楼下的餐厅里。"

"你为什么在客房里? 你的声音很奇怪。你喝酒了吗?"

"我们俩下次一起来这家酒店?"

"你要去巴黎了。"

"我还会回拉科梅尔。圣诞节的时候。人们总是回家过圣诞节。答应我,下一个平安夜,我们俩都到这间客房,子夜时分。"

"我答应你。"

我挂断了电话。我想如果她对我说"不,去你的吧,你和你的酒店",我就会从窗户跳下去。露易丝总是对我说好,这是我生命中的幸运。有多少人能为拥有一个总是说好的朋友而喜悦呢?我回到楼下,吃完了饭,感觉轻松了些。我并不孤单。那一天,我知道我将永远不会孤独。

露易丝睁开眼睛,朝着我微笑。

"我知道艾蒂安在哪里,但我不能说,我发过誓。新年快乐,我的爱人……意大利好玩吗?"

"我给你带来了橄榄油、香蒜酱、一串有教宗方济各肖像的念珠和番茄干。艾蒂安问我我们是否睡在一起。"

露易丝笑出了声,然后抽泣起来。我把她抱在怀里。

"这事拖得太久了,露易丝。你仍愿意陪着我,直到我找回自己的女儿身吗?"

"是的。"

我看着她,觉得她很美。如果我能够记下在那精确的一刻她的美貌、她的目光、她的深情,庄严的脸上仍留有童年痕迹。文雅的优美。

"如果我改变主意,如果我再一次在最后时刻退缩,你还会和我在一起吗?"

"我想是的。可能吧。我也不知道。不。我已经等你太久了。"

"这是你第一次对我说不。"

"几天前,我读了一个东西。想象一下,你多年来一直无法动弹,因为你紧握的拳头被卡在一个容器里,要成功地伸出你的手,解放你自己,你所要做的只是放开你紧握在拳头里的东西。"

她用手势配合她的话:

"你展开手掌,你失去了握住的东西,它掉到了容器的底部,但你自由了。"

91

2018 年

现在是四月，天气本该不错。坐在科罗海滩的鹅卵石上，尼娜观察着十五年前莉莉第一次告诉她的那座黄色教堂。从那时起，尼娜就经常去那里点上一支蜡烛。无论您是谁，请保护我爱的人。几个月前，罗曼加入了她的祈祷名单。

今天早上，大海泛滥。蓝色和绿色的海水在混战，地平线是紫色的，风吹干了嘴唇。

尼娜昨天和罗曼一起来到滨海卡涅，他俩一时兴起，要和莉莉一起度过复活节周末。

罗曼和莉莉已经去了菜场。尼娜喜欢这种孤独感。听着耳机里的音乐，徜徉在她想象中的那片土地上，将自己与世界隔开，同时看着地中海，它那慵懒而又炫目的华尔兹，令人两眼酸痛。她想起从未见过大海的外公。

下雨了。她起身回到这幢三层楼的老房子，地里种着红色的番茄，厨房的味道飘在楼梯上。阳台上的两扇半开着的落地窗在风中震动，莉莉在花盆里种了樱桃番茄，颜色和她的衣服一样：红色、黄色和绿色。

尼娜走进浴室擦脸，打量镜子里的自己。今天，罗曼告诉她，她看起来像一个中国人与阿富汗人的混血儿。每天他都为她发明一个新的混血类型。这是他醒来时的重要游戏："今天早上你看起来像一个土耳其-俄罗斯人……阿拉伯-波利尼西亚人……泰国-塞尔维亚-克罗地亚人……意大利-巴西人……意大利-摩洛哥人……"

她用手捋了捋自己修成童花式的黑色头发。她的杏仁形眼睛与头发同色，饱满的嘴唇周围刚刚出现了几个棕色斑点。

她的电话响了，一个以 03 开头的号码，她认出了勃艮第的区号。

这既不是收养所的号码,也不是西蒙娜的号码。

"我无法到下周二再和你谈。"

这是她的医生的声音,像外面的风一样啪啪作响。梅莱·维达尔在2006年取代了退休的勒科克医生。尼娜第一次见到她时就产生了信任感,咨询持续了一个多小时,尼娜向她讲述了她的童年和二十年前她在勒科克手中看到她母亲的医疗档案的那一天。

梅莱·维达尔在她的电脑里搜索,看到玛丽安·博的医疗档案在1999年被送到了滨海维莱的一个医疗中心。她联系了她在诺曼底的同行:"您好,我正在为一个捐赠器官做基因研究,我想联系玛丽安·博,一个曾经的病人,生于1958年7月3日……"一分钟后,尼娜得到了她母亲的地址和一个电话号码。

尼娜把用黑色毡尖笔涂写的地址和号码放在抽屉里好多年。有几次,她拨通了这个号码,在有人接听之前就挂断了。

然后她在2011年再次看到"介于生和死之间"的玛丽安。而且发现她的母亲也有她的电话号码。她是如何得到的?为什么她们从未给对方打过电话?为什么她们会如此害怕对方?

在玛丽安的葬礼上,有四个人:尼娜、莉莉、殡仪员和一个秃发的小个子男人,眼睛很亮,一副温厚的样子。尼娜没想到那天早上会在奥伯维尔公墓看到一个陌生人,就好像一个不速之客来到了她组织的聚会上。

"您认识玛丽安·博吗?"

"是的,她是一个童年的朋友。"

"您是我的父亲吗?"

"不是,"他笑了,"玛丽安只是一个朋友。"

"世上没有简单的朋友。"

这个人被尼娜的话扰乱了。他们相互道别后分道扬镳。

几个星期后,尼娜在收养所收到一封信。

亲爱的尼娜:

我是洛朗,你母亲的朋友。我们在墓地匆匆交谈过,过于匆匆了。

现在回想起来,我觉得你是对的,没有简单的朋友。她有点像我从未有过的姐妹。

我和你的外公外婆很熟,特别是你的外婆。这也是我给你写信的原因之一。因为我们需要知道我们从哪里来。而且我感觉你充满了疑问。

你的外婆是一个温柔而细腻的女人。我想让你知道,奥黛尔·博是我最美好的回忆之一。当她做蛋糕时,她总是做得足够多来送给别人。她还将一碗碗的汤分发给附近的单身汉和老人。我从未空着手离开她家。"你把这个带给你的父母亲。"常常是一块馅饼、一罐果酱、自己种的苹果。有时候,我会偷偷溜走,以免被她看见,我已经厌倦了携带她不可避免会给我的所有东西。你不知道现在我有多后悔。

生活是不公平的,但这些我就不告诉你了,尼娜。魔鬼更多光临的是天使而不是恶棍,这是众所周知的,他们的心是那么容易被吞噬。1973年,奥黛尔生病了。她把自己的癌症说得像是一场糟糕的流感:"它会过去的。"她不想制造任何动静,我告诉过你,她很细腻。无疑过于细腻。她的健康状况开始恶化。从那时起,我空手离开她家,用不着再躲避。

玛丽安变了。她,那样风趣而轻松,清新而随意,变得严肃和受伤。她骂我,骂老天,骂上帝,骂所有她能接触到的东西。最重要的是,她责备她的父亲。她埋怨他对妻子的病情不重视。

"他不想带她去医院,他想把她留在自己身边!他妈的,洛朗,我的母亲会死的!"我试图向玛丽安解释,你的外公不是唯一的责任人。我不断地对她说:"让阴暗的想法在你头上飞过,千万不要让它们在你的头发上筑巢。"但玛丽安已经听不进我的话了。

当奥黛尔在医院去世时,你外公给我的父母打电话说人已经没了。玛丽安在我家里,她打碎了家里的所有东西,没有人能控制她。

她没有去参加葬礼。这让整个小城都震惊了,但她毫不在乎,她太痛苦了,无法考虑别人的想法。

从那天起,她不再去学校,开始喝酒、外出、逃跑,为所欲为。她越摧毁自己,就越觉得在摧毁父亲。我不想谈论那些肮脏的细节,这会玷污对玛丽安的记忆,面对这么巨大的悲剧,她实在太年轻了。失去母亲就等于失去了世界。

我和她保持着联系,我们定期在拉科梅尔的一个现在已经不存在的小酒吧见面。

现在该说到你了。

你问我是不是你的父亲。

你叫尼娜是有原因的。如果你是一个男孩,你的名字应该是纳瓦尔。

一天晚上,玛丽安告诉我她恋爱了,她的生活要改变了,她十七岁,那个男孩与她同龄。我见过他,他和我坐同一辆公交车去上学。他的名字叫伊德拉斯·泽纳提,是卡比尔人,一个害羞、英俊的男孩。玛丽安自从遇到伊德拉斯后就变得安分了。他们只是在晚上才分开回到各自家中。玛丽安和我们一起坐车,但她不去学校,她一整天都待在一家咖啡馆里等他。

她怀孕了。这对恋人已经计划好了怀孕。他们打算离开各自的家庭,建立自己的小家庭。由于他们还未成年,他们已经打听好了如何获得自由。

但一切都被搁浅了。

当伊德拉斯刚开口说出他所爱的女孩,一个法国女孩,怀了他的孩子,他想和她结婚时,他的父亲便让他闭嘴。第二天,他带着全家人去了阿尔及利亚。他们像小偷一样离开,把一切抛在身后以逃避"耻辱"。

伊德拉斯设法通过电话通知了玛丽安:"他们把我绑架了,等我成年后我就回来。等着我,我会回来的。"

玛丽安已经怀孕六个月了。在空虚和缺失中又增加了孤独感。她就只有我了。其他人都从她的身边逃开了。

在你出生前一个月,我们庆祝了她的十八周岁,就我们两个人,此时玛丽安已经策划了一个邪恶的计划,用她的话说,要"摧毁"你的外公。

分娩后,她几乎立刻就把你交给了他,随后和我一起搬到了巴黎。你的母亲在你出生后一直和我住在一起。我们两个人住在一个用人房里。我在上大学,她在附近的一家面包店工作。她不想再听有关学校、学徒、未来、伊德拉斯的事。

"说到底,他走了对我有好处。"她不断地向我重复,"在我这个年龄如果有个丈夫,我还能干什么呢?"她在撒谎。她始终盼望着成年后的伊德拉斯会回到法国,然后他们两个人一起把你接走。

但他再也没有回来。

更糟糕的,尼娜,玛丽安对皮埃尔任由奥黛尔死去是那么痛恨,她编造了一个可怕的故事。她让他相信你是被强奸的结果。"如果你能看到我告诉他时他的表情,"她向我承认,带着悲伤的微笑,"妈妈的仇已经报了。"

我求她告诉你外公真相,告诉他你是来自一段爱情的结晶,如果她不这样做,我会去告诉他。她对我说:"所有人都背叛了我,你不可以,洛朗,你不可以。"

一天晚上,我从学校回家,玛丽安已经走了。她给我留了一张纸条:"谢谢你做的一切!大大地吻你。"

她不再等你们了,你和伊德拉斯。

我猜伊德拉斯的父亲已经说服他,让他相信玛丽安是个坏女孩,他不可能是孩子的父亲。如果他能看到你,哪怕只有一瞬间,他就会明白这不是真的。

玛丽安在离开多年后又给我打电话。她住在布列塔尼,和一个她在当地结识的男人一起摆摊做生意。"坦白地说,洛洛,我很好,我现在有了自己的生活。"

"我现在有了自己的生活"意味着什么?

1980年夏天,我去看望你的外公。你在院子里玩。看到你让我很难过。你是那么的漂亮,像一只小鹿。是的,这是我对你的记忆,一只小小的、优雅的、温柔的动物。你对我说:"你好,先生。"我的眼泪夺眶而出。

那一天,我告诉了皮埃尔真相,你是伊德拉斯·泽纳提的孩子,这一点毋庸置疑。他假装相信了我。他这样回答我:"尼娜是我的孩子,无论她来自哪里,她都是我的孩子。"

好了,尼娜,你现在知道得更多了。

我在此附上我的电话号码和我找到的一张班级照片。你父亲是第一排左起第二个男孩,穿蓝色条纹毛衣的那个。在这张照片中,他十六岁。

>   真诚地拥抱你。
>
>   洛朗

尼娜久久地看着这个有着清澈、柔和目光的英俊少年。她想朝所有的人大喊:"他是我父亲!我有一个父亲!看看他有多英俊!"

然后照片被放到了她保存玛丽安在诺曼底的地址的抽屉里,那是几年前维达尔医生在一张小纸上潦草写下的。

她的父亲将永远是十六岁。

伊德拉斯和玛丽安曾彼此相爱,这是最重要的。

她的外公养育了她,这是最重要的。

她来自一个年轻时的爱情故事。

这封信,尼娜一生都在等待。她终于收到了它。

尼娜还在浴室里,手机贴在耳朵上。她听到楼梯上传来罗曼和莉莉的笑声,像是中学走廊上的两个少年。罗曼拥有蝴蝶般的轻盈和他管教的那些学生的快乐。

"尼娜,化验室刚刚把你的检测报告发给了我。"

骤然间回到了现实。梅莱·维达尔的语气称得上是庄重的。尼娜立即想到了艾蒂安和奥黛尔的病。几周来一直伴随她的疲惫,还有后背的阵阵刺痛……尼娜颤抖着,坐在浴缸的边沿。她想到了他们三个人,也想到了罗曼。可我们曾经是那么美好。

"您在哪里?"

"在海边。"尼娜低声地说。

"您不在拉科梅尔?"

梅莱·维达尔似乎有些紧张。

"不在,"尼娜说,"出门过周末……"

"一个人?"

"家庭旅行,和我的男朋友。"

"男朋友"这个词太愚蠢了。尼娜突然想到,但比"伴侣"总归要好些,这个词我留给我的狗狗们。而且我总不能对我的医生说"我男人"或"情人"啊。

现在是四月,天气本该不错。

她锁上了浴室的门。听着厨房里莉莉和罗曼的快乐声音,他们还不知道,她对自己说。

尼娜想挂断电话。不如等到下个星期再听坏消息……

"我有什么严重的疾病吗?"她终于耳语道。

"一点儿也没,尼娜,一切都很完美。"

"那我怎么了?"

"您怀孕了。"

92

2018 年 12 月 4 日

  今天早上,尼娜第一次见到了我。她久久地看着我,而我正把这三十公斤的狗粮放在写着"抛弃动物可耻"和"走前请关门"的牌子下。

  她的目光并没有像雨滴一样滑落在我的雨衣上。

  她微笑着向我走来,当时大雨倾盆。她穿着她的特大号橡胶靴,手里拿着一根长长的软管,最后她把它丢在了身后。

致 谢

感谢我的读者。感谢你们的热忱让我生命中的每一天都闪闪发光，促使我继续前行。我明日的成功，是你们。

感谢我的三位重要人物：瓦朗坦、苔丝、克洛德。

感谢我的三位守护天使：米凯尔、大卫和吉尔。

感谢安妮-克洛德·米尼奥动物收养所的全体团队成员：www.refuge-adpa-gueugnon.org。

感谢收养所主任莫德，她帮助我接近了尼娜。

感谢收养所所长安妮，她打电话给我，让我成为收养人。

就在我写这些文字的时候，我们的"最后一个老人"巴蒂即将进入寄养家庭，而布莱则在去年夏天与帕丝卡尔在天堂重聚。

感谢碧姬·芭铎基金会（www.fondationbrigittebardot.fr），感谢你们不遗余力的帮助。

感谢所有的动物收养所，无论它们是谁，无论它们在哪里。每一条生命都应该得到庇护。感谢世界各地的**志愿者**。

感谢我无可比拟的阿尔班·米歇尔出版公司大家庭：没有你们，就没有我的现在。

感谢我在口袋图书的杰出团队。

感谢印度支那乐队的魔法师们，你们是我一直以来的英雄。你们的才华，你们的胜利，你们的成名，多么精彩的故事。尼古拉、奥利维尔：谢谢你们看我的眼神。这是巨大的喜悦和骄傲。

感谢菲利普·贝松的《停止说谎》。这本书非写不可，一切因您，或多亏了您。

感谢文森特、诺亚和博阿斯将他们的一点青春期故事托付给我。

感谢斯蒂夫慷慨的给予。

感谢拥有千面人生的塞西尔和多米尼克，其中包括他们作为邮递员的生活。

感谢我的个人阅读委员会、我的朋友、我的家人、我的运气：玛艾勒、妈妈、爸爸、苔丝、克洛德、安吉乐、朱利安·C（为我低吟了最后几行）、朱朱、莎乐美、莎拉、夏雅、西蒙、卡特琳娜、格雷戈里、阿米丽、夏洛特、艾米丽、奥黛丽·D、奥黛丽·P、贝阿特丽斯、弗洛伦斯、艾丽莎、卡特、洛伦斯、阿莱特、爱玛、玛侬、帕基塔、卡罗尔、帕蒂、威廉姆、米歇尔、弗朗索瓦丝。

感谢克里斯蒂安·博宾、巴蒂斯特·博利厄、维吉妮·格里马尔迪、弗朗索瓦-亨利·德赛拉博，我借用了你们的名字，这绝对不是出于偶然。

感谢那些启发我并被引用或包含在本书中的所有人：印度支那、卡洛杰罗、扎齐乔、达辛、艾蒂安·达霍、弗朗西斯·卡布雷尔、迈克尔·伯杰、阿兰·苏松、威廉·谢勒、阿兰·巴颂、科特·柯本、涅槃、波诺、U2、赶时髦乐队、皮埃尔·佩雷、菲利普·查泰尔、阿哈乐队、特蕾莎修女、艾玛纽埃尔修女、戴安娜王妃、让-雅克·戈德曼、彼得·福尔克、理查德·卡利诺斯基、伊琳娜·布鲁克、西蒙·阿布卡里安、科琳、贾比尔、达里奥·福、维克多·雨果、法伊扎·盖内、南希·休斯顿、帕特里克·聚斯金德、伊莎贝拉·阿佳妮、卡蜜尔·克洛岱尔、丹妮尔·汤普森、克洛德·勒卢什、亨利-乔治·克鲁佐、让-皮埃尔·热内、让-卢普、于贝尔、吕克·贝松、帕特里克·普沃·达沃、雅克·普拉德尔、帕特里克·萨巴蒂尔、克里斯托夫·德夏凡、让-吕克·德拉鲁、贝纳尔·拉普、马塞尔·帕尼奥尔、KOD、电影《陌生人》、利奥、雅克诺、拉鲁索、弗朗索瓦丝·哈迪、治疗乐队、麦当娜、米莲·法莫、恩佐·恩佐、小红莓乐队、依克斯乐队、撞击乐队、绿洲乐队、小妖精乐队、音速青春、太空三人、黑色贝鲁里尔、马修·谢德、比利·泽基克和疯狂的孩子们、布莱顿夫人、罗杰·费德勒、玛丽·特林提农、纳尔逊·曼德拉、卡布、沃林斯基、司徒迈、王子乐队、迈克尔·杰克逊、大卫·鲍伊、吉姆·考瑞尔、尤里·德约卡夫、科克·罗宾、基督徒乐队、双人无极乐队、布鲁斯·斯普林斯廷、绿色黑人乐队、拉马诺·内格拉乐队、吉姆·莫里森、约翰尼·哈里戴。

感谢樊尚·德勒姆，你给我带来了如此多的快乐，我将永远感谢你。

感谢埃里克·洛佩兹、西尔万·科林、阿兰·塞拉、伊莎贝尔·布鲁利尔、帕特里克·齐尔米、玛丽-弗兰西·夏特里埃、斯蒂芬·博丹、艾米丽和本杰明·帕图、樊尚·维达尔、伊夫-玛丽·勒卡穆、迪迪埃·洛佩兹、米歇尔·布西和艾格尼丝·莱迪格。

感谢洛尔·马内尔：正是当你为我在《龙虾的美味》签上大名时，维吉妮出现在了我的脑海中。

感谢我所有过去、现在和未来的动物们，是你们让我变得强大。